KB195652

금고기관今古奇觀 연구

이 저서는 2020년 대한민국 교육부와 한국연구재단의 지원을 받아 수행된 연구임.
(NRF-2020S1A6A4040788)

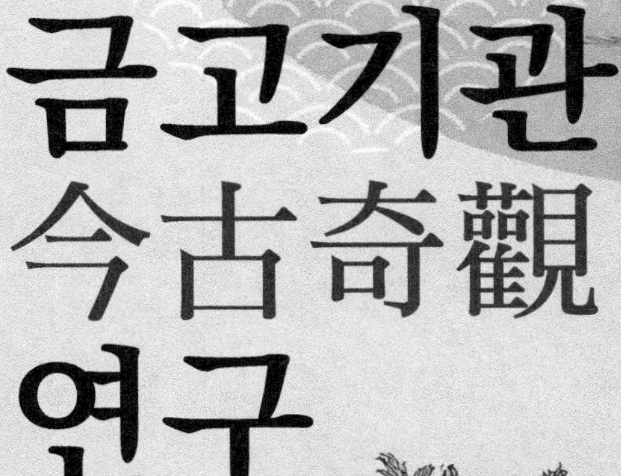

금고기관 今古奇觀 연구

최병규 崔炳圭 지음

學古房

<일러두기>

1. 본서는 가독성을 위해 본문은 모두 한글 표기를 원칙으로 하며, 한자 표시가 필요할 경우에는 괄호를 통해 한글과 한자를 병기한다. 다만 주와 표에서는 본서의 특성상 한자를 그대로 노출한다.
2. 본서는 중국인명이나 지명 등의 고유명사를 중국어 발음이 아닌 우리 한자음으로 표시한다.
3. 본서에서의 모든 한자표기는 중국어 간체가 아닌 정체자(번체자)를 사용한다.

제4장 『금고기관』의 편찬 방식과 미학관

제5장 『금고기관』의 작품 의의 및 내용 분석

제6장 『금고기관』의 가치

제7장 나오는 말 - 결론

서문

본 저술은 중국고전 통속소설의 백미라고 할 수 있는 『금고기관(今古奇觀)』에 대한 종합적인 연구이다. 중국고전 백화단편소설집의 백미 『금고기관』은 풍몽룡(馮夢龍, 1574~1646)의 지인으로 추정되는[1] 포옹노인(抱甕老人[2], 생몰연도 미상)이 풍몽룡의 삼언(三言, 120편)과 능몽초(淩濛

---

1 馮保善은 「今古奇觀輯者抱甕老人考」(『文學遺産』, 1988年 5期)에서 抱甕老人은 소주 오강현으로 호가 포옹노인이면서 풍몽룡과 능몽초와 교분이 있었던 明末淸初의 시인 顧有孝로 보았다.("顧有孝係蘇州府吳江縣人, 又號抱甕老人, 且與兩位小說家交遊, 認為他就是選輯『今古奇觀』的姑蘇抱甕老人, 還是大致可以肯定的.") 그런데 20여년 후 李程은 고유효의 연령이 풍몽룡, 능몽초 두 사람과 동년배가 아닌 등의 이유로 顧說을 부정하고 있다.(李平 校注, 『今古奇觀』, 臺灣: 三民書局, 2016, 1~3쪽.) 그리고 李程은 上海圖書館 所藏 明刊本 『금고기관』 영인본의 출판도 이 소설 편찬자의 정보를 제공하는데, 여기에서도 명말의 陳繼儒가 시를 통해 '抱甕灌園'란 말을 많이 사용하였을 뿐 아니라 馮夢龍과 淩濛初와도 교분이 있어 그가 이 소설의 편찬자로 추정된다고 하였다.(李程, 「今古奇觀選輯者抱甕老人續考」, 『明淸小說硏究』, 2009年 3期, 150쪽)

2 『금고기관』의 편자 포옹노인의 생평에 대한 연구는 판본 문제와 더불어 앞으로 집중

初, 1580~1644)의 이박(二拍, 80편) 가운데 40편을 엄선하여 편찬한 책이다.[3]

그런데 삼언·이박의 정신과 문학성을 누구보다도 잘 이해한 포옹노인은 두 저술에서 임의로 40편을 모아 엮은 것이 아니라 200편에 달하는 원작을 40편으로 추려서 편찬하였다. 다시 말해 포옹노인은 나름의 편찬의도와 탁월한 편집방식을 통해 삼언·이박의 찌꺼기를 버리고 정화를 모아 긴 분량의 원작을 적절한 분량의 체계적인 책으로 재탄생시켰다.

그리하여 삼언·이박이 출판 이후 오래지 않아 금서로 지정되었지만 『금고기관』은 계속 출판되어 중국은 물론, 우리나라 고전문학에도 큰 영향을 끼쳤다. 다시 말해 방잡하고 옥석이 혼재하여 가독성이 결여된 삼언·이박은 『금고기관』을 통해 세상에 널리 알려졌으며[4], 『금고기관』은 삼언·이박의 핵심 사상과 정화를 이해하는 더 없이 좋은 자료가 되었다. 실로 『금고기관』이 아니었다면 중국고전통속소설의 정화로 평가되는 삼언·이박의 걸출한 문학예술성은 아마 빛을 보지 못하고 사장되었을 것이다. 따

적으로 진행되어야 할 여지가 많다. 다만 현재로는 이 책이 『이각박안경기』가 출판된 숭정5년(1632년)에서 명이 망한 숭정13년(1644년) 사이의 어느 해에 출간된 것으로만 알려져 있다. 『금고기관』의 작가에 대해서는 姑蘇(즉 蘇州)의 '포옹노인'이란 것을 제외하고는 그의 생평과 작품에 대한 자료가 전무하다. 다만 『금고기관』 초기 판본의 표지에 '墨憨齋手定'이란 말이 있고, 풍몽룡의 자가 '墨憨子'이고 그의 서재 이름이 '묵감재'임을 생각하면 『금고기관』을 편찬한 포옹노인은 풍몽룡의 친구임을 추측할 수 있다.

3 삼언에서는 『喻世明言』에서 8편, 『警世通言』에서 10편, 『醒世恒言』에서 11편을 선정하였으며, 그리고 이박에서는 『拍案驚奇初刻』에서 8편, 『二刻拍案驚奇』에서 3편이 선택되었다.

4 중국에서도 삼언·이박은 그 원본의 일부가 소실되어 후에 국외에서 자료를 찾아 보강하였는데 비해 『금고기관』은 출간 이후 큰 호평을 얻어 중국인들은 삼언·이박은 몰라도 『금고기관』은 모르는 사람이 없었다고 한다. 이에 대해서는 孟瑤, 『中國小說史』, 臺北: 文星書店出版社, 1969, 265쪽 참고.

라서 『금고기관』의 작가에 대한 고증에서부터 오랜 기간 유전된 판본들에 대한 고찰, 편찬방식과 내용에 나타난 작가의 탁월한 수법과 미학적 체계, 그리고 그 가치와 영향 등에 대한 연구는 중국고전소설을 연구하는 우리들에게 남겨진 중요한 과제라고 하겠다.

『금고기관』은 우리 고전문학에도 많은 영향을 끼쳤다. 청대 이후 삼언·이박이 실전된 가운데 『금고기관』은 중국화본소설 선집 중의 대표작으로 군림하면서 우리나라에도 『금고기관』 여러 판본들이 전해졌으며, 그 가운데 많은 작품들은 일부가 번역되기도 하였다. 개화기에는 『금고기관』이 신소설 창작을 위한 모티브로 차용되거나 번안 또는 개작의 밑거름으로 활용된 사례도 적지 않았다. 그리하여 1900년대 초기 우리나라의 『금고기관』 수용양상은 대단히 활발하여 국내에 전해진 『금고기관』 판본에 대한 연구는 국문학계에도 대단히 중요한 자료라고 할 수 있다.

우리말 『금고기관』 번역에 나타난 주요 특징은 중국과 마찬가지로 충효절의와 같은 교화의식을 선전하기 위한 의도로 활용되어 역자가 임의적으로 번역, 번안했다는 점이다. 국내 『금고기관』 번역 양상에 나타난 또 다른 문제는 번역 과정에서 『금고기관』의 초기 선본을 저본으로 한 것이 아니라 일본판을 다시 번역한 것이라 『금고기관』과 삼언·이박의 원래 의도를 적지 않게 왜곡하고 있다는 점이다. 이는 향후 중문학계와 국문학계 학자들의 공동연구를 통해 더욱 밝혀져야 할 분야이다.

『금고기관』의 연구배경을 살펴보면 이 소설은 그 지위와 영향력에 비해 가치와 연구가 상대적으로 매우 미미한 점이 사실이다. 그동안 『금고기관』은 단지 삼언·이박의 선집본으로만 소개되어 중국은 물론 국내 중국문학사 서적에도 이 작품의 존재에 대해 제대로 소개하지 못한 경우가 많았다. 따라서 삼언·이박이나 다른 화본소설 연구에 비해 『금고기관』 자체에 대한 연구는 대단히 드물다. 그러나 백화를 사용해 소시민의 삶을 묘사한 화본소설과 의화본소설, 그리고 이들의 정선집 『금고기관』의 출현은 중국소설사상 일대 혁신이었으며, 청대 이후 백화소설의 발전은 물론 우리나라 조선 후기 문학에 끼친 영향을 생각하더라도 『금고기관』의 가치는 결코 홀시될 수가 없을 것이다.

본 저서의 주요 내용은 다음과 같다.

첫째, 『금고기관』과 화본소설의 탄생배경에 대한 고찰이다. 본서에서는 『금고기관』 탄생의 배경이 되는 명말의 정치·경제·사회·문화에서부터 『금고기관』 탄생의 계기가 된 삼언·이박의 탄생과 창작동기를 검토하고, 나아가 『금고기관』의 창작의도에 이르기까지 전반적으로 논의하였다.

둘째, 『금고기관』의 작가에 대한 논의이다. 작가 포옹노인에 대한 연구는 그에 대한 자료가 전무한 관계로 『금고기관』 연구의 가장 큰 난제이다. 본서는 풍보선(馮保善)의 「『금고기관』 집자포옹노인고(輯者抱甕老人考)」(『문학유산(文學遺產)』, 1988년 5기.)와 이정(李程)의 「『금고기관』 선집자"포옹노인"속고(選輯者"抱甕老人"續考)(『명청소설연구(明清小說研究)』, 2009년 3기.)」에 대한 논의부터 시작해 필자가 추정하는 『금고기관』의 작가 전겸익(錢謙益, 1582~1664)에 이르기까지 그 과정을 하나하나 나름대로 고증하였다. 그러나 이 문제는 향후 보다 확실한 자료의 발견과 고증을 통해 보완되길 기대하는 바이다.

셋째, 『금고기관』의 판본 연구이다. 『금고기관』 판본 문제는 오랜 세월이 흐르면서 여러 시기에 걸쳐 후인들이 도덕적 교화의식으로 인해 본 작품의 내용을 임의적으로 수정해 서로 다른 많은 판본들이 생겨나게 된 점에 기인한다. 따라서 본서는 현재 남아 있는 『금고기관』 판본들의 우열을 비교해 선본을 가려내고, 또 『금고기관』 원각본으로 인정되는 최고(最古)의 선본으로 원 작가의 미비(眉批)까지 수록한 오군(吳郡) '보한루(寶翰樓)' 판본과 삼언·이박의 판본과의 비교를 통해 『금고기관』 선본의 가치를 파악하는 일에 주력하였다. 뿐 아니라 국내 소장한 『금고기관』 고판본들에 대한 고찰과 근대 이후 간행된 『금고기관』 번안·번역본들에 대한 고찰을 통해 우리나라의 『금고기관』 수용양상에 대해 논의하였다.

넷째, 『금고기관』의 탁월한 편집방식과 편찬미학이다. 삼언·이박이 금서로 지정되어 사라진 후에 『금고기관』이 오래 동안 세상에 전해진 것은 탁월한 편찬방식 때문이다. 포옹노인은 삼언·이박 가운데 상호 연관된 주제의 작품들을 유기적으로 정리, 배열시켰을 뿐 아니라 제목도 일목요연하게 정리하였으며 심지어 부분적인 내용의 수정작업도 진행하여 삼언·이박의 주제의식을 매우 집약적이고 효과적으로 잘 반영하였다. 이런 유기적인 선택과 조합을 바탕으로 한 기발한 편찬방법으로 인해 『금고기관』은 현재에 이르기까지 계속 출판되었던 것이다. 본서는 포옹노인의 이러한 편찬의도와 편찬원칙, 그리고 편찬사상과 편집방식 등을 총체적으로 논의하였으며, 이를 바탕으로 포옹노인의 창의적인 편찬미학에 대해 논의하였다.

다섯째, 『금고기관』의 작품 내용에 관한 고찰이다. 『금고기관』의 내용은 여러 시각과 측면에서 분석이 가능하지만 본 저서는 기존의 정형화된 틀을 벗어나 다각도로 작품내용을 분석하고 평론하였다. 첫 장에서는 『금고기관』의 진보적 의의와 내용에 대해 논의하였고, 둘째 장에서는 『금고기관』 40편 작품 하나하나에 대해 줄거리와 사상, 해당 작품과 삼언·이박과의 연관성 및 판본상의 차이, 작품 배경, 의의, 예술성, 감상, 그리고 중국 및 우리나라에 끼친 영향 및 번안 양상 등에 대해 전방위적으로 논의하였다.

여섯째, 『금고기관』의 가치에 관한 고찰이다. 『금고기관』의 가치는 첫째, 삼언·이박의 문학 정신과 핵심 사상을 잘 반영한 점이다. 둘째, 명대 시민계층의 문화를 반영한 사회 풍속도로서의 가치에 있다. 이에 대해서는 문인사대부 귀족계층과 그들의 통치이념인 예교사상에 반하는 명대 평민 시민계층의 자유분방한 남녀양성관계와 애정관, 그리고 금전과 상인에 대한 긍정적이고 진보적인 인식 등을 중점적으로 논의하였다. 셋째,

명대 통속문학과 작가들의 가치관을 이해하는 중요한 자료를 제공한 점이다. 본 저술은 『금고기관』이 주력한 통속문학의 가치인 '교화의식(즉 문이재도(文以載道))'과 '주정(主情)주의(즉 치정의식(癡情意識))'를 어떤 미학적 방식으로 표현한지를 고찰하였다. 넷째, 『금고기관』이 한중 고전문학 및 신문학 창작에 끼친 영향력이다. 본서는 먼저 『금고기관』이 중국문학작품과 중국고대소설이론, 그리고 중국소설의 세계화 등과 같은 중국문학에 끼친 영향을 먼저 소개하고 이어 우리나라의 『금고기관』 수용 양상을 통해 『금고기관』이 한국문학에 끼친 영향을 논의하였다.

모쪼록 본 저서가 그간 침체했던 『금고기관』 연구를 더욱 활성화시키고, 한·중 양국의 『금고기관』 연구사에도 작은 보탬이 되길 진심으로 바라는 바이다.

2024년 6월 저자

들어가는 말

1. 선행연구와 연구방법

『금고기관』에 대한 학계의 인식은 삼언·이박의 정선집이라는 뿌리 깊은 인식에서 벗어나지 못해 연구의 축이 삼언·이박에 치우친 반면 이 작품에 대한 연구는 홀시된 것이 사실이다. 따라서 중국내『금고기관』연구에 대한 논문을 발표한 연준빈(連俊彬)이 2005년에 지적한대로『금고기관』의 연구는 줄곧 표면적인 수준을 벗어나지 못해 편찬자와 편찬방식의 문제, 그리고 수록된 작품의 비율과 내용에 대한 분석 등 많은 연구 과제를 남겼다고 볼 수 있으며[1], 그가 지은 학위논문 「『금고기관』연구」(화남사범대학(華南師範大學), 석사학위논문 2006) 이후 현재까지도 중국 학자들의『금고기관』의 작품내용이나 편찬방식 등 작품 자체에 대한 연구

1 連俊彬,「國內今古奇觀硏究綜述」,『零陵學院學報』第26卷 第3期, 2005, 221~223쪽 참고.

는 매우 드물며, 대개가 『금고기관』의 외국어 번역전파나 언어학적 고찰에 관한 논문들이 주를 이룬다. 2006년 이후 현재까지 중국에서 진행된 『금고기관』 연구논문들은 크게 외국어 번역에 관한 논문, 언어학적 연구, 그리고 기타류 세 가지로 분류할 수 있다.

외국어 번역에 관한 논문은 「삼언번역연구사론(三言翻譯研究史論)」(왕화령(王華玲), 도국원(屠國元), 『호남과기대학학보(湖南科技大學學報)(사회과학판)』, 2017), 「삼언·이박 러시아어 번역의 역사(三言二拍俄文翻譯的歷程)」(고옥해(高玉海), 『명청소설연구(明清小說研究)』, 2103), 「청대 한문소설 몽고어 번역 상황연구(清代漢文小說蒙譯概況研究)—울란바토르판 몽고문역본 『금고기관』을 예로 들어(以烏蘭巴托版蒙古文譯本『今古奇觀』爲例)」(사일나(莎日娜), 『민족번역(民族翻譯)』, 2010), 「『금고기관』: 최초로 서양어로 번역된 중국고전소설(最早譯成西文的中國古典小說)」(송려연,(宋麗娟), 『명청소설연구』, 2009) 등이 있고, 언어학적 연구로는 「금국박의 북경관화 한어교과서연구(金國璞所編北京官話漢語教科書研究)」(한연(韓燕), 『현대어문(現代語文)』, 2020), 「『금고기관』 강조류 어기 부사연구(強調類語氣副詞研究)」(곽경(郭卿), 하북대학(河北大學) 석사학위논문, 2013), 「한어입문적 소설 개편과 그 백화어체 연구(漢語人門的小說改編及其白話語體研究)」(송리화(宋莉華), 『사회과학』, 2010) 등이 있으며, 기타류로는 「삼언이박과 선본 『금고기관』의 이론가치(論"三言二拍"及選本『今古奇觀』的理論價值)」(대지민(代智敏), 『호북민족학원학보(湖北民族學院學報)』, 2014년 4기), 「『금고기관』과 『유세명언』 판화삽화도 비교연구(『今古奇觀』與『喻世明言』版畫插圖比較研究)」(장원(張媛), 『서화세계(書畫世界)』, 2019), 「성조재 평극의 명청소설에 대한 개편(論成兆才評劇對明清小說的改編) - 『금고기관』과 『요재지이』를 중심으로(『今古奇觀』和『聊齋志異』爲主)」(정수금(鄭秀琴), 『명청소설연구』, 2018), 「『금고기관』의 선편가치분석(『今古奇觀』的選編價值分析)」(백미(白薇), 『출판광각

(出版廣角)』, 2020년 8기) 등이 있다.

사실 기타류는 번역문제와 어학적 연구 외의 다양한 각도에서 『금고기관』을 고찰한 연구로 대체로 문학비평적 시각에서 『금고기관』의 미학적 체계에 대한 논의가 주류이다. 따라서 『금고기관』의 작가고증이나 편찬방식, 그리고 작품내용 등 총체적 다양한 문제들에 대해 집중적으로 논의한 연구논문은 삼언·이박에 비해 대단히 드문 것이 사실이다. 그러므로 2020년 중국의 학자 백미(白薇)도 현재 『금고기관』의 연구는 편자에 대한 고증, 이론적 가치, 그리고 외국어 번역 등의 문제에 집중되어 있을 따름이라고 지적하였다.[2]

국내 『금고기관』에 대한 그간의 연구도 전술한 바와 같이 다른 중국고전 화본류 소설들에 비해 상대적으로 매우 저조하여 『금고기관』 자체의 단독연구는 매우 드물며, 그것도 학위논문과 소논문 위주였다.[3] 비록 몇 편의 전문 서적들이 있어도 모두 번역서의 성격을 벋어나지 못하였다.[4] 국내 『금고기관』 연구의 특징은 국문학자들을 중심으로 『금고기관』의 번역·번안과 같은 수용 양상에 대한 논문들이 주류를 이룬다는 점이다. 이를테면 유연환의 「한국 고전번안(飜案)소설의 연구 - 『삼국연의』, 『서유기』, 『금고기관』과의 관련양상을 중심으로」(고려대학교 국어국문학과 박

2 "學界對『今古奇觀』的研究多集中於編者考證, 理論價值, 翻譯西傳等方面, 較少從讀者意識角度進行分析." - 白薇, 「『今古奇觀』的選編價值分析」, 『出版廣角』, 2020年 8期, www.fx361.com/page/2020-06-01 07:55:02. 여기서 白薇가 언급한 "『금고기관』의 편자에 대한 고증"은 단 2편의 논문으로 1988년 馮保善의 논문과 2009년 李程의 논문일 따름이다. 따라서 『금고기관』의 연구는 총체적 부재에서 벗어나지 못하고 있다고 할 수 있다.

3 최근 김소정의 논문 「해외로 전파된 『금고기관』 - 19세기 영역본 고찰」(『중국어문학』 제38집, 2020)이 있지만 역시 외국어 번역본에 관한 논문이다.

4 근대 국내에서 출현한 『금고기관』 번역서는 조령암의 『금고기관』(정음사, 1963), 송문의 『금고기관』(형설출판사, 1992), 김용식의 『금고기관』(미래출판사, 2003), 박재연 등의 『금고기관』(선문대학교 중한번역문헌연구소, 2004), 최형섭의 『금고기관』(지식을 만드는 지식, 2014) 등을 들 수가 있지만 모두 부분 번역일 따름이다.

사학위논문, 1990)는 현재까지 『금고기관』에 관한 유일한 박사학위 논문이다. 그 외 국문과 석사학위 논문이나 소논문들도 대체로 수용과 번역·번안 양상에 관한 논문들이 많다. 이를테면 김영화의 「한국·일본의 명대 백화단편소설 번역·번안 양상 - 삼언·이박과 『금고기관』을 중심으로」(고려대 석사학위논문, 2011), 김연호의 「『금고기관』의 번역양상 - 고대본을 중심으로」(고려대학교 『어문논집』 27집, 1987), 이경림의 「근대 초기 『금고기관』의 수용 양상에 관한 연구」(『한국근대문학연구』 27집, 2013), 김종욱의 「이해조 소설과 『금고기관』의 관련 양상 -〈월하가인〉을 중심으로」(서울대학교 『인문논총』74집, 2017) 등이 그 예이다.

그에 비해 중문학자들의 연구는 『금고기관』의 번안 양상보다는 국내 유입과 수용을 비롯하여 내용분석, 국내에 미친 영향, 그리고 미학적 서사구조와 편찬방식에 이르기까지 비교적 총체적인 연구에 접근코자하였지만 그 수가 미미할 뿐 아니라 아직 박사학위 논문도 없다. 이를테면 김기향의 「『금고기관』 연구-내용분석과 국내에 미친 영향을 중심으로」(경희대학교 석사학위논문, 2011), 김진수의 「『금고기관』 독자의 서사 시간 경험에 관한 연구」(서울대학교 석사학위논문, 2012), 조은상, 오학충(吳學忠)의 「『금고기관』의 편찬모식과 편찬특색(『今古奇觀』 的編纂模式與編纂特色)」(『중국어문논총』 52집, 2012), 정영호 등의 「중국 백화통속소설의 국내 유입과 수용 - 삼언·이박·일형 및 『금고기관』을 중심으로」(『중국인문과학』 54, 2013〉, 노해위의 「『금고기관』 남성인물 형상 연구」(동국대학교 석사학위논문, 2016) 등을 예로 들 수가 있다. 그런데 『금고기관』의 내용 자체에 대한 연구는 김기향, 노해위, 김진수 등의 논문에 국한되며, 또 국내의 『금고기관』 연구는 김진수의 석사논문을 제외하면 모두가 수용 양상이나 내용분석의 수준에서 크게 벗어나지 못하였다고 해도 과언이 아니다. 작가와 판본에 대한 연구도 부족할뿐더러 작품 자체의 편찬방식이나 미학사상에 대한 깊이 있는 연구는 물론 이 작품의 모태가 되는 삼언·이박, 그리고 화본소설과 연계한 총체적 연구도 매우 부족한 실정이다.

김기향의 「『금고기관』 연구-내용분석과 국내에 미친 영향을 중심으로」는 제목과 같이 『금고기관』의 내용분석과 국내에 미친 영향을 중심으로 이 책의 편찬배경과 판본, 번역현황 등 『금고기관』의 제반 주요 연구과제들을 성실하고 착실하게 고찰하였다. 다만 "제2장 『금고기관』의 편찬배경"에서 『금고기관』의 편찬과 취합선택의 기준을 논의하면서 삼언·이박의 편찬배경에 대한 설명을 근거로만 『금고기관』의 편찬 배경과 편찬동기를 논의하였을 따름이라고 해도 과언이 아니다. 따라서 『금고기관』의 소화주인(笑花主人)의 서문 전문에 대한 보다 깊이 있는 분석과 논의가 부족할 뿐 아니라 취합선택에서의 포옹노인의 편집방식에 대한 보다 구체적인 논의도 결여되어 아쉽다.[5] 그리고 내용분석에 있어서도 "인과응보", "남녀애정고사", "기지고사", "권력의 부패와 풍자", "기타" 등으로 분류하여 치밀하지 못한 구태의연한 분류 방식에 의한 작품내용소개 수준에 지나지 않았다.

노해위의 「『금고기관』 남성인물 형상 연구」는 단순히 남성인물에 대한 전방위적 분석에 그치지 않고 이를 통해 편찬자 포옹노인의 주제의식과 편찬의도를 파악하고자 노력한 점이 이채롭다. 그 뿐만 아니라 노해위

---

5 이는 『금고기관』의 편찬방식에 대한 국내외 논문이 2011년 당시에는 매우 드물었던 까닭일 것이다. 이에 대해서는 練麗敏, 「『今古奇觀』 編輯意義研究」(淡江大學 석사학위 논문, 2008), 조은상, 吳學忠, 「今古奇觀的編纂模式與編纂特色」(『中國語文論叢』 52집, 2012), 白薇, 「『今古奇觀』 的選編價值分析」(『出版廣角』, 2020年 8期.), 代智敏, 「論"三言二拍" 及選本 『今古奇觀』 的理論價值」 (『湖北民族學院學報』, 2014年 4期) 등을 참고할 필요가 있다.

는 논문을 통해 그간 학계의 미스터리로 남아있는 『금고기관』의 작가 포옹노인에 대한 고찰을 시도한 점이다, 비록 풍보선과 이정이 주장한 고유효('顧有孝)'와 진계유('陳繼儒)' 설을 소개하는 수준이지만 적어도 현재 『금고기관』연구가 봉착한 중요 과제를 제시한 점은 긍정할 만하다. 그러나 "제4장 『금고기관』의 편찬의도"에서의 주요 논지가 포옹노인의 편찬의도와 직접적 연관이 있는 "서문에 나타난 말"은 간략히 언급한 반면 "인과와 권선징악의 선양", "배금주의 풍조의 비판" 등과 같은 『금고기관』 작품 내용에 대한 주제의식을 주로 다루어 포옹노인이 200편의 삼언, 이박을 40편으로 간추려 편찬한 그의 탁월한 편찬의도와 디테일한 편집방식, 그리고 편찬미학 등이 홀시된 점이 아쉽다. 왜냐하면 『금고기관』이 삼언·이박을 능가해 큰 인기를 얻은 것은 편찬자 포옹노인의 면밀주도한 편찬의도와 편집방식에 있기 때문이다. 말하자면 "『금고기관』의 편찬의도"에 대해서는 심도 있는 논의가 필요한 것이기에 "제4장"에서 다루는 내용과 제목이 일치하지 못하고 있는 점이 아쉽다.

그리고 또 하나 지적하고 싶은 것은 노해위는 『금고기관』의 편찬의도에서 "배금주의 풍조의 비판"을 들었는데, 이는 삼언·이박이 인정하는 명대 소시민이자 소상인들이 추구하던 '상업과 상인, 그리고 재화에 대한 중시 사상'과 배치하는 것이다. 따라서 배금주의 사상은 동전의 양면과도 같이 당시 명대 소시민계층의 진보적인 상업의식의 반영이자 인간 욕망의 부정적인 측면이기도하기에 이에 대한 논의는 더욱 신중히 진행되어져야 할 것이다.

김진수의 「『금고기관』 독자의 서사 시간 경험에 관한 연구」는 어포던스(affordance)라는 서구의 서사 방법론을 사용해 중국고전소설의 서사구조에 대해 연구한 독특한 논문이다. 김진수는 소화주인 서문의 기(奇)와 상(常) 등의 개념에 대한 충실한 분석을 바탕으로 『금고기관』의 편찬동기에 해당하는 미학구조에 대해서는 대단히 심도 높게 접근을 하였다.

그러나 이런 류의 논문들이 대개 그러하듯 서구의 문학이론 방법론을 활용해 독창적으로 중국고전소설의 서사방식을 논의한 방법론적 참신성은 매우 의의가 있지만, 연구의 실속을 따지면 다소 공허하다는 것이다.

그리고 김진수가 논문에서 적용시킨 "시간의 유희", "서사의 분화", "참과 이지러짐", "욕망의 규제 시스템"[6] 등 『금고기관』의 서사체계는 엄밀히 말해 『금고기관』만의 서사체계가 아니라 중국고전화본소설 내지는 중국고전통속소설의 일반적 서사체계이다. 따라서 이 연구는 『금고기관』 내용 자체에 대한 논의라기보다는 서구적 시각으로 본 중국고전 화본류 소설의 서사구조에 대한 논의라고 할 수 있다. 그런 의미에서 이 논문은 중국고전 화본류 소설 『금고기관』자체에 대한 연구논문으로 보기엔 약간 애매한 부분이 있다. 그러나 이론적 치밀함과 뛰어난 논리력, 그리고 문장력 등은 석사학위 논문으로 보기 힘들 정도로 깊이가 있다.

이상 『금고기관』에 대한 국내외 연구 상황과 문제의식을 토대로 본 저술에서 중점적으로 논의할 구체적인 내용과 방법은 다음과 같다.

첫째, 『금고기관』과 화본소설의 탄생배경에 대한 고찰이다. 본 장에서는 먼저 『금고기관』 탄생의 배경이 되는 명말의 정치·경제·사회·문화에 대해 개괄적으로 알아보고, 나아가 명대의 특수한 문화적 환경이라고 할 수 있는 발달한 출판문화와 여성문학의 신장에 대해 논의하고자 한다. 그 다음으로는 『금고기관』의 모태가 되는 화본소설과 의화본 소설의 발생과

---

6 김진수는 『금고기관』의 욕망서사에 대해 이른바 "욕망의 규제 시스템"이란 이름으로 "인물들이 가진 욕망을 적나라하게 묘사하면서도 그것에 함몰되지 않아야 한다는 딜레마 속에서 서사틀은 욕망의 문제를 자유롭게 드러낼 공간을 허락하면서도 그것을 평가하고 처벌할 시간을 설정함으로써 욕망의 실현과 규제를 동시에 달성한다.(앞의 논문, 국문초록, "욕망의 재현 - 규제 시스템" 59~64쪽 참고)"라고 하였지만 이는 비단 『금고기관』만의 문제가 아니라 중국통속화본소설의 공통적인 욕망서사의 특징이다.

정과 배경에 대해 거시적으로 논의하고자 한다. 그리고 마지막으로는 『금고기관』의 원본 삼언·이박의 탄생과 창작동기 등의 검토를 통해 그와 밀접한 『금고기관』의 탄생배경과 창작의도를 개괄적으로 논의한다.

둘째, 『금고기관』의 편찬 작가에 대한 고찰이다. 『금고기관』의 작가 포옹노인에 대한 연구는 『금고기관』 연구의 첫 번째 난제로 그가 단지 풍몽룡과 능몽초의 친구이며 소주 출신일 것이라는 것 외엔 그 생평에 대한 자료가 전무한 실정이다. 『금고기관』 작가에 대한 중국학계의 논문은 지금까지 1988년과 2009년 2차례만 발표되었을 뿐으로 이에 대한 진일보적 논의가 필요하다. 현재 국내외 『금고기관』 연구자들의 편찬자에 대한 고증작업은 몇 십 년 전 진행된 두 차례의 논의에서 한발자국도 나아가지 못하고 멈춘 상태이다. 앞에서 언급하였듯이 풍보선은 「『금고기관』 집자 포옹노인고」(『문학유산』, 1988년 5기, 124쪽)에서 그가 명말청초의 시인 고유효라고 보았지만, 그 후 이정은 「『금고기관』 선집자"포옹노인"속고(『명청소설연구』, 2009년 3기)」에서 그가 명말 문학가이자 화가인 진계유일 것으로 추정하였다. 이는 사실 『금고기관』에 대한 중국 학계의 관심이 얼마나 미약한가를 잘 말해주고 있다. 새로운 자료의 발견에만 의존할 것이 아니라 기존의 자료들을 다양한 각도에서 조명하는 여러 가지 시도가 이뤄져야 할 것이다. 본 저술에서는 풍몽룡의 주변 친구들에 대한 고찰과 『금고기관』의 서문, 작품 편찬방식, 작품 선택성향 등등을 통해서 본 포옹노인의 문학적 성향 등을 통해 포옹노인의 실체 파악에 한 발자국 더 나아가고자 한다.

셋째, 『금고기관』의 판본에 대한 논의이다. 『금고기관』은 오랜 세월 여러 판본으로 간행되면서 동아시아에서 널리 유통되었다. 흔히 『금고기관』은 포옹노인이 삼언·이박의 내용을 수정하여 편집한 것이라 말하지만 엄밀히 말해 포옹노인 자신은 일부 작품들을 제외하고는 대체적으로 풍몽룡과 능몽초가 편찬한 작품 내용을 존중하여 대부분의 작품을 그대로 실었다. 이는 『금고기관』 초기 판본을 통해 알 수 있는 사실이다. 그러나 세월이 흐르면서 여러 시기에 걸쳐 후인들이 도덕적 교화의식을 기반으로 이 책의 내용을 임의적으로 수정해 간행하면서 점점 원작과 다른 여러 판본들이 생겨나게 되었다. 그리하여 청말에 이르면 『금고기관』은 원작인 삼언·이박과는 물론 『금고기관』 초기 판본과도 많이 다르게 변했다.[7] 심지어 현재 유통되는 중국, 대만 유명 출판사에서 펴낸 『금고기관』 조차도 초기 판본이 아닌 후대의 판본을 사용해 『금고기관』 원본과 많은 차이가 난다.[8] 따라서 현재 남아 있는 『금고기관』 판본들의 우열을 비교해 선

---

7 문제는 원본과 다른 이런 판본으로 된 『금고기관』을 바탕으로 학자들이 포옹노인의 편찬 미학관을 곡해한 논문을 집필하고 있다는 점이다. 그 대표적인 논문이 周晴, 「從『今古奇觀』看抱甕老人的美學思想」(『濱州學院學報』, 2008,(4)), 陳志平, 「話本集『今古奇觀』的美學思想探究」(『綏化學院學報』, 2016,(11)) 등이다. 예를 들면 周晴은 삼언이박에서 종종 시사를 삽입하여 당시의 정황을 형용한 부분이나 '看官的' 등 당시 사항에 대한 편자의 견해를 담은 부분들을 『금고기관』이 삭제하였다고 하였는데, 이는 그가 『금고기관』 원본으로 알려진 '寶翰樓本'이 아닌 후대에 나온 『금고기관』 판본만을 본 까닭이다. 이에 대해서는 위 周晴의 논문 74쪽을 참고 바람.

8 이를테면 「蔣興哥重會眞珠衫」(장흥가가 진주 적삼을 다시 얻다)는 『금고기관』제23권에 수록된 작품인데, 그 가운데 삼교아와 진대랑이 통정하기 전까지 계속 이어지는 설씨 부인과 삼교아와의 긴 대화 내용은 다소 음탕한 내용으로 인해 명대의 판본이 아닌 청대 이후의 『금고기관』 판본들에서는 풍기문란의 이유로 생략되었다. 청 光緖 판본인 대만 '世界書局' 출판의 『금고기관』(1976)에는 두 여성의 음탕한 대화가 거의 생략되고 대신에 다소 건전한 내용으로 대체되었으며, 특히 '顧學頡'이 교주한 鉛印本 중국 인민대학출판사 『금고기관』(1957 초판, 2017 2차 인쇄)에서는 출판사 서문에서 '색정적인 묘사는 삭제하였다'는 지침에 따라 거의 한 페이지 분량의 대화 내용이 빠져 있다. 晩明 崇禎 '天許齋'의 『古今小說』(즉 『喩世明言』) 판본을 저본으로 한 許政揚 校注 『古今小說』(臺灣: 里仁書局, 1991)에서도 두 여성의 대화 중 색정적 부분이 빠져 있기도 하다. 그에 반해 현존하는 『금고기관』 最古 판본 중의 하나로 손꼽히는 프랑스 파리 국가도서관 소장의 吳郡 '寶翰樓' 판본과 이에 버금가는 것으로 역시 명말에 간행된 것으로 확인된 『古本小說集成』이 영인한 上海圖書館藏本 『금고기관』, 그리고 역시 조기 판본으로 검증된 일본 東城書店 '本衙藏板' 12冊 『금고기관』과 九州大 도서관의 '金穀園本' 『금고기관』 등의 善本들은 그 내용에 있어 매우 충실하다고 할 수 있다.

본을 가려내고 또 삼언·이박의 판본과의 비교를 통해 『금고기관』 선본의 가치를 파악하는 일은 이 저서의 주요 과제 중의 하나이다.[9]

그런데 현재 『금고기관』의 원각본은 파리에 있고, 『금고기관』의 원본인 삼언·이박의 주요 고판본도 중국이 아니라 일본에 소장되어 있는 까닭으로 『금고기관』과 삼언·이박의 판본 연구도 중국인이 아니라 오츠카 히데다카(大塚秀高) 등 몇몇 일본인에 의해 겨우 진행된 상황이다. 따라서 『금고기관』 판본 연구는 더욱 중요한 의미를 지닌다. 반면 중국학자들의 『금고기관』 판본연구는 대개 해외 번역본과 전파에 대한 연구가 주를 이룬다. 이를테면 「울란바토르판 몽고어 번역본 『금고기관』 연구(烏蘭巴托版蒙古文譯本 『今古奇觀』 硏究)」(사일나(莎日娜), 『민족번역』, 2010), 「『금고기관』독일어 번역본 판본상황(『今古奇觀』 德譯版本情況)」(첨춘화(詹春花), 『고적정리연구학간(古籍整理硏究學刊)』, 2012)등이 그러하다. 이에 비해 국내에서는 김기향의 「『금고기관』 연구-내용분석과 국내에 미친 영향을 중심으로」에서도 판본 문제를 꽤 자세히 다루었듯이 민관동의 『한국 소장 중국통속소설 판본목록(韓國所藏 中國通俗小說版本目錄)』(무한대학출판사(武漢大學出版社), 2015)을 중심으로 중국고전소설의 국내 판본에 관한 연구가 시도된 바가 있어 『금고기관』 판본연구에 도움을 주고 있다.

현존하는 『금고기관』 최고(最古)의 판본은 포옹노인의 미비(眉批)까지 수록된 프랑스 파리 국가도서관 소장 오군(吳郡) '보한루(寶翰樓)' 판본이다. 이와 버금가는 것으로 역시 명말에 간행된 것으로 확인된 『고본소설집성(古本小說集成)』이 영인한 상해도서관(上海圖書館) 소장본 『금

---

9 우리나라에 남아있는 『금고기관』의 판본들은 『금고기관』의 명대 선본 계통의 10行 20字나 11행 23자는 없고, 거의가 光緖 이후의 판본으로 보인다. 비록 전남대 도서관에 『금고기관』의 판본 가운데 가장 많이 보이는 청대 康熙 연간의 석인본 同文堂 계열인 12행 27자의 비교적 이른 시기의 판본이 있지만 네 권이 유실된 잔질이다.

고기관』이 있으며, 그 외에도 조기 판본으로 검증된 일본 동성서점(東城書店) '본아장판(本衙藏板)' 12책 『금고기관』과 구주대(九州大) 도서관의 '금곡원본(金穀園本)' 『금고기관』등이 있다.[10] 그 후 비교적 후기의 판본으로 동문당 각본(同文堂刻本), 동치(同治) 6년(1867)각본, 상해 광아서국 석인 전도족본(上海廣雅書局石印全圖足本), 상해 아동도서관 민국 38년 연인본(上海亞東圖書館民國三十八年鉛印本), 상해 상고산방 연인본(上海尚古山房鉛印本), 상해 육달도서 공응사 연인본(上海六達圖書供應社鉛印本), 고학힐 교주 연인본(顧學頡校注鉛印本) 등이 있다. 따라서 각 판본들에 대한 이동(異同)과 우열, 그리고 대체적인 경향에 대한 파악이 필요하다.

넷째, 『금고기관』의 편찬의도와 편찬방식에 대한 연구이다. 『금고기관』의 탁월한 편집방식을 보면 40편 각 작품들의 제목이 서로 대구를 이룰 뿐 아니라 작품 내용도 두 개씩 서로 대우를 이룬다.[11] 여기에는 네 작품이 한 덩어리가 되어 인접한 제목끼리 대우를 이루기도 하고, 한 작품씩 건너 뛰어 서로 대우를 이루기도 한다. 또 내용상으로는 정대우(正對偶)인 경우도 있고, 반대우(反對偶)를 이루기도 하면서 상호 연관된 주제를 하나로 묶어 삼언·이박의 주제의식을 매우 집약적이고 효과적으로 잘 반영하였다.

이런 기발한 편찬기법을 통해 『금고기관』은 첫째, 삼언·이박 작품의 유기적인 선택과 조합을 꾀하였다. 『금고기관』 서문에서도 밝혔듯이[12] 이 책이 당시 대단한 인기를 얻어 원작 삼언·이박을 능가하게 된 것은 모두

10 최근 대만 三民書局 출판의 『今古奇觀, 上下』(李平 校注, 2016)은 이러한 조기 선본들을 모두 활용하여 수록하고 있다.

11 조은상, 吳學忠, 「今古奇觀的編纂模式與編纂特色」, 『中國語文論叢』 52집, 2012, 182쪽 참고.

12 "合之共二百種, 卷帙浩繁, 觀覽難周. 且羅輯取盈, 安得事事皆奇"- 李平, 앞의 책, 1쪽.

200편에 달하는 원작을 40편으로 정선하여 편집한 때문이다.[13] 다시 말해 삼언·이박이 방대한 분량에 비현실적이고 난잡한 내용의 작품들이 적지 않아 청대의 금서가 되어 사라지는 동안[14] 『금고기관』은 그 내용이 비교적 온당하고 적절하여 전체적으로는 금서로 지적되지 않아 오랜 세월 여러 판본으로 간행되면서 널리 애독되었던 것이다. 이는 전적으로 포옹노인의 기발한 편집능력과 편찬방식 때문이다.[15]

이런 창의적인 편찬방식과 사상으로 인해 『금고기관』은 자유와 진보적 사상을 지닌 삼언·이박의 핵심사상을 잘 드러내면서도 책의 전체적인 인상을 결정짓는 서두와 말미 부분에서는 봉건예교를 찬양하거나 인간의

---

13 "삼언, 이박은 5종의 책에 각각 40편의 작품들이 실려 모두 200편에 달해 이 책을 읽어 내기도 또 골라 읽기도 쉽지 않아......" 차주환, 『중국문학의 향연』, 서울대 출판부, 1996, 68쪽.

14 삼언, 이박이 남녀평등을 제창하며 봉건예교를 반대하였을 뿐 아니라 작가들도 抗淸 운동에 가담했다는 이유들로 인해 만청 통치자들에 의해 금서로 지정되기도 하였다. 문학이론가 阿英의 「小說搜奇錄」(『小說三談』, 上海古籍出版社, 1979) 第二十三 『今古奇觀』 장에서는 청대 가경, 도광 연간 출현한 『袖珍繡像今古奇觀全傳』이 원서 40편 가운데 20편만을 추려내어 실었는데, 그 가운데 이를테면 제7권"「꽃을 좋아하는 노인이 화신을 만나다(灌園叟晩逢仙女)」", 제10권"「여수재의 대담무쌍한 智勇(女秀才移花接木)」", 제14권"「여대랑이 주운 돈을 돌려주고 잃은 아들을 되찾다(呂大郞還金完骨肉)」" 등은 신선을 묘사하는 황당무계하거나 봉건예교의 미풍양속을 해치고 조정을 풍자하는 내용 등으로 인해 회목과 내용을 완전히 삭제하였다고 하였다. 또 청 同治 연간에도 『금고기관』은 금서목록에 들어가 청 萃精英閣 판본 『今古奇觀』 목록에는 혼외정사의 이야기인 제23권 「蔣興哥重會珍珠衫」과 젊은이들의 불륜을 묵인한 혼인기담 제28권 「喬太守亂點鴛鴦譜」 아래에 "奉憲抽禁(법령을 받들어 금서로 뽑음)"이란 말이 붙어있었고, 본문에도 이 두 작품은 삭제된 체 출판되기도 하였다. 이처럼 『금고기관』도 부분적으로는 금서의 목록에 끼기도 하였지만 대체적으로 보면 그 내용이 비교적 온당한 것들이라고 할 수 있다.

15 『금고기관』은 소화주인의 서문("至所纂『喩世』, 『警世』, 『醒世』三言, 極摹人情世態之岐, 備寫悲歡離合之致, 可謂欽異拔新, 洞心駭目, 而曲終奏雅, 歸於厚俗.")을 통해 풍몽룡의 삼언을 극찬하였듯이 이 책을 편찬한 포옹노인은 풍몽룡과 삼언에 대한 깊은 동조와 이해를 바탕으로 하고 있다.

욕정을 경계하는 교화적 작품들을 실어 당시 조정과의 불필요한 마찰을 피하고자 노력하였다. 이는 포옹노인의 계획된 의도에서 비롯된 탁월한 편찬 전략과 미학사상에서 기인한 것이다.

『금고기관』의 편찬의도와 편찬방식에 대한 논의는 『금고기관』을 편찬한 포옹노인의 문학관과 이 책의 편찬 미학체계를 이해하는 『금고기관』 연구의 가장 핵심적인 분야이기도 하다. 이를 위해서는 먼저 삼언, 이박의 미학체계를 이해한 다음 이를 계승, 발전시킨 『금고기관』의 독차적인 미학구조를 고찰해야 할 것이다.

다섯째, 『금고기관』의 작품 의의와 내용에 관한 고찰이다. 『금고기관』의 내용은 여러 시각과 측면에서 분석이 가능하다. 전통적인 방식은 삼언·이박을 연구한 선행연구들의 분석의 틀을 사용해 인과응보, 남녀애정고사, 기지(機智)고사, 권력의 부패와 풍자, 기타의 5가지 주제별로 분류할 수도 있지만[16], 필자는 이런 기존의 정형화된 틀을 벗어나 자유로운 방식으로 다각도로 내용을 분석하고자 하였다.

우선 첫 장에서는 『금고기관』의 진보적 의의와 내용에 대해 논의하는데, 그 구체적인 내용은 첫째, 봉건예교에 대한 가송과 풍자를 반영한 작품들을 적절히 배분하고 있다는 점과 둘째, 허무맹랑하고 퇴폐적인 내용을 줄이면서 당시 명대 시민 계층의 참신한 가치관을 반영하였다는 점, 그리고 셋째로는 천리와 인과응보를 선양하며 과도한 욕정에 대한 경계를 통해 사회 교화적 의미를 부여한 점이다. 마지막 넷째로는 탁월한 묘사력이다. 특히 물질적 욕망을 갈구하던 명 중엽 이후 대두된 시민계층의 문화심리를 반영한 점과, 봉건예교의 중심에 있던 귀족층의 가식적이고

16 김기향, 「『금고기관』 연구-내용분석과 국내에 미친 영향을 中心으로」, 2011, 경희대학교 석사학위논문, 21쪽.

비인간적인 면과 상반되는 당시 시민계층의 진정(眞情)과 민주의식에서 비롯된 양성관계의 반영 등이 매우 이채로운 부분이다.

그리고 둘째 장에서는 『금고기관』 40편 작품 하나하나에 대해 줄거리와 사상, 해당 작품과 삼언·이박과의 연관성 및 판본상의 차이, 작품 배경, 의의, 예술성, 감상, 그리고 중국 및 우리나라에 끼친 영향 및 번안 양상 등에 대해 전방위적으로 논의하였다.

여섯째, 『금고기관』의 가치에 관한 고찰이다. 『금고기관』의 가치는 첫째, 삼언·이박의 문학 정신과 핵심 사상을 일목요연하게 잘 반영한 점이다. 만약 『금고기관』이 없었다면 삼언·이박의 문학성과 사상성도 그 방잡한 분량과 복합적인 사상성으로 인해 가려지고 말았을 것이다. 따라서 『금고기관』의 가치는 무엇보다도 먼저 삼언·이박의 가치를 선양하는 데 크게 기여한 '두십랑이 분노해 보석 상자를 물속에 던지다(杜十娘怒沉百寶箱)', '기름장수가 제일의 명기를 독차지하다(賣油郎獨占花魁)', '장흥가가 진주 적삼을 다시 만나다(蔣興哥重會珍珠衫)' 등을 비롯한 일련의 진보적 사상을 지닌 작품들을 통해 그 가치와 의의를 찾을 수 있다.

둘째, 명대 시민계층의 문화를 반영한 사회 풍속도로서의 가치이다. 『금고기관』의 가치는 송원명대의 작품들이 서로 뒤섞여있는 삼언·이박 작품들 가운데 명대 작품들만을 선별하여 수록하였기에 명대 상인들을 중심으로 한 시민계층의 생생한 사회풍속도로서 당시 사회상을 이해하는 역사적 자료로서의 가치가 크다. 그리하여 『금고기관』은 삼언·이박 속 명대 시민계층의 참신한 평등의식이나 진보된 사상 등을 잘 반영하고 있어 그 가치가 높다. 따라서 당시 문인사대부 귀족계층과 그들의 통치이념인 예교사상에 반하는 평민 시민계층의 자유분방한 남녀양성관계와 애정관, 그리고 금전과 상인에 대한 긍정적이고 진보적인 인식 등에 대해 논의하였다.

셋째, 명대 통속문학과 작가들의 가치관을 이해하는 중요한 자료를 제공하였다. 『금고기관』은 중국인들의 뿌리 깊은 예교사상과 교화의식, 그리고 명말 대두된 주정주의 의식 간의 절충과 조화를 잘 반영한 것으로 당시 통속문학의 성격과 통속문학 작가들의 가치관을 이해하는 중요한 자료적 가치를 제공하고 있다. 따라서 『금고기관』이라는 통속문학을 통해 '교화의식(즉 문이재도)'과 '주정주의(즉 치정의식)'라는 두 가치를 모두 추구하고자 한 당시 명청 사이 문인들의 가치관과 미학관을 파악하고자 하였다.

넷째, 한중 고전문학 및 신문학 창작에 영향을 끼친 점이다. 『금고기관』의 가치는 중국 백화소설의 발전과 같은 중국문학에 끼친 영향은 물론 우리 국문학의 발전에 끼친 공도 무시할 수가 없다. 전술한 대로 『금고기관』은 삼언·이박이 실전된 가운데 중국화본소설의 대표작으로 군림하면서 조선시대부터 우리나라에 큰 영향을 끼쳤다. 조선시대부터 전해진 『금고기관』의 판본들은 많은 작품들이 우리말로 번역·번안되었을 뿐 아니라 근대전환기에는 이 작품이 우리나라 신소설 창작을 위한 모티브로 활용된 사례가 적지 않다. 따라서 번역과정에 나타난 특색과 경향, 그리고 문제점도 적지 않아 이에 대한 고찰을 시도하였다.

2. 중국화본소설과 『금고기관』의 탄생 배경

본 장에서는 1) '명대의 사회적 배경과 『금고기관』의 탄생', 2) '명대의 문화적 환경과 『금고기관』의 탄생', 3) '중국소설의 발전단계와 『금고기관』의 탄생', 4) '삼언·이박의 창작배경과 『금고기관』의 탄생' 등 네 절을 통해 '중국화본소설과 『금고기관』의 탄생 배경'에 대해 논의하고자 한다.

1) 명대의 사회적 배경과 『금고기관』의 탄생

본 장에서는 『금고기관』 탄생의 배경이 되는 명대의 사회적 환경에 대해 논의하고자 한다. 삼언·이박과 탄생의 배경을 논의하기 위해 우선 명대의 정치·경제·사회·문화에 대해 대략적으로 언급하기로 한다.

명나라는 초기에는 홍무제와 영락제의 재위시기에 거대한 운하와 수로도 건설되어 농업 생산력이 크게 향상되면서 군사력도 증대되어 전성기를 맞이하였지만 명은 영락제가 죽은 후로부터 점점 쇠퇴하기 시작하였다. 이후 만력제와 천계제와 같은 군주들이 나오면서 상황은 더욱 악화되었다. 1620년 만력제가 죽은 후 주상락(朱常洛)이 등극하여 광종 태창제가 되었으나 1개월 만에 사망하고 아들 천계제가 즉위하였다.

천계제는 초기에는 학자 출신의 동림당(東林黨) 인사를 대거 등용하였으나 당쟁이 격렬해지자 천계제는 정사에 뜻을 잃었고, 그 틈을 타 환관 위충현(魏忠賢)이 영향력을 확대하였다. 위충현은 1624년에 사람들을 결집해 동림당에 반대하는 엄당(閹黨, 환관들을 중심으로 맺은 당이라 붙여진 이름임.)을 만들면서 정국을 완전히 장악하였다. 그리하여 동림당에 대한 대대적인 공격과 함께 1625년에는 전국의 서원을 철폐하고 수많은 동림당 인사를 투옥시켰다. 그리하여 당시 명나라는 중앙행정의 기능이 약화되면서 각지에서 민란이 발생하였고, 외환도 있어 후금과 몽골이 변경을 위협하였다.

이어 1627년 천계제가 병사하고 그의 동생 주유검(朱由檢)이 뒤를 이었는데 그가 명의 마지막 황제 숭정제(즉 명사종(明思宗))이다. 사실 그가 즉위(1628~1644)하기 시작하였을 때부터 이미 명은 조정의 혼란과 사회의 불안으로 인해 매우 심각한 단계에 처해있었다. 그는 좋은 황제가 되려는 의지는 있었지만 고집이 세고 의심이 많아 현명한 판단력이 모자랐다. 재위기간 17년 동안 형부상서만 17명이 바뀌었고, 대학사는 50명이 교체되었다. 그런데 그 50명의 재보(宰輔) 가운데 비교적 오래 역임한 자도 온체인(溫體仁), 주연유(周延儒), 설국관(薛國觀)과 같은 간사한 자들이었다.[17]

숭정제는 즉위 후 위충현의 세력을 제거하고 조정 내외의 폐단을 혁파하였지만 당쟁은 그치지 않았고 숭정제의 개혁도 효과가 없었다. 1629년에는 만주에서 세력을 키운 홍타이지가 장성을 돌파하여 북경까지 이르자 숭정제는 방어 실패의 책임을 물어 명나라에 남아있던 명장 원숭환(袁崇煥)을 사형시켰는데, 이는 결국 명나라의 군사력을 약화시키는 계기가 되었다.

결국 홍타이지는 6차례에 걸쳐 장성을 넘어 중국 북방을 유린하였고, 그로 인해 북방은 전란과 전염병으로 대단히 혼란스러웠다. 이어 1640년에는 청나라가 요령의 금주(錦州) 등지를 점령하여 명나라의 주력 군대를 격파하면서 명나라는 산해관(山海關)으로 후퇴하였다. 이 시기 명나라 각지에서는 민란도 발생하여 이자성(李自成)이 큰 세력을 형성하였는데, 그는 서안(西安)을 점령하여 국호를 대순(大順)으로 하고 북경으로 진격하였다. 결국 1644년에는 이자성의 군대가 북경을 함락시키고 이에 숭정제가 북경의 경산(景山)에서 목을 매 자살하면서 명나라는 멸망하고 만다.

명사종 숭정제가 죽은 후에 남경에서는 만력제 명신종(明神宗)의 손자 복왕(福王) 주유숭(朱由崧)을 남명(南明, 1644~1662)의 황제로 내세워 1645년에는 홍광(弘光)이란 연호도 사용하였다. 그 후 남명은 마지막 황제 주유랑(朱由榔)을 끝으로 18년간 명맥을 유지하다 결국 멸망했다. 당시 남명의 조정대신은 크게 두 파로 나누어졌는데, 하나는 동림당이 추숭하는 사가법(史可法)으로 대표되는 정인군자(正人君子)파와 다른 하나는

17 傅樂成 主編, 薑公韜 著, 『中國通史·明清史』, 臺北: 長橋出版社, 1979, 76쪽 참고.

마사영(馬士英), 완대성(阮大鋮)으로 대표되는 간사한 자들이었다.[18]

삼언·이박의 작가 풍몽룡(1574~1646)과 능몽초(1580~1644)의 삶은 1572년부터 1620년까지 48년간 재위한 만력제의 즉위와 거의 동시에 시작되었다가 마지막 황제 숭정제가 1644년에 죽을 때까지 살았으니, 그들은 명나라가 점점 쇠퇴하다가 멸망하는 모습을 처음부터 끝까지 지켜보았다고 할 수 있다. 따라서 삼언·이박은 물론 『금고기관』이 탄생하던 명나라 당시 상황은 정치사회적으로 내우외환을 겪던 대단히 불안정한 시기였다고 할 수 있다.

정치적 환경에 이어 경제적인 환경을 살펴보자. 우선 농업 상황을 살펴보면 명초에는 농업의 발전을 꾀하고 노동력을 확보하기 위해 노예를 석방하는 법령을 반포하며 무고한 양민들을 속여 노예로 파는 일을 엄금하였으며, 동시에 유민(流民)들을 수합하여 황무지를 개간하게 하였다. 또 수리공사와 둔전(屯田)을 실시하여 농지도 늘고 자경민의 수도 증가하였다.

그러나 10세기 이래 곡창지대였던 강남지방에서 직물업 등의 공업이 발달하면서 소주와 항주 등지가 견직물업의 중심도시가 되었고, 송강(松江) 일대(지금의 상해 서남부 지역)는 면직물업의 중심도시가 되었다. 강남이 공업중심지로 발전하자, 인구가 증가하고 농경지는 상품작물의 재배지가 되어 미곡의 생산이 부족해졌다.

그리하여 명말이 되면 미곡 생산지가 장강 하류에서 중류지역으로 옮아간 다음 다시 호광(湖廣, 즉 호북성과 호남성)지역이 새로운 곡창지대가 되어 경제적 분업화가 이루어졌다. 그리하여 만명시기에는 호광의 쌀이 강소, 절강, 복건, 광동 등으로 판매되었다. 또 고구마, 호박, 누에콩, 감자, 옥수수, 면화 등도 16세기 중엽에 외국으로부터 들어왔는데, 특히 면

---

18 위의 책, 87쪽 참고.

화는 당시 전국적으로 널리 재배되었다. 경제작물 농사로 인한 상업성 농업의 발전과 교통수단의 발달은 공상업의 발전을 가속화시켰다.

그리하여 16~17세기 명나라는 세계에서 수공업과 경제가 가장 발달한 나라 중의 하나가 되었다. 특히 명 중엽 이후 명세종(明世宗) 가정(嘉靖) 원년(1522)에서 1573년 명신종(明神宗) 집권 이후의 100여년은 중국경제발전사에서 상품경제의 발전과 공상업의 번영에서 과거 그 어느 때를 능가하였다.

명대 수공업 생산은 갈수록 봉건경제의 많은 비중을 차지하였는데, 항주, 상해, 남경, 소주(蘇州), 경덕진(景德鎮) 등이 중심이었다. 특히 명말까지 소주를 중심으로 비단직물이 크게 발달하였고, 송강은 면방직의 중심이었다. 명대 초부터 강남은 수공업이 발달하여 송강 노안부(潞安府)의 전성기에는 방직기가 13000 대에 달해 시장경제와 도시화를 촉진하였으며, 남경 일대 도자기 공장에서는 매년 100만 개의 자기를 생산하였다. 물론 당시 경덕진은 세계의 자기 도시로 일만 호가 넘는 공방에서 고도의 기술로 관요와 민요를 생산하였다. 또 제지공방이 복건(福建), 강서(江西), 절강(浙江), 하남(河南), 사천(四川) 등에 분포되어 다양한 품종의 종이를 생산하였고, 이는 당시 대규모의 인쇄공방의 발전에 유리한 조건이 되었다. 또 인쇄술도 발전하여 동과 아연의 활자 인쇄가 개발되고, 채색투인(彩色套印)과 홍화(拱花) 등의 공예도 성했다.

명대의 상업은 명 중엽이후 출현한 재상 장거정(張居正)이 상업을 중시함에 따라 명대 중후기 상인의 지위도 높아졌고 심지어 일부 사대부들은 상업에서 성공하는 것을 글을 읽어 출세하는 것과 동일시하였다. 그리하여 장사와 글공부를 병행하거나 선비의 삶을 버리고 상인이 되는 문화적인 현상도 자주 나타났으며[19], 『일통노정도기(一統路程圖記)』와 같

---

19 당시 많은 선비들이 과거를 포기하고 상인이 된 데에는 두 가지 원인이 있었다. 하나

은 상업서적도 출현하였다. 그 외에도 상업의 발달로 인해 지역별 특산품을 타지로 파는 지역분업의 현상도 생겨나고, 운하 연안에 상선들이 왕래함에 따라 동남지구의 도시가 경제 집산지가 되면서 제녕(濟寧), 회안(淮安), 양주(揚州) 등 주변의 읍성이 활성화되어 타운 경제(Town Economy)가 번영하였다. 또 지역별 상인집단인 '상방(商幇)'도 탄생해 휘주상방(徽州商幫), 진섬상방(晉陝商幫), 광동상방(廣東商幫), 복건상방(福建商幫), 소주동정상방(蘇州洞庭商幫), 강서상방(江西商幫) 등도 생겨났다.

이러한 '상방'들은 '회관(會館)'을 연락장소로 삼아 성장해 가정, 만력 연간에는 각지에 비단, 술, 고기, 과일, 담배, 농작물, 자기 등을 팔면서 그와 동시에 유럽의 시계나 미주의 담배 등 외국의 물건들도 판매하였다. 당시 상업도시는 대체로 강남지역이었는데, 대표 도시로는 남경, 의정(儀征), 양주, 과주(瓜洲), 소주, 송강, 항주, 가흥(嘉興) 등지였다. 또 화중(華中)지역으로는 남창(南昌), 회안(淮安), 무호(蕪湖), 경덕진 등이 있었고, 서남 내륙에는 성도(成都)가 있었으며, 화북에는 북경, 제녕(濟寧), 임청(臨清)이 있었고, 화남에는 복주, 광주 등이 있었다.[20]

는 중국인 인구가 명대 초에서 18세기에 이르러 몇 배가 늘었지만 이에 비해 거인과 진사의 숫자는 증가하지 않아 과거시험의 경쟁률은 갈수록 치열하였던 점이고, 또 하나는 16세기 이후 상업과 도시화의 발전은 많은 선비들에게 큰 유혹이 된 점이다. 이에 대해서는 余英時, 『明清變遷時期社會與文化的轉型』, 沈志佳編, 『余英時文集』 第3卷 『儒家倫理與商人精神』, 桂林: 廣西師範大學出版社, 2004, 156쪽 참고. 그리하여 명대 당시 선비들에게는 과거를 통해 자신의 가치를 실현하고 사회적 지위를 높이면서 경제적 상황을 호전시키는 것이 유일한 목표였지만 인구수의 증가로 인해 생원수가 늘어나면서 인재를 수용하는 과거제도의 한계가 드러나게 되었고, 당시 선비로써 성공하는 자는 열에 하나였다면 상인으로 성공하는 자는 열에 아홉이었다고 한다. 이에 대해서는 吳吉祜, 『豐南志』 卷六 『百歲翁狀』, 『中國地方志集成·鄉鎮志專輯』 第17冊, 南京: 江蘇古籍出版社, 1992, 378쪽 참고.

20 물론 당시 南京과 北京은 전국 최대의 상업도시였고, 西安은 서북지역의 중요 도시였

그런데 상업발전에 대한 조정의 저해 요소도 있어 해상무역은 명초에는 개인의 사적인 항해를 엄격히 금했으며, 영락(永樂), 선덕(宣德)에서 가정(嘉靖) 초기에 이르면 해금이 풀리면서 개인의 해상무역이 신속히 발전하였다. 그러나 가정 3년부터 다시 사적인 항해가 금지되어 경제발전과 자본주의의 발전을 저해하는 요소가 되기도 하였다.

그리고 명대는 특수한 상품에 대해서는 엄격한 통제를 가해 상업발전의 저해 요소가 되었는데, 이를테면 소금과 차와 같은 품목에 대해서는 조정에서 전매권을 갖고 있었다. 따라서 명률의 규정에 의해 상인은 필히 관부에다 돈을 내고 '염인(鹽引)'과 '다인(茶引)' 등과 같은 허가증을 매입해야 거래가 허락되었다. 또 민간의 수공업에도 조정의 규제가 심했는데, 이를테면 남경의 민영 견직업자들은 1000개 이상의 방직기를 사용하지 못하도록 하였으며, 만력 연간에는 당시 방직업이 가장 발달한 소주에 직조태감 손융(孫隆)을 파견해 방직업 발전을 방해하여 오중(吳中)의 견직업이 나날이 줄어들고 방직기의 수도 감소해 수천명의 공방 인부들이 일자리를 잃는 소주 수공업의 일대 재난을 초래하기도 했다.[21]

사상 문화적으로 보면 명은 초기 주원장(朱元璋)이 등극하면서부터 우민정책으로 『맹자』의 민주사상을 은폐하고 정주이학(程朱理學)을 크게 중시하였다. 그러나 명대 중후기로 접어들면 정치적 부패와 경제발전이 서로 충돌하면서 상인의 지위가 올라감에 따라 사상문화적으로 반전통의 분위기가 팽배하였다.

그리하여 민간에서도 사상해방운동이 일어나 주관적인 수양을 중시하

으며, 남북 대운하 연안에도 清江浦, 濟寧州, 臨清州, 天津衛, 河西務 등 많은 신흥 상업도시가 있었다. 그리고 오래된 큰 도시 주변에도 신흥 중소도시도 계속해서 생겨났다.

21 『明通鑑』 卷39, 王健 著, 『中國古代文化史論』, 濟南: 齊魯書社, 2010, 155~156쪽 참고.

는 왕양명의 심학(心學)이 크게 유행하고, 왕인(王艮), 이지(李贄) 등의 '좌파왕학'이 시대흐름을 석권함에 따라 관방의 사상과 대항하였다.

명대의 사상을 대표하는 왕양명(王陽明)은 인간의 마음이 곧 만물의 이법이므로 마음을 함양하는 것이 우선이고 학문을 연마함은 그 다음의 일이라고 주장하면서 사물의 이치를 객관적으로 탐구해야한다는 기존 주자학의 격물치지에서 벗어나고자 하였다.

따라서 사회적 분위기도 소박하고 검소했던 초기와는 달리 명대 중후기에는 사회 형태가 크게 바뀌었는데, 특히 홍치(弘治), 정덕(正德) 연간 16세기 초부터 시작해 명대사회는 경제, 철학, 문화 등 총체적으로 큰 변화를 겪게 된다. 그리고 후기로 접어들면서 상품경제의 발달과 정부 영향력의 약화가 가속화되어 사회적 분위기는 겉만 화려하고 사치스러움을 추구하는 방향으로 흘러갔다. 사대부든 일반 백성이든 음식, 주거, 복식, 오락 등 각 방면에 이런 경향이 드러나 과거 유교적 소박하고 간결한 분위기를 숭상하는 것과 큰 차이를 보였다.[22]

---

22 "만명은 중국역사상 사람들을 주목하게 만드는 시기이다. 당시 사람들로부터 '하늘이 무너지고 땅이 꺼지는' 내지 '기강이 문란하다'라는 말을 듣던 명왕조의 말엽은 새로운 사회요소가 싹을 키우고 있었으며, 옛날과 다른 갖가지 현상들이 나타나고 있었다. 문제의 원인은 본래 소박하고 검약하며 본분을 지키던 사회의 모습이 명대의 말기에 오면 소박함을 버리고 농염함을 좇으며, 새로운 것을 좋아하고 이상한 것을 흠모하는 분위기가 나타나게 된 데에 있다. 이런 분위기는 가정 연간에 비롯되다가 만력 중엽에는 조류를 형성하였으며, 명청이 교체될 시기에는 잠시 중단이 되었다가 그 후에 다시 예전의 모습으로 돌아갔다.......만명의 도시는 물질과 정신생활에 있어 다음과 같은 변화가 일어났다. 즉 복식에 있어서는 '소박함을 버리고 농염함을 좇았으며'., 문예상에서는 '기이하고 새로운 것을 추구하였으며'., 학술상으로는 '기이함과 이상한 것을 좋아하였다.' 이러한 농염함과 새로움, 그리고 기이함이라는 세 가지 요소는 바로 명말 한 세대의 유행거리가 되었다.(晚明在中國歷史上是一個引人注目的時期. 這個被當時人說成'天崩地解'·'綱紀淩夷'的王朝末世, 有著新的社會因素在萌動, 出現了種種異於往古的現象. 問題的提出是因爲.. 社會生活, 本來魯樸·儉約·守成, 到明代晚期, 卻出現一股去樸從艷·好新慕異的風尙. 它從嘉靖年間濫觴, 萬曆中葉成爲潮流, 至明清鼎革之際

명의 이런 사회적 변화는 특히 가정(嘉靖), 만력(萬歷) 연간부터 더 심화되었다. 당시 정치부패는 심각하여 재상의 정권장악과 환관들의 정권농락이 뒤섞여 교체되면서 붕당이 수립되고, 혼란스러운 부역(賦役)제도는 재정의 고갈을 부추겼다. 거기다 외환도 있어 변방은 북방 유목민족의 남침위협에다 동쪽 왜구와 서방 제국주의자들의 도전도 이어졌다.

경제면에서는 중국의 해외무역 순차로 인해 스페인 등지의 백은이 대량으로 유입되면서 도시 주민들의 생활이 크게 변해 의리보다는 이익을 좇는 배금주의와 사치풍조가 만연하고 빈부와 귀천의 문제도 대두되었으니 이는 곧 전통적인 상하 존비(尊卑)의 질서를 무너뜨렸다.

사상문화 영역에서도 정으로써 이에 대항한다는 이른바 '이정반리(以情反理)'의 반전통 물결로 그간 경시되던 통속문학이 크게 유행하면서 종래의 예법이 무시되고 개인의 성정이 중시되었다. 이런 서민문화의 발전에 따라 연극과 함께 소설이 성행하여 『삼국연의』, 『수호전』, 『서유기』, 『금병매』 등이 널리 알려졌다.

요컨대 농촌경제의 변화, 국내외 무역의 번영, 도시 경제의 발달, 상품화폐 유통의 확산, 지역별 산업의 분업화 확대와 그로 인한 수공업 생산의 발전, 경영방식의 변화 등등의 현상은 전대미문의 '근대 이전의 공업화'와 흡사한 역사적 변화를 야기하여 명대사회는 사회풍습에서부터 사상문화 전역에 걸쳐 일대 변화를 겪게 된 것이다. 이어 천계, 숭정 연간에 이르면 명대는 이미 막다른 궁지에 몰려 당쟁도 격화되고 환관의 전권으로 정치의 혼란은 극에 달해 결국 내우외환으로 멸망하게 된다.

다음으로 지식인과 직접 관계가 깊은 교육제도에 대해 언급하면 명대는 초기부터 과거제가 시행되었다. 과거제도는 송·원의 제도를 계승하여

中斷, 爾後又回歸如昔.......晚明城市在物質和精神生活中發生這樣大的變化.. 服飾上'去樸從艶'., 文藝上'異調新聲'., 學術上'慕奇好異'. 這艶·新·異三個特點成爲明季一代的時尙.)" - 陳萬益, 『晚明小品與明季文人生活』, 臺北: 大安出版社, 1997, 69~70쪽.

향시(鄕試)·회시(會試)·전시(殿試)의 3종이 있었다. 그러나 관료가 되려는 사람의 숫자에 비해 합격자는 소수에 불과해 여러 번 시험을 보는 동안 백발이 되거나 아예 포기하는 선비들도 속출하였다. 또 과거시험도 정형화된 형식의 답안을 요구하는 팔고문(八股文)이라는 독특한 형식의 문장만 고집해 지식인의 자유로운 사상과 영혼을 억압하였다. 그리고 명은 북송 이래의 문자옥(文字獄)도 계승하여 문화적으로 강압정책을 실시해 지식분자의 불만과 반항을 막았는데, 이런 문자옥은 명 태조부터 천계 연간까지 역대 황제들의 재위 기간 모두 시행되었다. 다만 태조 홍무 연간과 가정 연간에 비교적 심해 사회문화에 영향을 끼치기도 했다. 그러나 명 중엽 이후 상업이 발달하고 서적에 대한 수요가 증가함에 따라 학문과 사상도 보다 자유로운 분위기로 흘러갔다.

그 외 명대의 사회 분위기로 장서(藏書) 열풍과 출판업의 발달을 들 수 있다. 장서열풍은 관과 민에서 모두 유행하였는데, 개인 장서열풍이 더 성행하였다. 장서 70만권에 달하는 범흠(范欽, 1506~1585)의 천일각(天一閣) 장서루(藏書樓)는 현존하는 가장 오래된 개인 장서루이다. 그 외 급고루(汲古樓), 강운루(絳云樓) 등도 유명하였다. 이런 장서 열풍은 출판문화의 성행과 서로 상호보완적으로 발전해나갔다.

이상으로 삼언·이박과 『금고기관』의 탄생 배경이 되는 명대의 정치·경제와 사회적 배경 등 제반 환경에 대해 개괄적으로 간략히 짚어보았다. 당시 시대상을 잘 반영해 민간의 생생한 풍속도로 평가받는 삼언·이박과 『금고기관』은 전술한 바와 같이 명중엽 이후 강남과 소주를 중심으로 급변한 사회현실과 민중들의 가치관을 잘 반영한 작품이며, 역으로 우리는 삼언·이박과 『금고기관』을 통해 명대 당시의 구체적인 사회상을 확인하게 될 수도 있을 것이다.

2) 명대의 문화적 환경과 『금고기관』의 탄생

본 절에서는 앞 절에서 논의한 '명대의 사회적 배경과 『금고기관』의 탄생'에 이어 삼언·이박과 『금고기관』의 탄생에 보다 직접적인 영향을 끼친 명대 당시의 출판문화의 발전과 여성문학의 발전 등의 문화적 환경 요인에 대해 보다 구체적으로 논의하고자 한다.

전술한 바대로 명대는 도시상업의 발전으로 인한 시민계층의 대두, 그리고 전통적 유교관에 반하는 학설들이 난무함에 따라 개인을 중심으로 한 출판업의 발달을 크게 촉진시켰다. 명초 홍무 연간에는 서적 출판업에 대한 조정의 세금을 면제하였고, 명 중엽 이후에는 도서출판의 관리도 느슨해짐에 따라 출판은 대단히 자유롭게 되었다. 당시 문인들이 직접 간행한 서적들도 그 수를 헤아릴 수 없을 정도로 많았고, 관료들이 뇌물을 주고받을 때 책을 증정하는 것도 하나의 풍조가 되었다. 개인이 서적을 수집하는 것도 고상한 취미로 간주되었으며, 거기다 조판기술의 발전은 출판업자들에게 큰 이윤을 안겨주었다. 명대의 관부와 정통파 출판인들은 경사자집과 같은 정통서적을 출판대상으로 삼았지만, 정통적 유교관에 반하는 이른바 계몽서적들과 과거응시 자료집, 일용잡학서적, 희곡소설류, 의약, 점성(占星) 등의 비정통적인 서적들은 개인 서방(書坊) 상인들에 의해 대량으로 출판되었다.[23]

---

23 만명의 상업적 출판업의 번영은 주로 다음과 같은 6가지 측면을 지닌다. 첫째, 출판의 주체로 보면 관부의 관각보다 민간의 방각이 주도적인 위치를 차지하였다. 둘째, 출판중심이 전통적인 建陽과 杭州 등지 외에 경제가 발달한 강남지역의 여러 신흥 도시가 도서출판중심지로 부상하였다. 그 중 남경에만 150여 곳의 서방이 있었다. 셋째, 각인기술의 획기적 발달로 套印·餖版·拱花 등의 다양한 인쇄술과 印刷字體도 발달하였다. 넷째, 출판서적의 품종도 경사자집 외 다양한 부류의 서적들이 인쇄되었다. 다섯째, 작가와 편집인단에 변화가 생겨 중하층 문인들을 중심으로 서적 창작과 편집을 주요 생활 터전으로 삼으면서 직업 혹은 반직업 작가와 편집자군이 형성되기

특히 만명시기 출판업은 대단히 번성하여 오(吳), 월(越), 민(閩), 촉(蜀) 등지는 전국의 출판 중심지가 되었다. 출판도서 품종의 다양함은 물론 유통지역의 범위도 역사상 그 전례가 없었다. 각 도시마다 전문적인 서점거리가 있었으며, 과거시험이 열리기라도하면 서상(書商)들은 과거장 밖에서 좌판을 만들어 각종 서적을 늘어놓아 마치 비단물결과 같았다고 한다.[24]

심지어 외딴 지역의 시장이나 사묘에도 서적을 파는 상인들이 있었다고 하니, 영리를 목적으로 한 개인 출판업의 발달은 명대 당시 출판업의 가장 큰 동력이었다. 거기다 경제적으로 여유가 있는 서상들은 자신들의 지위를 높이고 시장도 넓히기 위해 문인들과 적극적으로 교류하였는데, 그들은 자신들이 출간한 서적들의 서문을 문인들에게 써달라고 부탁도 하면서 광고효과를 높였다. 또 일부 문인들은 직접 출판업에 뛰어들어 출판상이 되거나 저명한 문인들도 종종 소설의 편찬과 평점 작업에 몸을 던지기도 하였다.[25] 특히 과거에 실패해 곤궁해진 문인들은 서상들을 위해 편집 일을 도맡으며 생활을 영위하기도 하였다. 이런 만명의 출판문화는 풍몽룡과 같은 걸출한 편집가의 탄생을 부추겼다고 할 수 있다.[26] 따라서 삼언·이박의 탄생과 이를 다시 편집해 출간한 포옹노인의 『금고기관』의 탄생은 출판문화가 대단히 발전한 만명의 문화적 환경에서 비롯된 것이다.

시작하였다. 여섯째, 강한 미케팅 의식을 지닌 서적상들이 출판품의 선택부터 원고수집, 교정, 인쇄, 광고, 판촉 등 모든 출판유통과정에 전력을 기울였다. - 張獻忠「晚明商業出版與思想文化及社會變遷研究」, 國家社科基金項目, 《光明日報》(2017年12月18日14版)

24 明 胡應麟, 『少室山房筆叢』, 권4.

25 李贄와 陳繼儒 등이 그 대표이다.

26 張弦生, 「傑出編輯家馮夢龍和造就他的時代」, 『殷都學刊』 第1期, 1997, 65쪽 참고.

특히 만명시대에는 마치 분수에서 물이 뿜어져 나오듯 전시대와는 비교가 되지 않을 만큼 많은 서적들이 출판되어 쏟아져 나왔는데, 이런 출판업의 발달은 만명의 사회와 문화에 지대한 영향을 끼쳤다.

이를테면 동림(東林)과 복사(復社)와 같은 문인단체들은 활동이 멈춘 뒤에도 서적 출간을 통해 그들의 사상을 교류·전파해나갔으며, 그로 인해 여론을 형성하였다. 이지(李贄) 등의 '이단' 사상도 대량으로 출판된 서적 전파로 인해 관부에서 손을 쓸 수 없을 정도로 신속히 퍼져나갔던 것이다. 만명의 출판업 호황은 당시 진계유, 풍몽룡 등과 같은 '출판문화인'들도 탄생시켜 다량의 서적 간행을 통해 '금기서화시주화다(琴棋書畫詩酒花茶)' 등 문인생활의 면면을 선보임으로써 문인들의 아취(雅趣)가 대중화되는 계기도 마련하였다.[27] 따라서 풍몽룡의 삼언과 이를 계승한 이박은 물론 이어 등장한 후속 작품들과 선집들도 줄줄이 출현하는 환경이 조성되었으니, 『금고기관』의 탄생은 바로 이런 명말 강남의 발달된 출판문화 환경과도 불가분의 관계가 있다고 할 수 있다.

그 외에도 『금고기관』의 탄생은 명말에 크게 대두된 여성의식 및 여성문학과 깊은 관계가 있다. 주지하는 바와 같이 『금고기관』은 삼언·이박 가운데 여성의식을 고취하는 명작들을 빼놓지 않고 거의 모두 수록하였다. 이를테면 「두십낭노침백보상(杜十娘怒沉百寶箱)」 속 두십낭의 사랑에 대한 열정과 용기, 「매유랑독점화괴(賣油郎獨占花魁)」 속 진중(秦重)의 여성에 대한 연민과 존중의식, 「소소매삼난신랑(蘇小妹三難新郎)」에서의 소소매의 재기와 당차고 발랄함, 「장흥가중회진주삼(蔣興哥重會珍珠衫)」에서의 여성의 혼외정사에 대한 관용적 태도, 「채소저인욕보구(蔡

27 大木康, 『明末江南的出版文化』 上海古籍出版社 2014 참고. 또 이 책은 한국어로 번역되기도 하였다. 오오키 야스시 지음, 노경희 옮김, 『명말 강남의 출판문화』, 소명출판, 2007 참조. 그 외에도 박계화, 장미경 지음, 『명청대 출판문화』, 한국학술정보, 2009 참조.

小姐忍辱報仇)」에서 채소저의 용기와 의협심, 「전수재착점봉황수(錢秀才錯占鳳凰儔)」에서 전청(錢青)의 여성에 대한 존중, 「여수재이화접목(女秀才移花接木)」에서의 여대장부 문비아(聞蜚娥)의 지용(智勇) 등이 그러하다. 또 「왕교란백년장한(王嬌鸞百年長恨)」과 「금옥노봉타박정랑(金玉奴棒打薄情郎)」에서의 박정한 남편 주정장(周廷章)과 막계(莫稽)에 대한 왕교란과 금옥노의 징벌은 의로운 여성이 신의가 없는 남성을 징벌함으로써 기존의 남존여비 사상을 뒤엎고 있다.

따라서 명말은 이지 등을 비롯한 인성해방운동과 계몽주의 사상의 영향으로 통속문학이 크게 발전하고 여성에 대한 인식도 높아지면서 여성예찬론이 크게 대두된 시대이다. 물론 그 전의 문학에서도 중국인들은 여성을 노래하고 찬미하였지만 만명시대만큼 구체적이고 심미적으로 여성을 찬미하진 않았다. 사실 중국문인들이 시가를 통해 표현한 여성에 대한 찬미나 연민의 정은 유교적 가치관에 입각하여 여성의 도덕성이나 고통받는 여성들에 대한 측은지심이 핵심적인 내용이었다. 그리고 여성의 외모에 대한 찬미도 외적인 미모와 기질 등을 추상적으로 노래하였지만 명말이 되면 이런 전통적 유교관에서 벗어나 여성 자체를 심미적 대상으로 여겨 구체적으로 예찬하거나 심지어는 여존남비의 입장에서 여성을 찬미하기까지 하였다.

이런 여성예찬 문학은 수신제가치국평천하의 문학관에서 벗어나 자유로운 성령을 노래한 만명소품문에서 잘 드러난다. 이를테면 위영(衛泳, 생몰연도 미상, 활동시기:1643~1654)의 『열용편(悅容編)』과 이어(李漁, 1611~1680)의 『한정우기(閑情偶記)』 등을 꼽을 수 있다. 이어의 『한정우기』 「성용부(聲容部)」가 주로 미인의 외형적인 아름다움에 대해 구체적으로 논했다면, 위영의 『열용편』은 미인의 자태와 격조, 멋과 정취 등을 전방위적으로 예찬하고 있다. 그리하여 위영은 「초은(招隱)」편에서 은거의 최고 경지는 바로 "색은(色隱)"이라고 하였는데, 그것은 재색과 자질을 갖춘 미인을 얻어 산림에 묻혀 아름다운 자연과 더불어 한가히 소일하는 것이었다. 만명의 이런 여성예찬문학은 청초로 이어져 장조(張潮, 1650~?, 활약시기:1676~1700)가 지은 『유몽영(幽夢影)』은 이런 전통을 계승한 작품이라고 볼 수 있다.

여성의 자질을 찬양하는 이런 현상은 명말청초에 유행한 재자가인 소설로도 이어졌는데 『옥교리(玉嬌梨)』에서 소우백(蘇友白)이 "재기가 있으나 예쁘지 않으면, 가인이 될 수 없고; 미모는 있어도 재기가 없어도, 가인이 될 수 없다; 비록 재기와 미색을 갖추어도 나 소우백과 더불어 애틋한 정을 나누지 않으면 그 역시 나 소우백의 가인이 될 수 없다.(有才無色, 算不得佳人; 有色無才, 算不得佳人; 卽有才有色, 而與我蘇友白無一段脈脈相關之情, 亦算不得我蘇友白的佳人.)(제5회)"라는 말은 색(色)·재(才)·정(情) 삼박자가 모두 갖춰져야 진정한 미인이라는 미인의 개념에 대한 새로운 정의라고 할 수 있다. 또 『평산냉연(平山冷燕)』에서 연백함(燕白頷)이 "천지는 이미 산천의 수려한 기운을 모두 미인에게 바쳤는데, 우리 같은 남자가 태어나서 무슨 소용이 있겠소?(天地旣以山川秀氣盡付美人, 卻又生我輩男子何用?)(제16회)" 등의 말은 당시 여성에 대한 인식과 평가가 크게 변화한 것을 의미한다.

만명문학에 대두된 이런 여성에 대한 관심과 존중의식의 배경에는 이지(李贄, 1527~1602)와 같은 사상가의 영향도 컸다. 그는 「여인은 도를 배우기에 견식이 짧다는 것에 답하는 글(答以女人學道爲見短書)」에서 "사람 가운데 남자와 여자가 있다는 말은 가능하지만 식견에도 남자와 여자가 따로 있단 말은 터무니없으며, 식견에 길고 짧음은 있지만 남자의 식견은 모두 길고 여자의 식견은 모두 짧다는 말은 어불성설이다."[28]라며 남

28 "故謂人有男女則可, 謂見有男女豈可乎? 謂見有長短則可, 謂男子之見盡長, 女人之見盡短,

자와 여자의 능력 차이를 부정하였다. 그리하여 그의 제자들 가운데는 여성들도 있었고, 그가 강연할 때에는 부녀자들도 많이 있었음은 그가 부녀자를 존중하며 남존여비의 사상을 타파하고자 했음을 알 수 있다.

그리하여 여성이 학문과 자질 면에서 남자를 능가한다는 이른바 '스카프가 수염에 뒤지지 않는다(巾幗不讓須眉)'란 말은 명말 이후 빈번하게 등장하였다. 이를테면 명말 만력연간에 간행된 종성(鍾惺, 1574~1624)의 『명원시귀(名媛詩歸)』 서문에도 "아! 남자의 재주가 실로 부녀자만 못하도다!(嗟乎!男子之巧, 洵不及婦人矣.)"라고 하였으며, 명말 정원훈(鄭元勳)이 범문약(范文若)의 희곡 『원앙봉(鴛鴦棒)』 중 「원앙봉제시(鴛鴦棒題詩)」 제문에서도 "실로 남자가 여자만 못함을 한스러워하네(使人恨男子不如婦人)"라고 하였다. 그리고 명말 풍몽룡의 삼언 속 여러 작품에도 여성의 기지와 지혜가 남성을 능가한다는 말이 빈번하게 등장할 뿐 아니라[29] 능몽초의 『이각박안경기』 권17 「동창우인가작진(同窗友認假作真), 여수재이화접술(女秀才移花接術)」에서도 남자를 압도하는 여장부 문비아의 지혜와 용기를 이야기하였는데, 이 작품은 포옹노인에 의해 『금고기관』 권34의 「여수재이화접목」으로 다시 실리게 되었다. 그리고 명말의 전겸익(錢謙益, 1582~1664)도 당시 여성 시인 왕미(王微)와 양완(楊宛)을 칭찬하면서 "남자가 여자를 능가한다는 말에 불복하네.(不服丈夫勝婦人)"(『목재초학집(牧齋初學集)』 권17)라고 하였다. 또 명말 숭정연간에 간행된 주청원(周清原)의 『서호이집(西湖二集)』에도 "하녀와 계집종의 행동이 남자보다 낫다"는 말이 나온다.[30] 이처럼 명말 작가들 가운데 여성의 재기와 지위를 찬양한 이들은 너무 많아 일일이 거론하기 힘들 정

又豈可乎?" -『焚書』卷2.

29 "有志婦人, 勝如男子"-『警世通言』卷2, "有智婦人, 勝如男子"-『警世通言』卷25, 卷31.

30 "巾幗有男子, 衣冠多婦人", "丫鬟之中, 尚有全忠全孝, 頂天立地之人, 何況鬚眉男子, 可不自立, 爲古來丫鬟所笑?" - 卷19「俠女散財殉節」.

도이다.[31]

그런데 명말의 이런 작가들 가운데 전겸익의 여성에 대한 관심과 존경은 특별하였다. 노신은 1918년 『신청년(新青年)』 잡지의 '열녀에 대한 나의 관점(我之節烈觀[32])'이란 문장을 통해 자신들은 정복자에게 나라를 빼앗기고도 구차하게 살아남았으면서도 여성들에게 절개를 요구하는 중국 남성의 이기적이고 무책임한 행동을 비판하면서 심지어 전겸익의 문집에도 여성들의 절개를 찬미한 전기와 시가들이 넘쳐난다고 말한 적이 있다.[33] "심지어 전겸익의 문집에도"란 말은 전겸익 같은 이신(貳臣, 두 마음을 가진 신하)은 감히 그런 것을 요구할 자격이 없다는 뜻일 것이다. 그러나 사실 노신의 생각과는 달리 전겸익은 여성에 대한 정절을 요구했다기보다는 자신이 못한 일을 여성이 행한 것에 대해 감복하여 이를 칭송한 것이라고 봄이 온당하다. 그가 지은 「신가역 벽에 원삼소수(즉 원중도)에 화답해 지은 회계여자에 대한 시(新嘉驛壁和袁三小修題會稽女子詩)」는 남편에 의해 학대당한 박복한 여성에 대한 연민의 정이 잘 드러나 있다.[34]

이른바 「신가역여자제벽시(新嘉驛女子題壁詩)」는 명말의 원중도(袁中道, 1570~1623)와 전겸익이 천계 초에 함께 북방의 신가역(산동성 연주부(兗州府) 자양현(滋陽縣) 북쪽의 역참)을 지나다 벽에 적혀진 회계(會稽, 즉 소흥) 출신 여성의 제벽시를 보고 원중도가 먼저 시를 짓고 이어 전겸익이 원중도의 시에 화답하고 다시 회계 여성의 원시에도 화답한 시들이다. 그런데 원중도와 전겸익이 지은 이 박명가인(薄命佳人)을 연민한

31 合山究 著, 蕭燕婉 譯, 『明清時代的女性與文學』, 臺北: 聯京出版社, 2018, 296~501쪽 참고.

32 魯迅, 『墳』, 北京: 人民文學出版社, 1973.

33 合山究, 앞의 책 255쪽.

34 이에 대해서는 제2장 제3절 "풍몽룡의 자료를 통해 본 『금고기관』의 작가 포옹노인 고증"의 제벽시에 관한 주를 참고 바람.

화답시는 세상에 신속히 퍼져 훗날 많은 시인들이 이 회계 여성을 동정하는 화답시를 지었다. 풍몽룡도 그의 『정사유략(情史類略)』 권14 '정구류(情仇類)'에서 '역정여자(驛亭女子)'를 언급하기도 하였다. 여성이 지은 제벽시의 출현은 적어도 당나라부터 시작되었다고 알려져 있지만 명말청초에 부쩍 늘었으며 그 중에서도 명말의 신가역의 제벽시가 세상에 가장 널리 퍼진 것은 여성의식이 크게 대두된 명말의 사회적 분위기와도 밀접한 관계가 있다. 따라서 『금고기관』의 탄생도 명말에 강남을 중심으로 크게 발달한 출판문화와 여성인권이 대두된 사회문화적 분위기의 산물이라고 봐야 할 것이다.

3) 중국소설의 발전단계와 『금고기관』의 탄생

삼언·이박 및 『금고기관』의 직접적인 탄생 배경을 논하기 전에 우선 중국 화본소설이 탄생하기까지의 중국소설의 발전단계에 대해 간략히 살펴보기로 하자. 중국에서의 소설은 위진남북조(魏晉南北朝, 220~589) 시대에 이르러 '지괴(志怪)' 소설들이 등장하면서 비로소 탄생된다. 이른바 '지괴류' 소설이란 기괴한 이야기들을 다룬 소설로 주로 혼령과 귀신에 관한 이야기들이었다. 그런데 당대(唐代, 618~907)가 되면 귀신에 관한 이야기보다 인간사회의 이야기들을 주로 다룬 이른바 '전기(傳奇)' 소설들이 등장하면서 중국소설은 한층 성숙해진다. 그런데 송원대(宋元代, 960~1368)가 되면 중국소설은 그 동안 사용되어진 문어체가 아닌 구어체인 '백화(白話)'로 지어진 소설들이 본격적으로 등장하기 시작하는데 이런 백화소설은 명청대(明淸代, 1368~1912) 중국소설의 중심이 되어 크게 발전하게 된다. 그런데 소위 '화본소설(話本小說)'이란 송원대 이후에 탄생해서 명대 말엽까지 크게 유행한 백화소설의 일종으로 당시 민간기예인들의 이야기 노트를 바탕으로 문인들이 각색하여 지어진 소설을 말한다.

일찍이 중국은 당대(唐代) 이후로 대도시를 중심으로 민간예술의 일종인 '설화(說話)'가 유행하였다. '설화'를 강창(講唱[35])하는 사람인 '설화인(說話人)'은 시끌벅적한 저자거리에서 역사 이야기나 불교 전설 내지는 당시 사회의 뉴스거리에 대해 강설하였는데, 당시 대단한 인기를 얻었다. 처음에는 설화인들이 얘기하던 이야기들은 설화인들이 각본 없이 머리로만 기억되어져 입으로만 전해졌지만 나중에는 도제(徒弟)들에게 전수할 필요성이 생김에 따라 점점 간단한 저본(底本)이 필요하게 되었다. 이러한 저본들은 예인들의 수정을 통해 그 내용이 점점 보충되어졌고 또 문인들이 내용을 정리하고 윤색함에 따라 더욱 훌륭한 문학작품으로 변모하게 되었으니 이를 '화본(話本)'이라고 하였다. 또 이런 화본의 체제와 어투를 모방하여 창작한 문학작품은 '의화본(擬話本)'이라 칭하기도 하였다.[36]

다시 말하자면 중국소설은 송원대가 되면 시민계층의 성립과 함께 새로운 비약을 하였는데, 정치와 사회, 경제가 발전하면서 '설화'예술이 흥성하였고 그로 인해 새로운 형태의 소설인 '화본소설'이 생겨나게 된 것이다. 화본소설은 중국고대 최초의 백화소설인 셈이다. 화본소설의 탄생은 중국소설이 내용과 형식에 있어 더욱 사회와 대중에 근접함에 따라 예술성이 더욱 생겨나는 계기를 마련하게 된다. 노신이 「중국소설의 역사적 변천(中國小說的歷史的變遷)」에서도 지적하였듯이 송의 사대부들은 이

---

35 당시 설화인들이 이야기를 口演할 때에는 말로 하는 '講'과 노래를 부르는 '唱'으로 이루어졌기에 이를 '강창'이라고 불렀다. 이런 설화인들의 대본은 이후 '강창문학'이란 이름으로 중국문학의 한 부류로 나누어지기도 한다.

36 '의화본' 소설이란 명대 중엽이후 화본소설이 유행하자 명대문인 가운데 송원명대의 구본을 윤색, 가공할 뿐 아니라 의식적으로 화본소설의 형식을 모방해 스스로 창작도 하였는데, 이를 의화본소설이라고 하였다. 대체로 '삼언' 이후의 백화단편소설들을 의화본소설로 규정하고 있다.

학(理學)에 빠져 소설을 경시하였기에 중국소설의 창작에 아무런 공헌도 하지 못했지만 당시 백화를 사용한 평민소설이 등장하면서 체재는 물론 문장에도 일대 혁신이 일어나는데, 이는 중국소설사상의 일대 변천이라고 하였다.[37]

화본이 송대에 탄생한 것은 중국소설의 발전단계로 보면 필연적인 결과이다. 당송이래로 민간에 설화라는 공연예술이 광범위하게 유행하였는데, 설화란 이야기를 연설한다는 뜻이고, 화본이란 설화 예술인들이 이야기를 연설할 때 근거로 삼던 저본이었다. 설화는 중국 고대의 설창(說唱, 혹은 강창(講唱)) 예술에서 비롯되는데, 고대 중국에는 일찍부터 이야기를 연설하거나 책에 대해 연설하는(즉 설서(說書)) 전통이 있었다.[38] 이런 전통은 문헌상으로도 수나라 후백(侯白)의 『계안록(啓顔錄)』을 비롯해[39] 당나라 곽식(郭湜)의 『고력사전(高力士傳)』의 기록에도[40] 있는 것으로 미루어 당 숙종(肅宗) 때 설화라는 예술이 이미 민간에서 궁정으로 파급되

---

37 "至於創作一方面, 則宋之士大夫實在並沒有什麼貢獻. 但其時社會上卻另有一種平民底小說, 代之而興了. 這類作品, 不但體裁不同, 文章上也起了改革, 用的是白話, 所以實在是小說史上的一大變遷. 因為當時一般士大夫, 雖然都講理學, 鄙視小說, 而一般人民, 是仍要娛樂的; 平民的小說之起來, 正是無足怪訝的事."- 『魯迅全集』8, 附錄「中國小說的歷史的變遷」「第4講 宋人之說話及其影響」, 北京: 人民文學出版社, 1957, 331쪽.

38 근래 중국에서 발견된 문물에는 동한 시기 '說書俑'이라 불리는 생동감 있게 조각된 인형이 있다. 이들 인형의 모습은 혀를 드러내고 어깨를 들썩이며 무언가를 열심히 연설하는 모습인데, 한나라 때부터 이런 설화 예술인이 있었음을 반영한다.

39 『太平廣記』 卷248에는 侯白의 『啟顔錄』의 기록을 인용해 楊玄感이 侯白에게 설화를 부탁해("說一個好話") 侯白이 하는 수 없이 큰 호랑이가 들판에서 고기를 찾는("有一大蟲, 欲向野中覓肉") 등을 云云했다는 기록이 있다. 이는 설화(혹은 說書)에 관한 가장 오래된 문자상의 기록이다.

40 "每日上皇與高公親看掃除庭院, 芟薙草木. 或講經論議, 轉變說話, 雖不近文律, 終冀悅聖情.", 郭湜, 『高力士傳』.

었음을 말해준다. 또 중당(中唐)의 시인 원진(元稹)이 자신의 시「수한림백학사대서일백운(酬翰林白學士代書一百韻)」에서 '설화를 들었다(청화(聽話))'는 말을 하였고, 거기에 단 주(注)에서는 '일지화(一枝花)' 설화를 언급하였는데[41], 여기서의 '일지화' 이야기는 당시 민간에 떠도는 이야기로 나중에 백행간(白行簡)이 지은 당전기 소설작품『이왜전(李娃傳)』의 제재가 되기도 하였다. 따라서 설화 예술은 당대에 이미 성행하였음을 알 수 있다.[42]

송대가 되면 상공업의 발전과 도시경제의 발전으로 인해 설화는 최고조로 발전하게 된다. 맹원로(孟元老)의『동경몽화록(東京夢華錄)』에는 당시 수도 변경(汴京, 지금의 개봉(開封))의 번화한 상황에 대한 묘사와 함께 당시 설화인들의 활동 상황을 기록하고 있으며[43], 소식의『동파지림(東坡誌林)』에도 당시 아이들이 설화를 즐겨 들으며 삼국지에 관한 설화를 들으며 울고 웃던 상황을 기록하고 있다.[44]

당시 도시에는 설화를 비롯한 각종 민간의 공연예술을 전문적으로 행하는 종합공연 장소가 있었는데, 이를 와사(瓦舍, 瓦肆), 와자(瓦子)라고 불렀다. 그 가운데 민간기예만 전적으로 공연하는 장소를 구란(勾欄)이라고 하였는데, 여기서 공연하는 민간기예는 설화를 비롯해 잡극(雜劇), 괴

41 元稹「酬翰林白學士代書一百韻」雲... "翰墨題名盡, 光陰聽話移", 原註雲: "樂天每與予遊從, 無不書名屋壁. 又嘗於新昌宅說'一枝花'話, 自寅至巳猶未畢詞也."

42 설화와 함께 당대에는 또 '俗講'이 있었는데, 이는 승려들이 민중에게 불교의 이야기를 해주던 것이었다. 속강은 나중에 점점 민간전설이나 역사고사도 강창하게 되었다.

43『東京夢華錄』에는 당시의 수도 변경에는 설화 예술인들을 구경하기 위해 사람들이 춘하추동 매일같이 인산인해를 이루었으며, 설화 예술인 가운데에는 講史 7인, 小說 6인, 說諢話 1인이 있었다는 기록이 있다.

44 "塗巷中小兒薄劣, 其家所厭苦, 輒與錢, 令聚坐聽說古話. 至說三國事, 聞劉玄德敗, 顰蹙有出涕者; 聞曹操敗, 即喜唱快."-『東坡誌林』.

뢰희(傀儡戱), 제궁조(諸宮調) 등도 있었다. 주밀(周密)의 『무림구사(武林舊事)』과 내득옹(耐得翁)의 『도성기승(都城紀勝)』, 그리고 근대 왕고로(王古魯)의 「남송설화인 사가 분류법(南宋說話人四家的分法)」 등의 분류법에 의거하면 설화는 대체적으로 '소설(小說)', '설철기아(說鐵騎兒)', '설경(說經)', '강사(講史)' 4가지로 분류된다.[45] 여기서 '설철기아'는 송대 농민의거나 금나라와 요나라에 항거한 영웅들의 전쟁 이야기이다. 이 가운데 '소설'과 '강사'가 가장 인기가 있었는데, 그 중에도 소설이 가장 유명하였다. 그것은 소설이 가장 현실적으로 당시 평민들의 생각과 감정을 잘 담아내었기 때문이며, 동시에 당시 소설을 강창하는 소설인들이 강사에 비해 짧은 시간에 매우 효과적으로 이야기를 펼쳐내 강사인들이 그들을 가장 두려워했다고 한다.[46]

또 화본은 일반적으로 두 가지로 분류되었는데, 강사의 저본인 '강사화본(講史話本)'과 편폭이 작은 '소설화본(小說話本)'으로 나누어진다. 장편의 역사 이야기를 다룬 강사화본은 평화(平話)라고 불렸는데 나중에 장회장편소설이 되었고, 소설화본은 그냥 소설이라고 하거나 단서(短書)라고도 불렸는데, 중국의 고대백화단편소설의 발전에 직접적인 큰 영향을 미치게 된다. 따라서 중국백화단편소설의 발전은 송원대의 소설화본을

---

45 근대 학자들의 분류법에는 다소 차이가 있다. 宋人의 저술 가운데 耐得翁의 『都城紀勝』의 설명에 의하면 설화는 소설, 설공안, 설철기아, 설경, 설참청, 강사서 등으로 분류하였다.("說話有四家: 一者**小說**, 謂之銀字兒如煙粉 、靈怪 、傳奇; **說公案**, 皆是搏刀趕棒(樸刀桿棒)及發蹟變泰之事; **說鐵騎兒**, 謂士馬金鼓之事; **說經**, 謂演說佛書; **說參請**, 謂賓主參禪悟道等事; **講史書**, 講說前代書史文傳 、興廢爭戰之事.") 또 강창문학인 '說話'를 '詞話'라고도 부르는데, 역사적인 이야기를 강창하는 '**講史**(즉 '平話(評話)')'와 단편적인 이야기들을 모은 '**小說**', 그리고 불경에 관한 '**說經**', 만담(즉 相聲) 형식의 '**合生**' 등으로 나누기도 한다. 또 설화와 매우 유사한 중국민간기예로 '說書', '評書' 등도 있는데, 이들은 주로 불경이나 역사적 이야기를 다루고 있으며, 송대 이후에 크게 유행하였다.

46 "最畏小說人, 蓋小說者, 能以一朝一代故事, 頃刻間提破"-『都城紀勝』.

시작으로 대체로 3단계를 거치는데, 그것은 바로 1. 송원 소설화본, 2. 명말의 의화본소설 삼언·이박, 그리고 3. 이어(李漁, 1611~1680) 등이 지은 명말과 청대의 기타 백화단편소설로 삼분된다.

송원대의 소설화본은 비록 중국백화단편소설의 초기 형태이지만 그 예술적 가치는 대단히 높이 평가된다. 그것은 소설화본은 장기간 설화예술인들의 수정보완과 '서회재인(書會才人[47])들의 윤색가공을 거쳤기에 대단히 귀한 자료일 뿐 아니라 문학적 가치가 높다. 문학사의 관점으로 보면 그것은 종래 정통문학 작가의 자아표현에서 세속인정의 표현으로 변화하였으며, 소설사적 시각으로 보면 시민의 심미관이 반영되었다. 또 예술상으로도 언어의 통속화로 인해 호방하고 명쾌한 풍격적 가치를 드러내었다. 따라서 소설화본은 자연스러운 필치로 평민들의 오욕칠정과 평범한 일상의 진실한 사회적 내용을 그려내어 중국고대단편소설의 기초를 정립하였을 뿐 아니라 중국소설사에서도 시대를 긋는 역사적 의미와 가치를 지닌다.[48]

송대의 소설화본은 주로 『경본통속소설(京本通俗小說)』과 『청평산당화본(清平山堂話本)』, 그리고 삼언 등에 수록되어 있는데, 질박한 언어와 생동감 나는 인물묘사로 화본이라는 민간문학의 특색을 잘 반영해 후대 소설의 창작에 큰 영향을 끼쳤다.

중국백화단편소설의 발전에 있어 첫 번째 단계인 소설화본에 이어 두 번째 단계는 삼언·이박을 중심으로 한 의화본 단계이다. 중국백화단편소설의 첫 번째 단계인 소설화본의 시대가 지나 명대로 들어서면 중국의 백

---

47 당시 전문적으로 화본을 쓰는, 문학적 재질은 있지만 출세하지 못한 문인들이 있었는데, 이들 문인들이 조직한 단체를 '書會'라고 하였고, 그들을 '서회재인'이라 불렀다.

48 齊裕焜, 『中國古代小說演變史』, 蘭州: 敦煌文藝出版社, 1994, 88쪽 참고.

화단편소설은 쇠퇴하였다가 명대 중기까지 이렇다 할 작품은 출현하지 못했다. 그런데 명 중엽 이후가 되면 도시 경제의 발달로 인한 자본주의적 성향, 그리고 인성해방과 같은 개인주의적 사상과 문화가 싹트면서 통속문학은 다시 부흥되었고 중국단편백화소설도 다시 발전하게 된다. 당시 문인들은 송원대 소설화본들을 수집, 정리하여 출판하거나 소설화본을 모방하여 창작해 더욱 성숙한 새로운 백화단편소설을 탄생시켰는데 이를 '의화본'이라고 부른다.

명대 의화본 가운데 가장 걸출한 작품들이 바로 풍몽룡(馮夢龍)의 삼언(『경세통언(警世通言)』, 『성세항언(醒世恒言)』, 『유세명언(喻世明言)』)으로 칭해지는 작품집과 능몽초(淩蒙初)의 이박(『박간경기(拍案驚奇)』, 『이각박안경기(二刻拍案驚奇)』)으로 불리는 작품집이다. 삼언은 매 작품집이 40편으로 이루어져 모두 120편인데, 그 가운데 송원화본이 약 3분의 1을 차지하고, 명대 의화본이 약 3분의 2를 차지하는데, 편집자 풍몽룡은 장회소설의 형식으로 원작 각 편마다 제목을 가지런히 붙이고 문장도 일정 부분 수식하였으며, 그 가운데에는 풍몽룡이 직접 창작한 작품도 있다는 것이 정설이다.

현재 자료의 부족으로 화본과 의화본을 확실하게 구분해낼 수는 없지만 대체적으로 말해 송원화본은 대부분 시민이 주인공으로 작품 속에 반영된 사회생활과 풍속습관 등이 비교적 송원대의 정황에 부합된다. 따라서 민간색채가 농후하고 감정이 강렬하며 풍격이 발랄한 것이 특징이다. 이에 비해 의화본은 역사 전기나 위진시대부터 당송에 이르는 문언소설 등을 제재로 하거나 혹은 민간에 떠도는 전설 등을 직접 채택한 것으로, 사상과 언어상에서 참신한 특색이 있다.[49] 의화본은 화본의 체재를 여전히 유지하고 있지만 내용적으로는 화본의 특징인 청각적 예술에서 책상

---

49 北京大學中文系, 『中國小說史』, 北京: 人民大學出版社, 1978, 197쪽 참고.

머리에서 읽는 시각적 문학으로 바뀜에 따라 예술상으로 변화도 생겨났는데, 묘사가 더욱 세밀하고 언어가 더욱 정교해지면서 그야말로 진정한 단편소설로 탄생한 것이다.

명대 의화본을 대표하는 풍몽룡의 삼언은 사상적으로는 당시 시대 풍조인 왕양명(王陽明, 1472~1529) 좌파의 영향으로 동심설(童心說) 등 인성해방사상과 통속문학의 가치를 주장한 이지(李贄, 1527~1602)의 사상을 계승하였다. 그리하여 풍몽룡(1574~1646)의 문학관은 "남녀 간의 진정(眞情)을 빌어, 예교의 위선을 고발한다"[50]는 명교(名敎, 즉 예교)의 잔혹함과 허위를 풍자하는 한편 진정을 핵심으로 하는 소설작품을 통해 민중을 교화하고자 하는 그의 유교적 교화의식이 복합적으로 반영되었다. 또 내용적으로는 "인정세태의 갈래를 지극히 잘 묘사하였고, 비환이합의 정취를 모두 그려내었다.(極摹人情世態之岐, 備寫悲歡離合之致[51])"라는 평과 같이 현실생활 속의 각종 일상사가 마치 만화경을 보듯 눈앞에 펼쳐진다. 특히 전통적인 예교적 가치관과 대립되는 당시 시민계층의 가치관과 도덕관 및 시대적 숨결을 느낄 수가 있다.

능몽초의 이박은 즉공관주인(卽空觀主人, 능몽초의 별호)의 서문에서 "용자유(龍子猶)씨가 편집한 바의 『유세(喩世)』 등 제언(諸言)은 퍽이나 아도(雅道)를 보존하고, 때로는 양규(良規)를 나타내어 금시(今時)의 누습(陋習)을 일파(一破)하고, 송원(宋元)의 구종(舊種) 같은 것도 또한 소괄(蒐括)되어 거의 완벽을 기하고 있다. ...... 그런 까닭에 고금의 잡쇄(雜碎)의 고사로 이목에 새롭고 재미있을 만한 것을 취하여, 추연(推演)하고 이것을 창달시켜 약간권(若干卷)을 이루었다.[52]"라고 말하였듯이 삼언의

50 "借男女之眞情, 發名教之僞藥"- 馮夢龍의 『山歌』 序.

51 『금고기관』 笑花主人의 서문.

52 정래동, 정범진 공역, 『중국소설사』, 금문사, 1964, 258쪽 참고.

문학관을 추숭하여 이를 보완하고자 한 목적으로 편찬되었다. 능몽초는 풍몽룡과 마찬가지로 젊은 시절 풍류재자로 방탕한 삶을 살다가 55세가 되어서야 상해(上海) 현승(縣丞) 등의 벼슬을 시작하였으며, 1644년 이자성(李自成)의 난에 저항하다가 순국하였으니 풍몽룡의 삶과도 흡사하다. 이박의 출현은 천계 7년(1627)인데 당시 마침 풍몽룡의 『성세항언』도 출간된 때라 두 책이 서로 경쟁을 하였을 것이다. 비록 노신은 이박에 대해 "서술이 평담하고, 인증은 빈곤하여 항언에 미칠 바는 못 된다.[53](然敍述平板, 引證貧辛, 不能及也.[54])"라고 하였지만 삼언과 함께 인정세태를 생동감 있게 잘 반영해 큰 인기를 누렸다.

중국백화단편소설의 발전에 있어 두 번째 단계인 삼언·이박을 중심으로 한 의화본 소설이 당시 하층 민중들의 인기를 끌자 명말청초에는 이를 모방한 무수한 의화본 작품들이 출현하여 청대 중엽까지 이어지는데, 이는 백화단편소설 발전에 있어 세 번째 단계이다.

대표적인 작품은 『석점두(石點頭)』, 『서호이집(西湖二集)』, 『취성석(醉醒石)』, 『고장절진(鼓掌絶塵)』, 『원앙침(鴛鴦針)』, 『삼각박안경기(三刻拍案驚奇, 별칭 환영(幻影))』, 『환희원가(歡喜寃家)』, 『환희기관(歡喜奇觀)』, 『무성희(無聲戲)』, 『십이루(十二樓)』 등 그 수만 50여 종에 달한다. 그러나 그 가운데 우수한 작품은 청대 초기 이어가 지은 『무성희』, 『십이루』 등을 제외하면 이렇다 할 작품이 없다는 평이 일반적이다. 이들 의화본 말류 작품들은 노신이 지적한 바와 같이 "형식만 겨우 존재할 뿐 정신은 송대 화본과 판이하게 달랐다.[55]"라고 볼 수 있어 송원화본의 신선함도

53 정래동, 정범진, 위의 책, 258쪽.

54 『魯迅全集』8, 164쪽.

55 "明人擬作末流, 乃誥誡連篇, 喧而奪主, 且多豔稱榮遇, 回護士人, 故形式僅存而精神與宋迥異矣."- 『魯迅全集』8, 166쪽.

삼언·이박과 같은 현실적 생활감도 현저하게 떨어져버렸다고 평가할 수 있다.

명 중엽 이래로 통속문학계에서는 소설이나 산문 작품들을 모은 책들이 매우 유행하였는데 문언소설과 백화소설 분야에도 수많은 소설집들이 출현하였다. 그 후 명대 말엽에 이르면 경제가 발전하고 상업이 번영함에 따라 소시민 계층이 형성되면서 통속문학가와 출판업자들은 평민대중을 위한 문화수요를 중시하게 되었다. 풍몽룡의 삼언과 능몽초의 이박도 바로 이런 상황에서 출판된 것이다. 전술한 바대로 삼언·이박이 탄생한 이후 명말부터 수많은 의화본 단편소설작품집들이 출현하게 되면서 동시에 소설선집들도 많이 발간되었는데, 그 대표적인 작품이 노신이 『중국소설사략』에서도 언급한 포옹노인의 『금고기관』, 동벽산방주인(東璧山房主人)의 『금고기문(今古奇聞)』, 무명씨의 『속금고기관(續今古奇觀)』 등이다.[56]

그 가운데 삼언·이박의 정선집인 『금고기관』은 가장 인기가 높고 영향력도 컸던 소설선집이다. 그리하여 『금고기관』은 당시 사회에서 크게 유행해 원본 소설 삼언·이박의 인기를 능가해 중국백화소설의 발전에 큰 공헌을 하게 된다. 『금고기관』이 탄생한 이후 『속금고기관』, 『삼속(三續)금고기관』, 『금고기관속편(續編)(일명 『십이루(十二樓)』) 등도 연이어 출현한 것을 보면 이 책이 당시 얼마나 인기가 있었는지를 잘 보여준다.

---

56 노신은 『중국소설사략』 제21편 "명대 송을 모방한 시민소설 및 이후의 선집본(明之擬宋市人小說及後來選本)"을 통해 『금고기관』을 비롯한 선집본을 삼언·이박 등과 같이 언급하고 있다. 『魯迅全集』8, 166~169쪽. 또 앞의 정래동, 정범진 공역, 『중국소설사』, 252~265쪽 참고.

4) '삼언•이박'의 창작배경과 『금고기관』의 탄생

본 장에서는 『금고기관』의 탄생에 직접적인 영향을 미친 삼언·이박이 탄생하게 된 직접적인 창작배경에 대해 고찰하면서 『금고기관』과의 연관성에 대해 논의하고자 한다.

먼저 삼언의 창작배경에 앞서 작가 풍몽룡에 대해 논의하자. 풍몽룡은 여러 번 과거에 낙방하여 벼슬을 얻지 못하다가 숭정 3년(1630)57세에 비로소 공생[57]의 자격으로 단도(丹徒, 지금의 진강(鎮江))훈도(訓導)라는 미관말직을 시작하였다. 이어 숭정 7년(1634)61살에는 복건성 수령현(壽寧縣)의 지현(知縣)으로 승직되어 숭정 11년(1638)65살에 퇴임할 때까지 이렇다 할 벼슬을 구하지 못하고 많은 저작만 남긴 채 73세에 세상을 하직하였다. 청대에 편찬된 『복녕부지(福寧府志)』에는 풍몽룡을 선한 관리인 '순리(循吏)'에 포함시킨[58] 것을 보면 그는 선정을 베푼 훌륭한 관리였음도 알 수 있다.

그러나 풍몽룡의 보다 진정한 면모는 이른바 '풍류재자'의 모습에 있다고 할 수 있다.[59] 그의 생평에 대한 고찰에서도 그러하지만 그는 「산가(山

57 명대에는 府, 州, 縣의 生員(秀才) 가운데 성적이 우수한 자를 수도의 國子監에 보내어 글을 읽게 하는 자격을 부여했는데, 이들을 貢生이라 하였다. 풍몽룡은 청년시절에 이미 秀才로 뽑혔지만 향시에 합격하지 못해 擧人이 되지 못하였다.

58 "政簡刑清, 首尚文學, 遇民以恩, 待士有禮."-『福寧府志』.

59 王挺의 「挽馮夢龍」이라는 시에는 "기방을 드나들며, 기녀들 속에서 놀았네.(逍遙艷冶場, 遊戲煙花裏.)"라는 묘사가 있는데, 젊은 시절 그의 풍류행각을 추측할 수 있게 해주는 부분이다. 또 그는 정을 매우 중시하여 『情史』 서문에서는 "어릴 때부터 정치여서(少負情癡)"라고 말하며 스스로를 "情癡(정이 지극한 사람)"라고 표현하였다. 褚人穫의 『堅瓠九集』에 전하는 소년시절 그의 일화에 의하면 그는 실로 재기가 넘치는 중국의 대표적인 풍류재자 유형임을 알 수 있다. 뿐 아니라 『太霞新奏』에 수록된 그의 散曲을 보면 그 내용 가운데 많은 부분이 청루에 출입해 기생과 연애한 사연들을 노

歌)」서(序)에서 "거짓 시문은 있어도 거짓 산가는 없다.(但有假詩文, 無假山歌)", "남녀 간의 진정한 정으로써 명교의 위선을 고발한다.(借男女之眞情, 發名敎之僞藥)"라고 하였는데, 이는 풍몽룡이 평소 이지를 매우 신봉하여[60] 예교의 허위를 비판하고 사람의 진실한 정을 강조하는 풍류재자로서의 특성을 잘 보여준다. 풍몽룡이 평생 저술한 작품들을 개괄해보면, 그가 남긴 많은 통속문학작품들 가운데 중년작[61]이자 정화라고 할 수 있는 삼언과 『정사유략(情史類略, 즉 情史)』는 그의 대표작이자 그의 문학사상을 가장 잘 대변하고 있다.

삼언은 각각 『유세명언(喻世明言)』(원명은 『고금소설(古今小說)』)과 『경세통언(警世通言)』이 1624년에 출판되었고, 마지막으로 『성세항언(醒世恒言)』이 1627년 간행되었다. 삼언에 나타난 풍몽룡의 문학사상을 고찰하기 위해 가장 중요한 서문부터 살펴보기로 하자. 그 가운데 가장 먼저 간행된 『유세명언』의 서문 내용을 간추려보면 다음과 같다.

> 관(官)의 사서(史書) 전통이 흩어지자 개인이 지은 소설이 유행하였다. 소설은 주대 말기에 발원하여 당나라 때에 성행하다가 송대에 널리 보급되었다. ...... 당 현종 개원시기 이후로 재정(才情)이 있는 문인들이 전기 소설을 창작하였다. 그런데 통속연의 소설은 언제 시작되었는지 알 수 없다. ...... 그러나 원대에 시내암, 나관중 두

래하고 있다. 그는 侯慧卿이라는 명기를 매우 사랑하였는데 나중에 그녀를 잃은 다음 슬퍼하며 「怨離詞」 30수를 짓고 다시는 청루를 출입하지 않았다고 한다. - 최병규, 「풍몽룡과 삼언」, 『인문학논총(1)』, 2001, 308쪽.

60 "馮氏酷愛李氏(卓吾)之學, 奉爲蓍蔡."- 許自昌, 『樗齋漫錄』, 卷六,

61 풍몽룡은 73살에 죽을 때까지 서른 즈음에 『雙雄記』 등의 傳奇劇本을 짓기 시작해 50대 중반에 삼언, 『情史類略』 등을 남겼으며, 작고하기 몇 년 전 노년기에 출간한 『新列國志』 소설이 있다. 따라서 1624년부터 출간하기 시작한 삼언과 1629년작 『정사』는 그의 중년작이라 할 수 있다.

고수(高手)가 출현하여 『삼국연의』, 『수호전』, 『삼세평요전(三遂平妖傳)』 등 장편 거작을 창작하였다. 그러나 그것들도 작가가 곤궁할 때에 시간을 보내기 위한 것이었을 뿐 결코 성세에 소설로써 태평세대를 노래한 것은 아니다. 우리 대명(大明)의 문화는 대단히 번영하여 각 장르마다 우수한 작품들이 출현하였다. 통속연의에 있어서도 명대의 소설가는 송대에 비해 더욱 훌륭하다. 혹자는 명대의 소설이 당 전기 만큼 운치가 없다고 하는데, 이는 틀린 말이다. ...... 당 전기의 표준으로 송대 이래의 통속연의를 비판하면 안 된다. 그것은 마치 한부(漢賦)로 당시(唐詩)의 흠을 잡는 것과 같다. ...... 대체로 당나라의 문언문은 소양이 높은 사람들에게 적합하고, 송대의 통속연의는 시정의 소시민이 즐기는 것이다. ...... 비록 『효경』이나 『논어』를 좀 외워도 그 감동은 이렇게 빠르고 깊진 못할 것이다. 아, 통속적이지 않으면 그럴 수가 있겠는가? 무원야사 씨는 집안에 고금의 통속소설이 많아 출판상의 요청에 응해 시정의 소시민들이 선을 행하도록 교육할 수 있는 이야기들을 추출하였는데, 모두 40편을 간행하였다. 녹천관주인 씀(史統散而小說興. 始乎周季, 盛於唐, 而浸淫於宋. ...... 迨開元以降, 而文人之筆橫矣. 若通俗演義, 不知何昉. ...... 暨施, 羅兩公, 鼓吹胡元, 而『三國志』,『水滸』,『平妖』諸傳, 遂成巨觀. 要以韞玉違時, 銷鎔歲月, 非龍見之日所暇也. 皇明文治既鬱, 靡流不波, 即演義一斑, 往往有遠過宋人者. 而或以爲恨乏唐人風致, 謬矣. ...... 以唐說律宋, 將有以漢說律唐, ... 大抵唐人選言, 入於文心, 宋人通俗, 諧于里耳. .... 雖小誦『孝經』,『論語』, 其感人未必如是之捷且深也. 噫, 不通俗而能之乎? 茂苑野史氏, 家藏古今通俗小說甚富, 因賈人之請, 抽其可以嘉惠里耳者, 凡四十種, 畀爲一刻. 綠天館主人題.[62])

62 許政揚 校注, 『古今小說(上)』, 臺北: 里仁書局, 1991, 1~2쪽.

서문의 '녹천관주인'은 누군지 확실히 알 순 없지만 아마도 풍몽룡 자신일 것으로 보기도 한다. 여하튼 위 서문을 통해 그는 매 시대마다 그 시대 유행한 문학 장르가 있어 그 우열을 정하기는 어렵고, 문언소설과 통속소설은 각각 그 독자수요가 다르므로 양자의 우열을 매길 수가 없으며, 마지막으로 통속소설은 그 어떤 경전보다도 사람의 마음을 빠르고 깊게 감동시키는 가치와 기능이 있음을 강조하였다. 이는 위 「산가」 서에서도 언급하였듯이 소설 등 통속문학의 가치가 오히려 경전보다 낫다는 점을 역설하며 통속소설의 창작에 일생을 바친 풍몽룡의 문학관을 그대로 잘 반영되고 있다.

그리고 그 다음으로 두 번째 출현한 『경세통언』의 서문의 주요 부분은 다음과 같다.

> 야사는 전부 진짜인가? 대답은 꼭 그렇지는 않다. 야사는 전부 가짜인가? 대답은 꼭 그렇지는 않다. 그렇다면 그 가운데 가짜인 것을 버리고 진짜인 것을 보존하면 어떠한가? 대답은 꼭 그렇지는 않다. 육경, 『논어』, 『맹자』를 공부하는 사람은 매우 많다. 그 목적은 사람이 충신이 되고, 효자, 우수한 관리, 좋은 친구와 남편이 되고, 또 정조가 있는 부인, 인격이 높은 선비, 덕행이 높은 가정을 만들기 위함일 따름이다. 경서는 이런 목적으로 지어진 것이고, 역사도 이런 것을 위해 기술한 것이다. 그것들의 목적은 모두 이런 것이다. 도리는 그러하지만 세상의 사람들은 모두가 경서를 연구하는 학자가 아니며, 세인들이 모두 경서에 능통한 점잖은 사람도 아니다. 이런 상황에서 향촌의 노인과 아이들, 아낙과 상인들은 누군가의 올바른 일과 잘못된 일을 희로애락의 근거로 삼아 그 사건의 원인과 결과를 권면과 징벌의 근거로 삼고, 그런 들어온 세상의 이야기들을 지식으로 삼는다. 통속연의는 그런 것이기에 그것으로 경서와

역사전기의 부족함을 보완할 수가 있는 것이다. ...... 혹자는 통속소설이 시골시장의 음식과 같아 귀빈의 연회에 들 수가 없는데 무슨 소용이 있겠는가라고 말할 것이다. 아! 「대인부」와 「자허부」는 비록 모두 허황된 이야기지만 문장의 말미에는 권계의 뜻을 밝혔다. 다시 돌아와 그 뜻을 살펴보면 어떠한가? 그 작품들 속의 사람은 진짜 주위에 있는 것도 그 사건도 진짜 그 사람에게서 발생한 것도 아님을 쉽게 발견할 수 있다. 진짜 이야기가 말하는 도리는 국가 장서의 유실을 보완할 수 있고, 허구의 이야기가 말하는 도리도 반드시 호방한 권계와 비장한 뜻이 있다. 이야기가 진짜이면 그것이 말하는 도리도 가짜일 수가 없고, 이야기가 허구일지라도 그것이 말하는 도리는 반드시 진짜인 것이라 풍속교화를 해치지 않고 성현의 도리를 그르치지 않으며 시서경사가 말하는 경전의 뜻을 위배하지 않을 것이다. 그렇다면 통속소설을 무시할 수 있겠는가? ...... 천계 갑자 12월 예장 무애거사 씀(野史盡真乎? 曰: 不必也. 盡贋乎? 曰: 不必也. 然則去其贋而存其真乎? 曰: 不必也. 六經,『論語』,『孟子』, 譚者紛如, 歸於令人爲忠臣, 爲孝子, 爲賢牧, 爲良友, 爲義夫, 爲節婦, 爲樹德之士, 爲積善之家, 如是而已矣. 經書著其理, 史傳述其事, 其揆一也. 理著而世不皆切磋之彥, 事述而世不皆博雅之儒. 於是乎村夫稚子, 里婦估兒, 以甲是乙非爲喜怒, 以前因後果爲勸懲, 以道聽途說爲學問, 而通俗演義一種遂足以佐經書史傳之窮. ...... 而或者曰: "村醪市脯, 不入賓筵, 烏用是齊東娓娓者爲?" 嗚呼! 「大人」「子虛」, 曲終奏雅, 顧其旨何如耳? 人不必有其事, 事不必麗其人. 其真者可以補金匱石室之遺, 而贋者亦必有一番激揚勸誘, 悲歌感慨之意. 事真而理不贋, 即事贋而理亦真, 不害於風化, 不謬於聖賢, 不戾於詩書經史. 若此者, 其可廢乎?

……時天啟甲子臘月 豫章無礙居士題.[63])

이상 『경세통언』 서문의 주요 내용은 우선 문학 작품의 '허구성'에 관한 이야기로 시작된다. 야사 즉 소설은 비록 그것이 진짜 사실은 아닐지라도 그 가치가 있다고 운을 띄우면서 그 이유에 대해선 바로 설명하지 않고 사람을 올바르게 인도하는 것이 목적인 경전의 가치, 목적과 그것과 같은 취지를 지닌 통속소설의 목적과 가치, 기능 등을 역설하였다. 즉 통속소설의 목적과 가치도 경서와 같은 취지이기에 통속소설의 기능은 경서와 역사전기의 부족함을 보완할 수가 있다고 역설하였다.

그리고 그 다음 단락에서는 첫머리에서 시작한 문학의 허구성 문제에 대해 구체적으로 설명하고 있다. 즉 「대인부」와 「자허부」 같은 문학작품들은 비록 모두 실제 인물도 실제 사건도 아닌 허황된(가짜의) 이야기지만 문장의 말미에서 권계의 뜻을 밝힘으로써 그것의 도리는 진짜라고 하였다. 즉 이야기가 허구(가짜)일지라도 그것이 말하는 도리는 진짜일 수 있다는 것이다. 따라서 통속소설도 비록 그 이야기는 가짜일지라도 그것이 말하는 도리는 진짜인 것이라 "풍속교화를 해치지 않고 성현의 도리를 그르치지 않으며 시서경사가 말하는 경전의 뜻을 위배하지 않을" 것이라고 하면서 통속소설의 기능과 가치를 다시금 강조하였다.

그렇다면 풍몽룡의 가장 마지막 작품인 『성세항언』의 서문은 어떠한지 살펴보자.

육경과 사서 외에 대개의 저술들은 모두 소설이다. 리(理)를 중시하면 너무 어렵다는 것이 병폐이고, 문사를 짓는 것은 아름답게만 꾸미는 것이 문제라 향리 사람들의 귀에 들어가 그 한결같은 마음

63 徐文助 校訂, 『警世通言』, 臺北: 三民書局, 1983, 3~13쪽.

을 움직이지 못한다. 이것이 『성세항언』 40편이 『유세명언』, 『경세통언』에 이어 간행된 이유이다. '명'이란 것은 어리석음을 인도함을 취함이고, '통'은 세속에 적합함을 위함이며, '항'은 익숙하여 싫어함이 없어 세상에 영원히 전해짐을 말한다. 세 책이 이름은 달라도 그 뜻은 하나이다. 사람이 항심(恒心, 즉 변하지 않는 마음)을 지니면 행동과 말이 그리 다르지 않다. (그런데) 술이 들어가면 고함을 지르고 왔다 갔다 하면서 못을 도랑으로 여기며 성벽을 난간으로 여긴다. 왜인가? 술이 정신을 흐리게 함이기 때문이다. 그러나 술을 적절히 마시면 필리부(畢吏部[64])나 유대상(劉大常[65])이라 할지라도 그렇게 자주 고주망태가 되진 않을 것이다. 이는 어찌 술에 깨있는 것은 항구적이고 취한 것은 잠시임을 말하는 것이 아니겠는가! ...... 또 미루어보면 충효는 깨어있는(성(醒)) 것이고, 패역은 취한 것이며, 근검함은 깨어있는 것이고, 음탕함은 취한 것이다. 또 귀가 온화하고 눈이 밝으며 입이 순하고 마음이 곧은 것은 깨어있음이요 귀가 먹고 어두워지며 완고하여 시끄러운 것은 취한 것이다. ...... 예로부터 탁하고 혼란한 세상을 하늘(혹은 세상)이 취한 것이라 하였다. 하늘이 스스로 취한 것이 아니고 사람이 그것을 취하게 하였다면 하늘이 스스로 깨어나지 못하니 사람이 그것을 깨워야 한다. 하늘을 깨우는 권한을 사람에게 주었으니 사람을 깨우는 권한은 말(言)에 주는 것이다. 말이 한결같으면 사람이 한결같

64 본명은 畢卓이며 字는 茂世이다. 安徽 출신으로 東晉 시기의 관리였는데, 吏部郞까지 올랐지만 성격이 호탕하고 술을 좋아해 공사를 망치기도 하였다. 훗날 畢吏部는 술을 몹시 좋아하는 사람의 대명사로 사용되었다. 그는 몇 백 말이나 되는 좋은 술을 배에 가득히 싣고 일년 사계 맛있는 음식을 옆에 실어 오른손에는 술잔을 쥐고 왼손에는 게를 쥐어 배 안에서 시를 읊으며 산다면 인생을 그렇게 마쳐도 족하다고 한 일화로 유명하다.

65 술을 무척 좋아했던 위진 죽림칠현 가운데 한 사람 劉伶으로 생각됨.

고, 사람이 한결같으면 하늘도 한결같아지니 만세태평의 복을 어찌 헤아릴 수 있겠는가! (고로) 이 책은 강구곡(康衢曲)과 격양가(擊壤歌)[66]와 함께 전해져 사그라지지 않을 것이다. 유교를 숭상하는 시대에도 이교(二教, 즉 불교와 도교)는 사라지지 않아 어리석음과 속세를 인도할 것이니 그것을 빌릴 수도 있다. 이교로써 유교를 보필함은 가능한데 『유세명언』·『경세통언』·『성세항언』을 육경과 사서의 보필로 삼음이 불가하겠는가! 음담패설을 늘어놓고 일시적인 쾌락에 빠져 백세에 누를 끼치는 것은 먼저 스스로 취하는 것이며, 사람을 미치게 하는 약을 마시게 하는 것이다. (고로) 이 삼언은 잃은 것을 얻게 하는 것으로 볼 수 있지 않겠는가! 천계 정묘 중추 농서 가일거사가 백하의 서하산방에서 씀 (六經國史而外, 凡著述皆小說也. 而尚理或病於艱深, 修詞或傷於藻繪, 則不足以觸里耳而振恒心. 此『醒世恒言』四十種, 所以繼『明言』,『通言』而刻也. 明者, 取其可以導愚也;通者, 取其可以適俗也;恒則習之而不厭, 傳之而可久. 三刻殊名, 其義一耳. 夫人居恒動作言語不甚相懸, 一旦弄酒, 則叫號躑躅, 視塹如溝, 度城如檻. 何則? 酒濁其神也. 然而斟酌有時, 雖畢吏部, 劉大常未有時時如濫泥者. 豈非醒者恒而醉者暫乎? ...... 又推之, 忠孝爲醒, 而悖逆爲醉;節儉爲醒, 而淫蕩爲醉;耳和目章, 口順心貞爲醒, 而即聾從昧, 與頑用嚚爲醉. ...... 自昔濁亂之世, 謂之天醉. 天不自醉人醉之, 則天不自醒人醒之. 以醒天之權與人, 而以醒人之權與言. 言恒而人恒, 人恒而天亦得其垣. 萬世太平之福, 其可量乎! 則茲刻者, 雖與「康衢」,「擊壤」之歌並傳不朽可矣. 崇儒之代, 不廢二教, 亦謂導愚適俗, 或有藉焉. 以二教爲儒之輔可也, 以『明言』,『通言』,『恒言』爲六經國史之輔, 不亦可乎? 若夫淫談褻語, 取快一時, 貽穢百世, 夫先自醉也, 而又以

66 강구와 격양은 모두 요순시대 태평성대의 악곡과 노래를 말한다.

狂藥飮之, 吾不知視此三言者得失何如也? 天啟丁卯中秋隴西可一居士題於白下之棲霞山房.[67])

『성세항언』은 삼언의 마지막 작품이기에 이 책 서문의 내용은 풍몽룡의 문학관은 물론 그가 삼언을 출간하게 된 종합적인 취지와 목적 등을 가장 잘 반영하고 있다. 서문의 맨 첫 부분은 『성세항언』을 간행한 이유를 설명하였는데, 그것은 육경과 시사(詩詞)가 철학적 내용과 수사(修辭)가 많아 향리 소시민들이 이해하기 어려워 그들의 마음을 움직이기 어려운데 반해 통속소설 삼언은 그렇지 않기 때문이라고 하였다. 이는 통속적인 쉬운 언어로 소시민의 마음을 움직일 수 있는 소설 삼언의 기능과 가치를 역설한 것이다. 다음 단락에서는 『성세항언』을 지은 목적과 함께 세인을 교화하기 위해 간행된 앞의 두 서적들의 출판목적도 다시 함께 설명하였다. 그리고 다음 단락에서는 사람을 일깨워 한결같은 항심(恒心)을 가지도록 하는 『성세항언』의 목적과 효능, 가치 등을 재차 설명하고 있다. 요컨대 『성세항언』의 목표는 세인들을 영원히 깨어있게 만드는 항구한 진리를 일깨워줌에 있다는 것이다. 그리고 마지막 부분에서는 일시적인 쾌락만 추구하며 음담패설을 능사로 삼는 당시 소설들에 대한 비판과 함께 육경과 사서를 보완할 수 있는 『유세명언』·『경세통언』·『성세항언』의 가치를 다시금 역설하였다.

이상 삼언의 서문을 통해 나타난 주요 내용을 일목요연하게 표로 살펴보면 다음과 같다.

67 廖吉郎 校訂, 『醒世恒言』, 臺北: 三民書局, 1988, 1쪽.

표 1 삼언 서문의 주요 내용

유세명언	1. 시대별 유행한 문학장르가 따로 있어 문학의 우열은 따질 수 없음.(문언소설과 통속소설은 독자수요가 서로 달라 양자의 우열을 메길 수 없음.) 2. 통속소설은 경전보다도 사람의 마음을 더 빠르고 깊게 감동시키는 가치와 기능이 있음.
경세통언	1. 문학 작품의 '허구성'(이야기가 허구(가짜)일지라도 그것이 말하는 도리는 진짜일 수 있다.) 2. 경전의 가치, 목적과도 부합하는 통속소설의 목적과 가치, 기능 등을 역설.
성세항언	1. 사람을 일깨워 항심(恒心)을 갖도록 하는 『성세항언』의 목적과 그와 같은 취지인 『유세명언』·『경세통언』의 기능을 함께 설명. 2. 음담패설을 능사로 삼는 당시 소설들에 대한 비판. 3. 육경과 사서를 보완하는 『유세명언』·『경세통언』·『성세항언』의 가치를 재천명.

따라서 삼언 서문의 내용을 한마디로 요약하면 통속소설 삼언은 백성들을 교화하기 위한 것으로 그 가치는 경전과도 비견된다는 강한 교화의식을 드러내고 있다는 점이다. 그 외 각 시대별 문학 장르의 특성을 인정해야 한다는 것과 문학작품의 허구성 문제 등에 대한 지적도 유의해야 할 점이다.

삼언에 이어 탄생한 이박은 『초각박안경기』가 1628년에 간행되었고, 『이각박안경기』는 1632년에 간행되었다. 그러므로 이박은 삼언의 마지막 작품 『성세항언』이 1627년에 출간되었으니 삼언이 전부 출현한 뒤에 곧바로 출간되기 시작했음을 알 수 있다. 전술한 바와 같이 삼언이 출간된 이후에 『서호이집(西湖二集)』, 『취성석(醉醒石)』 등을 비롯한 삼언을 모방한 많은 의화본 작품집이 출현하였는데, 이박은 그 가운데 영향력이 가장 큰 작품집이라고 할 수 있다. 삼언과는 달리 이박은 수록된 80편[68] 작품 모두가 고금의 잡다한 고사들을 바탕으로 능몽초 자신이 가공하여 창작한 작품이라는 점이다. 이박의 창작배경 역시 서문을 통해 잘 드러나는데, 먼저 『박안경기(拍案驚奇)·서(序)』에 나타난 그의 창작 배경의 주요 내용은 다음과 같다.

> 오직 용자유씨(龍子猶氏, 즉 풍몽룡)가 편찬한 『유세명언』등 여러 작품만이 아정한 도를 지니고 당시의 좋은 규범을 드러내 오늘날의 나쁜 풍습을 일소하였다. 그리하여 송원대의 옛 작품들도 모두 망라해 수록하였다. 출판계의 사람이 그것이(즉 삼언) 세상에 널리 전해지자 나에게도 책을 펴내 그것과 견주게 하였다. 그 중에 한둘 누락된 것은 도랑에 떨어진 풀과도 같아 일일이 언급할 바는 아닐 것이다. 그리하여 고금의 잡다한 이야기 중 새로이 보고 들은 것들 가운데 재미있는 것들을 모아 부연, 진술하니 약간 분량의 책이 되었다. (책 속) 사건의 진실과 꾸밈, 이름의 진실과 가짜는 각각 반반이라 글은 실제로 증명할 수는 없지만 (그 속의) 뜻은 기탁한 바가 있다.(獨龍子猶氏所輯『喻世』等諸言, 頗存雅道, 時著良規, 一破今時陋習, 而宋, 元舊種, 亦被搜括殆盡. 肆中人見其行世頗捷, 意余當別有秘本, 圖出而衡之. 不知一二遺者, 皆其溝中之斷, 蕪略不足陳已, 因取古今來雜碎事可新聽睹, 佐談諧者, 演而暢之, 得若干卷. 其事之真與飾, 名之實與贗, 各參半. 文不足征, 意殊有屬.[69])

위 인용문을 통해 나타난 그의 창작배경은 첫째, 출판 상인의 요구에

---

68 그 가운데 한 편은 중복되고, 한 편은 雜劇이라 실제 그가 지은 擬話本의 편수는 78편이다.

69 張根樹 編,『初刻拍案驚奇』, 石家莊: 花山文藝出版社, 1992, 1쪽.

의해 창작을 진행하였고, 둘째, 고금의 이야기 중 새로이 보고 들은 것들 가운데 재미있는 것들을 모아 살을 붙여 창작하였으며, 셋째, 비록 허구의 이야기라도 그 속에 자신의 뜻(세상에 대한 권계)을 실었다는 것이다.

따라서 그의 창작동기 역시 풍몽룡과 마찬가지로 교화적 기능을 역설하였음을 알 수 있다. 그의 이런 교화의식은 『초각박안경기』의 후속작 『이각박안경기(二刻拍案驚奇)·소인(小引)』에서 그가 "그 가운데 귀신을 말하고 꿈을 얘기한 것은 사실인 것도 있고 황당한 것도 있다. 그러나 그 뜻은 권계에 있으며, 풍아의 아정한 뜻에 어긋나지 않으니 두 책의 뜻은 하나인 것이다.(其間說鬼說夢, 亦真亦誕, 然意存勸戒, 不爲風雅罪人, 後先一指也.)"라고 말한 점에서도 확인될 수 있다.[70] 이를 통해 능몽초는 풍몽룡의 교화주의 문학관을 철저히 따르고자 함을 엿볼 수 있다. 그 외에도 이박의 창작배경에는 과거에서 뜻을 이루지 못한 우울함을 창작활동을 통해 자위하기 위함도 있다.[71]

그러나 이런 문학의 교화주의 외에도 이박의 창작배경 가운데에는 보다 진보적인 문학관도 피력하고 있어 눈길을 끄는데, 그것은 바로 소설이 추구하는 진기함은 평상적인 현실을 기반으로 해야 한다는 소설이론이다.

> 속담에도 "식견이 적은 사람은 (견문이 좁아) 이상한 것도 많다"고 하였다. 지금 사람들은 오직 귀로 듣고 눈으로 본 것 외의 우귀사신(牛鬼蛇神)만을 기이한 것으로 여기며, 귀로 듣고 눈으로 본 것 가운데 매일 일상생활 속에서 일어나는 일 속에서도 상식으로 이해할 수 없는 기괴한 일들이 많다는 것을 알지 못한다.(語有之: "少

---

70 北京大學中文系, 『中國小說史』, 北京: 人民大學出版社, 1978, 204쪽 참고.

71 遊國恩 等, 『中國文學史(四)』. 北京: 人民文學出版社, 1964, 142~144쪽 참고.

所見, 多所怪. "今之人但知耳目之外牛鬼蛇神之爲奇, 而不知耳目之內日用起居, 其爲譎詭幻怪非可以常理測者固多也.[72]) 『박안경기·서』

지금 세상에 나도는 소설은 매우 많지만 진실함을 잃은 것이 병폐인데, 그것은 기이함을 좋아하는 데에서 비롯되었다. 기이한 것이 기이함을 알지만 기이하지 않는 것이 기이한 이유를 알지 못한다. 눈앞의 일은 버리고 논의할 수 없는 곳으로만 치닫는다. 마치 화가가 개나 말을 그리지 않고 귀신과 혼령을 그리는 것과 같다.(今小說之行世者, 無慮百種, 然而失真之病, 起於好奇. 知奇之爲奇, 而不知無奇之所以爲奇. 舍目前可紀之事, 而馳鶩於不論不議之鄉, 如畫家之不圖犬馬而圖鬼魅者.[73]) 『이각박안경기·수향거사서(睡鄉居士序)』

위 인용문에서처럼 능몽초가 말하는 기(奇)는 일상생활에서 비롯된, 상리(常理)로써 해석할 수 없는 놀라운 사건들을 지칭하였다. 따라서 진정한 기는 일상 속의 기라는 능몽초의 이런 '진기(眞奇, 진정한 기)'의 관념은 풍몽룡이 『경세통언』에서 언급한 "이야기가 허구(가짜)일지라도 그것이 말하는 도리는 진짜일 수 있다."는 문학의 '허구성에서 발전한 개념으로 일상의 허구 속에서 문학의 소재를 적극적으로 찾아야 한다'는 능몽초의 문학관을 반영하고 있다. 앞 『박안경기·서』에서 '진실(실(實))과 가짜(안(贋))'가 각각 반반이지만 가짜라고 할지라도 그 속에 기탁한 뜻은 진실하다는 말도 생활 속의 진실과 다른 허구성을 바탕으로 한 예술적 진실성을 얘기하고 있다.

---

72 張根樹 編, 『初刻拍案驚奇』, 石家莊: 花山文藝出版社, 1992, 1쪽.

73 張根樹 編, 『二刻拍案驚奇』, 石家莊: 花山文藝出版社, 1992, 1쪽.

풍몽룡의 허구성에 대한 인정과 능몽초의 이런 기에 대한 개념은 포옹노인의 『금고기관』에서 더욱 발전된다. 『금고기관』 소화주인의 서문에는 다음과 같은 말이 있다.

> 신기루나 불타는 산과 우물 등의 이야기는 보기엔 기이하지 않은 것은 아니나 귀와 눈으로 듣고 보는 일이 아니기 때문에 천박하고 무지함을 면하기 어렵다. 그러므로 무릇 천하의 진기함은 일상적이고 평범함에서 나오지 않는 것이 없다. 따라서 인의예지(仁義禮智)를 상심(常心)이라 이르고, 충효절렬(忠孝節烈)을 상행(常行)이라 이르며, 선악과보(善惡果報)를 상리(常理)라 이르고, 성현호걸(聖賢豪傑)을 상인(常人)이라 말하는 것이다. 그러나 상심을 간직하는 것은 어려우며, 상행을 닦기는 쉽지 않다. 상리는 쉽게 드러나지 않으며, 상인은 자주 나타나지를 않는다. 따라서 서로 함께 놀라 이야기를 하면 듣는 사람은 슬픔에 잠기거나 감탄을 하며, 혹은 기뻐하거나 놀라게 된다. 선한 사람은 권면함을 알게 되고, 불선한 자 또한 마음에 부끄러워하는 바가 있어 두려워하게 되니 그로써 풍속교화의 미(美)를 이루게 되는 것이다. 무릇 지극히 기이함으로 사람을 감동시키는 것은 바로 지극히 일상적인 것으로 사람을 가르치는 것이다. 내가 어찌 여염(閭閻)의 일들이 조정에서는 통하지 않으며, 자질구레한 말들이 정사(正史)에 부합되지 않는다는 것을 알겠는가! 만약 칼과 불을 삼키거나 겨울에 우레가 치고 여름에 얼음이 어는 것들로 예를 들어 본다면 이것은 사람들을 구름처럼 끌어들일 수가 있으나 이와 같은 경우는 없는 것이다. 나는 이처럼 소설을 잘 읽을 줄 아는 사람을 기다리는 것이다.[74] (夫蜃樓海市, 焰

---

74 최봉원 외, 『中國歷代小說序跋譯註』, 을유문화사, 1998. 174~175쪽 참고. 위 번역문은

山火井, 觀非不奇; 然非耳目經見之事, 未免爲疑冰之蟲. 故夫天下之真奇, 在未有不出於庸常者也. 仁義禮智, 謂之常心; 忠孝節烈, 謂之常行; 善惡果報, 謂之常理; 聖賢豪傑, 謂之常人. 然常心不多葆, 常行不多修, 常理不多顯, 常人不多見, 則相與驚而道之. 聞者或悲或歎, 或喜或愕. 其善者知勸, 而不善者亦有所漸恧悚惕, 以其成風化之美. 則夫動人以至奇者, 乃訓人以至常者也. 吾安知閭閻之務不通於廊廟, 稗秕之語不符於正史? 若作吞刀吞火, 冬雷夏冰例觀, 是引人雲霧, 全無是處. 吾以望之善讀小說者.[75])

전술한대로 『금고기관』은 삼언·이박이 출현한 후에 잇따라 등장한 많은 소설선집들 가운데 가장 영향력이 큰 작품이다. 포옹노인은 삼언·이박의 문학관을 계승·발전시켜 자신의 완정한 이론체계로 무장하였기에 절판되지 않고 오랜 기간 간행된 것이다. 『금고기관』이 표방하는 "천하의 진기함은 일상적이고 평범함에서 나오지 않는 것이 없다."라고 하는 진기(眞奇)의 소설관은 만명시기 기이함을 추구하는 사회적 풍조에 대한 비판의식의 반영으로 볼 수 있다. 그에 의하면 신기루나 불타는 산과 우물 등은 경이롭고 신기하지만 이러한 기괴한 것만 찾는 것은 눈에 보이지도 않는 귀신을 찾는 것처럼 결국 천속함에 빠질 수 있으니, 이는 가기(假奇)이고 진기는 바로 일상생활에서 비롯된 "상심", "상행", "상리", "상인"임을 역설하였다.

그리고 상심은 인의예지와 같이 모든 사람들이 천성적으로 가지고 태어나 모든 이들의 마음속에 있는 것이고, 상행은 충효절의와 같이 일반인들이 세상에서 행하는 행동이며, 상리는 선악의 인과응보처럼 일반인들

본 역서를 바탕으로 하면서 오역 부분은 필자가 상당 부분 수정하였음.

75 李平, 앞의 책, 2쪽.

이 모범과 경계로 삼는 행동의 준칙이며, 상인은 일반인들이 처세의 본보기로 삼는 모범적인 인물 성현호걸을 가리킨다. 이러한 것들은 신기루 등에 비해 일반인들의 일상생활에 더욱 가깝다. 그런데 만약 이런 가까운 것들을 버리고 허무맹랑하고 눈에 보이지도 않는 허공의 것들을 추구한다면 그것은 마치 능몽초가 지적한 "화가가 견마(犬馬)를 그리지 않고 귀신과 혼령을 그리려는 것"과 같다고 본 것이다. 따라서 소화주인이 말하는 '기'는 일상생활에서 찾을 수 있는 것을 가리켰다.

그런데 소화주인이 말하는 '기'가 일상생활에서 찾아야한다는 점은 능몽초가 말하는 기와 같지만, 기의 본질과 방법론에 있어서는 서로 차이가 있었다. 능몽초의 기가 '일상생활에서 찾은 상리로써 이해할 수 없는 놀랍고 기이한 것'들을 통해 사람들에게 경계와 모범을 심어주는 것이 목적이었다면, 소화주인의 기는 '원래 우리 주변의 것이지만 사람들에게 홀시된' 인의예지, 충효절의, 인과응보, 성현호걸 등을 되찾고자 함이 목적이었다. 즉 능몽초의 기가 일상생활에서 상리로써 이해할 수 없는 '기이함' 그 자체라면 소화주인의 기는 오래 동안 사람들에게 잊힌 상심, 상행, 상리, 상인 등의 '도덕성'을 말하였다. 따라서 소화주인의 서문을 통해 나타난 『금고기관』의 편찬 이념은 이론적으로 보면 능몽초보다는 도덕적 교화성을 더욱 강조한 풍몽룡의 이념에 더 근접해 있다고 볼 수 있다.

『금고기관』의 작가

1. '포옹'의 출처와 의미

『금고기관』의 작가(편찬자)는 소주(蘇州) 출신의 '포옹노인'이란 것 외에 본명은 아직도 알려진 바가 없다. '포옹(抱甕)'이란 말의 출처는 『장자』 외편 '천지(天地)'에 나오는 말로 공자의 제자 자공(子貢)이 한음(漢陰)에서 항아리에 물을 담아 누차 그것을 안고 밭으로 가 채소에다 물을 주는 노인을 보고 그에게 기구로 편하게 물을 길을 것을 제안하였지만 노인은 그러면 교활한 마음이 생긴다며 거절하였다는 다음의 고사에서 유래되었다.

> 자공이 남쪽 초나라를 유력하였다가 진나라로 돌아가며 한음을 지나는데 한 노인이 막 밭에다 물을 대는 것을 보았다. 노인은 땅을 파 우물을 만들어 독에다 물을 담아 끌어안고 밭에다 물을 주었는

데, 아주 힘들게 일을 하였지만 효과는 적었다. 이에 자공이 노인에게 말했다. “기계가 여기 있으면 하루에도 100 구(區)의 밭을 적실 수 있고, 힘은 적게 들여도 공은 많은데 어찌 어르신은 그리 하지 않으십니까?” 밭을 가는 사람은 올려보며 말하길, “그럼 어쩌겠소?” “나무를 깎아 기계를 만들면 뒤는 무겁고 앞은 가벼워 물을 뽑는 듯 넘치게 얻을 수 있으니 그것을 두레박이라고 하지요.” 밭일을 하는 노인은 화난 듯 얼굴빛이 변하더니 웃으며 말했다. “나는 내 스승에게 들었소. 기계가 있으면 반드시 거짓 일이 있소. 거짓 일이 있으면 반드시 거짓 마음이 생기지요. 거짓 마음이 가슴에 존재하면 순수한 마음이 준비되지 못하고, 순수한 마음이 갖추어지지 못하면 정신이 안정되지 못하고, 정신이 혼란스러우면 도(道)가 생겨나지 못하오. 나는 두레박을 모르는 것이 아니라 창피스러워 그것을 사용하지 않소.” 자공은 부끄럽고 창피해 고개를 숙이고 대답하지 못했다.(子貢南遊於楚, 反於晉, 過漢陰, 見一丈人方將爲圃畦, 鑿隧而入井, 抱甕而出灌, 搰搰然用力甚多而見功寡. 子貢曰: ‘有械於此, 一日浸百畦, 用力甚寡而見功多, 夫子不欲乎?’ 爲圃者印(仰)而視之曰: ‘奈何?’ 曰: ‘鑿木爲機, 後重前輕, 挈水若抽, 數如泆湯, 其名爲槔.’ 爲圃者忿然作色而笑曰: ‘吾聞之吾師, 有機械者必有機事, 有機事者必有機心. 機心存於胸中, 則純白不備; 純白不備, 則神生不定; 神生不定者, 道之所不載也. 吾非不知, 羞而不爲也.’ 子貢瞞然慚, 俯而不對.”[1]) - 『장자·천지(天地)』

위 인용문을 통해 장자가 말하고자 하는 것은 사람이 교묘한 기구를 사용하면 일의 교묘함을 도모하게 되고, 그러면 사람의 심사가 교활해지

---

1 黃錦鋐 註譯, 『新譯莊子讀本』, 臺北: 三民書局, 1988, 157쪽.

면서 순진무구한 본심을 잃게 되는데, 그러면 진정한 도를 얻을 수 없다는 것이다. 『장자』 속 고사에서는 그 노인의 대답에 자공이 매우 무안해 하였다고 하니, '포옹노인'의 함의 속에는 문명의 이기를 거부하고 소박한 삶을 지향하는 긍정적인 함의를 담고 있다. 따라서 '포옹'이란 전고는 융통성이 없는 시대에 뒤떨어진 사람을 비유하는 말로 많이 사용되기도 하였지만 반면에 순박한 본심을 보존하고 거짓과 교활함을 추구하지 않음을 의미하였다.[2] 그로부터 '포옹(抱甕)'이란 말은 '포옹관원(抱甕灌園)', '기심(機心)', '한음기(漢陰機)' 무기(無機), 천기(天機) 등의 용어와 더불어 전고(典故)로 사용되면서 노자가 중시하는 '졸렬(拙劣)'한 삶에 안주하는 도가적인 순박한 삶을 의미하였다. 그러나 이 말은 오랫동안 인구에 회자되면서 그 함의도 다소 풍부해지는데, 역대 대표적인 용례를 소개하면 다음과 같다.

표 2 포옹과 관련된 용어들의 역대 대표적 용례

【기심(機心)】*당(唐) 낙빈왕(駱賓王): "贈言雖欲盡, **機心**庶應絕. "贈與的話雖然想說完, 但是心機費盡也難以盡情表達出來(드릴 말은 비록 다 드리고 싶지만, 온갖 마음을 다 썼기에 더 이상 표현할 바가 없네.) *당 유종원(柳宗元): "**機心**久已忘, 何事驚麋鹿? (능란하고 교묘한 마음을 이미 잊었는데, 어찌 고라니와 사슴처럼 놀라겠는가!)"
【망기(忘機)】*당 유종원: "丈人本自**忘機**事, 爲想年來憔悴容.(형장은 본래 순진해 교묘하게 변통할 줄을 모르니, 몰락한 저를 생각해 (이를) 경계하시길 바라오.)" *청 왕사정(王士禛): "**忘機**成老圃, 抱甕偃空林.(교묘함을 버리고 순박한 야로(野老)가 되어 포옹노인이 공림(空林)에 누웠네.)"
【한음기(漢陰機)】*당 진자앙(陳子昂): "誰憐北陵客, 未息**漢陰機**.(그 누가 북릉객을 연민하리! 교활한 마음이 그치질 않았는데.)" *당 두보(杜甫): "鹿門自此往, 永息**漢陰機**.(녹문을 이로부터 들어서면, 공명을 구하는 교활한 생각은 영원히 그치리.)"

2 여기서 파생된 단어로 '漢陰機'가 있는데, 이는 교활한 마음을 뜻한다.

【한음옹(漢陰甕)】*송 범성대(范成大): "提攜**漢陰甕**, 歲晩俱忘機.(한음의 항아리를 끌고 드니, 해가 기우니 모두 교묘함을 잊어버렸네.)"
【포옹천기(抱甕天機)】*송 범성대: "荷鋤日課都忘倦, **抱甕天機**本不疏.(괭이를 메는 일과는 피곤함을 모두 잊게 해주니, 포옹노인의 천기는 본래 소홀할 수 없네.)"
【무기여한음(無機如漢陰)】 *송 황정견(黃庭堅): "老大**無機如漢陰**, 白鳥不去相知深.(늙어지니 교묘한 마음 없어 한음의 포옹노인과 같아지고, 백조가 달아나지 않으니 서로 교분이 깊어가네.)"
【포옹관원(抱甕灌園)】 *명 양진어(梁辰魚): 投竿垂餌, 晦幽跡於渭濱; **抱甕灌園**, 絕機心於漢渚.(낚시 줄을 드리우고 한적한 위빈 강가에 있으니, 포옹노인이 되어 한 저 물가에서 교묘한 마음이 사라지네.)
【포옹정(抱甕亭)】 *명 원굉도(袁宏道): 「포옹정기(**抱甕亭**記)」 伯修寓近西長安門, 有小亭曰抱甕, 伯修所自名也. 亭外多花木, 正西有大柏六株, 五六月時, 涼蔭滿階, 暑氣不得入.(백수의 거처 가까이 서쪽 장안문에 포옹이란 작은 정자가 있는데, 백수가 스스로 이름을 붙인 것이다. 정자 밖에는 화초와 나무가 무성하고, 정서(正西) 쪽에는 큰 잣나무 6그루가 있는데, 5,6월이 되면 서늘한 그늘이 주위를 덮어 더운 기운이 들어오지 못했다.) *명청 손승은(孫承恩): 「**포옹정**기」 **抱甕亭**者孫子治圃時而憩息之所.(포옹정은 손선생이 밭일을 할 때에 잠시 쉬는 곳이다.)
【기심포옹(機心抱甕)】 *명청 전겸익: "**機心抱甕**虛施巧, 毒手爭麻實飽諳.(교활한 마음으로 (포옹노인처럼) 독을 들어 헛되이 간사함을 부리고, 독한 마음으로 조서를 다투는 일은 실로 익숙하네.)"

이상의 용례를 통해 '포옹'이란 말은 『장자』란 책에서 처음 선보인 후에 오랜 역사를 거쳐 계속 사용되어지면서 그 용례와 의미도 매우 다양해졌음을 알 수 있다. 여기서 주목할 점은 명청시대의 문인들은 '포옹정'이란 정자에 대한 문장도 남겼는데, 원굉도의 「포옹정기」란 문장을 통해 보면 포옹의 함의는 화초와 나무들이 우거진 곳에서 자연과 더불어 유유자적하게 한거함의 의미가 담겨있다. 또 전겸익이 사용한 "기심포옹"이란 말은 보통 '한음기'나 '한음옹', '포옹관원' 등의 용법과는 달리 서로 반대

되는 개념인 '기심'과 '포옹'을 병렬하여 같이 사용하고 있다. 일반적으로 '무기포옹(無機抱甕)'으로 사용하는 것이 통례지만 '기심포옹'으로 사용했다는 것이다. 따라서 위 전겸익의 '기심포옹'의 용례는 순박한 포옹노인을 가장하여 살아감을 비유적으로 사용하였다.

2. 풍보선, 이정 등의 「『금고기관』포옹노인고」에 대한 고찰

『금고기관』의 편찬자가 실제 누군지에 대해 첫 번째로 고증을 시도한 인물은 풍보선(馮保善) 교수로 그는 「금고기관집자포옹노인고(今古奇觀輯者抱甕老人考)」(『문학유산』, 1988년 5기)에서 포옹노인은 명말 청초의 시인 고유효(顧有孝, 1619~1689)라고 하였다. 그는 고유효의 친구로 민족영웅인 위경(魏耕)이 『설옹시집(雪翁詩集)』 권4의 「추석에 오송 고유효의 북곽초당에 모여 고유효가 나에게 '포옹장인가'를 지어달라고 하여 나는 당시 크게 취해 이 노래를 지었는데 그가 쓰러진 것도 알지 못하였다.(秋夕宴集吳松顧有孝北郭草堂, 顧請予作抱甕丈人歌, 予時大醉, 爲賦此篇, 不自知其潦倒也.[3])」라는 제목의 시에서 "장인(丈人)"은 노인에 대한 칭호로 위경이 그를 '포옹장인(抱甕丈人)'이라고 불렀지만 고유효 본인은 '포옹노인'으로 불렀을 것이라 하면서 비록 한 글자가 틀리지만 사실 큰 문제가 되지 않는다고 하였다. 또 고유효를 '포옹장인'이라 부른 것은 여고인(如皐人) 소장의 조선인(朝鮮人)이 지었다는 『황명유민전(皇明遺民傳)』 권6에서 "고유효는 자가 무윤이고 호는 설탄이며 또 포옹장인이라 하였는데 오강의 학생이었다. 명이 망하자 은거하여 백가시를 간행해 세상에 널리 유행시켰다. 집이 매우 가난하였지만 빈객이 발길을 이어 강동

3 古籍網：bookinlife.net

의 가난한 맹상군으로 보았다.(顧有孝, 字茂倫, 號雪灘, 又號抱甕丈人, 吳江學生. 國亡隱居, 雕百家詩盛行於世. 家貧甚, 而賓至輒該連,' 江左有藍菜孟嘗君之目.)"라고 한 것에서도 보인다고 하였다. 이어 그는 『황명유민전』이 청 건륭 56년에서 가경 5년 사이에 지어졌는데, 그가 "장인"이라 칭한 것은 전인의 자료를 전사하는 과정에서 생긴 착오로 사실은 노인이라고 보아야 한다고 하였다.[4]

그러나 『금고기관』이 출간된 시기가 1632년에서 1644년 사이인 까닭에 설령 고유효가 명이 망한 1644년에 이 책을 편찬했다 하더라도 당시 그의 나이는 25세에 불과하였기에 '포옹노인'이나 '포옹장인'의 호를 사용했을 리가 없으며, '포옹장인'이란 그의 호는 아마도 그 이후 청 강희연간이 되어서야 사용하였을 것이다. 따라서 풍보선의 고유효설은 타당성이 크지 않다.

이를 뒷받침하듯 명청문학 연구가이자 최근 『금고기관교주(今古奇觀校注)』를 편찬한 이평(李平) 교수는 「금고기관고증(今古奇觀考證)」이란 문장을 통해 『금고기관』의 보다 정확한 편찬 연도를 알려주는 증거를 제시하면서 고유효가 포옹노인이 아님을 다시 한 번 증명하였는데, 그 문장은 다음과 같다.

> 나는 소화주인이 『금고기관』을 위해 지은 서문이 이 책의 편집시기를 알려주는 증거가 된다고 생각하며, 그것은 또 고유효가 『금고기관』의 편자라는 주장이 성립될 수 없는 이유이기도 하다. 의심의 여지도 없이 그 서문은 포옹노인이 이 책을 편집한 이후이자 간행하기 이전에 지은 것이다. 그런데 그 문장은 통틀어 명대인의 말투를 벗어나지 못하며, 문장 행간에도 그 어떤 명 망국 유민의 비애

4 馮保善, 「今古奇觀輯者抱甕老人考」, 『文學遺産』, 1988年 5期, 124~126쪽.

가 섞여있지 않다. 특히 명대 문단의 번영된 기상을 얘기하는 부분에서는 "명 황제에 이르러 문치가 널리 펼쳐지면서 작가들이 다투어 명예를 경쟁하였는데, 조정의 큰 저술이든 패관야사이든 모두 탁월하여 천고에 이어질 것이니"라는 말을 사용하였다. 이런 넘치는 열정과 호방한 기상은 숭정 전기 환관에 의탁한 엄당이 제거되고 어두운 기운이 일소되면서 명 황실을 진흥하려는 장렬 황제 주유검에 대한 사람들의 바람과 기대의 반영이다. 따라서 『금고기관』 서문의 성서(成書) 연도에 대한 함축적 계시는 『금고기관』이 『이각박안경기』가 출판된 연후인 숭정 5년에서 숭정 17년 명 멸망 이전(기원 1632~1644)에 편찬된 책임을 말하는 것 외에도 명 숭정 중기보다 늦게 출판된 것이 아님을 간접적으로 증명하고 있다.(我認爲.. 笑花主人爲今古奇觀撰寫的原序, 是對該書輯定時期啓示的佐證, 也是顧輯說不能成立的第二個原因. 毫無疑問, 原序是在抱甕老人輯定之後梓刻以前寫成的. 全篇不脫明人口吻, 字裏行間, 何曾夾雜半點亡國遺民的悲哀? 特別在概括明代文壇說部繁榮的氣像, 用 "迄於皇明, 文治聿新, 作者競爽. 勿論廊廊鴻編, 卽稗官野史, 卓然夐絶千古", 熱情洋溢, 心胸開豁, 氣魄豪放, 反映了崇禎前期閹黨淸除, 陰霾一掃, 人們對有志振興明室的莊烈帝朱由檢寄託的厚望與信心. 原序對成書時代的含蓄啓示, 從側面證明今古奇觀不僅是二刻拍案驚奇梓刻行世以後, 卽崇禎五年至崇禎十七年明亡以前(西元1632至1644年)輯選的集子, 而且不會遲於崇禎中期出版.[5])

위 이평의 주장에 의하면 『금고기관』의 보다 정확한 편찬연도는 명 숭정 중기 이전인 1635~1636년 이전이며 그 이후에 지어졌을 가능성은 크

5 李平, 『今古奇觀 校注』, 臺北 : 三民書局, 2016, 2쪽.

지 않다는 것이다. 그렇다면 당시 고유효의 연령은 채 20살도 되지 않기 때문에 그가 포옹노인일 가능성은 거의 없는 것이 확실하다.

그 후 마태래(馬泰來)도 「명계포옹노인소식(明季抱甕老人小識)」이란 단문을 통해 풍보선의 견해를 반박하였는데, 그 주요 내용을 추려보면 다음과 같다.

> 우선 고유효가 소주 사람이고 호는 포옹장인이며 두 사람이 교류를 했기에 그를 포옹노인으로 봄은 대체적으로 수긍하는 바이다. 그러나 풍보선이 인용한 위경(魏耕)의 『설옹시집(雪翁詩集)』과 「황명유민시(皇明遺民詩)」에서는 모두 고유효를 '포옹장인'이라고 하였지 포옹노인이라고 한 것이 아니다. 거기다 고유효는 명이 망할 때에 나이가 고작 스물 남짓이라 이 책의 출간 연도와 부합되지 않는다. 고유효가 비록 동설(董說, 1620~1686), 진침(陳忱, 1614~1666) 등과 교류하였지만 그것으로 그의 소설관이나 소설에 대한 태도를 확실히 모르는 상황에서 그가 『금고기관』의 편자라는 대담한 가설을 늘어놓았다. 사실 인명과 별호는 같은 경우가 많아 그것만으로 사람을 확정하기엔 무리가 있다. 그렇다면 풍몽룡의 친구인 기표가(祁彪佳, 1602~1645)도 일찍이 「포옹소게(抱甕小憩[6])」란 단문을 지었기에 그를 포옹노인으로 볼 수도 있을 것이다. 따라서 '포옹'이란 호만 가지고 『금고기관』의 편자로 농단함은 오류를 범하는 것이다.[7]

---

6 "豳圃初開, 督莊奴灌溉. 憐其暴炎日中, 為蓋一茅以憩. 主人亦時 於此摘蔬啖菓實, 倚徙聽啼鳥聲. 大有邨家況味. 顧安得於陵子, 漢陰丈人, 共為吾把臂友, 與之語託業怡生之道乎? "(祁彪佳, 『祁彪佳集』, 北京: 中華書局, 1960, 165쪽.)

7 "『今古奇觀』編者抱甕老人為誰? 今日尚未有定論. 馮保善, 「『今古奇觀』輯者抱甕老人考」謂: 顧有孝係蘇州府吳江縣人, 又號抱甕老人, 且與兩位小說家交遊, 認為他就是選輯『今古奇

마태래가 지적한 핵심은 『금고기관』의 편자는 단지 '포옹'이란 호에만 집착해서는 안 되며 『금고기관』과 총체적인 연관성을 찾아야 함을 강조하였다. 요컨대 필자도 지적한 바와 같이 고유효는 연령대가 풍몽룡의 아들 내지는 손자뻘이라 『금고기관』의 편자 포옹노인이 풍몽룡의 친구라고 보는 보편적인 사실에 부합되지 않으며, 무엇보다도 이 책이 간행될 시기와 그의 나이가 어울리지 않아 그를 포옹노인으로 볼 수가 없음은 명백하기에 그는 『금고기관』의 편자가 될 가능성이 높지 않다.

그 후 포옹노인에 대한 고증을 발표한 논문은 2009년 이정(李程)의 「금고기관선집자포옹노인속고(今古奇觀選輯者抱甕老人續考)」라는 문장이다. 이 논문의 개요는 다음과 같다.

> 삼언이박의 가장 중요한 선본인 금고기관은 중국소설발전사에서 중요한 지위를 차지한다. 그 책의 선집자 포옹노인이 도대체 누구인가라는 문제는 아직도 고증이 확증되지 않았다. 이에 대한 전문적인 고증논문은 풍보선의 「금고기관집자포옹노인고」1편 뿐이다. 이 논문은 포옹노인이 명말청초의 시인 고유효일 것으로 여겼다. 그러나 자세히 고증해 분석하면 이 문장은 검토할 부분이 꽤 많다. 더 많은 문헌자료를 기초로 진일보 고증해야 할 부분이 있다. 상해도서관 소장 명간본 『금고기관』의 영인본 출간은 이 책의 선집자

觀』的姑蘇抱甕老人, 還是大致可以肯定的. 但馮氏所引魏耕(1614~1662)『雪翁詩集』和「皇明遺民詩」俱稱顧有孝為**'抱甕丈人'**, 不作'抱甕老人'. 按**顧有孝**(1619~1689), 字**茂倫**生於萬曆四十七年, 明亡時僅二十餘歲. 康熙中歲, 始或可稱'丈人'或'老人'. ...... 如稱**祁彪佳**為'抱甕主人', 亦未嘗不可. 本文無意說胡糙或祁彪佳就是『今古奇觀』編者抱甕老人, 祇是以此二例說明'抱甕'一詞未為『今古奇觀』編者所壟斷獨有. 今日尚未有可考訂『今古奇觀』編者身份的確證, 實不應胡猜. 又按: 陳瑚(1613~1675)『確庵文稿』(清初汲古閣刊本), 詩卷二, 有「抱甕丈人歌, 為顧茂倫賦」, 亦不作'抱甕老人'. 馮保善以意改'抱甕丈人'為'抱甕老人', 為今人通病, 不足為訓." - 馬泰來, 「明季抱甕老人小識」, 『嶺南學報』, 新第二期, 2000, 182쪽.

의 고증작업에 관한 자료를 제공한다. '포옹'이란 전고의 출처와 그것과 상관된 몇 용어의 고증은 포옹노인의 실체를 증명하는데 중요한 의미를 지닌다. 진계유(1558~1639)는 명말의 저명한 소설선집자로 그의 시에는 포옹관원('抱甕灌園')'이란 말이 많이 나온다. 거기다 그는 풍몽룡, 능몽초 모두와도 교류가 있었기에 『금고기관』의 선집자일 가능성이 있다. 현재의 자료로는 진계유가 바로 이 책의 편선자라고 아직 확정할 수는 없다. 포옹노인이 대체 누구인지는 아직도 더 많은 자료의 발견과 정리를 기다려야 할 것이다.(作爲"三言二拍" 最爲重要的選本, 『今古奇觀』 在中國小說發展史上有著重要地位. 其選輯者 "抱甕老人" 究竟爲何人, 至今尙未考定. 專門性考辨文章僅有馮保善先生 「『今古奇觀』 輯者抱甕老人考」1篇, 此文認爲 "抱甕老人" 可能爲明末淸初詩人顧有孝. 然而細加考辨, 可以發現此文論證有頗多可商榷之處, 還有必要在更爲廣泛的文獻資料基礎上作進一步考辨. 上海圖書館所藏明刊本 『今古奇觀』 的影印出版, 爲此書選輯者的考辨提供了資料. "抱甕" 典故出處, 以及與其相近的幾個詞條的考釋對於 "抱甕老人" 的考辨也有著重要的意義. 陳繼儒(1558~1639)作爲明末著名小說選輯者, 詩文中多有 "抱甕灌園" 之語, 且其與馮夢龍和淩濛初都有交往, 具備選輯 『今古奇觀』 之可能. 據現有的資料, 還不能確定陳繼儒就是 『今古奇觀』 的編選者. "抱甕老人" 究竟爲何人, 還有待於更多資料的發現和整理.[8])

위 제요에 이어 이정은 본론에서 진계유가 다양한 소설 자료들을 많이 편집하였을 뿐 아니라 소설비평에도 관여하였으며, 풍몽룡과 능몽초 모두와 교류가 있었다는 증거와 그가 꽃나무를 대단히 좋아해 '포옹관원'이

8 李程, 「今古奇觀選輯者抱甕老人續考」, 『明淸小說硏究』, 2009年 3期, 150쪽.

란 말이 그의 시문에 자주 등장하였고, 또 29세부터 평생 은사로 지낸 그의 삶 자체가 포옹노인의 '회귀본진(回歸本眞)'을 실천한 것 등을 주요 이유로 들어 그가 포옹노인일 가능성이 크다고 주장하였다. 여기서 주목할 점은 이정은 명대 손승은(孫承恩), 원굉도(袁宏道) 등이 지은 「포옹정기(抱甕亭記)」란 문장에서 포옹정자 바깥에 꽃나무가 많이 심겨져 있음이 묘사된 것을 예로 들어 포옹노인의 함의에는 아마도 꽃을 좋아하며 직접 독을 들고 정원에다 물을 주는 은사일 것이라고 추정하였다.[9] 그러나 이정은 진계유를 포옹노인의 유력한 후보로 내세웠지만 확정된 것은 아니며 여전히 더 많은 자료를 통해 확실히 규명되어야 함을 밝혔다. 따라서 그도 진계유가 확실한 포옹노인임을 증명하는 직접적인 증거는 제시하지 못한 상황인 것이다.

주지하는 바와 같이 진계유는 명말의 유명한 작가이자 서화가이며 출판상으로 명성이 자자한 인물로 그의 연보인 '미공부군연보(眉公府君年譜)'에 의하면 그는 두 번의 과거 실패 이후 만력 14년(1586) 29세의 젊은 나이에 평생을 은거하면서 오직 시문과 서화 창작 활동으로만 살아간 사람이다. 진계유는 고유효처럼 포옹장인 내지는 포옹노인과 같은 호를 직접 사용한 적은 없지만 이정은 그가 소주 출신으로 풍몽룡, 능몽초와 모두 가까웠으며 무엇보다도 그가 당대 소설선집가로 유명한 점에서 가능성이 크다고 보았다. 이정의 말대로 진계유는 소설 자료들의 편집에 대한 연구도 남달라 포옹노인일 가능성을 높인다.

그러나 문제는 『금고기관』이 탄생한 1632~1644년 기간에 그의 나이가 이미 75세 이상인 점이다. 앞에서 이평이 『금고기관』이 탄생한 보다 정확한 연도로 추정한 것이 아무리 숭정 중엽인 1635~1637 이전이라고 보더

9 위의 논문 156쪽. 그러나 장자에 나오는 포옹노인의 원래 함의에는 그가 밭의 작물에다 물을 대는 노인이며, 그가 꽃나무를 좋아하는 함의는 찾아볼 수 없다.

라도 당시 진계유는 거의 80에 육박한 나이다.[10] 그가 1639년 82세에 사망하였으니 불과 사망 2년 전인 셈이다. 진계유가 지은 많은 저작들의 탄생연도를 보더라도 그렇게 늦게 지어진 책은 찾아보기 드물다. 이를테면 그의 잡언집인 『소창유기(小窗幽記)』가 천계(天啟) 4년(1624)이고, 서화감상에 관한 저술 『니고록(妮古錄)』도 1592~1605의 기록으로 1606년에 출간되었다. 또 소설 등 자료집인 『보안당비급(寶顏堂秘笈)』, 『소강절외기(邵康節外紀)』 등도 '만력진씨간본(萬曆陳氏刊本)'이 전하는 까닭에 만력 연간(1573~1620) 이전에 나온 책이고, 『국조명공시선(國朝名公詩選)』도 천계 원년 '서림동씨각본(書林童氏刻本)'이 있기에 1621년 이전에 간행된 것임을 알 수 있다. 그 외에도 『고문품외록(古文品外錄)』 34권도 명천계 5년 1625 주울연각본(朱蔚然刻本)이 전하며, 그 외 명대 저작 간본들은 모두 진계유가 사망한 1639년 이후 간행된 것들이다. 이처럼 그의 저술들은 거의 60대 이전의 작품임을 알 수 있다.[11] 따라서 『금고기관』이 탄생한 시점은 그의 저술 연령대와 부합된다고 보기 어렵다.

그리고 교우관계가 활발했던 진계유는 만년에 지인들의 추천으로 벼슬을 권유받기도 했지만 그는 언제나 노령에다 질병이 있다는 이유로 거절하였다.[12] 이는 비단 겸손함만이 아니라 그가 명리를 탐하지 않고 자유

10 사실 『금고기관』의 간행연도에 대해서는 숭정 중엽이 아니라 숭정 말기로 보는 견해가 파다하다.(毛子水, 『中國文學發展史』, 臺北: 華正書局, 1977, 977쪽. 葉慶炳, 『中國文學史』, 臺北: 弘道文化, 1980, 659쪽.) 따라서 간행연도도 1640~1644년가량으로 보는 것이 더욱 온당하다. 그렇다면 1639년에 작고한 진계유는 당시 이미 세상을 떠난 고인인 셈이다.

11 숭정 원년(1628년)에 松江知府 方嶽貢이 『松江府志』를 수찬할 시에 그에게 재삼 청탁하여 진계유는 당시 고희를 넘긴 71세였지만 결국 부탁을 받아들여 3년의 노력 끝에 58권의 부지를 지은 적이 있기는 하다.

12 "某一介草茅也, 師友不多, 見聞不确, 何敢以草茅意安攘大計? 又云: '老者謀之, 少者斷之', 某七十五老農也, 精力日減, 疾病日增, 何敢以老農謀安攘大計? "-「陳繼儒: 閑人不是等閑人」http://www.zgshscjxh.com/nd.jsp?id=338

를 추구하는 성품의 소유자였기 때문이다. 그가 67세에 지은 것으로 『채근담』과 유사한 성격의 수신양생을 논한 저술 『소창유기』는 그가 지닌 이런 문인아사(文人雅士)의 명리를 초월한 청정담박한 정신세계를 잘 드러낸 책이다. 여기서 그는 "젊은이는 마음이 바빠야 한다. 바빠야지 경박한 기운을 빨아들일 수 있다. 노인은 마음이 한가로워야 한다. 한가해야 여생을 즐겁게 살 수 있다.(少年人要心忙, 忙則攝浮氣; 老年人要心閑, 閑則樂餘年)"(권11, 「집법(集法)」)라고 하였듯이 여든에 가까운 노년기의 그가 번잡한 삼언이박을 정리하여 『금고기관』으로 재편집하였을 가능성은 그리 크다고 볼 수 없다.

거기다 진계유는 유불도를 융합하면서도 도가적 노자(老子)의 담백한 삶을 추구한 명대의 대표적 산인(山人)으로 평가되며, 평생 미불(米芾)을 숭배하여 의식형태에 있어서도 세상을 깔보는 '완세불공(玩世不恭)'의 태도에서 벗어나지 못했음이 사실인데, 그가 그것도 노년에 삼언·이박의 작품체제를 개편해 유가적 교화의식을 장려하는 『금고기관』 소설의 편찬 작업을 직접 진행하였을 가능성도 그리 높아 보이지 않는다.[13]

이 점은 삼언을 편찬한 풍몽룡의 창작배경을 살펴보아도 진계유가 『금고기관』의 편자인 포옹노인이라는 사실은 타당성이 없어 보인다. 『금고기관』의 첫머리를 장식한 소화주인 원서에서 소화주인은 풍몽룡과 삼언의 정신을 높이 숭상하였는데 이는 곧 포옹노인의 창작이념이자 문학관을 잘 반영한 것이다. 따라서 포옹노인은 풍몽룡이 삼언을 통해 반영한

---

13 진계유는 방대한 저술 활동 작업에서 청빈한 많은 처사들을 구제하기 위해 그들에게 일거리를 나누어 주기도 했다는데, 물론 그렇다면 이야기가 달라진다. 즉 진계유는 학문적 소양은 있지만 때를 만나지 못해 빈한하게 살아가는 선비들에게 각종 고금의 서적에 있는 '淸言'들을 발췌하게 하여 묶어 그의 이름의 책으로 편찬하였다고 한다. 이는 별 다른 직업 없이 저술로 생계를 영위한 진계유의 생존방식이라고 할 수 있다. 이에 대해서는 陳平原, 『從文人之文到學者之文』, 北京: 新華書店, 2005, 40쪽 참고.

문학사상과 거의 일치한다고 보아도 무방할 것이다. 그런데 삼언의 기본 정신은 당시의 정주이학에 반해 정(情)으로써 이(理)를 대체하고자 한 풍몽룡의 '정교관(情敎觀)'을 기반으로 한 주정주의(主情主義)적 인문사상과 '중용'의 도[14]를 비롯한 유학(儒學)의 정신을 선양하고자하는 풍몽룡의 뿌리 깊은 유교적 교화사상[15]이 근간을 이루고 있다.

그런데 진계유는 만명소품의 작가로 이런 유교적 교화의식과는 적지 않은 거리가 있음이 사실이다. 그러므로 포옹노인은 그 이름과는 달리 단순히 도가적 성향에만 치우친 인물이 아니라 유교적 교화의식에도 발을 디디고 있는 인물 가운데에서 그 해답을 찾아야 할 것이다.

이정은 『금고기관』의 편자가 포옹이란 호를 지닌 자라는 사실에 구애받지 않고 명말 진계유가 지닌 여러 가지 특징으로 미루어 그를 포옹노인으로 추정하였지만 그는 풍몽룡보다 16살이나 많아 동년배의 친구로 보기에 애매할 뿐 아니라 『금고기관』이 출간될 시기에 그는 대략 80세 전후이거나 이미 고인인 까닭으로 그가 이 책을 편집하였을 가능성은 높지 않다.

더구나 일본의 학자 카사이나오미(笠井直美)는 오군(吳郡) 보한루(寶翰樓) 판본에 대한 연구를 통해 오군 보한루에서 간행한 책의 저자나 편

---

14 삼언의 편찬에는 명말 대두된 主情主義적 사상과 유교적 교화사상을 융합한 '中和의 美'가 잘 드러난다. 따라서 풍몽룡은 儒雅와 情俗 사이에서 중화적 조절을 취하였다. 풍몽룡 삼언의 중화 관념에 대해서는 많은 이들이 수긍하는 바이다. 이에 대한 논문으로는 黃善文, 「馮夢龍三言的中和之美」(『安慶師範院學報(社會科學版)』, 2003), 또 李雪梅, 「論三言的中和之美」(『河北師範大學』, 2010) 등 참고.

15 풍몽룡의 삼언은 언제나 유교적 교화사상에서 벗어나지 못하였다. 그는 풍속과 성현, 시서경사에 위배되지 않는 태도에서 사람들이 충신과 효자, 열부 등이 되게 할 따름이었다.("不害於風化, 不謬於聖賢, 不戾於詩書經史", "令人爲忠臣, 爲孝子, 爲賢牧, 爲良友, 爲義夫, 爲節婦, 爲樹德之士, 爲積善之家, 如是而已矣."-『警世通言序』)

자, 서발자(序跋者), 참열자(參閱者) 들이 대개 복사(復社[16])와 이와 관련된 인사들이 많이 참여하였음을 지적하였는데[17], 『금고기관』의 가장 오래된 판본으로 평가되는 오군 보한루 판본(파리 중앙도서관 소장)의 편자 포옹노인도 복사 출신이거나 이와 관련된 사람일 가능성이 높다.

그런데 진계유는 동림서원(東林書院) 고헌성(顧憲成)의 요청을 거절하였기에 동림당에 들지도 않았고, 당연히 그 후에 결성된 복사의 성원도 아니었기에 그가 보한루 『금고기관』의 편자일 가능성은 또다시 낮아진다.[18]

3. 풍몽룡의 자료를 통해 본 『금고기관』의 작가 포옹노인 고증

『금고기관』은 책 표지에 포옹노인이 편찬한 것이라고 기록되어 있지만, 또 동시에 '묵감재수정본(墨憨齋手定本)'이라고도 표지에 적혀있기에

16 명말 江浙 일대의 선비들이 조직한 모임으로 숭정 2년(1629)江蘇 太倉의 학자 張溥와 張采의 영도 아래 江浙地區 십여 개 이상의 단체가 합병하여 복사를 조직하였다. 복사의 주요 구성원은 청년 선비로 그 수는 2천여 명을 넘었다. 黃宗羲, 顧炎武, 方以智, 陳貞慧, 吳應箕 등 명말청초의 많은 저명한 학자들이 복사 출신이었다. 복사의 정치적 주장은 동림당과 거의 일치하였기에 복사의 구성원들은 동림당원들을 선배로 여겼다. 동림당 후기의 주요 인물 錢謙益, 黃道周, 馬世奇, 劉同升, 陳子壯 등은 복사 조직에 의해 종주로 추앙되었다. 그러므로 복사는 '小東林'으로 불리기도 하였다.

17 笠井直美, 「吳郡寶翰樓初探」, 『古今論衡』, 第27期, 2015, 133쪽.

18 그 외에도 일본의 학자 오츠카 히데카타(大塚秀高)는 금고기관의 가장 오랜 판본인 프랑스 파리 국립도서관 소장 寶翰樓刊本의 체제와 眉批 등에 대한 고찰을 통해 포옹노인은 바로 능몽초이고, 『금고기관』은 풍몽룡과 능몽초가 함께 합작하여 만든 선집이라고 추측하기도 하였다.(『日本アジア研究』13, 2016) 이에 대해 김소정, 「해외로 전파된 『금고기관』- 19세기 영역본 고찰」, 『중국어문학』 제38집, 2020, 212쪽 참고. 그러나 능몽초는 吳興人(절강성 호주)으로 姑蘇(강소성 소주) 사람으로 알려진 포옹노인과는 우선 고향부터 다르다.

아마도 호가 묵감재인 풍몽룡 본인이 선집하였을 수도 있다.[19] 그러나 더 많은 학자들은 그가 풍몽룡과 친한 소주 출신의 문인으로 추정하고 있다. 그러나 현재 유관자료의 부족으로 포옹노인의 실제 이름이 누구인지는 확실히 정확하게 고증해낼 수 없는 실정이다.

앞에서 언급한대로 풍보선은 「금고기관집자포옹노인고」에서 포옹노인은 소주 오강현 출신으로 호가 포옹노인이면서 풍몽룡, 능몽초 등과 교분이 있었던 명말 청초의 시인 고유효로 보았지만 20여년 후 이정은 고유효의 연령이 풍몽룡, 능몽초 두 사람과 동년배가 아닌 등의 이유로 고유효가 포옹노인임을 부정하였다.(이평(李平) 교주(校注), 『금고기관』, 대만: 삼민서국(三民書局), 2016, 1~3쪽.) 그리고 이정은 명말의 진계유가 시를 통해 '포옹관원(抱甕灌園)'이란 말을 많이 사용하였을 뿐 아니라 풍몽룡, 능몽초와도 교분이 있어 그가 이 소설의 편찬자로 추정된다고 하였다.(이정, 「금고기관선집자포옹노인속고」, 『명청소설연구』, 2009년 3기, 150쪽)

그러나 필자가 생각하기엔 고유효나 진계유보다 더 유력한 작가는 바로 전겸익(錢謙益, 1582~1664)이라고 본다.

주지하는 바와 같이 전겸익은 명대 유민으로 생평 기록을 보면 명말 당시에도 정치적 욕망이 강했을 뿐 아니라 명이 망하자 청에도 투항해 구차한 벼슬을 한 사람이기에 그의 인품에 대해서는 말이 많다. 설령 명대 유민들은 그를 이해하였다고 하더라도 청대 황제들은 그의 인품을 대단히 낮게 보았다. 특히 건륭제는 그를 매우 천대하여 그의 학문까지도 부

19 원로 학자 容肇祖는 이 책이 아마도 풍몽룡 본인이 직접 편집하고 포옹노인이란 가명을 붙인 것 같은 의심이 든다고 하였다. 容肇祖, 『中國文學史大綱』, 臺北: 文海出版社, 1971, 309쪽 참고.

정하였다.[20] 그로부터 전겸익은 역사 속 치욕적인 인물이 되었음은 물론 그의 저술까지도 오랫동안 금서가 되었으며, 심지어 그와 교류가 있는 사람이나 저서 가운데 전겸익의 서문이 있다거나 그와 화답한 시문이 있더라도 모두 금서 목록에 들어갔다.

이런 상황에서 혹자는 『금고기관』이 청대에 금서로 지정되지 않은 것은 바로 편찬자 포옹노인이 전겸익이 아님을 말해주는 것이 아니냐고 할 수도 있겠지만, 좀 더 생각하면 포옹노인이란 호는 전겸익이 자신의 신분을 드러내지 않기 위해 세인들이 모르는 포옹노인이란 호를 일부러 사용했을 가능성도 배제할 수 없다. 전겸익의 알려진 호에는 포옹노인이란 이름이 없기 때문이다.

물론 『금고기관』이 탄생한 1632~1644 사이는 명이 망하기 전이므로 당시 전겸익이 청의 눈치를 보아 이런 호를 지은 것은 아니다. 다만 당시 많은 통속소설 작가가 그러하듯 전겸익도 자신의 위신을 위해 익명을 사용하였을 것이며, 더구나 당시 그는 예부시랑, 예부상서 등의 벼슬을 맡았기에 더욱 그러하였을 것이다.

포옹노인의 실체를 파악하기 위해서는 먼저 풍몽룡의 교유관계를 통해 그의 친구에 대해 고찰할 필요가 있다. 그런데 풍몽룡은 많은 저술을 남겼지만 정작 본인에 관한 자료는 매우 적어 그의 시집도 지금 전하지

---

20 건륭제는 전겸익을 『明史·貳臣傳』의 선두에 넣고는 다음과 같이 그를 풍자했다. “평생 충효절의를 배우고도 두 군주를 섬겼네. 행실도 마음대로니 문장이 어디 좋겠는가! 정말 아무짝에도 쓸모없는 저술에 언제나 사랑 타령만 늘어놓았네. 말로는 불가로 피신했지만 원래는 비천한 인간이라네.(平生談節義, 兩姓事君王. 進退都無據, 文章那有光. 真堪覆酒甕, 屢見詠香囊. 末路逃禪去, 原是孟八郎.)”- 乾隆, 「觀錢謙益初學集因題句」. 또 건륭제 중기 沈德潛 등이 지은 『國朝詩別裁輯』에서 진겸익을 최고의 반열에 올려놓았지만 건륭이 이를 검열한 다음 정치적으로 오락가락한 진겸익의 인품을 혐오하여 그의 작품을 모두 삭제하도록 시켰다. 그로부터 대규모의 금서정책이 발발하여 屈大均을 비롯한 많은 사람의 저작들이 금서 목록에 들어갔다. 朱則傑, 「從王國維散文說到錢謙益化名」, 2019-10-14 光明日報 [引用日期 2020-05-22 人民網] 참고.

않는다.[21] 풍몽룡 연구의 최고 권위자 가운데 한 명이라고 할 수 있는 육수륜(陸樹侖)에 의하면 풍몽룡의 친구는 80명에 달함을 알 수 있다.[22]

그런 까닭에 그간 학계에 발표된 논문에서는 포옹노인이 고유효라든지 아니면 진계유라든지 등의 비교적 멀리 있는 사람들을 지목하였으며 정작 풍몽룡과 가장 가까이에서 저술에 서문을 달거나 시문을 지어 화답한 사이의 친구들을 홀시한 바가 크다.

주지하는 바와 같이 풍몽룡은 초황(楚黃, 즉 호북성 黃州)에서 강학을 할 때 '고정사(古亭社)'라는 결사모임을 조직했으며, 또 전겸익, 요희맹(姚希孟, 1579~1636), 문진맹(文震孟, 1574~1636) 등과 시사(詩社)를 만들어 시를 지었으며, 또 동림당(東林黨) 영수 중의 한 명인 전겸익도 일찍부터 풍몽룡, 요희맹, 문진맹 등과 더불어 시사를 결성해 시를 서로 주고받았으며, '우산시파(虞山詩派)'를 결성했다고 기록되어 있다.[23] 따라서 전겸익을 비롯해 요희맹과 문진맹이 모두 서로 친한 사이로 풍몽룡과 연배가 비슷할 뿐 아니라[24] 모두 소주 출신이었기에[25] 그들이 풍몽룡의 친구

---

21 『明史』 "文苑傳"에는 풍몽룡의 이름이 없다. 『蘇州府志』 중에도 풍몽룡에 대한 기록은 "풍몽룡은 자가 유룡이며, 재정이 발랄하고 시문이 아름다웠으며, 특히 경학에 밝았다. 숭정 연간에는 공선으로 수녕지현에 부임되었다.(馮夢龍, 字猶龍, 才情跌宕, 詩文麗藻, 尤明經學. 崇禎時, 以貢選壽寧知縣.)"일 따름이며, 그의 통속소설 상의 위대한 업적을 전혀 언급하지 않았다.

22 陸樹侖, 『馮夢龍 硏究』, 上海: 復旦大學出版社, 1987, 69~78쪽 참고.

23 "馮夢龍: 講學楚黃時結古亭社, 又與錢謙益, 姚希孟, 文震孟等人立詩社相唱和", "錢謙益: 與馮夢龍等人結社唱和, 並參加復社的活動, 創建虞山詩派."(黃宗羲 『明儒學案』 卷58 「東林學案序」- 北京: 中華書局, 1981) - 何宗美, 「明代文人結社綜論」, 『中國古代, 近代文學硏究』, 2002年 第9期 50~54쪽 참고. 또 陸樹侖, 『馮夢龍硏究』, 上海: 復旦大學出版社, 1987, 63~68쪽 "結社活動" 참고. 또 전술한 바와 같이 『明史』 「文苑傳」에는 馮夢龍의 이름을 찾을 수 없고, 『蘇州府志』에 있는 馮夢龍의 기록도 지극히 간략할 따름이다.

24 전겸익은 풍몽룡보다 8살 연하라 그를 친구이면서도 선배로 여겼다.

25 전겸익의 본관은 蘇州府 '常熟縣'이지만, 상숙은 당시 소주부에 속하므로 일반적으로 소주로 봄이 상례이다. 소주 출신 역대명인에도 전겸익이 포함되어 있다.

인 포옹노인일 가능성을 배제할 수 없다.

포옹노인으로 추측할 수 있는 당시의 명사로는 풍몽룡의 친구이자 복사(復社)와 관련된 많은 인물들이 있지만 그 필요조건은 이 작품이 간행될 당시인 1632~1644년 사이에 포옹노인이라는 호를 사용할 수 있는 나이여야하기에 풍몽룡과 연배가 많이 차이가 나지 않는 그의 친구여야 할 뿐만 아니라 고향이 소주여야 함이 가장 기본적인 요건이 되는데[26], 그 가운데 가장 유력한 인물로 전겸익을 꼽을 수 있다.

풍몽룡(1574~1646)이 일흔 살 생일을 맞이하였을 때 전겸익은 명말 예부상서를 맡고 있었는데, 이때 그는 시를 지어 관직에서 물러나 귀향한 풍몽룡을 축하하였다.[27] 이는 『금고기관』이 탄생한 1632~1644 사이인 1643년(癸未年) 전후의 일로 당시 두 사람이 서로 교류를 유지하고 있었음을 알게 해주며, 그렇다면 『금고기관』도 자연히 그 때를 전후하여 탄생하지 않았을까 추측할 수가 있다.

아래에 소개하는 축시의 내용을 보면 풍몽룡을 대하는 전겸익의 태도가 어떠하였는지를 잘 알 수가 있다.

진인풍도를 지닌 우리 선량한 관리, 일흔 연세에도 기력이 좋다네.

---

26 포옹노인의 정체는 실제로 호나 작품이 '抱甕老人', '抱甕丈人', '抱甕' 등의 단어와 관련된 사람이어야 하지만 사실상 풍몽룡의 친구 가운데 그런 사람은 고유효, 胡糙, 祁彪佳 등처럼 고향이 소주가 아니든가 아니면 나이가 걸맞지가 않다. 그러므로 李程은 '抱甕老人'이란 호와 관련이 없는 진계유를 포옹노인으로 지목하기도 했다. 『금고기관』의 편찬자가 포옹노인이란 익명을 사용한 것은 자신의 실체를 세인에게 알리지 않을 목적이라고 볼 수 있기에 호를 통해 그 정체를 파악하려고 함은 의미가 없는 작업일 수도 있다.

27 錢謙益 『牧齋初學集』 卷20 『東山詩集 四』(癸未 正月~十二月)... "「馮二丈猶龍七十壽詩」: "晉人風度漢循良, 七十年華齒力強. 七子舊遊思應阮, 五君新詠削山王.(馮爲同社長兄, 文閣學, 姚宮詹皆社中人也.)書生演說鵝籠裏, 弟子傳經雁瑟旁. 縱酒放歌須努力, 鶯花春日爲君長. "按, 文閣學即文震孟, 姚宮詹即姚希孟."

건안칠자의 옛 모임에 응창과 완우를 생각하고, 다섯 군자를 새로 읊음에 산도와 왕융을 빼버렸네. 서생이 거위 바구니 속으로 들어가는 것을 연설하기도 하고, 학생이 엄숙하게 경전을 전하기도 하네. 호탕하게 술 드시고 마음껏 노래하시길, 꽃피는 봄날 좋은 세상도 형장(兄丈)을 위해 있거늘.(晉人風度漢循良, 七十年華齒力強. 七子[28]舊遊思應阮[29], 五君[30]新詠削山王[31]. 書生演說鵝籠裏[32], 弟子傳經雁瑟旁. 縱酒放歌須努力, 鶯花春日爲君長.)

여기서 '진인풍도'란 위진시대 명사들이 지닌 고상한 풍격을 말하는데, 소탈하고 진솔하며 자연스러운 인품을 말한다. 그리고 이른바 '순량(循良)'이란 법도를 잘 지키는 선한 관리를 말하다. 풍몽룡은 예순 한 살인 숭정7년(1634)에 복건성 수녕의 현령으로 부임하여 4년간 청렴한 지현으로 지낸 적이 있다.

중간 구절에서 읊은 '칠자'는 건안칠자를 가리킴과 동시에 만력 32년(1604)에서 37년(1609) 사이에 풍몽룡을 중심으로 문진맹, 요희맹, 전겸

---

28 建安七子를 말한다. 『昭明文選』 卷五十二에 수록된 魏文帝(曹丕)의 『典論論文』에는 魯國**孔融**文擧, 廣陵**陳琳**孔璋, 山陽**王粲**仲宣, 北海**徐幹**偉長, 陳留**阮瑀**元瑜, 汝南**應瑒**德璉, 東平**劉楨**公幹을 七子라고 불렀다.

29 한말 건안시기의 문인 應瑒과 阮瑀의 병칭.

30 『宋書』 卷七十三 「顔延之列傳」에는 안연지가 「五君詠」을 읊어 竹林七賢을 노래하면서 山濤와 王戎이 공명을 좋아한단 이유로 그들을 빼버렸다. - "南朝宋顔延之作五君詠, 述竹林七賢, 以山濤, 王戎顯貴而不予列入"- 『宋書·顔延之傳』. 그 외에도 唐 李德裕 「仆射相公偶話舊唱和詩淒然懷舊輒獻此詩」: "延年如有作, 應不用山王."- 宋 梅堯臣 「依韻四和正仲」: "嵇阮當時無俗慮, 山王雖貴亦能陪." 元 熊與和 「木平飼龍亭次韻方巨山」: "由來清調須吾輩, 幸不山王愧五君."등의 기록이 있다.

31 晉의 山濤와 王戎의 병칭.

32 '鵝籠書生'은 南朝 梁 吳均의 「續齊諧記」에 기재된 지괴소설 작품이다. 후대에는 이를 변화무상함을 뜻하는 전고로 많이 사용된다.

익 등 7인이 결성한 모임을 의미한다. 이 시사에서 풍몽룡이 가장 연장자라 모임을 주도한 것으로 생각된다. '칠자와 ''오영'을 운운함은 옛날 같이 교유하던 시절을 회상함과 동시에 청렴한 풍몽룡에 비해 관직에 얽매여 살아가다 고초를 겪는 자신의 초라한 모습을 겸허하게 노래한 것으로 보인다.[33]

그 다음 구절은 낭만적인 소설을 열심히 편찬하면서도 경전도 연구하는 풍몽룡의 바쁜 저작활동에 대한 묘사로 보인다. 그리고 마지막 구절에서는 그런 풍몽룡의 인품을 찬미하면서 계속해서 자유분방하게 풍류를 누리며 멋지게 살아가길 축원하는 내용이다.[34]

따라서 이 축시는 풍몽룡의 고상한 인품과 깨끗한 관리로서의 자질에 대해 전겸익이 극찬한 내용으로 이해할 수 있으며, 풍몽룡과 전겸익은 비록 풍몽룡이 8살 위였지만 오랫동안 서로 존경한 동향의 선후배이자 친구 사이로 두 사람 사이에는 재기가 출중한 문인들 간의 서로 아끼고 존경하는 마음이 있었음을 알 수 있다.

풍몽룡과 전겸익은 일찍이 시사의 친구였을 뿐 아니라 동림당의 구성원으로 잘 알려져 있기에 자연히 왕래가 잦았을 것으로 생각된다.

천계 4년(1624)말 풍몽룡이 51세 에 사우(社友) 전겸익이 지은「신가역벽화원삼소수제회계여자시(新嘉驛壁和袁三小修題會稽女子詩[35])」에 대

---

33 전겸익은 숭정 원년(1628)에 예부시랑을 맡았다가 숭정 10년(1637)에는 송사로 관직을 박탈당했으며, 숭정 17년(1644)에는 예부상서의 벼슬을 맡았다. 그 후 청에 투항한 이후에도 예부상서 등의 관직을 두루 맡았다.

34 乾隆年間에 펴낸『福寧府志』에는 馮夢龍을 '循吏'에 포함시켜 그에게 높은 평을 하였는데, 이를 보면 "정치가 간결하고 형벌은 깨끗했다. 문학을 우선적으로 숭상하고 백성들은 은혜로 선비들은 예로써 대하였다.(政簡刑清, 首尚文學. 遇民以恩, 待士有禮.)"라고 하였으며, 4년의 임기를 마치고 수녕을 떠날 시에도 그곳의 백성들이 십리까지 전송하며 몹시 아쉬워했다고 한다.

35 新嘉驛 會稽 여성의 題壁詩는 만력 말년에 출현하였는데, 전겸익, 원중도, 풍몽룡 등

한 화답시 3수(『정사유략』에 수록)도 두 사람의 밀접한 관계를 잘 말해 줄 뿐 아니라 두 사람간의 문학적 동질성을 잘 보여준다. 앞 장 "2) 명대의 문화적 환경과 『금고기관』의 탄생"에서 논의한 바와 같이 신가역 회계 여성의 제벽시(題壁詩)는 절강성 회계 출신의 한 여성이 산동성으로 이주해 살면서 가정 폭력에 시달리다 죽기 전에 남긴 3수의 절명시라 할 수 있는데, 이에 대해 역대 많은 문인묵객들이 동정과 연민의 화답시를 남겼다. 풍몽룡의 화답시는 원중도(소수(小修))가 지은 시에 대해 전겸익이 화답한 위 「신가역벽화원삼소수제회계여자시」시에 대해 풍몽룡이 다시 화답한 것이다.

이처럼 풍몽룡과 전겸익은 모두 「신가역제벽시」를 지어 여성에 대한 관심과 존중의식을 고취한 공통점이 있다. 풍몽룡이 통속문학 연구를 통해 민간과 여성의 문학을 중시한 것과 같이 전겸익도 희곡비평에 대한 연구를 통해 여성 극작가와 배우를 존중하였을 뿐 아니라 희곡에 나타난 여성의식을 찬양하기도 하였다.[36]

두 사람 간의 문학적 동질성은 전겸익이 전통문학 장르인 시문에 관한 연구를 통해 '진정(眞情)'과 '성(誠)'의 문학관을 중시하기도 하였는데, 이는 풍몽룡이 민가 등을 비롯한 통속문학 수집과 편찬을 통해 예교의 위선을 풍자하고 서민 계층의 진정을 중시한 점[37]과도 일맥상통한다.

그 외에도 전겸익은 문헌학 연구에도 큰 성과를 거두었는데, 일목요연

이 화답시를 남기자 많은 문인들도 이에 대한 화답시를 지으면서 훗날 큰 영향을 끼쳤다. 따라서 '신가역 제벽시' 현상은 당시 여성문학의 발전과 여성문학에 대한 당시 문인들의 관심을 잘 말해줌으로써 만명문인들의 의식형태와 당시 문학 및 사회적 분위기를 잘 반영해 주고 있다. - 王勇, 「新嘉驛會稽女子題壁詩新論」, 『牡丹江大學學報』 27卷, 2018, 21쪽 참고.

36 顔佳麗, 「錢謙益戲曲批評理論研究」, 淮北師範大學 碩士學位論文, 32쪽 참고.

37 「敘山歌」, "借男女之真情, 發名教之偽藥".

하게 문헌의 목록을 체계적으로 분류한 것으로 유명하다.[38] 이런 그의 본령은 삼언·이박의 번잡한 회목들을 수정해 새롭고 간결한 회목으로 정비된 『금고기관』의 탁월한 편집에도 기여하였을 것으로 추정된다.

그리고 가장 중요한 소설문학과 전겸익의 관계를 건너뛸 수가 없다. 비록 소설이 당시 정통문학의 위치에 있진 않았지만 통속문학이 주목을 받던 명말에 일대 문종으로 추앙받는 그가 소설의 창작에 관여하지 않았을 리가 없다. 유관 자료에 의하면 전겸익은 어릴 적에 『오월춘추(吳越春秋)』와 『세설신어(世說新語)』 등의 소설을 읽고 크게 감동한 바가 있다고 전한다.[39] 그러므로 그가 지은 『열조시집(列朝詩集)』에는 명대 2천여 명 시인의 작품을 소개하면서 거의 모든 시인의 작은 전기(소전(小傳))를 남겼는데 그 자체가 소설적 요소이며, 그 가운데 귀신에 관한 23편의 전기는 문언소설을 방불케 한다.[40] 이런 점은 결국 그가 『금고기관』의 편찬에

38 "錢謙益是明末清初著名的文學家,政治家與藏書家, 他在文獻學研究上也取得豐碩成果, 對後世產生重要的影響. 錢謙益一生飽讀詩書, 嗜書成癖, 並利用藏書, 治學考辯. 他著述宏富, 著作多收於『牧齋初學集』,『牧齋有學集』,『牧齋雜著』等結集, 此外還著有『絳雲樓書目』,『錢注杜詩』等.『絳雲樓書目』是一部登記目錄, 著錄錢氏藏書, 收書範圍甚廣. 此目不僅對以往目錄的分類體系有所革新, 還爲圖書文獻的輯佚提供了線索. 錢氏豐富的藏書爲他的文獻學研究提供了便利, 他所著題跋, 書劄, 雜文, 詩注, 多追述版本源流, 辨章學術, 校勘文字, 考辨錯訛, 力求恢復古籍原貌, 探尋曆史事實.."- 張婧,「錢謙益的文獻學成就」, 北京師範大學 碩士學位論文, 2012, 提要.

39 "盡管小說不居於正統文學的地位, 但在這樣的時代氛圍中, 錢謙益作爲一代文宗, 不可能不關注小說的創作. 從金鶴沖『錢牧齋先生年譜』, 我們可以了解到錢謙益其父"晩讀二十一史, 鉤摘其奇聞異事, 撰『古史談苑』三十四卷". 錢謙益"五六歲看演『鳴鳳記』, 見孫立庭袍笏登場, 遂終身不忘";十五歲時"喜讀『吳越春秋』, 作「伍子胥論」, 又作「留侯論」, 盛談其神奇靈怪";"少讀『世說新語』, 輒欣然忘食", 可見錢謙益與通俗文學, 尤其是小說大有淵源."-楊敬民,「錢謙益『列朝詩集小傳』中的文言小說芻議」www.ulunwen.com/archives/1143…百度快照.

40 전겸익이 『列朝詩集』에서 소전을 단 것도 의식적으로 문언지괴소설을 창작하기 위해서가 아니라 역사적 사실을 보완하기 위함이었다. 그는 패관문학인 소설로써 역사를 보완하려는 의식이 있었다. 이는 소설을 정사의 보완("小說者, 正史之餘也".)으로 보

도 관여하게 된 계기였을 것으로 생각된다.[41] 『열조시집』의 소전을 통해 전겸익은 명대 시인과 산문가들의 작품을 비롯해 전기와 희곡, 그리고 소설 및 소설비평가들의 작품에 대해서도 폭넓은 이해를 하였음을 알 수 있고, 따라서 그는 풍몽룡과 같이 이지(李贄)를 추종하였으며, 풍몽룡을 비롯한 김성탄(金聖歎), 탕현조, 공안파 삼형제 등과도 교류가 있었다.[42]

이처럼 풍몽룡과 전겸익은 비슷한 문학적 성향을 바탕으로 여성의식의 고양에도 주목하였을 뿐 아니라 만명문인의 특징인 자유분방한 '풍류'가 넘쳐 자연히 서로 사상적 친근감이 들었을 것으로 생각된다. 젊은 시절 풍몽룡의 기방 출입과 기생 편력, 그리고 여성에 대한 다정함은 너무나 유명하지만[43] 그와 같은 것들이 강남의 명기 유여시(柳如是, 1618~1664)를 정실부인으로 맞이한 전겸익에게도 잘 드러나고 있다.

전겸익은 젊은 시절에 기생집을 많이 드나들어 엄당(閹黨)으로부터 '동림의 부랑자(東林浪子)'라 불리기도 하였고, 실각한 이후에도 '풍류교주(風流教主)'란 이름을 얻기도 하였다. 이처럼 두 사람은 모두 자타가 공인하는 풍류의 대가였다. 그러므로 전겸익은 풍몽룡이 죽기 3년 전 그

는 풍몽룡과 『금고기관』의 원서를 쓴 소화주인의 관점과도 일치한다.

41 이를테면 『금고기관』 권15 「盧太學詩酒傲公侯」는 명대의 실제 인물 盧柟(1507~1560)에 관한 이야기로 거의 역사적인 사실과 부합되는 고사이다. 노남에 대해서는 『明史』에 그의 전기가 있을 뿐 아니라 전겸익의 『列朝詩集·小傳』과 馮夢龍의 『古今談概』에도 그에 대한 기록이 있다.

42 『列朝詩集』 전기에는 錢希言, 瞿佑, 李昌祺, 汪道昆, 李開先, 梁辰魚, 湯顯祖 등 걸출한 인물들이 수록되어 있다.

43 풍몽룡이 젊은 시절 얼마나 억매이지 않는 방탕한 삶(放蕩不羈)을 살며 풍류가 넘쳤는지는 그의 친구 王挺이 지은 挽詩 「挽馮夢龍」 "늘 기생집에서 소일하면서, 미인들 틈에서 놀았네.(逍遙豔冶場, 遊戲煙花里)"에서도 잘 드러나고 있다.

의 일흔 살 생일에 지은 축시에서도 그를 형장(兄長)으로 칭하면서[44] '위진명사'들이 지닌 호방한 기상인 '진인풍도(晉人風度)'가 있음을 찬양하였다.

적어도 전겸익이 청에 투항하기 전까지 유지된 두 사람간의 이런 좋은 감정은 자연히 『금고기관』의 편찬으로 이어졌을 것으로 추정할 수 있으며, 『금고기관』의 편찬자 포옹노인은 이 책 소화주인의 서문을 빌어 삼언을 편찬한 풍몽룡의 문학관에 대해 극찬을 보내면서 그에 대한 존경심을 표시하였던 것이다.[45] 이런 여러 가지 정황으로 볼 때 포옹노인으로 볼 수 있는 가장 유력한 인물은 풍몽룡의 지인인 소주의 걸출한 문인 전겸익으로 추정할 수가 있다.

전겸익의 생평을 살펴보면 그는 숭정 원년(1628)부터 벼슬을 시작하여 예부시랑에 이르렀으나 숭정 10년(1637)에는 온체인(溫體仁)과의 권력투쟁으로 송사를 치루고 관직을 박탈당해 고향으로 돌아갔으며, 몇 년 후 숭정 14년(1641)에는 59세의 나이에 23살의 유여시를 또 한 명의 부인으

---

44 앞에서 언급한 「馮二丈猶龍七十壽詩」 제목에서도 보듯 전겸익은 풍몽룡을 '馮二丈'으로 칭하였는데, 丈은 어른, 선배의 뜻으로 풍몽룡이 풍씨 가문의 둘째이기에 부친 이름이다. 또 이 시 주에서도 "풍몽룡은 같은 시사의 선배이고, 문각학과 요궁첨은 시사 중의 사람이다.(馮爲同社長兄, 文閣學, 姚宮詹皆社中人也.)"라고 하였으며 또 주를 통해 "문각학은 문진맹이고, 요궁첨은 요희맹이다.(文閣學即文震孟, 姚宮詹即姚希孟)"라고 하였다. 문진맹은 풍몽룡과 나이가 동갑이고 요희맹은 문진맹의 외조카로 그보다 5살 나이가 어리다. 그런데 전겸익이 시사 인물 가운데 유독 풍몽룡을 형장으로 대우한 것을 보면 특별히 그를 존경하였음을 알 수 있다.

45 "『유세』, 『경세』, 『성세』의 삼언을 편찬함에 이르러서는 인정세태를 지극히 잘 그려내고, 비환이합의 인생백태를 잘 반영하여 대단히 참신하고 심금을 놀라게 하였다. 그리고 마지막에는 더욱 아정함으로 돌아가 후덕한 풍속을 중시함으로 끝을 맺었다.(至所纂『喻世』, 醒世』, 『警世』三言, 極摹人情世態之歧, 備寫悲歡離合之致, 可謂欽異拔新, 洞心駭目;而曲終奏雅, 歸於厚俗.)"- 李平 校注, 『今古奇觀』, 臺灣: 三民書局, 2016, 1쪽. 또 『금고기관』은 이박보다도 삼언에서 월등히 많은 편수를 채택함으로써 풍몽룡에 대한 존경을 표시하였다.

로 맞이하여 그녀를 위해 우산(虞山[46])이란 곳에 강운루(絳雲樓)와 홍두관(紅豆館)이라는 별채를 지어 책을 읽고 시를 논하며 함께 즐겼다고 기록되어 있다. 그리고 전겸익은 유여시를 유유사(柳儒士, 즉 유선비)라 부르며 나중에 딸까지 얻었다고 하니, 그가 젊은 아내를 매우 존경하고 사랑했음을 알 수 있다.

따라서 1637년 이후 그가 환향하여 유여시와 여유롭게 보낸 시간들은 그가 삼언·이박을 열람하고 『금고기관』을 편찬한 시기였을 것으로 추정된다. 전겸익은 말년인 청 순치 3년(1646)에도 관직을 사퇴하고 귀향하여 소주의 졸정원(拙政園)에 머물기도 하였다. 그리고 기구한 자신의 삶과 운명에 대한 회한 등의 심리적 고통에서 벗어나기 위해 은일하며 도가적 성향을 취했는데, 특히 그가 지은 「야로(野老[47])」, 「추수각기(秋水閣記[48])」등의 작품은 도가적 경향이 농후한 작품이다. 그 때문에 그가 지은

46 강소성 常熟에 있는 지명이다.

47 "野老心終恨虜驕, 扶藜咄咄步中宵. 即看露布來京國, 無那雲林遠市朝. 筳蔔頻煩欣竹算, 鏡聽瑟縮畏詩妖. 輟耕今日欣相告, 嵩祝仍趨誕聖朝."

48 마치 소동파의 「赤壁賦」를 연상하게 하는 이 작품의 전문은 다음과 같다. - "閣於山與湖之間, 山圍如屛, 湖繞如帶, 山與湖交相襲也. 虞山, 隋山也. 蜿蜒西屬, 至是則如密如防, 環拱而不忍去. 西湖連延數裏, 繚如周牆. 湖之爲陂爲寖者, 彌望如江流. 山與湖之形, 經斯地也, 若胥變焉. 閣屹起平田之中, 無垣屋之蔽, 無藩離之限, 背負雲氣, 胸蕩煙水, 陰陽晦明, 開斂變怪, 皆不得遁去豪末. 閣既成, 主人與客, 登而樂之, 謀所以名其閣者. 主人復於客曰:「客亦知河伯之自多於水乎? 今吾與子亦猶是也. 嘗試與子直前楹而望, 陽山箭缺, 累如重甗. 吳王拜郊之台, 已爲黍離荊棘矣. 邐迤而西, 江上諸山, 參錯如眉黛, 吳海國, 康靳國之壁壘, 亦已蕩爲江流矣. 下上千百年, 英雄戰爭割據, 杳然不可以復跡, 而況於斯閣歟? 又況於吾與子以眇然之軀, 寄於斯閣者歟? 吾與子登斯閣也, 欣然騁望, 舉酒相屬, 已不免啞然自笑, 而何怪於人世之還而相笑與?」 客曰:「不然. 於天地之間有山與湖, 於山與湖之間有斯閣, 於斯閣之中有吾與子. 吾與子相與晞朝陽而浴夕月, 釣清流而弋高風, 其視人世之區區以井蛙相跨峙, 而以腐鼠相嚇也爲何如哉? 吾聞之, 萬物莫不然, 莫不非. 因其所非而非之, 是以小河伯而大海若, 少仲尼而輕伯夷, 因其所然而然之, 則夫夔蚿之相憐, 鯈魚之出遊, 皆動乎天機而無所待也. 吾與子之相樂也, 人世之相笑也, 皆彼是之兩行也, 而又何間焉?」主人曰:「善哉! 吾不能辯也.」姑以秋水名閣, 而書之以爲記. 崇禎四年三月初五日."

시작 가운데에는 이런 도가적 졸박한 삶을 의미하는 '포옹'이라는 단어도 많이 보인다.

이를테면 「산장팔경시(山莊八景詩)·춘류관폭(春流觀瀑[49])」, 「장막고태복허향(張藐姑太仆許餉[50])」 등이 그러하다. 따라서 '포옹노인'은 알려진 그의 호인 목재(牧齋), 목옹(牧翁), 몽수(蒙叟), 강운노인(絳雲老人), 경타노인(敬他老人), 동간유로(東澗遺老), 동간노인(東澗老人[51]) 등 이외에 숨겨진 그의 또 다른 호가 아닐까 추정할 수가 있다.

여기서 전겸익의 호를 다시 살펴보면 '○翁' '○叟'내지는 '○老人'이 특별히 많은 점도 '포옹노인'이 그의 별호일 가능성을 높인다. 또 그의 호 가운데 장자를 뜻하는 '몽수(蒙叟)'는 바로 『장자』에 나오는 포옹노인의 또 다른 별칭으로도 볼 수 있기에 전겸익이 포옹노인일 가능성을 또 높여 준다.

이 외에도 전겸익의 개성을 보면 그는 만명문인의 특징이라고 할 수 있는 자유분방하고 방탄한 성격을 지니면서도 또 한편으로는 전통도덕을 지키려는 엄숙한 면도 지녔으며[52], 스스로 '청류(淸流)'를 자처하면서도

---

49 拂水縣流萬壑連, 空山一夜響飛泉. 奔爲疋練垂三逕, 挽作銀河向九天. 風急蛟龍看噴灑, 月明琴築聽潺湲. 老農未辦爲霖手, 抱甕朝來省灌田.(비수현 강물은 만학(萬壑)에 이어지고, 공산(空山)은 밤새도록 샘물 소리 날아드네. 흰 비단 폭포가 되어 솟구치니 길게 중첩되어 드리우고, 은하수가 되어 구천 하늘로 올가가네. 바람이 세어 교룡이 물 뿜어내는 듯하고, 달은 밝아 금축(琴築, 거문고와 비파)소리에 물이 졸졸 흘러가네. 늙은 농부는 장마 비를 만들지도 않았지만 항아리에 물을 담아 아침에 밭에 물을 댈 필요 없네.)

50 機心抱甕虛施巧, 毒手爭麻實飽諳.(교묘한 마음으로 (포옹노인처럼) 독을 들어 헛되이 능란함을 부리고, 독한 마음으로 조서를 다투는 일은 실로 익숙하네.)

51 그의 호를 살펴보면 '○翁'내지는 '○老人'이 특별히 많은 점도 '포옹老人'이 그의 별호일 가능성을 높인다.

52 이런 면은 풍몽룡도 마찬가지였는데, 당시 만명시기의 사대부와 선비들에게 드물지 않게 나타난 현상으로 보인다.

공명에 탐닉해 정치적 화를 입기도 하였다.

이런 복잡한 사상과 성격은 그가 편찬한 『금고기관』에도 그대로 나타난다. 『금고기관』의 편찬이념을 보면 전통적 예교를 중시하는 작품들을 앞뒤로 포진하여 유교적 도덕관을 선양하는듯하면서도 당시 예교에 대립하는 시민계층의 반예교, 주정(主情)주의적 정신을 반영한 작품들도 빼지 않고 채택하였다.

그리하여 『금고기관』은 의식적으로 삼언·이박이 밝히려는 엄숙한 도덕적 교화의식을 명백히 내세우면서도 당시 자유분방한 '정(情)'의 가치를 고양시켜 봉건예교에 대항하기도 하였다. 삼언이 지닌 이런 '정'의 중시는 당시 진보주의적 시대정신으로 반봉건주의이자 나아가서는 나중에 반청사상의 근원이 되기도 하였다. 삼언·이박이 청대 위정자들에 의해 금서로 지정된 반면 『금고기관』은 금서에서 제외된 것도 포옹노인이 교묘하게 위정자들의 눈을 속여 삼언·이박을 재편성한 까닭이다.

『금고기관』의 구체적인 편집방식에도 전겸익의 이런 스타일을 느낄 수가 있다. 물론 나중의 일이지만 전겸익은 『금고기관』을 편찬한 후 명이 곧 멸망하자 청에 투항하였지만 그 후 '암중복명(暗中復明, 즉 몰래 명을 부활시키려 함.)'을 기도하였다. 따라서 전겸익의 항청(降淸)도 그가 임시변통을 위해 취한 궁여지책의 계략이었음이 널리 알려진 사실이다.

『금고기관』의 편집방식을 보면 그는 삼언·이박 작품 가운데 시민계층의 자유와 인권을 중시한 작품들을 빠짐없이 수록하면서도 조정에 영합하는 봉건예교적 작품들을 책의 서두와 말미에 대거 포진시켜 책의 성격을 온화한 쪽으로 교묘히 포장하였는데, 이 역시 주도면밀한 전겸익의 성격을 반영한 것이 아닌가라고 추측할 수가 있다. 그로인해 『금고기관』은 명대는 물론 청대 조정의 무서운 문자옥도 비껴갈 수 있었던 것이다.

이처럼 전겸익은 풍몽룡과 밀접한 교류를 가졌던 『금고기관』의 유력한 작가로 추정되지만 사람들이 그를 포옹노인으로 생각하지 않은 것은 그가 명을 배신해 청에 투항한 실절(失節) 인물이라는 부정적인 시각 때문으로 생각된다. 다시 말해 포옹노인으로 지목된 고유효나 진계유 등이 명의 유민이자 은사로서 고매한 인품을 유지한 반면 전겸익에 대한 사람들의 인상은 부정적인 까닭에 그에 대한 연구도 소홀했고 이는 결국 그가 포옹노인으로 지목받지 못한 원인으로 생각된다.

그러나 그가 청에 투항하기 전에 출간된 『금고기관』은 이런 그의 명성과 무관하며, 적어도 1644년 전의 전겸익은 동림당의 주요 인물로 당시 대단히 존경받던 명사였을 뿐 아니라 투항 이후에도 청 순치 6년(1649) 이후 줄곧 '반청복명'을 꾀하면서 정성공(鄭成功) 등 명말 애국지사들을 물심양면으로 도운 것으로도 잘 알려져 있다.[53]

명말 청초의 민족영웅으로 평가되는 위경(魏耕, 1614~1662)의 시집 『설옹시집(雪翁詩集[54])』 권4 「예부상서 전겸익에게 올림(上宗伯錢謙益)」에는 전겸익을 "호방한 선비는 우주를 뒤흔들 기세이고, 문장은 멋들어져 주위를 밝히었네.(豪士追邁傾宇宙, 文章瀟灑映滄洲.[55])", "오늘 서로 만남은 잠시 얼굴만 보았지만, 이 영광스러운 자리를 먼 훗날에도 함께 하길 바라노라.(今日相逢借片顔, 願邀一榻白雲間.[56])라는 등 전겸익의 인품과 재회를 읊기도 하였다.

그리고 일본의 한학자 요시카와 코오지로(吉川幸次郎)가 발표한 문장 「전겸익과 청대의 경학」에서 전겸익은 명말청초 17세기 전반 중국문학과

---

53 그러기에 건륭제는 그를 미워해 특별히 『貳臣傳』을 지어 욕하기도 하였다.

54 『雪翁詩集』은 魏霞, 全祖望, 朱彝尊, 屈大均 등 후인들이 위경이 생전 남긴 시와 그의 생평, 서문, 서말 등을 함께 모아 엮은 것으로 「上宗伯錢謙益」시의 정확한 제작연도는 알 수 없지만 전겸익이 1644년 명이 망한 후에 福王을 옹립하여 弘光政權이 들어서면서 禮部尙書가 되었으니, 이 시의 제목이 「예부상서 전겸익에게 올림」으로 미루어 1644년에서 홍광정권이 망하는 1645년 사이임을 알 수 있다.

55 古籍網 : bookinlife.net

56 古籍網 : bookinlife.net

문명사의 거인으로 그는 문학가이자 비평가이며 이론가일 뿐 아니라 정치계의 거물이었지만 중시 받지 못했으며 그에 대한 연구 논저도 매우 적다고 지적하였듯이[57] 전겸익의 품행과 학문적 업적은 별개로 보아야 할 것이다. 따라서 그가 지조를 굽힌 신하라고 해서 『금고기관』 편자의 가능성을 배제할 수는 없으며, 전겸익은 그 누구보다도 포옹노인일 가능성이 농후한 인물이라고 추정할 수 있다.[58]

---

57 "日本著名漢學家吉川幸次郎先生, 早在1965年就曾發表長文——「錢謙益與清朝的經學」, 文中指出: "錢謙益是明末清初17世紀前半葉中國文學或文明史的巨人, 他不僅是文學家, 批評家, 理論家, 也是政壇巨子, 但他卻未能受到重視, 研究論著很少." - baike.baidu.com(2020.11.15)

58 최병규, 「『금고기관』 편찬자에 대한 연구」, 『중국어문논역총간』 제49집, 2021 참고.

『금고기관』의 판본

1. 『금고기관』 중국 판본에 대한 고찰

청대 이후 삼언·이박이 실전된 가운데 『금고기관』은 중국화본소설의 대표작으로 군림하면서 일본과 우리나라에도 18세기 이전부터 『금고기관』 여러 판본들이 전해졌으며, 그 가운데 많은 작품들은 한국어로 번역, 번안되기도 하였다.[1] 특히 우리나라 개화기에 해당하는 근대 전환기 『금고기관』은 신소설 창작을 위한 모티브로 빌려오거나 번안 또는 개작의

1 『금고기관』은 윤덕희의 『小說經覽者』(1762년)에 서명이 보이는 것으로 보아 적어도 1762년 이전에 유입된 것으로 추정되나, 조선시대 출판에 대한 기록은 없다. 조선 후기 약 20여 편이 번역된 것으로 알려졌지만 그 판본은 보이지 않는다. 다만 일제 감점기 판본이 다수 보이는 것으로 보아 그때 대량으로 유통되었음을 알 수 있다. 이것들은 방각본으로 모두가 부분 번역되거나 번안되어 현재 장서각과 고려대 등에 소장되어 있다. 최근까지도 완역본은 없고 부분 번역본만 있다.- 정영호, 민관동, 「중국 백화통속소설의 국내 유입과 수용」, 『중국인문과학』 54, 2013, 242쪽.

밑거름으로 활용된 사례가 적지 않았는데,[2] 특히 신소설 작가 이해조를 비롯해 박이양, 이규용, 이광하 등이 『금고기관』 속의 많은 작품들을 번역, 번안하였다.[3]

그리하여 1900년대 근대 초기에는 『금고기관』에 수록된 삽화들이 신문 연재소설에서 저본으로 자주 사용되었고, 이 삽화들을 활용한 소설의 출간도 1910년대부터 본격적으로 성행하였으니, 우리나라 근대시기 『금고기관』의 수용양상은 대단히 활발하였다.[4]

『금고기관』의 판본 연구는 조선시대부터 꾸준히 우리말로 번역, 번안된 『금고기관』의 우리말 번역본의 오류를 밝혀내 정확한 자료를 우리나라 학계에 소개하는 의의도 지닌다. 이를테면 우리말 『금고기관』 번역은 전통적으로 충효절의와 같은 도덕성을 선전하기 위한 의도로 역자가 취향에 따라 부분적으로 번역, 번안한 것이 특징이며, 그것도 초기 선본을 저본으로 한 것이 아닌 일본판의 중역본(重譯本) 투성이라 통속소설인 『금고기관』과 삼언·이박의 본래의 맛을 대단히 왜곡하고 있다.[5] 『금고

---

2 이 방면의 논문으로 정명기, 「한국 야담류 문학과 중국 측 문헌 자료의 관련양상- 『양은천미』와 『금고기관』의 관계를 중심으로」, 『어문학연구』 31, 2005. 그리고 이경림, 「근대 초기 『금고기관』의 수용양상에 관한 연구」, 『한국근대문학연구』 27, 2013 등이 있다. - 박진영, 「중국문학 번역의 분기와 이분화」, 『동방학지』 166집, 2014, 242쪽.

3 당시 『금고기관』은 이해조와 같은 신소설 작가들의 '다시 쓰기(rewriting)'의 원천으로 활용되기도 하고, 출판사가 번역·번안의 모본으로 활용하기도 하는 등 두 가지 층위에 놓여있었다. - 이경림, 앞의 논문, 227 쪽. 또 김종욱은 「이해조 소설과 『금고기관』의 관련양상」(『인문논총』 74권, 2017)에서 이해조가 「월하가인」을 비롯한 여러 작품에서 『금고기관』의 서사를 활용하였다고 하였다.

4 이들 소설들은 '신작 구소설'과 신소설의 양식을 따라 활발히 '다시 쓰이면서' 같은 서사 공간의 소설들과 영향을 주고받았다. - 이경림, 앞의 논문, 227쪽.

5 이와 관련해 강현조는 1895년 중국의 상해서국과 1904년 일본의 동경 文求堂에서 각각 석판본과 일역본이 간행된 사실을 토대로 당시 이해조 등이 사용한 『금고기관』의 저본은 조선 말기 필사본이 아니라 중국과 일본 등지에서 19세기 말에서 20세기 초에 새롭게 출판, 번역되기 시작한 『금고기관』일 것으로 추정했다. 또 1963년 정음사에서

기관』 여러 판본들에서 나타난 이런 임의적인 개편 현상은 우리나라만의 문제가 아니라 중국에서도 마찬가지라 이 작품의 판본연구를 대단히 어렵게 만들고 있다.

중국에 전해지는 『금고기관』 판본은 복각본(復刻本)은 대단히 많지만 이 책의 원각본(原刻本)은 정작 중국에 남아있지 않다. 중국 학자 유수업(劉修業, 1910~1993)이 돈황 자료를 구하기 위해 프랑스 파리에 머무는 동안(1936~1939) 파리 국가도서관 소장 『금고기관』 40권에 대한 기록을 남겼는데, 이는 『금고기관』 판본 연구의 중요한 큰 획을 그었다. 이 판본은 학계가 대체로 공인하는 현존 『금고기관』 최고(最古)의 판본인 오군 '보한루' 판본이다. 포옹노인의 미비(眉批)까지 수록한 이 판본은 현재 『금고기관』의 원각본으로 판단되는 매우 중요한 판본이다.

이와 버금가는 것으로 역시 명말청초에 간행된 것으로 확인된 『고본소설집성(古本小說集成)』이 영인한 상해도서관(上海圖書館) 소장본[6] 『금고기관』이 있으며, 그 외에도 조기 판본으로 검증된 일본 동성서점(東城書店) '본아장판(本衙藏板)' 12책 『금고기관』과 구주대(九州大) 도서관의 '금곡원본(金穀園本)' 『금고기관』 등도 있다.[7] 『금고기관』의 주요 중국 고판본을 간행시기별, 소장처별로 대체적으로 정리하면 다음과 같다.

간행한 『완역 금고기관』에도 16편이 번역되었는데, 이는 신동일의 「한국 고전소설에 미친 명대백화소설의 영향」(서울대 박사학위 논문, 1985) 57쪽에서 밝혔듯이 일본어역 『금고기관』의 중역으로 추정된다. (이경림, 앞의 논문 232쪽 참고.) 따라서 『금고기관』의 조기 선본 판본에 대한 연구와 이를 근거로 한 정확한 우리말 번역본의 출현은 향후 우리에게 주어진 중요한 연구 과제라고 할 수 있다.

6 上海圖書館藏本은 중국에서 소장한 『금고기관』 판본 가운데에는 가장 오래된 것이다. 그러나 속 표지가 유실되어 간행한 서사명을 알 수 없으며, "姑蘇抱甕老人輯", "笑花主人閱"이란 말이 있고, 序에도 '皇明'이란 두 글자를 위로 올려 적은 것으로 보아 역시 明末에 간행되었거나 아니면 명말에 간행되어 清初에 출판된 것으로 보인다. 이 판본의 앞부분에도 "姑蘇笑花主人題"라는 서문도 있고, 삽화도 80폭이 있다.

7 李平 校注, 『今古奇觀』, 臺北: 三民書局, 2011, 11~12쪽.

표 3 『금고기관』의 주요 고판본

판본명	간행시기 (明末~民國 初)	소장처(소장자) 및 기타
寶翰樓刊本	明末	프랑스 파리 국가도서관
本衙藏板	明末	일본 동경 東城書店 12冊
中國藝術研究院圖書館藏原刻後印本	明末	中國藝術研究院圖書館, 10行 20字
潘建國藏 殘刊本	明末	潘建國, 10行 20字
首都圖書館藏 文德堂本	明末~清初	首都圖書館, 11行 23字
中國國家圖書館藏本	明末~清初	首都圖書館藏 文德堂本과 동일한 판본
上海圖書館藏本(古本小說集成 影印本)	清初	國家圖書館, 上海圖書, 文德堂本의 覆刻本
金穀園本	清初	일본 九州大學付屬圖書館
文盛堂刻本	清初~中	北京大學圖書館
文監堂刊大本	清初	阿英
芥子園刊本,	清初	國家圖書館
積秀堂刊本	淸初	불명
文英堂刊本	淸後期	南京圖書館
同文堂刻本	淸末	南京圖書館
翠精英閣本	淸中~淸末	**缺 第23卷, 第28卷**
同治六年(1867)刻本	清末	불명
『奇觀纂腋』	清	節本 16卷
殘本(卷1一5)	清	北京師範大學圖書館 殘本
『今古奇觀圖詠』	清末	불명

판본명	간행시기 (明末~民國 初)	소장처(소장자) 및 기타
經元堂刻本	清末	南開大學圖書館
聚元堂刻本	清光緖12년(1886)	불명
益元局刊本	清光緖25년(1899)	불명
善成堂本	清光緖	불명
『繪圖今古奇觀』	清末(1908)	上海書局
共和書局本	1914	불명
上海尙古山房鉛印本	民國	불명
錦心齋刊小本『袖珍繡像今古奇觀全傳』	民國	選刊本, 20篇
上海廣雅書局石印全圖足本	民國	불명
昌文本	民國	불명

그리고 민국 이후 중국과 대만에서 간행한 『금고기관』의 주요 출판사의 판본으로는 1933년 신문화서사본(新文化書社本), 1933년 상해아동도서관본(上海亞東圖書館本), 1935년 세계서국(世界書局) 족본금고기관(足本今古奇觀)(광서 병오(丙午) 1906의 서문이 있음.), 1935년 상해대달도서공응사(上海大達圖書供應社) 연인본(鉛印本), 1949년 상해아동도서관 연인본, 1957년 인민문학출판

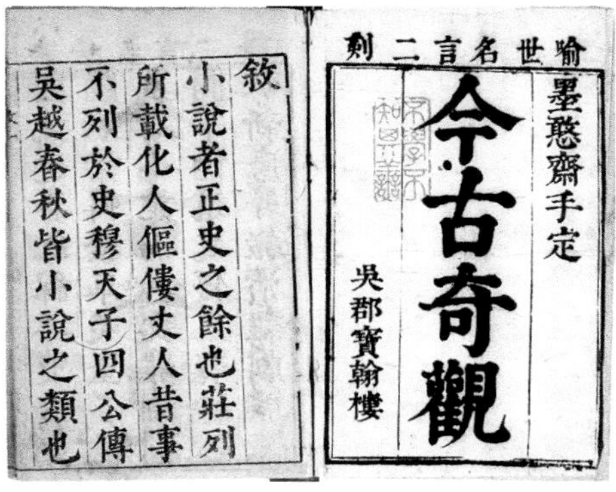

그림 1 寶翰樓本의 표지

사(人民文學出版社) 고학힐(顧學頡) 교주본(校注本), 1981년 광동인민출판사(廣東人民出版社) 배인본(排印本), 1985년 제로서사(齊魯書社) 배인본, 1988년 중국서점 영인본(1929년 엽산방(葉山房) 석인본을 영인), 1991년 장강문예출판사(長江文藝出版社) 배인본, 1992년 악록서사(嶽麓書社) 배인 청간본(清刊本), 상해고적출판사(1992), 귀주인민출판사(1993), 해남출판사(1995), 대만삼민서국(1999), 중국맹문출판사(中國盲文出版社)(2000), 절강고적출판사(2001), 산서고적출판사(2005), 삼태출판사(三秦出版社)(2006), 천진고적출판사(2006), 중주고적출판사(中州古籍出版社)(2009), 길림대학출판사(2011), 북방문예출판사(2013) 등이 있다.

그 동안 세상에 가장 널리 유통되었던 『금고기관』 판본 중의 하나라면 고학힐이 교주한 것을 꼽을 수가 있다. 고씨의 교주본은 1957년 북경의 인민문학출판사에서 출간된 이후로 현재까지도 부단히 간행되고 있는데, 책 서문에 의하면 그가 명간본을 저본으로 하고 삼언·이박 등의 서적과 비교하여 원본의 결점을 보완·수정해 이 책을 편찬했다고 한다. 그런데 명간본은 구체적으로 무슨 판본인지 언급하지 않는 것으로 보아 책표지가 누실되어 서사명(書肆名)을 알 수 없는 중국 현존 최고(最古)의 상해도서관장본(上海圖書館藏本)으로 보인다. 그러나 그는 서문에서도 밝혔듯이 군데군데 색정적인 묘사들을 적절히 산절(刪節)하였기에 원본의 진면목과는 다소 거리가 있다.

그림 2 寶翰樓本의 삽화

다음으로 꼽을 수 있는 판본은 1933년 왕내강(汪乃剛)이 교정한 상해 아동도서관에서 간행한 것[8]으로 이 판본은 그 후 1949년에도 간행된 적이 있는 것을 보면 고학힐본이 나오기 전 중국에서 꽤 인기가 높았던 것으로 보인다.

그 이외에 꼽을 수 있는 것으로는 1935년 세계서국 족본금고기관이다. 이 판본은 전술한 대로 광서 병오(丙午, 1906)의 '고동(古董) 월호조도(月湖釣徒)'가 쓴 원 서문이 있는 것으로 보아 민국 이전 청말에 편찬된 것으로 보이는데, 양가락(楊家駱)이 1935년에 고본을 다소 교정해서 펴낸 것이다. 이 판본은 1976년에 인쇄된 7판본도 시중에 있는 것으로 보아 대단히 오래 유통된 것으로 보인다. 월호조도가 누구인지는 알 수 없지만 그 서문에서 "풍속교화와 무관한 것을 어찌 취할 수 있겠는가?(均係無關於風化者, 其奚取焉?)", "성유광훈(聖諭廣訓)" 등의 말로 미루어 교화의식에 충실해 편찬한 것으로 보인다.

---

8 현재 일본 北九州市立大學 도서관에 소장되어 있지만 중국에도 꽤 많이 흩어져 있을 것으로 보인다.

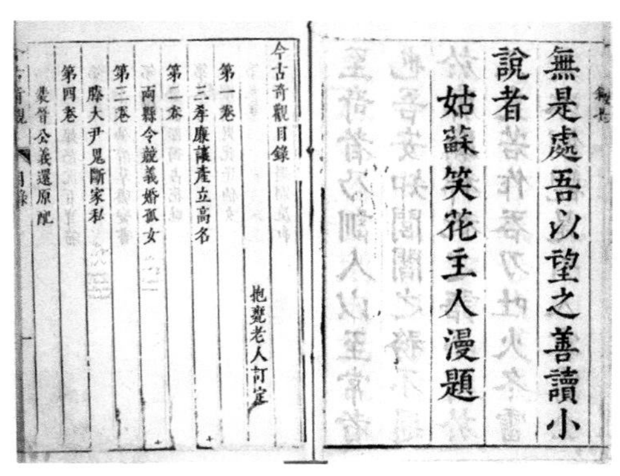

그림 3 목록과 '抱甕老人訂定'

사실 『금고기관』의 복각본들은 청대만 해도 너무도 많아 일일이 거론하지 못할 정도이며, 혹자는 심지어 명말 숭정연간에도 여러 판본이 있었을 것으로 생각한다. 이런 상황에서 현존하는 가장 오랜 판본이자 『금고기관』의 원각본으로도 간주되는 오군 보한루 판본(프랑스 국가도서관 소장 chinois 4259-4262)은 여러 면에서 그 가치가 높다. 더구나 현존하는 삼언·이박의 판본이 모두 원각본이 아닌 상황에서 삼언·이박 원각본의 면모를 보한루본을 통해 거꾸로 추적해낼 수도 있을 것이다.[9] 특히 보한루본은 편집자 고소 포옹노인의 미비가 실려 있어 더욱 가치를 높인다. 미비 내용을 분석하면 포옹노인의 정체와 그의 시대를 어느 정도 확실히 고증해 낼 수도 있기 때문이다.

---

9 "抱甕老人與三言二拍的原刻本 - 現存三言二拍的版本都不是原刻本. 雖說如此, 三言二拍原刻本的面貌, 據『今古奇觀』, 尤其寶翰樓本可窺豹其一斑." - 大塚秀高, 「抱甕老人と三言二拍の原刻本について(포옹노인과 삼언이박의 원각본에 대해)」, 『日本アジア研究』13, 2016, 67쪽.

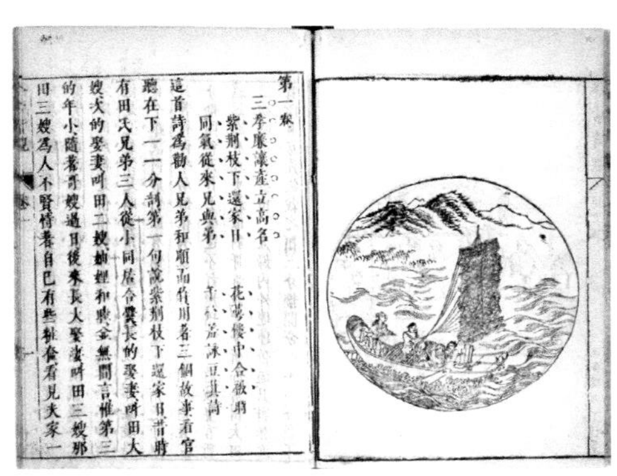
第一卷
三孝廉讓產立高名
紫荊枝下還家日　花萼樓中合被時
同氣從來兄與弟　千秋羞詠豆萁詩
這首詩為勸人兄弟和順而作用着三個故事看官
聽在下一一分剖第一句說紫荊枝下還家日昔時
有田氏兄弟三人從小同居合爨長的娶妻叫田大
嫂次的娶妻叫田二嫂妯娌和睦全無間言惟第三
的年小隨着哥嫂過日後來長大娶妻叫田三嫂那
田三嫂為人不賢恃着自己有些妝奩看見夫家一

그림 4 寶翰樓本의 正文(10행 20자)

사실『금고기관』명대본으로 여겨지는 판본들이 중국 국내 및 해외에서 몇 부가 발견되었지만 파리 국가박물관 소장 보한루본은 확실히 명대로 간주되는 특별한 이유가 있다.[10]

유수업에 의하면 이 판본은 서명이 있는 표지 페이지(그림1)가 3칸으로 줄이 그어졌는데 그 중앙 란에는 큰 글씨로 '今古奇觀(금고기관)'이라 적혀있고 오른쪽 위란에는 '墨憨齋手定(묵감재수정)'이라 되어 있으며, 왼쪽 아래 란에는 '吳郡寶翰樓(오군보한루)'라고 적혀 있다. 또 란 밖의 위에는 횡으로 '喻世名言二刻(유세명언이각)'이라 적혀있다. 본문은 한 페이지가 10줄이고, 줄마다 20자이다.(그림4) 매 권마다 둥근 원안에 그려진 그림이 2폭씩 들어있어 모두 80폭의 삽화 그림이 있는데, 매우 정교하다.(그림2) 그림의 표제로 매 권의 회목을 페이지 왼쪽 판심(版心, 즉 서면 중앙) 아래 가장자리에다 집어넣었다. 판식과 형태, 자체 등이 엽경

10 瞿冕良은『中國古籍版刻辭典 增訂本』(蘇州大學出版社, 2009, 585쪽)에서『금고기관』보한루본은 동치연간에 간행된 것이라고 소개하고 있지만 현재 학계의 일반적 학설이 아니다. 그는 또 이 선집의 편찬자도 풍몽룡이라고 기재했는데, 이 역시 학계가 대체적으로 수긍하는 바와는 거리가 있다.

지본(葉敬池本) 『경세항언』과 서로 같아 글자체는 마치 한 사람 손에서 나온 듯한데, 다만 약간 마른 글씨체였다고 하였다. 유씨는 이런 근거로 이 판본이 명대에 새겨져 인쇄된 『금고기관』의 원본이라고 하였다.[11]

그 외에도 이 책에는 사진과 같이 '今古奇觀目錄(금고기관목록)'이라고 적힌 줄 다음 칸 아래에 '抱甕老人訂定(포옹노인정정)'이라고 적혀 있으며(그림3), '금고기관'이란 제목이 적혀 있는 표지에는 '不學不知其義(불학부지기의, 즉 배우지 않으면 그 뜻을 알 수 없다.)'라는 주문(朱文)의 직사각형 도장도 찍혀있다.(그림1)

보한루본이 확실한 명대 간행본인 이유에 대해 이평도 다음과 같이 설명하였다. 첫째, 이 판본의 간행 형식이 명대 간행된 삼언과 명대 상우당(尙友堂) 판본의 이박과 완전히 일치한다. 즉 이 판본의 형식은 타본의 경우와는 달리 매 페이지가 10행이고, 매 행이 20자이다. 상해도서관 소장인 고본소설집성 영인본과 금곡원본은 모두 매 페이지가 11행이고, 매 행이 23자이다. 그리고 동문당본은 모두 매 페이지가 12행이고, 매 행이 27자이다. 따라서 보한루본은 명대의 간행 격식인 것이다.

둘째, 상해도서관본과 금곡원본, 동문당본, 가경각본(嘉慶刻本), 취정영각본(翠精英閣本) 등은 책머리 소화주인(笑花主人)의 서문에 『금고기관』이 모두 『고금기관』으로 적혀있지만 보한루본만 표지와 목록 및 서문 등에 일률적으로 『금고기관』으로 되어있다. 이는 보한루본이 확실히 조기의 판본이며 심지어 원각본일 가능성을 높이는 이유이다. 여러 판본들

11 "劉修業記法國巴黎國家圖書館所藏『今古奇觀』四十卷, 書名頁3欄: 中題大字 "今古奇觀", 右上題 "墨憨齋手定", 左下題 "吳郡寶翰樓", 欄外上橫題 "喻世名言二刻". 正文半葉10行, 行20字. 每卷有圓圖2幅, 共圖80幅, 甚纖致. 圖之標題, 即用每卷回目, 刻於前半頁之版心下方. 版式行款字體與葉刻『恒言』相同, "字體亦如出一手, 惟稍清瘦". 劉氏據此認爲此本是明刻明印, 當爲『今古奇觀』原本."- 劉葉秋, 朱一玄,『中國古典小說大辭典』, 石家莊: 河北人民出版社, 1998, 585쪽.

에 나타난 거꾸로 된 서명은 여러 번 간행하는 가운데 발생한 서사의 실수가 계속해서 이어진 까닭으로 생각할 수 있다.

셋째, 보한루본은 명각 삼언 원래의 미비가 그대로 보이며 심지어는 편집자인 포옹노인(혹은 소화주인)이 첨가한 미비도 보이는데, 이는 현존하는『금고기관』의 다른 판본에는 찾아볼 수 없는 상황이다. 그리고 다른 판본에서는 볼 수 없는 것으로 보한루본에는 표지 윗부분에 가로로 '喩世明言二刻(유세명언이각)'이라는 제목이 적혀있는데, 이는 편집자가 의도적으로 삼언을 표방하면서 독자들의 이목을 끌려고 하였음을 알 수 있다.[12]

소주의 보한루은『삼국연의』,『수호전』,『금고기관』등의 백화소설을 출간한 것으로 유명하지만 사실 100종 이상의 경사자집(經史子集) 각종 서적들을 출간하였으며, 당시 저명한 문인들과도 교류가 많아 명말청초 특히 강남지역의 출판사와 문화사에 있어 상당히 중요한 위치를 차지하였다.

그러나 이 출판사는 명대 저명한 서사들과 비교하면 그 활동상황이 잘 알려져 있지 않고, 주인의 이름도 아직 논쟁의 여지가 있다.[13] 전술한 일본 학자 카사이 나오미의 연구에 의하면 보한루는 오군(吳郡)에만 있었던 것이 아니라 양주, 광주, 북경 등지에도 있었으며, 보한루의 주인은 이설이 분분한데 주류는 '우운악(尤雲鶚)'설과 '심씨(沈氏, 심명옥(沈明玉) 혹은 심명옥(沈鳴玉))'설이지만 심씨설이 유력하다고 보았다.[14]

그리고 현존하는 보한루 판본들의 간행시기는 정확하게는 알 수 없지만 책 서발을 통해 고증하면 만력 15년(1587)에서 함풍 3년(1853)에 이

12 李平 校注,『今古奇觀』, 臺北: 三民書局, 2011, 1~2쪽 참고.

13 笠井直美,「吳郡寶翰樓初探」,『古今論衡』第27期, 2015, 102~108쪽 참고.

14 笠井直美, 위의 논문 104~106쪽 참고.

르기까지 오랜 세월 간행되었으며, 강희 연간의 것이 가장 많았다. 그러나 강희 말기 남산안(南山案) 문자옥으로 인해 출판이 다소 저조했으며, 저자층 가운데에는 강남의 복사(復社)와 연관된 이들이 50명을 넘는다고 하였다.[15]

따라서 보한루는 당시 강남을 중심으로 한 명대 유민들이 많이 이용하였으며, 청초 문자옥이 강화되면서 사주 심명옥도 관련되어 고초를 겪으면서 점점 퇴조해간 서사였다고 할 수 있다.[16]

다음은 『금고기관』 주요 판본들이 수록한 작품내용의 차이에 대해 알아보자. 먼저 『금고기관』 제7권 '매유랑독점화괴'를 통해 원본인 보한루본과 중국, 대만의 대표적인 몇 판본간의 내용상 차이의 예를 표로 보면 다음과 같다.

---

15 笠井直美, 위의 논문 126~129쪽 참고.

16 보한루는 출판한 책의 수량과 품질이 남산안으로 인해 쇠락하여 다소 염가의 책을 주로 출간하는 서사로 변했다고 한다. 笠井直美, 133쪽.

표 4 『금고기관』 주요 판본간의 '매유랑독점화괴' 내용상의 차이

寶翰樓本 (명말 숭정)	世界書局本 (1935)	顧學頡校注本 (1957)	臺灣三民書局本 (1999)
將美娘灌得爛醉如泥. 扶到王九媽家樓中, 臥於床上, 不省人事. 此時天氣和暖, 又沒幾層衣服, 媽兒親手伏侍, 剝得他赤條條, 任憑金二員外行事. 金二員外那話兒又非兼人之具, 輕輕的撑開兩股, 用些涎沫送將進去, 比及美娘夢中覺痛, 醒將轉來, 已被金二員外耍得夠了. 欲待掙紮, 爭奈手足俱軟, **繇**他輕薄了一回. 直待綠暗紅飛, 方始雨收雲散. **正是: 雨中花蕊方開罷, 鏡裏娥眉不似前.**	將美娘灌得個爛醉. 直到扶回王九媽家樓中, 臥於床上, 美娘猶自爛醉如泥, 不省人事. **只緣這一醉, 王美娘的個淸白身子, 就給金二員外汚辱了, 正是: 雨中花蕊方開罷, 鏡裏娥眉不似前.**	将美娘灌得烂醉如泥. 扶到王九妈家楼中, 卧于床上, 不省人事. **此时天气和暖, 又没几层衣服.** 妈儿亲手伏侍, 欲待挣扎, 争奈手足俱软, 由他轻薄了一回. ***원본대로 간체자로 남김.**	將美娘灌得爛醉如泥. 扶到王九媽家樓中, 臥於床上, 不省人事. 此時天氣和暖, 又沒幾層衣服, 媽兒親手伏侍, 剝得他赤條條, 任憑金二員外行事. 金二員外那話兒, 又非兼人之具, 輕輕的撑開兩股, 用些涎沫送將進去. 比及美娘夢中覺痛, 醒將轉來, 已被金二員外耍得夠了. 欲待掙紮, 爭奈手足俱軟, **繇**他輕薄了一回. 直待綠暗紅飛, 方始雨收雲散. **正是: 雨中花蕊方開罷, 鏡裏娥眉不似前.**

이상의 내용을 보면 세계서국(楊家駱 編)본과 고학힐 교주본은 도덕적 교화주의 색채가 농후하여 색정적인 부분은 전부 삭제하였다. 특히 고학힐본은 원본의 시사(詩詞)까지도 제거하여 원본의 맛을 다소 상실하였다고 볼 수 있다. 이에 비해 삼민서국 이평 교주본은 원본의 내용을 완전히 그대로 반영하고 있음을 알 수 있다.[17]

17 명말본에서 由를 繇로 사용한 것은 숭정제 朱由檢의 이름을 피하기 위함이다. 대만 삼민서국본은 이것도 그대로 인용하고 있다.

이런 현상은 제23권 '장흥가중회진주삼'에서는 더욱 심하다. 네 판본의 내용을 비교하면 다음과 같다.

표 5『금고기관』 주요 판본간의 '장흥가중회진주삼' 내용상의 차이

寶翰樓本 (명말 숭정)	世界書局本 (1935)	顧學頡校注本 (1957~)	臺灣三民書局本 (1999)
卻在榻上拖陳大郎上來, 赤條條的攛在三巧兒床上去, 三巧兒摸著身子, 道: "你老人家許多年紀, 身上恁般光滑!" 那人並不回言, **鑽進被裏, 就捧著**婦人做嘴. 婦人還認是婆子, 雙手相抱. 那個驀地騰身而上, 就幹起事來. 那婦人一則多了杯酒, 醉眼朦朧; 二則被婆子挑撥春心飄蕩, 到此不暇致詳, 憑他輕薄; **一個是閨中懷春的少婦, 一個是客邸慕色的才郎; 一個打熬許久, 如文君初遇相如; 一個盼望多時, 如必正初諧陳女. 分明久旱逢甘雨, 勝過他鄉遇故知.** 陳大郎是走過風月場的人, 顛鸞倒鳳, 曲盡其趣, 弄得婦人魂不附體, 雲雨畢後, 三巧兒方問道: "你是誰?"	卻在榻上拖陳大郎到三巧兒牀上去. 事後三巧兒方問道: "你是誰?"	婆子暗中放了大郎, 遂上床与他备极狎昵. 云雨毕后, 三巧儿方问道:"你是谁?" *원래의 간체자로 둠.	卻在榻上拖陳大郎上來, 赤條條的攛在三巧兒床上去, 三巧兒摸著身子, 道: "你老人家許多年紀, 身上恁般光滑!"那人並不回言, **鑽進被裏, 就捧著**婦人做嘴. 婦人還認是婆子, 雙手相抱. 那個驀地騰身而上, 就幹起事來. 那婦人一則多了杯酒, 醉眼朦朧; 二則被婆子挑撥, 春心飄蕩, 到此不暇致詳, 憑他輕薄; **一個是閨中懷春的少婦, 一個是客邸慕色的才郎; 一個打熬許久, 如文君初遇相如; 一個盼望多時, 如必正初諧陳女. 分明久旱逢甘雨, 勝過他鄉遇故知.** 陳大郎是走過風月場的人, 顛鸞倒鳳, 曲盡其趣. 弄得婦人魂不附體. 雲雨畢後, 三巧兒方問道: "你是誰?"

이상 판본 내용의 비교를 통해 대만 삼민서국본은 원본의 자구를 조금도 변동시키지 않고 최대한 그대로 수록하고자 노력한 반면 세계서국본과 고학힐본은 조금이라도 색정적인 부분은 '용속하고 저급한 취미의 내용(庸俗和低級趣味的內容)'이라는 미명 하에 문장 전후를 모두 삭제하였음을 알 수 있다. 그리하여 "(이렇게) 왕미낭의 깨끗한 몸은 금이 원외랑에 의해 더렵혀지게 되었다.(王美娘的個淸白身子, 就給金二員外汚辱了)"와 같이 원 창작자의 문장은 사라지고 교주자의 자의적인 평이 그 자리를 대신하게 되었다.

이처럼 『금고기관』의 후대 판본들은 대부분이 교주자 내지는 편자가 도덕론적 관점에 의거해 다소 색정적이거나 풍기문란의 소지가 있는 부분들을 대거 삭제시키거나 혹은 그 자리에 자신들의 간단한 평을 대체시킴으로써 묘사가 지극히 평담, 무미, 건조해졌을 뿐 아니라 자연스럽고 생동감 넘치는 통속소설 본연의 생활감과 정취를 상당 부분 상실하게 만들었다고 볼 수 있다.

2. 『금고기관』과 삼언•이박 판본의 이동(異同)

주지하는 대로 『금고기관』은 삼언·이박이 세상에 나온 뒤에 이들 작품들에 의거해 그 주요 내용들을 정선해 편찬된 작품이며, 이 세 작품들의 편찬자가 각기 다르기 때문에 이들 작품들에 대한 비교는 중요한 의미를 지닌다. 앞에서 지적한대로 현존하는 삼언·이박의 판본은 모두 원각본이 아닌 상황에서 삼언·이박 원각본의 면모를 『금고기관』의 원각본인 보한루본을 통해 거꾸로 추적해낼 수도 있기에 양자간의 판본 비교는 대단히 중요한 의미를 지닌다. 본 장에서는 우선 『금고기관』 보한루본과 삼언·이박 현존 최고 판본들 간의 내용상의 차이를 먼저 알아보고[18], 그 다음에는 이를 바탕으로 『금고기관』 편찬자의 편찬의도와 사상, 그리고 의의 등을 고찰하고자 한다.

우선 삼언의 판본에 대해 알아보자. 먼저 삼언 가운데 가장 먼저 출현한 『유세명언』의 판본에 대해 논의하고자 한다. 오늘날 우리가 말하는 『유세명언』은 『고금소설』 40권을 지칭하며, 현재 가장 오래된 판본은 일본 존경각(尊經閣)의 『고금소설(古今小說)』 본(本)과 일본 내각문고(內閣文庫)의 천허재(天許齋) 『고금소설』 본이다.[19]

그런데 문제는 이들 판본들이 완정하지 못하고 많은 부분이 소실된 상태이며, 두 판본의 전후문제도 야기되는 상황에서 어느 판본이 과연 원각본인지도 의견이 분분하다. 그리하여 일본에 유학한 중국학자 왕고로(王古魯, 1901~1958)는 이 두 판본을 필름으로 찍은 후에 상호 보완하여 비교적 완정한 판본을 만들었는데, 이를 토대로 한 것이 1947년 상무인서관(商務印書館) 함분루(涵芬樓)에서 출판한 책이고, 이는 1955년에 문학고적간행사(文學古籍刊行社)에서 중간하였다. 그 후 1958년에 허정양(許政揚)이 이 1955년 중인본(重印本)을 저본(底本)으로 하고, 『청평산당화본』과 『금고기관』을 참고하여 수정보완한 후 또 '용속하고 저급한 취미'의

18 大塚秀高는 「抱甕老人と三言二拍の原刻本について(포옹노인과 삼언이박의 원각본에 대해)」(『日本アジア研究』13)라는 논문을 통해 『금고기관』과 현존 삼언·이박 최고본과의 비교작업을 시도한 바가 있다.

19 일본 학자 廣澤裕介는 「尊經閣文庫所藏 『古今小說』 的成立問題」(『中國古典小說研究』 第4號, 1998)에서 內閣文庫의 天許齋本은 尊經閣本을 저본으로 한 복제본이라고 하였다. 또 이를 토대로 일본 학자 大塚秀高는 「關於 『古今小說』 的版本問題」(『保定師範專科學校學報』, 2007년 제20권 제3기)를 통해 天啟初年에 간행된 것으로 알고 있는 『古今小說』의 판본은 사실 그보다 더 이른 시기에 간행된 또 다른 조기본이 있을 가능성을 강력히 주장하면서 지금까지 『古今小說』의 가장 이른 판본으로 여겨지던 內閣文庫의 天許齋本은 놀랍게도 『古今小說』의 세 번째 판본으로 전락할 가능성이 크다고 하였다.

내용을 삭제해 출판한 책이 인민문학출판사(人民文學出版社) 본 『유세명언』이다. 그런데 이 판본은 나중에 홍콩의 중화서국(中華書局)과 대만의 이인서국(里仁書局)에서 복제하여 다시 출판함으로써 현재 세상에 매우 널리 유통되어있다.

이런 복잡한 상황으로 인해 현재 『유세명언』 원각본의 모습은 확실히 알 수 없는 상황일 뿐 아니라 그마저도 허정양이 『유세명언』을 교주하는 과정에서 일본의 초기 판본을 바탕으로 거기다 『청평산당화본』과 『금고기관』을 대조하여 『유세명언』의 문자들을 대거 수정한 상태인 까닭으로 인해 『유세명언』의 초기 모습은 오직 일본에 있는 두 초기 판본을 통해 그 전말을 파악해야 하는 어려운 상황에 있다.

먼저 『금고기관』 보한루본과 위 『유세명언』 두 초기 판본과의 주요 차이점은 다음과 같다.

*가독성과 해석상의 편리를 위해 본서는 원본과는 달리 구두점을 표시하였음.

표 6 『금고기관』 보한루본과 『유세명언』 두 초기 판본간의 내용상의 차이

『금고기관』 보한루본	『유세명언』 내각본 및 존경각본 *괄호 안은 존경각본
騰大尹鬼斷家私: *無不以爲天報云	*無以爲天報云
裴晉公義還原配: *卽時交還婦人, *六個女子, *私行體訪民情(교화성 강조)	*卽時交付與婦人, *六個人, *私行耍子

『금고기관』 보한루본	『유세명언』 내각본 및 존경각본 *괄호 안은 존경각본
吳保安棄家贖友: *不肖保安, *詩爲証	 *保安不肖, *有詩爲證
羊角哀捨命全交: *없음, *翻手, *角哀再將衣服擁護, 伯桃已是寒入湊理, 手直足挺, 氣息奄奄, 漸漸欲絶. 角哀尋思(극적이고 생동적인 묘사) *到彼處安葬	 *一本作羊角哀一死戰荊軻, *背手(番手), *角哀尋思 *到彼處安塟(*葬자 아래 부분 廾 대신 土 사용)
沈小霞相會出師表: *繇此, *繇是, *已自九分不樂, *急切難得中意, *約齊同時發本, *差人, *你老爺…在家裏, *愈加著急, *兩個牌長, *將屍首埋葬停當, 卻來回復小婦人, *又到北京, *供奉祠堂之中	 *由此, *由是, *已自九分不像意, *急切難得中意了, *約齊了同時發本, *潑差人, *主事老爺…在家裏, *愈加著急, *兩個排長, *將屍首埋葬停當, 卻來回復我小婦人, *又到此京, *供奉在祠堂之中

『금고기관』 보한루본	『유세명언』 내각본 및 존경각본 *괄호 안은 존경각본
蔣興哥重會珍珠衫: *人心不可昧,(사람양심에 대한 긍정적 평가) *嗤嗤的敲響這件東西, *更不疑慮, *顧了船隻, *連生二子(과장을 절제)	*人心或可昧, *嗤嗤的敲響響的這件東西, *更不疑惑, *顧箇船隻, *連生三子
陳御史巧勘金釵鈿: *又不知可是自家的 *等顧僉事回家 *一一說了, *再挨幾日, *口裡嫌醜道歉. 客人道.. 你又不像個要買的, *客人初時不肯, 想了一回, 叫聲.. 沒奈何! 只要公道作價.	*又不知是自家的, *悞其美事, *一說了, *再幾時, *口裡只誇好布好布, 客人道.. 你又不做箇要買的, *客人道.. 首飾也就是銀子, 只要公道作價
金玉奴棒打薄情郎: *畧不回顧. 買臣愀然感慨不已, *買臣妻之後夫, *未見得強似朱買臣也, *新太守舊夫人也, *以報其恩. 莫稽年至五十餘, 先玉奴而卒. 其將死數日前, 夢神人對他說.. 汝壽本不止此, 爲汝昔日無故殺妻, 滅倫賊義, 上於神怒, 減壽一紀, 減祿三秩. 汝妻之不死再合, 亦是神明曲佑, 一救無辜, 一薄爾罪也. 莫稽夢覺嗟嘆, 對家人說夢中神語, 料道病已不起, 正是.. 擧心動念天知道, 果報昭彰豈有私.(하늘의 도를 중시, 인과응보 중시, 교화적 요소 증가)	*頭也不回. 買臣感慨不已, *買臣的後夫, *未見得強似我朱買臣也, *新太守夫人也, *以報其恩

이상 『금고기관』 보한루본과 『유세명언』 판본 상의 주요 이동(異同)을 보면 『금고기관』의 문장이 교화적 측면을 더욱 강조하였으며, 묘사가 더욱 생동감 있고 구체적임을 알 수가 있다. 이를테면 「배진공의환원배(裵晉公義還原配)」에서 배진공의 인의와 선정을 강조하기 위해 원본 "私行耍子(몰래 장난하다)" 부분을 "私行體訪民情(몰래 민정을 몸소 체험하다)"라고 고쳤으며, 또 「금옥노봉타박정랑(金玉奴棒打薄情郎)」에서는 배은망덕한 막계(莫稽)가 처를 모살하려고 하여 천벌을 받아 수명이 단축되었으며, 또 부인이 죽지 않고 되살아난 것은 신명이 보우한 것임을 끝부분에 추가해 보충함으로써 하늘의 도와 인과응보를 명백히 역설하였다. 또 「장흥가중회진주삼」에서 "人心或可昧(사람의 마음은 혹 속일 수 있을지라도)"를 "人心不可昧(사람의 마음은 속일 수 없고)"라고 바꿈으로써 사람 양심에 대한 긍정적 평가를 통해 사람마다 모두 성인이 될 수 있다고 봄으로써 사람의 도덕적 책임을 더욱 강조하였다. 또 「양각애사명전교(羊角哀捨命全交)」에서는 친구를 위해 자신의 목숨을 버리는 양각애와 좌백도(左伯桃)의 희생적인 부분에 대한 묘사가 더욱 극적으로 생동감 있게 표현되었다.

다음으로는 『금고기관』 보한루본과 『경세통언』 판본과의 차이점에 대해 알아보고자 한다. 현존하는 『경세통언』의 최초 판본은 1624년에 간행된 금릉((金陵)의 겸선당간본(兼善堂刊本)으로 현재 일본 동경대학 동양문화연구소에 소장되어 있다.[20] 그 외 북경도서관 소장의 삼계당(三桂堂) 왕진화본(王振華本)과 대련도서관(大連圖書館) 소장의 연경당본(衍慶堂本) 등이 있지만 모두 완전하지 않은 잔본이다.[21] 본서는 현재 시중에 있는 『경세통언』 가운데 대체로 겸선당본을 저본으로 하면서 노골적인 묘사까지도 삭제하지 않고 온전하게 수록한 서문조(徐文助) 교주(校注)의

20 『警世通言』의 原刻本은 일찍이 실전되고 현재 남아있는 가장 오래된 판본은 兼善堂本이다. - 大塚秀高, 「警世通言版本新考」, 『文學遺產』 2014年 第1期 참고.

21 中國古代文學要籍簡介(五): 通俗小說集 國學網[引用日期2013-08-29]

대만의 삼민서국(三民書局) 본을 바탕으로 하고 동시에 오오츠카 히데타카(大塚秀高)가 정리한 일본의 겸선당본 원본과도 대조해 참조하면서 본 작업을 진행하고자 한다. 두 작품 간의 비교적 큰 차이점은 다음과 같다.

표 7 『금고기관』 보한루본과 『경세통언』 판본과의 차이

『금고기관』 보한루본	『경세통언』 兼善堂本
杜十娘怒沉百宝箱:	
*西夏哼承恩 日本關白平秀吉,	*日本關白平秀吉 西夏哼承恩
*幾遍書來喚回家去	*幾遍寫字來喚他回去
*却不兩便	*却不好
*足見同志	*足見同志耳
*恰値十娘	*値十娘
*道據高明之見	*據高明之見
*只得含淚而言道	*只得含泪而言道
李謫仙醉草嚇蛮書:	
*一塈停職	*□塈停職
宋金郎團圓破氈笠:	
*宋金郎團圓破氈笠	*宋小官團圓破氈笠
*只聽得堂中	*只聽得坐啓中
*原來劉有才長於宋敦五年	*劉有才長于宋敦五年
*劉氏也好生歡喜. 宋敦於佛堂掛壁上	*劉氏也歡喜. 宋敦于佛堂掛壁上
*船在小西門駟馬橋下	
*徑至小西門下船. ... 天色已晩把船徑放到	*船在北門大坂橋下
楓橋停泊. 那楓橋	*趕出北門下船
*乃四方商賈輳集之地, 船艘相接, 一望無	
極, 昔人有詩云(배경묘사 상세)	*舟泊楓林橋, 當晩無話, 有詩爲證
*掛於項上, 離了船頭, 慢騰騰步到陳州娘	*掛於項上, 步到陳州娘娘廟前
娘廟前	
*原來是塊元寶錠心	*原來是塊元寶
*小店大膽了	*小店大胆了
*小名宜春(여성의 권익에 관심)	*小名宜男(남성 중심의 이름)

『금고기관』 보한루본	『경세통언』 兼善堂本
*掙紮上岸, 行到茂林深處	*掙紮到岸上, 砍柴去了. 劉公乘其未回, 把舵用力撐動, 撥轉船頭, 掛起滿風帆, 順流而下. 不愁骨肉遭顛沛, 且喜冤家離眼睛. 且說宋金上岸打柴, 行到茂林深處
*且說宜春女那日見父親教丈夫上岸打柴, 心下思想.. 爹好沒分曉! 恁般一個病人, 教他去打柴. 欲要叫丈夫莫去, 又恐違拗了父命, 正在放心不下. 卻見父親忙忙的撐船下舵, 撥轉船頭, 離岸揚帆. 宜春驚叫..爹爹! 丈夫在岸上, 如何便開船? 卻被母親兜臉一啐道.. 誰是你丈夫? 那癆病鬼你還要想他! 宜春驚嚷道.. 爹媽, 這怎麼說? 劉嫗道.. 你爹見他病害得不好, 恐沾染他人, 特地算計, 斷送這癆病骷髏! 宜春氣塞咽喉, 淚如泉湧, 急跑出艙, 連忙扯解掛帆繩索, 欲下帆轉船, 被母親抵死抱住, 拖到後艄. 宜春跌腳搥胸叫天叫地哭道.. 還我宋郎來! 爭嚷之間, 順風順水船已行數十里. 劉老走來勸道(묘사가 더욱 상세함)	*且說劉有才那日哄了女婿上岸, 撥轉船頭, 順風而下, 瞬息之間, 已行百里. 老夫婦兩口暗暗歡喜. 宜春女兒猶然不知, 只道丈大還在船上, 煎好了湯藥, 叫他喫時, 連呼不應, 還道睡著在船頭, 自要去喚他. 卻被母親劈手奪過藥, 向江中一潑, 罵道.. 癆病鬼在那裏? 你還要想他! 宜春道.. 真個在那裏? 母親道.. 你爹見他病害得不好, 恐沾染他人, 方纔哄他上岸打柴, 逕自轉船來了. 宜春一把扯住母親, 哭天哭地叫道.. 還我宋郎來! 劉公聽得艄內啼哭. 走來勸道
*宋金住在南京二年有餘, 把家業掙得十全了, 思想丈人丈母雖是很毒, 妻子恩情卻是割捨不下, 並不起別娶之念. 卻教管家看守門墻(교화적 내용 첨가)	*宋金住在南京一年零八個月, 把家業掙得十全了. 卻教管家看守門墻
*這幾句是	*這幾句分明是
*啓口問道	*啓口而問道

『금고기관』 보한루본	『경세통언』 兼善堂本
俞伯牙摔琴謝知音: *中心悒怏, 想念知音 *梳洗整衣, 巾積便服, 止命一童子 *迤邐望馬安山而行	 *心心念念, 只想著知音之人 *梳洗整衣, 命童子 *行於樵徑
*子期二字, 一雙昏花眼內撲簌簌掉下淚來, 嗚嗚咽咽不覺失(大)聲哭道.. 子期鍾徽, 乃吾兒也. *鍾公驚愕, 含淚纔扶, 回顧小童道 *聽得哭聲悲切, 都來物色. 知是 *鍾公感泣答拜, 盤桓半晌而別	*必去了. 伯牙驚問.. 卻是爲何? 老者道.. 先生到鍾家莊, 要訪何人? 伯牙道.. 要訪子期. 老者聞言, 放聲大哭道.. 子期鍾徽, 乃吾兒也. *鍾公用手纔扶, 回顧小童道 *聞得 *鍾公答拜, 盤桓半晌而別
莊子休鼓盆成大道: *覰定棺頭, 咬牙努力, 一斧劈去 *分付不得厚斂. 桐棺三寸, 一斧就劈去了一塊木頭. 一連數斧, 棺蓋便裂開了. 婆娘正在籲氣喘息, 只見	 *用力劈去 *不肯厚斂. 桐棺三寸, 一斧就劈去了一塊木頭, 再一斧去, 棺蓋便裂開了, 只見
老門生三世報恩: *五十七歲的怪物	 *五十七的恠物
鈍秀才一朝交泰: *又有古玩書籍等項約數百餘金, 寄與黃勝家中. 那有司官	 *又有古董書籍等項約數百金, 寄與黃勝家中去訖, 卻說有司官
呂大郎還金完骨肉: *凡損人利己的事, 無所不爲, 眞是一善不作, 重惡奉行, 因此鄕里起他一個異名 *今日好利市, 難得他這八個錢, 勝似八百 *正在廳上喫茶 *萬桿鎗攢著腹肚 *福善菴 *兄弟中, 只有呂寶一味賭錢喫酒, 不肯學好, 老婆也不什賢曉, 因此妯娌間有些面和意不和, 那王氏生下一個孩子	 *因此鄕里起他一個異名 *今日好利市也撰他八個錢 *正在廳中喫茶 *萬桿鎗攢卻腹肚 *福善庵 *王氏生下一個孩子

『금고기관』 보한루본	『경세통언』 兼善堂本
*一日跟鄰舍家兒童出去看神會	*跟鄰舍家兒童出去看神會
*只得自認晦氣罷了	*只得自認悔氣罷了
*失銀之事	*失銀子之事
*要與呂君攀一脈親往來，但不知他有兒子否?	*要與呂君扳一脈親往來，第不知他有兒子?
*陳朝奉聞言，沈吟半晌，問道，恩兄令郎失去時幾歲了，呂玉道，剛剛六歲．陳朝奉又問，令郎叫什麼名字，狀貌如何，呂玉道，小兒乳名叫做喜兒，痘瘡出過，面白無麻．陳朝奉聽罷，喜動顔色，便喚從人近前，附耳密語．從人點頭領命去了．	*如今回去，意欲尋個螟蛉之子，出去幫扶生理，只是難得這般湊巧的，“陳朝奉道: 舍下數年之間將三兩銀子，買得一個小廝，貌頗清秀，又且乖巧，也是下路人帶來的如今一十三歲了，伴著小兒在學堂中上學恩兄若看得中意時，就送與恩兄伏侍也當我一點薄敬.” 呂玉道: “若肯相借，當奉還身價.” 陳朝奉道，“說那裏話來! 只恐恩兄不用時，小弟無以爲情.” 當下便教掌店的去學堂中喚喜兒到來．
*呂玉見他盤問蹺蹊，心中疑惑．須臾有個小廝走來，年紀約莫十三四歲，穿一領蕪湖青布的道袍，生得眉清目秀．見了客人，朝上深深唱個喏，便對陳朝奉道，爹爹喚喜兒則什，陳朝奉道，你且站著．呂玉聽得名字與他兒子相同，心中愈疑，看那小廝面龐，頗與兒子相似．聽得他呼爹稱兒，情知與陳朝奉是父子，不好輕易啓齒動問．悽慘之色，形於面貌，目不轉睛看那小廝．那小廝也 擧眼頻睃．	*呂玉聽得名字與他兒子相同，心中疑惑．須臾，小廝喚到，穿一領蕪湖青布的道袍，生得果然清秀．習慣了學堂中規矩，見了呂玉，朝上深深唱個喏．
*呂玉忍不住問道，此位是令郎麼?陳朝奉道，此非我親生之子．七年前，有下路人携攜此兒到這裏，說妻子已故，止有此兒．因經紀艱難，欲往淮安投奔親戚．中途染病，盤纏用盡，願將此兒權典三兩銀子．一到淮安尋見親戚，便來取贖．學生憐他落難，將銀付彼．那人臨別，涕泣不捨．此兒倒不以爲意．那人一去不回．	*없음

『금고기관』 보한루본	『경세통언』 兼善堂本
*學生疑惑起來，細問此兒，方知是無錫人，因看會失落，被人哄騙到此．父母姓名，又與恩兄相同．學生見他乖巧愼密，甚愛惜他，將他與子女一般看待，同兒在學堂中讀書．學生幾翻要到貴縣訪問，恨無其便．適纔恩兄言語相同，物有偶然，事有湊巧，特意喚他出來，請恩兄親自認個詳細．喜兒聽說，掉下淚來．	*없음
*呂玉亦淚下道，小兒還有個暗記，左膝下有兩個黑疵．喜兒連忙捲褲解襪，露出左膝，果然有兩個黑疵．	*呂玉心下便覺得歡喜，仔細認出兒子面貌來，四歲時，因跌損左邊眉角，結一個小疤兒．有這點可認，呂玉便問道，“幾時到陳家的?” 那小廝想一想道，“有六七年了．” 又問他，“你原是那裏人? 誰賣你在此?” 那小廝道，“不十分詳細．只記得爹叫做呂大，還有兩個叔叔在家．娘姓王，家在無錫城外．小時被人騙出，賣在此間．”
*呂玉一見，便抱喜兒在懷，叫聲，“親兒! 我是你的親爹了．失了你七年，何期在此相遇!” 正是	*呂玉聽罷，便抱那小廝在懷，叫聲，“親兒! 我正是無錫呂大，是你的親爹了! 失了你七年，何期在此相遇!” 正是
*當下父子傷感 *今奉些須薄禮權表親情 *先躲出去．約定他黃昏時候，便來搶他上轎，莫對他說，言還未畢，只聽得窓外腳步響，呂寶見有人來慌忙踅了出去，卻不曾說明孝髻的緣故． *也是天使其然卻是王氏見呂寶欲言不言情狀可疑因此潛來察聽彷佛聽得搶他上轎四字末後莫對他說這句畧高已被王氏聽在耳內心下十分疑慮 *없음	*小廝眼中流下淚來呂玉傷感 *今奉些須薄禮相贖權表親情 *先躲出去．黃昏時候，你勸他上轎，日里且莫對他說．呂寶自去了，卻不曾說明孝髻的事． *없음

『금고기관』 보한루본	『경세통언』 兼善堂本
*只得先開口問楊氏道，奴與嬸嬸骨肉恩情，非止一日．適纔我見叔叔語言情景，莫非在我身上已做下背理的事？嬸嬸與奴說個明白．楊氏聽說，紅了臉皮道，這是那裏說起！姆姆，你要嫁人，也是不難，卻不該船上翻先下水．	*原來楊氏與王氏妯娌最睦，心中不忍，一時丈夫做主，沒奈他何．欲言不言，直挨到酉牌時分 *只得與王氏透個消息，我丈夫已將姆姆與嫁江西客人，少停客人就來取親，教我莫說．我與姆姆情厚，不好瞞得．你房中有甚細軟家私，須先收拾，打個包裹，省得一時忙亂．
*王氏被他搶白了這兩句，又惱又苦，走到房中哭哭啼啼．想著丈夫不知下落，三叔呂珍尚在途中，父母親族又住得寫遠，急切不能通信．鄰舍都怕呂寶無賴，不敢來管閒事．我這一身，早晚必落他圈套．左思右想，無可奈何，千死萬死，總是一死，只得尋個自盡罷！主意已定，挨至日暮，密窺動靜．	*王氏啼哭起來，叫天叫地起來．楊氏道，不是奴苦勸姆姆，後生家孤，終久不了，吊桶已落在井裏，也是一緣一會，哭也沒用．王氏道，嬸嬸說那裏話？我丈夫雖說已死，不曾親見．且待三叔回來，定有個真信．如今逼得我好苦！說罷又哭．楊氏左勸右勸
*只見楊氏頻到門首探聽．王氏見他如此，連忙去上了拴．楊氏道，姆姆，也是好笑！這早晚又沒有強盜上門，恁般慌上拴！那魍魎還要回來．一頭說，一頭走去，都把拴拔下來．此時王氏已十分猜著，坐立不寧，心如刀割．走到房中，緊閉房門，將條索子搭在梁上，做個活落圈，把個杌子襯了腳，叫聲，皇天與我報應！歎了口氣，把頭鑽入圈裏，簪髻落地，蹬開杌子，眼見得不能夠活了．卻是王氏祿命未終，恁般一條粗麻索，不知怎的就斷做兩截，撲通的一聲，顛翻在地．	*없음

『금고기관』 보한루본	『경세통언』 兼善堂本
*楊氏聽得聲響，急跑來看時，見房門緊閉，情知詫異，急取木杠撞開房門. 黑洞洞的，纔走進去，一腳絆著王氏，跌了一交，簪髻都跌在一邊. 楊氏嚇得魂不附體，爬起來跑到廚下，點燈來看，只見王氏橫倒地上喘氣，口吐痰沫，項上尚有索子縜住. 楊氏著了急，連忙解放.	*없음
*忽聽得門上輕輕的敲響，楊氏知是那話兒，急要去招引他進來. 思想髻兒不在頭上，不好模樣，便向地上拾取簪髻. 忙亂了手腳，自己黑的不拾，反拾了王氏白髻，戴在頭上，忙走出去探問.	*王氏住了哭說道，嬸嬸，既要我嫁人，罷了，怎好戴孝髻出門? 嬸嬸尋一頂黑髻與奴換了. 楊氏又要忠丈夫之托，又要姆姆面上討好，連忙去尋黑髻來換. 也是天數當然，舊髻兒也尋不出一頂. 王氏道，嬸嬸，你是在家的，暫時換你頭上的髻兒與我. 明早你教叔叔鋪裏取一頂來換了就是. 楊氏道，使得. 便除下髻來遞與姆姆. 王氏將自己孝髻除下，換與
*外邊江西客人已得了呂寶暗號，引著燈籠火把，抬著一頂花花轎，吹手雖有一副，不敢吹打，在門上剝啄輕敲. 覺得門不上拴，一逕推開大門，擁入裏面. 火把照耀，早遇楊氏. 江西客人見頭上戴著孝髻，就如餓鷹見雀，趕上前一把扯著便走. 眾人齊來相幫，只認戴孝髻的就搶. 搶出門去，楊氏急嚷道，不是! 眾人那裏管三七二十一，搶上轎時，鼓手吹打，轎夫飛也似抬去了. 一派笙歌上客船，錯疑孝髻是姻緣. 新人若向新郎訴，只怨親夫不怨天.	*黃昏過後，江西客人引著燈籠火把，抬著一頂花花轎，吹手雖有一副，不敢吹打，如風似雨飛奔呂家來. 呂寶已自與了他暗號，眾人推開大門，只認戴孝髻的就搶. 楊氏嚷道，不是! 眾人那裏管三七二十一，搶上轎時，鼓手吹打，轎夫飛也似抬去了. 一派笙歌上客船，錯疑孝髻是姻緣. 新人若向新郎訴，只怨親夫不怨天.

『금고기관』 보한루본	『경세통언』 兼善堂本
*王氏得楊氏解去縊索，已是甦醒．聽得外面嚷鬧，驚慌無措．忽地門外鼓吹頓起，人聲嘈雜，漸漸遠去．挨了半晌，方敢出頭張望．叫嬸嬸時，那裏有半個影兒？心下已是明白，取親的錯搶去了．恐怕復身轉來，急急關門收拾，揀起簪珥黑髻歇息，一夜不睡．	*王氏暗暗叫謝天謝地．關了大門，自去安歇．
*巴到天明，起身梳洗．正欲尋頂舊孝髻來戴，只聽得外面敲門響，叫聲開門！卻是呂寶聲音．王氏惱怒，且不開門，任他叫得個喉乾口燥，方纔隔著門問道，你是那個？呂寶聽得是嫂子聲音，大驚．又見嫂子不肯開門，便哄道，嫂嫂，兄弟呂珍得了哥哥實信歸嫁，快開了門！王氏聽說呂珍回來，權將黑髻戴了，連忙開門．止是呂寶一個，那裏有甚呂珍？	*次日天明
*呂寶走到房中，不見渾家．見嫂子頭上戴的是黑髻，心中大疑，問道，嫂嫂，你嬸子那裏去了？	*呂寶意氣揚揚，敲門進來．看見是嫂嫂開門，吃了一驚，房中不見了渾家．見嫂子頭上戴的是黑髻，心中大疑，問道，嫂嫂，你嬸子那裏去了？
*王氏道，是你每自做的勾當！我那裏知道？呂寶道，且問嫂嫂，如何不戴孝髻？王氏將自己縊死，繩斷髻落，及楊氏進來，跌失黑髻，聞娶親的進來，忙搶我孝髻戴了出去的緣故，說了一遍． (도덕적 인과응보성에 대한 부분을 강조. 행실이 악한 자의 악행을 구체적으로 묘사.)	*王氏暗暗好笑，答道，夜被江西蠻子搶去了．呂寶道，那有這話？且問嫂嫂如何不戴孝髻？王氏將換髻的緣故，述了一遍．

『금고기관』 보한루본과 『경세통언』 판본과의 주요 차이점은 주로 「송금랑단원파전립(宋金郞團圓破氈笠)」과 「여대랑환금완골육(呂大郞還金完骨肉)」 두 작품에서 많이 보이는데, 『금고기관』 편찬자가 이 작품들을 중시하여 내용상의 수정을 많이 가한 것은 교화적인 의미를 더하기 위한 것으로 보인다. 「송금랑단원파전립」에서는 남녀주인공들의 이름까지 수정을 가했는데, 남주인공의 이름을 송소관(宋小官)에서 본명인 송금랑으로 바꿔 더욱 관심을 높였으며, 여주인공의 이름도 남성중심주의의 이름 의남(宜男)을 의춘(宜春)으로 개정하여 여성의식을 더하였다. 그리고 송금랑이 장인장모의 불의를 알면서도 아내와의 은정(恩情)을 생각해 다시 결혼하지 않았다는 부분을 첨가[22]함으로써 송금랑의 인자함을 더하였고, 남편을 학대하는 몰인정한 부모를 대하는 의춘의 다소 거친 태도에 대한 묘사도 순화하여 '현처(賢妻)' 의춘의 이미지에 효성스러움을 더해 '현처효녀(賢妻孝女)'의 이상적 부덕(婦德)의 형상으로 각색하였다.[23] 또 배경묘사가 전체적으로 더욱 생동감 있고 상세하다.

또 「여대랑환금완골육」에서도 "凡損人利己的事, 無所不爲, 眞是一善不作, 重惡奉行(무릇 남을 해치고 자신을 이롭게 하는 일은 하지 않은 바가 없으니 실로 선한 일은 한 것이 없고, 나쁜 악행은 받들어 행하였다)", "只有呂寶一味賭錢喫酒, 不肯學好, 老婆也不什賢曉, 因此妯娌間有些面和意不和(오직 여보만 도박과 술에 빠져 좋은 일은 하려 들지 않았으며, 아내도 그리 어질지 못해 동서지간에도 겉으론 표를 내지 않았지만 사이가 좋지 않았다.)" 등의 묘사를 더해 인색한인 금종(金鍾)과 여보(呂寶)의 악행을 더욱 구체적으로 묘사해 강조함으로써 인과응보의 도덕적 교화를 강조하

---

22 "思想丈人丈母雖是很毒, 妻子恩情卻是割捨不下, 並不起別娶之念"

23 원작 "宜春一把扯住母親, 哭天哭地叫道.. 還我宋郞來!"를 "宜春氣塞咽喉, 淚如泉湧, 急跑出艙, 連忙扯解掛帆繩索, 欲下帆轉船, 被母親抵死抱住, 拖到後艄. 宜春跌腳搥胸叫天叫地哭道.. 還我宋郞來!", "又恐違拗了父命, 正在放心不下" 등으로 개작하였다.

였다.

다음으로는 『금고기관』 보한루본과 『성세항언』 판본과의 차이점에 대해 알아보고자 한다. 현존하는 『성세항언』의 최초 판본은 일본 내각문고와 대련도서관에 소장된 천계 정묘년(1627)에 간행된 금창(金閶) 엽경지간본(葉敬池刊本)이다. 그 외에도 북경도서관에 소장된 연경당본이 있지만 지워진 부분이 비교적 많아 원본의 모습을 알기 어렵다.[24] 여기서는 『성세항언』 원본에 가장 가까운 요길랑(廖吉郎) 교정(校訂)의 대만 삼민서국 『성세항언』을 저본으로 하고 오오츠카 히데타카가 정리한 일본 내각문고의 엽경지본과 연경당본을 참고하면서 보한루본과 비교하고자 한다. 비교적 의미가 있는 큰 차이점만 표로 나타내면 다음과 같다.

표 8 『금고기관』 보한루본과 『성세항언』 판본과의 차이

『금고기관』 보한루본	『성세항언』 廖吉郎 校訂本, 葉敬池本, 衍慶堂本
賣油郎獨占花魁: *劉四媽	*王九媽
盧太學詩酒傲公侯: *那才子姓盧名柟字次梗 *偏有盧柟立心要勝似他人 *乃是姓汪名岑，少年連第，意氣揚揚，只是貪婪無比 *且說汪知縣那日出堂，便打帳完了投文公事，即便赴酌. 投文裏卻有本縣巡簡司解到強犯九名贓物若干. 此事先有心腹報知，乃是衛河大夥，贓物甚多，又無失主. 汪知縣動了火, 即時用刑拷訊.	*那才子是誰? 姓盧名柟, 字少梗 *偏盧柟立心要勝似他人 *姓汪名岑, 少年連第, 貪婪無比 *且說知縣那日早衙投文已過, 也不退堂, 就要去赴酌, 因見天色太早, 恐酒席未完, 弔一起公事來問. 那公事卻是新拿到一班強盜, 專在衛河裏打劫來往客商, 因都在娼家宿歇, 露出馬腳, 被捕人拿住. 解到本縣, 當下一訊都招.

24 廖吉郎 校訂,『醒世恒言』, 臺北: 三民書局, 1988, 4~5쪽 참고.

『금고기관』 보한루본	『성세항언』 廖吉郎 校訂本, 葉敬池本, 衍慶堂本
*內中一盜甚黠, 纔套來棍, 便招某處藏銀若干, 某處埋贓幾許, 一五一十搬將出來, 何止千萬! 知縣貪心如熾, 把喫酒的念頭, 放過一邊, 便教放了夾棍, 差個心服吏帶領健步衙役, 押盜前去, 眼同起贓, 立等回話. 餘盜收監, 贓物上庫. 知縣退坐後堂, 等那起贓消息.	*內中一個叫做石雪哥, 又扳出本縣一個開肉鋪的王屠, 也是同夥, 即差人去拿到.
*從辰至未, 承値吏供酒供食了兩次, 那起贓的方纔回縣稟說, 卻是怪異! 東墾西爬, 並沒有半個錫皮錢兒. 知縣大怒, 再出前堂, 弔出前犯, 一個個重新拷掠. 夾到適纔押去起贓的賊, 那賊因眾人怒他胡說, 沒有贓物, 已是拳頭腳尖, 私下先打過幾頓. 又縣司兵拷打壞的, 怎當得起再夾? 登時氣絕. 知縣見夾死了賊, 也有些著忙, 便教禁子獄卒叫喚. 亂了半晌, 竟不甦醒. 汪知縣心生一計, 喝叫, 且將眾犯還監, 明日再審.(교활함 강조) 眾人會意, 將死賊混在活賊裏, 一擁扶入監去. 誰敢道半個死字? 又向禁子討了病狀, 明日做死囚發出. 汪知縣十分敗興, 遂想著盧家喫酒, 即刻起身赴宴. 此時已是申牌時分, 各役簇擁著大尹, 來到盧家園內.	*知縣問道, 王屠! 石雪哥招稱你是同夥, 贓物俱窩頓你家, 從實供招, 免受刑罰! 王屠稟道, 爺爺, 小人是個守法良民, 就在老爺馬足下開個肉鋪生理, 平昔間就街市上不十分行走, 那有這事! 莫說與他是個同夥, 就是他面貌, 從不曾識認. 老爺不信, 拘鄰里來問平日所行所為, 就明白了. 知縣又叫石雪哥道, 你莫要誣陷平人, 若審出是扳害的, 登時就打死你這奴才! 石雪哥道, 小的並非扳害, 真實是同夥. 王屠叫道, 我認也認不得你, 如何是同夥? 石雪哥道, 王屠, 我與你一向同做夥計, 怎麼詐不認得? 就是今日, 本心原要出脫你的, 只為受刑不過, 一時間說了出來, 你不可怪我! 王屠叫屈連天道, 這是那裏說起? 知縣喝交一齊夾起來. 可憐王屠夾得死而復蘇, 不肯招承. 這強盜咬定是個同夥, 雖夾死終不改口. 是巳牌時分, 夾起, 日已倒西, 兩下各執一詞, 難以定招. 此時知縣一心要去赴宴, 已不耐煩, 遂依著強盜口詞, 葫蘆提將王屠問成斬罪, 其家私盡作贓物入官. 畫供已畢, 一齊發下死囚牢裏, 即起身上轎, 到盧柟家去吃酒不題.

『금고기관』 보한루본	『성세항언』 廖吉郎 校訂本, 葉敬池本, 衍慶堂本
*없음	*你道這強盜為甚死咬定王屠是個同夥? 那石雪哥當初原是個做小經紀的人. 因染了時疫症, 把本錢用完, 連幾件破傢伙也賣來吃在肚裏. 及至病好, 卻沒本錢去做生意, 只存得一隻鍋兒, 要把去賣幾十文錢來營運度日. 旁邊卻又有些破的, 生出一個計較, 將鍋煤拌著泥兒塗好, 做個草標兒, 提上街去賣. 轉了半日, 都嫌是破的, 無人肯買. 落後走到王屠對門開米鋪的田大郎門首, 叫住要買. 那田大郎是個近覷眼, 卻看不出損處, 一口就還八十文錢, 石雪哥也就肯了. 田大郎將錢遞與石雪哥, 接過手剛在那裏數明.
*없음	*不想王屠在對門看見, 叫: 「大郎! 你且仔細看看, 莫要買了破的!」 這是嘲他眼力不濟, 乃一時戲謔之言. 誰知田大郎真個重新仔細一看, 看出那個破損處來, 對王屠道: 「早是你說, 不然幾乎被他哄了, 果然是破的.」 連忙討了銅錢, 退還鍋子.

『금고기관』 보한루본	『성세항언』 廖吉郎 校訂本, 葉敬池本, 衍慶堂本
*없음	*石雪哥初時買成了, 心中正在歡喜, 次後討了錢去, 心中痛恨王屠, 恨不得與他性命相博. 只為自己貨兒果然破損, 沒個因頭, 難好開口, 忍著一肚子惡氣. 提著鍋子轉身. 臨行時, 還把王屠怒目而視, 巴不能等他問一聲, 就要與他廝鬧. 那王屠出自無心, 那個去看他. 石雪哥見不來招攬, 只得自去. 不想心中氣悶, 不曾照管得, 腳下絆上一交, 把鍋子打做千百來塊, 將王屠就恨入骨髓. 思想沒了生計, 欲要尋條死路, 詐那王屠, 卻又捨不得性命. 沒甚計較, 就學做夜行人, 到也順溜, 手到擒來. 做了年餘, 嫌這生意微細, 合入大隊裏, 在衛河中巡綽, 得來大碗酒大塊肉, 好不快活!
*없음	*那時反又感激王屠起來. 他道是:「當日若沒有王屠這一句話, 賣成這只鍋子, 有了本錢, 這時只做小生意過日, 那有恁般快活!」及至惡慣滿盈, 被拿到官, 情真罪當, 料無生理, 卻又想起昔年的事來:「那日若不是他說破, 賣這幾十文錢做生意度日, 不見致有今日.」所以扳害王屠, 一口咬定, 死也不放.
*없음	*故此他便認得王屠, 王屠卻不相認. 後來直到秋後典刑, 齊綁在法場上, 王屠問道:「今日總是死了, 你且說與我有甚冤仇, 害我致此? 說個明白, 死也甘心!」石雪哥方把前情說出. 王屠連喊冤枉, 要辨明這事. 你想此際有那個來采你? 只好含冤而死. 正是: 只因一句閑言語, 斷送堂堂六尺軀. 閒話休題

『금고기관』 보한루본	『성세항언』 廖吉郎 校訂本, 葉敬池本, 衍慶堂本
*少停, 同著投邀帖的人一齊轉來, 回覆說: 「還在堂上夾人. 門役道: 「太爺正在惱怒, 卻放你進去纏帳! 攔住小人, 不放進去, 帖尚未投, 所以不敢回報.」 盧柟聽見這話, 湊成十分不樂, 又聽得說夾問強盜要贓物, 心中大怒, 道: 「原來這個貪殘蠢才, 一無可取, 幾乎錯認了! 如今幸爾還好!」 即令家人撤開下面這桌酒席, 走上前, 居中向外而坐, 叫道: 「快把大杯灑熱酒來, 洗滌俗腸!」 家人都稟道: 「恐太爺一時來到.」 盧柟喝道: 「哇! 還說甚太爺! 我這酒可是與那貪殘俗物吃的麼? 況他爽信已是六七次, 今晚一定不來.」 (왕잠 지현에 대한 부정적 의식과 증오심이 강화됨, 俗物→貪殘蠢才, 我這酒可是與那貪殘俗物吃的麼?)	*少停一齊轉來回覆說: 「正在堂上夾人, 想這事急切未得完哩.」 盧柟聽見這話, 湊成十分不樂, 心中大怒道: 「原來這俗物一無可取, 卻只管來纏帳」
*盧柟飲過數杯, 叫小廝: 「與我按摩一番, 今日伺候那俗物, 覺道身子困倦.」 吩咐閉了園門. 於是脫巾卸服, 跣足蓬頭, 按摩的按摩, 歌唱的歌唱. 叫取犀觥斟酒, 連飲數觥, 胸襟頓豁, 開懷暢飲, 不覺大醉. (만명 토호의 사치와 향락생활을 부각)將肴饌撤去, 賞了小奚, 止留果品按酒, 又吃上幾觥, 其醉如泥	*盧柟飲了數杯, 又討出大碗, 一連吃上十數多碗. 吃得性起, 把巾服都脫去了, 跣足蓬頭, 踞坐於椅上, 將肴饌撤去, 止留果品案酒, 又吃上十來大碗. 連果品也賞了小奚, 惟飲寡酒, 又吃上幾碗. 盧柟酒量雖高, 原吃不得急酒, 因一時惱怒, 連飲了幾十碗, 不覺大醉 (묘사가 다름.)
*卻不曉得內裡的事. 平日間賓客出進得多, 主人又是個來者不拒, 去者不追的, 日逐將園門大開慣了, 今日雖有命閉門, 卻不把在心上. 又且知道請見任官府, 倘若來時左右要開的, 且停一會兒. 挨落日銜山	*卻不曉得

『금고기관』 보한루본	『성세항언』 廖吉郞 校訂本, 葉敬池本, 衍慶堂本
*「正該如此.」叫管門的, 打了三十板: (폭력성 강조)「如何不早閉園門,	*「正該如此!」又懊悔道:「是我一時性急, 不曾分付閉了園門
*없음	*話分兩頭. 卻說浮邱山腳下有個農家, 叫做鈕成, 老婆金氏. 夫妻兩口, 家道貧寒, 卻又少些行止. 因此無人肯把田與他耕種, 歷年只在盧柟家做長工過日. 二年前, 生了個兒子, 那些一般做工的, 同盧家幾個家人, 鬥分子與他賀喜. 論起鈕成恁般窮漢, 只該辭了才是. 十分情不可卻, 稱家有無, 胡亂請眾人吃三杯, 可也罷了. 不想他卻弄空頭, 裝好漢, 寫身子與盧柟家人盧才, 抵借二兩銀子, 整個大大筵席, 款待眾人. 鄰里盡送湯餅, 熱烘烘倒像個財主家行事. 外邊正吃得快活, 那得知孩子隔日被貓驚了, 這時了帳, 十分敗興, 不能勾盡歡而散. 那盧才肯借銀子與鈕成, 原懷著個不良之念

『금고기관』 보한루본	『성세항언』 廖吉郎 校訂本, 葉敬池本, 衍慶堂本
*없음(미풍양속을 해치는 부분을 제거) *잡다한 내용을 생략하고 노남의 사건만을 집중적으로 다룸 동시에 노남에 대한 묘사가 더욱 생동감을 띰.	*你道為何? 因見鈕成老婆有三四分顏色, 指望以此為繇, 要勾搭這婆娘. 誰知緣分淺薄, 這婆娘情願白白裏與別人做些交易, 偏不肯上盧才的椿兒, 反去學向老公說盧才怎樣來調戲. 鈕成認做老婆是個貞節婦人, 把盧才恨入骨髓, 立意要賴他這項銀子. 盧才踅了年餘, 見這婆娘妝喬做樣, 料道不能勾上鉤, 也把念頭休了, 一味索銀. 兩下面紅了好幾場, 只是沒有. 有人教盧才個法地道: 「他年年在你家做長工, 何不耐到發工銀時, 一併扣清, 可不乾淨?」 盧才依了此言, 再不與他催討. 等到十二月中, 打聽了發銀日子, 緊緊伺候. 那盧柟田產廣多, 除了家人, 顧工的也有整百. 每年至十二月中預發來歲工銀. 到了是日, 眾長工一齊進去領銀, 盧柟恐家人們作弊, 短少了眾人的, 親自唱名親發, 還賞一頓酒飯, 吃個醉飽, 叩謝而出.
*없음	*剛至宅門口, 盧才一把扯住鈕成, 問他要銀. 那鈕成一則還錢肉痛, 二則怪他調戲老婆, 乘著幾杯酒興, 反撒賴起來. 將銀塞在兜肚裏, 罵道: 「狗奴才! 只欠得這丟銀子, 便生心來欺負老爺! 今日與你性命相博!」 當胸撞個滿懷. 盧才不曾堤防, 踉踉蹌蹌, 倒退了十數步, 幾乎跌上一交. 惱動性子, 趕上來便打. 那句「狗奴才」卻又犯了眾怒, 家人們齊道: 「這廝恁般放潑! 總使你的理直, 到底是我家長工, 也該讓我們一分. 怎地欠了銀子, 反要行兇? 打這狗亡八!」 齊擁上前亂打.

『금고기관』 보한루본	『성세항언』 廖吉郎 校訂本, 葉敬池本, 衍慶堂本
*없음	*常言道: 雙拳不敵四手. 鈕成獨自一個, 如何抵當得許多人, 著實受了一頓拳腳. 盧才看見銀子藏在兜肚中, 扯斷帶子, 奪過去了. 眾長工再三苦勸, 方才住手, 推著鈕成回家. 不道盧柟在書房中隱隱聽得門首喧嚷, 喚管門的查問. 他的家法最嚴, 管門的恐怕連累, 從實稟說. 盧柟即叫盧才進去, 說道:「我有示在先, 不許擅放私債, 盤算小民. 如有此等, 定行追還原券, 重責逐出. 你怎麼故違我法, 卻又截搶工銀, 行兇打他? 這等放肆可惡!」登時追出兜肚銀子並那紙文契, 打了二十, 逐出不用. 分付管門的:「鈕成來時, 著他來見我, 領了銀券去.」管門的連聲答應出來, 不題
*없음	*且說鈕成剛吃飽得酒食, 受了這頓拳頭腳尖, 銀子原被奪去, 轉思轉惱, 愈想愈氣. 到半夜裏火一般發熱起來, 覺道心頭脹悶難過, 次日便爬不起來. 到第二日早上, 對老婆道:「我覺得身於不好, 莫不要死? 你快去叫我哥哥來商議.」
*없음	*自古道: 無巧不成書. 元來鈕成有個嫡親哥子鈕文, 正賣與令史譚遵家為奴. 金氏平昔也曾到譚遵家幾次, 路徑已熟, 故此教他去叫. 當下金氏聽見老公說出要死的話, 心下著忙, 帶轉門兒, 冒著風寒, 一徑往縣中去尋鈕文.

『금고기관』 보한루본	『성세항언』 廖吉郎 校訂本, 葉敬池本, 衍慶堂本
*卻說譚遵領縣主之命, 四處訪察盧柟罪過, 日往月來, 挨至冬末, 並無一件事兒. 知縣又再四催促, 倒是兩難之事. 一日在家悶坐, 正尋思盧監生無隙可乘, 只見一個婦人急急忙忙的走入來. 擧目看時, 不是別人, 卻是家人鈕文的弟婦金氏. 鈕文兄弟叫做鈕成. 金氏年紀三十左近, 頗有一二分姿色, 向前道了萬福: 「請問令史: 我家伯伯何在? 得遇令史在家卻好.」	*那譚遵四處察訪盧柟的事過, 並無一件, 知縣又再三催促, 到是個兩難之事. 這一日正坐在公廨中, 只見一個婦人慌慌張張的走入來, 擧目看時, 不是別人, 卻是家人鈕文的弟婦. 金氏向前道了萬福, 問道: 「請問令史, 我家伯伯可在麼?」 譚遵道: 「到縣門前買小菜就來, 你有甚事, 恁般驚惶?」 金氏道: 「好教令史得知: 我丈夫前日與盧監生家人盧才費口, 夜間就病起來, 如今十分沉重
*原來盧柟於那日廝打後, 有人稟知備細, 怒那盧才擅放私債, 盤算小民, 重責三十, 追出借銀原券, 盧才逐出不用, 欲待鈕成來稟, 給還借券	*那盧柟原是疏略之人, 兩日鈕成不去領這銀券, 連其事卻也忘了
*盧柟全不在意, 忽見	*盧楠全不在意, 反攔住道: 「由他自搶, 我們且吃酒, 莫要敗興. 快斟熱酒來!」 家人跌足道: 「相公! 外邊恁般慌亂, 如何還要飮酒!」 說聲未了
*我有何事, 這等無禮!不去便怎麼?」 眾公差道 …… 又拿了十四五個家人	*我有何事, 這等無禮! 偏不去!」 眾公差道 …… 家人共拿了十四五個.
*你快快請詳, 要殺便殺, 要剮便剮, 決不受笞杖之辱!」	*卻要用刑? 任憑要我認那一等罪, 無不如命, 不消責罰!」
*教獄卒蔡賢, 將盧柟投了病狀, 今夜拿到隱僻之處, 結果他性命. (노남에 대한 부정적인 면을 많이 실음. 폭력성과 조급함을 강조.)	*教獄卒蔡賢拿盧柟到隱僻之處, 遍身鞭樸, 打勾半死, 推倒在地, 縛了手足, 把土囊壓住口鼻. 那消一個時辰, 嗚呼哀哉

『금고기관』 보한루본	『성세항언』 廖吉郎 校訂本, 葉敬池本, 衍慶堂本
李汧公窮邸遇俠客: *貝氏搖手道: 老大年紀, 尙如此嘴臉! 那得你發積? 除非天上掉下來, 還是去那裏打劫不成? 你的甜話兒哄得我多年了!(악처의 형상을 강조)	*貝氏搖手道: "你的甜話兒哄得我多年了!
*收拾馬匹上路, 又行了兩日 (비교적 현실적인 묘사를 하고자 노력)	*收拾馬匹上路. 說話的, 據你說, 李勉共行了六十多里, 方到旅店. 這義士又無牲口, 如何一夜之間, 往返如風? 這便是前面說起, 頃刻能飛行百里, 乃劍俠常事耳. 那義士受房德之托, 不過黃昏時分了比及追趕, 李勉還在途中馳驟一未曾棲息. 他先一步埋伏等候, 一往一來, 有風無影, 所以伏於床下, 店中全然不知. 此是劍術妙處, 且說李勉當夜無話, 次日起身, 又行了兩日

『금고기관』 보한루본과 『성세항언』 판본과의 주요 차이점은 주로 「노태학시주오공후(盧太學詩酒傲公侯)」와 「이견공궁저우협객(李汧公窮邸遇俠客)」을 통해 나타나는데, 이 두 작품은 모두 당시 실제 인물의 실화 사건 내지는 역사 속 실제 인물들의 일화를 그 내용으로 한다.

『금고기관』 편찬자는 명대 당시의 현실적 사건이나 역사적 사실을 중시한 까닭으로 이들 작품에 대한 관심과 함께 많은 수정을 가하였다. 자질구레한 문자상의 수정은 차치하고 주요 수정내용을 보면 역사적 사실을 고증을 통해 객관적이고 정확하게 기술하고자 노력하였으며, 주요 등장인물의 성격상의 특징을 보다 분명하고 생동적으로 묘사하고자 하였다.

이를테면 「노태학시주오공후」에서 명대의 실제 인물 노남(盧柟)에 대한 철저한 고증을 통해 노남의 자(字)를 차경(次楩)으로 고쳤으며, 노남을 긍정 일변도로 찬양한 풍몽룡의 다소 주관적인 묘사를 지양하여 보다 객관적인 사실에 입각하여 노남의 정확한 모습을 기술하고자 하였다. 즉 노남의 폭력성과 만명 토호의 사치와 향락을 부각한 묘사를 첨가하여[25] 사실(史實) 속의 노남의 정확한 모습을 기술하고자 노력하였다.[26]

그리고 노남의 폭력성 외에도 그가 지닌 조급함이나 악을 지극히 혐오하는 그의 성격의 특징을 더욱 생동감 나게 묘사하고자 하였다.[27] 이는 노남의 상대역인 지현 왕잠에 대한 묘사도 그러한데, 탐욕적인 인물 왕잠의 형상을 더욱 부각시켰으며 이를 위해 그에 대한 노남의 부정적 의식과 증오심 등이 강화되기도 하였다.[28]

이처럼 등장인물 성격의 전형성을 더욱 생동감 있게 묘사하고자 한 점은 「이견공궁저우협객」에서도 드러난다. 이를테면 방덕의 부인 패씨의 부덕과 악처로서의 형상을 더욱 분명하게 전달하기 위해 보다 구체적인 묘사와 생동적인 언어를 사용하였다.[29]

---

25 예를 들면, "叫管門的, 打了三十板, 「如何不早閉園門」"이라든지 "叫小廝: 「與我按摩一番, 今日伺候那俗物, 覺道身子困倦.」 吩咐閉了園門. 於是脫巾卸服, 跣足蓬頭, 按摩的按摩, 歌唱的歌唱. 叫取犀觥斟酒, 連飮數觥, 胸襟頓豁, 開懷暢飮, 不覺大醉."등의 묘사가 그러하다.

26 노남의 친우 王世貞이 지은 「노남전」에 의하면 노남은 게으르고 사치스러웠으며, 술을 먹고 남을 욕하는 나쁜 버릇이 있음을 기술하였는데, 이는 노남에 대해 비교적 객관적인 평가라고 볼 수 있을 것이다.

27 예를 들면 "「原來這個貪殘蠢才, 一無可取, 幾乎錯認了! 如今幸爾還好!」 即令家人撤開下面這桌酒席, 走上前, 居中向外而坐, 叫道: 「快把大杯灑熱酒來, 洗滌俗腸!」 家人都稟道: 「恐太爺一時來到.」 盧枏喝道: 「啶! 還說甚太爺! 我這酒可是與那貪殘俗物吃的麼? 況他爽信已是六七次, 今晚一定不來.」"라든지 "你快快請詳, 要殺便殺, 要剮便剮, 決不受笞杖之辱!" 등의 묘사가 그러하다.

28 예를 들면 "知縣貪心如熾, 把喫酒的念頭, 放過一邊"라든지 "汪知縣心生一計, 喝叫, 且將眾犯還監, 明日再審." 등의 묘사를 첨가하여 왕지현의 탐욕과 교활함을 강조하였다.

29 "貝氏搖手道: 老大年紀, 尙如此嘴臉! 那得你發積? 除非天上掉下來, 還是去那裏打劫不成? 你的甜話兒哄得我多年了!"

그 외에도 『금고기관』 편찬자는 생동적인 묘사를 통해 인물의 전형성을 강조하고자 하면서도 동시에 비교적 현실적인 묘사를 하고자 노력하였음도 엿볼 수 있는데, 이를테면 「이견공궁저우협객」의 풍몽룡 원본이 이면(李勉)을 도운 검객의 신출귀몰한 묘사에서 다소 황당무계하고 비현실적 면을 드러낸 점에 반해 『금고기관』은 이를 지양하여 그런 황당한 묘사를 전부 삭제하였다.[30]

다음으로는 『금고기관』 보한루본과 『박안경기』 판본과의 주요 차이점에 대해 알아보고자 한다. 『박안경기』(초각)는 1627년(명 천계 7년)에 지어져 이듬해인 1628년(명 숭정 원년)에 상우당(尙友堂) 서방(書坊)에서 간행되어 세상에 알려졌다.

그런데 상우당 원간본은 오래전부터 중국에서 유실되었는데 다행히 왕고로와 장배항(章培恒) 등의 학자가 일본 일광윤사(日光輪寺), 자안당 법고(慈眼堂法庫)와 내각문고에서 원본을 찾아 촬영하여 온 것을 1985년 상해고적출판사에서 출판하였고, 다시 이를 바탕으로 화산문예출판사(花山文藝出版社)에서 1992년에 명백한 오자만 정정하고 현대식 표점부호를 붙여 다시 인쇄하여 현재 『박안경기』 원각본의 모습은 쉽게 유지할 수 있었다.

여기서는 『박안경기』 상우본 원본과 『금고기관』 보한루본간의 주요 차이점에 대해 알아보고자 한다.

---

30 예를 들면 원본에 나타난 "如何一夜之間只往返如風? 這便是前面說起頃刻能飛行百裏" 등의 비현실적 묘사를 전부 삭제하였다.

표 9 『금고기관』 보한루본과 『박안경기』 판본간의 주요 차이

『금고기관』 보한루본	『박안경기』 尙友堂本
轉運漢巧遇洞庭紅: *誰知沒有恁般福分, 一個個心慵步懶.. 那文若虛 *知道命裏該是我的不是我的?	*卻說文若虛 *知他命裡是我的不是我的?
劉元普雙生貴子: *爲此常言說道 *없음	*爲此達者便說 *這本話文出在《空緘記》, 如今依傳編成演義一回, 所以奉勸世人爲善.
懷私怨狠僕告主: *大抵爲人最不可使性 *夫妻鍾愛	*原來人生最不可使性 *夫妻歡愛
崔俊臣巧會芙蓉屛: *但王夫人所遭不幸, 失身爲妾, 又不曾根究奸人報仇雪恨, 尙爲美中不足. 總不如《崔俊臣芙蓉屛》故事.	*這美中有不足處: 那王夫人雖是所遭不幸, 卻與人爲妾, 已失了身, 又不曾查得奸人跟腳出, 報得冤仇. 不如《崔俊臣芙蓉屛》故事.
*俊臣酒量頗寬, 王氏只半盞相陪	*同王氏煖酒少酌
*大家喫箇半酣, 捱近黃昏	*黃昏
*回到真州故土, 親族俱來相會, 說出這段緣故, 無不嗟嘆稱揚高公之德. 那崔俊臣也不想更去補官, 只在家中逍遙受用. 夫妻白頭到老. 有詩爲證.	*自到真州寧家, 另日赴京補官, 這是後事, 不必再題. 此本話文, 高公之德, 崔尉之誼, 王氏之節, 皆是難得的事. 各人存了好心, 所以天意周全, 好人相逢. 畢竟冤仇盡報, 夫婦重完, 此可爲世人之勸. 詩云
逞多財白丁橫帶: *編成一隻歌兒嘲他	*編成一隻歌兒

『금고기관』 보한루본	『이각박안경기』 尙友堂本
女秀才移花接木: *一般隨行逐隊, 去考童生. 且喜文星照命, 縣, 府, 道高高前列, 做了秀才.	*一般的入了隊去考童生一考就進了學, 做了秀才.
*同學有兩個好友	*同學朋友
*就如親生弟兄一般	*就像一家弟兄一般
*同更生	*同年所生
*暗想到	*自家想到
*這業畜叫得可厭, 且教他喫我一箭則個! 隨下樓到臥房中	*這業畜叫得不好聽, 我結果他去! 跑下來自己臥房中
十三郎五歲朝天: *伯可元是北人, 因金虜之亂隨駕南渡, 有名是個會做樂府的才子.	伯可元是北人, 隨駕南渡, 有名是個會做樂府的才子.
*襄敏公夫婦	*合家內外
*許多不便, 只好掂著腳, 伸著頸, 仰著臉, 睁著眼, 向上觀望;漸漸的擠得腿也酸了, 腰也軟了, 肩也攤了, 汗也透了, 氣也喘了. 正沒奈何, 忽覺得身上輕鬆了些, 好不快活. 把腰兒伸一山腳兒展一展, 自由自在的呆呆裡看夠, 趁心滿意.	*好生不便口觀看得不甚象意. 忽然覺得背上輕松了些, 一時看得渾了, 忘其所以, 伸伸腰, 抬抬頭, 且是自在, 呆呆裏向上看著.
*急得腸子做了千百段	*없음
*其時有一個宗王家眷, 在東廡下張設帷幕, 擺下酒看, 觀看燈火. 那時金吾不禁, 人海人山, 語言鼎沸, 喧天振地. 更有那花砲流星, 你放我賽.	*其時有一個宗王家在東首
*那宗王有個女兒, 名喚真珠姬, 年方十七	*有個女兒名喚真珠, 因趙姓天潢之族, 人都稱他真珠族姬. 年十六歲

『금고기관』 보한루본	『이각박안경기』 尙友堂本
*없음(다른 작품과의 줄거리상의 중복을 피하고자 다른 이야기를 함.)	*姨娘曉得外甥真珠姬在帳中觀燈，叫個丫鬟走來相邀一會，上復道："若肯來，當差兜轎來迎."真珠姬聽罷，不勝之喜，便對母親道："兒正要見見姨娘，恰好他來相請，是必要去."夫人亦欣然許允. 打發丫鬟先去回話，專候轎來相迎. 過不多時，只見一乘兜轎打從西邊來到帳前. 真珠姬孩子心性，巴不得就到那邊頑耍，叫養娘們問得是來接的，分付從人隨後來，自己不耐煩等待，慌忙先自上轎去了. 才去得一會，先前來的丫鬟又領了一乘兜轎來到，說到："立等真珠姬相會，快請上轎."王府裏家人道："真珠姬方才先隨轎去了，如何又來迎接？"丫鬟道："只是我同這乘轎來，那裏又有什麼轎先到？"
*娃子家心性，喜的是玩耍，他見這般熱鬧，不免舒頭探腦，向幕外張望. 常言："慢藏誨盜，冶容誨淫."卻動了一夥劇賊的火. 宗王家眷正在看得興濃處，只見一個女僧挨入幕來，自夫人以下，各各問訊了，便立在真珠姬身邊. 夫人正問那尼僧："你是那處尼僧？忽見衆人一齊發喊來！卻被放花砲的失手燒了帷幕，煙焰滿幕.	*없음
*當時，四下呼喚找尋，並無影響. 那時宗王聞報，教夫人等眾快回王府，連夜差人出招出揭，報信者賞錢三千貫，收留者五千貫，	*府中曉得是王府裏事，不敢怠慢，散遣緝捕使臣挨查蹤跡. 王府裏自出賞揭，報信者二千貫，竟無下落.
*抬到後面	*抬到後面去. 後面定將一個婆子出來，扶去放在床上眠著.
*奸淫已畢，各自散去	*奸淫已畢，分付婆子看好. 各自散去
*真珠姬自覺下體疼痛，雖在昏醉中，依稀也略記得些事，明知著了人手	*真珠姬自覺陰戶疼痛，把手摸時，周圍虛腫，明知著了人手

『금고기관』 보한루본	『이각박안경기』 尚友堂本
*主翁卻見他美色, 甚是喜歡, 更問他來歷.	*主翁成婚後, 雲雨之時, 心裏曉得不是處子, 卻見他美色, 甚是喜歡, 不以爲意, 更不曾提起問他來歷.
趙縣君喬送黃柑子: *心中無限喜歡, 雙手捧著盒子, 走到臥房內, 將柑子藏好. 取五錢一個賞封放在盒裏, 又在衣篋中檢出兩疋蜀錦來	*없음

『금고기관』 보한루본과 『박안경기』 판본과의 주요 차이점은 「최준신교회부용병(崔俊臣巧會芙蓉屛)」, 「여수재이화접목(女秀才移花接木)」, 「십삼랑오세조천(十三郎五歲朝天)」 등의 작품들에 집중되는데, 모두 『금고기관』 편찬자의 편찬의도를 잘 드러내고 있다. 즉 「최준신교회부용병」에서는 봉건질서와 예교의 근간이 되는 부부간의 의리와 화합을 얘기하고자 하였고, 「여수재이화접목」에서는 만명 당시의 시대적 분위기를 반영하고자 여권의식의 신장을 얘기하였으며, 「십삼랑오세조천」은 참신한 내용의 현실적 이야기를 소개하면서 동시에 원소절 날의 유괴사건에 대해 사람들의 경계심을 높이고자 하였다.

그리하여 「최준신교회부용병」에서 『금고기관』 편찬자는 최준신이 술을 마셔 화를 야기하였음을 독자들에게 상기시킴으로써 절주를 강조하였으며[31], 최준신이 한바탕 재난을 당한 후에 그 어떤 명예보다 부부간의 사랑과 화합의 중요성을 깨달아 영가 태수를 끝으로 더 이상 벼슬을 하지

31 이를테면 두 사람이 모두 술에 거나하게 취한 점("大家喫箇半酣")을 강조하였으며 또 동시에 원작 "同王氏煖酒少酌" 부분을 "俊臣酒量頗寬, 王氏只半盞相陪"라고 개작하여 최준신에 비해 왕씨 부인은 절주하는 모습으로 묘사함으로써 그녀의 婦德을 더 강조하였다.

않았다고 묘사하였다[32].

그리고 「여수재이화접목」에서는 여수재 문비아의 재기를 강조하기 위해 현, 부, 도에까지 두각을 드러내었다고 기술하였으며[33], 동시에 다소 거칠고 야만적인 문비아의 이미지를 개선하기 위해 곳곳에서 문자를 순화시키기도 하였다.[34]

또 「십삼랑오세조천」에서는 "재물을 소홀히 감추면 도적을 부르고, 예쁜 미모는 음심을 야기한다(慢藏誨盜, 冶容誨淫)"는 도덕적 교화성을 내세우면서 놀기 좋아하는 진주희의 부주의와 경박함이 화를 초래하였음을 강조하였다. 거기다 진주희가 가마를 잘못 타서 납치되는 식상한 줄거리를 여승에 의해 기편되는 내용으로 개편하여 타작품과의 중복을 피하고자 하였다.

그 외에도 "真珠姬自覺陰戶疼痛, 把手摸時, 周圍虛腫(진주희는 음부가 아프게 느껴져 손으로 만져보니 주위가 부었음을 느꼈다)"를 "真珠姬自覺下體疼痛(진주희는 하체에 아픔을 느꼈다)"라고 수정해 필요 없는 노골적인 묘사를 순화시키기도 하였다.

이상 『금고기관』 보한루본과 삼언·이박 판본간의 차이점을 개괄적으로 지적하였는데, 이를 바탕으로 한 『금고기관』 편찬자의 편찬의도와 편찬방식, 그리고 이를 통한 편찬자의 사상이념 등에 대해서는 다음 장을 통해 구체적으로 논의하고자 한다.

---

32 "那崔俊臣也不想更去補官, 只在家中逍遙受用. 夫妻白頭到老."

33 且喜文星照命, 縣, 府, 道高高前列,

34 이를테면 원작에서는 "這業畜叫得不好聽, 我結果他去! 跑下來自己臥房中"라고 묘사하였지만 『금고기관』에서는 "這業畜叫得可厭, 且教他喫我一箭則個! 隨下樓到臥房中"라고 수정하였다.

3. 국내 소장 『금고기관』 판본에 대한 고찰

주지하는 바와 같이 『금고기관』의 국내 유입은 윤덕희(尹德熙[35])(1685~1766)의 「자학세월(字學歲月)」(1744)과 『소설경람자(小說經覽者)』(1762)와 조선 영조 38년(1762) 완산이씨(完山李氏)가 지은 『중국소설회모본(中國小說繪模本)』의 서문에서 그 서명이 보이는 것으로 보아 적어도 18세기 중엽인 1744년 이전에 유입된 것으로 추정된다.[36] 그러나 조선시대에 출판된 기록은 없고, 다만 조선 후기와 일제강점기에 약 20여 편만이 임의적으로 번역된 것으로 알려지고 있다. 따라서 현재 국내 소장 『금고기관』의 고판본은 모두 중국에서 유입된 것인데, 주요 판본의 종류와 간행시기 및 소장처 등은 다음과 같다.

표 10 국내소장 『금고기관』 주요 고판본

판본명	간행시기(清後期~末期)	소장처(소장자) 및 기타
文英堂	清 後期	성균관대학교(**11行24字, 25×15.6㎝**)
清刊本	同治2년(1863)	성균관대학교(13行25字, 17×11.5㎝), 墨憨齋 批點
成文信	光緒21년(1895)	성균관대학교(12行28字, 17×11.5㎝)
繪圖古今奇聞	光緒20년(1894)	성균관대학교(12行28字, 16.5×11㎝)
繪圖古今奇聞	청말민초	성균관대학교(석인본, 22行48字, 17×10㎝)
繪圖古今奇聞 天寶書局精校	청말민초	성균관대학교(석인본, 27行61字, 20×13㎝)

35 해남 윤씨 문인화가 집안의 인물로 그 부친이 바로 선비 화가 윤두서(1668~1715)이다.

36 김영화, 「한국·일본의 명대 백화단편소설 번역 번안 양상 - 삼언이박과 금고기관을 중심으로」, 고려대학교 석사학위논문, 2011, 33쪽 참고.

판본명	간행시기(清後期~末期)	소장처(소장자) 및 기타
文淵堂	미상	고려대학교(24×16㎝)
淸刊本	미상	고려대학교(24×16㎝)
經文堂	光緖14년(1888)	고려대학교(석인본)
五續今古奇觀	20세기 초	고려대학교(석인본)
淸刊本	미상	강릉시 선교장(**11行25字, 15×11㎝**)
淸刊本	光緖21년(1895)	강릉시 선교장(상해서국 석인본, 17行38字)
淸刊本	미상	간송문고(**11行24字, 25×16㎝**)
淸刊本	미상	규장각(15.6×11㎝), 李根洪印
淸刊本	미상	서울대학교(**11行25字, 18×12㎝**)
淸刊本	미상	연세대학교(12行27字, 21×14㎝)
淸刊本	光緖21년(1895)	연세대학교(석인본, 17行38字)
繡像今古奇觀 **天寶樓**	淸末	전남대학교(12行27字, 16.6×11㎝)
足本全圖今古奇觀 上海 廣雅書局	淸末民初	전남대학교(석인본, 17行38字)
繡像今古奇觀 **同文堂**	淸末	雅丹文庫(12行27字, 21×14㎝))
泰山堂	光緖10년(1884)	해군사관학교(15行32字, 21×13㎝)
淸刊本	光緖17년(1891) 중간본	원광대학교(**11行25字, 15×11㎝**)
成文信本	光緖21년(1895)	중앙대학교(12行28字, 17.4×11.5㎝)
改良今古奇觀	미상	중앙대학교(석인본, 20×13.4㎝)
點石齋本	光緖31년(1905)	단국대학교(석인본, 17行38字)

판본명	간행시기(清後期~末期)	소장처(소장자) 및 기타
清刊本	미상	건국대학교(12行27字, 24×16㎝)
繡像今古奇觀 同文堂	미상	건국대학교(12行27字, 24×16㎝)
點石齋本	光緖31년(1905)	경북대학교(석인본, 17行38字)
清刊本	미상	영남대학교(24×16㎝)
改良今古奇觀	미상	영남대학교(석인본, 20×13.4㎝)
繪圖今古奇觀 上海 大成書局	光緖32년(1906)	부산대학교(석인본, 21行45字)
繪圖今古奇觀 上海 天寶書局	미상	부산대학교(석인본, 21行42字)
繪圖今古奇觀 上海 普新瑞記石印書局	宣統2년(1910)	경희대학교(행자 불규칙)
繪圖今古奇觀	미상	국립중앙도서관(석인본, 清河甌生居士序文)
繪圖今古奇觀	미상	국민대학교(석인본, 15.5×10㎝)
繡像今古奇觀	光緖17년(1891)	국민대학교(11行 자수불규칙, 15.6×11.3㎝)
繪圖今古奇觀	미상	경기대학교(석인본, 20×13.5㎝, 20行40字)
三續今古奇觀(今古艶情奇觀)	미상	경기대학교(석인본, 20行44字)
新刻今古奇觀	미상	동아대학교(12行28字, 17.4×11.7㎝)
繪圖續今古奇觀 上海書局	宣統원년(1909)	동아대학교(19行43字, 15×10㎝)

판본명	간행시기(淸後期~末期)	소장처(소장자) 및 기타
新增全圖足本今古奇觀 上海廣雅書局	미상	한국국학진흥원 청송심씨 칠회당고택(17行38字, 20×13.3㎝)
古今奇觀	미상	한국국학진흥원 영천이씨 농암종택(23.5×15㎝)
繪圖改正今古奇觀	미상	충북대학교
繪圖今古奇觀	미상	이화여자대학교(석인본, 17行38字, 16×10㎝)
新撰今古奇聞	미상	이화여자대학교(석인본, 행자수 불규칙)

현재 세상에 전하는 『금고기관』의 대표적인 고판본은 파리 국가도서관에 소장된 명말의 보한루 간본과 중국 국가도서관과 상해도서관에 소장된 청초 간본, 그리고 또 청초 간행본으로 추정되는 개자원(芥子園) 간본이 역시 중국 국가도서관에 소장되어 있다. 그리고 그 이후에 간행된 대표적인 판본으로는 청말의 것으로 알려진 동문당(同文堂) 간본과 문영당(文英堂) 간본을 꼽는다. 그런데 위 표를 통해 보듯 국내에서 소장하고 있는 『금고기관』 중국 고판본들은 10행 20자로 이루어진 명대 보한루본 계통의 고본은 전혀 보이질 않고, 거의가 청말에 해당하는 12행 27자의 동문당 계열 이후의 판본임을 알 수 있다.

그런데 그 가운데에는 청대 후기 간본인 문영당 판본도 우리나라 성균관대학교에 소장된 점에 주목할 만하다. 이 판본은 동문당 판본과는 달리 매 판면이 11행 24자인데, 이는 11행 23자로 이루어진 청초로 추정되는 상해도서관 소장 고본소설집성 영인본과 일본 금곡원본과 비교적 유사한 계열의 판본으로 추정된다. 청대 중후기에 해당하는 이런 11행 24자 내지는 11행 25자 판본은 우리나라 성균관대학교 외에도 간송문고, 강릉 선교장, 그리고 서울대학교, 원광대학교 등지에 산재되어 있다. 따라서 이런 자료들은 『금고기관』 판본이 늦어도 1744년인 18세기 중엽 이전에 우리나라에 유입되었을 가능성을 높여준다.[37] 그럼에도 불구하고 국내 소장 『금고기관』 청대 고판본은 그 대부분이 청말 동치 이후의 동문당 계열인 12행 27자 계통과 그 이후의 석판본임을 알 수 있다. 그리고 중국에서는 많이 보이지 않는 문연당(文淵堂), 경문당(經文堂), 태산당(泰山堂), 성문신(成文信) 등의 청말 판본들도 국내에 보이는데, 이는 『금고기관』의 중국 판본이 애초부터 워낙 많아 중국에서는 사라진 판본들도 한국에서 발견되고 있음을 말해주고 있다.

다음으로는 중국에서 유입된 위 고판본들을 제외한 국내 소장 근현대 『금고기관』 판본들을 살펴보자. 여기에는 첫째, 현대 중국에서 출판되어 국내로 유입된 중국서적들과 둘째, 조선시대와 일제 강점기 때부터 시작하여 현재까지 국내에서 내국인들에 의해 출판(번역)된 서적(필사본 포함)들이 포함되는데, 우선 전자를 먼저 살펴보기로 하자.

표 11 국내소장 『금고기관』 주요 중국 근현대 판본과 소장처

서명	소장처	출판사 및 출판연도
(足本)今古寄觀	경북대, 한양대, 단국대, 고려대, 연세대, 부산대, 전남대, 성균관대, 이화여대, 한국외대	臺北世界書局, 民國70[1981], 民國65[1976], 民國74[1985], 民國45[1956], 民國57[1968], 民國46[1957]

37 중국통속소설이 크게 번성하던 명말청초에는 중국의 판본들이 출간되면 즉시 무더기로 수백 수천 권씩 조선으로 유입되었는데, 명말에 출간된 당시 베스트셀러 『금고기관』도 청초 무렵에는 이미 조선으로 유입되었다고 보는 것이 온당하다. 이에 대해서는 민관동, 『중국고전소설의 국내유입과 번역』, 아세아문화사, 2007, 25쪽 참고.

서명	소장처	출판사 및 출판연도
今古奇觀	서울대, 동국대, 한양대, 단국대, 고려대, 부산대, 전남대, 성균관대, 이화여대	上海古籍出版社(1990,1992,1994, 1995)
今古奇觀	중앙대, 건국대, 국민대, 고려대, 연세대, 부산대, 성균관대, 한국외대	北京中國戲劇出版社, 2000(2002)
今古奇觀	경북대, 건국대, 단국대, 부산대, 전남대, 이화여대	北京人民文學出版社,1957,1988, 2012
今古奇觀	서울대, 한양대, 국민대, 단국대	臺北文源書局, 民國68[1979], 民國62[1973]
今古奇觀	경북대, 한양대, 단국대, 성균관대	臺北大中國圖書公司, 民國52[1963], 民國53[1964], 民國56[1967]
全圖今古奇觀	경북대, 한양대, 건국대, 한국외대	北京中國書店, 1988
今古奇觀	건국대, 고려대, 전남대	臺北東方出版社,1987(民國76), 1974(民國63), 1977(民國66)
改良今古奇觀	경북대	上海鴻文書局, [출판연도미상]
繪圖今古奇觀	경북대	濟南齊魯書社, 1985
今古奇觀	동국대	陝西三秦出版社, 2008
今古奇觀	동국대	北京寶文堂書店, 1955
今古奇觀	중앙대	中國上海書局, 中華民國14[1925]
今古奇觀	한양대	杭洲浙江古籍出版社,1992
新編今古奇觀	한양대	成都出版社, 1993
今古奇觀	건국대	上海雲記書莊 , 1929(民國18年)

서명	소장처	출판사 및 출판연도
繪圖今古奇觀	건국대	上海雪記書莊, 1929(民國18年)
繪圖改正今古奇觀	국민대	中國鑄記書局, 民國12(1923)
今古奇觀	단국대	臺北聯廣圖書公司, 1982
今古奇觀	단국대	臺北大衆書局, 1974
足本全圖今古奇觀	단국대	廣雅書局, 1921, 석인본
足本全圖今古奇觀	고려대	啓新書局, 1921, 석인본
今古奇觀	성균관대	上海亞東圖書館,民國38(1949)

근현대 중국에서 간행된 『금고기관』의 대표적인 판본은 1914년의 공화서국본(共和書局本), 1933년의 신문화서사본(新文化書社本), 1935년 세계서국본(世界書局本), 1935년 대달도서공응사본(大達圖書供應社本), 1957년 인민문학출판사 고학힐교주본, 1981년 광동인민출판사 배인본, 1985년 제로서사(齊魯書社) 배인본, 1991년 장강문예출판사(長江文藝出版社) 배인본, 1992년 악록서사 배인 청간본, 상해고적출판사 고본소설집성(古本小說集成) 영인본 청초간본, 1992년 상해고적출판사 배인 청초간본 등이다. 그런데 국내 각 대학교 소장 『금고기관』 근대 판본은 세계서국본, 상해고적출판사, 북경중국희극출판사(北京中國戲劇出版社), 북경인민문학출판사 등의 판본이 순서대로 주를 이루고, 그를 이어 대북문원서국(臺北文源書局), 대북대중국도서공사(臺北大中國圖書公司), 북경중국서점 등의 판본들이 뒤를 잇고 있지만 그 외에도 수많은 판본들이 산재되어 있음을 알 수 있다.

그 가운데 한국에서 가장 널리 유통된 세계서국본은 1935년에 상해에서 출판한 적도 있다고 하지만 현재 필자가 고증할 수 있는 최초 판본은 민국45년(1956) "족본금고기관(足本今古奇觀)"이란 이름의 상하 2책으로 간행된 것이다. 그 후 이 판본은 1956년 이후에는 "금고기관"이란 서명의 1985년 판도 존재하듯이 수차에 걸쳐 출판되었는데, 이 책 서두에는 광서 병오(丙午)(1906)의 '고동(古董) 월호조도(月湖釣徒)'가 쓴 서문이 있어 청말에 편찬된 것을 영가락(楊家駱)이 1935년의 고본을 토대로 1956년에 다시 펴낸 것으로 보인다. 그리고 앞 장에서도 지적한 바대로 월호조도의 원서(原序)에서 풍속교화 등을 운운한 것으로 보면 도덕성과 교화의식에 의거해 원본의 내용을 일정 부분 윤색한 것이다. 그러나 매 권의 서두에 작품 줄거리 및 주인공 등과 같은 작품 내용에 대한 자세한 소개가 있어 독자들이 읽기에 유익하다고 할 수 있다.

1957년 북경 인민문학출판사에서 출간된 판본은 고학힐의 교주본으로 현재까지도 부단히 간행되고 있는데, 책 서문에 의하면 그가 명간본을 저본으로 하고 삼언·이박 등의 서적과 비교하여 원본의 결점을 보완·수정해 이 책을 편찬했다고 한다. 그런데 명간본은 구체적으로 무슨 판본인지 언급하지 않는 것으로 보아 책표지가 누실되어 서지사항을 알 수 없는 청초 간본인 상해도서관장본 계열로 보인다. 그러나 이 판본의 문제점은 그가 서문에서 밝혔듯이 원본의 색정적 묘사들을 상당부분 수정하였기에 원본과는 많은 차이가 난다.

다음으로 2000년 북경 중국희극출판사에서 출간한 판본은 책머리의 출판설명에서도 밝힌 대로 명말청초의 북경도서관 판본을 저본으로 한 것으로 보이는데, 본문 내용을 비교해 보아도 보한루본과 거의 차이가 없어 고학힐의 교주본과는 달리 『금고기관』 원본의 모습을 있는 그대로 반영한 것이라 할 수 있다. 그리고 대만의 문원서국에서 출판한 판본은 본문 내용이 세계서국의 판본과 거의 동일한 것으로 보아 청말의 판본에 의거한 것으로 보여 원본과는 많은 차이가 있다.

다음으로는 두 번째에 해당하는 조선시대와 일제 강점기 때부터 시작하여 현재까지 국내에서 번역 출판된 대표적인 주요 판본(필사본 포함)들과 연이어 이들 서적들이 번역(번안)한 작품 목록도 함께 표를 통해 알아보기로 하자.

표 12 국내 출판 『금고기관』 주요 번역 판본(필사본 포함)

서명	작가	출판사, 출판연도 및 기타
樂善齋今古奇觀(3,22回 2편 번역)		樂善齋(필사본)
高大本今古奇觀(14,18,20,32回권 4편 번역)		필사본(金潤童寫), 연대 미상, 12행 25자
한국학중앙연구원본(3,19回 2편 번역)		필사본, 연대 미상, 10행 18자
금고긔관[38](5,27回 2편 번역)		필사본, 연대 미상
今古奇觀(13回)		博文書館 1913
今古奇觀(10回1책)		光東太學書館 1916
諺漢文今古奇觀(1,4,6,11,12,17,18,19,20回 9편)	樸健會	新舊書林 1918
今古奇觀(26, 27回 2편)		大昌書院 1922
今古奇觀(4, 35回 2편)		京城書籍 1926
今古奇觀(12回 1편)		문창사 1926, 제목: 義人의 무덤(이명구 교수 소장)
今古奇觀(6, 35回 2편)		滙東書局 1928

38 '금고긔관'으로 번역된 책은 그 외에도 여러 종류의 본이 있다. 이를테면 선문대 박재연이 소장한 20세기 초에 번역된 필사본은 금고기관 제19권 「俞伯牙摔琴謝知音」을 번역하였다. 그 외에도 고려대 만송문고 소장 필사본과 1932년 성암문고 조병순 소장의 필사본도 있다. 이에 대해서는 민관동, 『조선시대 중국고전소설의 출판본과 번역본 연구』, 학고방, 2013, 212쪽 참고.

서명	작가	출판사, 출판연도 및 기타
新譯今古奇觀(1,6,32,35回 4편)	양건식	매일신보 1931
支那小說集(7편 편역)	박태원	인문사 1939
中國小說選(37,38回等 4편)	박태원	정음사 1948
今古奇觀(2,3回) 樸文秀傳		世昌書局(1952), 大造社(1959)
今古奇觀(14편 번역)	조영암	정음사 1963
今古奇觀(7편 편역)	宋文	형설출판사 1992
금고기관(15편 편역)	김용식	미래문화사 2003
금고기관(3,7,21,33回 4편 번역)	최형섭	지식을 만드는 지식 2014

표 13 국내『금고기관』주요 번역 출판본(필사본) 작품 일람표

출판본 / 작품 목록	樂善齋	高大本	한국학	금고긔관	新舊書林	京城書籍	文昌社	匯東書局	大昌書院	博文書館	양건식	박태원	世昌大造	조영암	송문	김용식	최형섭
제1권「세효렴이 재산을 양보하여 높은 이름을 얻다(三孝廉讓產立高名)」					√						√				√	√	

출판본 / 작품 목록	樂善齋	高大本	한국학	금고기관	新舊書林	京城書籍	文昌社	滙東書局	大昌書院	博文書館	양건식	박태원	世昌大造	조영암	송문	김용식	최형섭
제2권 「두현령이 孤女에게 의리를 베풀어 결혼을 주선하다(兩縣令競義婚孤女)」													√	√	√	√	
제3권 「등대윤이 귀신과 얘기하여 가산을 판결 짓다(滕大尹鬼斷家私)」	√		√										√		√	√	√
제4권 「배진공이 약혼녀를 돌려보내주다(裴晉公義還原配)」					√	√									√		
제5권 「두십랑이 노해 보석 상자를 물속에 던지다(杜十娘怒沉百寶箱)」												√		√	√		

출판본 / 작품 목록	樂善齋	高大本	한국학	금고기관	新舊書林	京城書籍	文昌社	匯東書局	大昌書院	博文書館	양건식	박태원	世昌大造	조영암	송문	김용식	최형섭
제6권「이적선이 취해서 오랑캐를 겁주는 글을 짓다(李謫仙醉草嚇蠻書)」					√			√			√			√		√	
제7권「기름장수가 제일의 명기를 독차지하다(賣油郎獨占花魁)」				√								√		√			√
제8권「꽃을 좋아하는 노인이 화신을 만나다(灌園叟晚逢仙女)」														√	√	√	

출판본 / 작품 목록	樂善齋	高大本	한국학	금고기관	新舊書林	京城書籍	文昌社	滙東書局	大昌書院	博文書館	양건식	박태원	世昌大造	조영암	송문	김용식	최형섭
제9권「운 좋은 사내가 동정산의 귤을 팔아 횡재하다(轉運漢巧遇洞庭紅)」												√		√	√	√	
제10편「수전노가 채권자의 아들을 얻어 재산을 되돌려주다(看財奴刁買冤家主)」																√	
제11권「오보안이 집을 버리고 친구를 구하다(吳保安棄家贖友)」					√												

출판본 / 작품 목록	樂善齋	高大本	한국학	금고긔관	新舊書林	京城書籍	文昌社	匯東書局	大昌書院	博文書館	양건식	박태원	世昌大造	조영암	송문	김용식	최형섭
제12권 「양각애가 목숨을 버리고 우정을 지키다(羊角哀舍命全交)」					√		√					√					
제13권 「심소하가 출사표를 만나다(沈小霞相會出師表)」										√							
제14권 「낡은 삿갓을 쓴 송금이 다시 부인과 만나다(宋金郎團圓破氈笠)」		√															

출판본 / 작품 목록	樂善齋	高大本	한국학	금고기관	新舊書林	京城書籍	文昌社	滙東書局	大昌書院	博文書館	양건식	박태원	世昌大造	조영암	송문	김용식	최형섭
제15권 「才士 노남이 술과 시로 현령에게 오만을 부리다(盧太學詩酒傲公侯)」														√			
제16권 「이견공이 궁지에서 협객을 만나다(李汧公窮邸遇俠客)」												√		√			
제17권 「소소매가 신랑을 세 번 난처하게 하다(蘇小妹三難新郎)」					√											√	
제18권 「유원보가 두 아들을 얻다(劉元普雙生貴子)」		√			√												

출판본 / 작품 목록	樂善齋	高大本	한국학	금고긔관	新舊書林	京城書籍	文昌社	匯東書局	大昌書院	博文書館	양건식	박태원	世昌大造	조영암	송문	김용식	최형섭
제 19 권 「유백아가 거문고를 버리고 지음에게 감사하다(兪伯牙摔琴謝知音)」			√		√											√	
제 20 권 「장자휴가 장군을 두드리고 큰 도를 이루다(莊子休鼓盆成大道)」		√			√									√			

출판본 / 작품 목록	樂善齋	高大本	한국학	금고기관	新舊書林	京城書籍	文昌社	匯東書局	大昌書院	博文書館	양건식	박태원	世昌大造	조영암	송문	김용식	최형섭
제21권「늙은 선비가 삼대에 걸쳐 은혜에 보답하다(老門生三世報恩)」																	√
제22권「둔한 수재가 하루아침에 만사형통하다(鈍秀才一朝交泰)」	√																
제23권「장흥가가 진주 적삼을 다시 만나다(蔣興哥重會珍珠衫)」																	

출판본 작품 목록	樂善齋	高大本	한국학	금고기관	新舊書林	京城書籍	文昌社	滙東書局	大昌書院	博文書館	양건식	박태원	世昌大造	조영암	송문	김용식	최형섭
제24권 「진어사가 금비녀 사건을 절묘하게 조사하다(陳御史巧勘金釵鈿)」																	
제25권 「한 노복이 주인의 가업을 다시 일으키다(徐老僕義憤成家)」																√	
제26권 「채소저가 치욕을 참고 복수하다(蔡小姐忍辱報仇)」									√					√			
제27권 「정직한 수재가 남의 배필을 차지하다(錢秀才錯占鳳凰儔)」				√					√								

출판본 / 작품 목록	樂善齋	高大本	한국학	금고기관	新舊書林	京城書籍	文昌社	滙東書局	大昌書院	博文書館	양건식	박태원	世昌大造	조영암	송문	김용식	최형섭
제28권 「교태수가 남녀 세 쌍을 짝지어 주다(喬太守亂點鴛鴦譜)」																	
제29권 「원한을 품은 독한 노복이 주인을 고발하다(懷私怨狠僕告主)」																√	
제30권 「어버이의 은혜를 생각한 효녀가 아이를 감추다(念親恩孝女藏兒)」														√			

작품 목록 \ 출판본	樂善齋	高大本	한국학	금고긔관	新舊書林	京城書籍	文昌社	滙東書局	大昌書院	博文書館	양건식	박태원	世昌大造	조영암	송문	김용식	최형섭
제31권「여대랑이 주은 돈을 돌려주고 가족을 되찾다(呂大郎還金完骨肉)」																√	
제32권「금옥노가 박정한 남편을 몽둥이로 때리다(金玉奴棒打薄情郎)」		√									√			√		√	
제33권「당해원의 기상천외한 奇行(唐解元玩世出奇)」																√	√

출판본 / 작품 목록	樂善齋	高大本	한국학	금고기관	新舊書林	京城書籍	文昌社	滙東書局	大昌書院	博文書館	양건식	박태원	世昌大造	조영암	송문	김용식	최형섭
제34권「여수재의 대담무쌍한 智勇(女秀才移花接木)」														√			
제35권「왕교란이 큰 한을 품고 죽다(王嬌鸞百年長恨)」						√		√			√			√			
제36권「십삼랑이 다섯 살에 황제를 알현하다(十三郎五歲朝天)」																√	
제37권「최준신이 부용 병풍을 만나다(崔俊臣巧會芙蓉屏)」												√					

출판본 / 작품 목록	樂善齋	高大本	한국학	금고기관	新舊書林	京城書籍	文昌社	滙東書局	大昌書院	博文書館	양건식	박태원	世昌大造	조영암	송문	김용식	최형섭
제 38 권 「조현령의 처가 귤을 일부러 보내다(趙縣君喬送黃柑子)」												√					
제 39 권 「연금사의 꼬임에 빠져 가산을 탕진하다(誇妙術丹客提金)」																	
제 40 권 「재산을 뽐내며 흥청망청 쓰다(逞多財白丁橫帶)」																	

이상의 고찰을 통해 『금고기관』 40편은 조선시대부터 현재까지 국내에서 꾸준히 번역되었지만 40편을 전부 번역한 적은 없고 일부분인 두서너 편에서 많게는 조영암의 『금고기관』이 16편을 번역한 적이 있음을 알 수 있다.

조선시대에 번역된 필사본들은 권3 「등대윤귀단가사(滕大尹鬼斷家私)」, 권7 「매유랑독점화괴」, 권14 「송금랑단원파전립」, 권18 「유원보쌍생귀자(劉元普雙生貴子)」, 권19 「유백아솔금사지음(俞伯牙摔琴謝知音)」, 권20 「장자휴고분성대도(莊子休鼓盆成大道)」, 권22 「둔수재일조교태(鈍秀才一朝交泰)」, 권27 「전수재착점봉황주(錢秀才錯占鳳凰儔)」, 권32 「금옥노봉타박정랑」 등의 작품들이 있었음을 현재 확인할 수 있는데, 그 가운데 권3 「등대윤이 귀신과 얘기하여 가산을 판결 짓다(滕大尹鬼斷家私)」, 권18 「유원보가 두 아들을 얻다(劉元普雙生貴子)」, 권20 「장자휴가 장군을 두드리고 큰 도를 이루다(莊子休鼓盆成大道)」등이 비교적 많이 번역된 것을 보면 이 작품들에 대한 당시 사람들의 관심과 인기가 매우 높았음을 알 수 있다.

그러나 표를 통해 알 수 있듯이 『금고기관』은 일제 강점기에 들어 신구서림의 박건회와 작가 양건식, 박태원 등의 인물들에 의해 주로 많이 번역되었음을 볼 수 있다. 저작자 겸 발행인인 박건회와 소설가이자 번역가였던 양건식이 신구서림을 중심으로 여러 출판사에서 주로 중국고전소설들을 번역, 번안하였다면 당시 꽤 유명한 시인이자 소설가 등으로 활약했던 박태원은 동서양의 여러 소설 작품들을 무수히 번역하는 가운데 동양고전인 『금고기관』도 그 속에 포함시켰다. 이처럼 우리나라 근대 전환기에 『금고기관』의 번역 내지는 번안이 성행한 것은 근대 작가들이 신소설 창작을 위한 모티브로 활용한 까닭인데,[39] 앞에서 거론한 작가들 외에도

---

39 이 방면의 논문으로 정명기, 「한국 야담류 문학과 중국 측 문헌 자료의 관련양상-

신소설 작가로 유명한 이해조를 비롯해 박이양, 이규용, 이광하 등도 『금고기관』 속의 많은 작품들을 번안한 것으로 알려져 있다.[40]

그 다음 해방 후의 번역본으로는 조영암의 『금고기관』을 꼽을 수 있다. 정음사에서 1963년에 초판 발행한 이 책은 조영암이 일본인이 번역한 역서를 그대로 번역한 중역본으로 알려졌지만[41] 여하튼 한 책에서 16편의 작품을 원본에 충실해 번역하였기에 그가 후기에서 밝힌 대로 우리나라에서는 처음으로 『금고기관』을 완역한 것으로 평가된다. 그러나 그 가운데 『금고기관』에 실리지 않은 삼언 속의 두 작품인 「백부인기(白夫人記)」는 삼언 『경세통언』 권28의 「백낭자영진뢰봉탑(白娘子永鎭雷峯塔)」의 번역이고, 「오공자기(吳公子記)」는 『성세항언』 권28의 「오아내린주부약(吳衙內鄰舟赴約)」의 번역이기에 사실 『금고기관』은 모두 합쳐 14편을 번역한 셈이다. 그리고 2003년에 나온 김용식의 『금고기관』도 그간 삼언이박을 통해 많이 번역된 작품을 제외한 15편이란 많은 편수를 소개하느라 지나치게 축약했기에 원본의 면모를 완전히 번역해내지 못하였다. 그 이후의 번역서들도 모두 몇몇 작품들을 번역하거나 편역한 것들이다.

조선시대부터 현재까지 진행된 한국인의 『금고기관』 번역의 특징이라면 우리의 관심 및 기호와 전통적 가치관에 의거해 몇몇 작품들에만 치중

『양은천미』와 『금고기관』의 관계를 중심으로」, 『어문학연구』 31, 2005. 그리고 이경림, 「근대 초기 『금고기관』의 수용양상에 관한 연구」, 『한국근대문학연구』 27, 2013 등이 있다. - 박진영, 「중국문학 번역의 분기와 이분화」, 『동방학지』 166집, 2014, 242쪽 참고.

40 이에 대해서는 김종욱의 「이해조 소설과 『금고기관』의 관련양상」(『인문논총』 74권, 2017) 참고.

41 조영암의 번역본은 일본의 平凡社에서 1948년에 출판된 『금고기관』을 다시 번역한 것임은 학계에 널리 알려진 사실이다. 이에 대해서는 신동일, 「한국고전소설에 미친 명대단편소설의 영향」, 서울대 박사학위논문, 57쪽. 또 서유경, 「고전소설 신자료 牀下俠客傳 연구」, 『한국문화』80, 2017, 53쪽 참고.

하여 선택적으로 번역하였다는 점이다.[42] 그리하여 『금고기관』 40편 작품 가운데 탁월한 문학성과 사상성으로 인해 중국에서 가장 인기가 높은 제5권 「두십랑이 노해 보석 상자를 물속에 던지다(杜十娘怒沉百寶箱)」, 제7권 「기름장수가 제일의 명기를 독차지하다(賣油郎獨占花魁)」, 제23권 「장흥가가 진주 적삼을 다시 만나다(蔣興哥重會珍珠衫)」, 제28권 「교태수가 남녀 세 쌍을 짝지어주다(喬太守亂點鴛鴦譜)」등이 중국에서는 최고의 걸작으로 평가되어 많이 읽혀졌지만[43] 우리나라의 경우는 양상이 달랐다.

우리나라에서는 삼언과 『금고기관』 가운데 비교적 유명한 제23권 「장흥가가 진주 적삼을 다시 만나다」과 제28권 「교태수가 남녀 세 쌍을 짝지어주다」등은 아예 번역된 바가 거의 없다.[44] 그 이유는 두 작품이 도덕적 측면에서 우리가 허용하기 어려웠던 때문으로 판단된다.

주지하다시피 「장흥가가 진주 적삼을 다시 만나다」는 유부남유부녀의 간통을 다루었을 뿐 아니라 불륜한 아내를 남편이 다시 받아주는 내용이라 당시 유교 국가 조선의 백성들이 수용하기 힘든 측면이 있다.

그리고 「교태수가 남녀 세 쌍을 짝지어주다」도 태수가 봉건예교와 전통적인 도덕관에서 벗어난 청춘남녀간의 불륜을 이해하여 용납하는 내용으로 당시의 혼인제도를 조소하는 듯하기에 당시 조선 사회의 도덕관에서는 쉽게 받아들이기가 어려웠을 것이다.

---

42 특히 조선시대의 『금고기관』 번역의 특징은 원전의 내용을 임의대로 압축하여 줄인 縮譯의 형태가 많이 진행되었다. 이에 대해서는 민관동, 『조선시대 중국고전소설의 출판본과 번역본 연구』, 학고방, 2013, 274쪽 참고.

43 胡雲翼 지음. 장기근 옮김, 『중국문학사』, 문교부, 1961, 332쪽.

44 이는 일본인의 번역을 재번역한 조영암의 정음사 판본도 마찬가지인 것을 보면 당시 일본인들의 성향도 우리와 거의 비슷하였음을 알 수 있다. 물론 현대에 들어와 이런 성향은 없어졌고, 이미 삼언 번역본(이를테면 최병규, 『삼언』, 창해, 2002. 또 김진곤, 『강물에 버린 사랑』, 예문서원, 2002) 등을 통해 이런 작품들이 많이 번역되었기에 한국인들이 다시 번역하지 않은 것일 수도 있다.

실제 중국에서도 청 동치 연간에 『금고기관』은 금서목록에 들어가 청 췌정영각(萃精英閣) 판본 『금고기관』 목록에는 제23권 「장흥가중회진주삼」과 제28권 「교태수란점원앙보」 아래에 "奉憲抽禁(봉헌추금, 즉 법령을 받들어 금서로 뽑음)"이란 말이 붙어있었고, 본문에도 이 두 작품은 삭제된 체 출판되기도 하였다.

또 가경, 도광 연간 출현한 『수진 수상 금고기관 전전(袖珍繡像 今古奇觀 全傳)』에도 제7권 「꽃을 좋아하는 노인이 화신을 만나다(灌園叟晩逢仙女)」, 제10권 「여수재의 대담무쌍한 지용(女秀才移花接木)」, 제14권 「여대랑이 주운 돈을 돌려주고 잃은 아들을 되찾다(呂大郎還金完骨肉)」 등이 신선을 묘사해 황당무계하거나 봉건예교의 미풍양속을 해치고 조정을 풍자하는 내용이라 하여 회목과 내용이 완전히 삭제되기도 하였다.

그러나 동치, 광서 연간에 출판된 동문당본(同文堂本)과 선성당본(善成堂本) 등의 청말 간본에서는 제23권과 제28권 아래에 '추금'이란 말도 붙어있지 않고 본문도 여전히 실려 있는데, 이는 청말로 들어오면 금서령이 엄격히 지켜지지 않았기 때문으로 보인다.[45]

그 밖에도 우리말 『금고기관』 번역의 특징이라 할 수 있는 이런 선택적인 번역은 번역자가 번역 작품들을 우리의 취향에 따라 선택하였을 뿐 아니라 원본의 내용도 우리의 도덕적 관점에 맞게 의도적으로 변형하기도 하였다.

이를테면 낙선재본에 수록된 『금고기관』 권3의 「등대윤귀단가스」의 예를 들면 원본에서는 예태수의 큰아들 선계(善繼)가 적실(嫡室) 진씨(陳氏)의 아들이지만 번역본에서는 그를 양자로 고쳤다. 이는 번역자가 한국적 윤리관에 의거해 선계가 어린 동생 선술(善述)을 구박한 것은 선계가

45 이에 대해서는 羅淩馮, 「寶翰樓刻本『今古奇觀』影印後記」, 百度 騰訊網, 『古代小說硏究』 企鵝號, 發布時間: 2021-11-14 07:39 참조.

서자였기 때문임을 강조하면서 우리의 뿌리 깊은 적자의식을 반영하였다. 다시 말해 우리의 가치관에서는 원본에서처럼 적자가 악행을 저지르는 것을 받아들이기 어려웠던 것이다. 그 밖에도 조선시대 한국인들이 중국의 백화체를 잘 이해하지 못해 발생한 번역상의 오류도 종종 있었는데, 이에 대해서는 이미 선행된 연구 논문이 있어 구체적인 언급을 줄인다.[46]

다만 『금고기관』이 지닌 본래의 사상과 의도를 무시한 우리의 자의적 해석과 번안은 자칫 이 작품의 진보적인 사상과 진의(眞意)를 간과하거나 곡해할 수 있어 주의가 필요할 것이다. 이를테면 삼언의 진정한 가치는 당시 시민계층의 진보적인 사상을 반영한 것이며, 『금고기관』은 비록 전통적 가치를 중시하면서도 삼언의 이런 진보적 사상을 가능한 계승하고자 하였으니 그 대표적인 작품이 바로 여성의 혼외정사를 관대한 시각으로 바라본 「장흥가중회진주삼」과 청춘남녀들의 자유연애를 옹호한 「교태수란점원앙보」라고 할 수 있기 때문이다. 이 밖에 우리나라 근대시기 『금고기관』의 수용양상에 대해서는 다음 장(제6장. 『금고기관』의 가치, 4. 한중 고전문학 및 신문학 창작에 영향)에서 다시 자세히 논의하고자 한다.

46 이에 대해서는 이혜순, 「한국고대번역소설연구서설-낙선재본 금고긔관을 중심으로」, 『장덕순선생 화갑기념-한국고전산문연구』, 동화문화사, 1981, 225~230쪽 참고.

『금고기관』의 편찬 방식과 미학관

1. 『금고기관』의 편찬 모식

『금고기관』의 편찬모식을 알아보기 위해 우선 40편 작품들의 제목과 원전의 제목을 비교해보면 다음과 같다.

표 14 『금고기관』 40편 작품 제목과 원전 출처 및 원제목

『금고기관』 작품 제목	작품별 출처 및 원제목
제1권 「세 효렴이 재산을 양보하여 높은 이름을 얻다(三孝廉讓產立高名)」	『醒世恒言』 卷二 「三孝廉讓產立高名」
제2권 「두 현령이 孤女에게 의리를 베풀어 결혼을 주선하다(兩縣令競義婚孤女)」	『醒世恒言』 卷一 「兩縣令競義婚孤女」

『금고기관』 작품 제목	작품별 출처 및 원제목
제3권「등대윤이 귀신과 얘기하여 가산을 판결 짓다(滕大尹鬼斷家私)」	『喩世明言』第十卷「滕大尹鬼斷家私」
제4권「배진공이 약혼녀를 돌려보내주다(裴晉公義還原配)」	『喩世明言』第九卷「裴晉公義還原配」
제5권「두십랑이 노해 보석 상자를 물속에 던지다(杜十娘怒沉百寶箱)」	『警世通言』第三十二卷「杜十娘怒沉百寶箱」
제6권「이적선이 취해서 오랑캐를 겁주는 글을 짓다(李謫仙醉草嚇蠻書)」	『警世通言』第九卷「李謫仙醉草嚇蠻書」
제7권「기름장수가 제일의 명기를 독차지하다(賣油郎獨占花魁)」	『醒世恒言』卷三「賣油郎獨占花魁」
제8권「꽃을 좋아하는 노인이 화신을 만나다(灌園叟晩逢仙女)」	『醒世恒言』卷四「灌園叟晩逢仙女」
제9권「운 좋은 사내가 동정산의 귤을 팔아 횡재하다(轉運漢巧遇洞庭紅)」	『拍案驚奇』卷一「轉運漢遇巧洞庭紅 波斯胡指破鼉龍殼」
제10편「수전노가 채권자의 아들을 얻어 재산을 되돌려주다(看財奴刁買冤家主)」	『拍案驚奇』卷三十五「訴窮漢暫掌別人錢 看財奴刁買冤家主」
제11권「오보안이 집을 버리고 친구를 구하다(吳保安棄家贖友)」	『喩世明言』第八卷「吳保安棄家贖友」
제12권「양각애가 목숨을 버리고 우정을 지키다(羊角哀舍命全交)」	『喩世明言』第七卷「羊角哀舍命全交」
제13권「심소하가 출사표를 만나다(沈小霞相會出師表)」	『喩世明言』第四十卷「沈小霞相會出師表」
제14권「낡은 삿갓을 쓴 송금이 다시 부인과 만나다(宋金郎團圓破氈笠)」	『警世通言』第二十二卷「宋小官團圓破氈笠」

『금고기관』 작품 제목	작품별 출처 및 원제목
제15권 「才士 노남이 술과 시로 현령에게 오만을 부리다(**盧太學詩酒傲公侯**)」	『醒世恒言』 卷二十九 「盧太學詩酒傲公侯」
제16권 「이견공이 궁지에서 협객을 만나다(**李汧公窮邸遇俠客**)」	『醒世恒言』 卷三十 「李汧公窮邸遇俠客」
제17권 「소소매가 신랑을 세 번 난처하게 하다(**蘇小妹三難新郎**)」	『醒世恒言』 卷十一 「蘇小妹三難新郎」
제18권 「유원보가 두 아들을 얻다(**劉元普雙生貴子**)」	『拍案驚奇』 卷二十 「李克讓竟達空函 劉元普雙生貴子」
제19권 「유백아가 거문고를 버리고 지음에게 감사하다(**俞伯牙摔琴謝知音**)」	『警世通言』 第一卷 「俞伯牙摔琴謝知音」
제20권 「장자휴가 장군을 두드리고 큰 도를 이루다(**莊子休鼓盆成大道**)」	『警世通言』 第二卷 「莊子休鼓盆成大道」
제21권 「늙은 선비가 삼대에 걸쳐 은혜에 보답하다(**老門生三世報恩**)」	『警世通言』 第十八卷 「老門生三世報恩」
제22권 「둔한 수재가 하루아침에 만사형통하다(**鈍秀才一朝交泰**)」	『警世通言』 第十七卷 「鈍秀才一朝交泰」
제23권 「장흥가가 진주 적삼을 다시 만나다(**蔣興哥重會珍珠衫**)」	『喩世明言』 第一卷 「蔣興哥重會珍珠衫」
제24권 「진어사가 금비녀 사건을 절묘하게 조사하다(**陳御史巧勘金釵鈿**)」	『喩世明言』 第二卷 「陳御史巧勘金釵鈿」
제25권 「한 노복이 주인의 가업을 다시 일으키다(**徐老僕義憤成家**)」	『醒世恒言』 卷三十五 「**徐老僕義憤成家**」
제26권 「채소저가 치욕을 참고 복수하다(**蔡小姐忍辱報仇**)」	『醒世恒言』 卷三十六 「蔡瑞虹忍辱報仇」

『금고기관』 작품 제목	작품별 출처 및 원제목
제27권 「정직한 수재가 남의 배필을 차지하다(**錢秀才錯占鳳凰儔**)」	『醒世恒言』 卷七 「錢秀才錯占鳳凰儔」
제28권 「교태수가 남녀 세 쌍을 짝지어주다(**喬太守亂點鴛鴦譜**)」	『醒世恒言』 卷八 「喬太守亂點鴛鴦譜」
제29권 「원한을 품은 독한 노복이 주인을 고발하다(**懷私怨狠僕告主**)」	『拍案驚奇』 卷十一 「惡船家計賺假屍銀 狠僕人誤投真命狀」
제30권 「어버이의 은혜를 생각한 효녀가 아이를 감추다(**念親恩孝女藏兒**)」	『拍案驚奇』 卷三十八 「占家財狠婿妒侄 延親脈孝女藏兒」
제31권 「여대랑이 주은 돈을 돌려주고 가족을 되찾다(**呂大郎還金完骨肉**)」	『警世通言』 第五卷 「呂大郎還金完骨肉」
제32권 「금옥노가 박정한 남편을 몽둥이로 때리다(**金玉奴棒打薄情郎**)」	『喩世明言』 第二十七卷 「金玉奴棒打薄情郎」
제33권 「당해원의 기상천외한 奇行(唐解元玩世出奇)」	『警世通言』 第二十六卷 「唐解元一笑姻緣」
제34권 「여수재의 대담무쌍한 智勇(**女秀才移花接木**)」	『二刻拍案驚奇』 卷十七 「同窗友認假作真 女秀才移花接木」
제35권 「왕교란이 큰 한을 품고 죽다(**王嬌鸞百年長恨**)」	『警世通言』 第三十四卷 「王嬌鸞百年長恨」
제36권 「십삼랑이 다섯 살에 황제를 알현하다(**十三郎五歲朝天**)」	『二刻拍案驚奇』 卷五 「襄敏公元宵失子 十三郎五歲朝天」
제37권 「최준신이 부용 병풍을 만나다(**崔俊臣巧會芙蓉屛**)」	『拍案驚奇』 卷二十七 「顧阿秀喜舍檀那物 崔俊臣巧會芙蓉屛」
제38권 「조현령의 처가 귤을 일부러 보내다(**趙縣君喬送黃柑子**)」	『二刻拍案驚奇』 卷十四 「趙縣君喬送黃柑 吳宣教幹償白鏹」

『금고기관』 작품 제목	작품별 출처 및 원제목
제39권「연금사의 꼬임에 빠져 가산을 탕진하다(**誇妙術丹客提金**)」	『拍案驚奇』卷十八「丹客半黍九還 富翁千金一笑」
제40권「재산을 뽐내며 흥청망청 쓰다(**逞多財白丁横帶**)」	『拍案驚奇』卷二十二「錢多處白丁横帶 運退時刺史當稍」

이상을 통해 『금고기관』 40편의 제목은 삼언·이박의 원제목을 그대로 옮긴 것이 아니라 40편 전부가 상하 두 편씩 정확한 대구를 이루도록 정교하게 편집되었음을 알 수 있다.

이를테면 제1편 "삼효렴양산립고명(三孝廉讓產立高名)"과 제2편 "양현령경의혼고녀(兩縣令競義婚孤女)"는 "삼효렴"과 "양현령", "양산과 경의", 그리고 "입고명"과 "혼고녀" 모두가 정교한 대구를 이루는데, 이런 대구는 제40편 끝까지 하나도 예외 없이 모두 이뤄지고 있다.

여기서 삼언의 경우는 자구만 약간 변경하였지만 이박의 경우엔 두 구절의 제목을 내용을 잘 요약한 하나의 구로 줄였을 뿐 아니라 제목 이름도 상당부분 변경하였음을 알 수 있다.

예를 들어 삼언의 경우를 보면 『금고기관』 제14권 「낡은 삿갓을 쓴 송금랑이 다시 부인과 만나다(宋金郎團圓破氈笠)」는 원제목인 『경세통언』 제22권 「낡은 삿갓을 쓴 송소관이 다시 부인과 만나다(宋小官團圓破氈笠)」에서 "송소관"을 "송금랑"으로 고쳤다.

이런 현상은 『금고기관』 제26권 「채소저가 치욕을 참고 복수하다(蔡小姐忍辱報仇)」와 제33권 「당해원의 기상천외한 기행(奇行)(唐解元玩世出奇)」에서도 나타나는데, 이를테면 "채소저"는 "채서홍(蔡瑞虹)"을 변경한 것이고, "완세출기(玩世出奇)"는 "일소인연(一笑姻緣)"을 변경한 것이다.

이런 제목상의 변경은 비단 대구만을 위한 것이 아니라 제목의 변경을 통해 작품의 성격을 편찬자가 원하는 방향으로 개조하여 내용상으로도 대우를 꾀하기 위함이기도 하다.

이를 구체적으로 설명하자면 제14권에서 "송소관"을 "송금랑"으로 고치고 제26권의 "채서홍"을 "채소저"로 고친 것은 제13권 「심소하가 출사표를 만나다(沈小霞相會出師表)」에서의 "심소하"와 제25권 「서씨의 노복이 주인의 가업을 다시 일으키다(徐老僕義憤成家)」에서의 "서노복(徐老僕)"과의 완벽한 대구를 만들기 위함이다.

왜냐하면 "송금랑"은 "심소하"와 같이 모두 아명(兒名)을 채택한 것일 뿐 아니라, 대구를 위해서도 "심소하"와 "송소관"은 운율상 그리 걸맞지 않기 때문이다. 그리고 "채서홍"을 "채소저"로 바꾼 것은 제25권의 "서노복"과의 완벽한 대구를 위해 "채서홍"이란 이름보다는 "채소저"라는 신분을 택함으로서 '노복'과 '아씨'라는 대구 형태를 취한 것이다.

그리고 제33권 「당해원의 기상천외한 기행(唐解元玩世出奇)」에서 원작 "일소인연"을 "완세출기"로 바꾼 것은 제34권 「여수재의 대담무쌍한 지용(女秀才移花接木)」과 함께 두 작품이 모두 재기 있는 남녀의 기행을 담고자 한 내용상의 완벽한 대우를 취하고자 한 때문이다.

다시 말해 "일소인연"은 결혼에 중점을 두었지만 "완세출기"는 당백호의 기행에 중점을 둔 것이기에 그 아래편의 여수재의 기행과 내용상으로도 완벽한 대우 형태를 이룰 수 있는 것이다. 이처럼 『금고기관』 40편의 제목에 대한 고찰을 통해 편찬자는 제목의 형식은 물론 제목의 내용에 있어서도 완벽한 대우 상태를 취하고자 한 고심(苦心)을 읽을 수가 있다.

『금고기관』 40편의 편찬 모식을 진일보 알아보기 위해 40편 전 작품의 원전 출처와 주요 내용, 그리고 대우(對偶) 상황 등을 일목요연하게 표로 정리하면 다음과 같다.

표 15 『금고기관』 40편 작품의 원전 출처와 주요 내용 및 對偶 상황

원전 출처	작품 제목	주요 내용	對偶 작품	對偶 형식
『醒世恒言』	제1권 「세 효렴이 재산을 양보하여 높은 이름을 얻다(三孝廉讓產立高名)」	형제간의 우애	제3권	隔篇 대우
『醒世恒言』	제2권 「두 현령이 고아가 된 처녀에게 의리를 베풀어 결혼을 주선하다(兩縣令競義婚孤女)」	어진 현령의 결혼 주선	제4권	隔篇 대우
『喻世明言』	제3권 「등대윤이 귀신과 얘기하여 가산을 판결 짓다(滕大尹鬼斷家私)」	형제간의 다툼	제1권	隔篇 대우
『喻世明言』	제4권 「배진공이 약혼녀를 돌려보내주다(裴晉公義還原配)」	어진 사대부의 결혼 주선	제2권	隔篇 대우
『警世通言』	제5권 「두십랑이 노해 보석 상자를 물속에 던지다(杜十娘怒沉百寶箱)」	기생을 버린 선비 박정한 남자	제7권	隔篇 대우
『警世通言』	제6권 「이적선이 취해서 오랑캐를 겁주는 글을 짓다(李謫仙醉草嚇蠻書)」	신선이 된 風流 문인	제8권	隔篇 대우
『醒世恒言』	제7권 「기름장수가 제일의 명기를 독차지하다(賣油郎獨占花魁)」	기생을 존중한 상인	제5권	隔篇 대우

원전 출처	작품 제목	주요 내용	對偶 작품	對偶 형식
『醒世恒言』	제8권 「꽃을 좋아하는 노인이 화신을 만나다(灌園叟晩逢仙女)」	신선이 된 花癡 노인	제6권	隔篇 대우
『拍案驚奇』	제9권 「운 좋은 사내가 동정산의 귤을 팔아 횡재하다(轉運漢巧遇洞庭紅)」	금전적 욕망을 추구	제10편	上下篇 대우
『拍案驚奇』	제10권 「수전노가 채권자의 아들을 얻어 재산을 되돌려주다(看財奴刁買冤家主)」	금전적 욕망을 경계	제9권	上下篇 대우
『喩世明言』	제11권 「오보안이 집을 버리고 친구를 구하다(吳保安棄家贖友)」	친구간의 우정	제12권	上下篇 대우
『喩世明言』	제12권 「양각애가 목숨을 버리고 우정을 지키다(羊角哀舍命全交)」	친구간의 우정	제11권	上下篇 대우
『喩世明言』	제13권 「심소하가 출사표를 만나다(沈小霞相會出師表)」	관리간의 정치 투쟁 사건(정직한 관리와 악한 관리)	제15권	隔篇 대우
『警世通言』	제14권 「낡은 삿갓을 쓴 송금이 다시 부인과 만나다(宋金郎團圓破氈笠)」	賢妻로 인한 가정의 대단원(부부관계)	제16권	隔篇 대우
『醒世恒言』	제15권 「才士 노남이 술과 시로 현령에게 오만을 부리다(盧太學詩酒傲公侯)」	관리와 문인간의 투쟁 사건	제13권	隔篇 대우

원전 출처	작품 제목	주요 내용	對偶 작품	對偶 형식
『醒世恒言』	제16권「이견공이 궁지에서 협객을 만나다(李汧公窮邸遇俠客)」	惡妻로 인한 패가망신(부부관계)	제14권	**隔篇 대우**
『醒世恒言』	제17권「소소매가 신랑을 세 번 난처하게 하다(蘇小妹三難新郎)」	재기 있는 여성을 찬양	제34권	
『拍案驚奇』	제18권「유원보가 두 아들을 얻다(劉元普雙生貴子)」	결혼을 주선해 음덕을 받는 사대부	제2,4권	
『警世通言』	제19권「유백아가 거문고를 버리고 지음에게 감사하다(俞伯牙摔琴謝知音)」	知己 간의 우정	제11, 12권	
『警世通言』	제20권「장자휴가 장군을 두드리고 큰 도를 이루다(莊子休鼓盆成大道)」	惡妻로 인한 부부관계의 파탄과 무상함(부부관계)	제14, 16권	
『警世通言』	제21권「늙은 선비가 삼대에 걸쳐 은혜에 보답하다(老門生三世報恩)」	한 선비가 오랜 기간의 고난 끝에 결국 성공하는 이야기	제22권	**上下篇 대우**
『警世通言』	제22권「둔한 수재가 하루아침에 만사형통하다(鈍秀才一朝交泰)」	한 선비가 오랜 기간의 고난 끝에 결국 성공하는 이야기	제21권	**上下篇 대우**

원전 출처	작품 제목	주요 내용	對偶 작품	對偶 형식
『喩世明言』	제23권「장흥가가 진주 적삼을 다시 만나다(蔣興哥重會珍珠衫)」	어진 지현이 남녀 문제를 해결. 여주인공 왕삼교의 간음, 착한 남자 장흥가, 절묘한 구성(부부관계)	제24권	上下篇 대우
『喩世明言』	제24권「진어사가 금비녀 사건을 절묘하게 조사하다(陳御史巧勘金釵鈿)」	지혜로운 지현이 남녀 문제를 해결. 남주인공 양상빈의 간음, 착한 남자 노학증, 절묘한 구성	제23권	上下篇 대우
『醒世恒言』	제25권「한 노복이 주인의 가업을 다시 일으키다(徐老僕義憤成家)」	봉건예교에 입각한 충직한 노복의 충의비를 찬양.	제26, 29권	上下篇 대우 隔兩篇대우
『醒世恒言』	제26권「채소저가 치욕을 참고 복수하다(蔡小姐忍辱報仇)」	봉건예교에 입각한 당찬 부녀의 열녀비를 찬양.(장한 딸의 이야기)	제25, 30권	上下篇 대우 隔兩篇대우
『醒世恒言』	제27권「정직한 수재가 남의 배필을 차지하다(錢秀才錯占鳳凰儔)」	뒤바뀐 신랑 신부의 이야기	제28권	上下篇 대우

원전 출처	작품 제목	주요 내용	對偶 작품	對偶 형식
『醒世恒言』	제28권「교태수가 남녀 세 쌍을 짝지어주다(喬太守亂點鴛鴦譜)」	뒤바뀐 신랑 신부의 이야기	제27권	上下篇 대우
『拍案驚奇』	제29권「원한을 품은 독한 노복이 주인을 고발하다(懷私怨狠僕告主)」	독한 노비에 관한 인과응보의 이야기	제25권	隔兩篇대우
『拍案驚奇』	제30권「어버이의 은혜를 생각한 효녀가 아이를 감추다(念親恩孝女藏兒)」	착한 딸로 인해 가정이 화목해진 이야기	제26권	隔兩篇대우
『警世通言』	제31권「여대랑이 주은 돈을 돌려주고 가족을 되찾다(呂大郎還金完骨肉)」	형제간의 인과응보에 관한 이야기	제1,3권	
『喩世明言』	제32권「금옥노가 박정한 남편을 몽둥이로 때리다(金玉奴棒打薄情郎)」	배은망덕하고 박정한 남자와 열녀의 이야기(부부관계)	제35권	隔兩篇대우
『警世通言』	제33권「당해원의 기상천외한 奇行(唐解元玩世出奇)」	*풍류재자 남아의 奇行	제34권	上下篇 대우
『二刻拍案驚奇』	제34권「여수재의 대담무쌍한 智勇(女秀才移花接木)」	*기특한 재녀의 奇行	제33권	上下篇 대우
『警世通言』	제35권「왕교란이 큰 한을 품고 죽다(王嬌鸞百年長恨)」	재물과 색을 탐해 연인을 배신한 남성을 징벌	제32권	隔兩篇대우

원전 출처	작품 제목	주요 내용	對偶 작품	對偶 형식
『二刻拍案驚奇』	제36권 「십삼랑이 다섯 살에 황제를 알현하다(十三郞五歲朝天)」	원소절에 납치되었다가 機智로 탈출한 神童과 몸을 잃은 處女 이야기로 **처신에 대한 경계**	제37권	유사 작품
『拍案驚奇』	제37권 「최준신이 부용 병풍을 만나다(崔俊臣巧會芙蓉屛)」	재앙으로 파경을 맞은 정절 부부의 결합(부부관계)으로 **처신에 대한 경계**	제14, 16, 20, 23, 32, 37권	유사 작품
『二刻拍案驚奇』	제38권 「조현령의 처가 귤을 일부러 보내다(趙縣君喬送黃柑子)」	꽃뱀에게 당해 큰 재물을 잃고 요절한 귀족 자제의 사연으로 색욕을 경계	제39, 40권	**유사 작품**
『拍案驚奇』	제39권 「연금사의 꼬임에 빠져 가산을 탕진하다(誇妙術丹客提金)」	연금술사의 꼬임에 재산을 날리는 부자의 내용으로 물욕과 색욕을 경계	제38, 40권	**유사 작품**

원전 출처	작품 제목	주요 내용	對偶 작품	對偶 형식
『拍案驚奇』	제40권「재산을 뽐내며 흥청망청 쓰다(逞多財白丁橫帶)」	부잣집 자제가 거액으로 관직을 사서 나쁜 짓을 일삼다 결국 관직과 재산을 모두 잃는 내용	제38, 39권	**유사 작품**

주지하는 바와 같이『금고기관』40편의 원전 출처는『유세명언』에서 8편,『경세통언』에서 10편,『성세항언』에서 11편을 선정하였으며, 그리고 이박에서는『박안경기초각』에서 8편,『이각박안경기』에서 3편이 선택되었다. 이처럼 편찬자는 삼언에서 29편을 수록하였고, 이박에서 11편을 채택하였다.

따라서 개괄적으로 말하자면 위 표에서도 보듯『금고기관』편찬자는 삼언·이박 가운데 삼언을 더 중시하였고, 삼언 가운데에도 비교적 늦게 출현한『경세통언』과『성세항언』에 더 큰 비중을 두었으며, 그 가운데에도 가장 늦게 출현한『성세항언』을 더 중시하였음을 알 수 있다.

왜냐하면 대체로 책의 맨 첫머리를 장식하는 작품은 작가가 가장 아끼거나 책의 종지(宗旨)를 잘 드러낸 작품으로 볼 수 있는데, 위 두 표를 통해 보면『금고기관』은 맨 처음에『성세항언』,『유세명언』,『경세통언』의 순서대로 각각 2편씩을 골고루 채택한 후에 다시『성세항언』에서 2편을 더 뽑아 실었을 뿐 아니라『성세항언』은 삼언 속 다른 작품『유세명언』과『경세통언』과는 달리 유일하게 제1편부터 제4편까지 모두 실었기 때문이다.

반면 이박은『초각박안경기』에 실린 몇 편을 제외하면 주로『금고기관』40편 가운데 후반부에서야 등장하며, 그 가운데 특히『이각박안경기』

는 책의 마무리 부분에서야 비로소 연이어 3편이 실리게 된 점을 보면 삼언·이박 각 작품들에 대한 『금고기관』 편찬자의 관심도의 경중을 짐작할 수가 있게 된다.

『금고기관』 편찬모식에 나타난 주요 특징은 편찬자가 삼언·이박의 『성세항언』, 『유세명언』, 『경세통언』, 『박안경기초각』, 『이각박안경기』 5부의 책에서 선록한 40편의 작품들을 유사한 내용에 따라 대체로 각 부별로 2편씩을 선택하여 수록하고 있다는 점이다.[1]

그러나 편찬자가 시작부터 끝까지 각 부별로 2편씩 균등하게 소개한 것은 아니고 이런 편찬모식은 초반부에 해당하는 제10편까지만 적용되었으며, 제11편 이후부터는 각 부별로 주로 3편씩을 골라 싣다가 나중에는 4편씩을 골라 싣기도 하였지만 중간 중간에 다른 작품들을 1,2편씩 삽입하기도 하였다.

그리하여 40편 매 작품들의 내용이 각각 독립된 것이 아니라 두 작품 내지는 서너 작품별로 상호 유사한 내용으로 얽혀 서로 대우(즉 대칭)를 형성하고 있는 작품들이 많다는 것이다.

---

1 『금고기관』 편찬모식에 나타난 이러한 대우 현상에 대해 가장 먼저 발표한 논문은 일본인 福滿正博이 쓴 논문이며, 이를 다시 인용한 국내 학자와 홍콩학자의 공동논문도 있다. 후자인 공동논문에서는 日人의 논문 내용을 인용하여 다음과 같이 기술하고 있다. - "我們只要細心分析『今古奇觀』的編排手法, 便會發現其不但在卷目上呈現了每兩卷卷目對偶的形式, 而且在內容上也出現了兩兩相對偶的現象. 而這些對應又可分為兩大類: 一是'正對偶', 一是'反對偶'. '正對偶'即是指兩個故事有著相類之處, 或是結局相同或是寓意相類. '反對偶'則是指兩個故事在一個重要方面以相反的內容同另一篇故事構成對偶. 出現這種編排手法主要是因為單篇的主題不易理解, 採取對偶排列, 主題更其鮮明. 或者可以說是中國傳統的思考方式和表現技巧的對偶法在小說編纂方面的應用吧." - 조은상·吳學忠, 「『今古奇觀』的編纂模式與編纂特色 — 以卷五至卷八的四個小說故事爲主」, 『중국어문논총』 제52집, 2012, 182쪽. 그들이 인용한 논문은 福滿正博, 「『古今小說』的編纂方法 — 關於它的對偶結構」, 馬正方譯, 『文藝論叢』 第22期, 上海: 上海文藝出版社, 1985年, 374~383쪽 참고.

이는 비단 작품의 내용에서뿐만 아니라 작품 제목에 있어서도 서로 대구를 이루어 40편 작품들이 삼언·이박 원제목을 수정하여 상하 두 작품이 모두 서로 정교한 대구를 이루도록 일목요연하게 편집되었다. 『금고기관』 작품 내용을 통해 본 대우의 모식을 구체적으로 논의하면 다음과 같다.

우선 제1편에서 제8편까지는 『성세항언』, 『유세명언』, 『경세통언』, 『박안경기초각』에서 각각 2편씩을 뽑아 서로 유사한 내용끼리 한 작품씩 건너 뛰어 서로 대우의 형식을 취하는 '격편(隔篇)' 대우를 이루고 있다. 다시 말해 홀수는 홀수끼리 짝수는 짝수끼리 대우를 이루고 있어, 제1편과 제3편, 제2편과 제4편, 제5편과 제7편, 제6편과 제8편의 내용이 서로 유사하여 대우를 이루고 있다. 그리고 제9편에서 제12편까지는 위아래 상하편의 내용이 두 편씩 서로 대우를 이루는 '상하편(上下篇)' 대우를 이루고 있다. 다시 말해 제9편과 제10편, 그리고 제11편과 제12편이 차례로 서로 대우를 이룬다. 그리고 제13편부터 제16편까지는 다시 '격편' 대우를 이루고 있는데, 제13편과 제15편, 그리고 제14편과 제16편이 서로 유사한 작품으로 짜여 대우를 이룬다.

그런데 제17편부터 제20편까지는 앞에서와 같은 '격편' 대우나 '상하편' 대우를 취하지 않고 4편이 서로 다른 내용으로 이루어져 있다. 그러나 물론 이 4편이 완전히 독립된 다른 내용의 작품이 아니라 앞뒤의 다른 작품들과 내용상으로 유사하게 얽혀있다. 즉 제17편은 제34편과, 제18편은 제24편과, 제19편은 제11, 12편과, 제20편은 제14,16편과 서로 연관된 유사한 내용의 작품들이다.

다음으로 제21편에서 제30편까지도 서로 대우를 이루는데, 구체적으로 살펴보면 제21편부터 제28편까지는 인접한 상하편이 서로 대우를 이루고, 제29편과 제30편은 두 편을 격해 대우를 이루어 제29편은 제25편과, 제30편은 제26편과 대우를 이룬다. 그리고 제21편에서 제24편까지는 4편이 '상하편' 대우를 이루고, 제25편과 제26편은 상하편 대우를 취하면서도 두 편을 격해 대우를 이루는 '격양편(隔兩篇)' 대우를 이루어 제25편은 제29편과, 제26편은 제30편과 대우를 이룬다.

그러나 제31편은 다른 작품들과 대구는 이루지 않지만 내용상으로 제1, 3편과 서로 얽혀 있다. 그리고 제32편은 제35편과 격양편 대우를 이룬다. 그리고 제33편과 제34편은 다시 '상하편' 대우로 돌아가지만, 제36편부터 제40편까지는 5편이 대우를 이루지 않지만 제36편과 제37편 두 편이 유사한 내용으로 묶여져 있고, 제38편부터 제40편까지도 세 편이 유사한 내용으로 묶여있다. 또 제37편은 제36편과 유사할 뿐 아니라 제14, 16, 20, 23, 32편과도 유사한 내용을 담고 있다. 다만 제36편은 『금고기관』 40편 가운데 비교적 독립적인 내용의 작품이라고 볼 수도 있지만, 처신의 잘못으로 인한 재앙의 초래를 이야기한 점은 제37편과 같아 유사한 내용의 작품이라 할 수 있다. 마지막으로 제38편부터 제40편까지는 더욱 유사한 내용으로 이루어져 대미를 장식하고 있다.

요컨대 『금고기관』 40편의 작품들은 서로 유사한 내용으로 대개 2편씩 묶어져 대우를 이루고 있는데, 이러한 대우는 상하편으로 대우를 이루든지 아니면 격편 또는 격양편으로 대우를 짓기도 하였다. 그리고 대우 뿐만이 아니라 유사한 내용의 작품들이 때로는 3편에서 심지어 8편 정도까지 묶어지기도 하였다.

다시 말해 『금고기관』 작품 내용을 통해 본 대우의 모식은 일률적인 한 형태의 대우를 취한 것이 아니라 '상하편 대우'와 '격편 대우', '격양편 대우' 등의 형태를 취하기도 하였다. 또 중간에 몇 편들은 대우 형태를 취하지 않았지만 독립된 내용의 작품들이 아니라 앞뒤의 작품들과 서로 연관성을 맺고 있다.

따라서 『금고기관』 편찬자는 이런 복잡한 대우 형태를 통해 유사한 내용의 작품들을 독자들에게 효과적이고 집중적으로 전달하면서도 동시에 반복적이고 일률적인 대우 방식으로 인한 단조로움을 피하고자 여러 형식의 대우법을 채택하였음을 알 수 있다. 이를테면 유사한 내용의 작품을 연이어 소개하는 것이 아니라 한 편 건너서 소개하거나 심지어 십여 편 이상 건너서 소개하기도 함으로써 부단히 독자들의 기억과 상기를 이끌어내고자 유도하였다. 또 제36편에서 제40편까지의 작품들과 같이 직접적인 대우를 취하지 않는 작품들은 서로 유사한 내용으로 책의 마지막에 연이어 묶어 소개함으로써 편찬자가 전달하고자 하는 바를 집중적으로 강조하였다.

2. 『금고기관』의 편찬 이념

『금고기관』 40편 각 작품들의 내용은 여러 복합적인 내용과 사상을 담고 있어 한 작품을 어느 한 유형에 묶을 수는 없다. 다만 『금고기관』의 편찬이념과 사상을 진일보 고찰하기 위해 앞서 고찰한 각 작품에 나타난 주된 내용을 토대로 『금고기관』 40편 작품들의 대체적인 내용을 유사성으로 묶어 분류하면 대체로 다음과 같은 여러 가지 유형으로 나눌 수 있다.

표 16 『금고기관』 유형별 관련 작품 목록[2]

유형	관련 작품
1. 욕망(색욕, 물욕, 관직욕 등)의 경계와 처신에 대한 훈계	제5권 「杜十娘怒沉百寶箱」, 제10권 「看財奴刁買冤家主」, 제15권 「盧太學詩酒傲公侯」, 제35권 「王嬌鸞百年長恨」, 제36권 「十三郎五歲朝天」, 제37권 「崔俊臣巧會芙蓉屏」, 제38권 「趙縣君喬送黃柑子」, 제39권 「誇妙術丹客提金」, 제40권 「逞多財白丁橫帶」

2 이에 대해서는 최병규, 「『금고기관』의 삼언·이박 정신의 계승발전에 나타난 걸출한 점과 그 한계 – 서문과 작품선택을 중심으로」, 『중국지식네트워크』 제21호, 2023 참고.

유형	관련 작품
2. 부부관계에 대한 계시	제14권「宋金郎團圓破氈笠」, 제16권「李汧公窮邸遇俠客」, 제20권「莊子休鼓盆成大道」, 제22권「鈍秀才一朝交泰」, 제23권「蔣興哥重會珍珠衫」, 제32권「金玉奴棒打薄情郎」, 제37권「崔俊臣巧會芙蓉屛」
3. 선량한 위정자에 대한 예찬	제2권「兩縣令競義婚孤女」, 제4권「裴晉公義還原配」, 제13권「沈小霞相會出師表」, 제18권「劉元普雙生貴子」, 제23권「蔣興哥重會珍珠衫」,, 제24권「陳御史巧勘金釵鈿」, 제28권「喬太守亂點鴛鴦譜」
4. 婦德을 칭송	제14권「宋金郎團圓破氈笠」, 제22권「鈍秀才一朝交泰」, 제26권「蔡小姐忍辱報仇」, 제30권「念親恩孝女藏兒」, 제32권「金玉奴棒打薄情郎」, 제37권「崔俊臣巧會芙蓉屛」
5. 박정한 남성에 대한 훈계	제5권「杜十娘怒沉百寶箱」,, 제7권「賣油郎獨占花魁」, 제32권「金玉奴棒打薄情郎」, 제35권「王嬌鸞百年長恨」
6. 여성(기생)에 대한 존중	제5권「杜十娘怒沉百寶箱」, 제7권「賣油郎獨占花魁」, 제8권「灌園叟晩逢仙女」, 제23권「蔣興哥重會珍珠衫」
7. 탐관오리에 대한 (간접적) 풍자	제3권「滕大尹鬼斷家私」, 제4권「裴晉公義還原配」, 제13권「沈小霞相會出師表」, 제15권「盧太學詩酒傲公侯」
8. 형제간의 우애와 의리	제1권「三孝廉讓產立高名」, 제3권「滕大尹鬼斷家私」, 제31권「呂大郎還金完骨肉」
9. 친구간의 우정과 의리	제11권「吳保安棄家贖友」, 제12권「羊角哀舍命全交」, 제19권「俞伯牙摔琴謝知音」
10. 풍류재자에 대한 칭송	제6권「李謫仙醉草嚇蠻書」, 제15권「盧太學詩酒傲公侯」, 제33권「唐解元玩世出奇」

유형	관련 작품
11. 재녀에 대한 찬미	第17권「蘇小妹三難新郎」, 제34권「女秀才移花接木」
12. 정치현실에 대한 풍자	제13권「沈小霞相會出師表」, 제15권「盧太學詩酒傲公侯」
13. 가난한 선비에 대한 동정(과거제도에 대한 비판)	제21권「老門生三世報恩」, 제22권「鈍秀才一朝交泰」
14. 노복에 대한 칭송과 훈계	제25권「徐老僕義憤成家」, 제29권「懷私怨狠僕告主」
15. 악처에 대한 훈계	제16권「李汧公窮邸遇俠客」, 제20권「莊子休鼓盆成大道」
16. 금전적 욕망추구의 정당성	제9권「轉運漢巧遇洞庭紅」

이상『금고기관』40편 작품들의 내용을 살펴보면 편찬자가 이 책을 통해 무엇보다도 먼저 욕망에 대한 경계와 처신에 대한 훈계에 가장 많이 관심을 보였음을 알 수 있다. 표에 명시한 9편의 작품 외에도 대부분의 작품이 욕망의 유혹에 대한 경계와 올바른 처신과 절제된 도덕성과 이를 바탕으로 한 권선징악이나 인과응보 등의 교화적 사상을 드러내었다. 따라서 이는『금고기관』40편을 통해 편찬자가 강조한 가장 보편적인 편찬 이념이라고 할 수 있다.[3] 특히 욕망의 경계를 강조한 여러 작품들이 소설

3『금고기관』의 편찬원칙에 대해 언급한 기존의 대표적인 두 학설로는 孫楷第가「三言二拍源流考」에서 제시한 "첫째, 인과응보를 밝히고, 둘째, 권선징악을 명확히 하며, 셋째, 새롭고 기이한 줄거리, 넷째, 자질구레한 재미난 내용으로 이야깃거리를 제공할 수 있어야 함(一曰著果報, 二曰明勸懲, 三曰情節新奇, 四曰故典瑣聞, 可資談助)."과 繆詠禾가「三言二拍和『今古奇觀』」이란 문장에서 제기한 "첫째, 인과응보의 이야기에 의한 봉건도덕의 선전(著重選擇因果報應的故事, 進行封建道德的宣傳), 둘째, 새롭고 기이하며 곡절한 줄거리로 고사성이 풍부해야 함(情節新奇曲折, 富有故事性), 셋째, 명대인이 지

말미에 집중적으로 연이어 포진돼 있음도 편찬자가 이를 가장 염두에 두었음을 반영한다.

그 다음으로 많이 나타난 작품 내용은 부부간의 이별과 결합을 주 내용으로 한 부부관계에 대한 계시를 반영한 작품들이다. 여기에는 현명한 부인으로 인해 가정이 화합하기도 하고, 악처로 인해 가정이 파탄하기도 한다. 이 부류의 작품들은 주로 부덕을 칭송한 작품들과 연루되기도 하여 『금고기관』 속 많은 비중을 차지하고 있다. 가족은 봉건제도를 지탱하는 가장 중요한 조직으로 가족의 중심은 부부간의 화합이며, 부부간의 화합은 바로 현명한 아내의 역할이 가장 중요하다고 본 까닭일 것이다. 따라서 열녀 효녀 등에 대한 찬미는 물론 바람난 부인이나 악처에 대한 경계도 드러내고 있다.

그 다음으로는 어질고 선량한 지현과 같은 위정자들의 선정을 찬미하고 있는 작품들이 많은 비중을 차지한다. 이런 작품들은 주로 인자한 지현들이 결혼을 주선해 불우한 남녀들의 짝을 지어주거나 현명한 지현들이 악한을 징벌하여 남녀가 바른 짝을 얻게 하여 당사자들의 문제를 해결해 줌으로써 지현 자신들도 음덕과 칭송을 받게 되는 내용들이다. 봉건예교의 수행자인 이런 위정자들에 대한 찬미는 사대부 계층에 속한 『금고기관』 편찬자가 당시의 통치이념인 유교사상과 예교를 수호하려는 의지에서 비롯되었을 것이다. 물론 위 표에서도 그러하듯 탐관오리 위정자들의 비행을 비판하거나 간접적으로 넌지시 풍자한 작품들도 적지 않으나 위정자들을 칭송한 부분이 훨씬 더 많음을 통해 당시 위정자들을 비판하기보다는 미화하고 옹호하려는 『금고기관』 편찬자의 편찬의도를 짐작할 수가 있다.

은 작품을 선택함(專選明代人編寫的作品)"이라고 하였다. 이에 대해서는 連俊彬, 「國內今古奇觀研究綜述」, 『零陵學院學報』 제26권 제3기, 2005, 222쪽 참고.

다음으로는 부덕을 칭송한 작품들과 박정한 남성들에 대한 훈계이다. 전술한대로 부덕에 대한 칭송은 주로 부부관계에 대한 계시의 형태로 많이 반영되었음을 언급한 바가 있다. 남성에 대한 훈계는 『금고기관』 40편의 작품에서 가장 큰 비중을 차지하는 욕망과 처신에 대한 경계의 중심에 언제나 남성이 있음에서도 잘 드러난다. 이처럼 『금고기관』은 여성에 대해서는 칭송하는 작품을 많이 실은 반면 남성은 그 반대로 훈계하는 내용이 대부분이다. 이는 유독 '정이 많은 여성과 박정한 남성(癡情女人負心漢)'의 이야기가 많은 중국고전소설의 특징이라고도 할 수 있으며, 고대사회에서의 약자인 여성에 대한 남성 작가 문인들의 관심과 동정에서 비롯된 것이라 할 수 있다. 물론 그렇다고 『금고기관』이 여성들을 무조건 미화하여 칭송한 것은 아니다. 악처라든지 정조를 잃은 여성에 대한 훈시도 있다. 그러나 그 비중은 대단히 낮다.

그 다음으로는 여성에 대한 존중으로 박정한 남성에 대한 훈계만큼 많은 비중을 차지한다. 여성에 대한 존중은 주로 박정한 남성들에 의해 버림받거나 학대 받는 기생에 대한 동정과 연민으로 나타나거나 남성을 능가하는 흉금과 재기를 지닌 재녀에 대한 칭송으로 주로 나타나고 있다. 물론 당차고 현명한 열녀들에 대한 칭송도 그러하다. 『금고기관』 40편에는 이처럼 여러 각도에서 여성을 옹호하는 작품들이 많은데, 이는 명대 중엽 이후부터 여성을 존중하고 예찬하는 여성문학이 크게 대두됨에 따라 삼언·이박도 자연히 이러한 성향을 띠게 된 것으로 이해할 수 있다.

그 다음으로는 형제간의 우애와 의리, 그리고 친구간의 우정과 의리에 대한 작품들이 대우를 통해 적지 않게 많이 반영되었다. 붕우유신이 오륜의 하나인 만큼 이에 대한 중시는 당연한 것으로 볼 수 있으며, 특히 형제간의 우의 가운데 유산 문제에 대한 갈등이 많이 반영된 것은 당시 금전에 대한 세인들의 큰 관심이 반영된 것으로 볼 수 있다.

다음으로는 풍류재자들에 대한 칭송과 재녀들에 대한 찬미이다. 풍류재자에 대한 칭송은 재녀에 대한 칭송과 대우를 이루며 반영되었는데, 이는 바로 삼언을 편찬한 풍류재자 풍몽룡의 사상을 『금고기관』의 편찬자가 계승하였음을 보여준다. 이태백의 시주광기(詩酒狂氣)라든지 당백호의 자유분방함, 그리고 오만함의 극치인 노남의 호탕함 등을 찬미한 작품들을 『금고기관』 편찬자는 모두 놓치지 않고 수록하였기 때문이다. 그뿐만 아니라 풍류재자와 짝이 되는 개성이 넘치는 재녀들의 번뜩이는 재기와 호방한 기행들도 함께 반영하였는데, 이는 재자가인소설에서도 잘 드러난 바와 같이 당시 시대상의 반영이기도 하다. 명중엽 이후부터 대두된 여성문학의 발전으로 여성에 대한 존중과 함께 여성의 다양한 개성과 기질 등에 대한 긍정과 예찬이 이어진 것이다. 뿐 아니라 당시 시민계층을 중심으로 더욱 발전한 남녀평등사상에 입각하여 여성을 예교의 속박으로부터 해방시켜 여성들의 인권을 더욱 존중하게 된 것이다.

그 외에도 가난한 선비에 대한 동정도 주목할 한하다. 『금고기관』 편찬자는 이 부류의 작품 2편을 연이어 소개함으로써 당시 과거제도의 문제점과 불행한 사회의 희생자로서의 선비들의 삶을 조명하고, 결국 그들이 성공함도 보여줌으로써 그들에게 희망과 용기를 부여하고자 하였다. 이는 예순이 넘어서야 지현으로 발탁된 삼언의 편찬자 풍몽룡 자신의 불행한 과거 경험을 반영한 것이기도 한데, 『금고기관』의 편찬자도 이에 크게 동조함을 보여준다.

이 밖에도 의로운 노비에 대한 찬양과 악한 노복에 대한 징벌을 통해 봉건제도 하의 모범적 노비를 칭송하기도 하였으며, 당시 재화를 추구하고자하는 사람들의 정당한 물질적 욕망을 긍정적으로 반영하였다. 또 당시 정치적 현실을 풍자한 작품도 있는데, 이는 주로 탐관오리나 관리들의 횡포를 통해 간접적으로 반영되어 그 비중이 높다고 볼 수 없다. 그러나 당시 사회상을 잘 반영한 『금고기관』에는 어떤 부류의 작품이든 간에 송원명대 당시 사회의 면모를 잘 보여주고 있기에 매 작품들이 모두 간접적으로 당시 사회의 인심과 세태를 풍자하지 않음이 없다고 보아야 할 것이다. 예를 들면 제26권 「채소저인욕보구」는 채서홍의 열녀성을 주된 내용으로 하지만 그 배경으로 당시 암울한 사회상을 마치 사진기로 찍듯이 보여주고 있어 사회현실에 대한 풍자성도 대단히 높다.

이상 『금고기관』 40편 작품의 내용에 의거해 편찬자의 편찬의도를 살펴보면, 우선 편찬자는 봉건예교의 찬양과 도덕적 교화의식을 선양한 작품들을 대거 수록함으로써 권선징악과 인과응보 등의 유교적 교화의식을 가장 중시하였음을 알 수 있다. 그러므로 삼언·이박 속 꽤 많은 비중을 차지하는 욕정을 선동하는 음란한 색정적 작품들이나 봉건예교의 부덕(婦德)을 해치는 작품들을 상당수 배제시켰다. 이를테면 삼언 가운데 명작으로 꼽히는 주승선(周勝仙)과 소부인(小夫人) 두 여성의 자유분방하고 대담한 구애와 치정(癡情)을 담은 『성세항언』 제14권 「요번루다정주승선(鬧樊樓多情周勝仙)」과 『경세통언』 제16권 「소부인금전증년소(小夫人金錢贈年少)」, 그리고 장순미와 유소향의 파란만장한 사랑 이야기인 『유세명언』 제23권 「장순미등소득려녀(張舜美燈宵得麗女)」 등의 작품들이 모두 배제된 것을 보면 『금고기관』 편찬자의 편찬의도를 짐작할 수가 있다.

「요번루다정주승선」과 「소부인금전증년소」에서의 주승선과 소부인은 자매(自媒) 행위로 스스로 결혼 대상자인 범이랑(范二郎)과 장승(張勝)을 찾아 집요하게 사랑을 추구하는, 당시로서는 매우 대담하고 당찬 신여성들이지만 『금고기관』 편찬자의 기준으로 보면 두 여성은 이미 예교의 범주를 넘어섰다고 볼 수 있으며, 또 그녀들의 죽음으로 인해 비극적인 사랑의 결말을 맞이한 점도 추천할 바가 아니라고 본 것이다. 거기다 「요번루다정주승선」은 음란한 시간(屍姦)의 묘사도 있어 미풍양속의 측면에서도 추천할 바가 못 된다.

또 「장순미등소득려녀」에서도 미혼남녀가 사사로이 만나 육체적 밀애를 나누는 색정적 묘사와 욕정의 본능을 찬미하는 시가 있어 당연히 예교를 벗어난 것이다. 그 외에도 삼언 가운데 명작인 「간첩승교편황보처(簡帖僧巧騙皇甫妻)」(『유세명언』 권35)를 비롯해 삼언 속에서 욕정 묘사가 많은 대표적인 작품이라고 할 수 있는 「왕대윤화분보련사(汪大尹火焚寶蓮寺)」(『성세항언』 권39), 「오아내림주부약(吳衙內臨舟赴約)」(『성세항언』 권28), 「한운암완삼상원채(閒雲菴阮三償寃債)」(『유세명언』 권4), 「육오한경류합색혜(陸五漢硬留合色鞋)」(『성세항언』 권16), 「신교시한오매춘정(新橋市韓五賣春情)」(『유세명언』 권3), 「금해릉종욕망신(金海陵縱欲亡身)」(『성세항언』 권23), 「감피화단증이랑신(勘皮靴單證二郎神)」(『성세항언』 권13), 「혁대경유한원앙조(赫大卿遺恨鴛鴦絛)」(『성세항언』 제15) 등을 전부 배제시켰다. 이는 「간첩승교편황보처」는 탐욕스러운 승려가 관리의 부인을 탐하는 상풍패속(傷風敗俗)의 내용이기 때문이고, 「왕대윤화분보련사」도 유능한 지현의 용단(勇斷)을 찬미하곤 있지만 역시 승려들의 탐욕과 탈선에 관한 내용이기에 수록하지 않았다. 그 외의 작품들도 모두 청춘남녀가 첫눈에 서로 반해 욕정을 탐하는 색정묘사가 너무 많아 모두 『금고기관』의 예교이념에 부합되지 않았기에 싣지 않았다고 볼 수 있다.

그렇다고 『금고기관』 편찬자가 삼언·이박 속 남녀 간의 욕정을 묘사한 작품들을 전부 배제하거나 욕정 묘사 부분들을 전부 삭제하지는 않았다. 『금고기관』은 삼언·이박 가운데 작품의 전개 과정에서 어쩔 수 없이 필요한 남녀 간의 정사나 욕정에 관한 묘사는 하나도 빠트리지 않고 모두 수록하였다. 즉 『금고기관』의 편찬자는 작품들을 통해 기본적으로 도덕성과 예교를 권장하면서도 인간의 욕망을 자연스럽게 직시하였으며, 결코 도학자적 성 공포증과 같이 무조건적으로 인간의 욕정을 무시하거나 성을 기피하는 폐쇄적 보수주의적인 태도를 취하진 않았다. 이를테면 제7

권 「매유랑독점화괴」나 제23권 「장흥가중회진주삼」에서 그러하듯 정상적인 남녀 간의 욕정의 발로나 줄거리를 위해 어쩔 수 없는 욕정묘사는 모두 인정하였기에 해당 부분의 묘사는 삭제되지 않고 그대로 수록한 것이다.

『금고기관』 편찬자의 이런 유교관은 삼강오륜적 관점을 기반으로 선량한 위정자를 찬양하는 작품들을 대거 수록하였고, 부덕을 칭송하는 작품들도 다수 택했으며, 무엇보다도 선량한 남편과 현숙한 아내를 바탕으로 한 건실한 부부관계의 중요성을 일깨우는 작품들을 많이 채택하였다.

그 뿐만이 아니라 붕우간의 신의를 강조하였고, 형제간의 우애도 선전하였으며, 당시 예교사회의 모범적 하인상도 제시하였다. 예교사회를 미화하고 선전하는 『금고기관』 편찬자의 이런 편찬의도는 당시 위정자들의 부패상을 적극적으로 고발하기보다는 선한 관리들에 대한 칭송을 더 많이 수록하게 하였으며, 설령 작품을 통해 탐관오리나 위정자의 부패상을 얘기하더라도 직접적으로 그들의 악행을 묘사하기보다는 충직하고 강직한 관리들을 칭송하면서 부수적으로 악한 관리들의 모습을 간접적으로 보여주는 방식을 택했다. 그런 까닭으로 인해 『금고기관』은 이후 문자옥의 칼날도 피해갈 수 있었을 것으로 생각된다.

다음으로 『금고기관』의 편찬의도에는 봉건예교의 일률적인 고수를 탈피해 예교나 도덕성을 사수하기보다는 인간의 자유분방한 풍류와 개성, 그리고 재정(才情)과 재기(才氣)도 중시함으로써 봉건예교에 식상한 시민들의 숨통을 풀어주고자 한 점도 보인다. 그러므로 『금고기관』 편찬자는 풍류재자 풍몽룡의 정신을 계승하여 비록 예교 선양에 큰 목적을 두면서도 동시에 예교 관념을 벗어나 자유분방한 풍류와 인간의 정을 중시하였다. 그러므로 자질구레한 예교의 구속을 벗어나 호방하게 살다가 신선이 된 인간상을 흠모하고 있다. 그런 까닭에 『금고기관』은 유가적 수신제가의 이념을 선양한 동시에 예교와 속세를 벗어난 풍류자적한 도가적 삶을 동경하기도 하였다.

이를테면 제20권 「장자휴고분성대도(莊子休鼓盆成大道)」에서는 장자의 일화를 통해 유가가 신봉하는 부부관계의 허무함과 부덕의 공허함을 일깨워주기도 하였으며, 제6권 「이적선취초혁만서(李謫仙醉草嚇蠻書)」와 제33권 「당해원완세출기」에서는 이백과 당백호의 이야기를 통해 세속적 예교를 무시하고 호방하고 자유롭게 살다간 풍류재자를 찬미하였다. 또 제15권 「노태학시주오공후」에서는 명대 당시 화제의 주인공이었던 노남의 오만함과 방탕함을 견책하기보다는 그의 호방함과 강직함, 그리고 풍류재자로서의 재정에 호감을 보였다. 노남이 결국 신선이 되어 세상을 떠났다고 묘사한 부분은 이백, 장자와 같이 그를 세인들이 추종하는 신선의 반열에 올렸음을 반증한다. 『금고기관』 편찬의도에 나타난 이런 양가성은 이 작품의 사상과 내용을 더욱 튼실하고 매력적으로 만들었다고 할 수 있다.

다음으로 『금고기관』의 편찬의도에는 여성에 대한 존중의식이 잘 반영되었다. 천하의 신령스러운 기운이 남성이 아닌 여성에게 있다는 말은 명말을 전후한 '선진(先進)' 문학 속에서 자주 등장하는 대사였는데[4], 『금고기관』은 삼언에 나타난 이런 진보적인 여성존중 사상을 놓치지 않고 반영하였다. 그리하여 남성들의 탐욕과 바르지 못한 처신으로 인해 화를 자초한 작품들을 많이 실어 그들의 언행에 경각심을 부여한 반면 여성들에 대해서는 열녀, 현처, 재녀, 효녀 등 다양한 부류의 여성들의 삶을 조명하며 그들의 자질을 칭송하는 많은 작품들을 수록하였다.

혹자는 이로 인해 『금고기관』이 여성들에게 이런 열녀 등에 대한 지나친 부담감을 안겨주었다고 생각할 수도 있겠지만 남성들은 경계의 대상으로 부정적으로 본 반면 여성들은 긍정적으로 보며 그들의 선행을 찬미

---

4 앞의 "명대의 문화적 환경과 『금고기관』의 탄생" 장절 참고.

한 것은 남성보다 여성의 자질이 우수함을 간접적으로 보이고자 함이었음도 부정할 수 없다. 그리하여 『금고기관』의 편찬의도에 나타난 여성에 대한 존중의식은 비록 혼외정사를 범한 여성이라 할지라도 그 과실을 벌하기보다는 여성의 입장에서 그들의 고충을 이해하고 받아들이는 내용의 작품을 실은 점에서도 잘 드러난다.[5]

그 다음으로 『금고기관』의 편찬자는 명대 당시의 사회상을 잘 반영하여 부를 축적하고자 하는 시민들의 물질적 욕망을 긍정적으로 인정하면서도 동시에 무리하게 재화를 추구하면 패가망신한다는 교훈도 연이어 소개함으로써 '수신제가서(修身齊家書)'로서 교화에 손색이 없는 '욕망과 절제'의 중용적 태도도 잘 드러내었다. 이를테면 제9권 「전운한교우동정홍(轉運漢巧遇洞庭紅)」은 한 상인의 재화 축적을 긍정적으로 이야기하였지만 연이어 제10권 「간재노조매원가주(看財奴刁買冤家主)」에서는 무조건적으로 금전을 축적하고자 하는 것에 대한 경종을 담기도 하였다. 따라서 『금고기관』의 편찬자는 당시 상인들의 재화 축적에 대한 욕망을 정당시하면서도 금전에 대한 지나친 욕심을 버리고 정해진 이치와 도의에 따라 부를 축적해야 함도 얘기하고 있다.

이상 『금고기관』 40편 내용에 의거해 편찬자의 기본적인 편찬의도를 알아보았다. 다음으로는 『금고기관』 40편의 원문 내용과 삼언·이박 원작의 내용을 상호비교 함으로써 『금고기관』이 삼언·이박 원작품의 내용들을 어떻게 개정하고 수정보완 했는지를 통해 『금고기관』 편찬자의 편찬

5 이를테면 제23권 「蔣興哥重會珍珠衫」에서 장흥가는 王三巧의 외도를 알고 비록 화도 났고 그래서 이혼도 했지만, 그 과정은 그녀의 불륜을 추궁하여 처벌하기보다는 아내의 입장에서 이해하고자 노력하였으며, 그 태도도 당시로서는 대단히 유화적이었다. 또 나중에는 외도한 전처와의 상봉에 뜨겁게 포옹하며 반갑게 대했으며, 결국에는 다시 합치기도 하였다.

의도를 좀 더 구체적으로 고찰하기로 하자. 앞 장에서 이미 진행한『금고기관』과 삼언·이박 판본간의 비교 고찰 작업을 통해 우리는『금고기관』편찬자의 편찬의도를 대략적으로 살펴본 바가 있지만, 본 장에서는 이를 바탕으로 앞에서 논의한『금고기관』의 작품취사 논의들과 연계해 보다 종합적이고 세부적으로 편찬자의 편찬의도를 파악해보도록 하자.

우선『금고기관』이 삼언·이박 원작에 대해 비교적 의미 있는 많은 부분을 수정보완한 곳과 그 의도를 표로 나타내면 다음과 같다.

표 17『금고기관』의 삼언•이박 원본에 대한 수정사항과 편찬의도

작품	수정사항(원본▶금고기관)	편찬의도
「裵晉公義還原配」	"私行耍子(몰래 장난하다)"▶ "私行體訪民情(몰래 민정을 몸소 체험하다)"	배진공의 仁義와 善政을 강조
「金玉奴棒打薄情郞」	*배은망덕한 莫稽가 처를 모살하려고 하여 천벌을 받아 수명이 단축되었으며, *부인이 죽지 않고 되살아난 것은 신명이 보우한 것임을 끝부분에 추가	천도와 인과응보 강조
「蔣興哥重會珍珠衫」	"人心或可昧(사람의 마음은 속일 수 있을지라도)"▶"人心不可昧(사람의 마음은 속일 수 없고)"	사람의 도덕적 책임을 강조
「羊角哀捨命全交」(以上『유세명언』)	목숨을 버리는 羊角哀와 左伯桃의 희생적인 부분에 대한 묘사가 더욱 극적으로 생동감 있게 표현	생동적인 묘사를 통해 인물의 전형성을 강조

작품	수정사항(원본▶금고기관)	편찬의도
「宋金郎團圓破氈笠」	*"宜男"▶"宜春", *송금랑이 장인장모의 불의를 알면서도 아내의 恩情을 생각해 재혼하지 않았다는 부분을 첨가, *남편을 학대하는 부모를 대하는 의춘의 거친 태도를 유화하게 순화, *배경묘사가 원전에 비해 더욱 생동감 있고 상세함	*여성의식 提高, *송금의 인자함과 의춘의 婦德 등을 강조, *묘사의 생동감을 추구
「呂大郎還金完骨肉」(以上『경세통언』)	*呂寶에 대한 묘사에서 "凡損人利己的事, 無所不爲, 眞是一善不作, 重惡奉行(무릇 남을 해치고 자신을 이롭게 하는 일은 기를 쓰고 행하니 선한 일은 전혀 안 하고, 나쁜 악행은 받들어 행하니)", "只有呂寶一味賭錢喫酒, 不肯學好, 老婆也不什賢曉, 因此妯娌間有些面和意不和(여보는 오직 도박과 술에 빠져 좋은 일은 하려 하지 않았으며, 아내도 그리 어질지 못해 동서간에도 겉으론 표를 내지 않았지만 사이가 안 좋았다.)" 등의 구체적인 악행 묘사를 첨가	*인과응보의 도덕적 교화를 강조, *인물묘사에서 전형성을 강조

작품	수정사항(원본▶금고기관)	편찬의도
「盧太學詩酒傲公侯」	*노남의 字를 次楩으로 수정, *노남의 폭력성과 만명 토호의 사치와 향락을 부각한 묘사를 첨가, *노남의 조급함과 악을 혐오하는 특징을 더욱 생동감 나게 묘사, *지현 왕잠의 탐욕적인 인물형상을 더욱 부각	*역사적 사실을 고증을 통해 보다 객관적이고 정확하게 기술하고자 노력, *생동적인 묘사를 통해 인물의 전형성을 강조
「李汧公窮邸遇俠客」(以上『성세항언』)	*방덕의 부인 패씨의 부덕과 악처로서의 형상을 더욱 구체적인 묘사와 생동적인 언어로 표현, *李勉을 도운 검객의 신출귀몰한 묘사에 나타난 다소 황당무계하고 비현실적 내용의 묘사를 전부 삭제	*생동적인 묘사를 통해 인물의 전형성을 강조, *현실적인 묘사를 하고자 노력
「崔俊臣巧會芙蓉屏」	*최준신이 술을 마셔 화를 자초하였음을 독자들에게 강조, *최준신이 永嘉太守를 끝으로 더 이상 벼슬을 하지 않았다는 묘사를 첨가	*節酒를 강조, *명예나 관직욕보다 부부간의 사랑과 화합의 중요성을 강조
「女秀才移花接木」	*여수재 문비아의 재기를 강조하기 위해 현, 부, 도에까지 두각을 드러내었다고 수정, *다소 거칠고 야만적인 문비아의 이미지를 개선하기 위해 문자를 순화	*인물의 전형성을 강조한 정확한 묘사

작품	수정사항(원본▶금고기관)	편찬의도
「十三郎五歲朝天」(以上 이박)	*"재물을 소홀히 감추면 도적을 부르고, 예쁜 미모는 음심을 야기한다(慢藏誨盜, 冶容誨淫)"는 내용을 첨가하여 놀기 좋아하는 진주희의 부주의와 경박함이 화를 초래하였음을 강조, *진주희가 가마를 잘못 타서 납치되는 식상한 줄거리를 여승에 의해 기편되는 내용으로 개편, *"真珠姬自覺陰戶疼痛, 把手摸時, 周圍虛腫(진주희는 음부가 아프게 느껴져 손으로 만져보니 주위가 부었음을 느꼈다)"를 "真珠姬自覺下體疼痛(진주희는 하체에 아픔을 느꼈다)"라고 수정해 불필요한 노골적인 묘사를 순화	*도덕적 교화성을 강조, *타작품과의 중복을 피하고자 줄거리를 수정, *필요 없는 노골적 표현을 순화

이상의 표를 통해 우리는 『금고기관』의 편찬의도와 편찬이념을 비교적 일목요연하게 발견할 수 있는데, 이를 요약하여 정리하면 다음과 같다.

첫째, 도덕적 교화성(천도, 인과응보, 사람의 도덕적 책임감 등)을 매우 강조하였다.

둘째, 생동적이고 정확한 묘사를 통해 인물의 전형성을 강조하였다.

셋째, 작품 간 내용상의 중복을 피하고자 줄거리를 수정하였다.

넷째, 비현실적 묘사를 자제하고 현실적인 묘사를 추구하였다.

다섯째, 배경묘사를 비롯해 전반적인 묘사의 생동감을 더하고자 노력하였다.

여섯째, 불필요한 저속하고 노골적인 표현을 자제하여 순화시켰다.

일곱째, 사실(史實)의 고증을 통해 객관적이고 정확하게 기술하고자 노력하였다.

여덟째, 명예나 관직에 대한 욕망보다 부부간의 사랑과 화합의 중요성을 강조하였다.

아홉째, 여성의식을 높이고자 하였다.

그 외에도 『금고기관』 편찬자의 편찬이념을 파악하기 위해 가장 중요한 이 책 첫머리에 있는 소화주인의 서문을 빼놓을 수 없다. 서문에는 편찬이념이 명백히 드러나는데 그 전문은 이러하다.

> 소설은 정사의 남은 부분으로 정사의 연장인 셈이다. 『장자』와 『열자』의 '화인(化人)', '구루장인(傴僂丈人)' 등의 일은 역사에 실리지 않았다. 『목천자』, 『사공전』, 『오월춘추』는 모두 소설의 종류이다. 『개원유사』, 『홍선(紅線)』, 『무쌍(無雙)』, 『향환(香丸)』, 『은낭(隱娘)』 등의 전기와 『차계차(車癸車)』, 『이견(夷堅)』등의 작품들은 이름은 소설이지만 그 문장이 전아하여 일반인들은 잘 모른다. 배우 황번작(黃繙綽)과 경신마(敬新磨) 등은 잡극을 연출하여 시사(時事)를 풍자하였지만 근거가 없고, 세속을 잘 전했지만 근본은 없는 이야기다. 송효황은 천하에 태상(太上)을 길러 시종들에게 명해 민간의 기이한 일들을 알아보게 하여 들어와 고하니 그것을 설화인이라 하였는데, 통속연의의 일종으로 당시 성행하였다. 그러나 내용이 비속하고 금기해야 할 것들이 많아 읽어보면 밍밍해 볼만은 것은 못되었다. 원대 시내암과 나관중 두 분은 이런 작품들을 크게 발양하여 『수호전』과 『삼국연의』는 기이함과 아정함을 지녀 내용이 방대하였다. 논자들은 그 두 작품을 『백개(伯喈)』와 『서상(西廂)』 전기(傳奇)와 함께 사대서(四大書)로 칭해 지금까지 전한다.

명대에 이르러 문치가 더욱 새롭고 작가들도 경쟁하여 곽묘홍편(廓廟鴻編)이든 패관야사(稗官野史)이든 모두 천고의 걸작들이 나타났다. 설서가 일가를 이루어 전문가들이 있었다. 그러나 『금병매』는 문사가 화려하나 호색적이고, 『서유(西遊)』와 『서양(西洋)』은 억측에다 근거가 없다. 풍속교화와 무관하니 어찌 취할 바가 있겠는가? 묵감재(墨憨齋, 즉 풍몽룡)가 증보한 『평요전(平妖傳)』은 지극히 정교하고 변화무쌍해 근본을 잃지 않아 기법은 『수호지』와 『삼국연의』에 버금갔다. 그가 편찬한 『유세』, 『성세』, 『경세』 삼언은 인정세태를 잘 반영해 사람들의 희로애락과 사랑과 이별을 잘 묘사하여 기이하고 참신하여 사람의 마음과 눈을 놀라게 하였으며, 작품의 결말은 아정하여 풍속을 후덕하게 할 수 있었다. 공관주인(空觀主人, 능몽초)은 이를 계승하여 『박안경기』 두 편을 펴내니 내용이 방대하여 사람들의 관심을 끌기에 충분하였다. 모두 합하니 200 편이라 작품이 방대하여 전부 읽기에 어렵고, 넘쳐나는 내용으로 어찌 모두가 기이하다 하겠는가? 마치 인수(印綬)를 받은 관원이 매우 많아 비록 관원을 공평히 선발하는 시대였다 할지라도 어찌 한둘 자리만 차지하는 신하가 없겠는가! 내가 그 가운데 우수한 것들 100편를 가려 다시 인쇄하여 정선집을 만들 계획이었으나 포옹노인이 내 마음을 먼저 알고 40편을 선록해 『금고기관』으로 이름 지었다.

신기루나 불타는 산과 우물 등의 이야기는 보기엔 기이하지 않은 것은 아니나 귀와 눈으로 듣고 보는 일이 아니기 때문에 천박하고 무지함을 면하기 어렵다. 그러므로 무릇 천하의 진기함은 일상적이고 평범함에서 나오지 않는 것이 없다. 따라서 인의예지를 상심(常心)이라 이르고, 충효절렬을 상행이라 이르며, 선악과보(善惡果報)를 상리라 이르고, 성현호걸을 상인(常人)이라 말하는 것이다.

그러나 상심을 간직하는 것은 어려우며, 상행을 닦기는 쉽지 않다. 상리는 쉽게 드러나지 않으며, 상인은 자주 나타나지를 않는다. 따라서 서로 함께 놀라 이야기를 하면 듣는 사람은 슬픔에 잠기거나 감탄을 하며, 혹은 기뻐하거나 놀라게 된다. 선한 사람은 권면함을 알게 되고, 불선한 자 또한 마음에 부끄러워하는 바가 있어 두려워하게 되니 그로써 풍속교화의 미(美)를 이루게 되는 것이다. 무릇 지극히 기이함으로 사람을 감동시키는 것은 바로 지극히 일상적인 것으로 사람을 가르치는 것이다. 내가 어찌 여염(閭閻)의 일들이 조정에서는 통하지 않으며, 자질구레한 말들이 정사(正史)에 부합되지 않는다는 것을 알겠는가! 만약 칼과 불을 삼키거나 겨울에 우레가 치고 여름에 얼음이 어는 것들로 예를 들어 본다면 이것은 사람들을 구름처럼 끌어들일 수가 있으나 이와 같은 경우는 없는 것이다. 나는 이처럼 소설을 잘 읽을 줄 아는 사람을 기다리는 것이다.

(小說者, 正史之餘也. 『莊』, 『列』 所載化人, 傴僂丈人等事, 不列於史. 『穆天子』, 『四公傳』, 『吳越春秋』 皆小說之類也. 『開元遺事』, 『紅線』, 『無雙』, 『香丸』, 『隱娘』 諸傳, 『車癸車』, 『夷堅』 各志, 名爲小說, 而其文雅馴, 閭閻罕能道之. 優人黃繙綽, 敬新磨等搬演雜劇, 隱諷時事, 事屬烏有;雖通於俗, 其本不傳. 至有宋孝皇以天下養太上, 命侍從訪民間奇事, 日進一回, 謂之說話人;而通俗演義一種, 乃始盛行. 然事多鄙俚, 加以忌諱, 讀之嚼蠟, 殊不足觀. 元施, 羅二公, 大暢斯道; 『水滸』, 『三國』, 奇奇正正, 河漢無極. 論者以二集配 『伯喈』, 『西廂』 傳奇, 號四大書, 厥觀傳矣!

迄於皇明, 文治聿新, 作者競爽. 勿論廓廟鴻編, 即稗官野史, 卓然夐絕千古. 說書一家, 亦有專門. 然 『金瓶』 書麗, 貽譏於誨淫; 『西遊』, 『西洋』, 逞臆於畫鬼. 無關風化, 奚取連篇? 墨憨齋增補 『平妖』, 窮工極變, 不失本末, 其技在『水滸』,『三國』之間. 至所纂『喻世』,『醒世』,『警世』三言, 極摹人情世態之歧, 備寫悲歡離合之致, 可謂欽異拔新, 洞心駴目;而曲終奏雅, 歸於厚俗. 即空觀主人壺矢代興, 爰有『拍案驚奇』兩刻, 頗費搜獲, 足供談塵. 合之共二百種, 卷帙浩繁, 觀覽難周;且羅輯取盈, 安得事事皆奇? 譬如印累累, 綬若若, 雖公選之世, 寧無一二具臣充位. 余擬拔其尤百回, 重加授梓, 以成巨覽;而抱甕老人先得我心, 選刻四十種, 名爲『今古奇觀』.

夫蜃樓海市, 焰山火並, 觀非不奇;然非耳目經見之事, 未免爲疑冰之蟲. 故天下之真奇, 在未有不出於庸常者也. 仁義禮智, 謂之常心;忠孝節烈, 謂之常行;善惡果報, 謂之常理;聖賢豪傑, 謂之常人. 然常心不多葆, 常行不多修, 常理不多顯, 常人不多見, 則相與驚而道之. 聞者或悲或歎, 或喜或愕. 其善者知勸, 而不善者亦有所漸恧悚惕, 以其成風化之美. 則夫動人以至奇者, 乃訓人以至常也. 吾安知閭閻之務不通於廊廟, 稗秕之語不符於正史? 若作吞刀吐火, 冬雷夏冰例觀, 是引人雲霧, 全無是處. 吾以望之善讀小說者.[6])

서문은 크게 세 부분으로 나뉘는데, 첫째 부분은 소설의 지위와 사회적 작용을 강조하면서 고대소설의 발전과정과 시대별 주요 소설 장르를 주로 논하였고[7], 둘째 부분은 명중엽 이후 각종 소설의 발전과정과 당시 백화통속소설작품들에 대한 평가와 함께 삼언·이박의 우수성을 논하면서 포옹노인이 『금고기관』을 편찬하게 된 직접적인 동기도 밝혔다.[8] 그리고

6 李平 校注,『今古奇觀』, 臺灣: 三民書局, 2016, 1~2쪽.

7 "小說者, 正史之餘也. ...... 然『金瓶』書麗, 貽譏於誨淫;『西遊』,『西洋』, 逞臆於畫鬼. 無關風化, 奚取連篇? "-李平, 앞의 책, 1쪽.

8 "墨憨齋增補『平妖』, 窮工極變, 不失本末, ... 而抱甕老人先得我心, 選刻四十種, 名爲『今古奇觀』"-李平, 위의 책, 1쪽.

마지막 셋째 부분에서는 소설비평이론과 연관된 예술적 진실성의 문제와 함께 일상의 묘사를 통해 진기함을 추구하고자한 『금고기관』의 예술관에 대해 피력하였다.[9]

서문의 첫 머리에서 가장 먼저 주목할 점은 소화주인(笑花主人)은 소설이 정사 외에 반드시 필요한 것으로 다시 말해 소설은 정사의 연장임을 밝혔는데, 이는 소설의 사회적 지위와 효능을 사서오경과 같은 유가의 정통적인 경전과 같이 취급하였다는 것이다. 다시 말해 그는 소설이 유가 경전과 같이 사회적 교화기능을 지닌다고 본 것이다. 그리고 이어 선진시대부터 명중엽까지의 소설의 발전과정을 개괄하면서 특히 백화소설들을 많이 언급하였는데, 이는 통속소설의 중요성을 강조하기 위함이라 할 수 있다. 따라서 당시 소설 편자들의 주요 독자층은 일반 백성들이었기에 백화통속소설 작품들은 시민 계층의 요구에 부합하여 통속적인 오락성을 지니면서도 내용이 너무 비속하지 않아야 함을 지적하면서 『삼국연의』와 『수호전』을 그 모범으로 삼았다.

그리고 이어 서문 둘째 단락에서 명 중엽 이후 각종 백화통속소설작품들에 대한 기준과 평가를 제시하였는데, 『금병매』와 같이 문사는 아름답지만 내용이 너무 색정적이어서는 안 되고, 『서유기』는 교화적 의미가 없는 기괴한 내용이라 폄하하였다. 그리고 이상적인 백화통속소설이란 『평요전』과 삼언·이박과 같이 예술성과 통속적 오락성, 그리고 교화적 기능을 겸비해야 함을 강조하였다.

그리하여 소화주인은 삼언이 '진실'에 입각한 사실주의적 묘사를 중시하여 인간세상의 이별과 만남, 희로애락을 사실적으로 묘사하면서 사람들에게 귀감을 주고, 비록 내용상 선하지 못한 부분이 있어도 풍몽룡의 탁월한 손질로 비도덕적인 부분들을 경계의 대상으로 삼게 하였으며, 이

---

9 "夫蜃樓海市, 焰山火並, 觀非不奇 …… 吾以望之善讀小說者."-李平, 위의 책, 2쪽.

박 역시 전대의 기문일사(奇聞逸事)를 망라해 참신하고 기이한 내용을 창작했다고 극찬하였다.[10]

그리고 『금고기관』의 편찬동기에 대해서도 언급하였는데, 그것은 삼언·이박이 방대한 작품량으로 인해 모두 읽기가 힘들고 또 그 가운데에는 진기(眞奇)하지 않은 평범한 작품들도 있어[11] 모두 취할 수가 없기 때문에 소화주인인 자신이 교화성과 오락성, 예술성을 모두 갖춘 100편만을 추려 정화집을 출판하려고 하였지만 마침 포옹노인이 자신의 이런 마음을 미리 알고 먼저 40편을 엄선해 『금고기관』을 편찬하게 되었다고 하였다.[12] 따라서 이는 바로 포옹노인이 『금고기관』을 편찬한 직접적인 동기라고 보아도 무방할 것이다.

그리고 서문 마지막 단락에서는 "천하의 진기함은 일상적이고 평범함에서 나오지 않는 것이 없다."라는 근대적 사실주의적인 소설관과 '진기'의 예술적 진실성을 담은 미학관을 내용으로 하는 편찬이념을 제시하였다. 그리하여 이러한 소설 미학관을 토대로 "인의예지"를 비롯한 도덕적 "상리(常理)"의 일상성과 평범함의 가치를 역설하였지만 또 그것이 결국은 '풍속교화의 미'를 위한 것임을 밝히면서 도덕적 교화성을 그 무엇보다도 최우선시한 『금고기관』의 편찬이념을 천명하였다.

『금고기관』이 말하는 '진기'의 미학관에 대해서는 다음 장에서 구체적으로 논의하도록 하고 여기서는 서문에서 소화주인이 강조한 편찬이념과 『금고기관』이 선록한 작품내용과 편집방식을 통해 나타난 편찬이념을 상

---

10 "至所纂『喻世』,『醒世』.『警世』三言, 極極人情世態之歧, 備寫悲歡離合之致, 可謂欽異拔新, 洞心駭目;而曲終奏雅, 歸於厚俗. 即空觀主人壺矢代興, 爰有『拍案驚奇』兩刻, 頗費搜獲, 足供談塵."-李平, 위의 책, 1쪽.

11 "合之共二百種. 卷帙浩繁, 觀覽難周;且羅輯取盈, 安得事事皆奇? "-李平, 위의 책, 1쪽.

12 "余擬拔其尤百回, 重加繡梓, 以成巨覽. 而抱甕老人先得我心, 選刻四十種, 名爲『今古奇觀』."-李平, 위의 책, 1쪽.

호비교해 보기로 하자. 우선 소화주인 서문에 나타난 편찬이념을 차례로 정리하면 다음과 같은 열 가지로 요약될 수 있다.

첫째, 소설은 정사의 일부이다.
둘째, 소설은 내용이 비속하고 금기해야 할 것들이 많아서는 안 된다.
셋째, 소설은 기이함과 아정함을 (동시에) 지녀야 한다.
넷째, 소설은 호색적이고 억측이 많고 근거가 없으면 안 된다.
다섯째, 소설은 풍속교화와 무관하면 안 된다.
여섯째, 소설은 인정세태를 잘 반영해야 한다.
일곱째, 소설은 기이하고 참신하여 사람의 마음과 눈을 놀래게 해야 한다.
여덟째, 소설 작품의 결말은 아정하여 풍속을 후덕하게 할 수 있어야 한다.
아홉째, 소설 속의 진기함은 일상적이고 평범함에서 나와야 한다.
열째, 소설은 풍속교화의 미(美)를 이루게 해야 한다.

위 편찬이념의 내용을 다시 간추리면 또 다음과 같이 세 가지로 압축하여 정리할 수가 있다.

첫째, 소설은 정사의 일부이므로 허황된 이야기가 아니라 근거가 있어야 하며, 일상적이고 평범함을 바탕으로 인정세태(人情世態)를 잘 반영해야 한다.
둘째, 소설은 사서오경과 같은 경전과 같으므로 내용이 비속하거나 음란하지 않고 아정(雅正)해야 하며, 풍속교화와 관계가 있어야 한다.
셋째, 소설은 일상적이고 평범함 속에서도 기이하고 참신한 내용으로 사람의 마음과 눈을 놀래게 해야 한다.

이상의 고찰을 통해 보면 서문에 나타난 편찬이념과 실제 작품들을 통해 고찰한 『금고기관』의 편찬이념 간에는 명실공이 공통된 내용이 존재함을 확인할 수가 있다. 즉 서문에 나타난 위 세 가지 편찬이념은 실제 작품을 통해 드러난 편찬이념과 완전히 일치한다. 다시 말해 『금고기관』 편찬자는 소화주인의 서문을 통해 명백히 제시한 편찬이념에 의거해 교화적 의미의 작품들을 엄선하고 비속하고 음란한 문자들을 수정하였을 뿐 아니라 심지어 작품의 취사선택과 편집에 있어서도 편찬이념에 따라 개편하였다고 할 수 있다.

3. 『금고기관』의 미학관

『금고기관』 미학관에 대한 고찰의 범주는 첫째, 포옹노인이 삼언·이박을 정선해 40편으로 압축시킨 탁월한 편찬방식과 편찬의도에 나타난 미학관의 세계와, 둘째로는 『금고기관』이 수록한 40편 작품 자체의 미학관[13], 그리고 마지막으로는 『금고기관』의 서문에 반영된 소화주인의 소설관을 통해 추측할 수 있는 포옹노인의 소설이론 미학관에 대한 고찰로 크게 구성되어진다.

그러나 『금고기관』 자체의 미학관에 대한 고찰은 포옹노인이 『금고기관』 소화주인의 서문을 바탕으로 삼언·이박의 서문에 나타난 소설예술관을 어떻게 계승발전시키고 원작을 어떻게 편집하여 『금고기관』이란 탁월

13 여기에는 삼언·이박의 미학관도 포함되기에 『금고기관』 자체의 미학관으로 보기에는 무리가 있다.

한 정선집을 탄생시켰는가가 가장 큰 관건이다. 따라서 본 장에서는 위의 세 가지 범주로 나누어 논의하지 않고, 『금고기관』의 편찬방식에 나타난 미학관을 중심으로 융회관통식으로 논의하기로 한다.[14]

1) 대우(對偶)를 통한 유기적 조합

『금고기관』의 가장 핵심적인 미학은 원작 삼언·이박 200편의 작품들을 취사선택하여 40편으로 정선하고, 또 그것을 대우를 통해 유기적으로 조합하여 일목요연하게 정리한 묘미에 있다.

앞 장인 『금고기관』의 편찬모식과 편찬이념에서 자세히 고찰한 바와 같이 『금고기관』의 편찬자 포옹노인은 작품의 제목 목록에서부터 수록한 작품들의 원전 출처, 그리고 수록한 작품의 주요 내용에 이르기까지 모든 것들을 여러 형식의 대우를 통해 질서정연하게 유기적으로 조합하였다.

즉 제목 목록을 보면 포옹노인은 『금고기관』 40편의 제목 편집에 있어 삼언·이박의 원제목을 그대로 옮긴 것이 아니라 40편 전부가 상하 두 편씩 정확한 대구를 이루도록 정교하게 편집하였음을 앞에서 이미 확인한 바가 있다. 그리고 『금고기관』이 선택한 삼언·이박의 원전 출처도 5편(『유세명언』, 『경세통언』, 『성세항언』, 『박안경기』, 『이각박안경기』)의 작품들을 작품별로 각각 2편씩 골고루 채택하다가 이어 3편씩 혹은 4편씩 선택하여 수록한 편수에서도 위아래가 서로 대우를 이루게 하였다.

---

14 『금고기관』의 미학관에 대해 周晴과 陳志平은 앞의 논문 「從『今古奇觀』看抱甕老人的美學思想」과 「話本集『今古奇觀』的美學思想探究」에서 周晴은 眞奇의 미학관, 아정함의 미학, 人性人情美의 미학 등을 제시하였고, 陳志平은 구성과 언어의 미학, 인성미의 미학, 文以載道의 미학 등을 주장하였다. 이들이 공통적으로 제기한 이른바 '인성인정미의 미학'이란 유교적 예교주의에 반하는 『금고기관』이 반영한 만명의 시대정신이라고 할 수 있는 주정주의 정신을 말한다.

즉 제1편부터 10편까지를 보면『유세명언』,『경세통언』,『성세항언』,『박안경기』가 각각 2편씩 선택되었다가[15] 제11권부터 제18권까지는『유세명언』과『성세항언』이 각각 3편씩 수록되면서 서로 대우를 이룬다. 그리고 19편부터 끝까지는 또『경세통언』과『성세항언』이 각각 4편씩 수록되면서 또 서로 대우를 이룬다. 물론 그 중간 중간에 또 다른 곳에서 두 편씩 취하기도 하였다. 물론 중후반 부분에서는 이런 대우 형식이 완벽하지 않고 다소 허물어지는 듯해도 원작의 수록 편수를 작위적으로 서로 대우를 취하고자 한 포옹노인의 노력을 충분히 짐작할 수가 있다.

또 수록한 작품들의 주요 내용에 나타난 대우는『금고기관』의 가장 탁월한 편집 미학을 드러내고 있다. 앞에서 자세히 설명한 바와 같이『금고기관』은 작품 내용의 배열에 있어 천편일률적 단조로운 대우 형태를 취한 것이 아니라 '상하편 대우', '격편 대우', '격양편 대우' 등 다양한 형태의 대우는 물론, 대우의 중간 중간에도 몇 편의 작품들은 대우 형태를 취하지 않고 대신에 앞뒤의 작품들과 서로 연관성을 지니게 하여 내용상으로 서로 연결을 맺게 하였다.

다시 말해 포옹노인은 다양한 형식의 대우를 통해 유사한 사상내용의 작품들을 위아래 두 편으로 모아서 수록하거나 한편 건너서 같은 부류의 작품을 중복하여 수록하거나 혹은 두 편씩을 건너 같은 사상의 작품을 수록함으로써 주제사상을 독자들에게 강하고 집중적으로 전달하고자 하였다.

그 뿐만 아니라 포옹노인은 가끔 반복적이고 일률적인 대우의 단조로움을 깸으로써 결과적으로는 작품의 내용과 주제 사상을 더없이 탄탄하고 효과적으로 잘 드러내었다. 즉 유사한 내용의 작품들을 단순한 대우를

---

15 앞에서 지적한 바와 같이 제1편에서 10편까지에서 포옹노인은『성세항언』을 특히 중시하여 유독 이 작품은 다시 두 편을 더 수록하였지만 각 작품들을 두 편씩 채택하고 있음은 사실이다.

통해 반복적으로 연이어 소개하는 것이 아니라 유사한 작품을 몇 편 건너서 수록하거나 심지어 십여 편 이상 건너서 소개하기도 함으로써 대우가 아니더라도 부단하게 독자들의 기억과 상기를 유발하고자 노력하였다. 이는 포옹노인의 탁월한 편집능력이자 바로 『금고기관』의 편집에 나타난 고도의 기술이라고 할 수 있다.

구체적인 예를 들어 설명하면, 제17편부터 20편까지의 4편은 서로 대우를 취하지 않지만 각 편이 모두 앞의 작품 내지는 뒤의 작품들과 유기적으로 연결되어 있다. 즉 재기 있는 여성을 찬양한 제17편 「소소매가 신랑을 세 번 난처하게 하다」는 한참 뒤인 제34편 「여수재의 대담무쌍한 지용」으로 다시 이어지며, 결혼을 주선한 어진 사대부를 찬양한 제18편 「유원보가 두 아들을 얻다」는 앞의 제2, 제4편의 내용을 다시 부각시킨 것이며, 지기간의 우정을 찬양한 제19편 「유백아가 거문고를 버리고 지음에게 감사하다」도 앞에 출현한 제11, 12편의 내용을 다시 상기시킨 것이며, 또 악처로 인한 부부관계의 파탄을 다룬 제20편 「장자휴가 장군을 두드리고 큰 도를 이루다」는 앞의 제14, 16편의 내용을 다시 이어받아 부부관계의 중요성을 다시금 강조하고 있다. 또 형제간의 우의와 인과응보를 다룬 제31편 「여대랑이 주은 돈을 돌려주고 가족을 되찾다」도 대우를 취하지 않고 독립적으로 들어간 듯하지만 사실 앞의 제1편, 제3편에서 다룬 내용을 다시금 환기시키는 구실을 하고 있다.

그리고 대우성이 짙지 않은 마지막 부분 제36편부터 제40편까지의 5편의 작품들은 모두 서로 유사한 주제의 내용으로 묶어져 있는데, 특히 제36편과 37편 두 편은 모두 처신에 대한 경계를 드러내어 대우와 버금가는 매우 유사한 내용으로 묶어져 있고, 제38편부터 제40편까지의 3편도 모두 남성의 욕정에 대한 경계를 다룬 작품들이라 내용상으로 매우 유사한 작품들로 묶여져 사실 대우와 같은 효과를 발휘하고 있다. 이처럼 『금고기관』이 수록한 40편 작품들을 구성하고 있는 작품 내용을 살펴보면 모두가 대우를 통해 유기적으로 서로 긴밀히 안배, 결합되어 작품의 주제 사상을 중복적이고 효과적으로 잘 드러내고 있다.

2) 중용(中庸)의 미학

『금고기관』은 '진정(眞情)'을 중시한 삼언의 정신을 계승하여 인간이 지닌 본연의 순수한 '정'을 매우 중시하면서도 그와 동시에 예교를 통해 인간의 불량한 욕망들을 경계하고자 하였는데, 이는 바로 『금고기관』이 추구하는 중용 즉 '중화(中和)'의 정신에서 비롯된 것이다.

앞 "『금고기관』의 편찬이념" 단원에서 자세히 고찰하였듯이 『금고기관』이 수록한 40편 작품들의 내용을 살펴보면 당시 '이정반리(以情反理(禮))'의 조류에 편승해 정주이학에 대한 봉건예교의 속박을 벗어나 심지어 그에 대항해 인간의 정을 강하게 찬양하는 삼언 속 명작들을 가능한 많이 수록하고 있지만, 동시에 인간의 욕망에 대한 경계와 처신에 대한 훈계, 권선징악이나 인과응보 등의 도덕적 교화에 관한 작품들을 서두와 서미는 물론 작품 전체에 대거 포진시켰다. 이는 포옹노인의 절묘한 편집 미학의 소치이자 공리적 교화주의의 심미관과 인성과 진정의 미를 추구하는 주정주의적 심미관이 상호 어우러진 중화의 미의 반영이다.

삼언의 편찬에는 명말 대두된 주정(主情)주의적 사상과 유교적 교화사상을 융합한 '중화의 미'가 잘 드러나는데, 풍몽룡은 삼언을 편찬함에 있어 몇몇 작품을 제외하면 대체로 유아(儒雅)와 정속(情俗)을 오가며 중화적 조절을 취하였음은 많은 이들이 수긍하는 바이다.[16]

그런데 삼언의 정신을 계승한 『금고기관』은 이 책 소화주인의 서문을

---

16 이에 대한 논문으로는 黃善文, 「馮夢龍三言的中和之美」, 『安慶師範院學報(社會科學版)』, 2003. 또 李雪梅, 「論三言的中和之美」, 『河北師範大學』, 2010 등 참고.

빌려 천명한 바와 같이 삼언 속의 찌꺼기라고 할 수 있는 비속한 부분들을 잘 솎아내어 통속소설을 더욱 교화성이 강한 아정한 작품으로 환골탈태시켰다. 동시에 『금고기관』은 정을 내세우는 삼언의 주정주의적 정신도 비교적 잘 계승하여 남녀 간의 진정한 사랑이나 인간의 성정, 그리고 시민계층의 개방적이고 진보적인 사상 등도 적극적으로 반영함으로써 삼언의 중화의 정신을 더욱 효과적이고 강력하게 계승, 발전시켰다고 할 수 있다.

이를테면 앞서 고찰한 『금고기관』의 편찬의도와 편찬이념에서도 밝혔듯이 『금고기관』의 편집자 포옹노인은 기존 삼언·이박 작품들을 편집함에 있어 작품 속 불필요한 저속하고 노골적인 표현들을 모두 고쳐 순화시켰으며, 또 『금고기관』 소화주인의 서문을 통해서도 소설은 경전과 같은 것이므로 내용이 비속하거나 음란하지 않고 아정하여 풍속교화에 이바지해야 함을 이론적으로 재차 주장하였다. 즉 『금고기관』 소화주인 서문에서 정사와 어깨를 겨루는 소설의 가치와 삼언의 풍속교화 역할에 대한 강조와 찬양[17]은 포옹노인이 풍몽룡의 교화주의를 철저히 채택하고 있음을 방증한다.

따라서 포옹노인이 『금고기관』을 편집할 때 가장 우선시한 것이 바로 이런 아정함을 바탕으로 풍속교화를 진작시키는 교화사상이었다. 이는 앞에서 고찰한 유형별 분류한 『금고기관』 40편 작품들의 주된 사상과 내용을 통해서도 바로 확인될 수가 있다. 즉 『금고기관』 40편 작품들을 내용에 따라 유형별로 분류하면 대략 16가지 유형으로 분류되는데, 그 가운데 교화사상과 관련된 심미관을 반영한 유형이 8가지이고, 주정주의적 심미관이 반영된 유형도 그 나머지인 8가지이다. 그런데 이들 두 심미

17 "구시대의 정통문학을 막론하고 패관이나 야사도 천고에 우뚝 설 수 있게 되었으니(勿論廓廟鴻編, 即稗官野史, 卓然敻絕千古.)", "『유세』, 『경세』, 『성세』의 삼언을 편찬함에 이르러서는 ...... 더욱 광채를 발하여 풍속을 중시함으로 끝을 맺었다.(至所纂『喻世』·『醒世』·『警世』三言, ... 而曲終奏雅, 歸於厚俗)" - 최봉원 외, 『중국역대소설서발역주』, 을유문화사, 1998, 173-174쪽..

관은 공평하게 반반씩 절충하여 반영되었다고 볼 수도 있겠지만, 사실 좀 더 깊이 따지면 작품 편수에 있어서는 많은 차이가 있다. 앞의 표를 기반으로 『금고기관』 40편 작품들을 교화주의 심미관과 주정주의 심미관으로 크게 양분해 관련 작품들을 분류하여 소개하면 다음 표와 같다.

표 18 『금고기관』의 두 심미관(교화주의와 주정주의)과 관련 작품들[18]

교화주의 심미관	관련 작품
1. 욕망(색욕, 물욕, 관직욕 등)의 경계와 처신에 대한 훈계 ※숫자 1,2,3,4 등은 16가지 유형에 속한 작품들 수량의 多少에 따라 매긴 순위임.	제5권「杜十娘怒沉百寶箱」, 제10권「看財奴刁買冤家主」, 제15권「盧太學詩酒傲公侯」, 제27권「錢秀才錯占鳳凰儔」, 제35권「王嬌鸞百年長恨」, 제36권「十三郎五歲朝天」, 제37권「崔俊臣巧會芙蓉屏」, 제38권「趙縣君喬送黃柑子」, 제39권「誇妙術丹客提金」, 제40권「逞多財白丁橫帶」등 10편.
2. 부부관계에 대한 계시	제14권「宋金郎團圓破氈笠」, 제16권「李汧公窮邸遇俠客」, 제20권「莊子休鼓盆成大道」, 제22권「鈍秀才一朝交泰」, 제23권「蔣興哥重會珍珠衫」, 제32권「金玉奴棒打薄情郎」, 제37권「崔俊臣巧會芙蓉屏」등 7편.
3. 선량한 위정자에 대한 예찬	제2권「兩縣令競義婚孤女」, 제4권「裴晉公義還原配」, 제13권「沈小霞相會出師表」, 제18권「劉元普雙生貴子」, 제23권「蔣興哥重會珍珠衫」, 제24권「陳御史巧勘金釵鈿」, 제28권「喬太守亂點鴛鴦譜」등 7편.
4. 婦德을 칭송	제14권「宋金郎團圓破氈笠」, 제22권「鈍秀才一朝交泰」, 제26권「蔡小姐忍辱報仇」, 제30권「念親恩孝女藏兒」, 제32권「金玉奴棒打薄情郎」, 제37권「崔俊臣巧會芙蓉屏」등 6편.

18 본 장의 내용과 표의 출처에 대해서는 최병규, 「『금고기관』 편찬에 나타난 삼언·이박 정신의 계승과 발전 – 삼언·이박의 편찬이념 '도덕성'과 '中和의 미'를 중심으로」, 『인문논총』 제61집, 2023 참고.

7. 형제간의 우애와 의리	제1권「三孝廉讓產立高名」, 제3권「滕大尹鬼斷家私」, 제31권「呂大郎還金完骨肉」등 3편.
8. 친구간의 우정과 의리	제11권「吳保安棄家贖友」, 제12권「羊角哀舍命全交」, 제19권「俞伯牙摔琴謝知音」등 3편.
14. 노복에 대한 칭송과 훈계	제25권「徐老僕義憤成家」, 제29권「懷私怨狠僕告主」등 2편.
15. 악처에 대한 훈계	제16권「李汧公窮邸遇俠客」, 제20권「莊子休鼓盆成大道」등 2편.
주정주의 심미관	관련 작품
5. 박정한 남성에 대한 훈계	제5권「杜十娘怒沉百寶箱」, 제7권「賣油郎獨占花魁」, 제32권「金玉奴棒打薄情郎」, 제35권「王嬌鸞百年長恨」
6. 여성(기생)에 대한 존중	제5권「杜十娘怒沉百寶箱」, 제7권「賣油郎獨占花魁」, 제8권「灌園叟晚逢仙女」, 제23권「蔣興哥重會珍珠衫」
9. 탐관오리에 대한 (간접적) 풍자	제3권「滕大尹鬼斷家私」, 제4권「裴晉公義還原配」, 제13권「沈小霞相會出師表」, 제15권「盧太學詩酒傲公侯」
10. 풍류재자에 대한 칭송	제6권「李謫仙醉草嚇蠻書」, 제15권「盧太學詩酒傲公侯」, 제33권「唐解元玩世出奇」
11. 재녀에 대한 찬미	제17권「蘇小妹三難新郎」, 제34권「女秀才移花接木」
12. 정치현실에 대한 풍자	제13권「沈小霞相會出師表」, 제15권「盧太學詩酒傲公侯」
13. 가난한 선비에 대한 동정(과거제도에 대한 비판)	제21권「老門生三世報恩」, 제22권「鈍秀才一朝交泰」,
16. 금전적 욕망추구의 정당성	제9권「轉運漢巧遇洞庭紅」

위 표에서 쉽게 알 수 있듯 교화주의적 심미관을 반영한 "욕망의 경계

와 처신에 관한 경계", "부부관계에 대한 계시" 등을 비롯한 8가지 유형의 작품들은 그 해당 작품들의 숫자에 있어 제1위부터 4위까지를 모두 차지하면서 중복되는 작품들을 빼고 계산해보면 『금고기관』 40편 가운데 대부분이라고 할 수 있는 총 32편의 작품들이 모두 이에 속한다. 그러나 그에 비해 주정주의적 심미관을 반영한 작품들의 숫자는 총 17편에 그쳐 그 수에 있어 현저한 차이가 있음을 알 수 있다.[19] 그나마 17편의 작품 가운데 주정주의적 심미관을 직접적으로 반영한 작품은 정치현실과 탐관오리를 풍자한 작품들을 뺀 고작 13편에 지나지 않는다.

따라서 엄밀히 말하자면 『금고기관』의 미학관은 교화주의적 심미관을 우선적으로 그 바탕의 기본정신으로 삼고 있다고 볼 수도 있다. 왜냐하면 위의 표에서 보듯 주정주의적 심미관을 반영한 작품들도 그 내용을 보면 몇 부류의 작품들을 빼고 "박정한 남성에 대한 훈계", "여성에 대한 존중", "탐관오리에 대한 풍자", "정치현실에 대한 풍자", "가난한 선비에 대한 동정" 등 거의 대부분이 풍속교화의 심미관과도 연관되어 있기 때문이다. 따라서 『금고기관』은 적어도 겉으로 드러난 표면상으로는 거의 모든 작품들이 풍속교화의 교화주의적 심미관을 표방하는 것처럼 보임이 사실이다.

그러나 『금고기관』의 편찬자 포옹노인은 표면적으로는 교화주의를 최우선시하면서도 안으로는 그와 맞서 주정주의의 가치와 시민계층의 자유분방한 사상을 표방한 작품들을 군데군데 포진시키고 있으며, 심지어 두 가치관이 충돌할 때에는 주정주의적 심미관을 적극 옹호하기도 하면서 고도의 중용적 태도를 지키고 있다. 이를테면 『금고기관』은 삼언·이박 속의 명작으로 예교에 반하는 시민계층의 자유분방한 진보적 사상을 담은

19 여기서 두 심미관을 반영한 작품들의 숫자의 합이 40편을 초과하는 것은 한 작품 속에서도 공리적 심미관과 주정주의적 심미관을 동시에 반영하고 있는 작품들도 있기 때문이다.

작품들을 빼놓지 않고 수록하였다. 예를 들면 「장흥가중회진주삼」, 「매유랑독점화괴」, 「교태수란점원앙보」, 「전운한교우동정홍」 등에서 부덕을 지키지 못하고 혼외정사를 범한 부인에 대한 관대한 아량, 귀족계층 자제들과는 달리 평등과 아낌의 태도로 여성을 대하는 당시 시민계층 청년의 여성관, 그리고 유교적 가치관에 반한 남녀 간의 자유로운 결합과 금전적 욕망을 추구하는 당시 중상(重商) 관념 등을 말하고 있다.

더욱이 제28편 「교태수란점원앙보」는 겉으로는 선량한 위정자에 대한 예찬을 주된 내용으로 하는 듯하지만 사실은 봉건예교와 전통적인 도덕관에서 벗어나 남녀간의 자유로운 연애를 수긍하고 있는 작품으로 해석될 수 있다.[20] 주지하다시피 당시 중국의 예교사회에서는 결혼이란 부모의 뜻과 중매쟁이의 말에 따라 엄격하고 은밀하게 치러져야 하며, 당시 이 희한한 청년남녀들의 탈선 사건을 담당한 관아의 태수는 그 예교제도를 받들어 집행하는 것이 그의 당연한 역할이자 본분이었다.

그러나 작품 속의 교태수는 젊은 남녀들의 사사로운 연애사건을 풍기문란의 난잡한 행동으로 보지 않고 그들의 입장에 서서 그것을 운치 있는 '풍류운사'로 간주하여 사안을 판결하였다. 다시 말해 교태수는 당시 도학자들의 예교주의의 보수적 태도와는 달리 인간의 자연스러운 욕정을 인정한 셈이다. 그는 이미 예교주의의 파수꾼인 봉건관리가 아니라 서민의식의 영향을 받은 주정주의의 대변인이었다.

그런데 여기서 주목할 점은 『금고기관』의 편찬자는 이 작품을 통해 예교에 반하는 주정주의적 태도를 보였지만 제목상으로는 교태수가 마음대

---

20 周晴은 앞의 논문 「從『今古奇觀』看抱甕老人的美學思想」에서 『금고기관』이 洪邁의 『夷堅志』에서 언급한 바와 같이 풍속교화와 무관하게 남녀 간의 사사로운 연애를 담아 도학자들의 눈에는 음란한 작품으로 간주되는 「蔣興哥重會珍珠衫」, 「賣油郎獨占花魁」, 「喬太守亂點鴛鴦譜」 등의 작품들을 채택한 것은 인성미와 인정미를 중시하는 포옹노인의 미학관을 반영한 것이라고 주장하였다. 논문 75쪽 참고.

로 짝을 지어주었다는 식으로 그 행동을 질책하는 듯한 교화주의적 태도를 보였음인데, 이는 바로 표면적으로는 언제나 교화주의를 내세우는 포옹노인의 교묘한 편찬방식을 반영한 것이다.

그 외에도 『금고기관』의 주정주의적 심미관은 제15권 「노태학시주오공후」에서도 잘 드러난다. 이 작품은 제13권 「심소하상회출사표」와 격대우를 이루어 정치적 투쟁사건을 다루고 있지만, 작품내용에 따른 유형상으로는 '탐관오리 현령에 대한 간접적 풍자'와 '풍류재자에 대한 칭송'으로 해석되는 작품이다.

여기서 주인공 노남은 명대의 실존 인물로 왕세정(王世貞)과 교분이 깊은 시인이었다. 따라서 노남이 죽은 후에 왕세정이 지은 그의 전기는 그의 행실을 비교적 객관적으로 평가한 것으로 볼 수 있는데, 이에 의하면 그는 비교적 부정적인 인물로 보여짐이 사실이다. 왜냐하면 왕세정은 그가 별 하는 일도 없이 늘 기녀들과 소일하면서 술에 취하면 주변 사람들에게 욕을 해대는 인물로 기록하였기 때문이다.[21]

그러나 이 작품에서 풍몽룡이 묘사한 노남의 형상은 비교적 긍정적으로 기술된 반면 지방관 현령은 탐관오리 소인배로 묘사되었다. 다시 말해 풍몽룡은 노남이 술에 취해 현령에게 난동을 부린 일을 호방하고 진솔한 성정의 발로로 간주하였으며, 그가 지방의 수뇌인 현감을 홀대하며 무시한 사건의 원인을 현감이 매번 약속을 어긴 때문으로 보고 있다. 즉 풍몽룡은 노남이 술 먹고 벌인 실수를 풍류재자의 '귀여운' 주사 정도로 보면서, 그의 성정의 본질이라고 할 수 있는 진솔하고 소탈한 면을 긍정적으로 이해하고 있는 것이다. 반면 백성을 자식과 같이 자상히 대해야 하는 '부모관(父母官)'이 천진하고 진솔한 노남을 이해하지 못하고 자신을 예

21 「盧柟傳」"為人跅弛, 不問治生產, 時時從娼家遊;大飲, 飲醉則弄酒罵其座客, 無敢以唇舌抗者."

로써 대하지 못한 점에 앙심을 품고 그에게 보복하는 현감을 하찮은 소인배로 간주하였다.

이 작품 결미에서도 노남이 마치 『홍루몽』 속 인물 진사은(甄士隱)이 파족도인(跛足道人)과 함께 출가하듯이 그가 의기투합한 도인과 함께 사라짐으로써 풍몽룡은 그를 신선과 같은 고매한 인물로 찬미하고 있는데, 이는 풍몽룡의 주정주의적 심미관이 잘 반영된 것이다. 예법을 도외시하며 자신의 진정을 다 드러내며 살아가던 풍류재자들에 대한 풍몽룡의 찬미는 삼언 속에서 노남 외에도 이태백, 당백호 등에 대한 일화를 소개한 작품들을 수록한 점에서도 잘 드러나고 있다. 따라서 풍몽룡이 예법을 무시하며 자신의 개성과 진정을 추구하며 살아간 이른바 풍류재자들을 찬미한 것은 그가 지닌 주정주의적 심미관의 반영이다.

『금고기관』은 삼언의 이런 주정주의적 심미관을 계승하여 제15권 「노태학시주오공후」에서 기본적인 줄거리는 대체적으로 삼언 원본의 내용을 그대로 수록하면서 특히 소인배 현감에 대한 노남의 증오와 반감을 강화시킴으로써 악을 질시하는 풍류재자 노남의 특성을 더욱 강조하였다.[22] 그리고 위 표에서도 보듯이 『금고기관』은 풍류재자들을 찬미한 작품들을 많이 수록하였으며, 심지어 '여자는 재기가 없는 것이 바로 덕이다.(女子無才便是德)'라는 예교주의적 관점의 말이 그러하듯 전통적으로 덕과

---

22 이 작품에 있어 『금고기관』은 삼언 원본의 내용을 대체적으로 모두 수록하면서도 풍속 교화와 풍기를 문란하게 하는 부분은 다소 수정, 보완하였다. 이를테면 양민인 王屠와 石雪哥의 잡다한 비행을 삭제하였고, 또 노남의 하인 盧才가 鈕成의 아내 金氏를 탐하는 부분도 삭제하였다. 그리고 무엇보다도 노남의 묘사에 있어 악을 증오하는 그의 특성을 강조하였는데, 이를테면 삼언 원본에서 "心中大怒道: 原來這俗物一無可取, 卻只管來纏帳."부분을 "原來這個貪殘蠢才, 一無可取, 幾乎錯認了! 如今幸爾還好! 即令家人撤開下面這桌酒席, 走上前, 居中向外而坐, 叫道: 快把大杯灑熱酒來, 洗滌俗腸! 家人都稟道: 恐太爺一時來到. 盧柟喝道: 唗! 還說甚太爺! 我這酒可是與那貪殘俗物吃的麼? "로 수정, 보완하였다.

상극인 재기를 지닌 이른바 '재녀'에 대해서도 찬미하고 있다. 이는 바로 『금고기관』이 주정주의적 심미관도 잘 반영하고 있음을 말해준다.

요컨대 『금고기관』은 표면적으로는 공리적 심미관에 의거하여 예교주의를 찬양하면서도 한편으로는 주정주의 의식을 바탕으로 인간의 진정, 개성, 그리고 재정, 풍류 등과 같은 인간의 성정을 중시하였으며, 간혹 예교와 진정이 충돌할 때에는 인지상정과 진정을 적극 옹호하여 고리타분한 예교주의에 치우침을 삼감으로써 중용의 미학을 구현하고자 노력하였다.

『금고기관』에 나타난 중용, 즉 중화의 미학은 대단원의 서술구조를 통해서도 잘 드러나고 있다. 다시 말해 『금고기관』은 작품 속 대립적이고 갈등적인 요소들을 첨예한 대립적 구조로 몰아 비극적으로 마감하면서 강한 주제성과 메시지를 전달하는 것이 아니라 상호 대립적 요소들을 의도적으로 무난하게 화합시킴으로써 낙천적인 해피엔딩으로 마무리하고 있다.

예를 들면 제23권 「장흥가가 진주 적삼을 다시 만나다」에서 작가는 장흥가가 외도한 부인 왕삼교와 이혼하는 것에서 끝나는 것이 아니라 결국에는 다시 받아주면서 부부간의 화합을 얘기하였으며, 또 제32권 「금옥노가 박정한 남편을 몽둥이로 때리다」에서도 배은망덕한 남편에 대한 징벌에서 끝나지 않고 아내 금옥노가 다시 그를 받아주면서 부덕과 부부간 화합을 강조하였으며, 또 제14권 「낡은 삿갓을 쓴 송금이 다시 부인과 만나다」에서도 물욕에 빠져 자신을 해친 의리 없는 장인과 송금이 대립하는 구조가 아니라 송금이 결국 장인을 용서하면서 가족이 화합하는 내용도 그러하다. 이는 『금고기관』이 삼언 속 작품들을 수록하면서 삼언이 표방하는 중화의 미학을 적극적으로 계승하였음을 보여준다.

그 외에도 『금고기관』의 중화의 미학은 남녀 간의 애정묘사에 있어서도 드러나는데, 욕정을 긍정하는 주정주의적 태도와 그것을 절제하고 금기시하는 이성적 교화주의가 서로 절충하고 타협함을 보이고 있다.[23] 이는 풍몽룡이 삼언을 편집할 때 당시의 음란한 풍조를 비판한 바와 같이 교화적인 내용을 표방하였지만 동시에 속된 부분들을 삭제하지 않은 것은 유아함과 통속함을 서로 절충하고자 한 그의 중화적 창작 태도에서 기인한 것이라 할 수 있는데, 포옹노인은 풍몽룡의 이런 중화적 태도를 더욱 진지하게 발전시켰다.

이를테면 명청소설에서는 종종 "하나는 ~이고, 하나는 ~이다."라는 방식의 구절로 두 남녀의 만남을 시적으로 아름답게 표현하였는데[24], 삼언 속에서는 이런 구절이 남녀 간 욕정을 묘사한 부분에서 상당히 많이 활용되고 있다.

예를 들면 「장흥가중회진주삼」(『유세명언』), 「교태수란점원앙보」(『성세항언』), 「육오한경류합색혜(陸五漢硬留合色鞋)」(『성세항언』), 「왕대윤화분보련사(汪大尹火焚寶蓮寺)」(『성세항언』) 등에서 보듯 남녀의 정사장면에는 무조건 어김없이 이런 시구를 사용해 욕정을 미화하고 있다.[25]

---

23 혹자들은 그로 인해 삼언이 간혹 주제의식을 흐리기도 하였다고 혹평하기도 하였다. 즉 삼언 속 몇몇 작품들은 남녀간 욕정을 절제해야 함을 말하면서도 실상은 작가가 남녀 간의 성애를 가감 없이 마음껏 묘사하면서 마치 작가 스스로 이를 은근히 즐기는 듯한 느낌을 준다고 평하기도 하였다.

24 『홍루몽』에서 가보옥과 임대옥 두 사람의 만남에 대해 묘사한 "紅樓夢 12曲" 중의 '枉凝眉' 에서도 이와 같은 묘사기법을 사용하고 있는데, 이는 가보옥과 임대옥의 고아한 기질과 두 사람의 기이하고 슬픈 인연을 아름다운 詩化的 표현법을 사용해 묘사하고 있는 부분이다.

25 "一個是閨中懷春的少婦, 一個是客邸慕色的才郎. 一個打熬許久, 如文君初遇相如;一個盼望多時, 如必正初諧陳女. 分明久旱受甘雨, 勝過他鄉遇放知."(〈蔣興哥重會珍珠衫〉), "一個是青年男子, 初嘗滋味; 一個是黃花女兒, 乍得甜頭. 一個說今宵花燭, 到成就了你我姻緣;一個說此夜衾綢, 便試發了夫妻恩愛. 一個說, 前生有分, 不須月老冰人, 一個道, 異日休忘, 說盡山盟海誓. 各燥自家脾胃, 管甚麼姐姐哥哥; 且圖眼下歡娛, 全不想有夫有婦. 雙雙蝴蝶花間舞, 兩兩鴛鴦水上遊."(〈喬太守亂點鴛鴦譜〉), "豆蔻包香, 卻被枯藤胡纏;海棠含蕊, 無端暴雨摧殘. 鵂鶹占錦鴛之窠, 鳳凰作凡鴉之偶. 一個口裏呼肉肉肝肝, 還認做店中行貨; 一個心裏

삼언 애정류 소설에 나타난 욕정에 대한 이런 미화적 표현은 비단 "하나는 ~이고, 하나는 ~이다"라는 식의 표현에만 국한된 것도 아니다. 남녀가 상대에게 서로 이끌려 반하게 되는 상황에는 의례히 관능적이고 선정적인 표현이 자주 등장하며 특히 육체적 관계를 맺을 때에는 이런 과장적이고 미화적인 묘사가 의례히 뒤따른다.[26]

그런데 『금고기관』은 삼언에 나타난 이런 남녀간 욕정에 대한 미화적인 표현을 어느 정도 계승해 받아들이고 있지만 지나치다고 생각되는 부분에서는 절제를 하였다. 다시 말해 「장흥가중회진주삼」이나 「교태수란점원앙보」처럼 정상적인 작품 내용의 전개에 있어 부득이한 남녀간의 정사묘사는 삼언의 묘사를 그대로 받아들였지만, 「육오한경류합색혜」, 「왕대윤화분보련사」, 「장순미등소득려여(張舜美燈宵得麗女)」, 「감피화단증이랑신(勘皮靴單證二郎神)」 등처럼 작품 내용이 미풍양속에 반하거나 지나치게 선정적인 작품들은 아예 작품 자체를 수록하지 않았다. 이는 『금고기관』의 서문에서도 밝혔듯이 삼언은 작품수량이 너무 많아 옥석(玉石)이 산재하지만 『금고기관』은 삼언 속에서 작품 내용이나 그 묘사가 지

想親親愛愛, 那知非樓下可人. 紅娘約張珙, 錯訂鄭恒; 郭素學王軒, 偶迷西子. 可憐美玉嬌香體, 輕付屠酤市井人."(〈陸五漢硬留合色鞋〉), 一個是空門釋子, 一個是楚館佳人. 空門釋子, 假作羅漢真身; 楚館佳人, 錯認良家少婦. 一個似積年石臼, 經幾多碎搗零; 一個似新打木椿, 盡耐得狂風驟浪. 一個不管佛門戒律, 但恣歡娛; 一個雖奉縣主叮嚀, 且圖快樂. 渾似阿難菩薩逢魔女, 猶如玉通和尚戲紅蓮.(〈汪大尹火焚寶蓮寺〉)

26 이를테면 "한편 그 여자는 장순미에게 희롱당하여 스스로를 주체하지 못하였다. 눈은 어질어질하고, 마음은 심란하였으며, 또 다리도 풀어지고, 발도 저렸다. 한참 동안 넋을 잃은 듯 있다가 마침내 네 눈과 두 얼굴에서 서로 정이 오고 갔다."(〈張舜美燈宵得麗女〉), "그녀는 그를 방안으로 안내하였고, 銀燈을 불어 끄고, 옷을 벗고 자리에 들었다. 두 사람은 처녀총각이라 마치 굶주린 호랑이가 양을 만난 듯, 파리가 피를 본 듯하였고, 이름을 묻고 예의를 갖출 여유가 없었다. 두 사람이 즐거움을 만끽한 연후에 장순미가 말했다."(〈張舜美燈宵得麗女〉), "한부인은 그(이랑신) 모습을 보자 눈이 아찔하고 가슴이 흔들려 자신도 모르게 입에서 나지막이 감탄하는 소리를 흘러 보내고 말았다."(〈勘皮靴單證二郎神〉).

나치게 속돼 중화의 미를 해쳤다고 여긴 작품들을 솎아내었는데, 이는 『금고기관』이 삼언에 비해 더욱 중화의 태도를 견지해 지켜나갔음을 보여준다.

3) 진기(眞奇)의 미학

전술한 바와 같이 『금고기관』 서문의 마지막 단락에서는 소설비평이론과 연관된 소화주인의 예술관에 대해 집중적으로 피력하였는데, 이는 바로 『금고기관』 편찬 미학에서 간과될 수 없는 부분이다. 즉 소화주인의 서문을 통해 본 『금고기관』의 편찬 의도에는 이 책이 편찬된 직접적인 동기 외에도 소설의 중요성에 대한 소화주인의 인식과 함께 『금고기관』의 편찬 원칙이라고 할 수 있는 예술적 진실성의 문제와 연관된 '진(眞)'과 '기(奇)'의 편찬미학도 제시하였다.

소화주인은 우선 소설의 중요성을 말하는 소설의 지위와 사회적 작용에 대해 그것이 유교경전인 『사서』, 『오경』과 같다고 간주하면서[27] 소설의 주요 목적과 의의가 풍속교화에 있음을 밝혔다.[28] 따라서 인의예지, 충효절의, 인과응보와 같은 보편적 진리를 밝힘이 소설을 잘 읽는 출발점이자 바로 소설의 내용으로 보면서 선한 일은 권하고 선하지 못한 일은 경계해야 하는 소설의 교육적 작용을 강조하였다. 그와 동시에 소화주인은 소설이 추구하는 진기함이란 평상적인 현실을 기반으로 해야 한다는 소설이론을 제시함과 함께 신기함과 기이함을 광적으로 추구하던 당시 만명의

---

27 "小說者, 正史之餘也."

28 "然『金瓶』書麗, 貽譏於誨淫;『西遊』,『西洋』, 逞臆於畫鬼. 無關風化, 奚取連篇? ", "至所纂『喻世』·『醒世』·『警世》三言, 極摹人情世態之歧, 備寫悲歡離合之致, 可謂欽異拔新, 洞心駭目;而曲終奏雅, 歸於厚俗"

문화적 풍토[29]와 대립되는 '진기'의 미학관을 제시하였다. 소화주인의 서문에서 해당 부분만 다시 발췌하면 다음과 같다.

> 신기루나 불타는 산과 우물 등의 이야기는 보기엔 기이하지 않은 것은 아니나 귀와 눈으로 듣고 보는 일이 아니기 때문에 천박하고 무지함을 면하기 어렵다. 그러므로 무릇 천하의 진기함은 일상적이고 평범함에서 나오지 않는 것이 없다. 따라서 인의예지를 상심이라 이르고, 충효절렬을 상행이라 이르며, 선악과보를 상리라 이르고, 성현호걸을 상인이라 말하는 것이다. 그러나 상심을 간직하는 것은 어려우며, 상행을 닦기는 쉽지 않다. 상리는 쉽게 드러나지 않으며, 상인은 자주 나타나지를 않는다. 따라서 서로 함께 놀라 이야기를 하면 듣는 사람은 슬픔에 잠기거나 감탄을 하며, 혹은 기뻐하거나 놀라게 된다. 선한 사람은 권면함을 알게 되고, 불선한 자 또한 마음에 부끄러워하는 바가 있어 두려워하게 되니 그로써 풍속교화의 미를 이루게 되는 것이다. 무릇 지극히 기이함으로 사람을 감동시키는 것은 바로 지극히 일상적인 것으로 사람을 가르치는 것이다. 내가 어찌 여염의 일들이 조정에서는 통하지 않으며, 자질구레한 말들이 정사에 부합되지 않는다는 것을 알겠는가! 만약 칼과 불을 삼키거나 겨울에 우레가 치고 여름에 얼음이 어는 것들로 예를 들어 본다면 이것은 사람들을 구름처럼 끌어들일 수가 있

29 만명시기는 기이함을 쫓는 문화심리가 팽배하였다. "晚明在中國歷史上是一個引人注目的時期. 這個被當時人說成'天崩地解'·'綱紀淩夷'的王朝末世, 有著新的社會因素在萌動, 出現了種種異於往古的現象. 問題的提出是因爲.. 社會生活, 本來魯樸·儉約·守成, 到明代晚期, 卻出現一股去樸從艷·好新慕異的風尙. 它從嘉靖年間濫觴, 萬曆中葉成爲潮流, 至明淸鼎革之際中斷, 爾後又回歸如昔.......晚明城市在物質和精神生活中發生這樣大的變化.. 服飾上'去樸從艷', 文藝上'異調新聲', 學術上'慕奇好異'. 這艷·新·異三個特點成爲明季一代的時尙."- 陳萬益, 『晚明小品與明季文人生活』, 臺北: 大安出版社, 1997, 69~70쪽 참고.

으나 이와 같은 경우는 없는 것이다. 나는 이처럼 소설을 잘 읽을 줄 아는 사람을 기다리는 것이다.[30]

즉 소화주인은 소설 속에서 귀와 눈으로 듣고 본 일이 아닌 허무맹랑한 비현실적인 이야기들은 천박하고 무지함을 면하기 어렵기에 소설 속의 진기한 이야기들은 모두 일상적인 평범한 이야기에 바탕을 두어야 함을 주장하였다. 그리므로 그는 "천하의 진기함은 일상적이고 평범함에서 나오지 않는 것이 없다."라고 하는 소설 미학관을 제시하였다. 이는 전술한 바와 같이 '소설은 기이함과 아정함을 (동시에) 지녀야 한다'는 『금고기관』의 편찬이념을 바탕으로 소설의 기이함에 대한 포옹노인의 사상을 진일보 반영한 것이다.

동시에 이는 만명 당시 기이함을 좇아가던 '호기(好奇)'의 풍조와 가식적인 '허위'의 세태에 대한 반발이자 '가기(假奇)'와 구별되는 소화주인의 '진기'의 소설관을 말한다. 그에 의하면 신기루나 불타는 산과 우물 등은 경이롭고 신기하지만 이러한 기괴한 것만 찾는 것은 눈에 보이지도 않는 오도깨비나 찾는 것처럼 결국 천속함에 빠질 수 있으니, 이는 가기이고 진기는 바로 일상생활에서 비롯된 "상심", "상행", "상리", "상인"을 말한다고 하였다.

그리고 그에 대한 설명으로 인의예지와 같이 모든 사람들이 항상 지켜야 하는 마음이 상심이고, 충효절의와 같이 일반인들이 언제나 행해야 하는 행동이 바로 상행이며, 선악의 인과응보처럼 모든 사람들이 모범과 경계로 삼는 행동의 준칙이 상리이며, 성현호걸을 상인이라고 하였다. 여기서 문제는 '상인'인데, 상인의 사전적 의미를 보면 첫째로는 일반인 즉 보

30 최봉원 외, 『中國歷代小說序跋譯註』, 을유문화사, 1998, 174~175쪽 참고. 위 번역문은 본 역서를 바탕으로 오역 부분은 필자가 상당 부분 수정하였음.

통 사람을 지칭하고, 둘째로는 상도(常道)를 지켜 변함이 없는 사람을 지칭한다.[31]

그런데 소화주인이 여기서 말하는 상인이란 우리가 흔히 말하는 일반인이 아니라 상도를 지켜 변함이 없는 사람이라는 둘째의 의미이기에 성현호걸과 같은 자들을 지칭하였다. 그러나 따지고 보면 성현호걸도 사실 인의예지와 같은 일상적인 상심과 보편적인 상도를 지키는 자들이기에 그들의 도는 보편적인 상도를 바탕으로 하기 때문에 그 역시 보통 사람과 다름이 없지만 그런 자가 세상에는 흔하지 않다고 한 것이다.

그러므로 소화주인은 천하의 모든 기이한 것은 모두가 일상적인 것에서 나온다고 말하였다. 따라서 소화주인이 말하는 '기'는 일상생활에서 찾을 수 있는 것을 가리켰다. 그런데 만약 이런 가까운 것들을 버리고 허무맹랑하고 눈에 보이지도 않는 허공의 것들을 추구한다면 그것은 마치 능몽초가 지적한 "화가가 견마(犬馬)를 그리지 않고 귀신도깨비를 그리려는 것"과[32] 같다고 본 것이다.

여기서 우리는 『금고기관』의 진기관의 역사적 맥락과 전말을 이해하기 위해 삼언·이박의 '진'에 대한 관점을 다시 고찰함으로써 『금고기관』이 어떻게 그것들을 계승 발전시켰는가에 대해 알아볼 필요가 있다. 우선 앞장에서 인용한 삼언의 서문을 다시 살펴보면 『경세통언』에서 비로소 풍몽룡은 문학 작품의 '허구성'에 관한 이야기를 펼치고 있다. 즉 그는 이야기가 허구(가짜)일지라도 그것이 말하는 도리는 진짜일 수 있는 것이기

---

31 『書·立政』: "繼自今後王立政, 其惟克用常人." 蔡沉集傳: "常人, 常德之人也."

32 "如畫家之不圖犬馬而圖鬼魅者", 淩濛初, 『二刻拍案驚奇』, 石家莊: 花山文藝出版社, 1992, 서문, 1쪽. 능몽초는 『初刻拍案驚奇』에서도 "今之人但知耳目之外牛鬼蛇神之爲奇, 而不知耳目之內日用起居, 其爲譎詭幻怪非可以常理測者固多也"(『初刻拍案驚奇』, 石家莊: 花山文藝出版社, 1992, 서문, 1쪽.)라고 하였듯이, 그가 말하는 奇는 일상생활에서 비롯된, 常理로써 해석할 수 없는 놀라운 사건들을 지칭하였다.

에 통속소설은 비록 그 이야기는 가짜일지라도 그것이 말하는 도리는 진짜일 수도 있다고 하였다.[33] 다시 말해 풍몽룡은 통속소설 속의 이야기가 허구일지라도 그것이 말하는 도리는 반드시 진짜인 것이라 풍속교화를 해치지 않고 성현의 도리를 가르치며 경전의 뜻을 위배하지 않는다면 통속소설의 가치는 크다고 역설하였다.[34]

그러므로 풍몽룡의 삼언 서문에 나타난 소설관을 정리하자면 통속소설의 가치는 통속적인 쉬운 문체로 어려운 경서의 부족함을 보완해 풍속교화에 이바지하며, 비록 통속소설의 내용이 실제 발생한 진짜 이야기가 아닐지언정 그 이치는 진짜이기에 경전과 다를 바가 없다고 주장하였다. 따라서 풍몽룡이 생각하는 문학작품 속의 '진'은 반드시 실제 생활 속의 진짜 이야기만을 지칭하는 것이 아니고 허황된 이야기도 포함하고 있다. 그러므로 풍몽룡의 '진'은 『금고기관』이 주장하는, 허황된 이야기가 아니라 반드시 일상생활 속의 현실적 이야기를 담아야한다는 소화주인의 '진'과는 다소 거리가 있다.

다음으로 능몽초의 진에 대한 관점을 살펴보자. 우선 『초각박안경기』에서 능몽초는 "(책 속) 사건의 진실과 꾸밈, 이름의 진실과 가짜는 각각 반반이다"[35]라고 하면서 비록 허구의 이야기라 "글은 실제로 증명할 수는 없지만 그 속에 자신의 뜻(즉 세상에 대한 권계)을 실었다"[36]고 하였다. 따라서 능몽초의 문학 속 진에 대한 관점도 풍몽룡의 생각에 이어 문학 속의 진의 소재는 실제 이야기가 아니라 허황된 이야기일 수도 있음을 밝혔다.

---

33 "事真而理不贗, 即事贗而理亦真."(『警世通言』)

34 "事真而理不贗, 即事贗而理亦真, 不害於風化, 不謬於聖賢, 不戾於詩書經史. 若此者, 其可廢乎? "(『警世通言』)

35 "其事之真與飾, 名之實與贗, 各參半."(『初刻拍案驚奇』)

36 "文不足征, 意殊有屬"(『初刻拍案驚奇』)

이어 능몽초는 진에 대한 보다 중요한 이야기를 하는데, 그것은 소설이 추구하는 진기함은 평상적인 현실을 기반으로 해야 함을 주장한 것으로 『금고기관』의 진기관과 대단히 흡사하다. 그는 "사람들이 귀로 듣고 눈으로 본 것 외의 허황된 이야기만을 기이한 것으로 여기지만 사실 귀로 듣고 눈으로 본 것 가운데에도 일상생활 속에서 상식으로 이해할 수 없는 기괴한 일들이 많다"[37]라고 말하면서 진정한 '기'는 이런 허황된 기이한 것이 아니라 일상생활 속의 기이한 소재여야 함을 주장하였다.

또 그는 이어 『이각박안경기』에서 '진정한 기이함'(즉 진기(眞奇))이란 현실을 벗어난 허황된 것에서 찾을 것이 아니라 눈앞 현실 속의 이야기 가운데 기이한 것을 찾아야 함을 주장하였다.[38] 이처럼 풍몽룡이 문학의 허구성에 대해 주장한 '진'의 개념은 능몽초의 '기'에 대한 관점으로 이어졌고, 이는 다시 포옹노인의 『금고기관』에서 '진기'의 미학으로 발전하게 된 것이다.

그러나 능몽초와 소화주인이 말하는 '기'의 차이점은 소화주인이 말하는 '기'가 일상생활에서 찾아야한다는 점은 능몽초가 말하는 기와 같지만, 기의 본질과 방법론에 있어서는 서로 차이가 있었다. 능몽초의 기는 '일상생활에서 찾은 상리로써 이해할 수 없는 놀랍고 기이한 것'들로 문학의 목적은 그것을 통해 사람들에게 경계와 모범을 심어주는 것이었다면, 소화주인의 기는 오래 동안 사람들에게 잊힌 지극히 일상적인 것이며 그것을 통해 사람들에게 도덕성을 일깨워주는 것이 목적이었다. 그리고 나아가 '기'는 지극히 일상적이고 평범한 우리 주변의 것이지만 사람들에게 홀시된 인의예지, 충효절의, 인과응보, 성현호걸 등과 같은 보편적 삶

---

37 "今之人但知耳目之外牛鬼蛇神之爲奇, 而不知耳目之內日用起居, 其爲譎詭幻怪非可以常理測者固多也."(『初刻拍案驚奇』)

38 "今小說之行世者, 無慮百種, 然而失真之病, 起於好奇. 知奇之爲奇, 而不知無奇之所以爲奇. 舍目前可紀之事, 而馳騖於不論不議之鄉, 如畫家之不圖犬馬而圖鬼魅者."(『二刻拍案驚奇』)

의 준칙과 도덕 속에서 발견되어져야 함을 강조하였다.

즉 능몽초의 기가 일상생활에서 상리로써 이해할 수 없는 '기이함' 그 자체라면 소화주인의 기는 오래 동안 사람들에게 잊힌 보편적인 진리를 바탕으로 한 지극히 일상적이고 현실적인 이야기 가운데 추출된 기이한 내용이다. 그리고 그 기이한 이야기는 상심, 상행, 상리, 상인 등의 '도덕성'과 연관되어 설명되어질 수 있는 것들이었다. 다시 말해 소화주인의 기는 '상(常)'을 '기(奇)'로 보면서 사람들에게 잊혀져버린 도덕규범을 다시 환기하고자 한 점[39]에서 보다 강한 도덕적 색채를 띠고 있다.[40]

---

39 "然常心不多葆, 常行不多修, 常理不多顯, 常人不多見"(1쪽)

40 代智敏은 소화주인은 서문에서 기발하게도 인의예지는 상심이고, 충효절의는 상행이며, 선악과보는 상리요, 성현호걸은 상인이라고 하면서 보통, 평범함의 뜻을 나타내는 '상'에다 도덕적 색깔을 입혀 유가에서 말하는 삼강오상(三綱五常)과 권선징악의 윤리범주로 끌어들였다고 했다. 또 '기'의 개념을 평상의 일, 평상적인 사람으로 전환시켜 생활의 진실에 부합해야만 비로소 진정한 기라고 하였다. - 代智敏, 「論"三言二拍"及選本『今古奇觀』的理論價值」, 『湖北民族學院學報』, 2014年 第4期, 79쪽 참고.

『금고기관』의 작품 의의 및 내용 분석

1. 『금고기관』의 진보적 의의와 내용

1) 봉건예교에 대한 가송과 풍자를 적절히 반영

삼언·이박이 출판되고 얼마 지나지 않아 절판되어 사라진 반면 당시 『금고기관』이 청대에도 계속하여 출판된 가장 큰 이유는 이 책이 당시 통치이념에 상응하는 봉건예교사상의 선양을 잘 반영했기 때문이다. 그런데 『금고기관』의 진정한 의의는 이 책이 봉건예교사상을 잘 담았음에 있는 것이 아니라 전술한 바와 같이 중용의 미학으로 봉건예교에 대한 가송과 풍자를 중화적으로 적절히 잘 반영하였음에 있다. 이것이 바로 『금고기관』이 세상에 영구히 유전될 수 있었던 이유이자 편찬자 포옹노인의 탁월한 편찬이념에서 비롯된 『금고기관』의 진보적 의의라고 할 수 있다. 만약 이 작품이 봉건 예교의 가송 혹은 풍자의 어느 한 쪽으로만 치우쳤다면 『금고기관』이 아무리 읽기 좋은 분량의 가독성 높은 책이었다고 할지라도 결국 삼언·이박의 전철을 밟아 단명하고 말았을 것이다.

『금고기관』의 봉건예교에 대한 가송은 크게 '어진 위정자 관리에 대한 예찬'과 '인간의 도리에 대한 칭송과 훈계'로 나누어진다. '어진 위정자 관리에 대한 예찬'은 제2권 「두 현령이 고녀(孤女)에게 의리를 베풀어 결혼을 주선하다(兩縣令競義婚孤女)」, 제4권 「배진공이 약혼녀를 돌려보내주다(裴晉公義還原配)」, 제13권 「심소하가 출사표를 만나다」, 제18권 「유원보가 두 아들을 얻다(劉元普雙生貴子)」, 제24권 「진어사가 금비녀 사건을 절묘하게 조사하다」, 제28권 「교태수가 남녀 세 쌍을 짝지어주다」등을 꼽을 수 있다.

그 내용을 살펴보면 제2권 「양현령경의혼고녀(兩縣令競義婚孤女)」는 두 현령(사실은 현령(縣令)과 별가(別駕))이 억울하게 죽은 전임 현령의 불쌍한 외동딸을 위해 서로 다투어 의리를 베풀어 결혼을 주선해주는 내용이고, 제4권 「배진공의환원배(裴晉公義還原配)」는 배도가 그에게 뇌물로 바쳐진 미인을 그녀와 정혼한 남자에게 되돌려주는 내용으로 재상 배도의 아량과 정의로움을 얘기하고 있다. 그리고 제18권 「유원보쌍생귀자(劉元普雙生貴子)」도 유원보란 사대부가 불행한 처지의 사람들을 도와 그 자식들을 거두어 결혼을 주선해주고 자신도 음덕을 받아 대대로 부귀공명을 누리게 된 사연을 이야기하고 있다.

또 제28권 「교태수란점원앙보」도 현명하고 활달한 교태수가 고리타분한 예교관념을 벗어나 젊은이들의 혼사를 성사시켜준다는 내용으로 영명한 현령의 명판결로 남녀 간의 혼인을 성사시켜주는 결혼 기담이다.

따라서 이 네 작품들은 모두 딱한 사정의 사람들의 결혼을 성사시켜주는 어진 관리들의 선행을 칭송한 작품이다.

그 가운데 「교태수란점원앙보」는 제목으로 보면 교태수가 남녀 간의 인연을 마음대로 점재한다는 다소 부정적인 의미를 담고 있지만 사실 그는 봉건예교와 전통적인 도덕관에서 벗어나 남녀간의 자유로운 연애를 찬미하고 있는 진보적인 존재로 해석되어질 수 있다. 그러나 『금고기관』의 편찬자는 겉으로는 교화주의적 입장에서 그의 이런 행동을 나무라는 식으로 부정적으로 표현하였지만 사실 그 이면은 그의 소탈하고 호방한 판결을 찬미하고 있는 것이다.

또 이 작품은 겉으로는 남녀간의 기이한 혼사를 무마해준 봉건시대의 위정자를 찬미하며 봉건예교를 가송하는 듯 하지만 다른 한편으로는 봉건예교에만 얽매이지 않는 교태수의 자유분방한 행동을 통해 고리타분한 봉건예교를 풍자하고 있다고 볼 수도 있다.

그 외 위정자 관리를 예찬하는 나머지 두 작품 가운데 제13권 「심소하상회출사표」는 국정을 농단하는 권간(權奸) 엄숭(嚴嵩) 부자에 맞서 투쟁하는 정의로운 관리 심소하를 칭송하는 이야기지만 동시에 명대 당시 정치현실의 잔혹함과 암울한 면도 풍자하고 있다. 그리고 제24권 「진어사교감금채전」는 한 탐욕스러운 사내가 사촌으로 행세하면서 그의 약혼녀를 속이고 간음했다가 결국 유능한 판관 진어사의 날카로운 조사로 죗값을 치르게 되는 내용으로 사회 공안(公案)을 해결하는 현명한 위정자의 모습을 그리고 있다.

요컨대 『금고기관』의 '어진 위정자 관리에 대한 예찬'은 주로 백성들의 혼사를 맺어주는 위정자의 인정어린 면을 다루고 있는 반면에 「심소하상회출사표」와 같이 암울한 사회문제를 적극적으로 해결하고자 하는 강단 있는 유능한 위정자들에 대한 예찬은 상대적으로 극히 적음을 알 수 있다.

'인간의 도리에 대한 칭송과 훈계'는 봉건예교를 가송하는 『금고기관』 작품의 대다수를 차지하는 주요 내용이다. 그 주요 내용은 첫째, 욕망에 대한 경계가 가장 많은 비중을 차지하고, 둘째로는 부부관계에 대한 처신을 주로 다루고 있다.

첫째, 욕망에 대한 경계는 인간이 지닌 정욕, 물욕, 관직욕, 오만 등의 본능과 화에 대한 경계를 훈시하고 있는데, 해당 작품으로는 제5권 「두십랑이 노해 보석 상자를 물속에 던지다」, 제10권 「수전노가 채권자의 아들을 얻어 재산을 되돌려주다(看財奴刁買冤家主)」, 제15권 「재사(才士) 노남이 술과 시로 현령에게 오만을 부리다」, 제27권 「정직한 수재가 남의 배필을 차지하다(錢秀才錯占鳳凰儔)」, 제35권 「왕교란이 큰 한을 품고 죽다(王嬌鸞百年長恨)」, 제36권 「십삼랑이 다섯 살에 황제를 알현하다(十三郎五歲朝天)」, 제37권 「최준신이 부용 병풍을 만나다(崔俊臣巧會芙蓉屛)」, 제38권 「조현령의 처가 귤을 일부러 보내다(趙縣君喬送黃柑子)」, 제39권 「연금사의 꼬임에 빠져 가산을 탕진하다(誇妙術丹客提金)」, 제40권 「재산을 뽐내며 흥청망청 쓰다(逞多財白丁橫帶)」 등을 예로 들 수 있다.

이들 작품들은 대체로 『금고기관』의 후반부와 결미에 많이 안배되어졌는데, 이는 교화의식을 독자들에게 보다 인상적이고 효과적으로 전달하기 위한 편찬자의 편찬전략에서 비롯되었다고 할 수 있다. 또 이들 작품 속의 욕망들은 거의 모두가 남성들에 국한된[1] 점도 특징이며, 대상으로는 일반 평민 보다는 선비나 관료들이 많고 다음으로는 부자이다.

욕망에 대한 경계의 내용을 자세히 살펴보면, 「두십낭노침백보상」은 재물을 탐해 남녀간의 진정을 헌신짝같이 내팽개치는 선비 이갑(李甲)의 '무정무의(無情無義)'와 남의 약혼녀에 눈독을 들여 그 여자의 약혼자를 돈으로 매수하는 상인 손부(孫富)의 파렴치함도 동시에 풍자하였다. 특히

1 그 가운데 제36권 「十三郎五歲朝天」에서는 노는 것을 좋아하는 젊은 여성 眞珠姬의 욕망을 경계하고 있다.

사회적 약자인 기생 두십낭이 두 남성을 꾸짖은 후에 한을 품고 자결함으로써 남성들의 무정함과 탐욕을 강하게 비판하였다.

「간재노조매원가주(看財奴刁買冤家主)」는 어느 부친이 잃어버린 가산이 한 수전노의 손을 거쳐 결국 다시 아들에게 숙명적으로 되돌아오는 내용인데, 바로 앞 9권의 내용과 함께 모두 재산과 금전을 얻고 잃음은 정해진 이치와 운명이 있다는 것으로 두 작품 모두 서두에서 밝힌 대로 금전에 대한 지나친 욕심을 버리고 정해진 이치와 도의에 따라야 함을 얘기하고 있다.

그리고 「노태학시주오공후」는 작품의 이면에는 다른 함의를 드러내기도 하였지만 표면상으로는 호방한 재자 노남이 속된 관리 왕잠(王岑)을 깔보고 푸대접하였다가 결국 큰 화를 당하는 내용으로 재기를 믿고 오만한 태도를 보이다가는 결국 큰 화를 당하기에 재사(才士)들의 처신에 대한 훈계를 드러내었다.

다음으로 「전수재착점봉황주(錢秀才錯占鳳凰儔)」는 안준(顔俊)이라는 못생기고 탐욕스러운 사내가 학식과 인물이 출중한 사촌 동생 전청(錢淸)을 꾀어 그를 자신으로 사칭해 청혼하게 만들고, 결혼식까지 대신 치르게 하였다가 부득이하게 신방까지 치른 사실을 알고 스스로 질투와 분을 참지 못해 전청을 욕하고 때리게 되는데, 나중에 그 사실을 고을 현감이 알아 결백한 전청이 그 집의 정식 사위가 되고, 그 혼사를 주선한 자는 벌을 받게 되는 이야기이다. 미인에 대한 욕심에 눈이 어두워 추행을 일삼은 안준의 탐욕스러운 태도와, 신방까지 치렀지만 욕정을 참으며 의리를 지킨 전청의 태도를 대조적으로 잘 보여주고 있다.

또 「왕교란백년장한(王嬌鸞百年長恨)」은 재물과 색을 탐해 연인 왕교란을 배신한 서생 주정장(周廷章)이 결국 자신과 상대방에게 엄청난 비극을 초래한다는 내용인데, 배신당한 왕교란이 자결하기 전에 박정한 남성 주정장의 '무정무의'를 관아에 고소하고 현감이 주정장을 태형으로 죽게 함으로써 의리 없는 선비의 비행을 신랄히 비판하였다.

「십삼랑오세조천(十三郎五歲朝天)」는 송대 한 부유한 집안의 어린 아이 남해(南陔)가 원소절에 등롱 구경을 하러 나갔다가 군중들 틈 속에서 강도에게 납치당했지만 뛰어난 기지로 탈출하고 황제의 근시를 통해 결국 황제까지 뵙게 되어 '신동'으로 칭송되던 이야기가 주된 내용이지만 그 다음 이어지는 이야기는 황실 종친가의 처녀 진주희(眞珠姬)가 원소절에 납치되어 갖은 수모와 능욕을 겪은 후에 가까스로 집으로 되돌아오는 비참한 사연도 동시에 이야기하고 있다. 이 작품은 아이의 총명함을 칭송하는 제목의 표면적 내용과는 달리 원소절 날 납치당한 두 어린 남녀의 기이한 이야기를 통해 원소절날 도적들의 창궐 상황에 대비해 아이들을 잘 간수하지 못한 어른들의 부주의와 조신하지 못하고 놀기 좋아하다 큰 화를 당한 처녀에 대한 훈계를 드러내었다.

「최준신교회부용병」은 부부의 이별과 결합에 관한 이야기인데 재앙으로 부부가 생이별하였다가 우여곡절 끝에 결국 부부가 다시 만나 화합하는 이야기이다. 파경을 맞는 부부가 다시 화합하는 이야기는 삼언·이박 속 다소 흔한 주제의 이야기이지만 『금고기관』이 이런 이야기들을 놓치지 않고 많이 수록한 것은 그 속에 교화적인 내용을 많이 품고 있기 때문이다. 따라서 이 작품도 악한 자를 찾아내어 징벌하고, 부인과 남편이 모두 절개를 지켜 부부가 다시 화합하게 된다는[2] 교화적인 도덕적 의의가 크다고 할 수 있다.

더구나 이 작품은 원래 『박안경기』에 수록된 작품이지만 『금고기관』에 수록되면서 비교적 많은 부분이 수정된 점으로 미루어 편찬자가 이 작품

---

2 "總不如'崔俊臣芙蓉屛'故事, 又全了節操, 又報了寃仇, 又重會了夫妻." - 李平 校注, 『금고기관』, 813쪽.

에 대해 적지 않은 관심과 가치를 부여하였음도 알 수가 있다.

수정된 부분 가운데 여러 문장상의 소소한 개정 외에 특히 언급할만한 부분은 『박안경기』와는 달리 최준신이 술을 지나치게 마셔서 화를 초래하였음을 강조함으로써 절주해야 함을 지적하였다. 그 외에도 맨 마지막 부분에서 최준신이 영가현위를 지낸 후에 다시는 관직에 대한 욕심을 끊고 아내와 더불어 행복하게 살면서 백년해로하였다고 했는데, 이는 『박안경기』 원본에서 최준신이 영가현위를 마친 후에 또 다른 관직도 맡았다고 한 점과 차이가 있다.

그리고 원본의 결미에서는 고공의 '덕'과 최준신의 '의(誼)', 그리고 왕씨의 '절(節)'을 내세우면서 선한 마음을 가지면 반드시 하늘의 도움을 얻어 원수를 갚게 된다는 교화적 설교를 다시금 강조하였지만 『금고기관』에서는 다만 고공의 '덕'만을 다시 강조하면서 최준신이 더 이상 관직에 나아가지 않고 부인과 백년해로하였음만을 강조하였는데, 이는 『금고기관』 편찬자가 주도면밀하게 교화적인 면을 강조하면서도 식상하기 쉬운 노골적인 교화적 훈시는 피하고자 한 그의 편찬기교를 드러내었다고 할 수 있다. 또 관직에 대한 지나친 욕망을 삼가하고 출세보다는 부부간의 사랑이 우선되어야 함을 역설하면서 부부간의 사랑의 가치와 도리를 얘기한 것은 물론이다.

「조현군교송황감자(趙縣君喬送黃柑子)」는 귀족 자제 오약(吳約)이 꽃뱀인 조현령의 처(조현군)에게 당해 큰 재물을 잃고 일찍 죽게 되는 내용으로 색욕을 경계하고 있다. 오약은 원래 부자로 좋은 관직을 찾기 위해 몸에 돈을 좀 지니고 임안(臨安)의 한 여관에 묵고 있었는데, 여관 맞은편에 묵고 있던 조현군이 그를 유혹하고 그는 결국 그녀에게 넘어간다. 나중에 오약은 자신이 꽃뱀 일당에게 기편당한 사실을 다른 기생을 통해 알게 되고 빈털터리가 되어 고향으로 돌아와 친지들에게도 큰 망신을 당하고 또 조현군에 대한 상사병까지 얻어 관직은커녕 일찍 죽기까지 한다.

「과묘술단객제금」은 연금술에 푹 빠진 부자 반씨(潘氏)가 은자를 순금으로 제련한다는 연금술사의 꼬임에 빠져 수많은 은자와 집을 날리는 내용으로 금전에 대한 탐욕과 미인에 대한 욕심 등으로 인한 패가망신을 훈계하고 있다.

마지막으로 「영다재백정횡대(逞多財白丁橫帶)」 역시 앞 작품과 같이 『금고기관』 말미에 나란히 채택되어져 금전욕이나 색욕, 관직욕, 낭비벽 등과 같은 인간의 욕정을 경계하고자 하는 의도가 잘 깔려있다. 부잣집 자제 곽칠랑(郭七郞)이 돈을 물 쓰듯 하며 흥청망청 사치스럽게 지내다가 관직도 돈으로 살 수 있단 말을 듣고 몇 천 냥의 돈을 들여 횡주자사(橫州刺史) 자리를 얻고 이름도 곽한(郭翰)으로 개명하였다. 그러나 기고만장하여 금의환향하다가 뜻하지 않은 병사들의 노략질로 다 털리고 집은 황폐되고 노모와 하녀 한둘만 남았으며, 남동생도 죽고 여동생은 행방불명되었다. 그는 노모를 이끌고 배를 타고 부임지로 향하는데, 또 배가 거센 폭풍과 파도를 만나 배는 망가지고 재물도 모두 잃어버렸으며, 자사 임명장도 유실되었다. 그는 하는 수 없이 모친을 데리고 한 사찰에 투숙하였지만 충격에 모친은 병을 얻어 이내 사망하였다. 비록 그의 사고를 참작하여 임명장은 다시 발령될 수 있었지만 모친상을 지키기 위해 3년이 지나야 부임할 수 있었다. 수중에 땡전 한 푼 없던 그는 만나는 사람마다 냉대를 받았고 하인들도 흩어져 생계를 잇기 어려웠다. 부득이 그는 배를 전전하며 사공을 도우면서 생활하였는데, 사람들은 이런 그를 '사공곽사군(郭使君)'이라 불렀다고 한다.

이 이야기는 인생의 길흉화복은 언제라도 닥칠 수 있기에 평소의 복을 잘 지키면서 미래를 대비해야 한다는 처세의 도를 일깨워주고 있다. 그리고 아무리 부자라 할지라도 평소 아끼고 절약하여 만약의 사태를 대비해야 함을 훈시하면서 욕망에 대한 경계로 마무리하고 있다.

둘째, 부부관계에 대한 처신은 제14권 「낡은 삿갓을 쓴 송금이 다시 부인과 만나다(宋金郎團圓破氈笠)」, 제16권 「이견공이 궁지에서 협객을 만나다(李汧公窮邸遇俠客)」, 제20권 「장자휴가 장군을 두드리고 큰 도를 이루다(莊子休鼓盆成大道)」, 제22권 「둔한 수재가 하루아침에 만사형통하다(鈍秀才一朝交泰)」, 제23권 「장흥가가 진주 적삼을 다시 만나다」, 제32권 「금옥노가 박정한 남편을 몽둥이로 때리다(金玉奴棒打薄情郎)」, 제37권 「최준신이 부용 병풍을 만나다」등이다.

그 가운데 아내의 정조와 덕을 칭송한 것으로는 「송금랑단원파전립」, 「둔수재일조교태」, 「금옥노봉타박정랑」, 「최준신교회부용병」등이 있고[3], 부인의 행실에 대한 경계는 「이견공궁저우협객」, 「장자휴고분성대도」, 「장흥가중회진주삼」등을 통해 반영되었다. 그 외에도 '인간의 도리에 대한 칭송과 훈계' 가운데에는 부덕에 대한 칭송을 그린 것으로 제26권 「채소저가 치욕을 참고 복수하다(蔡小姐忍辱報仇)」와 제30권 「어버이의 은혜를 생각한 효녀가 아이를 감추다(念親恩孝女藏兒)」가 있다.

그 대표적인 작품들의 내용을 분석해보면, 「송금랑단원파전립」은 한 부부의 이별과 만남을 다루고 있지만, 현처인 뱃사공의 딸 의춘(宜春)으로 인해 가정이 화목하게 됨을 얘기하고 있다. 조실부모한 불쌍한 사위 송금이 병을 얻자 그를 타박하며 더 이상 쓸모가 없다고 생각한 장인장모가 같이 배를 타고 나갔다가 외딴 섬에 몰래 버렸지만 송금은 갖은 고생 끝에 성공해서 돌아와 그를 애타게 기다리고 있던 부인과 다시 결합하고 장인장모도 용서하는 이야기이다.

여기서 작자는 비록 천한 뱃사공의 딸이지만 교양 있는 사대부 가문의 규수 이상의 부덕과 정절을 가진 여성을 칭송하고 있으며, 동시에 성공해

3 「宋金郎團圓破氈笠」에서의 宜春, 「鈍秀才一朝交泰」에서의 六媖, 「金玉奴棒打薄情郎」에서의 金玉奴, 「崔俊臣巧會芙蓉屛」에서의 王氏 등이 그러하다.

부자가 되었지만 재혼하지 않고 옛 부인을 찾은 송금의 지조도 찬미하고 있다. 또 장인장모의 박정하고 비열한 행동을 통해 정이나 의리보다도 이해타산에 밝은 야박한 세인들을 풍자하기도 하였다.

「이견공궁저우협객」은 실제 당나라 시기 인물들의 일화를 바탕으로 한 허구적 이야기로 방덕(房德, 596~664)이 한때 몰락하여 부득이한 사정으로 도적패거리에 가입해 강도짓을 일삼다 붙잡혀 죄수가 되었지만 현령 이면(李勉, 717~788)의 도움으로 풀려났지만 나중에 그가 출세한 후에 악부 패씨(貝氏)의 말에 현혹되어 협객을 시켜 이면을 모살하려 하였다가 도리어 그들이 협객의 손에 죽는 내용이다. 이 작품은 신의의 중요함과 배신자의 비참한 말로를 얘기하지만 또 한편으로는 앞의 「송금랑단원파전립」과 같이 현처에 의한 가정의 화목과는 대조적으로 악처로 인한 패가망신을 얘기하고 있다.[4]

「장자휴고분성대도」 역시 악처로 인한 부부관계의 파탄을 다루었는데, 앞의 제14, 16편의 내용을 이어받아 부인네들의 처신을 다소 해학적으로 경계하고 있다. 그 내용은 장자와 그의 처에 대한 통속적인 일화로 장자휴(장자)가 노자를 스승으로 몸을 감추는 둔갑술을 익힌 후에 집으로 돌아오는 길에 한 과부가 재혼을 위해 남편 무덤의 흙이 빨리 마르도록 부

---

4 이 작품은 제목상으로는 이면이 작품의 주인공이지만 내용을 보면 사실상 방덕이 주인공이다. 따라서 제목상의 주인공과 실제 작품 속 주인공이 일치하지 않는다. 또 특이한 점은 이 소설은 외모는 출중하지만 품행이 바르지 않은 주인공 방덕의 인물 묘사에 있다. 흔히 고전소설 속에서 긍정적 주인공에 대한 묘사는 그 형상을 긍정적으로 평을 하고, 부정적 인물은 인물 모습에 대해 부정적인 묘사와 평을 늘어놓는 것이 일반적이다. 그러나 이 작품에서는 방덕이 악행을 저질러 살해당하는 부정적 인물임에도 불구하고 그의 외모에 대한 묘사는 '재기가 넘치는 호걸스러운 모습'으로만 얘기하면서 외형에 대한 그 어떤 부정적인 평을 하지 않았다. 이는 마치 『홍루몽』 속에 등장하는 인물 賈雨村 형상에 대한 묘사와 흡사하다. 『홍루몽』 속의 가우촌은 다소 교활하고 독단적인 인물로 작가 조설근이 결코 긍정적으로 본 인물이 아니다. 그러나 작가는 겉으로는 그를 남자다운 외모의 호방한 선비의 형상으로 묘사하고 있다.

채질 하는 것을 보고는 자신이 일부러 죽은 척하여 초(楚)나라 왕손(王孫)으로 둔갑해 부인의 정절을 시험해보기로 하였다. 결과는 부인이 그 남자를 좋아해 그의 병을 고치기 위해 도끼로 장자휴의 관을 부수고 그의 뇌를 끄집어내려고 하였다. 그 후 부인은 초왕손이 바로 장자휴가 둔갑한 환영임을 알고는 부끄러워 스스로 목을 매 자살하였고, 장자휴는 부인을 화장한 후에 집에 불을 지르고 노자를 따라 나선 후 큰 도를 깨닫고 신선이 되었다는 내용이다. 이 이야기는 장자가 악처로 인해 도를 깨달았다는 것을 간접적으로 시사함으로써 장자와 같이 도통한 위인도 부인과의 관계로부터 자유로울 수 없음을 말하면서 세상에서의 부부관계와 아내 역할의 중요성을 강조하고 있다.

「둔수재일조교태」는 표면적으로는 한 선비가 오랜 기간 고난 끝에 결국 성공하는 이야기로 인생을 살면서 누차 실패를 겪어도 그에 굴복하지 않으면 사람의 노력으로 언제든 운명을 바꿀 수 있음을 얘기하였다. 그러나 그 이면에는 변함없이 남편을 기다리는 부인의 정조를 찬미하고 있다. 그 내용은 마임(馬任)이라는 학문이 뛰어난 자가 일찍이 황승(黃勝)의 누이 육영(六媖)과 약혼을 하고 혼인은 반드시 과거에 급제한 후에 할 예정이었다. 그러나 마임은 쉽게 공명을 얻으리라 여겼지만 15세부터 21세까지 과거를 봤지만 계속 탈락하였고, 더구나 부친 마만군(馬萬群)은 정적에 의해 해코지를 당하였다. 마임은 곤궁해져 글씨를 팔아 생계를 이어갔고, 세인들은 그가 재앙을 몰고 온다고 여기며 그를 "둔수재(鈍秀才, 즉 둔한 수재)"로 불렀다. 한편 황승은 마임이 떠난 후 날마다 누이를 겁박해 개가하도록 했지만 육영은 죽어도 재가는 없다고 맹세하였다. 또 육영은 사람을 보내 남편의 행방을 수소문하다 결국 두 사람은 서신을 통해 서로의 마음을 전할 수 있었다. 마침 그 해 천순(天順) 황제가 토목보(土木堡)에서 몽고군에게 패하는 '토목지변(土木之變)'을 당하자 세상이 바뀌어 마만군은 다시 관직을 되찾고 승진까지 하였다. 그리하여 마임도 다시 과거공부를 할 수 있었고, 몰수된 전답도 환급받았으며, 이듬 해 봄에는 회시와 전시에서도 합격해 서길사(庶吉士)로 임명되었고, 마침내 마임과 육영 부부는 금의환향하며 부부가 화합하는 이야기이다.

「장흥가중회진주삼」은 두 쌍의 부부가 각각 부인과 남편의 외도로 인해 서로 이혼하였다가 파란만장한 기이한 운명을 겪은 후에 한 쌍은 다시 재결합하고 다른 한 쌍은 외도한 남편은 죽고 남은 미망인이 남편이 외도한 여인의 전부의 정실 부인이 되는 내용을 담고 있다. 교화적인 입장에서 보면 이 작품도 결혼한 이들의 혼외정사를 통해 부부관계의 올바른 처신을 훈시하고 있다. 작품 속 주인공 장흥가의 아내 왕삼교(王三巧)가 정실부인에서 외도로 인해 둘째 부인으로 격하됨을 통해 부인네의 바른 행실을 충고하고 있다. 또 외도를 한 남성인 진상(陳商)의 부인 평씨(平氏)가 남편과 정을 통한 왕삼교의 남편 장흥가의 아내가 됨을 통해 '내가 남의 여자를 범하면 남도 내 여자를 범한다.'는 중국고전소설의 흔한 예를 보여주기도 한다.[5]

「금옥노봉타박정랑」은 헌신짝처럼 조강지처를 버리는 배은망덕하고 박정한 남자와 열녀간의 이야기를 담고 있다. 내용을 살펴보면 항주의 걸인장(乞人長, 즉 거지 두목) 금노대(金老大)의 재색을 겸비한 딸 금옥노(金玉奴)가 조실부모한 태학생 청년 막계(莫稽)를 데릴사위 조건으로 남편으로 맞이해 물심양면으로 그를 도와주었지만 막상 과거에 급제하자 막계는 걸인장의 딸과 결혼한 것이 창피해 다시 결혼하기 위해 금옥노를 죽이려고 강에 빠트려버렸다.

그런데 다행히 회서전운사(淮西轉運使) 허덕후(許德厚)가 탄 관선(官

---

5 물론 이 작품의 보다 중요한 의의는 여기에 있는 것이 아니라 장흥가가 결국 외도한 부인을 용서함으로써 두 사람간의 진실한 정이 그 어떤 예교적 구속력(즉 부덕을 지키지 않고 바람을 피운 여성을 징벌하고자 하는 전통적인 도덕관)보다 더 끈끈하게 그들의 행동을 지배함을 시사하고 있음에 있다고 보아야 할 것이다.

船)이 금옥노를 구조하고, 그녀는 그의 양딸이 된다. 금옥노로부터 막계의 범행을 안 허덕후는 그를 응징하기 위해 그가 있는 곳의 상사로 부임하게 된다. 허덕후는 일부러 부하들에게 좋은 사위를 찾아달라는 부탁을 하였고, 부하는 막계가 상처한 것을 알고 즉시 그를 추천하였다. 허덕후는 막계가 혼인에 흔쾌히 승낙한 것을 알고 혼인식을 올릴 준비를 하였는데, 결혼 당일 요란한 나팔과 북소리와 함께 막계가 장인장모에게 절을 올린 다음 신방에 들어서려는 순간 갑자기 사방에서 대나무 막대를 든 하인들이 그를 때리기 시작했다. 막계가 살려달라고 소리치자 방안에서 박정한 사내를 데리고 들어오라는 신부의 목소리가 들렸다. 불만을 토로하던 막계는 새 신부가 바로 자신이 강물에 빠트린 처인 것을 알고 대경실색한다. 금옥노는 괘심한 막계를 삼경이 되도록 꾸짖었지만, 허덕후의 만류로 참고 다시 부부의 관계로 돌아가게 된다. 여기서 주목할 점은 금옥노가 배신한 막계를 용서하고 다시 부부관계를 복원한 것이며, 또 은혜를 원수로 갚은 지식인 남편 막계와 그와 대조적으로 허물을 덕으로 갚으며 용서하는 걸인장 집안의 현처 금옥노의 행위일 것이다.

'인간의 도리에 대한 칭송과 훈계'는 위에서 거론한 것들 외에도 형제와 친구간의 우애와 신의를 강조한 작품으로 제1권 「세 효렴이 재산을 양보하여 높은 이름을 얻다(三孝廉讓產立高名)」, 제3권 「등대윤이 귀신과 얘기하여 가산을 판결 짓다(滕大尹鬼斷家私)」, 제11권 「오보안이 집을 버리고 친구를 구하다(吳保安棄家贖友)」, 제12권 「양각애가 목숨을 버리고 우정을 지키다(羊角哀舍命全交)」, 제19권 「유백아가 거문고를 버리고 지음에게 감사하다(俞伯牙摔琴謝知音)」제31권 「여대랑이 주은 돈을 돌려주고 가족을 되찾다(呂大郎還金完骨肉)」 등이 있고, 봉건질서를 공고히 하기 위해 노복의 충성심과 경계를 훈시한 작품으로 제25권 「한 노복이 주인의 가업을 다시 일으키다(徐老僕義憤成家)」, 제29권 「원한을 품은 독한 노복이 주인을 고발하다(懷私怨狠僕告主)」등이 있다.

따라서 『금고기관』의 '인간의 도리에 대한 칭송과 훈계'는 주로 남성들의 욕망에 대한 경계와 부녀자들의 정절 즉 부덕에 대한 찬미가 주를 이루지만, 그 밖에도 형제와 친우간의 우애도 적지 않은 비중을 차지함을 알 수 있다.

그 가운데 「삼효렴양산입고명(三孝廉讓產立高名)」은 조실부모한 형제간의 우애와 동생들을 향한 맏형의 헌신적인 노력을 다룬 내용으로 동한의 허무(許武)가 효렴으로 천거된 후에 두 명의 동생들을 어렵게 공부시키면서도 그들을 출세시키기 위해 고의로 박대하지만 두 동생들은 형을 원망하지 않고 존경하였기에 마을 사람들이 모두 그들을 칭찬해 결국 그들도 효렴으로 추천되었다는 이야기이다. 당초 허무가 부모가 남긴 대부분의 유산을 독차지한 것은 동생들이 아직 성공하지 못해 그들에게 기회를 주기 위함이었으며, 실은 이미 문서로 재산을 고르게 삼분하였음도 확인되었다.

따라서 당시 허무가 동생들을 박대했다는 욕을 먹은 것은 계략이었고 마을 사람들은 그 사실을 알고 모두 감탄하였다고 한다. 그 후 동생들도 모두 조정에서 5년의 관직생활을 하며 벼슬이 구경(九卿)까지 올라갔지만 허무의 권유에 따라 잠시 은퇴하였다가 다시 관직을 맡아 가문이 번창하였으며, 효제가문으로 이름을 날렸다는 내용이다.

특히 이 작품은 『금고기관』 제1권에 실린 만큼 교화적인 의미가 큰데, 본 이야기에 들어가기 전에 조조의 아들 조비가 동생 조식을 미워해 조식이 칠보시를 지어 무마한 이야기와 당현종과 형제간의 우애, 그리고 전씨(田氏)가의 삼형제 이야기를 통해 같은 뿌리의 형제는 반목하여 갈라질 수 없는 운명임을 강조하고 있다.

또 이 이야기는 교화적 의미와 당시 조정의 제도에 대한 찬양을 표하기 위해 『금고기관』 첫머리를 장식하였을 것으로 판단되지만, 작자는 효렴 제도가 명대에도 시행된다면 오직 돈 많은 자제들만이 추천을 받게 될 것이라며 당시 제도와 세태를 비꼬기도 하였으니, 편찬자가 조정에 아부하기 위해 무조건 찬사만 늘어놓은 것은 아님을 알 수 있다. 더욱이 맨 마지막의 시는 재물에 앞서 의리와 효제를 중시한 옛사람들에 비해 이끗에만 눈이 먼 당시 명대인들을 풍자하기도 하였다.

「등대윤귀단가사(滕大尹鬼斷家私)」는 명판관으로 명성이 자자한 현령 등대윤이 태수 예수겸(倪守謙)의 유산분배 문제로 다투는 선계(善繼), 선술(善述) 두 형제의 일을 조정해 달라는 부탁을 받고 일부러 죽은 예태수의 혼령과 대화하는 척하며 그의 유언을 날조하여 유산을 분배한다면서 유산의 반가량을 자신이 감쪽같이 가로채는 내용이다. 다시 말해 형제간의 재산 분쟁을 이용해 현령이 간교한 술책으로 그들의 허점을 이용해 이익을 챙기는 이야기이다.

이 작품은 형제간의 재산소송안을 통해 금전 앞에 허물어지는 수족(手足)간의 우애를 다루었지만, 또 한편으로는 겉으로는 세인들에게 현명한 지방관으로 존경받으면서도 사실 그 이면은 음험하기 그지없는 한 지현의 본 모습을 들춰내면서 봉건시대 관리들의 위선적이고 탐욕적인 모습도 동시에 풍자하고 있다.

사실 새로 막 부임한 등대윤은 전임 지현에 의해 억울하게 누명을 쓰고 사형을 선고받은 성대(成大)란 인물의 사건을 뒤집고 진범을 찾아내어 현명한 명관(明官)으로 명성이 자자했지만 금전 앞에서는 욕심이 발동한 것이다. 그런데 탐욕스러움을 말하자면 등대윤만 그런 것이 아니다. 지방관으로 많은 재산을 축적하였을 뿐 아니라 죽음을 목전에 둔 노령에 젊은 여성을 탐해 소첩으로 맞이하고 아들 선술까지 둔 예태수 역시 탐욕스러움을 면할 수 없으며, 부친에 대한 효도는 뒷전이고 부모의 유산을 독차지하려는 탐욕스러운 큰아들 선계의 모습도 그러하다. 이 작품은 당시 세인들의 존경을 받던 현명한 판관 등대윤도 그러한데 일반 탐관오리들의 탐욕은 이루 헤아리기 어려울 것임을 간접적으로 보여주고 있다.

이 작품은 명 중엽 이후 자본주의가 무르익어 감에 따라 '호화호색(好貨好色)'의 사회적 분위기가 만연하면서 호색과 금전에 대한 사람들의 욕망이 팽배해지고, 이로 인해 부모에 대한 자식들의 효도와 형제간의 우애도 실추되었으며, 현명한 판관도 금전 앞에서는 백성들을 속이는 당시 사회의 총체적 퇴폐상을 잘 반영하였다.

「여대랑환금완골육(呂大郎還金完骨肉)」은 여옥(呂玉), 여보(呂寶), 여진(呂珍) 여씨 삼형제간의 인과응보에 관한 이야기로 첫째 아들 여옥의 착한 심성이 액운도 행운으로 전환시키고, 둘째 아들 여보의 악한 행동은 결국 벌을 받게 됨으로써 선은 선을 낳고 악은 악을 낳는다는 이야기이다. 삼형제 가운데 여옥은 평소 선행으로 인해 유괴되었던 아들도 찾게 되고, 또 막내 동생 여진의 생명도 구하게 되지만 이에 반해 평소 도박과 음주에 젖은 방탕한 삶을 살고 있던 여보는 재물을 탐내어 심지어 형수 왕씨를 낯선 사내에게 팔려고까지 하지만 공교롭게도 자신의 처 양씨가 도리어 팔려가 버렸다. 그리하여 여옥과 여진은 집으로 돌아왔지만 여보는 창피하여 집을 떠나고 말았다는 이야기이다. 본 작품은 『금고기관』이 원전 『경세통언』의 작품을 수록하면서 내용상의 수정을 비교적 많이 가한 작품이다. 수정 내용 가운데 사소한 부분은 차치하고 비교적 의미 있는 부분은 도덕적 인과응보성에 대한 부분을 강조한 것인데, 행실이 악한 자의 악행을 구체적으로 묘사함으로써 교화적 경계의 의미를 심화시켰다고 할 수 있다. 이를테면 이야기가 시작되면서 여보의 악행을 보다 구체적으로 강조하였으며[6], 여보 부인의 나쁜 행실에 대한 묘사도 더하였다.[7]

또 이 작품의 의의는 명대 중엽 이후로 자본주의 사상이 무르익음에

6 "凡損人利己的事, 無所不爲, 眞是一善不作, 重惡奉行, 因此鄕裏起他一個異名."

7 "兄弟中, 只有呂寶一味賭錢喫酒, 不肯學好, 老婆也不什賢曉, 因此妯娌間有些面和意不和."

따라 재물과 이익 추구에 대한 시민들의 욕망이 거세어지면서 수단과 방법을 가리지 않고 이를 획득하고자 하는 무리들에게 윤리도덕적 가치의 중요성을 일깨우고자 함에 있다. 『금고기관』은 대체로 삼언·이박 속 이런 작품들을 많이 수록하였는데, 당시 급변한 명대사회의 현실적인 모습을 사실적으로 반영하고자 한 편찬자의 의도라고 볼 수 있다. 이 작품에서 여옥 형제들에 관한 주 이야기에 앞서 '입화(入話)' 부분 금종(金鍾)이란 구두쇠 이야기를 통해서도 작가는 극단적으로 재물을 추구하고자 하는 당시인들의 비뚤어진 가치관을 풍자하면서 독자들에게 이 점을 잘 환기시키고 있다. 재물을 대하는 여옥과 여보의 대조적인 태도를 통해서도 작가의 주제의식이 선명하게 잘 드러난다.

「오보안기가속우(吳保安棄家贖友)」는 적에게 포로로 붙잡힌, 자신을 발탁한 친구 곽중상(郭仲翔)을 위해 10년간 장사를 해서 모은 돈으로 친구의 몸값을 지불하고 그를 구한 오보안의 의리와 오보안 부부가 세상을 떠나자 곽중상이 천리길도 마다 않고 찾아와 그들의 유골을 이고 멀리까지 장사를 지내주었으며, 또 남겨진 고아도 장성할 때까지 키워주었다는 친구간의 신의를 다룬 내용이다.

「양각애사명전교(羊角哀舍命全交)」도 생사와 이익을 초월한 우정을 찬미하는 내용으로 춘추시대 유생 양각애와 좌백도(左伯桃)가 서로 만나 의기투합하여 형제의 의를 맺고 상대를 위해 자신의 목숨을 기꺼이 희생하는 친구간의 우의를 이야기한 감동적인 작품이다. 막역한 친구사이인 좌백도와 양각애는 초왕(楚王)의 휘하로 들어가기 위해 함께 초나라로 향했는데, 당시 날은 추워 온통 눈보라에 뒤덮였다. 한풍이 몰아치는 저녁에 두 사람이 초나라에 당도할 때까지 먹을 수 있는 식량은 겨우 일인분 가량만 남게 되자 좌백도는 양각애에게 자신이 지닌 옷과 양식을 모두 주면서 혼자라도 살아서 초나라에 갈 것을 권하며 자신은 얼어 죽었다. 그 후 양각애는 성공한 후 옛 지역으로 돌아와 힘들게 친구의 유골을 찾아내어 성대하게 장사를 치렀다. 그런데 어느 날 밤, 좌백도의 혼이 양각애를 찾아와 그의 무덤이 형가(荊軻)의 무덤 위라 형가가 밤낮으로 그를 찾아와 협박해 편안할 수 없다고 하자 양각애는 크게 노해 형가를 꾸짖었지만 형가도 만만찮아 여전히 좌백도를 괴롭혔다. 의리 많은 양각애는 단번에 관직을 그만 둔 다음 형가묘를 없애고 그의 사당을 불태운 후에 칼을 뽑아 자결해 구천으로 달려가 좌백도를 지켜주었다.

「유백아솔금사지음(俞伯牙摔琴謝知音)」도 앞의 두 작품들과 같이 친구간의 신의를 다뤘는데, 역시 감동적인 춘추시대의 지기간 우정에 관한 이야기이다. 춘추전국시대 초나라 사람으로 진나라에서 큰 벼슬을 한 유백아는 초나라의 사신으로 와 오래 동안 밟아보지 못한 고향땅을 마음껏 둘러본 후에 배를 타고 입조하다가 거문고를 타는데 갑자기 줄 하나가 끊어지자 놀란 유백아는 초부(樵夫) 종자기(鍾子期)가 몰래 거문고 소리를 듣고 있었음을 알게 된다. 유백아는 거문고에 대한 종자기의 해박한 지식과 고매한 인품에 놀라 그를 존경하게 되었고, 의기투합한 두 사람은 형제의 예를 올리게 된다. 서로 늦게 만난 것을 한스러워한 유백아는 이듬해 같은 날에 다시 만날 것을 약속하고 헤어졌다.

그런데 1년 후 유백아가 배를 타고 그와 만나기로 한 곳에서 기다렸지만 그가 나타나지 않자 이튿날 직접 그 집을 방문하였다. 도중에 지나가는 한 노인에게 길을 물었는데 그 노인은 다름 아닌 종자기의 부친이었고, 아들을 찾는 것을 안 노인은 통곡하며 아들이 친구를 만난 후 얻은 돈으로 책을 사서 주경야독 하다가 과로로 죽었다고 했다. 유백아는 그 말을 듣고 쓰러져 통곡하니 울음소리가 산천초목을 뒤흔들었다. 노인은 종자기가 죽기 전에 자신의 무덤을 유백아와 만나기로 한 강 입구에 두어 그와의 약속을 지켜달라고 했다고 하였다. 노인과 함께 무덤을 찾은 유백아는 또 다시 통곡한 후에 제례품으로 반석 위에 올린 거문고를 켜니 유백아의 사연을 모르는 시골사람들이 거문고 소리에 신이 나서 손뼉을 치며 웃자 유백아는 지음이 없는데 거문고는 누구를 위해 켜겠느냐며 칼로 거문고 줄을 끊고 그것을 내동댕이쳐버렸다. 그 후 유백아는 관직을 사퇴하고 돌아와 종자기의 부모를 모시며 함께 살았다고 한다.

이처럼 『금고기관』은 친구간의 신의를 칭송하기 위해 무려 세 편이나 되는 유사한 작품들을 연거푸 싣고 있는데, 이는 바로 봉건예교를 적극적으로 가송, 장려하고자 하는 『금고기관』의 교화성을 명백히 잘 드러낸 것이다.

형제와 친구 사이의 우애와 신의를 다룬 작품들에 이어 노복의 충성심과 경계를 훈시한 작품으로 「서노복의분성가(徐老僕義憤成家)」, 「회사원한복고주(懷私怨狠僕告主)」등이 있다.

「서노복의분성가」는 한 충직한 노복이 세상을 떠난 주인집 막내아들의 미망인 안씨(顔氏)를 도와 가업을 일으키게 하는 내용으로 예교사회 주복(主僕)간의 끈끈한 정과 의리와 모범적인 하인의 형상을 찬양하고 있다. 서씨 삼형제 중 막내아들이 일찍 죽어 두 형들이 그 미망인 안씨와 자식들을 홀대하여 집에서 쫓아내자 노복 아기(阿寄)는 자신의 가족은 생각하지 않고 오직 주인집 마님과 그 자식들을 위해 장사를 하여 큰돈을 벌어주고, 심지어 딸은 출가시켜주고 아들 둘은 훈장을 구해 공부도 시켜 출세하게 하였다. 하지만 그가 자신의 처자식을 위해 남겨둔 것이라곤 아들의 결혼식에 안씨로부터 받은 약간의 부조금 외에는 한 푼도 감추지 않았다. 이 작품은 충직한 노복을 찬미한 것과 동시에 앞에서 지적한 몇몇 작품들과 같이 부모의 유산문제로 불거진 형제지간의 우애도 훈시한 것이라 할 수 있다.

「회사원한복고주」도 제목에서 보듯 원한을 품은 노복이 주인을 고발한 내용으로 앞의 충직한 노복과는 달리 주인에게 앙심을 품고 관아에 고발한 나쁜 하인의 이야기이다. 하인 호아호(胡阿虎)는 자신의 잘못으로 주인집 딸이 죽게 되어 주인에게 매를 맞자 이에 화가 나 주인의 옛 비밀을 관아에 폭로하였다. 결국 주인의 비밀은 결백으로 증명되고 주인을 고발한 하인은 악당인 사공 주사(周四)와 함께 곤장을 맞아 절명하게 된다. 충직한 하인이 있는 반면 믿을 수 없는 하인도 있기에 하인을 너무 믿지 말고 경계하여 잘 관리해야 함을 훈계하고 있다.

『금고기관』의 봉건예교에 대한 풍자는 주로 관료나 지식인 선비들에 대한 풍자로 표현되었는데, 이를테면 제3권 「등대윤귀단가사」, 제4권 「배진공의환원배」, 제5권 「두십낭노침백보상」, 제7권 「매유랑독점화괴」, 제8권 「관원수만봉선녀(灌園叟晩逢仙女)」, 제13권 「심소하상회출사표」, 제15권 「노태학시주오공후」, 제32권 「금옥노봉타박정랑」, 제35권 「왕교란백년장한」 등을 대표적인 예로 들 수가 있다.

이 가운데 봉건예교의 수행자로서 백성들에게 본을 보여야 할 관료들에 대한 풍자로는 제3권 「등대윤귀단가사」, 제4권 「배진공의환원배」, 제13권 「심소하상회출사표」, 제15권 「노태학시주오공후」등을 꼽을 수 있다.

제4권 「배진공의환원배」는 제목만 보면 당대(唐代) 재상 배도의 의로움과 인자함을 칭송하였지만 그 내용을 읽어보면 또 한편으로는 당시 자사(刺史)가 영가집의 여성을 강제로 징집하여 재상 배도에게 선사하는 부분은 당시 일반 관리들의 전횡과 횡포를 풍자한 것이라 할 수 있다.

제3권 「등대윤귀단가사」도 현령 등대윤이 현민(縣民) 형제들간의 재산 다툼을 중재하면서 꾀를 부려 자신이 그들의 재산 상당수를 착복하는 내용이다. 그러나 제목만을 두고 보면 탐관오리에 속하는 등대윤이 백성들의 분란을 귀신같이 잘 무마해주는 현명한 관리인 것으로 보이게 하였다. 그리고 작품 속에서도 등대윤에 대한 어떤 부정적인 평가도 내리지 않았으며, 오히려 그를 평소 평판이 좋은 현령으로 묘사하고 있다.

또 제15권 「노태학시주오공후」도 제목만을 보면 현민 노태학 즉 노남이 시와 술을 믿고 공후 관료들에게 오만불손하게 대했다는 것으로 그의 무례한 태도를 비판한 듯하지만, 내용을 읽어보면 노남은 설령 불같은 성급한 성깔이 있다고 해도 호방한 풍류재자로 간주한 반면 노남과 갈등을 빚은 현감 왕잠은 탐욕에 눈이 어두운 소인배 탐관으로 묘사하였다. 이처럼 『금고기관』은 봉건 관리들을 풍자함에 있어 직접적으로 풍자하는 것이 아니라 간접적인 방식으로 풍자하였으며, 제목도 「등대윤귀단가사」나 「노태학시주오공후」처럼 풍자 대상을 일부러 감추어 겉으로 드러내지 않거나 오히려 반어법적인 표현으로 제목을 짓기도 하였음을 알 수가 있다.

관료들에 대한 풍자 외에 지식인들에 대한 풍자로는 제5권 「두십낭노침백보상」, 제7권 「매유랑독점화괴」, 제8권 「관원수만봉선녀」, 제32권 「금옥노봉타박정랑」, 제35권 「왕교란백년장한」 등을 꼽을 수가 있다.

「두십낭노침백보상」과 「매유랑독점화괴」는 겉으로는 두십랑과 매유랑이라는 기녀와 기름장수 두 소상공인 남녀들을 얘기하지만 그 속을 들여다보면 선비 이갑의 가증스러운 면과 화괴 여성을 괴롭히는 당시 기득권 귀족 계층들에 대한 비판이 도사리고 있다. 그들은 공맹의 도를 공부한 번듯한 선비이거나 귀족의 자제이지만 이끗에 밝고 인정이 없는 몰염치한이거나 기녀 여성들을 인간 이하로 대접하는 망나니 귀족이다. 이 작품들의 작가는 이를 통해 중국 봉건사회구조의 문제점을 지적하고 있다.

제8권 「관원수만봉선녀」도 같은 맥락으로 이해할 수가 있다. 이 작품은 벼슬아치 가문의 부랑아가 권세와 재력을 믿고 화원을 꾸려 살아가는 가난한 노인을 무참히 짓밟았지만 화신(花神)이 그를 도와 악인을 징벌함으로써 당시 지배층의 횡포로부터 선량한 촌민을 옹호하고 있다. 이는 바로 앞 제7권 「매유랑독점화괴」에서 선량한 기름장수 청년 진중(秦重)이 벼슬아치 가문의 난폭한 자제들로부터 기녀 왕미(王美)를 구하는 것과 일맥상통하다.

따라서 이 작품들은 선량한 평민계층 사람들의 진보적 가치관을 통해 귀족계층의 무지와 잔악함을 풍자함으로써 당시 봉건예교 사회와 문화의 문제점을 보여주고 있다. 「관원수만봉선녀」에서 꽃에 대한 지극한 정성을 보이는 추선은 남녀평등을 기반으로 하층민 기녀 여성을 인격적으로 대하는 진중으로 비유될 수 있으며, 꽃을 사랑하는 '관원수' 추선(秋先)이 지닌 생명에 대한 존중과 경외심은 바로 여성에 대한 진중의 연민과 아낌의 정과도 일치한다.

제32권 「금옥노봉타박정랑」과 제35권 「왕교란백년장한」도 모두 신의를 저버린 선비 막계과 주정장을 풍자하는 내용이다. 이는 평생 예교를 논한 경전을 읽고 이를 행동으로 보여줘야 할 지식인 선비가 도리에 반하는 짓을 한 것을 보여줌으로써 봉건예교의 위선과 가식을 간접적으로 풍자한 것이라 할 수 있다. 이들은 모두 여성들과 부부의 연을 맺은 후에 과거에 급제하거나 돈 많은 신붓감을 보고는 마음이 변해 옛 아내를 저버리는 행동을 하였다.

「왕교란백년장한」에서의 주정장이 재물과 색을 탐한 선비의 단순 배신이라면 「금옥노봉타박정랑」에서의 막계는 자신을 키워준 아내와 장인을 살해하려한 배은망덕의 극악무도한 배신이다. 그런데 막계는 금옥노가 몽둥이로 혼을 낸 후 다시 남편으로 받아주지만, 주정장은 그가 배신한 것을 안 왕교란이 분통을 못 참아 자결하는 바람에 그도 태형을 받아 죽는다. 거기다 「금옥노봉타박정랑」은 「왕교란백년장한」과는 달리 단순히 배운 선비들의 배신과 비행을 풍자한 것이 아니라 금옥노가 남편을 용서하고 가족의 단합을 이룩함으로써 그녀의 부덕을 칭송하기도 하였다. 따라서 이 작품은 봉건예교에 대한 가송과 풍자를 동시에 반영하였다.

『금고기관』의 봉건예교에 대한 풍자는 이 밖에도 가난한 선비들을 동정하고 과거제도를 풍자함을 통해서도 잘 드러나고 있다. 이를테면 제21

권 「노문생삼세보은(老門生三世報恩)」과 제22권 「둔수재일조교태(鈍秀才一朝交泰)」 등이 그 예이다.

「노문생삼세보은」에서의 선우동(鮮於同)과 「둔수재일조교태」에서의 마임(馬任)은 모두 뛰어난 재주를 지녔음에도 갖은 고생을 하다가 한참 늦은 나이에 비로소 과거에 급제하게 되는데, 그것도 실력을 인정받아서가 아니라 전혀 예상치 못한 우연에 의해 급제함을 보여주면서 과거제도의 문제점을 신랄히 비판하였다.

「노문생삼세보은」에서는 선우동과 같은 늙은 선비를 혐오하는 지현 괴우시(蒯遇時)가 그를 낙방시키기 위해 일부러 그에게 불리한 과거 시험을 제시하였지만 공교롭게도 선우동이 역으로 그 혜택을 받아 결국 그가 향시, 성시(省試), 회시를 모두 급제하는 해프닝이 벌어진다. 「둔수재일조교태」에서의 마임도 문재가 뛰어났지만 계속해서 시험에 낙방하여 '우둔한 수재'란 별명까지 얻었다가 정치적 지각변동으로 그 부친이 하루아침에 복권되어 운세가 풀리면서 그도 과거에 합격한다.

이처럼 이 작품 모두가 진정한 인재를 뽑는 것이 아니라 재수로 당락이 결정되는 과거제도의 문제점을 비판함으로써 당시 봉건예교사회의 문제점을 고발하였다.

더구나 「노문생삼세보은」에서 괴우시는 당시 청렴한 관리라는 평을 받는 촉망 있는 관리였음에도 늙은 선비를 혐오해 젊은 선비들만을 기용하려는 사심을 지녀 실력 있는 선비 선우동을 일부러 낙방시키기 위해 전전긍긍하는 자였다.

이런 공명정대하지 못한 관리들로 인해 선우동과 같은 탁월한 선비도 평생 기를 펼 수가 없었던 것이 당시 현실이었다. 이 작품의 작가는 청렴한 관리조차도 사심을 벗어나기 어렵기에 과거제도가 원천적으로 얼마나 모순 덩어리였는지를 보여주고 있다. 그런데 선우동은 그를 합격시켜준 괴우시를 은인으로 생각하여 그의 손자까지 돌보며 은혜에 보답하였다.

따라서 이 작품은 선우동의 선행을 통해 고시관 괴우시의 비행을 더욱 선명히 보여주며, 또 시험관인 괴우시만의 문제가 아니라 과거제도 자체가 문제임을 지적하였다.

그런데 『금고기관』의 봉건예교에 대한 풍자는 언제나 그 대상을 직접적으로 풍자한 것이 아니라 풍자 대상을 감추고 우회적인 방식으로 간접적으로 풍자하고 있음이 큰 특징이다. 이를테면 「노문생삼세보은」과 「둔수재일조교태」에서도 그러하듯 이 작품들은 분명히 과거제도의 문제점과 사회의 암울상을 풍자한 내용이지만 제목은 모두 긍정적인 밝은 의미를 띠고 있다. 다시 말해 「노문생삼세보은」에서는 괴우시의 과거시험 비리와 농단은 감추고 늙은 선비가 삼대에 걸쳐 보은했다는 것으로 제목을 달았으며, 「둔수재일조교태」에서도 누누이 과거에 낙방한 마임의 처지와 그에 대한 사람들의 질시와 냉대는 묻어두고 '어리석은 수재가 하루아침에 성공하다.' 라는 긍정적인 제목만을 달고 있다. 즉 『금고기관』의 편찬자는 '봉건예교의 가송'이라는 대전제에 입각해 설령 봉건예교를 비판하는 내용의 작품들에서조차도 표면적으로는 마치 봉건예교를 찬양하는 듯한 제목을 취한 것이다.

이런 점은 앞에서 언급한 「등대윤귀단가사」나 「노태학시주오공후」에서처럼 작품의 내용상에서는 분명히 봉건 관리들을 풍자하면서도 제목에서는 오히려 반어법적으로 말하거나 풍자 대상을 감추고 다른 내용을 언급한 점과도 부응하고 있다.

요컨대 『금고기관』의 편찬자는 표면상으로는 봉건예교를 가송하고자 하는 편찬전략에 입각해 설령 봉건예교를 풍자하는 작품이라 할지라도 제목에서는 일부러 그 풍자내용을 감추었으며, 동시에 봉건예교를 가송하는 작품들도 제목과는 달리 실제 내용에서는 봉건예교에 대한 풍자를 간접적으로 지적하기도 하였다. 따라서 『금고기관』 40편은 제목만을 보거나 표면적으로는 모두 봉건예교를 찬미하고 교화의식을 권장하는 것으로 보여 그 어느 작품도 예교사상과 대치되는 것이 없어 보이기도 한다. 다시 말해 『금고기관』은 적어도 제목을 통해 모든 작품들이 예교사상에 부합되는 형태를 취하도록 만들었으며, 설령 봉건예교를 풍자하는 작품들도 겉으로는 풍자대상을 감춰 교묘하고 완곡한 수법으로 풍자하였다.

그러나 전술한 바와 같이 『금고기관』은 이런 우회적이고 간접적인 방식을 통해 봉건예교의 가송과 풍자가 적절히 반영되도록 노력하였다. 앞에서 지적한 바와 같이 『금고기관』은 봉건관리들을 칭송만 한 것이 아니라 풍자도 적절히 반영하였던 것이며, 이는 비단 봉건관리에 대한 가송과 풍자에만 국한된 것이 아니다. 『금고기관』은 현모양처의 부덕을 대거 칭송하면서도 전통적으로 현모양처와 대치되는 재녀들에 대한 찬미도 빼놓지 않았다. '여자는 재기가 없는 것이 바로 부덕(婦德)이다.(女子無才便是德)'라는 말이 그러하듯 중국 유교문화에서는 여자의 덕 즉 부덕은 재기와 상극으로 현모양처의 이상적 여성이 되기 위해서는 글재주를 비롯한 재기와 능력이 없어야만 가능하다고 믿었다. 그러나 제17권 「소소매삼난신랑(蘇小妹三難新郎)」에서는 남편인 진관(秦觀)을 능가하는 소동파의 누이 소삼매의 문재(文才)를 찬미하였으며, 제34권 「여수재이화접목(女秀才移花接木)」등에서는 문무를 겸비한 문비아(聞蜚娥)의 재주와 능력을 찬미하였던 것이다.

그 외에도 봉건예교에 대한 『금고기관』의 가송과 풍자는 풍류재자에 대한 찬미에서도 잘 드러나고 있다. 중국문화를 통해 보면 풍류재자는 바로 소위 '위진풍도'라고 하는 위진명사들의 도가적 정신세계를 계승한 중국의 자유인 선비를 말한다. 따라서 그들은 명교(名教)를 부정하여 세속적 예법을 도외시한 체 호탕하고 고오(高傲)하게 산 자들이라고 할 수 있는데, 그들은 곧 예교에 대한 부정을 의미한다. 그러나 『금고기관』 제15

권「노태학시주오공후」는 바로 풍류재자라고 할 수 있는 노남의 오만함을 두둔하고 그를 이해하지 못해 해코지한 현령을 소인배로 풍자하였다.

다시 말해 이 작품의 작가는 속물 현령과 호방한 시인이자 풍류재자인 노남을 상호 대비시킨 후에 자신은 예교를 부정한 노남의 편에 선 것이다. 이는 바로 풍몽룡의 삼언의 정신을 이어 받아 예교를 벗어나 풍류재자를 찬양하는『금고기관』편찬자의 편찬의도를 잘 반영한 것으로 곧 봉건예교에 대한 풍자를 의미한다. 봉건예교에 의하면 부모관인 현령에게 현민은 절대적으로 복종해야 하고, 이런 예법을 무시한 노남은 그 어떤 경우라도 용납하기 어렵지만 여기서는 도리어 그를 두둔하면서 은근히 칭송하였기 때문이다.

『금고기관』의 풍류재자에 대한 찬미는 그 외에도 제6권「이적선이 취해서 오랑캐를 겁주는 글을 짓다(李謫仙醉草嚇蠻書)」, 제33권「당해원의 기상천외한 기행(奇行)(唐解元玩世出奇)」 등을 통해서도 잘 반영되었다.

「이적선취초혁만서(李謫仙醉草嚇蠻書)」에서는 양귀비와의 염문으로 퇴폐적인 황제로 알려진 당현종을 풍류재자 이백과 버금가는 풍류황제(風流皇帝)로 보며 함께 긍정적으로 묘사한 점을 보면 풍류재자를 가송하는『금고기관』의 성향을 알 수가 있다. 그리고「당해원완세출기(唐解元玩世出奇)」에서도 '완세불공(玩世不恭)'의 퇴폐적인 풍류재자 문인 당백호가 예쁜 계집종에게 반해 그 집 하인으로 들어가 결국 그녀를 처로 맞이하였다는, 예교를 부정한 기상천외의 일화를 미담으로 얘기한 점도 예교를 무시하는『금고기관』의 가치관을 보여주고 있다.

그 외에도 제28권「교태수란점원앙보」에서도 고리타분한 예교 관념을 초월한 교태수의 자유분방한 판결을 통해 봉건예교를 풍자하였는데, 이에 대해서는 이미 자세히 논의하였기에 생략한다.

요컨대『금고기관』40편은 작품들의 제목만을 보면 겉으로는 봉건예교를 일방적으로 선양하는 작품들로만 구성된 듯하지만 실제 작품 내용에 있어서는 편찬자 포옹노인이 절묘한 편집을 통해 봉건예교에 대한 가송과 풍자를 적절히 조절하여 삼언·이박의 진보적 장점을 계승하면서도 당시 통치이념을 수호해 반영함으로써 향후 전개될 조정과의 불필요한 마찰을 최소화하고자 노력하였음을 느낄 수가 있다.

2) 명대 현실 사회와 시민 계층의 가치관을 반영

『금고기관』은 삼언·이박 가운데 명대 현실 사회와 당시 시민계층의 참신한 가치관을 담은 작품들을 많이 수록하였는데, 이는 『금고기관』이 지닌 가장 진보적인 의의라고 할 수 있다. 혹자는 능몽초의 이박과는 달리 삼언 고사는 대부분 풍몽룡이 송원대의 옛날이야기들을 고쳐 적어 명대의 기년(紀年)을 붙인 것이라 실제 명인의 고사를 담은 것은 20편 가량이며, 거기다 당시 사회적으로 이슈가 된 실제 사건을 담은 이야기는 매우 적어 「심소하상회출사표」, 「이옥영옥중신원(李玉英獄中申冤)」, 「노태학시주오왕후」를 제외하면 거의 찾기 어렵다고 말하기도 한다.[8] 그러나 『금고기관』은 삼언 속의 구태의연한 옛날이야기들은 지양하면서 송원대 구작이 아닌 명대 당시의 사회현실을 잘 반영한 작품들만을 골라 싣고자 노력하였다. 학계에서 대체로 인정하는 삼언 속 명대의 이야기로 확인되었거나 추정되는 작품들은 다음의 표와 같다.

---

8 許建崑, 「盧事件的真相, 渲染與文化意涵—〈盧太學詩酒傲王侯〉相關文本的探析」, 『東海中文學報』 第24期, 2012, 147~166쪽.

표 19 삼언 속 명대 고사를 실은 작품 목록

『유세명언』 속 명대의 고사

第一卷	「蔣興哥重會珍珠衫」*
第二卷	「陳御史巧勘金釵鈿」*
第十卷	「滕大尹鬼斷家私」*
第十八卷	「楊八老越國奇逢」
第二十六卷	「沈小官一鳥害七命」
第三十二卷	「遊酆都胡母迪吟詩」
第四十卷	「沈小霞相會出師表」*

『경세통언』 속 명대의 고사

第十一卷	「蘇知縣羅衫再合」
第十七卷	「鈍秀才一朝交泰」*
第十八卷	「老門生三世報恩」*
第二十一卷	「趙太祖千裏送京娘」
第二十二卷	「宋小官團圓破氈笠」*
第二十四卷	「玉堂春落難逢夫」
第二十六卷	「唐解元一笑姻緣」*
第三十一卷	「趙春兒重旺曹家莊」
第三十二卷	「杜十娘怒沉百寶箱」*
第三十四卷	「王嬌鸞百年長恨」*
第三十五卷	「況太守斷死孩兒」
第五卷	「呂大郎還金完骨肉」 *명대로 추정
第六卷	「俞仲舉題詩遇上皇」 *명대로 추정

第二十五卷	「桂員外途窮懺悔」 *명대로 추정
第二十八卷	「白娘子永鎮雷峰塔」 *명대로 추정
第四十卷	「旌陽宮鐵樹鎮妖」 *명대로 추정

『성세항언』 속 명대의 고사

第一卷	「兩縣令競義婚孤女」*
第二卷	「三孝廉讓產立高名」*
第三卷	「賣油郎獨占花魁」*
第四卷	「灌園叟晚逢仙女」*
第五卷	「大樹坡義虎送親」
第七卷	「錢秀才錯占鳳凰儔」*
第八卷	「喬太守亂點鴛鴦譜」*
第九卷	「陳多壽生死夫妻」
第十卷	「劉小官雌雄兄弟」
第十一卷	「蘇小妹三難新郎」*
第十二卷	「佛印師四調琴娘」
第十五卷	「赫大卿遺恨鴛鴦絛」
第十六卷	「陸五漢硬留合色鞋」
第十七卷	「張孝基陳留認舅」
第十八卷	「施潤澤灘闕遇友」
第十九卷	「白玉娘忍苦成夫」
第二十卷	「張廷秀逃生救父」
第二十一卷	「張淑兒巧智脫楊生」

第二十二卷	「呂洞賓飛劍斬黃龍」
第二十四卷	「隋煬帝逸遊召譴」
第二十五卷	「獨孤生歸途鬧夢」
第二十六卷	「薛錄事魚服證仙」
第二十七卷	「李玉英獄中訟冤」
第二十八卷	「吳衙內鄰舟赴約」
第二十九卷	「盧太學詩酒傲公侯」*
第三十卷	「李汧公窮邸遇俠客」*
第三十二卷	「黃秀才徼靈玉馬墜」
第三十四卷	「一文錢小隙造奇冤」
第三十五卷	「徐老僕義憤成家」*
第三十六卷	「蔡瑞虹忍辱報仇」*
第三十七卷	「杜子春三入長安」
第三十八卷	「李道人獨步雲門」
第三十九卷	「汪大尹火焚寶蓮寺」
第四十卷	「馬當神風送滕王閣」

* 음영으로 표시한 작품들은 『금고기관』에 수록된 작품임.

표 20 『금고기관』 속 非명대 작품

『유세명언』	第七卷「羊角哀舍命全交」, 第八卷「吳保安棄家贖友」, 第九卷「裴晉公義還原配」, 第二十七卷「金玉奴棒打薄情郎」
『경세통언』	第十九卷「俞伯牙摔琴謝知音」, 第二十卷「莊子休鼓盆成大道」, 第九卷「李謫仙醉草嚇蠻書」
『성세항언』	無

위 표들을 통해 보면 삼언 속에서 명대의 내용을 담은 작품은 120편 가운데 절반가량인 57편 정도로 『유세명언』에는 7편, 『경세통언』에서는 16편, 『성세항언』에서 34편 가량 실렸다. 따라서 3편의 작품들의 편찬년도를 고려하면 삼언은 갈수록 당대 현실을 많이 반영하여 『유세명언』에 비하면 『성세항언』은 거의 대부분이 명대 현실사회를 바탕으로 지어졌음을 알 수가 있다.

그런데 주지하는 바와 같이 『금고기관』은 삼언 가운데 『유세명언』에서 8편, 『경세통언』에서 10편, 그리고 『성세항언』에서 11편을 수록하였는데, 위의 표를 통해 보면 『금고기관』은 삼언 가운데 명대의 신작들을 주로 많이 수록하였음을 알 수가 있다.

『금고기관』에 실린 삼언 작품 가운데 명대의 신작이 아닌 작품으로는 『유세명언』으로는 제7권 「양각애사명전교」, 제8권 「오보안기가속우」, 제9권 「배진공의환원배」, 제27권 「금옥노봉타박정랑」 등 4편이 있고, 『경세통언』 가운데에는 제19권 「유백아솔금사지음」, 제20권 「장자휴고분성대도」, 제9권 「이적선취초혁만서」 등 3편이 있으며, 『성세항언』 가운데 비(非) 명대 작품은 없음을 알 수 있다. 다시 말해 『금고기관』이 수록한 삼언 29편은 주로 명대의 신작들을 실었으며, 『유세명언』에서는 4편, 『경세통언』에서는 7편, 『성세항언』에서는 11편이나 실어 총 29편 가운데 22편이 명대의 신작임을 알 수가 있다.

이처럼 『금고기관』은 삼언 가운데 명대의 신작들을 위주로 실었지만 그렇다고 무조건 명대의 신작만을 고집한 것이 아니라 그 중에는 명대의 신작을 빼고 송원대의 구작을 넣기도 하였다. 그 이유는 『유세명언』 가운데 명대 신작 중 빠진 작품들과 송원 구작 가운데 수록된 작품들의 성향을 살펴보면 알 수가 있다.

즉 『금고기관』은 명대의 신작들을 위주로 수록하였지만 전술한 『금고기관』의 편찬이념에 의거해 작품 내용이 「심소관일조해칠명(沈小官一鳥

害七命)」과 같이 과도하게 사회의 참혹한 패악을 드러낸 작품들은 삭제하였으며, 또 「유풍도호모적음시(遊酆都胡母迪吟詩)」와 같은 비현실적인 꿈 이야기도 수록하지 않았다.

반면 인륜적인 도리를 선양하는 이야기들은 시대에 상관없이 수록하였으니, 「양각애사명전교」와 「오보안기가속우」는 친구간의 우정과 신의를 선양하였고, 「배진공의환원배」에서는 위정자의 선정을 찬미하였으며, 「금옥노봉타박정랑」은 부부간의 신의와 부덕을 찬양하였다.

이러한 점은 『경세통언』에서도 마찬가지이다. 『금고기관』에 수록된 『경세통언』 중 비명대 작품으로는 제1권 「유백아솔금사지음」, 제2권 「장자휴고분성대도」, 제9권 「이적선취초혁만서」가 있는데, 이들 작품은 비록 명대 신작은 아니지만 「유백아솔금사지음」은 지기(知己)간의 의리를 선양하였고, 「장자휴고분성대도」와 「이적선취초혁만서」는 저명한 풍류명사들의 일화와 달관적인 삶을 실었다. 특히 「이적선취초혁만서」는 이민족에 맞서 국력을 선양하는 의미를 지녔기에 명말 난세에 민족적 자존심을 고취하는 이야기라고도 할 수 있다.

반면 『경세통언』에서도 「옥당춘락난봉부(玉堂春落難逢夫)」, 「조춘아중왕조가장(趙春兒重旺曹家莊)」, 「황태수단사해아(況太守斷死孩兒)」 등과 같이 극악무도한 간음 살해 사건과 민관이 결탁한 타락 등 부패한 사회상을 너무 적나라하게 드러낸 작품들은 배제하였다.

그 외 『금고기관』에 수록한 『성세항언』은 모두 명대 작품들만을 수록하고 있다. 그리고 『성세항언』에서 선택한 작품들을 통해 살펴보면 원작 가운데 너무 기이함을 추구한 나머지 구성에 지나친 우연성이 많아 진실성이 결여된 작품들은 선택하지 않았다. 그 외에도 비현실적이고 기환적인 신선 고사들도 가급적 수록하지 않았으며, 또 내용이 너무 색정적이고 음란하거나 사회의 암울함과 패악상 등을 과도하게 드러낸 작품들도 풍기문란과 아정한 풍속을 해친다고 판단해 수록하지 않았음도 알 수 있다.

이는 앞에서 논의한 『금고기관』의 편찬이념을 통해서도 쉽게 이해될 수가 있다. 따라서 『금고기관』은 근본적으로 삼언 속 수많은 이야기 가운데 비현실적인 이야기들을 배제하면서 도덕성에 위배되지 않는 명대 현실사회를 반영한 이야기들을 위주로 선택적으로 실었음을 알 수 있다.

그렇다면 이제부터는 『금고기관』이 수록한 삼언·이박 작품들을 통해 『금고기관』이 주로 삼언·이박의 어떤 내용과 가치관에 주목하였는지에 대해 논의하기로 하자. 무엇보다도 『금고기관』은 삼언 가운데의 명대 신작들을 위주로 소개하면서 당시 시민계층의 참신한 가치관을 반영하였는데, 이는 사상적 측면에서 『금고기관』이 지닌 가장 진보적인 가치라고 할 수 있다.

『금고기관』의 이런 진보적 사상은 우선 여성의식과 여권신장의 고취에서 잘 드러난다. 앞에서 표를 통해 언급하였듯이 『금고기관』 40편의 작품 가운데 여성에 대한 존중을 반영한 제5권 「두십낭노침백보상」, 제7권 「매유랑독점화괴」, 제8권 「관원수만봉선녀」, 제23권 「장흥가중회진주삼」 등의 작품들과 재녀에 대한 찬미를 반영한 제17권 「소소매삼난신랑」, 제34권 「여수재이화접목」등은 이를 잘 입증하고 있다.

「두십낭노침백보상」과 「매유랑독점화괴」 두 작품은 모두 소시민이자 하층민이라고 할 수 있는 기녀들에 대한 이야기이다. 기녀 두십낭과 화괴 왕미가 당시 지도층 인사들이라고 할 수 있는 귀족 자제들로부터 버림과 멸시를 당하지만 소시민 자제가 오히려 여성을 아끼고 그들을 진정으로 대함을 통해 남존여비적 사상에 메여 있는 지도층에 반해 여성을 존중하는 당시 시민계층의 진보적 가치관을 보여 주었다. 특히 「매유랑독점화괴」는 기름장수 진중의 여성에 대한 정신적 사랑과 이른바 '연향석옥(憐香惜玉, 즉 여성을 아끼고 사랑하는 마음)'의 정을 잘 드러내었다. 그 내용은 송대 변량(汴梁) 성 밖에서 잡화점을 경영하는 신선(莘善)의 귀엽고 총명한 딸 요금(瑤琴)이 오랑캐의 침략으로 가족들과 흩어져 기생집으로 팔려가 온갖 수모를 겪다가 자신을 진정으로 아껴주는 기름장수 청년 진중을 만나 결혼하게 되는 이야기이다.

이 작품은 미천한 기름 장수가 진실한 정으로 기녀의 마음을 얻어 당시 귀족자제들을 제치고 명기와 결혼하는 내용으로 비록 가난하고 천한 신분이지만 여성에게 진정과 존중을 보인 젊은이가 결국은 미인의 마음을 사로잡게 된다는 이야기인데, 당시 사람들에게 정신적 연애의 가치와 이성간의 순수한 정을 강조하였다. 그리고 여성을 대하는 비천한 시민계층의 건실한 젊은이의 순수하고 다정한 태도를 통해 자칭 풍류재자라고 하는 당시 귀족층 자제들의 무례함과 횡포를 풍자하였다. 동시에 미천한 시민계층 기름장수의 여성에 대한 존중의식을 찬양하면서 신분계층과 남녀 간의 민주평등사상도 주장하고 있다.

특히 「매유랑독점화괴」는 여성에 대한 시민계층의 가치관을 매우 잘 반영하였다. 기름장수 청년 진중은 여성들을 성적 노리개로 생각하는 당시 귀족자제들과는 달리 그들을 인격적으로 대하며 여성을 단순히 성적 욕망의 대상으로 보는 것이 아니라 평등심과 아낌을 바탕으로 한 남녀 간의 정신적 교류를 추구하였다. 그런 까닭에 그는 여성의 진정을 얻어 그녀와의 진정한 사랑을 나눌 수가 있었다.

전통적 유교관념은 남녀가 유별하여 결국 여성을 타자화 함으로써 남녀는 불평등한 구조에 처하기 십상이지만, 이런 전통적 유교관을 바탕으로 한 귀족사회와는 달리 당시 시민계층은 남녀평등의식과 상호존중을 바탕으로 남녀 간의 진정한 사랑을 이룩할 수가 있었던 것이다. 따라서 이 작품은 기름장수인 시민계층의 여성관을 통해 남존여비의 고리타분한 전통적 가치관을 벗어나지 못한 귀족층에 대한 풍자를 담고 있다.

진중의 여성에 대한 존중의식은 만명 이후 크게 발전한 여성과 미인을 찬미하는 여성문학의 정신과도 맥을 같이 한다. 남주인공 '진중(秦重)'은 이름도 그러하듯 청대 소설 『홍루몽』 속의 '정종(情種, 정이 깊은 사람)'인 기보옥(賈寶玉)을 연상케 하는 인물이기도 하다.[9] 『금고기관』 편찬자는 제5권 「두십낭노침백보상」에 이어 제7권 「매유랑독점화괴」도 버림받는 기생의 삶을 다룬 작품을 연이어 함께 수록함으로써 당시 기득권에 의해 억압받는 하층 기녀의 불운한 운명에 대한 동정과 사회적 관심을 집중적으로 유도하고자 하였음도 알 수 있다.

『금고기관』에 나타난 여성에 대한 존중을 반영한 시민계층의 가치관은 「장흥가중회진주삼」에서 더욱 두드러진다. 상인(商人)인 장흥가의 아내 왕삼교는 남편 몰래 외간남자와 바람을 피웠지만 장흥가는 그녀를 윽박지르지 않고 아내의 입장을 이해하고자 하였는데, 이는 부덕을 강조하는 유교관에 사로잡힌 사대부 남성들은 수용하기 힘든, 시민계층의 남녀평등의식의 반영이다.

또 이 작품에서 장흥가가 부정을 저지른 부인과 결국 다시 재결합하는 것은 사람의 마음과 행동을 움직이는 것은 그 어떤 예법이나 도덕적 관념이 아니라 '정'임을 주장하였는데, 이 역시 예교보다도 '정'이 우선이라는 시민계층의 의식을 반영한 것이다.

그 뿐만 아니라 「장흥가중회진주삼」에서는 간음한 남성 진상을 악인으로 묘사하거나 진상과 왕삼교의 외도를 죄악시하여 부정적으로 처리하기보다는 비록 불륜임에도 두 사람 사이의 진정을 긍정적으로 묘사하였다. 이 작품의 혼외정사에 대한 태도는 고전소설이 아니라 현대소설로 볼 수 있을 만큼 진보적이다. 따라서 이 작품 속에 나타난 진보성은 남녀평등을 바탕으로 예법보다는 인간의 진정을 더 중시하는 당시 시민계층의 자유분방한 의식 형태를 반영한 점에 있다.

9 중국어 발음에서는 '秦重'과 '情種'이 거의 유사하다.

이 작품 속 매파 설씨를 제외한 주요인물 장흥가, 왕삼교, 진상, 평씨, 오걸(吳傑) 등은 모두 지극히 평범하면서도 선량한 사람들이다. 장흥가는 부인의 외도에 대해 이해심이 깊었고, 왕삼교는 비록 바람을 피운 부정(不貞)한 여성이지만 순수한 여성이다. 진상 역시 외도한 남성이지만 정이 많고 마음이 여린 남자였다. 지현 오걸 역시 고리타분한 관리가 아니라 인정이 많고 이해심이 풍부한 사람이다. 그런 까닭에 이 작품은 인간세상의 온정을 느끼게 하는 삼언 중의 걸작으로 평가되는데 손색이 없기에 『금고기관』도 이를 수록한 것이다.

무엇보다도 이 작품의 가장 신선한 점은 혼외정사를 범한 두 남녀 특히 여성 삼교아를 당시 예교적, 도덕적 잣대에 의거해 부정한 나쁜 여자로 묘사하지 않고, 남편 역시 외도한 부인을 아량으로 대한 점일 것이다. 명대 도시상품경제의 성행과 더불어 시민계층에 싹트기 시작한 이런 민주평등의식은 삼언의 걸출한 점이자 명대 당시의 현실상을 반영하고자 한 『금고기관』의 특징이라 할 수 있다.

따라서 『금고기관』의 편찬자도 이 작품을 수록하면서 원본의 내용을 거의 손대지 않았다. 오직 수정사항이라면 원본 "인심혹가매(人心或可昧, 사람의 마음은 혹시 속일 수 있어도)" 부분을 "인심불가매(人心不可昧, 사람의 마음은 속일 수 없으며)"로 고친 부분인데, 이는 『금고기관』의 편찬전략이 그러하듯 교화적 의미를 더 강화한 것으로 도덕적 주체로서의 사람의 책임을 더 강조하기 위한 의도에서 비롯된 것이라 할 수 있다.

그리고 「관원수만봉선녀」도 앞에서 지적한 바와 같이 꽃에 대한 지극한 정성을 보이는 노인 추선은 남녀평등을 기반으로 하층민 기녀 여성을 인격적으로 대하는 진중으로 비유될 수 있으며, 꽃을 사랑하는 '관원수' 추선이 지닌 생명에 대한 존중과 경외심은 바로 여성에 대한 진중의 연민과 아낌, 존중의 정과도 일치한다고 볼 수 있다.

남녀평등사상을 바탕으로 한 『금고기관』의 여성에 대한 존중의식은 재녀에 대한 찬미로도 이어졌는데, 이는 여성을 오직 남성과 가정을 위해 존재하는 것으로 보는 유교적 부덕과 열녀의 가치관에서 벗어나 그들을 남성과 똑같은 독립적 인격체로 보며 풍류재자를 찬미하듯 여성들의 재기와 개성을 높이 평가해 이를 존중한 것이다. 「소소매삼난신랑」에서는 천하의 영기(靈氣)는 남성에게만 주어진 것이 아니라 때로는 여성에게도 나타난다고 하면서 소식의 여동생 소소매의 재기 즉 문재를 찬미하였다. 작품 속에서 소소매는 뛰어난 글재주로 오빠 소식과 남편 진관을 감복하게 만들었고, 뛰어난 문재는 궁중에까지 알려져 크게 칭송을 얻었다고 하니 여성은 재주가 없는 것이 덕이라고 보던 전통적 여성관을 완전히 벗어난 것이다.

특히 이박이 수록한 『금고기관』제34권 「여수재이화접목」은 삼언의 이런 여성관을 더욱 발전시켜 여주인공 문비아를 문무를 겸비한 여장부로 묘사하였다. 즉 그녀는 단순히 글재주만 뛰어난 재녀가 아니라 비범한 재기에다 활달한 기상까지 갖춘 그야말로 문무를 겸비한 재녀로 그려졌다.

그녀는 부친이 무사 출신으로 인해 남의 멸시를 받는 것이 싫어 준경(俊卿)이란 남자 이름으로 바꾸고 남장도 하여 학당에서 남성들과 같이 공부하면서 수재로 합격한 개성이 넘치는 여성이었다. 그녀가 남장을 하고 남성들만의 특권으로 당시 여성으로서는 상상도 할 수 없었던 수재의 자리를 획득한 것은 유교적 남권주의 전통에 대한 도전으로 명대 당시 대두된 남녀평등사상을 반영한다.

특히 사랑과 혼인에 대한 그녀의 자립적 태도는 명대 당시 시민계층의 사상을 잘 보여준다. 그녀는 배우자 선택에서 당시의 관례였던 부모의 명과 매파의 말에 의존하지 않고 오직 자신의 독립적 의지에 따라 행하였다. 당시 문비아는 동학 가운데 잘생기고 재기가 있는 위찬지(魏撰之)와 두자중(杜子中) 두 남성에게 모두 마음이 있어 그 중 한명과 결혼하기로 결심하였지만 결정을 내리기 어려워 결국 자신이 쏜 화살을 먼저 줍는 자를 남편감으로 선택할 생각이었다. 이는 오늘날의 관점으로 보면 다소 황당할 수도 있지만 당시로선 자신의 의지대로 배우자를 선택하고자 하는 독립심 강한 처녀의 모습이라 할 수 있다.

주동적으로 배우자를 선택하는 이런 자립적인 모습의 여성은 이 작품에서 문비아 외에도 경방련(景芳蓮)이라는 여성을 통해서도 잘 드러난다. 그녀는 여관에서 남장을 한 문비아를 보고 첫눈에 반해 그녀에게서 연신 눈을 떼지 못하고 쳐다보다 선물공세를 벌이며 청혼까지 하였다. 난감한 문비아는 결국 그녀를 설득시켜 다른 남자를 소개하여 사태를 수습하였다. 청춘남녀들이 자유롭게 적극적으로 배우자를 선택하는 것은 명대 당시의 개방적인 사회 분위기를 반영한 것이다.[10] 이처럼 『금고기관』은 재녀에 대한 찬미를 통해 여성의 재기는 물론 그들이 지닌 진보적인 개성을 찬미하기도 하였는데, 이는 바로 명대 당시 시민계층의 참신한 가치관을 반영한 것이다.

여성의식과 여권신장의 고취 외에도 『금고기관』이 지닌 시민계층의 참신한 가치관으로 상업에 대한 중시를 들 수가 있다. 명대 중엽 이후로 상품경제가 크게 발달하면서 자본주의의 맹아와 함께 상인의 세력도 크게 대두되기 시작하였다. 그리하여 명대에는 국가정책에 있어서도 농업과

---

10 「女秀才移花接木」외에도 삼언이박 작품 속에는 여성이 스스로 주동적이고 적극적으로 남성에게 대시하는 이른바 '自媒' 행동을 담고 있는 내용의 작품이 적지 않다. 그 대표적인 예로 『성세항언』 제14권 「鬧樊樓多情周勝仙」과 『경세통언』 제16권 「小夫人金錢贈年少」 등이 그러하다. 「鬧樊樓」와 「小夫人」에서의 여주인공 周勝仙과 小夫人은 모두 한미한 가문의 시민계층의 여성들로 역시 시민계층의 마음에 둔 남성 範二郎과 張勝을 주동적으로 집요하게 대시한 여성들이다. 이는 명대 당시 시민계층을 중심으로 여권의식이 매우 신장되었음을 반영한다. 특히 이 두 작품은 열정적이고 다정한 주인공 여성들과 이와 대비되는 나약하거나 냉정한 상대 남성들을 통해 정의 가치를 더욱 부각시키고 있다.

상업을 동등하게 보게 되었고, 공업과 상업을 천시하던 송대와는 달리 창우(倡優)의 가문을 제외하고는 공상업자들도 과거를 볼 수 있게 법령을 개정하였다.(『명사(明史)·선거제(選擧制)』 2) 그리하여 선조가 항해를 업으로 삼았던 이지도 『분서(焚書)』를 통해 상인이 어찌 천한 직업인가라며 상업을 중시한 바 있다.

이런 분위기 아래 『금고기관』은 농업을 중시하고 상업과 이윤추구를 천하게 여기는 '중농억상(重農抑商)'의 전통적인 관념에 반발해 상인들의 삶을 긍정적으로 조명한 삼언·이박의 정신을 그대로 이어받아 상업과 상인의 지위를 높이 평가했다. 이를테면 「매유랑독점화괴」에서 영세상인인 진중이 화괴낭자 왕미낭을 찾아가려다 혹시 자신의 신분 때문에 거절당하지 않을까 걱정하다가도 "나는 장사하는 사람이야, 어디 부끄러울 데 없는 떳떳한 사람이지.(我做生意的, 淸淸白白之人.)"라고 스스로 자위하면서 소상인인 자신의 직업을 부끄럽게 여기지 않았다.

그리고 기생어미 포주도 행상을 하는 그를 받아주었고, 왕손공자들만 대하는 화괴낭자도 진중을 "장사를 본분으로 하는 사람(做經紀本分人兒)"이라고 치켜세우면서 결국 그와 결혼까지 하였다. 이는 당시 상인이 더 이상 천직이 아님을 보여준다.

또 「장흥가중회진주삼」에서는 "첫째는 관리가 되는 것이고, 둘째는 상인이 되는 것이란 속담도 있지.(有一品官, 二品客的常言)"라는 말은 당시에는 상인이 관리와 같이 거론될 정도로 더 이상 천대받는 직종이 아님을 말해주고 있다.[11]

그리하여 『금고기관』에는 상업 행위에 대한 중시와 상인들이 정당한 방식으로 부와 이윤을 추구하는 것을 정당시하며 이를 적극 수용한 작품들이 많다. 이를테면 『금고기관』 제9권 「전운한교우동정홍」은 이 점을 잘

11 歐陽代發, 『解讀 宋元話本』, 臺北: 雲龍出版社, 1999, 124쪽 참고.

반영하고 있다. 원래 이 작품은 능몽초의 『초각박안경기』 제1권 “「전운한우교동정홍(轉運漢遇巧洞庭紅) 파사호지파타룡각(波斯胡指破鼉龍殼)」”의 내용으로 사업마다 누누이 실패해 ‘도운한(倒運漢, 즉 재수 없는 사내)’로 불리던 소주인(蘇州人) 문약허(文若虛)가 해외무역을 통해 ‘전운한(轉運漢, 즉 운수를 바꾼 사내)’로 변했다는 이야기이다. 그 내용은 한 사람(문약허)이 무인도에 표류했다가 큰 거북의 등껍질을 얻어 아라비아 상인에게 팔아 큰 부자가 되는 이른바 해외무역을 통해 부자가 되는 당시 상인들의 금전적 욕망추구를 긍정적으로 다루었다.

이 작품은 명대에 상업이 발달함에 따라 해외로 나가 모험적으로 장사해서 부를 축적하고자 하던 명대 당시의 사회상과 사농공상 직업 가운데 문약허라는 상인의 형상을 잘 반영하였다. 문약허가 해외무역으로 인해 큰 이익을 보자 주위 사람들이 그를 숭배하며 부러워하는 것을 통해 당시 해외무역에 대한 인기와 이익 추구를 위해서는 어떤 위험도 불사하려는 당시의 사회상을 잘 드러내기도 하였다.

따라서 이 작품은 명대 중엽 이후로 ‘해금(海禁)’의 개방을 요구하던 시대적 상황을 잘 반영하였을 뿐 아니라 물품 유통 영역의 변환에 따른 상품이윤의 극대화와 같은 경제학 원리를 얘기함으로써 중국고대 경제사상사 연구의 중요한 자료가 되기도 하였다. 다만 이 작품은 주된 이야기에 앞서 초반부 ‘입화’ 부분에서 금(金) 노인 이야기를 통해 사람의 ‘명’과 ‘운’에 대해 이야기하면서 명운과 품성에 의해 사람의 운명이 좌지우지된다는 숙명론을 제시하기도 하였다. 그리하여 문약허는 원래 운이 지극히 나쁜 사람이었지만 운이 펴지자 행운아가 되었다는 것이다. 또 그는 충직하고 선량한 품성으로 인해 크게 성공했다고 말하면서 ‘의상(義商)’의 형상을 그려내기도 하였다. 여하튼 이 작품은 명대 당시 상업을 통해 적극적으로 부를 추구하고자 하던 시민계층의 가치관을 잘 반영한 『금고기관』 속의 명작이라 할 수 있다.

『금고기관』 작품 가운데 상업을 통한 정당한 부의 축적을 찬미한 것은 비단 제9권 「전운한교우동정홍」만이 아니다. 부모가 죽은 후 형제간의 유산 다툼과 상업 활동을 통해 부를 축적한 충직하고 현명한 노복 이야기를 다룬 『금고기관』 제25권 「서노복의분성가」에서도 이 점이 잘 드러난다. 나이 많은 노복 아기는 유산 상속에서 밀려난 막내아들의 미망인으로 자식을 여럿이나 먹여 살려야 하는 주인집 며느리 안씨의 생계를 책임지기 위해 안씨가 장신구 몇 점을 팔아 얻은 12냥 은자를 밑천으로 장사를 시작했다. 그는 처음에는 옻칠과 쌀을 사다 다른 지역으로 팔아 이문을 남기는 장사를 하다가 다음에는 무슨 장사든 가리지 않고 하면서 밑천을 크게 불렸다. 그리고 그는 그 돈으로 마을의 한 망나니 불효자가 급전이 필요해 부친이 남긴 천묘의 전답을 시세의 반도 되지 않는 1500냥에 판다는 소식을 듣고 그 전답을 사들여 큰 부를 축적하였다. 따라서 서씨 집안의 노복 아기의 행동은 「전운한」 속의 문약허의 싸게 샀다가 비싸게 되파는 장사술에다 '부동산 투기'까지 더해진 영리한 상업 행위라고 할 수 있다.

이 작품은 원래 『성세항언』 제35권의 내용으로 명대 사회상을 잘 반영한 명대의 고사인데 『금고기관』은 이를 놓치지 않고 수록하였다. 이는 바로 『금고기관』이 금전에 대한 추구와 영리를 위한 상업 활동에 적극적이었던 명대 당시의 사회상을 잘 반영하였음을 보여준다. 그 외에도 『금고기관』은 삼언·이박 속 상인들에 관한 이야기를 많이 수록하였을 뿐 아니라 여러 작품들을 통해 상인들이 돈을 버는 영업 활동에 대해 구체적으로 기술하였는데 이는 바로 상업에 대한 관심과 상인에 대한 중시를 의미한다.

이 외에도 『금고기관』에 나타난 명대 시민계층의 참신한 가치관은 당시의 예법인 '부모의 명과 매파의 말'에 의존하지 않고 자유연애를 추구한 점에 있어서도 나타난다. 당시 청춘남녀들의 사랑에 기반을 둔 평등한 결혼관과 자유연애를 고취함은 삼언·이박의 주요 사상 가운데 결코 빼놓을 수 없는 중요한 것이다. 삼언 속에서 이런 사상을 담은 가장 대표적인 작품이 바로 『성세항언』 권14 「요번루다정주승선(鬧樊樓多情周勝仙)」으로 여주인공 주승선은 '자매' 행위를 통해 마음을 둔 남성에게 스스로 자신을 소개하기도 하였다. 소상인의 딸 주승선은 결혼은 반드시 부모와 매파를 통해 이뤄져야 한다는 봉건예교를 완전히 무시하고 마음에 든 청년을 보고 놓쳐서는 안 된다는 마음으로 즉시 교묘한 방식으로 자신이 어디에 살고 있으며 아직 미혼임을 상대방에게 적극적으로 알린 것이다.

여성의 이런 적극적인 구애행위는 『경세통언』 권16 「소부인금전증년소(小夫人金錢贈年少)」에서도 잘 드러난다. 이름도 알 수 없는 팔려온 가련한 운명의 첩 소부인은 집사 청년을 몰래 사랑해 죽어서도 그를 못 잊고 찾아온다. 또 『경세통언』 권29 「숙향정장호우앵앵(宿香亭張浩遇鶯鶯)」에서도 이앵앵은 장호와 사사로이 깊은 사랑의 맹서를 하였지만 장호는 숙부의 명에 의해 다른 여성과 혼인을 하게 되자 앵앵은 현령에게 사정을 호소해 결국 장호와 혼인을 하게 된다. 이는 매파와 부모의 명보다 남녀 간의 자유연애를 더 중시한 판결이 아닐 수 없다. 적어도 현령은 예법을 무시한 남녀 간의 사사로운 맹서를 인정한 꼴이 된다. 이는 명대에 들어오면 혼인관념에도 변화가 생겼음을 의미한다.

『금고기관』은 삼언에 비해 비교적 보수적이고 대체로 규범을 중시한 작품들을 싣고자 노력하였기에 위와 같은 작품들은 수록하지 않았지만, 『금고기관』 40편 작품 속 젊은이들의 결혼 양태도 명대의 시민계층이 주도한 이런 자유로운 분위기를 받아들이지 않을 수 없었다. 이를테면 「전수재착점봉황주」에서 부상 고찬(高贊)의 재색을 갖춘 딸 고추방(高秋芳)은 남편감으로 반드시 재모를 겸비한 선비 가운데 자신이 직접 고르지 않으면 결혼을 하지 않으려 하였으며, 「소소매삼난신랑」과 「여수재이화접목」에서의 소삼매와 문비아 등의 재녀들도 모두 자신의 뜻대로 재기가 넘치는 남성을 배우자로 선택하고자 하였다. 그리고 「당해원완세출기」에서의 당백호는 자신의 신분을 낮추면서까지 자신이 좋아하는 여자를 직접 아내로 취하고자 한 점들이 모두 그러하다.

그리고 재자가인의 이야기인 「왕교란백년장한」에서도 왕교란이 매파와 부모의 명에 따라 결혼 상대를 구한 것이 아니라 선비 주정장과 사사로이 결혼 맹서를 한다. 그러나 주정장이 부친의 명에 따라 자신을 배신하고 다른 여성과 '합법적으로' 혼인을 하게 되자 그를 관아에 고소하였는데, 현령은 예법에 어긋난 남녀 간의 사사로운 맹서를 한 왕교란을 탓하지 않고 주정장의 배신행위에 분개해 그를 죽도록 매질하였다. 이처럼 『금고기관』 속의 관리들은 「교태수란점원앙보」도 그러하듯 봉건예교를 엄격히 지키는 자들이 아니라 이미 시민계층의 사상에 물든 시민화가 이루어진 관리라고 할 수 있다. 그리하여 엄격한 예교를 반영하기 보다는 시민계층의 자유로운 사상과 가치관을 반영하였다.

3) 사회 교화적 의미를 지닌 건전한 작품들을 수록

앞서 우리는 『금고기관』이 중용의 미학으로 봉건예교에 대한 가송과 풍자를 중화적으로 적절히 잘 반영하였음을 지적한 바가 있다. 따라서 『금고기관』은 삼언·이박 120편 작품 가운데 봉건예교를 풍자한 일부 작품들을 제외하면 거의 모두가 봉건예교를 선양하는 사회교화적 의미를 지닌 이른바 '건전한' 작품들을 수록하였다고 할 수 있다. 그도 그럴 것이 『금고기관』은 삼언의 교화주의 사상을 가장 중요한 근본이념으로 채택하여 이 책을 편찬한 때문이다.[12]

---

12 고대 중국인들의 철학과 인생관을 크게 둘로 나누면 소극적인 인생관과 적극적인 인생관으로 구분되며, 그 가운데 소극적 인생관은 도피적 출세사상과 세속을 경멸하는 청고한 사상, 그리고 삶의 의의를 부정하는 유희적 사상으로 삼분 될 수 있다. 그

『금고기관』이 삼언·이박 속 비현실적이고 퇴폐적인 작품들을 배제하고 교화적 의미를 지닌 건전한 작품들만을 엄선한 점은 『금고기관』과 삼언의 내용을 자세히 비교해보면 명확히 잘 드러난다. 우선 삼언 3부작들의 작품 내용을 일목요연하게 표로 정리하면 다음과 같다.

표 21 『유세명언』의 내용

第一卷「蔣興哥重會珍珠衫」~ 상인 부부의 이혼과 재결합
第二卷「陳御史巧勘金釵鈿」~ 지혜로운 지현이 혼인을 빙자해 간음한 남성을 찾아냄
第三卷「新橋市韓五賣春情」~ 한 상인이 창녀에게 미혹되었다가 결국 개과천선함
第四卷「閒雲庵阮三償冤債」~ 젊은 남녀가 몰래 통정하다가 남자가 급사하지만 여자는 죽은 남자의 아이를 잘 길러 출세시킴.
第五卷「窮馬周遭際賣䭔媼」~ 역사인물 馬周의 고사
第六卷「葛令公生遣弄珠兒」~ 의리를 중시한 역사인물 葛周의 고사
第七卷「羊角哀捨命全交」~ 우정
第八卷「吳保安棄家贖友」~ 우정
第九卷「裴晉公義還原配」~ 어진 사대부가 남녀의 결혼을 주선
第十卷「滕大尹鬼斷家私」~ 형제간의 유산 다툼을 이용한 현령의 탐욕
第十一卷「趙伯升茶肆遇仁宗」~ 역사인물고사

리고 적극적 인생관은 仁人志士들의 우국우민의 사상과 정치가들의 救世濟民의 사상, 그리고 教育救國論에 입각한 교화적 인생관으로 삼분될 수 있다. 그 가운데 풍몽룡은 적극적 인생관 중에 교화적 인생관을 지닌 자라고 할 수 있다. 그 제목에서도 알 수 있듯이 삼언 세 부의 집필에 반영된 풍몽룡의 가장 핵심적인 사상은 바로 교화의식이다. 풍류재자로 알려진 풍몽룡은 비록 모순적이고 복합적인 사상의 소유자라 할 수 있지만 무엇보다도 그는 문학을 통해 세상 사람들을 일깨워주면서 소설의 교육적 의의를 강조한 교육가라 할 수 있다. 이에 대해서는 陳永正, 『三言二拍的世界』, 臺北: 遠流出版社, 1989, 7쪽 참고.

第十二卷「眾名姬春風吊柳七」~ 역사인물 유영의 다정 고사
第十三卷「張道陵七試趙升」~ 역사인물 張道陵의 신선 고사
第十四卷「陳希夷四辭朝命」~ 역사인물 陳希夷의 신선 고사
第十五卷「史弘肇龍虎君臣會」~ 역사인물들의 성공담 고사
第十六卷「范巨卿雞黍死生交」~ 우정과 신의
第十七卷「單符郎全州佳偶」~ 동란중 남녀들의 혼인 이야기
第十八卷「楊八老越國奇逢」~ 동란중 가족 상봉의 고사
第十九卷「楊謙之客舫遇俠僧」~ 역사인물 楊謙之와 승려와의 인연 고사
第二十卷「陳從善梅嶺失渾家」~ 동란중 가족 상봉의 고사
第二十一卷「臨安裏錢婆留發跡」~ 역사인물 오대 월왕 錢鏐의 고사
第二十二卷「木綿庵鄭虎臣報冤」~ 비열한 역사인물 賈似道의 고사
第二十三卷「張舜美燈宵得麗女」~ 연인간의 이별과 결합
第二十四卷「楊思溫燕山逢故人」~ 사랑의 배신자 남성의 고사
第二十五卷「晏平仲二桃殺三士」~ 역사인물 齊國 명상 晏嬰의 機智 고사
第二十六卷「沈小官一鳥害七命」~ 새로 인해 7명이 죽은 참혹한 살인 사건
第二十七卷「金玉奴棒打薄情郎」~ 사랑의 배신자 남성의 고사
第二十八卷「李秀卿義結黃貞女」~ 남장 처녀의 결혼 이야기
第二十九卷「月明和尚度柳翠」~ 고승과 연관된 인과응보의 환생 고사
第三十卷「明悟禪師趕五戒」~ 고승의 인과응보의 환생 고사
第三十一卷「鬧陰司司馬貌斷獄」~ 재자들의 전생과 환생 고사
第三十二卷「遊酆都胡母迪吟詩」~ 한 정직한 선비가 꿈에서 본 인과응보의 이야기
第三十三卷「張古老種瓜娶文女」~ 사람과 신선간의 결혼 고사
第三十四卷「李公子救蛇獲稱心」~ 사람과 신선간의 신기한 결혼 고사
第三十五卷「簡帖僧巧騙皇甫妻」~ 음탕한 중의 엽색 행각 고사

第三十六卷「宋四公大鬧禁魂張」~ 정의로운 도적들의 고사
第三十七卷「梁武帝累修成佛」~ 양무제의 환생고사
第三十八卷「任孝子烈性為神」~ 외도한 부인을 살해하고 신선이 된 남자 이야기
第三十九卷「汪信之一死救全家」~ 악당들에게 당한 후 다시 가문을 일으키는 이야기
第四十卷「沈小霞相會出師表」~ 명대의 奸臣 엄숭에게 박해당한 심소하의 고사

표 22『경세통언』의 내용

第一卷「俞伯牙摔琴謝知音」~ 지기간의 우정
第二卷「莊子休鼓盆成大道」~ 역사인물 장자가 악처로 인해 파산하고 도를 깨달음
第三卷「王安石三難蘇學士」~ 역사인물들의 재기에 관한 일화
第四卷「拗相公飲恨半山堂」~ 역사인물 왕안석의 고집불통 일화
第五卷「呂大郎還金完骨肉」~ 형제간의 인과응보에 관한 이야기
第六卷「俞仲舉題詩遇上皇」~ 詞 하나로 인생역전한 俞仲舉의 일화
第七卷「陳可常端陽仙化」~ 왕부의 시녀와 간통한 재자 陳可常의 일화
第八卷「崔待詔生死冤家」~ 권력에 굴복하지 않은 남녀간의 생사를 넘은 사랑. 시민계층과 봉건권력층간의 모순과 투쟁을 반영
第九卷「李謫仙醉草嚇蠻書」~ 역사인물 이태백의 재기와 신선 고사
第十卷「錢舍人題詩燕子樓」~ 張建封과 關盼盼의 낭만적 애정고사
第十一卷「蘇知縣羅衫再合」~ 강도에게 약탈 당한 부부와 부자가 결합
第十二卷「范鰍兒雙鏡重圓」~ 부부간의 동난 중 이별과 결합
第十三卷「三現身包龍圖斷冤」~ 명판관 包拯이 정부와 모의해 남편을 살인한 살인안을 판결
第十四卷「一窟鬼癩道人除怪」~ 요괴에게 홀렸다 도사에 의해 구해진 선비의 이야기

第十五卷「金令史美婢酬秀童」~ 무고한 하인을 죽도록 고문한 후 미봉책으로 무마한 봉건관리의 악행을 고발
第十六卷「小夫人金錢贈年少」~ 집사를 몰래 사랑한 가련한 첩의 이야기
第十七卷「鈍秀才一朝交泰」~ 시련 끝에 나중에 우연한 기회를 얻어 성공하는 한 선비의 이야기
第十八卷「老門生三世報恩」~ 은혜에 보답하는 선비의 성공담
第十九卷「崔衙內白鷂招妖」~ 도사의 도움으로 요괴를 진압한 젊은이의 이야기
第二十卷「計押番金鰻產禍」~ 살려달라는 뱀장어를 죽였다가 화를 당한 한 가족의 이야기
第二十一卷「趙太祖千裏送京娘」~ 송태조 조광윤과 京娘간의 슬픈 일화
第二十二卷「宋小官團圓破氈笠」~ 현명한 아내로 인해 가족이 다시 결합하는 이야기
第二十三卷「樂小舍拚生覓偶」~ 부모의 반대를 무릅쓰고 목숨을 걸어 결국 기적적인 사랑을 얻은 한 젊은이의 이야기
第二十四卷「玉堂春落難逢夫」~ 의리 있는 선비와 기녀 옥당춘의 연애 고사. 선비를 도와 과거에 급제시킨 옥당춘을 부호 심홍이 가로 채 집으로 돌아갔지만 그가 외간 남자와 간통한 처에게 살해당하고, 처는 관부와 내통해 화를 옥당춘에게 덮어씌움. 부패한 사회상 적나라하게 반영.
第二十五卷「桂員外途窮懺悔」~ 선한 자와 악한 자의 인과응보 고사
第二十六卷「唐解元一笑姻緣」~ 역사인물 당인의 풍류담
第二十七卷「假神仙大鬧華光廟」~ 거짓 신선으로 둔갑한 요괴들에게 홀린 선비의 이야기
第二十八卷「白娘子永鎮雷峰塔」~ 청년 허선이 법해 법사의 도움으로 뱀요정이 둔갑한 열정적인 부인을 진압하게 되는 슬픈 이야기(색욕의 경계와 치정의 칭송)
第二十九卷「宿香亭張浩遇鶯鶯」~ 앵앵이 관아에 주동적으로 사정을 호소해 사랑하는 장호와 결국 결혼하게 되는 이야기
第三十卷「金明池吳清逢愛愛」~ 吳清과 愛愛간의 생사를 넘나드는 애정 고사

第三十一卷「趙春兒重旺曹家莊」~ 방탕한 부잣집 자제 曹可成이 명기(名妓) 趙春兒의 도움으로 인생역전에 성공한 이야기
第三十二卷「杜十娘怒沉百寶箱」~ 선비에게 버림받아 자결하는 기녀 杜十娘의 이야기
第三十三卷「喬彥傑一妾破家」~ 욕정에 찌든 사람들의 비참한 파국에 관한 이야기
第三十四卷「王嬌鸞百年長恨」~ 재물과 색을 탐해 연인을 배신한 남성을 징벌하는 이야기
第三十五卷「況太守斷死孩兒」~ 현명한 태수가 억울한 능욕 살인 사건을 해결하는 이야기. 암울한 사회현실을 적나라하게 묘사.
第三十六卷「皂角林大王假形」~ 대왕묘의 요괴에 의해 괴롭힘을 당한 지현 趙再理의 이야기
第三十七卷「萬秀娘仇報山亭兒」~ 다방(茶坊) 점주의 딸 萬秀娘이 의인의 도움으로 악인을 처단해 원수를 갚는 이야기
第三十八卷「蔣淑真刎頸鴛鴦會」~ 간통 중 남편에게 살해되는 음부 蔣淑真의 비참한 말로 이야기
第三十九卷「福祿壽三星度世」~ 세상에 나타난 福祿壽 三星과 전생에 仙宮의 書記였던 劉本道 사이의 전생과 금생의 인연 이야기
第四十卷「旌陽宮鐵樹鎮妖」~ 許遜이 도술을 익혀 요괴들을 섬멸하는 이야기

표 23 『성세항언』의 내용

第一卷「兩縣令競義婚孤女」~ 어진 현령의 결혼 주선 이야기
第二卷「三孝廉讓產立高名」~ 형제 간의 우애 이야기
第三卷「賣油郎獨占花魁」~ 기생을 존중해 사랑을 얻은 기름장수 이야기
第四卷「灌園叟晚逢仙女」~ 신선이 된 꽃을 사랑한 노인 이야기
第五卷「大樹坡義虎送親」~ 범을 살려준 대가로 부인을 얻게 되는 이야기

第六卷「小水灣天狐詒書」~ 여우를 해쳐 문서를 뺏은 후 겪게 되는 괴기스러운 이야기
第七卷「錢秀才錯占鳳凰儔」~ 지현의 도움으로 뒤바뀐 신랑의 사건을 해결하는 이야기
第八卷「喬太守亂點鴛鴦譜」~ 지현의 도움으로 뒤바뀐 신랑신부의 문제를 해결하는 이야기
第九卷「陳多壽生死夫妻」~ 의로운 여성이 지극한 정성으로 남편의 병을 고치는 이야기
第十卷「劉小官雌雄兄弟」~ 인정 많고 효성이 지극한 사람들의 훈훈한 이야기
第十一卷「蘇小妹三難新郎」~ 재기 있는 여성의 이야기, 역사 일화
第十二卷「佛印師四調琴娘」~ 우연히 독실한 스님이 되어버린 소식의 친구 謝端卿(佛印)의 일화, 역사 고사
第十三卷「勘皮靴單證二郎神」~ 이랑신으로 변장해 외로운 궁녀를 겁탈한 악한의 이야기
第十四卷「鬧樊樓多情周勝仙」~ 나약한 사내 범이랑과 대조적인 다정한 여성 주승선의 적극적 구애와 생사의 치정을 담은 기구한 운명의 이야기
第十五卷「赫大卿遺恨鴛鴦絛」~ 방탕한 사내 혁대경과 음탕한 두 비구니 간의 치정살인 사건에 관한 이야기
第十六卷「陸五漢硬留合色鞋」~ 방탕한 사내 張藎이 한 처녀와 정을 통하다 우연히 살인자로 몰렸지만 결국 풀려나 개과천선하게 된 이야기
第十七卷「張孝基陳留認舅」~ 장인과 처남을 도운 장한 사위의 이야기
第十八卷「施潤澤灘闕遇友」~ 선행을 한 착한 상인이 복을 받아 재산을 모은 이야기
第十九卷「白玉娘忍苦成夫」~ 환난 중 오해로 이별한 남녀가 서로를 잊지 않고 다시 결합하는 훈훈한 이야기
第二十卷「張廷秀逃生救父」~ 악한 同壻의 무고로 쫓겨난 형제가 성공해 다시 옛 부인을 찾고 무고한 동서를 처벌하는 이야기

第二十一卷「張淑兒巧智脫楊生」~ 악한 중에게 해를 당한 자가 한 처녀의 도움으로 탈출한 후 성공해서 돌아와 악승들을 처벌하고 처녀와 결혼하는 이야기
第二十二卷「呂洞賓飛劍斬黃龍」~ 역사인물 呂洞賓, 鍾離, 慧南 간의 일화 소개
第二十三卷「金海陵縱慾亡身」~ 역사인물 금나라 폐제(廢帝) 海陵王의 호색 잔혹한 엽기적 일화와 부하에게 살해당한 비참한 말로 이야기
第二十四卷「隋煬帝逸遊召譴」~ 비참한 말로를 맞이한 황음무도한 역사인물 수양제의 일화를 소개
第二十五卷「獨孤生歸途鬧夢」~ 洛陽의 進士 獨孤遐叔와 그의 처 娟娟간의 작은 일화를 소개
第二十六卷「薛錄事魚服證仙」~ 전생이 신선인 부부와 한 도사의 기환적 전생 이야기
第二十七卷「李玉英獄中訟冤」~ 부친이 죽고 악한 계모에 의해 억울하게 학대 당하는 자녀들이 조정의 심판으로 무마되는 이야기
第二十八卷「吳衙內鄰舟赴約」~ 청춘 남녀가 항해 도중 배에서 만나 눈이 맞아 정을 통하고 부부가 되는 이야기
第二十九卷「盧太學詩酒傲公侯」~ 호방한 풍류재자 盧柟이 소인배 현령의 원한을 사서 10년간 억울한 옥살이를 하다가 신임 지현의 도움으로 풀려나 호탕하게 살다가 결국 신선과 어울려 출가하는 이야기, 역사인물 일화
第三十卷「李汧公窮邸遇俠客」~ 은혜를 원수로 갚으려다 도리어 살해당한 당대의 인물 房德과 그의 은인 李勉의 일화, 역사인물 일화
第三十一卷「鄭節使立功神臂弓」~ 日霞仙子와 동침하여 자녀와 신궁을 얻어 절도사가 된 鄭信의 기환적 고사
第三十二卷「黃秀才徼靈玉馬墜」~ 선비 黃損과 상인의 딸 韓玉娥간의 기환적 결합 고사
第三十三卷「十五貫戲言成巧禍」~ 농담 한마디에 큰 화를 야기한 불행한 사내의 이야기
第三十四卷「一文錢小隙造奇冤」~ 아이들이 장난으로 잃은 작은 돈놀이에 어른들의 감정이 개입되어 13명이 살해되는 어처구니없는 이야기

第三十五卷「徐老僕義憤成家」~ 충직한 노복이 가난한 주인집 아들의 미망인 처와 자식들을 헌신적으로 도와 성공시킨 이야기
第三十六卷「蔡瑞虹忍辱報仇」~ 부친이 부임 도중 사악한 사공들에게 해를 당해 혼자 남은 처녀가 온갖 능욕을 견디고 부친의 원수를 갚은 후 자결하는 이야기
第三十七卷「杜子春三入長安」~ 호방한 두자춘이 太上老君의 도움으로 결국 부인과 함께 신선이 되는 신선 이야기
第三十八卷「李道人獨步雲門」~ 선도(仙道)를 좋아한 선량한 부옹 李清이 오랜 수도 끝에 세인들의 병을 구하고 신선이 되는 신선 고사
第三十九卷「汪大尹火焚寶蓮寺」~ 암암리에 민녀들을 겁탈한 寶蓮寺 주지들의 비행을 캐내어 엄벌하고 사찰을 불태운 용감한 현령 汪大尹의 이야기
第四十卷「馬當神風送滕王閣」~ 마당산 신풍(神風)의 도움으로 하루만에 7백리를 항해해 洪州에 도착해 등왕각시서를 짓고 신선이 된 역사인물 왕발의 일화

이상 삼언의 내용을 전체적으로 조감해보면 당시 현실사회의 이야기들을 제외하면 대체로 역사인물들에 대한 일화가 상당부분을 차지하고, 그 다음으로는 인과응보의 기이한 환생 이야기 내지는 신선 요괴 고사도 상당부분을 차지함을 알 수 있다. 특히 『유세명언』은 역사인물들에 대한 일화가 가장 많아 40편 가운데 11편 이상이고, 『경세통언』은 5편, 『성세항언』은 6편 가량이 역사인물 고사이다. 그 외 인과응보의 환생 이야기와 신선 요괴 고사들도 많은 비중을 차지하는데, 『유세명언』에서는 9편 가량이나 되고, 『경세통언』은 7편, 『성세항언』은 4편 가량이다. 삼언 가운데 가장 늦게 탄생한 『성세항언』에는 이런 비현실적인 내용이 비교적 적어 삼언이 갈수록 현실적인 이야기를 다루었다고 치더라도 전체적으로 보면 여전히 퇴폐적이고 비현실적인 이야기들이 적지 않은 비중을 차지함이 사실이다.

다음으로 『금고기관』에 실린 이박 11편 가운데 8편이 실린 『초각박안경기』 전편과 그 내용을 표로 보면 다음과 같다.

표 24『초각박안경기』의 내용

卷一 轉運漢遇巧洞庭紅 波斯胡指破鼉龍殼	운 좋은 사내가 동정산의 귤을 팔아 횡재하는 이야기로 명대 사람들의 금전에 대한 욕망을 기술.(상업 중시)
卷二 姚滴珠避羞惹羞 鄭月娥將錯就錯	시부모의 학대에 못 이겨 친정집에 가던 여성이 도중에 사기꾼을 만나 기생집에 팔리고, 악한은 뇌물로 선처를 받은 명말의 참담한 사회상 반영.
卷三 劉東山誇技順城門 十八兄奇蹤村酒肆	한 무관이 자신의 무예를 뽐내다가 자신보다 뛰어난 젊은 고수를 만나 겸손을 배우고 본분을 지키며 살아가게 됨.
卷四 程元玉店肆代償錢 十一娘雲岡縱譚俠	여협객의 의로운 행위를 칭송하는 이야기로 착실한 휘상이 여협객을 도운 인연으로 보답을 받음.
卷五 感神媒張德容遇虎 湊吉日裴越客乘龍	점술에 뛰어난 한 역술가 이야기.
卷六 酒下酒趙尼媼迷花 機中機賈秀才報怨	암자의 비구니에 속아 강간당한 부인이 남편과 함께 복수하는 이야기.
卷七 唐明皇好道集奇人 武惠妃崇禪鬥異法	당현종과 도사들간의 둔갑술 이야기.
卷八 烏將軍一飯必酬 陳大郎三人重會	은혜에 보답하는 의로운 기인 산적의 이야기.
卷九 宣徽院仕女鞦韆會 清安寺夫婦笑啼緣	개가를 반대해 자결한 처녀가 자신을 찾아온 약혼자를 만나 부활해 약혼한 남녀가 결합하는 이야기.
卷十 韓秀才乘亂聘嬌妻 吳太守憐才主姻簿	공정한 현관이 뇌물로 관부를 매수해 가난한 사위와의 결혼을 취소하려한 자들을 처벌하고 남녀의 혼인을 성사시켜 줌. 명대 배금주의와 돈으로 관부를 매수하는 부패한 당시 사회상을 반영.

卷十一 惡船家計賺假屍銀 狠仆人誤投真命狀	원한을 품은 독한 노복이 주인을 고발하다 벌 받는 인과응보의 이야기.
卷十二 陶家翁大雨留賓 蔣震卿片言得婦	우연한 기연으로 맺어진 명대의 남녀 혼담 이야기.
卷十三 趙六老舐犢喪殘生 張知縣誅梟成鐵案	부모를 죽인 불효자식과 자식을 잘못 키운 부모의 비통한 이야기.
卷十四 酒謀財於郊肆惡 鬼對案楊化借屍	억울하게 살해된 자의 혼이 이웃 사람에게 깃들어져 살해범을 지목해 원수를 갚고 자신을 도운 이웃 사람의 은혜에 보답함.
卷十五 衛朝奉狠心盤貴產 陳秀才巧計賺原房	남을 이용한 악인이 다시 이용한 자의 계략에 말려들어 갈취한 돈을 다시 뺏기는 인과응보의 사건.
卷十六 張溜兒熟布迷魂局 陸蕙娘立決到頭緣	남편의 사주로 처녀 행세를 하며 꽃뱀 노릇을 하던 여자가 한 선비를 만나 남편을 버리고 떠나 결혼해 잘 살아가는 이야기. 명대 타락한 사회상을 반영.
卷十七 西山觀設籙度亡魂 開封府備棺追活命	바람난 과부가 상간남과의 결합에 방해가 되는 아들을 무고죄로 죽이려하였다가 진상을 파악한 현관으로 인해 상간남은 처형되고 과부는 효자의 애원으로 처벌을 면한 이야기.
卷十八 丹客半黍九還 富翁千金一笑	연금술사의 꼬임에 재산을 날리는 부자의 내용으로 물욕과 색욕을 경계.
卷十九 李公佐巧解夢中言 謝小娥智擒船上盜	당전기 사소아전 작품을 그대로 실은 것으로 한 여성이 가족들의 원수를 갚고 비구니가 되는 이야기.
卷二十 李克讓竟達空函 劉元普雙生貴子	결혼을 주선해 음덕을 받는 사대부 이야기.

卷二十一 袁尚寶相術動名卿 鄭舍人陰功叨世爵	명초 유명한 점쟁이 袁忠徹의 신통한 예지력 이야기.
卷二十二 錢多處白丁橫帶 運退時刺史當稍	부잣집 자제가 거액으로 관직을 사서 나쁜 짓을 일삼다 결국 관직과 재산을 모두 잃는 처신에 대한 경계의 내용.
卷二十三 大姊魂遊完宿願 小姨病起續前緣	약혼남을 기다리다 지쳐 죽은 처녀의 영혼이 몸져 누워있는 누이동생에게 깃들어져 누이동생의 신분으로 약혼자에게 구애해 동거하다 결국 부모의 동의를 얻어 부부의 연을 맺는 이야기로 당전기 이혼기와 흡사.
卷二十四 鹽官邑老魔魅色 會骸山大士誅邪	명대에 민녀를 유괴하는 요사스러운 도사를 제압한 보살의 법력 이야기.
卷二十五 趙司戶千裏遺音 蘇小娟一詩正果	죽어서도 누이동생과 사모하던 연인의 동생을 부부로 맺게 해준 송대 명기와 한 태학생간의 생사를 넘은 사랑 이야기.
卷二十六 奪風情村婦捐軀 假天語幕僚斷獄	현명한 현령이 음탕한 부인을 간음하고 살해한 승려들을 찾아내어 징벌함.
卷二十七 顧阿秀喜舍檀那物 崔俊臣巧會芙蓉屏	재앙으로 파경을 맞은 정절 부부의 결합 이야기로 처신에 대한 경계를 말함.
卷二十八 金光洞主談舊跡 玉虛尊者悟前身	전생에 도사였던 송대의 승상 馮京이 전생의 친구였던 도사를 만나 교류하다 도인으로 살다 죽은 이야기.
卷二十九 通閨闥堅心燈火 鬧囹圄捷報旗鈴	부모의 반대를 무릅쓰고 밀회하며 사랑을 쟁취한 젊은 남녀의 해피엔딩 이야기.

卷三十 王大使威行部下 李參軍冤報生前	젊은 시절 도적질 하다 개과천선한 사람이 절도사의 부하가 되어 과거 자신이 죽인 사람이 환생한 자에 의해 죽임을 당하는 업보 이야기.
卷三十一 何道士因術成奸 周經曆因奸破賊	도술에 능한 산동의 여자 도적 唐賽兒가 지방 여러 곳에서 반란을 일으키다 조정에 의해 평정되는 이야기.
卷三十二 喬兌換胡子宣淫 顯報施臥師入定	상대방의 부인과 서로 간음하길 모의한 음탕한 두 사내 중 한 사내가 몰래 남의 부인과 즐기다 결국 병을 얻어 죽고 다른 남자는 죽은 남자의 아내와 결합하게 됨.
卷三十三 張員外義撫螟蛉子 包龍圖智賺合同文	현명한 판관 포증이 가산을 독차지하려던 숙모를 지략으로 제지하고 그 조카를 도와 무사히 결혼을 시키고 가업도 일으키게 해 줌.
卷三十四 聞人生野戰翠浮庵 靜觀尼晝錦黃沙弄	욕정에 빠진 한 비구니와 선비간의 성애 이야기로 명대 승도들과 선비의 탈선과 욕정을 묘사함.
卷三十五 訴窮漢暫掌別人錢 看財奴刁買冤家主	수전노가 채권자의 아들을 얻어 죽을 때에는 전 재산을 다시 채권자의 아들에게 되돌려주는 이야기로 금전적 욕망을 경계하게 함.
卷三十六 東廊僧怠招魔 黑衣盜奸生殺	부모의 뜻과는 달리 사랑하는 연인과 야반도주를 꾀한 처녀가 재물을 탐한 유모의 아들에게 살해당하는 이야기.

卷三十七 屈突仲任酷殺衆生 鄆州司馬冥全內侄	음주가무와 살생 등 갖은 악행을 저지른 청년이 저승으로 끌려가 다시는 살생하지 않겠다는 경전을 혈서로 적고 이승으로 돌아와 개과천선하며 선종한 이야기.
卷三十八 占家財狠婿妒侄 延親脈孝女藏兒	착한 딸로 인해 가정이 화목해진 이야기.
卷三十九 喬勢天師禳旱魃 秉誠縣令召甘霖	현령 狄維謙이 혹세무인의 무리를 제거하고 백성들을 위해 극진히 기도하여 결국 가뭄을 해결하고 조정의 포상을 받음.
卷四十 華陰道獨逢異客 江陵郡三拆仙書	한 선비가 자신의 장래의 일을 예측한 기인이 준 밀봉한 세 통의 편지의 도움으로 난관을 극복하고 또 그 예측에 따라 죽었다는 신비한 이야기.

이상 상세히 기술한 바와 같이 『박안경기』의 내용 역시 인과응보와 업보에 관한 내용, 신통한 예언가 이야기, 영명한 현령의 업적, 개과천선의 이야기, 색욕·관직욕 등 욕망에 대한 경계, 청춘 남녀들의 사랑의 쟁취, 신령스러운 도인들의 이야기, 타락한 사회상에 대한 이야기 등 대단히 다양하다. 그 가운데 『금고기관』에 실린 8편 작품의 내용을 보면 착한 딸의 이야기(1), 상업에 대한 중시와 더불어 지나친 금전, 관직, 색욕 등 욕망을 경계(4), 정절 부부의 결합(1), 결혼을 주선한 사대부를 칭송(1), 악한 노복에 대한 경계(1) 등으로 분류된다.

그리고 『이각박안경기』 38편에 대해 『금고기관』은 마무리 부분에 겨우 3편을 실었는데 그 작품들은 권5 「양민공원소실자(襄敏公原宵失子) 십삼랑오세조천(十三郎五歲朝天)」, 권14 「조현군교송황감(趙縣君喬送黃柑) 오선교간상백강(吳宣教干償白鏹)」, 권17 「동창우인가작진(同窗友認假作真) 여수재이화접목(女秀才移花接木)」으로 내용은 각각 원소절 난리통에 처신을 경계하라는 것과 꽃뱀에 대한 경계, 여장부에 대한 칭송 등이다.

이상 삼언·이박의 내용에 대한 검토와 『금고기관』의 수록 양상을 비교해보면 『금고기관』은 현실사회의 일상적인 이야기들을 표방한다는 편찬 이념에서도 그러하듯 삼언·이박 속 많은 역사고사나 비현실적 기환 고사들을 상당부분 배제시키고 풍속교화의 건전한 작품들 위주로 수록하였다. 물론 『금고기관』은 예교선양 등의 목적으로 부득이하게 과거의 역사 인물들을 다룬 몇몇 작품들도 실었지만 아래 표에서 보듯 비현실적인 환생, 신괴 고사 등은 거의 찾아보기가 어렵다.

표 25 『금고기관』 주요 작품 주제와 관련 작품 목록

『금고기관』 40 편의 주제별 빈도 순위	관련 작품
1. 욕망(색욕, 물욕, 관직욕 등)의 경계와 처신에 대한 훈계	제5권「杜十娘怒沉百寶箱」, 제10권「看財奴刁買冤家主」, 제15권「盧太學詩酒傲公侯」, 제35권「王嬌鸞百年長恨」, 제36권「十三郎五歲朝天」, 제37권「崔俊臣巧會芙蓉屏」, 제38권「趙縣君喬送黃柑子」, 제39권「誇妙術丹客提金」, 제40권「逞多財白丁橫帶」등 9편.
2. 부부관계에 대한 계시	제14권「宋金郎團圓破氈笠」, 제16권「李汧公窮邸遇俠客」, 제20권「莊子休鼓盆成大道」, 제22권「鈍秀才一朝交泰」, 제23권「蔣興哥重會珍珠衫」, 제32권「金玉奴棒打薄情郎」, 제37권「崔俊臣巧會芙蓉屏」등 7편.
3. 선량한 위정자에 대한 예찬	제2권「兩縣令競義婚孤女」, 제4권「裴晉公義還原配」, 제13권「沈小霞相會出師表」, 제18권「劉元普雙生貴子」, 제23권「蔣興哥重會珍珠衫」,, 제24권「陳御史巧勘金釵鈿」, 제28권「喬太守亂點鴛鴦譜」등 7편.

『금고기관』 40 편의 주제별 빈도 순위	관련 작품
4. 婦德을 칭송	제14권 「宋金郎團圓破氈笠」, 제22권 「鈍秀才一朝交泰」, 제26권 「蔡小姐忍辱報仇」, 제30권 「念親恩孝女藏兒」, 제32권 「金玉奴棒打薄情郎」, 제37권 「崔俊臣巧會芙蓉屛」등 6편.
5. 박정한 남성에 대한 훈계	제5권 「杜十娘怒沉百寶箱」,, 제7권 「賣油郎獨占花魁」, 제32권 「金玉奴棒打薄情郎」, 제35권 「王嬌鸞百年長恨」등 4편.
5. 여성(기생)에 대한 존중	제5권 「杜十娘怒沉百寶箱」,제7권 「賣油郎獨占花魁」,, 제8권 「灌園叟晩逢仙女」, 제23권 「蔣興哥重會珍珠衫」등 4편.
5. 탐관오리에 대한 (간접적) 풍자	제3권 「滕大尹鬼斷家私」, 제4권 「裴晉公義還原配」, 제13권 「沈小霞相會出師表」,제15권 「盧太學詩酒傲公侯」등 4편.
8. 형제간의 우애와 의리	제1권 「三孝廉讓產立高名」, 제3권 「滕大尹鬼斷家私」, 제31권 「呂大郎還金完骨肉」등 3편.
9. 친구간의 우정과 의리	제11권 「吳保安棄家贖友」, 제12권 「羊角哀舍命全交」, 제19권 「俞伯牙摔琴謝知音」등 3편.
10. 풍류재자에 대한 칭송	제6권 「李謫仙醉草嚇蠻書」, 제15권 「盧太學詩酒傲公侯」, 제33권 「唐解元玩世出奇」등 3편.
11. 재녀에 대한 찬미	제17권 「蘇小妹三難新郎」, 제34권 「女秀才移花接木」등 2편.
12. 정치현실에 대한 풍자	제13권 「沈小霞相會出師表」, 제15권 「盧太學詩酒傲公侯」등 2편.
13. 가난한 선비에 대한 동정 (과거제도에 대한 비판)	제21권 「老門生三世報恩」, 제22권 「鈍秀才一朝交泰」등 2편.
14. 노복에 대한 칭송과 훈계	제25권 「徐老僕義憤成家」, 제29권 「懷私怨狠僕告主」등 2편.

『금고기관』 40 편의 주제별 빈도 순위	관련 작품
15. 악처에 대한 훈계	제16권 「李汧公窮邸遇俠客」, 제20권 「莊子休鼓盆成大道」등 2편.
16. 금전적 욕망추구의 정당성	제9권 「轉運漢巧遇洞庭紅」1편.

위의 표를 통해 보듯 『금고기관』은 적어도 표면적인 주제와 제목으로만 보면 삼언 속 비현실적이고 퇴폐적인 내용들을 거의 일소하고 사회 교화적 의미를 지닌 현실주의적인 건전한 작품들만을 수록하였음이 확연히 드러난다. 다시 말하자면 욕망에 대한 경계에서부터 부부관계에 대한 계시, 그리고 선량한 위정자에 대한 예찬과 부덕의 칭송 등은 물론이고 그 외 노복에 대한 칭송과 훈계, 그리고 악처에 대한 훈계에 이르기까지 오직 풍류재자와 재녀를 칭송한 작품들과 금전적 욕망추구의 정당성을 표현한 몇 작품들만을 제외하면 그 어느 작품도 사회교화적 의미를 벗어난 작품이 없다고 할 수 있다.

그러므로 『금고기관』은 진정한 사랑과 정상적인 욕정을 중시하면서도 사회 교화적 차원에서 이를 순화, 절제하여 삼언 속 남녀간의 '진정'과 격정적인 사랑, 그리고 지나친 욕정을 표현한 작품이나 봉건예교의 선양과 위배되는 작품들을 의도적으로 삭제하기도 하였으니 이는 한편으로 보면 『금고기관』의 중화적 정신의 반영이기도 하다.

따라서 『금고기관』은 삼언 속 남녀 간의 진정을 표현한 애정지상주의적인 낭만성 짙은 명작들이 종종 배제되기도 하였다. 대표적인 예로 『성세항언』 제14권 「요번루다정주성선」, 『경세통언』 제8권 「최대조생사원가(崔待詔生死冤家)」, 제16권 「소부인금전증년소」, 제23권 「낙소사병생멱우(樂小舍拚生覓偶)」, 제30권 「금명지오청봉애애(金明池吳清逢愛愛)」, 그리고 『유세명언』 제4권 「한운암완삼상원채(閒雲庵阮三償冤債)」 등을 꼽을 수 있다. 그 가운데 「요번루다정주성선」과 「소부인금전증년소」는 모두 사랑하는 남성에게 열정적이고 집요하게 구애하는 명대 시민계층 젊은 여성들의 애정 풍속도가 생생하게 잘 표현된 작품이지만 『금고기관』은 이 작품들을 배제시켰다. 또 배신한 남성을 고소해 결국 사랑을 쟁취하는 주동적인 여성의 구애를 표현한 『경세통언』 제29권 「숙향정장호우앵앵(宿香亭張浩遇鶯鶯)」도 『금고기관』에서 배제되었다. 이런 정황을 보면 『금고기관』은 여권의식을 추구하면서도 또 한편으로는 교화적 차원에서 정숙한 부덕(婦德)을 강조하였음을 알 수 있다. 왜냐하면 「요번루다정주성선」, 「소부인금전증년소」, 「숙향정장호우앵앵」 속 여성들의 이미지는 부덕을 지닌 정숙한 여성과는 거리가 멀기 때문이다.

그리고 「금명지오청봉애애」와 「낙소사병생멱우」, 「최대조생사원가」는 생사를 넘나드는 진정한 사랑을 표현한 작품으로 마치 탕현조가 『모란정』에서 생사를 초월하는 진정한 정의 힘을 찬미한 것처럼 이 작품 역시 풍몽룡이 추구하는 '진정'의 힘과 가치를 강조한 작품이다. 「금명지오청봉애애」에서는 오청과 애애가 서로 첫눈에 반했다가 여자가 죽었지만 그 영혼이 나타나 두 사람의 사랑이 영원히 이어지고, 「낙소사병생멱우」에서는 순낭(順娘)에 대한 낙화(樂和)의 목숨을 건 사랑으로 인해 기적적으로 두 사람이 결합하기도 한다. 모두 목숨을 건 남녀 간의 진정한 사랑을 묘사한 작품이지만 역시 『금고기관』에서 배제되었다. 또 잔혹한 권력층에 저항하는 거수수(璩秀秀)와 최녕(崔寧)간의 생사를 초월한 사랑을 그린 「최대조생사원가」는 자유와 사랑에 대한 젊은이들의 추구가 박해 당함을 보여줌으로써 신흥 시민계층과 봉건통치계층간의 모순과 투쟁을 드러내었지만 『금고기관』에는 실리지 않았다.

이는 『금고기관』이 교화적 입장에서 「금명지오청봉애애」는 현실적이지 않은 허환적인 사랑을 묘사한 것이고, 「낙소사병생멱우」는 부모의 명을 무시한 젊은이의 무모한 사랑을 표현한 것으로 보았기 때문일 것이다.

그리고 「최대조생사원가」는 잔혹한 권력층의 비행을 노골적으로 드러내고, 또 그에 대항하는 반항의식을 드러낸 것이라 근본적으로 봉건예교와 통치를 선양하는 『금고기관』의 편찬이념에 위배된다고 판단한 때문일 것이다.

그러므로 남녀 간의 애정문제에 있어 삼언이 예법을 초월한 순수하고 진정한 정 즉 '치정'을 부르짖었다면, 『금고기관』은 삼언에 비해 애정과 예법을 절충하고자 하는 이른바 중화적 관점을 시종 견지하고자 노력하였음을 알 수 있다. 이런 점에서 청춘남녀들의 탈선적인 욕정을 노골적으로 묘사한 「한운암완삼상원채」 역시 『금고기관』의 검열에서 비켜갈 수가 없었던 것이다.

따라서 『금고기관』은 이런 교화적 건전성을 추구함으로 인해 명대 시민계층의 참신한 가치관을 소개하면서도 한편으로는 그 부작용이나 폐단에 대한 경계도 늦추지 않았다.

앞서 소개한 바와 같이 『금고기관』은 제9권 「전운한교우동정홍」을 통해 명대 시민계층의 가치관인 상업에 대한 중시와 그로 의한 부의 추구를 긍정적으로 보면서도 도의에 어긋난 무조건적인 부의 추구에 경종을 울리고자 하였는데, 『금고기관』 제10권 「간재노조매원가주(看財奴刁買冤家主)」는 이를 잘 반영한다.

원전이 『초각박안경기』인 「간재노조매원가주」는 부친이 잃어버린 가산이 한 수전노의 손을 거쳐 결국 다시 그 아들에게로 숙명적으로 되돌아오는 내용인데, 바로 앞 제9권의 내용과 함께 부와 재산을 얻고 잃음은 정해진 이치와 운명이 있다는 것으로 두 작품 모두 서두에서 밝힌 대로 금전에 대한 지나친 욕심을 버리고 정해진 이치와 도의에 따라야 함을 얘기하고 있다. 그러므로 이 이야기는 해외무역을 통해 재물을 추구하는 바로 앞의 이야기에 이어 인생의 재물은 모두 정해진 운명이 있기에 자신의 것이 아니면 설령 누군가가 두 손으로 바치더라도 반드시 되돌려주어야 함을 얘기하면서 부당한 재물에 대한 욕심을 버려야 함을 일깨워주고 있다.

따라서 사회 교화적 의미를 지닌 건전한 작품을 표방하는 『금고기관』은 적극적인 상업 활동과 재화를 추구하는 명대 당시의 가치관을 긍정적으로 보면서도 언제나 교화적 측면에서 그에 따른 부작용을 경계하는 작품을 통해 사람들에게 의롭지 못한 재물을 추구함을 삼가야 함을 일깨워주고 있다. 이는 바로 사회 교화적 의미를 지닌 건전한 작품들만을 소개하고자 노력한 『금고기관』의 편찬이념의 반영이라고 할 수 있다.

4) 탁월한 묘사력[13]

『금고기관』은 삼언·이박 속 명작들을 정선해 그대로 실은 것이 아니라 나름의 편찬이념에 의한 우수한 묘사력으로 작품 내용을 적잖이 수정 보완하였는데, 이는 『금고기관』의 진보적 의의와 내용에서 간과될 수 없는 중요한 부분이다. 『금고기관』의 탁월한 묘사로 인해 원작은 더욱 세련되고 생동감을 지녀 한층 문학예술성이 높은 작품으로 거듭날 수 있었다.

『금고기관』 묘사의 장점은 우선 생동감 있는 묘사를 들 수 있다. 이를테면 『유세명언』의 「양각애사명전교」는 양각애와 좌백도 두 친구간의 정과 의리를 잘 반영한 작품인데, 『금고기관』은 원전의 내용에다 좀 더 살을 붙여 좌백도에 대한 양각애의 정을 더욱 부각시킴으로써 지기간의 우정을 더욱 생동감 있게 묘사하였다. 이를테면 좌백도가 추위와 배고픔에 기진맥진하여 더 이상 버티기 힘들어지자 자신의 목숨을 포기하며 겉옷을 양각애에게 모두 벗어주며 혼자서라도 무사히 초나라에 잘 안착하라

13 본 장의 내용은 최병규, 「삼언·이박과의 원문 차이를 통해 본 『금고기관』 묘사의 장점」, 『인문학연구』 제66집, 2024 참고 바람.

고 하며 숨을 거두는 대목에서 『금고기관』은 원전 『유세명언』에는 없는 문장을 일부 첨가하였는데, 두 문장을 비교하면 다음과 같다.

표 26 『금고기관』과 『유세명언』의 「양각애사명전교」 원문의 차이

『유세명언』	角哀再欲上前勸解時, 但見伯桃神色已變, 四肢撅冷, 一不能言, 以手揮令去. 角哀尋思: "我若久戀, 亦凍死矣, 死後誰葬吾兄? "乃於雪中再拜伯桃而哭曰: "不肖弟此去, 望兄陰力相助. 但得微名, 必當厚葬. "(각애가 다시 다가가 그를 설득하려고 하였지만 백도의 얼굴빛은 이미 변하고 사지도 차가워져 한마디도 하지 못하고 손을 흔들며 떠나라고 하였다. 각애는 생각했다. "내가 만약 오래 동안 미련을 두고 남아있는다면 나 역시 얼어 죽을 것이야. 그렇게 죽고 나면 누가 이 형님을 묻어줄 수 있을까?" 이런 생각 끝에 그는 눈 속에서 백도에게 다시 작별인사를 하고 울며 말했다. "불초한 동생이 떠나니 바라건대 형이 귀신이 되어서라도 저를 도와주십시오. 작은 벼슬이라도 얻으면 필히 후한 장례를 올리오리다.")
『금고기관』	角哀再欲上前勸解時, 但見伯桃神色已變, 四肢撅冷, 一不能言, 以手揮令去. **角哀再將衣服擁護, 伯桃已是寒入湊理, 手直足挺, 氣息奄奄, 漸漸欲絶.** 角哀尋思: "我若久戀, 亦凍死矣, 死後誰葬吾兄? "乃於雪中再拜伯桃而哭曰: "不肖弟此去, 望兄陰力相助. 但得微名, 必當厚葬. "(각애가 다시 다가가 그를 설득하려고 하였지만 백도의 얼굴빛은 이미 변하고 사지도 차가워져 한마디도 하지 못하고 손을 흔들며 떠나라고 하였다. **각애가 다시 옷을 덮어주었지만 백도는 이미 한기가 몸을 파고들어 손발이 굳어지고 가쁜 숨을 쉬며 점점 죽어가고 있었다.** 각애는 생각했다. "내가 만약 오래 동안 미련을 두고 남아있는다면 나 역시 얼어 죽을 것이야. 그렇게 죽고 나면 누가 이 형님을 묻어줄 수 있을까?" 이런 생각 끝에 그는 눈 속에서 백도에게 다시 작별인사를 하고 울며 말했다. "불초한 동생이 떠나니 바라건대 형이 귀신이 되어서라도 저를 도와주십시오. 작은 벼슬이라도 얻으면 필히 후한 장례를 올리오리다.")

『유세명언』에서는 이미 얼굴색이 변하고 사지가 얼어 말도 제대로 하지 못하는 좌백도가 양각애에게 손을 흔들며 어서 떠나라고 하자 양각애

는 만약 자신도 같이 죽기라도 하면 큰일이라 생각하면서 울며 그를 떠나는 것으로 묘사하였다. 그러나 『금고기관』은 힘이 빠져 죽으려고 하는 좌백도에게 다시 옷을 덮어주면서 추위에 경직된 그의 몸을 녹여주며 어쨌든 친구를 다시 살리려고 하는 양각애의 정을 부각시켰으며, 그가 곧 혼절하려는 것을 보고 나서야 자신이라도 살아야겠다는 생각으로 그를 떠나는 것으로 묘사하였다. 따라서 『유세명언』 속의 양각애가 너무 이성적으로 묘사되어 다소 정이 결핍된 듯하다면, 『금고기관』 속의 양각애는 보다 정이 많고 인간적으로 묘사되었다. 이처럼 『금고기관』은 친구를 위해 결국 모두 자신의 목숨을 희생하는 양각애와 좌백도 두 지기간의 두터운 정과 의리를 더욱 사실적이고 생동감 있게 표현하고자 노력하였다.

또 「송금랑단원파전립」에서도 원전 『경세통언』과 『금고기관』 의 문장을 비교하면 다음과 같이 묘사의 생동감이 다르다.

표 27-1 『금고기관』과 『경세통언』의 「송금랑단원파전립」 원문의 차이

『경세통언』	舟泊楓(林)橋, 當晩無話, 有詩爲證.(배는 풍교에 정박했는데, 그날 밤은 아무 말도 없었다. 시가 있어 그(풍교)를 증언했다.)
『금고기관』	天色已晩, 把船徑放到楓橋停泊. 那楓橋乃四方商賈輳集之地, 船艘相接, 一望無極, 昔人有詩云.(날은 이미 어두워져, 배를 풍교에 정박시켰다. 풍교란 곳은 주위 사방의 상인들이 모이는 곳으로 배들이 서로 이어진 모습이 아득히 끝이 보이지 않을 정도였다.)

풍교(‘楓橋)’에 대해 『경세통언』은 아무런 수식적 묘사가 없지만 『금고기관』은 중국의 전통적인 명소 풍교가 상인들이 많이 모여 선박들의 물결이 끝없이 이어지는 정경을 매우 생동적으로 묘사하여 그 다음에 이어지는 장계(張繼)의 「풍교야박(楓橋夜泊)」시와 잘 호응시키고 있다. 이어 부모가 남편 송금을 몰래 외딴 섬에 버린 것을 알고 의춘이 울며불며 슬퍼하는 부분에 있어서도 『경세통언』에 비해 『금고기관』의 묘사가 훨씬

구체적이고 생동감이 난다. 그 부분을 보자.

표 27-2 『금고기관』과 『경세통언』의 「송금랑단원파전립」 원문의 차이

『경세통언』	宜春一把扯住母親, 哭天哭地叫道..「還我宋郎來!」劉公聽得艄內啼哭. 走來勸道.(**의춘은 모친을 꼭 붙잡고 펑펑 울며 외쳤다. "송서방을 제게 돌려주세요!"** 유공(즉 부친)이 선창 안에서 우는 소리를 듣고 달려와 타일렀다.)
『금고기관』	宜春氣塞咽喉, 淚如泉湧, 急跑出艙, 連忙扯解掛帆繩索, 欲下帆轉船, 被母親抵死抱住, 拖到後艄. 宜春跌腳搥胸叫天叫地哭道.. 還我宋郎來! 爭嚷之間, 順風順水船已行數十裏. 劉老走來勸道.(**의춘은 기가 막히고 목이 메여 눈물을 샘솟듯 흘리면서 급히 갑판 밖으로 뛰어나와 급히 돛대 밧줄을 풀며 돛을 내려 배를 돌리려고 하였지만 그녀를 한사코 안고 놓아주지 않는 모친에 의해 배 뒤편으로 밀려났다. 의춘은 발을 구르며 가슴을 치면서 통곡을 하며 말했다.. "송서방을 제게 돌려주세요!"** 두 사람이 다투고 외치는 동안 순풍에 배는 이미 수십 리를 나아갔다. 유공(즉 부친)도 달려와 타일렀다.)

위 인용문을 보면 『경세통언』의 묘사가 지나치게 간결한 반면 『금고기관』은 사랑하는 남편을 잃은 의춘의 조급하고 슬퍼하는 심경을 더욱 생동감 넘치게 묘사하였음을 알 수가 있다.

그리고 「노태학시주오공후」에서도 원전 『성세항언』에 비해 『금고기관』의 묘사에는 생동감이 가미되었는데, 그 대표적인 부분을 보기로 하자.

표 28 『금고기관』과 『성세항언』의 「노태학시주오공후」 원문의 차이

『성세항언』	少停一齊轉來回覆說:「正在堂上夾人, 想這事急切未得完哩.」盧柟聽見這話, 湊成十分不樂, 心中大怒道:「**原來這俗物一無可取, 卻只管來纏帳**」(잠시 후에 함께 돌아와 보고해 말하길, "한창 관아에서 사람을 심문하고 있는 중인데, 일이 급해서 아직 끝나지 않은 듯합니다." 노남은 그 말을 듣고 매우 불쾌하여 마음속으로 크게 울화가 치밀었다. "**알고 보니 그 속물이 아무짝에도 쓸모없는 인간이군, 오직 나를 귀찮게 할 뿐이야.**")
『금고기관』	少停, 同著投邀帖的人一齊轉來, 回覆說:「還在堂上夾人. 門役道:「太爺正在惱怒, 卻放你進去纏帳!」攔住小人, 不放進去, 帖尚未投, 所以不敢回報.」盧柟聽見這話, 湊成十分不樂, 又聽得說夾問強盜要贓物, 心中大怒, 道:「**原來這個貪殘蠢才, 一無可取, 幾乎錯認了! 如今幸爾還好!**」**即令家人撤開下面這桌酒席, 走上前, 居中向外而坐, 叫道:「快把大杯灑熱酒來, 洗滌俗腸!」家人都稟道:「恐太爺一時來到.」盧柟喝道:「哇! 還說甚太爺! 我這酒可是與那貪殘俗物吃的麼?」**(잠시 후에 관아에 보낸 사람들이 모두 돌아와 보고하길, "아직 관아에서 사람을 심문 중입니다. 그쪽 문지기가 말하길 나리가 현재 노하고 계신데 저를 들여보내면 방해가 된다고 하면서 저를 막았습니다. 그래서 초청장도 전달하지 못했기에 아뢸 바가 없습니다."라고 하였다. 노남은 그 말을 듣자 매우 불쾌하였다. 또 강도를 심문하여 장물을 회수하려고 한다는 말을 듣자 크게 노해 말했다. "**알고 보니 이 탐욕스럽고 잔인한 멍청이가 아무짝에도 쓸모없는 인간이군, 내가 잘못 보았어! 오히려 잘 됐어!**" 즉시 하인들에게 명해 아래에 있는 연회상을 걷어치우게 하고, 위로 올라가 대청 중앙에서 바깥을 보고 앉아 소리쳤다. "**어서 큰 잔에다 더운 술을 부어 오너라, 내 더러워진 장을 세척해야 겠다.**" 하인들이 모두 아뢰었다. "나리가 금방이라도 도착하면 어찌시려구요." 이에 노남이 소리치며 말했다. "**야! 나리는 무슨. 내 이 술이 그런 탐욕스런 속물 인간과 마시는 건줄 알어?**")

위 인용문은 6, 7차례나 약속을 어긴 지현의 행위에 대해 노남이 잔뜩 화를 내는 부분인데, 『성세항언』의 묘사가 다소 너무 간결한 반면 『금고

기관』은 노남이 분개한 내용을 보다 상세히 묘사하여 그의 분노를 매우 구체적으로 생동감 넘치게 묘사하였다. 즉 노남은 지현이 누차 약속을 지키지 않은데다 도적의 장물(贓物)을 빼앗기 위해 그를 고문하느라 약속을 어긴 사실을 알고는 크게 분노하면서 내뱉은 그의 말과 행동은 당시 노남의 심경을 매우 생동적으로 묘사한 것이라 할 수 있다. 특히 '어서 빨리 큰 잔으로 술을 마셔 속된 속을 씻어야겠다(「快把大杯灑熱酒來, 洗滌俗腸!」)'는 말과 '그런 속물과 같이 술을 마시지 않겠다(「我這酒可是與那貪殘俗物吃的麼?」)' 등의 표현은 속된 무리들을 증오하는 당시 노남의 심경과 분노를 매우 생동적으로 표현한 묘사라고 할 수 있다.

다음으로는 정확하고 객관적인 묘사를 꼽을 수가 있다. 『금고기관』은 배경이나 상황에 대한 구체적이고 적합한 표현을 통해 생동감 있는 묘사를 진행하였을 뿐 아니라 정확하고 객관적인 묘사를 통해 종종 인물형상들의 특성과 개성을 매우 선명하고 정확히 표현함은 물론 작품의 주제성도 강화시켰다. 먼저 인물형상들에 대한 정확하고 객관적인 묘사의 예를 들면, 「여대랑환금완골육」에서 『금고기관』의 작가는 인색한 인물 금종과 악행을 일삼는 여보의 형상을 보다 정확하고 선명히 드러내기 위해 다음과 같은 적잖은 필묵을 할애하였다.

표 29 『금고기관』과 『경세통언』의 「여대랑환금완골육」 원문의 차이

『경세통언』	因此鄕里起他一個異名.(그러므로 마을 사람들은 그에게 특이한 이름을 지어주었다.)
『금고기관』	**凡損人利己的事, 無所不爲, 眞是一善不作, 衆惡奉行,** 因此鄕裏起他一個異名.(**무릇 남에게 해를 주고 자신에게 유리한 일은 하지 않는 것이 없고, 선한 일이라고는 하나도 하지 않으면서 악이란 악은 모두 받들어 행하였다.** 그러므로 마을 사람들은 그에게 특이한 이름을 지어주었다.)

『경세통언』	王氏生下一個孩子(그 아내 왕씨는 아들 하나만 낳았다.)
『금고기관』	**兄弟中, 只有呂寶一味賭錢喫酒, 不肯學好, 老婆也不什賢曉, 因此妯娌間有些面和意不和**, 那王氏生下一個孩子.(**형제 가운데 오직 여보만 줄곧 노름만 하고 술을 마시며 올바른 일은 배우지 않았으며, 그 아내도 현숙하지가 못해 동서간도 겉으로는 친한 척 해도 속으로는 친하지가 않았다.** 그 아내 왕씨는 아들 하나만 낳았다)

인용문에서 보듯 금종과 여보에 대한 『경세통언』의 묘사가 극히 간결함에 비해 『금고기관』은 그들의 여러 악행들을 구체적으로 기술함으로써 인물형상들의 특성을 보다 뚜렷하고 정확하게 표현하고자 하였다.

그리고 앞 「송금랑단원파전립」에서는 전술하였듯이 열녀와 효녀의 특성을 모두 갖춘 의춘의 형상과 선량하고 인자한 송금의 인물형상을 정확히 묘사하기 위해 『금고기관』은 『경세통언』의 문자를 많이 수정, 보완하기도 하였다. 그 가운데 대표적인 부분만을 각각 발췌하면 다음과 같다.

표 30 『금고기관』과 『경세통언』의 「송금랑단원파전립」 원문의 차이

『경세통언』	宜春一把扯住母親, 哭天哭地叫道.. 還我宋郎來!(의춘은 모친을 꼭 붙잡고 통곡을 하며 말했다.. 송서방을 내게 돌려줘요!)
『금고기관』	欲要叫丈夫莫去, **又恐違拗了父命**, 正在放心不下. …… 宜春氣塞咽喉, 淚如泉湧, 急跑出艙, 連忙扯解掛帆繩索, 欲下帆轉船, 被母親抵死抱住, 拖到後艄. **宜春跌腳搥胸叫天叫地哭道.. 還我宋郎來!**(남편을 보내지 말라고 말하고 싶었지만 또 한편으론 부모의 명을 거역할까 두려워 마음을 놓지 못하고 있었다. …… 의춘은 기가 막히고 목이 메여 눈물을 샘솟듯 흘리면서 급히 갑판 밖으로 뛰어나와 급히 돛대 밧줄을 풀며 돛을 내려 배를 돌리려고 하였지만 그녀를 한사코 안고 놓아주지 않는 모친에 의해 배 뒤편으로 밀려났다. 의춘은 발을 구르며 가슴을 치면서 통곡을 하며 말했다.. 송서방을 내게 돌려줘요!)

『**경세통언**』	宋金住在南京二年有餘，把家業掙得十全了.(송금은 남경에서 2년여를 살면서 재산을 많이 모아두었다.)
『금고기관』	宋金住在南京二年有餘，把家業掙得十全了，**思想丈人丈母雖是很毒，妻子恩情卻是割捨不下，並不起別娶之念.**(송금은 남경에서 2년여를 살면서 재산을 많이 모아두었다. **장인장모를 생각하면은 비록 그들이 모질고 독하지만 아내와의 은정은 차마 져버릴 수가 없었기에 다른 여자를 불러들일 생각은 품지 않았다.**)

위 첫째 인용문은 모친이 병들어 쓸모없는 남편을 몰래 버렸다는 사실을 안 의춘의 반응과 행동을 비교한 것이고, 두 번째 인용문은 외지에서 홀로 재산을 모은 송금이 자신을 학대한 처가의 가족들을 대하는 태도를 비교한 것이다.

첫 번째 인용문을 보면 『경세통언』에서는 의춘이 모친이 남편을 몰래 내친 것을 알고는 바로 엄마를 붙잡고 통곡하면서 남편을 돌려 달라고 부르짖는 것으로 기술하였다. 그러나 『금고기관』은 엄마의 이런 만행을 알고 곧바로 엄마를 붙잡고 남편을 되돌려달라고 예의 없이 고함치는 것이 아니라 엄마의 말을 듣고 기가 막혀 슬퍼하며 남편을 되찾으려고 조급히 배를 돌리려 하면서 발을 구르고 가슴을 치는 행동을 한 연후에 울면서 엄마에게 남편을 되돌려 달라고 한 것이다. 따라서 『경세통언』에서의 의춘이 남편만 알고 엄마에 대한 예의가 소홀했다고 친다면, 『금고기관』 속의 의춘은 남편에 대한 사랑은 물론 엄마에 대해서도 예를 갖추며 한층 효성스러운 착한 딸의 이미지를 보였다고 할 수 있다.

두 번째 인용문에서도 『금고기관』은 『경세통언』에는 없는 송금의 심리상황에 대한 묘사를 기술함으로써 작품 속에서 실제로 재혼을 하지 않고 장인장모를 다시 받아주는 송금의 너그러운 행동을 뚜렷하고 정확히 드러내는 주석 역할을 하였다.

그 외에도 인물형상의 특성에 대한 『금고기관』의 정확한 묘사는 「배진공의환원배」에서도 잘 드러나는데, 『유세명언』과 『금고기관』의 묘사를 비교하면 다음과 같다.

표 31 『금고기관』과 『유세명언』의 「배진공의환원배」 원문의 차이

『유세명언』	原來裵令公閒時常在外面**私行耍子.**(원래 배공은 한가할 때 늘상 바깥에서 **몰래 장난을 하였다**.)
『금고기관』	原來裵令公閒時常在外面**私行，體訪民情.**(원래 배공은 한가할 때 늘상 바깥에서 **몰래 민정을 몸소 체험하였다**.)

인용문에서 보듯 평소 친히 민정을 몰래 살피던 인자한 배진공의 행동에 대해 『유세명언』이 "몰래 장난을 하였다"라고 기술한 데 반해 『금고기관』의 묘사는 "몰래 민정을 몸소 체험하다"로 고쳐 인의와 선정의 대명사라고 할 수 있는 배진공의 전형성을 보다 정확히 묘사하였다.

이 밖에도 「노태학시주오공후」는 『금고기관』의 작가가 작품의 내용은 물론 인물들의 성격에 대해서도 많은 필묵을 활용해 대폭 수정을 가했는데, 특히 탐관으로서의 왕잠의 특성을 정확히 묘사하기 위해 그의 탐욕적이고 교활한 면모를 누누이 기술하였고[14], 악을 질시하는 조급한 성미의 노남의 특성도 잘 드러내는 묘사를 구사하였다.[15] 더구나 주목할 점은 『금고기관』 작가는 명대 당시의 역사적 사실을 기반으로 고증을 통해 보다 정확하고 객관적으로 기술하고자 노력하였다는 점이다. 그리하여 명대 실제 인물 노남에 대한 철저한 고증을 통해 그의 자(字)를 『성세항언』

14 이를테면 "知縣貪心如熾，把喫酒的念頭，放過一邊"，"汪知縣心生一計，喝叫，且將眾犯還監，明日再審" 등의 묘사를 통해 탐욕스러움과 교활함을 정확히 드러내었다.

15 이를테면 "原來這個貪殘蠢才，一無可取，幾乎錯認了！如今幸爾還好!"，"快把大杯灑熱酒來，洗滌俗腸!"，"咗！還說甚太爺！我這酒可是與那貪殘俗物吃的麼？" 등의 묘사가 그러하다.

의 '소경(少梗)'에서 '차경(次梗)'으로 고쳤으며, 노남을 비교적 긍정 일변도로 찬양했다고 볼 수 있는 『성세항언』의 다소 주관적 묘사를 지양하고 사실에 기반을 둔 보다 객관적이고 정확한 노남의 모습을 그려내고자 노력하였다.

예를 들면 『금고기관』의 작가는 『성세항언』에서의 노남의 묘사와는 달리 그의 폭력성을 지적하였으며[16], 또 평소 사치스러웠던 노남의 사실에 입각해 만명 토호로서의 그의 사치성과 향락적인 면을 묘사하기도 하였다.[17] 이는 『금고기관』의 작가가 노남에 대한 전기와 기록들을 토대로 비교적 객관적으로 그를 묘사하였다는 증거이다. 왜냐하면 노남의 시재를 높이 평가하고 그와 친분도 두터웠던 '후칠자' 중의 한 명 왕세정(王世貞)이 지은 「노남전(盧柟傳)」은 노남을 비교적 객관적으로 평가한 전기라고 할 수 있는데, 이에 의하면 노남은 "사람됨이 방탕하여 법도를 따르지 않고, 자신의 생계에도 관심이 없었으며(즉 생업에 종사하지도 않았으며), 언제나 기녀 집을 전전하였다. 술을 많이 마셔 취하면 주사(酒邪)를 부려 옆에 있는 사람들에게 욕을 퍼부어 아무도 그의 입을 막지를 못하였다.(為人跅弛, 不問治生產, 時時從娼家遊; 大飮, 飮醉則弄酒罵其座客, 無敢以唇舌抗者.[18])"라고 기술하였다.

따라서 노남을 악을 질시하는 진솔하고 고오(高傲)한 광사로 보면서 그의 주사 역시 풍류재자의 '애교' 정도로 보며 그의 탈속적임과 호방함을 찬양한 풍몽룡과는 달리 『금고기관』의 작가는 비록 근본적으로는 이런 원전의 정신을 계승하였지만 세부적으로는 풍몽룡의 다소 주관적 잣대에서 벗어나 사실에 입각해 비교적 객관적이고 정확하게 그를 묘사하

---

16 앞 장의 주 참고.

17 앞 장의 주 참고.

18 王世貞 『弇州山人四部稿』 卷83, 10~17쪽; 또 焦竑 『國朝獻徵錄』 卷115, 69~76쪽. - 萬曆 44 年 徐象樗曼山館刊本, 台北: 學生書局, 1984年 12月 影印再版.

고자 노력하였다. 다시 말해 『금고기관』도 삼언과 같이 신선과 함께 출가한 풍류재자 노남의 '호방불기(豪放不羈)'한 인생을 찬양하며 관심을 보였지만 그가 지닌 방탕함이나 폭력성 같은 부정적인 측면들도 정확하게 기술하였던 것이다.

『금고기관』의 정확한 묘사는 인물형상에 대한 객관적이고 정확한 묘사 외에도 소설 속 서술 언어의 정확성을 추구하면서 그를 통해 작품의 주제성을 강화하기도 하였다.

이를테면 「장흥가중회진주삼」에서는 원전 『유세명언』의 "인심혹가매(사람의 마음은 혹 속일 수 있을지라도)"를 "인심불가매(사람의 마음은 속일 수 없고)"라고 수정하였는데, 이는 정주이학에서 인심(즉 사람의 마음)을 악한 것으로 보면서 천리를 강조했던 전통적인 철학적 사고에서 벗어나 사람을 도덕적 주체로 보면서 인심 즉 양심을 강조한 양명학적 논조를 반영한 것이라 볼 수 있다. 따라서 '혹(或)'을 '불(不)'로 바꾼 이 한 글자의 수정은 당시 사회를 지배한 정주이학에 맞서 고개를 든 양명학적 분위기를 반영해 사람의 마음 즉 진정을 주창하는 「장흥가중회진주삼」과 삼언의 주지를 보다 정확하게 표현한 것이라 할 수 있다. 또 「송금랑단원파전립」에서는 여주인공의 이름을 원전의 '의남(宜男)'에서 '의춘(宜春)'으로 수정을 하였는데, 이는 '남성을 이롭게 한다' 내지는 '남성을 편안하게 한다' 는 이름의 남성주의적 시각에서 벗어나 '의춘'이라는 생기발랄한 여성적 함의를 지닌 이름으로 바꾼 것이다. 그로 인해 이 여주인공이 단순히 남성에 종속된 것이 아니라 효녀이자 열녀로서의 보다 '큰' 비중의 이미지를 지니게 하였다.

이 밖에도 『금고기관』의 객관적이고 정확한 묘사는 과장을 절제하고 비교적 현실적인 묘사를 추구하기도 하였다. 이를테면 「이견공궁저우협객」에서 『성세항언』 원본에서는 이면을 도운 협객이 말(馬)도 없이 하룻저녁에 60 리를 바람과 같이 달려갔다가 다시 달려온 사실에 대해 그것은 검술의 묘한 기술로 옛날 검객들의 흔한 일이라고 기술하였지만[19] 『금고기관』은 이런 비현실적인 황당한 기술을 모두 삭제하였는데, 이는 가급적 현실적인 묘사를 추구하고자 한 『금고기관』의 종지(宗旨)로 볼 수 있다.[20]

그 외에도 『금고기관』의 정확한 묘사는 「최준신교회부용병」에서 작가는 최준신이 술을 지나치게 마셔 화를 야기하였음을 독자들에게 충고하며 절주를 강조하면서도 또 한편으로는 최준신이 겪게 된 재난이 모두 벼슬에 대한 욕망에서 비롯되었음을 상기시키면서 더 이상 벼슬을 하지 않고 집에서 자유로운 삶을 즐겼다고 기술하였다.[21] 이는 술과 벼슬 등 인간의 욕망을 절제해야 함을 강조한 『금고기관』의 편찬의도를 정확히 표현한 것이라 할 수 있다.

끝으로 『금고기관』의 탁월한 묘사로 아정하고 세련된 묘사를 들 수가 있다. 『금고기관』은 삼언 가운데 인륜에 반하는 극악무도한 암울한 사회상이나 혹은 미풍양속을 해치는 내용을 담은 작품들은 가능한 수록하지 않았을 뿐 아니라 수록된 작품들 가운데서도 다소 황음하고 부적절한 거친 표현들이 있으면 아예 삭제하거나 혹은 모두 순화시켜 세련되고 아정한 표현으로 바꾸었다.

이를테면 「노태학시주오공후」에서 무고한 양민 왕도(王屠)가 관아에서 고문으로 억울하게 죽는다든지 노남의 하인 노재(盧才)가 뉴성(鈕成)

---

19 "李勉共行了六十多里方到旅店, 這義士又無牲口, 如何一夜之間, 往返如風. 這便是前面說起, 頃刻能飛行百里, 乃劍俠常事耳.", "此是劍術妙處"

20 그렇다고 이 점이 모두 이행된 것은 아니다. 『금고기관』의 「李汧公窮邸遇俠客」에는 오늘날 우리가 보기엔 납득하기 힘든 비현실적인 神異한 묘사가 군데군데 보이는데, 이는 원본의 문장을 전부 바꿀 수는 없었기 때문일 것으로 보이다. 이를테면 검객이 읍을 하자마자 순식간에 공중으로 튀어 올라 사라졌다거나 베어온 두 수급에다 가루약을 좀 뿌리니 점점 작아져 물로 변했다거나 하는 묘사일 것이다.

21 "那崔俊臣也不想更去補官, 只在家中逍遙受用. 夫妻白頭到老."

의 아내 금씨(金氏)에게 흑심을 품는 등의 난잡한 내용들이 모두 삭제되었다. 또 앞장에서도 지적한 바와 같이 「십삼랑오세조천」에서도 "真珠姬自覺陰戶疼痛, 把手摸時, 周圍虛腫(진주희는 음부가 아프게 느껴져 손으로 만져보니 주위가 부었음을 느꼈다)"를 "真珠姬自覺下體疼痛(진주희는 하체에 아픔을 느꼈다)"라고 수정하였는데, 이 역시 삼언 속에 자주 보이는 불필요하고 부적절한 생리적 표현이나 노골적 묘사들을 자제하여 아정하고 세련된 표현으로 순화시킨 예이다. 그 외에도 「여수재이화접목」에서 문무를 겸비한 여성 문비아가 화살로 까마귀를 쏘는 장면에서도 『금고기관』과 『이각박안경기』의 묘사에서 다음과 같이 차이가 난다.

표 32 『금고기관』과 『이각박안경기』의 「여수재이화접목」 원문의 차이

『이각박안경기』	"這業畜叫得不好聽, 我結果他去!" 跑下來自己臥房…("이 짐승이 우는 소리가 정말 듣기가 싫어, **내가 죽여 버려야겠어!**" 자기 방으로 달려 내려갔다. …)
『금고기관』	"這業畜叫得可厭, 且教他喫我一箭則個!" 隨下樓到臥房…("이 짐승이 우는 소리가 정말 혐오스러워, **내가 화살 한 발로 맞춰야겠어!**" 이어 자기 방으로 내려갔다. …)

위 표에서 보듯 『이각박안경기』의 표현은 지성인이라고 할 수 있는 문비아의 언행이 잔혹하다고 할 정도로 다소 거칠지만 『금고기관』은 이를 비교적 부드럽게 순화시켜 문무를 겸비해 무공 뿐 아니라 교양이 있는 처녀 문비아의 형상을 비교적 적합하고 정확하게 묘사하였다.

『금고기관』의 세련된 묘사는 「최준신교회부용병」의 결미에서도 잘 드러나는데, 『금고기관』과 『박안경기』 원본을 비교하면 잘 드러난다.

표 33 『금고기관』과 『박안경기』의 「최준신교회부용병」 원문의 차이

『금고기관』	『박안경기』
*回到真州故土，親族俱來相會，說出這段緣故，**無不嗟嘆稱揚高公之德**．那崔俊臣也**不想更去補官，只在家中逍遙受用**．夫妻白頭到老．有詩爲證． (진주 고향으로 돌아와 친족들과도 모두 만나게 되어 이 사연을 얘기하니 모두가 고공의 덕을 찬양하였다. 최준신도 **다시 관직을 되찾을 마음을 갖지 않고, 오직 집에서 편안히 즐기며 살았다**. 부부는 백발이 되도록 해로하였는데, 시가 그것을 증명한다.)	*自到真州寧家，**另日赴京補官**，這是後事，不必再題．**此本話文，高公之德，崔尉之誼，王氏之節，皆是難得的事．各人存了好心，所以天意周全，好人相逢．畢竟冤仇盡報，夫婦重完，此可爲世人之勸**．詩云 (진주의 영가에 도착해서 **날을 잡아 서울에 도착해 관직을 다시 되찾은** 것은 나중의 일로 다시 말할 필요도 없다. 이 작품에서의 고공의 덕, 최위의 의로움, 왕씨의 절개 이 모두는 무척 대단한 일이다. 모두가 좋은 마음을 지녔기에 하늘도 그들을 도와 좋은 사람들이 서로 만나게 한 것이다. 결국 원수는 모두 갚고 부부는 다시 화합한 것인데, 이는 실로 세인들을 경계하는 내용이다. 시에서 말하길)

앞장에서도 지적하였듯이 『박안경기』는 고공의 '덕'과 최준신의 '의', 그리고 왕씨의 '절'을 내세우면서 선한 마음을 가지면 반드시 하늘의 도움을 얻는다는 식의 교화적 설교를 다시금 강조하였지만 『금고기관』은 다만 최준신과 부인을 도와 부부가 재회하는데 결정적인 공을 세운 고어사(高御事, 즉 고공)의 '덕'만을 언급하였다. 이는 『금고기관』이 교화성을 매우 중시하면서도 한편으로는 노골적인 교화적 훈시로 말미암아 독자들이 식상해할 것을 의식해 의도적으로 피한 것으로 볼 수 있는데, 이 역시 『금고기관』 편찬자 포옹노인의 세련된 묘사의 한 예라고 할 수 있다.

2. 『금고기관』 40편 작품 내용 및 분석

1) 제1권 「세 효렴이 재산을 양보하여 높은 이름을 얻다(三孝廉讓產立高名)」

이 이야기는 작품 내용상으로는 **'인간의 도리에 대한 칭송과 훈계'**를 다루고 있으며, 그 가운데에서도 **형제와 친구간의 우애와 신의를 강조한 작품**이라 할 수 있다. 구체적인 내용은 다음과 같다.

동한시대 회계(會稽)군 양선(陽羨)현에 조실부모한 허무(許武), 허안(許晏), 허보(許普) 삼형제가 살았는데, 당시 15살이었던 허무는 생활은 물론 두 동생의 부양과 교육을 책임졌다. 허무의 노력으로 생활이 윤택해지고 두 동생의 학업도 진전이 있었다. 그는 낮에는 밭일을 하고 밤에는 두 동생의 글공부를 시켰는데, 만약 두 동생이 잘못을 저지르면 그는 먼저 부모의 영전에 무릎 꿇어 동생들이 울며 말릴 때까지 자신의 잘못을 반성하였으며 결코 동생들을 막 대하지 않았다. 이런 허무의 솔선수범 교육으로 동생들도 바르게 자랐으며 형의 말을 잘 따랐다.

당시 그는 벼슬생활을 하며 서른이 되어도 혼인을 하지 않았는데, 아직 동생들이 공부를 하며 관리로 출세하지 못한 까닭이었다. 그리하여 그는 황제에게 휴직을 요구하여 고향으로 돌아와 동생들의 교육에 전념하였고, 동생들의 학업이 거의 완성되고 가산도 어느 정도 쌓이게 되자 그는 동생들을 결혼시키고 가산을 셋으로 나누었다. 그런데 허무는 대부분의 재산을 독차지하였고, 동생들도 전혀 불만을 하지 않았다. 마을 사람들은 그런 허무의 행동을 보고 그가 변했다고 수군댔다.

그런데 재산분할에서 보인 두 동생의 양보가 마을사람들을 감동시켰을 뿐 아니라 조정에까지 알려져 그들에게 효렴직을 내렸다. 허안과 허보는 조정에서 5년의 관직생활을 하며 벼슬이 구경(九卿)까지 올라갔는데, 허무는 그들에게 은퇴를 권유하였고 두 동생은 그 말에 따라 고향으로 복귀하였다. 돌아온 동생들과의 연회에서 그는 오랫동안 가슴에 간직한 말을 하는데, 당초 그가 재산을 독차지한 것은 동생들이 아직 성공하지 못해 그들에게 기회를 주기 위함이었으며, 실은 이미 문서로 재산을 고르게 삼분하였음도 알렸다. 그리고 그가 애초에 그러지 않았다면 두 동생은 효렴직도 조정의 벼슬도 지금의 명예도 얻지 못했을 것이라고 하였다. 따라서 당시 허무가 동생들을 박대했다는 욕을 먹은 것은 책략이었고 마을 사람들은 그 사실을 알고 모두 감탄하였다. 그 후 두 동생은 허무의 권유로 다시 관직을 맡아 허씨 가문이 번창하였으며, 효제가문으로 이름을 날렸다.

위 이야기는『성세항언』권2의 이야기지만『금고기관』제1권을 장식한 점으로 보아 편찬자의 편찬의도가 잘 반영된 작품이다. 이 작품은 본 이야기에 앞서 조식과 조비 등 여러 형제간의 우애를 다룬 역사 고사들을 이야기함으로써 형제의 화목을 강조하고 있다. 그리하여 본 이야기가 시작될 때 과목 시험으로 선비를 뽑는 명대의 과거제도와는 달리 학식보다는 인품을 중시하는 한나라 때의 효렴(孝廉) 제도를 언급하고 있다. 즉 효는 효제(孝弟, 즉 효도와 공경)이고 렴은 청렴함을 말하는데, 효는 충군(忠君, 즉 임금에게 충성하는 것)이고 렴은 애민(愛民, 즉 백성을 사랑하는 것)이라고 하였다. 그리고 효렴으로 추천되면 출세 길이 열린다고 하면서 당시 명의 과거제와 다른 한대 효렴 제도의 의의를 찬양하고 있다. 그리고 한대의 효렴제가 어진 이를 무조건 추천만 하면 끝나는 것이 아니라 추천된 사람이 관직생활을 잘하지 못하면 본인은 물론 추천한 사람까지도 연루되어 벌을 받는 점을 들며 효렴제의 공정함과 엄격함에 대해서도 얘기하였다.

그러나 본 작품은 효렴 제도가 명대에도 시행된다면 오직 돈 많은 자제들만이 추천을 받게 될 것이라며 당시 재물 획득과 이윤 추구에만 눈이 먼 명대 사회 세태를 비꼬기도 하였다. 따라서『금고기관』의 편찬자는 인간의 도리를 칭송하는『성세항언』의 교화적 사상을 반영하면서도 명대 세태를 풍자하는 내용도 여과 없이 그대로 수록함으로써 조정에 아부하기 위해 무조건 찬사만 늘어놓은 것이 아님을 여실히 보여주고 있다. 더욱이 맨 마지막의 시가는 재물에 앞서 의리와 효제를 중시한 옛사람들에 비해 이끗에만 눈이 먼 당시 명대인들을 풍자하기도 하였다.

요컨대 본 편은 교화적 의미와 당시 조정의 제도에 대한 찬양을 표하기 위해 『금고기관』의 첫머리를 장식한 것으로 판단되지만, 작자는 효렴제도가 만약 명대에도 시행된다면 명대 사회의 부패상이 그대로 반영되어 실패할 것이라며 당시 명대의 과거제도와 사회를 은근히 풍자하기도 하였다.

2) 제2권 「두 현령이 고아가 된 처녀에게 의리를 베풀어 결혼을 주선하다(兩縣令競義婚孤女)」

이 이야기는 작품 내용상으로는 **'봉건예교에 대한 가송'**을 주로 말하고 있는데, 그 가운데 **'어진 위정자 관리에 대한 예찬'**을 다루고 있다. 이 작품은 원래 『성세항언』 권1에 수록되었지만 『금고기관』 권2를 장식하는 내용으로 두 현령(현령(縣令)과 별가(別駕))이 억울하게 죽은 전임 현령의 불쌍한 외동딸을 위해 서로 다투어 의리를 베풀어 결혼을 주선해주는 내용으로 작품의 줄거리는 다음과 같다.

오대(五代)시기 남당(南唐) 때에 석벽(石璧)이라는 청렴하고 유능한 현령이 있었는데, 처는 죽고 오직 월향(月香)이란 딸 하나만 있었다. 현령을 맡은 지 3년이 채 못 되어 관창(官倉)에 불이 나 파직은 물론 불타 없어진 곡식을 돈으로 배상해야만 했다. 그는 가산을 모두 팔았지만 배상을 다하지 못해 답답한 마음에 병이 생겨 죽었고, 딸과 유모는 관부에 팔렸다. 다행히 부친의 은혜를 입은 가창(賈昌)이란 상인이 돈을 내 석현령을 장사지내고 그의 딸과 유모도 인신매매업자로부터 구해왔다. 가창은 그들을 자신의 거처로 데려와 묵게 하면서 자신의 신분이 비천함

을 알아 석현령의 딸 월향을 양딸로 삼지 못하고 귀빈으로 예우하였다.

그런데 가씨의 부인은 어질지 못해 가창이 월향을 지나치게 우대함을 알고 먼저 유모를 비난하였는데 가창이 이를 알고 부인을 욕하자 부인은 한술 더 떠 가창이 출장으로 집을 떠났을 때 월향과 유모를 다시 인신매매업자에게 팔아버렸다. 인신매매업자는 월향을 새로 부임하는 현령 종리의(鍾離義)에게 팔아 곧 결혼하는 딸의 하녀로 삼게 했고, 유모는 자신의 외조카의 아내로 삼고자 하였다. 종리의는 딸의 하녀로 팔려온 후 관아의 후원에서 우울하게 지내는 월향을 보고는 관심이 생겨 그녀에게 사연을 묻고는 크게 느끼는 바가 있었다. 그는 바로 사돈가에 편지를 써 딸의 하녀가 전임 지현의 딸이라 혼인을 늦추자고 하였다. 종리의의 사돈은 주부의 별가(別駕)였는데 그의 편지를 보고는 혼사는 여전히 치르되 종리의의 딸은 그의 아들에게 여전히 시집오고 석씨의 딸은 그의 둘째 아들에게 시집가게 하였다.

한편 가창이 출장에서 돌아와 석씨의 딸이 팔린 것을 알고 부인과 한바탕 다투었으며 돈을 주고 월향의 유모도 되찾고자 했다. 그런데 그 유모는 인신매매업자의 조카와 부부가 된 후 서로 사이가 좋아 헤어지기 싫어했지만 결국은 월향에 의해 거두어졌다. 그리고 가창은 원래 아들이 없었지만 부인과 헤어진 후에 첩을 하나 얻어 아들을 얻게 된다. 또 의로운 일을 한 두 현령은 성황신이 된 석현령의 추천으로 상제에게 알려져 복을 누리게 된다.

이 작품의 대체적인 줄거리는 이상과 같지만 작품 중에 풍몽룡이 신화적 요소를 가미하여 종리의의 꿈에 석현령이 억울하게 죽은 후 현지의 성황신(城隍神)이 되어 종리의와 그의 사돈 별가의 행동에 감동해 상제에게 아뢰어 종리의에게는 아들을 하나 점제하고 별가에게도 고관직을 내렸다고 한 점은 아무리 인과응보의 교화적 의의를 강조하기 위한 작자의 의도라고 하지만 비현실적인 내용으로 작품 속 옥의 티라고 할 수 있다. 그 외 작품 속 고대 사회의 합법화된 인신매매의 문제와 당사자의 의사는 아랑곳 않고 어른이 마음대로 혼인을 결정하는 것 등은 불합리한 봉건사회의 잔재를 그대로 드러낸 것이라 하겠다.

그리고 이 작품에 나오는 현령 석벽, 종리의, 그리고 종리의 사돈 등은 이어 제3권에 등장하는 이기적이고 위선적인 현령 등대윤과는 달리 모두 어질고 청렴한 현령들이다. 『금고기관』의 편찬자는 대비적인 수법으로 두 작품을 연이어 소개함으로써 촌민을 대하는 상반된 두 부류 현령들의 모습을 선명하게 보여주고 있다.

3) 제3권 「등대윤이 귀신과 얘기하여 가산을 판결 짓다(滕大尹鬼斷家私)」

이 이야기는 작품 내용상으로는 대체로 **'인간의 도리에 대한 칭송과 훈계'**를 주로 말하고 있으며, 그 가운데 '제1권 「세 효렴이 재산을 양보하여 높은 이름을 얻다(三孝廉讓產立高名)」'와 같이 **'형제와 친구간의 우애와 신의'**를 다루는 내용이다. 이 작품은 원래 『유세명언』 제10권에 수록된 것으로 명판관으로 명성이 자자한 현령 등대윤이 아버지의 유산분배 문제로 다투는 두 형제의 일을 조정해 주면서 일부러 죽은 아버지의 혼령과 대화하는 척하며 죽은 부친의 유언에 따라 그들의 유산을 분배한다면서 유산의 일부를 감쪽같이 자신이 가로채는 내용이다. 그 구체적 줄거리는 다음과 같다.

명 영락 연간에 북직예(北直隸) 순안부(順天府) 향하현(香河縣)에 퇴직한 태수 예수겸(倪守謙)이 나이 79세에 17살의 가난한 매씨(梅氏) 집의 딸을 소첩으로 들였다가 선술(善述)이란 아들을 두었다. 그에게는 선계(善繼)라는 정실부인의 아들이 있었는데, 이미 결혼하여 처자식이 있었으며, 선술이 재산을 떼 갈까 두려워하고 있었다. 5,6년이 지나 예태수는 병으로 죽기 전에 재산을 전부 적자(嫡子) 선계에게 물려주고 다만 재산의 비밀이 숨겨진 '행락도(行樂圖)'라는 그림 한 폭을 첩과

어린 아들에게 남겨주었다. 그리고 첩을 몰래 불러 선계가 어린 선술을 해칠 것을 염려해 겉으로는 선계에게 모든 재산을 다 물려주는 것처럼 하지만 선술이 장성한 후에 현명한 현령을 만나서 그 그림을 자세히 조사하게 하면 모자 두 사람이 충분히 생활할 수 있을 유산을 얻게 될 것이라 귀띔하였다.

예태수가 죽은 후 선계는 재산을 다 독차지하고 매씨 모자는 어렵게 생활하며 지냈다. 선술은 14세 때 형을 찾아가 비단 옷 한 벌을 요구했다가 선계에게 얻어맞고 모자는 동장(東莊)의 누추한 곳으로 내몰렸는데, 매씨는 그 때 예태수의 유언을 아들에게 얘기하였다. 이른바 '행락도'는 예태수가 갓난아이를 안고 손으로 땅 아래를 가리키는 그림이었는데 모자는 그 뜻을 알 수가 없었다. 어느 날, 선술은 새로 부임한 등대윤이 귀신처럼 신령스럽고 현명하여 백성들의 존경을 받는다는 말을 듣고 모친과 함께 그를 찾아 예태수의 유언에 따라 '행락도'를 보여주었다. 등대윤은 아무리 그림을 조사해도 그 의미를 찾아내지 못하다가 실수로 찻물을 그림에 떨어트렸는데 거기서 감춰진 글자 흔적이 드러나기 시작했다. 그것은 바로 예태수의 유언이 적혀진 글이었다.

그 내용은 집의 낡은 가옥 벽 아래에 선술에게 주는 황금 천 냥과 백은 만 냥이 묻혀있으며, 그 가운데 백금 300 냥은 수고한 지현에게 주라고 하는 것이었다. 등대윤은 큰 액수의 금전에 탐욕이 발동해 계략을 생각해냈다. 그는 핑계를 만들어 예태수 집을 자세히 검사한 후에 대낮에 귀신을 만나는 연극을 꾸며서 거짓으로 예태수의 혼령과 얘기하는 모습을 연출하였는데, 사람들은 이를 진짜로 믿었다. 그리고 그는 그림에서 발견된 예태수의 유언은 말하지 않고, 그와의 대화에 따라 집과 전답은 모두 선계에게 주고 낡은 가옥만 매씨 모자에게 주는 것으로 판결한 후에 낡은 가옥에 묻힌 돈 가운데 예태수가 황금 1000냥을 자신의 노고비로 한사코 주려고 했다며 천 냥의 황금을 챙기었다.

이 이야기는 형제간의 재산 소송안을 다룬 내용으로 부모가 남긴 재산 분배로 인한 형제간의 분규를 다루고 있지만 동시에 겉으로는 세인들에게 현명한 모습으로 존경받지만 사실 그 진면모는 음험한 한 지현의 본 모습을 들춰내면서 봉건시대 관리들의 위선적이고 탐욕적인 모습도 풍자하고 있다. 사실 새로 막 부임한 등대윤은 전임 지현에 의해 억울하게 누명을 쓰고 사형을 선고받은 성대(成大)의 사건을 뒤집어 진범을 찾아내어 현명한 명관(明官)으로 명성이 자자했지만 금전 앞에서는 욕심이 발동한 것이다. 사실 탐욕스러움을 말하자면 등대윤만 그런 것이 아니었다. 지방관으로 많은 재산을 축적하였을 뿐 아니라 죽음을 목전에 둔 노령에도 욕정이 발동하여 젊은 여성을 소첩으로 맞이한 예태수 역시 탐욕스러움을 면할 수 없으며, 부친에 대한 효도는 뒷전이고 부모의 유산에만 관심이 있는 아들 선계의 모습도 그러하다. 세인들의 존경을 받는 현명한 판관 등대윤이 그렇다면 당시 탐관오리들의 탐욕은 이루 헤아리기 어려울 것임을 작품은 암시하고 있다.

이 작품은 명 중엽 이후 자본주의가 무르익어 감에 따라 '호화호색(好貨好色)'의 사회적 분위기가 만연하면서 호색과 금전에 대한 당시 사람들의 욕망이 팽배해졌음을 말하고 있다. 그리하여 부모에 대한 자식들의 효도 관념도 땅에 떨어졌을 뿐 아니라 형제지간에도 의리보다는 돈을 중시하였으며, 현명한 판관일지라도 재물에 대한 욕망을 주체하지 못해 금전 앞에서는 백성들을 속이는 탐욕스러운 관리가 속출하는 명중엽 이후의 사회상을 잘 보여주었다.

4) 제4권 「배진공이 약혼녀를 돌려보내주다(裴晉公義還原配)」

이 이야기는 작품 내용상으로는 '제2권 「두 현령이 고녀에게 의리를 베풀어 결혼을 주선하다(兩縣令競義婚孤女)」'와 같이 **'봉건예교에 대한 가송'**을 주로 말하고 있으며, 그 가운데 **'어진 위정자 관리에 대한 예찬'**을 다루고 있다. 이 작품은 『유세명언』 권9의 내용으로 당대의 정치가 겸 문인인 배도(裴度, 765~839)에 관한 이야기로 재상 배도의 아량과 정의로움을 얘기하고 있다. 작품의 구체적인 내용은 다음과 같다.

당나라 때 배도라는 인물은 관상이 좋지 못해 곤궁하게 지내다가 착한 심성으로 음덕을 쌓아 결국 과거도 급제하고 재상이 된다. 그가 재상으로 재직할 때 진주(晉州) 만천현(萬泉縣)에 당벽(唐璧)이란 관리가 같은 마을의 황소아(黃小娥)와 일찍이 정혼을 한 사이였지만 그가 누차 남방으로 부임하는 바람에 그녀와 혼인을 치르지 못했다. 진주자사는 배진공(배도)에게 잘 보이려고 만천현의 현령을 시켜 미색이 출중한 황소아를 데려와 자신이 뽑은 미녀악단의 우두머리로 삼아 배진공에게 뇌물로 바치고자 하였다. 한편 당벽은 회계에서의 복무를 마치고 서울 장안으로 올라가 새로 관직을 맡기 전에 잠시 고향에 돌아가 황소아와의 혼인을 마칠 요량이었지만 장인으로부터 그녀가 배진공에게 바치기 위해 현지 현령에 의해 강제로 팔려갔다는 소식을 듣고 분해하다가 문제해결을 위해 직접 장안으로 올라가게 된다. 그런데 그가 한 달 이상 배도의 집을 배회하였으나 당시 최고의 권력가인 배도를 만나기는 쉽지 않았다.

그러던 중 이부에서 방이 내려와 당벽은 호주(湖州)의 녹사참군(錄事參軍)을 제수 받아 배를 타고 남방으로 떠나는데, 도중에 도적을 만나 그는 겨우 목숨만 건지고 모든 것을 잃게 된다. 노자 돈은 물론 칙서 임명장까지 털린 당벽은 밤새도록 길가에 앉아 울고 있는데 새벽에 한 노인이 나타나 그의 사연을 듣고 불쌍히 여겨 돈과 옷을 주면서 장안의 이부로 찾아가 통사정하게 하였다. 다시 장안으로 돌아간 이벽은 이부의 관리에게 며칠을 하소연했지만 증빙할 칙서가 없다며 받아주지 않았다.

그런데 눈물을 흘리며 난감해하는 그 앞에 자주색 저고리를 입은 중년의 한 관원이 나타나 그를 도와주었다. 그는 당벽에게 이름과 사연을 캐물었고 당벽은 그에게 자초지종의 사정을 얘기하자 그는 배진공이 어려운 처지의 사람들을 도와주니 그에게 도움을 구하라고 하였다. 그러자 당벽은 배진공이 자신의 약혼녀를 뺏은 것이나 다름없다고 비방하면서 그를 만나지 않겠다고 하였다. 그는 당벽에게 내일 다시 만나자며 떠났다. 배진공을 헐뜯은 후환이 두려워 잠을 이루지 못한 그는 다음날 배진공이 있는 이부로 직접 찾아가 염탐하였다. 오랜 기다림 끝에 이부의 관리들에 의해 배도의 집으로 인도된 당벽은 어제 만난 관원이 바로 배도임을 알게 되고 두려움에 숨도 제대로 쉬지 못했다. 그러나 배도는 그를 예우하며 당장 그와 황소아의 결혼을 주관하였고, 속죄의 의미로 그에게 천 냥의 돈까지 주었다. 그리고 당벽에게 호주참군의 임명장을 다시 만들어 주어 두 부부는 배진공의 은혜에 감사하면서 함께 호주로 부임하게 되었다.

이 이야기는 배도는 비록 얼굴에 입까지 내려오는 법령주름이 있어 관상학적으로는 아사할 팔자였으나 평소 너그러운 심성으로 음덕을 많이 쌓아 출세하였을 뿐 아니라 그 후에도 좋은 일을 많이 해 평생 수복강녕을 누렸다는 이야기로 주 내용은 배도가 그에게 뇌물로 바쳐진 미인을 그녀와 정혼한 남자에게 되돌려주는 내용이다.

이 작품은 면상(面相)은 심상(心相)만 못하기에 사람은 모름지기 자신의 운명을 좋게 바꾸기 위해 음덕을 쌓고 좋은 일을 해야 한다는 교화적 설교를 펼치며 당나라 때의 재상 배도의 고사를 예로 들어 얘기하고 있다. 『금고기관』 도입부 작품들에는 등대윤을 제외하면 모두 청렴하고 자상한 위정자 관리들에 관한 이야기로 시작되는데, 이 작품 속에 나오는 배진공 배도도 그 중의 하나이다. 역사 속 배진공의 실제 모습도 명재상으로 인재등용에 탁월했던 면이 돋보이는데, 소설 작품 속의 그도 남의 어려움을 돕는 인물형상으로 묘사되었다. 다만 마지막 부분에서 그가 80살 넘게 살다가 죽었다는 것은 사실과 부합되지 않는 것으로 소설적 가공을 통해 그를 미화하고 있음을 알 수 있다.

5) 제5권 「두십랑이 노해 보석 상자를 물속에 던지다(杜十娘怒沉百寶箱)」

이 이야기는 작품 내용상으로는 대체로 **'인간의 도리에 대한 칭송과 훈계'**를 주로 말하고 있으며, 그 가운데 **'욕망에 대한 경계'**를 다루고 있다. 또 이 작품은 **'봉건예교에 대한 풍자'**도 동시에 말하고 있다. 이 작품은 『경세통언』 권32의 이야기로 연경의 명기 두십낭이 의리 없는 명문 귀족 선비 이갑(李甲)을 사랑하여 모든 것을 바쳤지만 재물에 눈이 멀어 자신을 헌신짝처럼 팔아버린 선비 이갑의 가증스러운 실체를 알고는 그를 꾸짖은 다음 모든 패물들을 강물에 던져버리고 강물에 투신하는 내용이다. 작품의 줄거리는 다음과 같다.

명 만력 연간 북경의 명기(名妓) 두십낭은 모욕적인 기생생활을 청산하고 양민으로 돌아가기 위해 알뜰히 저축하였으며, 또 남편감으로 선비 이갑(李甲)을 고르게 된다. 두 사람은 장래를 약속하였지만 두십낭의 몸값 300냥을 지불하기 위해 무척 애를 쓴다. 마침내 그 중의 반은 두십낭이 평소에 이불속에 모아둔 돈으로 충당하고, 나머지는 이갑의 친구 류우춘(柳遇春)의 도움으로 150냥을 빌려내 결국 돈을 모두 맞추게 된다. 그리하여 두십낭은 친구들의 격려와 따뜻한 전송을 받으며 기생집을 떠나 자유의 몸이 된다.

이갑은 두십낭과 함께 부모를 뵈러 배를 타고 여행하다가 손부(孫富)라는 매우 교활한 바람둥이 거상(巨商)을 알게 된다. 원래 손부는 두십낭의 미모에 반해 그녀에게 접근하기 위해 이갑에게 다가간 것이었다. 술을 통해 이갑과 친숙하게 되자 손부는 곧 관심을 두십낭으로 돌렸고, 이갑에게 두십낭을 알게 된 후부터 지금까지의 사연들을 모두 물어보았다. 두 사람의 관계를 알게 된 손부는 이갑에게 부친의 뜻에 따라 문벌가의 여자와 결혼하여 벼슬하고 살아갈 것을 권유하면서 큰돈을 줄 테니 두십낭을 자신에게 팔 것을 적극적으로 부추긴다. 이갑은 자신의 창창한 전도와 부모의 바람을 생각한 끝에 결국 손부의 말대로 그녀를 그에게 팔아넘기는

데 합의하였다. 이 사실을 알게 된 두십낭은 이갑과 손부를 크게 꾸짖고는 자신이 몰래 모아둔 금은보화 상자를 아무 미련 없이 모두 강물 속으로 던져버리고는 스스로 물속으로 몸을 던져버렸다.

이 작품은 청렴한 수령이나 우애 있는 형제들의 의리를 찬양하는 봉건예교의 긍정적인 부분을 담은 앞의 네 희극 작품들과는 달리 비극 작품으로 국자감 학생 귀족층 선비와 부유한 상인에 의해 착취당하는 봉건사회의 최약자라고 할 수 있는 기생 두십낭의 가련한 처지와 절개를 통해 당시 불평등한 사회에서 이용당하는 약자들의 기득권층에 대한 강한 저항의식을 드러내고 있다.

아울러 이 작품은 제7권 「매유랑독점회괴」에서와 같이 작품의 말미에 시를 통해 풍류를 말하며 여성에 대한 진정한 정이 없으면 풍류를 논할 수 없다고 하였는데, 이들 작품들은 당시 여성을 노리개로 여기며 농락하는 사대부 계층과 부유 상인들의 작태를 풍자하고 있다. 특히 본 작품의 이야기는 시작부터 임진왜란 등 만력 연간 중국 국내외적인 역사적 사건들을 기술하면서 펼쳐지는데, 명대 현실을 기술한 『금고기관』 작품 가운데서도 가장 최근을 배경으로 하고 있는 작품에 속한다.

이 작품은 1906년 '대한매일신보'에 한글 신소설 '청루의녀전(靑樓義女傳)'으로 번안돼 일찍 국내에 소개됐으며, 그 후 1939년에는 박태원의 『지나소설집』에서 「杜十娘(두십낭)」이란 제목으로도 번역되었다.

6) 제6권 「이적선이 취해서 오랑캐를 겁주는 글을 짓다(李謫仙醉草嚇蠻書)」

이 이야기는 작품 내용상으로는 '풍류재자에 대한 찬미'를 다루고 있는데, 풍몽룡의 『경세통언』 제9권의 내용으로 제4권의 배도 이야기에 이어 당나라 때의 인물 이백에 관한 몇 가지 일화들을 소개하고 있다. 그러나 배도가 청렴하고 자상한 위정자 관리의 형상인데 반해 이백은 자유분방한 풍류재자 문인의 형상이라 서로 상반된 사상을 지닌 인물이라 할 수 있다.

본 작품의 주 내용은 제목대로 이백이 장안에서 하지장의 도움으로 그의 집에 묵고 있다가 마침 발해 사신이 당이 점령한 고구려의 옛 땅을 내놓으라고 요구하는 자국 문자로 작성한 국서를 조정에서 아무도 해독하지 못해 난감해 할 때, 하지장의 추천으로 그가 조정으로 불려가 현종 앞에서 그 문서를 유창하게 통역하고 또 답서도 발해어로 훌륭히 작성해 당을 위협하는 발해국의 오만함과 도발을 물리쳤다는 이야기이다. 이백은 이로 인해 당현종의 극진한 총애와 신임을 받아 한림학사가 됨은 물론 이백이 자진해 조정을 떠나고자 하였을 때에도 그에게 많은 재물과 특권을 주었다고 얘기하고 있다. 그 외에도 이백이 장안에 있을 때 하지장의 도움으로 그의 문객이 된 사연, 양국충과 고력사로 하여금 먹을 갈고 장화를 벗게 한 일화와 '청평조' 시를 짓게 된 사연, 그리고 탐관오리를 찾아 혼을 내는 등 이백의 재미있는 여러 일화 고사들을 소개하면서 나중에는 그가 신선이 되어 승천했다는 이야기로 끝을 맺었다.

본 작품은 『금고기관』 속 대다수의 작품들과는 달리 널리 알려진 이백의 일화들을 다소 두서없이 이것저것 나열하여 얘기하고 있어 구성의 긴밀함이 다소 떨어질 뿐 아니라 『금고기관』이 시종일관 추구하는 교화성도 거의 보이지 않아 이백의 고사를 통해 작자가 설교하고자 하는 삶의 도리가 무엇인지 잘 드러나지 않는다. 그럼에도 불구하고 이 작품이 수록된 것은 아마도 북방 이민족의 침입을 격퇴한 이백의 일화를 통해 당시 외유내환의 위기에 직면해 망국의 그림자가 드리워진 대명 제국의 위엄과 자존심을 다시 되찾고자 하는 동기에서 비롯된 것이 아닐까 추정할 수 있다. 특히 이백이 발해국의 사신에게 보낸 답서 중 당시 신라를 비롯해 인도, 이란, 동로마, 월남, 네팔 등여러 주변국들을 제압하여 자발적으로 조공을 바치게 한 당제국의 위업을 나열한 부분은 민족 자존심을 의도적으로 과시하고자 한 것으로 볼 수 있다.

주지하는 바와 같이 이백은 재기가 출중할 뿐 아니라 술을 좋아하고 호탕한 성품의 풍류재자인 까닭에 역시 풍류재자로 알려진 풍몽룡에 의해 동병상련적으로 극찬되어 본 작품을 통해 다소 과장적으로 묘사되었다. 이를테면 이백의 청고함을 과장하여 그가 영왕(永王)의 막부에서 쿠데타에 참여한 사실에 대해 이백이 영왕을 거절하였지만 그에 의해 구류되어 누명을 썼다고 기술하였으며, 그가 고래의 등에 올라타 하늘로 승천하였다는 묘사 등도 그러하다.

그러나 호방한 명사 이백이 양국충과 고력사에 의해 과거에 낙방한 후에 언제 출세하면 그들에게 복수하겠다는 결심을 품고 마침내 황제의 총신(寵信)을 얻자 자신을 홀대한 그들을 황제에게 고자질하며 누차 응징하고자 한 점은 호탕한 이백의 대인배적 이미지와는 다소 걸맞지 않는다.

또 당현종에 대한 묘사도 주목할 만하다. 작품 속의 당현종은 어질고 자상하며 재사들을 지극히 존중하였을 뿐 아니라 풍류재자 이백과 버금가는 풍류황제로 묘사되었다. 그가 이백의 청평조 시를 보고는 그 어떤 한림학사도 따라올 수 없는 재주라며 그를 극찬하면서 궁중 악사 이구년(李龜年)을 시켜 바로 곡을 짓게 하고 스스로는 피리를 불어 화답하였다고 하니 현종과 이백이라는 두 풍류재자의 형상을 묘사하면서 상호간의 존중과 동병상련의 정을 표현하였다고 볼 수 있다.

이 작품은 『금고기관』 가운데 우리나라에서 비교적 많이 번역된 작품으로 1918년에 출판된 신구서림본의 『언한문 금고기관』을 비롯해 회동서관의 「주중기선이태백실기」 등의 번역작으로도 출판된 적이 있다.

7) 제7권 「기름장수가 제일의 명기를 독차지하다(賣油郞獨占花魁)」

이 이야기는 작품 내용상으로는 **'봉건예교에 대한 풍자'**를 다루는 내용에 속하는데, 관료나 사대부 지식층들에 대한 풍자를 드러내었다. 이 작품은 『성세항언』 권3 미천한 기름 장수가 진실한 정으로 기녀의 마음을 얻어 당시 귀족자제들을 제치고 명기와 결혼하는 내용이다. 비록 가난하고 미천한 신분이지만 여성에게 진정과 존중을 보인 젊은이가 결국은 그 미인의 마음을 사로잡아 그와 결합하게 된다는 이야기로 정신적 연애의 가치와 이성간의 순수한 정을 강조한 작품이다. 그 내용을 보면 다음과 같다.

송대 변량 성 밖에서 잡화점을 경영하는 신선(莘善)이란 사람에게는 아주 귀엽고 총명한 딸 요금(瑤琴)이 있었는데, 오랑캐의 침략으로 피난을 떠날 때 딸을 잃어버린다. 요금은 나쁜 사람에게 팔려 기생집으로 팔려가고, 거기서 그녀는 완강한 반대에도 결국 몸을 잃고 만다. 그로부터 요금은 술과 몸을 파는 생활을 하게 된다. 한편 그 고을에 기름가게를 운영하는 주십로(朱十老)라는 홀아비 노인이 있었는데, 그에게는 성실한 조수 진중(秦重)이라는 젊은이가 있었다. 진중이 18세가 되던 해에 주십로는 첩을 하나 얻는데, 그 첩은 가게에 있던 서기와 눈이 맞아 놀아나고, 진중의 눈을 의식하여 거짓말을 꾸며내 진중이 자신을 겁탈하려 했다며 결국 그를 쫓아내게 만든다. 이로부터 진중은 지게를 지고 기름행상을 하며 어렵게 생활한다. 그러나 원래부터 성실한 그는 고객들의 신임을 얻으며 그럭저럭 잘 꾸려간다.

어느 날 진중은 왕미(王美, 요금의 기명(妓名))의 아름다운 모습을 보고 그녀를 사모하게 된다. 왕미가 기생인 것을 안 그는 화대를 마련하기 위해 그때부터 매일 번 돈의 대부분을 저금하며 만날 날을 꿈꾼다. 일 년간의 저축 끝에 마침내 그는 16냥을 모아 깨끗하게 옷을 차려입고 왕미를 찾는다. 그러나 왕미는 그를 안중에도 두지 않고 과음하여 혼자 쓰러져 잠이 들었다. 한 밤중에 왕미는 술을 이기지 못해 토하기도 하는데, 진중은 흔쾌히 그것을 소매로 닦아주고 또 진한 차를 끓여 먹이며 극진히 간호한다. 감동한 왕미는 자신의 오만함을 사과하고 감사의 뜻으로 20냥을 주었다. 한편 주노인의 첩과 간통한 서기는 주노인이 아파 누워있는 틈을 타 첩과 함께 가게의 돈을 몽땅 쓸어 도주해버리는 사건이 발생하고 주노인은 비로소 자신이 진중을 의심한 것을 뉘우치며 그와 같이 새롭게 기름가게를 운영하기 시작한다. 얼마 되지 않아 주노인은 병으로 죽고 진중은 한 노부부를 고용하는데 그 부부는 바로 왕미의 부모였지만 사정을 모르는 진중은 가련한 처지의 그들을 동정하며 지낸다. 그 후 1년이 지났지만 왕미와 진중은 바쁜 삶으로 인해 서로 볼 수는 없었지만 사모하는 정은 식지 않았다.

그러던 어느 날, 왕미가 악한 손님에게 걸려 밖으로 끌려나와 수모를 당하였을 때, 마침 주노인을 성묘하고 집으로 돌아가던 진중이 발견해 그녀를 정성껏 집까지 데려다주었다. 그날 밤, 왕미는 진중을 자신의 거처에 잡아두고 온갖 정성으로 그를 접대하며 꿈같은 하룻밤을 함께 보낸다. 그들은 날을 잡아 결혼을 하고, 왕미는 이튿날 부모와도 만나게 되고, 진중도 후에 자신의 부친을 찾게 된다.

이 작품은 여성을 대하는 비천한 시민계층 젊은이의 순수하고 다정한 태도를 통해 자칭 풍류재자라고 하는 당시 귀족층 자제들의 무례함과 횡포를 비난하고 있다. 또 미천한 시민계층 기름장수의 여성에 대한 존중의식을 찬양하면서 신분계층과 남녀 간의 민주평등사상도 드러내었다.

당시 상업은 전시대에 비해 더 이상 천대시되는 직종이 아니었다. 작품 속에서 진중이 왕미낭을 찾아가고 싶지만 만약 자신의 신분 때문에 거절당하지 않을까 걱정하다가도 "나는 장사하는 사람이야, 어디 부끄러울 데 없는 떳떳한 사람이지.(我做生意的, 淸淸白白之人.)"라며 스스로 위로하는 말은 당시 소상인이 더 이상 부끄러운 직업이 아님을 말해준다.

전술한 바와 같이 진중의 여성에 대한 존중의식은 만명 이후 크게 대두된 여성과 미인을 찬미하는 여성문학의 정신과도 일맥상통하다. 따라서 남주인공 진중은 그 이름이 발음상으로는 청초 소설 『홍루몽』 속 진가경(秦可卿)의 남동생 진종(秦鐘)과도 일치하며 동시에 '정종(情種, 즉 정이 많은 사람)' 가보옥을 연상케 하는 인물이라 할 수 있다. 『금고기관』 편찬자는 제5권에 이어 제7권도 버림받는 기생의 삶을 다룬 작품을 연이어 함께 수록함으로써 당시 봉건예교 하의 지식층의 위선과 기득권에 의해 억압받는 하층 기녀의 불운한 운명에 대한 동정과 사회적 관심을 집중적으로 유도하고자 하였음을 알 수 있다. 특히 이 작품은 명말청초의 희곡작가 이옥(李玉, 1651?~1671?)의 전기 걸작인 「점화괴(占花魁)」에 큰 영향을 미쳤다.

그리고 이 작품은 일본에서 크게 인기를 얻어 1761년부터 번안 작품이 계속 출현하였으며, 우리나라에서도 조선 말기부터 번역본이 출현하였다.

8) 제8권 「꽃을 좋아하는 노인이 화신을 만나다(灌園叟晩逢仙女)」

이 이야기는 작품 내용상으로는 **'봉건예교에 대한 풍자'**를 다룬 내용에 속하며, 『성세항언』 권4 꽃을 지극히 사랑하는 한 촌로가 화신을 감동시켜 노인과 그의 화원을 파괴하는 지방의 세력가 악인을 징벌하는 동화와 같은 신선 요정 이야기이다. 그 줄거리는 다음과 같다.

송대 인종 연간 강남 장락촌(長樂村)에 스스로 '관원수(灌園叟)'라는 호를 지은 추선(秋先)이라는 늙은 농부가 살았는데, 그는 어릴 때 꽃을 너무 사랑해 화치(花癡)로 불렸다. 그는 멋진 꽃을 보면 어떻게든 그것을 구입했는데 심지어는 옷을 전당잡히고 꽃을 사기도 하였다. 세월이 지나 그의 집은 큰 화원이 되었다. 벼슬아치 집안의 자제 장위(張委)는 부랑자로 추선의 화원이 아름답다는 말을 듣고 마음대

로 들어와 화원의 꽃을 마음대로 꺾으며 어지럽혔다. 꽃을 목숨같이 아끼는 추선은 극구 그를 말렸지만 그는 여러 망나니 친구들과 함께 화원을 전부 망가트렸다. 그들이 간 후에 추선은 꺾어진 꽃들을 보면서 슬퍼하며 울고 있는데, 이에 감동한 화신(花神)이 나타나 떨어진 꽃들을 모두 원래의 가지 위로 환원시켜 주었다.

장위는 관원수 노인이 꺾어진 꽃들을 다시 원래 가지로 붙였다는 사실을 알고 관부(官府)를 매수하여 추선을 요망스러운 자라고 무고해 감옥에 집어넣었다. 또 장위는 추선의 화원을 차지하여 거기서 마음껏 놀고 있는데 홀연 떨어진 꽃들이 하나하나 화신으로 변해 무서운 광풍을 일으키니 무뢰한들은 혼비백산하여 달아났고, 그 북새통에 장위는 매화나무 옆의 분뇨 통 속에 빠져 죽었다. 그 후 여러 촌민들의 진정으로 추선의 누명은 벗겨지고, 감옥에서 풀려난 그는 자신이 번 돈과 작물들을 모두 보시하며 살다가 점점 인간세상의 음식을 끊고 백화(百花)를 먹고 살면서 결국 꽃을 지키는 호화사자(護花使者)가 되어 승천하게 된다.

이 작품은 벼슬아치 가문의 부랑아가 권세와 재력을 믿고 화원을 꾸려 살아가는 가난한 노인을 무참히 짓밟았지만 화신이 그를 도와 악인을 처벌함으로써 당시 지배층의 횡포로부터 선량한 촌민을 옹호하고 있는데, 이는 바로 앞 제7권에서 벼슬아치 가문의 난폭한 자제들로부터 왕미를 구하고 선량한 시민 진중을 통해 여성에 대한 존중의식을 얘기하고자 한 점과 일맥상통하다. 따라서 이 작품은 평민계층의 진보적인 사상을 통해 귀족계층의 무지와 잔악함을 풍자하고 있다.

꽃에 대한 지극한 정성을 보이는 추선은 여성에 대해 지극한 정성을 쏟는 진중으로 비유될 수 있다. 꽃을 사랑하는 관원수 추선이 지닌 생명에 대한 존중과 경외심은 바로 진중이 여성을 연민과 아낌의 정으로 대하는 것과 일치한다. 따라서 이 작품은 꽃의 소중함을 빌려 생명의 존귀함을 말함은 물론 나아가 당시 핍박받는 하층민 여성에 대한 관심과 존중을 표하고자 하였다.

『금고기관』 작가는 제6권 신선이 된 이백의 고사에 이어 본 편에서 관원수가 화신이 되어 승천하는 내용을 연이어 수록함으로써 현실 사회의 부조리와 한계를 풍자하면서 동시에 낭만적인 수법을 동원해 현실을 초월하고자 한 의식을 반영하였음을 알 수 있다.

여기서는 제5권과 제7권이 모두 기녀의 사랑을 주제로 하여 서로 대우를 이루고, 제6권과 제8권도 신선과 관련된 고사로 서로 대우를 이룬다. 그런데 이들 작품들은 봉건통치계급의 사상과 태도를 드러낸 권1~권4의 작품들과는 달리 귀족들의 행태를 비판하며 이와 상반된 당시 시민계층의 진정과 양성관계의 질실함을 보여주고 있다.

9) 제9권 「운 좋은 사내가 동정산의 귤을 팔아 횡재하다(轉運漢巧遇洞庭紅)」

이 이야기는 작품 내용상으로는 시민계층의 참신한 가치관을 반영한 것으로 그 가운데서도 **'상업에 대한 중시'**를 다루고 있다. 이 작품은 능몽초의 『초각박안경기』 제1권 「전운한우교동정홍(轉運漢遇巧洞庭紅) 파사호지파타룡각(波斯胡指破鼉龍殼)」의 내용으로 사업마다 누누이 실패해 '도운한(倒運漢, 재수 없는 사내)'으로 불리던 소주 사람 문약허(文若虛)가 해외무역을 통해 '전운한(轉運漢, 운수를 바꾼 사내)'으로 변했다는 이야기이다. 이 작품은 해외무역이라는 신선한 내용으로 당시 상인들의 금전적 욕망추구를 긍정하고 있는데, 그 주요 줄거리는 다음과 같다.

명 성화 연간 소주부 장주현(長洲縣)의 문약허는 가문이 몰락하여 상업에 종사하여 살아갈 수밖에 없었는데 하는 일마다 순조롭지 못해 자신은 물론 동업자도 그로 인해 재산을 잃어 사람들은 그를 '재수 없는 사람'으로 불렀다. 그가 사업실패로 좌절을 겪고 있을 때 마침 외국에 나가 장사를 하는 친구 장승운(張乘運)를 만나 그와 함께 해외관광을 할 생각을 갖게 된다. 떠나기 전에 그는 몇몇 친구들로

부터 한 냥 정도를 빌려 가장 저렴한 가격의 태호(太湖) 특산품 동정홍(洞庭紅) 귤 백여 근을 사서 배에 실었는데, 함께 동행한 상인들은 모두 그를 비웃었다.

그런데 며칠 뒤 배가 고령국(吉零國)에 도착하였는데, 그곳 사람들은 귤을 진귀한 과일로 여겨 그는 시험 삼아 비싸게 팔아보았는데 사람들은 서로 사려고 경쟁하였다. 그리하여 귤 하나를 은자 몇 냥에 팔아 그는 단번에 천 냥에 가까운 돈을 벌었다. 돌아오는 길에 배가 폭풍우를 만나 한 황량한 섬에 표류하였다. 그는 무료한 마음에 해안가를 거닐다가 큰 거북 등껍질을 주웠는데, 호기심으로 그것을 배로 가져왔다. 사람들은 그것을 보고는 또 쓰레기를 보배로 여긴다며 그를 비웃었지만 그는 그 말을 염두에 두지 않았다. 배가 복건 지역에 도달하여 아라비아 상인 마보합(瑪寶哈)이 배에 올라 물건을 수거하면서 한눈에 그 거북 껍데기를 알아보고는 그것은 만년(萬年) 악어룡으로 24개의 늑골마다 진귀한 야광주가 박혀있다며 은자 5만 냥에 사갔다. 그리하여 문약허는 큰돈을 벌어 복건 지역의 연안에 다시 가업을 일구어 결혼도 하고 자식도 낳으며 대대로 번창하였다.

이 작품은 앞의 이야기들과는 달리 그 내용이 돌변하여 해외무역에 관한 이야기를 하고 있다. 한 사람이 무인도에 표류했다가 큰 거북 등껍질을 얻어 아라비아 상인에게 팔아 큰 부자가 되었다는 내용이다. 이 작품은 명대에 상업이 발달함에 따라 해외로 나가 모험적으로 장사를 하여 부를 축적하고자 하던 명대의 사회상을 잘 반영하였으며, 사농공상의 직업 가운데 문약허라는 상인의 형상을 다루었다. 문약허가 해외무역으로 인해 큰 이익을 보자 주위 사람들이 그를 숭배하며 부러워하는 것을 통해 당시 해외무역에 대한 인기와 이익 추구를 위해서는 어떤 위험도 불사하는 당시 사회상을 잘 드러내었다. 따라서 이 작품은 명대 중엽 이후로 '해금'의 개방을 요구하던 시대적 상황을 잘 반영하였을 뿐 아니라 물품 유통 영역의 변환에 따라 상품이윤이 극대화 되는 경제학 원리를 애기함으로써 중국고대 경제사상사 연구의 중요한 자료가 되기도 한다.

다만 이 작품은 주된 이야기를 진개하기에 앞서 초반부 '입화' 부분 금(金) 노인 이야기에서 사람의 '명'과 '운'을 논하며 명운과 품성에 의해 사람의 운명이 좌지우지됨을 주장하기도 하였다. 문약허는 원래 운이 지극히 나쁜 사람이었지만 운이 펴지자 행운아가 되었고, 또 그의 충직하고 선량한 품성으로 인해 크게 성공하였다고 하면서 이른바 '의상(義商)'의 형상을 그려내었다고 볼 수도 있다. 그러나 이 작품은 부에 대한 욕망을 긍정하면서도 또 한편으로는 부자가 되는 것은 팔자소관이라 분에 넘치는 부를 추구함은 경계해야 함도 지적하였다.

10) 제10권 「수전노가 채권자의 아들을 얻어 재산을 되돌려주다(看財奴刁買冤家主)」

이 이야기는 작품 내용상으로는 **'욕망에 대한 경계'**를 다룬 내용에 속하는데, 인간이 지닌 정욕, 물욕, 관직욕, 오만 등의 본능과 화에 대한 경계를 훈시하고 있다. 본 작품은 『초각박안경기』 제35권 「소궁한잠장별인전(訴窮漢暫掌別人錢) 간재노조매원가주(看財奴刁買冤家主)」의 내용으로 부친이 잃어버린 가산이 한 수전노의 손을 거쳐 결국 다시 그 아들에게 숙명적으로 되돌아온다는 내용인데, 앞 9권의 내용과 함께 모두 재산과 금전을 얻고 잃음은 정해진 이치와 운명이 있다는 것이다. 따라서 두 작품 모두 서두에서 밝힌 대로 금전에 대한 지나친 욕심을 버리고 정해진 이치와 도의에 따라야 함을 얘기하고 있다.

송대 변량 주가장(周家莊)의 주영조(周榮祖)는 수재(秀才) 출신으로 처자식과 함께 과거 시험을 보러 떠나기 위해 휴대하기 좋은 작은 돈은 챙기고 조상이 남긴 재산 금은 덩어리는 집 뒤 벽 아래 묻어두고 떠났다. 같은 마을의 가인(賈仁)은 가난해 남의 집 담을 쌓는 일을 하며 먹고 살았는데 한가한 틈을 타 동악묘(東嶽廟)를

찾아 신세타령을 하며 기도를 하였다. 어느 날, 꿈에 신령이 나타나 그가 전생에 의롭지 못한 일을 많이 저질러 이생에서 춥고 배 곪아 죽을 것이라고 하였다. 가인이 구제해 달라고 애걸하자 신령은 그가 부모를 지극히 모시는 것을 생각해 주영조의 재산을 20년간 잠시 빌려주기로 하였다.

그 후 가인은 주씨 집에서 흙벽돌 담을 허는 일을 하다가 담 아래에서 돈 항아리 하나가 묻힌 것을 발견하였다. 팔자가 편 것을 안 그는 새 집도 짓고 사업도 하면서 결혼도 하였다. 그러나 가인은 본성이 인색한데다 자식이 없었다. 한편 주영조는 과거에 실패하여 집으로 돌아와 묻어둔 돈 항아리를 찾았지만 돈은 사라지고 없었고, 세 식구의 살림은 찢어지게 가난해졌다. 하는 수 없이 그는 어린 아들 장수(長壽)를 가인에게 팔아 겨우 2 관의 돈을 얻을 수 있었다. 20년 후 가인 부부가 죽자 가산은 장수의 차지가 되었다.

하루는 장수가 동악묘를 걷다가 다시 고향으로 돌아온 주영조 부부를 만나게 된다. 아들을 팔던 당시 보증인 진덕보(陳德甫)를 통해 부자는 서로를 알아볼 수 있었다. 가씨 집안의 돈을 보니 거기엔 모두 주씨 조상의 이름이 적힌 도장이 찍혀 있었고, 따라서 가인이 20년간의 부자로 지낸 것은 단지 그를 위해 재산을 지켜준 것일 따름이었음을 알게 된다. 장수는 다시 자신의 가문으로 돌아와 성도 주씨로 바꾸고, 선조의 유훈에 따라 불당을 짓고 부모인 주씨 부부도 맞이하여 함께 잘 살았다.

이 이야기는 해외무역을 통해 재물을 추구하는 앞 9권의 이야기에 이어 인생의 재물은 모두 정해진 운명이 있기에 자신의 것이 아니면 설령 누군가가 두 손으로 바치더라도 반드시 되돌려주어야 함을 얘기하면서 부당한 재물에 대한 욕심을 버려야 함을 일깨워주고 있다. 이 작품은 명대 당시의 사회적 분위기라고 할 수 있는 사람들의 재화 추구에 대한 욕망을 긍정적으로 인정하면서도 앞의 작품들과 같이 부자가 되는 것은 정해진 팔자와 운명이 있음을 강조함과 동시에 부당한 방식으로 의롭지 못한 재물을 추구함은 삼가야 함을 일깨워주고 있다.

이 작품의 탄생에 영향을 준 원전 작품으로 간보(干寶)의 『수신기(搜神記) 권10』 속에 있는 '주람책(周擥嘖)'의 이야기가 있다. 그 내용은 대략 이러하다. 주람책이 부인과 노동을 마치고 잠시 쉬다가 잠이 들었는데, 꿈속에서 상제가 그를 불쌍히 여겨 사명신(司命神)에게 명해 그를 좀 도와주라고 했다. 사명신이 그의 명부를 보니 팔자가 별로이고 장거자(張車子)란 사람이 태어나지 않았으니 잠시 그에게 돈을 맡겨야겠다고 생각하였다. 그 후 그는 무슨 일을 해도 돈이 붙어 큰 재산을 모으게 되었다. 그 후 남의 사생아를 임신한 여인 장씨가 그의 집에 하녀로 들어와 아들을 낳았다. 주람책이 아이 이름을 물으니 꿈에 상제가 이름을 거자(車子)로 지어라고 했다고 한다. 주람책은 그 아이가 바로 자신이 꿈에서 들은 그 아이임을 깨달았고, 재산이 모두 그 아이에게 돌아갈 것임을 알았다. 그 후 과연 주씨의 재산은 날로 줄었고, 장거자가 장성하니 재산이 주씨를 능가했다고 한다.

11) 제11권 「오보안이 집을 버리고 친구를 구하다(吳保安棄家贖友)」

이 이야기는 작품 내용상으로는 **'인간의 도리에 대한 칭송과 훈계'** 가운데 '형제와 친구간의 우애와 신의'를 강조한 작품인데, 그 중에서 '친구간의 우애'를 다루고 있다. 『금고기관』에는 친구간의 신의와 우정을 다룬 작품들이 모두 3편인데, 여기에는 본 작품 외에도 '제12권 「양각애가 목숨을 버리고 우정을 지키다(羊角哀舍命全交)」'와 '제19권 「유백아가 거문고를 버리고 지음에게 감사하다(俞伯牙摔琴謝知音)」'가 있다. 『고금소설』 권8에 나오는 이 작품의 주요 내용은 다음과 같다.

당 개원 연간 곽중상(郭仲翔)은 이몽(李蒙)을 따라 남만(南蠻)을 평정하다가 자

신을 추천해 달라는 동향 사람 오보안(吳保安)의 편지를 받게 된다. 곽중상은 이몽의 동의를 얻어 그를 군중의 서기로 발탁하였다. 그런데 다음 날, 이몽의 전군은 전멸하고 곽중상도 포로로 잡혀 다른 지역으로 끌려갔다. 남만은 곽중상을 풀어주는 대가로 비단 천 필의 몸값을 요구하였다. 곽중상은 그 사실을 오보안에게 편지로 알렸는데, 오보안은 가산을 모두 잡혀도 200 필이 모자랐다. 오보안은 친구를 구하기 위해 집을 떠나 10년간이나 장사를 해서 천 필의 비단 값을 모아 곽중상을 찾아올 수 있었다. 그러나 오보안 집의 처자식들은 거의 거지로 전락될 뻔했지만 도독(都督) 양안거(楊安居)의 도움으로 다행히 그것은 면할 수 있었다. 오래지 않아 오보안 부부가 세상을 떠나자 곽중상은 그 소식을 듣고 천리 길도 마다하지 않고 찾아와 그들의 유골을 이고 멀리까지 장사를 지내주었다. 또 남겨진 고아도 장성할 때까지 키워주었다. 세인들은 그 일을 추모해 "쌍의사(雙義祠)"라는 사당을 지어 기념하였다.

이 작품은 뒤에 실린 「유백아」와 「양각애」 이야기와 함께 『금고기관』에 실린 친구간의 신의를 강조한 작품이다. 『금고기관』에 친구간의 신의를 애기한 이런 비슷한 내용의 작품이 3편이나 되는 점은 놀라운 일이다. 그것은 이 책이 풍속교화를 가장 우선시하였음을 잘 보여준다. 앞장에서 『금고기관』의 정교한 편찬방식에 대해 논한 바가 있듯이 이 책 속 40편 작품의 편성에는 전혀 군더더기가 없이 철저한 원칙으로 편집되었는데, 유사한 작품이 3편이나 있음은 편찬자가 인간의 도리에서 친구간의 신의가 얼마나 중요한가를 강조하기 위함일 것이다.

이 작품의 모태가 되는 원전은 『태평광기』 권166의 당나라 사람 우숙(牛肅)의 『기문(紀聞)』이라는 전기소설집과 구양수의 『신당서』 권191의 「충의상오보안(忠義上吳保安)」, 그리고 심경(沈璟)의 전기인 「매검기(埋劍記)」가 있다. 우리나라에서도 1918년 신고서림본의 『언한문금고기관(諺漢文今古奇觀)』을 통해 박건회가 이 작품을 번역하여 소개한 바가 있다.

12) 제12권 「양각애가 목숨을 버리고 우정을 지키다(羊角哀舍命全交)」

이 이야기는 작품 내용상으로는 바로 앞의 작품과 같이 **'인간의 도리에 대한 칭송과 훈계'** 가운데 '형제와 친구간의 우애와 신의'를 강조한 작품으로, 특히 그 중에서 '친구간의 우애'를 다루고 있다. 따라서 이 작품은 『고금소설』 권7의 이야기로 생사와 이익을 초월한 우정을 찬미하는데 춘추시대 유생 양각애(羊角哀)와 좌백도(左伯桃)가 서로 만나 의기투합하여 성이 다른 형제의 의를 맺어 상대방을 위해 자신의 목숨을 희생하는 친구간의 우의를 이야기하고 있다. 작품의 줄거리는 다음과 같다.

막역한 친구사이인 양각애와 좌백도는 평소 유생과 도사를 중시해 그들을 많이 끌어들이는 초원왕(楚元王)의 휘하로 들어가기 위해 함께 초나라로 향했는데, 당시 날은 추워 온통 눈보라에 덮였다. 한풍이 몰아치는 저녁에 두 사람이 초나라에 당도할 수 있을 때까지 먹을 수 있는 식량은 겨우 일인분 가량만 남았다. 좌백도는 양각애를 위해 자신이 지닌 옷과 양식을 모두 그에게 주고 늙은 뽕나무 안으로 들어가 얼어 죽었다. 깨어난 양각애는 따뜻한 옷과 식량을 껴안고 통곡을 하면서 계속 길을 향할 수 있었다. 그 후 양각애는 성공한 후 옛 지역으로 돌아와 힘들게 친구의 유골을 찾아내어 성대하게 다시 장사를 치렀다. 어느 날 밤, 좌백도의 혼이 양각애를 찾아와 그의 무덤이 형가(荊軻)의 무덤 위라 형가가 밤낮으로 그를 찾아와 협박해 편안할 수 없다고 하였다. 양각애는 크게 노해 형가를 꾸짖었지만 형가도 만만찮아 여전히 좌백도를 괴롭혔다. 의리 깊은 양각애는 단번에 관직을 그만두고 형가묘를 없애고 그의 사당을 불태운 후에 칼을 뽑아 자결해 구천으로 달려가 좌백도를 지켜주었다.

이 작품은 『금고기관』이 원전 『유세명언』의 간략한 묘사를 장황하게 다소 많이 보완한 것으로 유명하다. 이를테면 원전 『고금소설』에서는 "角哀尋思(각애는 생각했다)"라고 간단하게 기술하였을 따름이지만 『금고기관』에서는 "角哀再將衣服擁護, 伯桃已是寒入湊理, 手直足挺, 氣息奄奄, 漸漸欲絶. 角哀尋思(각애가 다시 옷을 덮어주었지만 백도는 이미 한기가 몸을 파고들어 손발이 굳어지고 가쁜 숨을 쉬며 점점 죽어가고 있었다. 각애는 생각했다)"라고 많은 필묵을 들여 보완하였다. 이는 어떻게든 좌백도를 살리려고 하는 양각애의 의행(義行)을 더욱 감동적이고 생동적으로 묘사하기 위함이었다. 따라서 『금고기관』이 얼마나 이 작품에 공을 들였는지를 알 수가 있다.

이 작품은 「오보안」과 「유백아」 이야기와 함께 『금고기관』에 실린 친구간의 신의를 강조한 작품이다. 이 작품도 바로 앞의 작품과 같이 일제강점기 때 신소설 작가들에 의해 번역이 많이 이루어졌는데, 특히 「양각애」 작품은 먼저 1918년 신구서림에서 번역본이 나왔고, 이어 1926년 문창사에서 「의인의 무덤」이란 제목으로도 번역본이 나왔다. 그 후 또 박태원이 1939년에 지은 『지나소설집』에서도 「양각애」란 제목으로 번역되어 당시 세인들에게 널리 소개되었다.

13) 제13권 「심소하가 출사표를 만나다(沈小霞相會出師表)」

이 이야기는 작품 내용상으로는 **'봉건예교에 대한 풍자'** 가운데 '관료들에 대한 풍자'를 다루고 있다. 이런 작품으로는 이 작품 외에도 제3권 「등대윤귀단가사(滕大尹鬼斷家私)」, 제4권 「배진공의환원배(裴晉公義還原配)」, 제15권 「노태학시주오공후(盧太學詩酒傲公侯)」등이 있다. 이 작품은 명대의 강직한 관리 심련(沈鍊, 1507~1557)과 간신 엄숭(嚴嵩) 부자와의 투쟁의 이야기로 『고금소설』 제40권에 수록된 이야기이다. 그 줄거리는 다음과 같다.

명 가정 연간 엄숭, 엄세번(嚴世蕃) 부자가 정권을 농단해 국정이 혼란스러웠는데, 제갈량《출사표》의 충의 사상에 크게 영향을 받은 강직하고 정의감이 넘치는 소흥 출신의 금의위를 역임한 심련은 엄씨 부자의 부당한 짓에 매우 분개하여 엄세번을 정면으로 질책하였다가 이어 상소를 올려 엄씨 부자의 10대 죄악을 탄핵하였다. 그러나 결과는 자신이 도리어 곤장 100대를 맞고 관직을 박탈당해 평민이 되어 선화(宣化) 보안주(保安州)로 압송되었다. 그는 현지에서 가석(賈石)의 도움을 얻고 그와 의형제를 맺었다. 그런데 엄숭은 양아들 양순(楊順)과 심복 노해(路楷)를 지방관으로 보안에 보내 죄를 날조하여 심련과 그의 어린 두 아들을 죽일 궁량을 했다. 그들은 심씨 부인과 강보에 싸인 어린 아들을 벽지인 운남으로 보내면서 심씨 가문을 몰살하려고 경성으로 압송하는 도중에 그들을 제거하였고, 심련의 장자인 심소하에게까지 그 마수를 뻗쳤다.

당시 심소하의 처 문숙녀(聞淑女)는 그들의 음모를 간파하여 묘책을 내어 먼저 심소하를 부채를 받으러 떠났다는 식으로 심련의 오랜 친구 풍주사(馮主事) 집에 숨어있게 하고, 그 다음에는 자신이 통곡하며 역졸 이만(李萬)과 장천(張千)이 남편을 죽이고 자신을 간음하려 했다며 관아에 고소했다. 당시 심소하가 행방불명 상태라 판결은 문숙녀에게 유리해 두 역졸은 죄과를 치렀다. 10년 후 엄숭 부자가 실각하자 심련의 억울한 옥살이도 끝이 나고, 심소하도 원래의 직책을 회복하였다. 심부인 또한 고향으로 돌아오고 재산도 되찾았다. 심소하는 보안으로 돌아와 심련의 의형제 가석을 만났는데, 그는 심련이 직접 쓴 전후《출사표》족자를 간직하며 심씨의 가족을 찾고 있었다며 매우 기뻐하였다. 나중에 심소하는 비구니 암자에서 부인 문숙녀도 찾아 고생 끝에 결국 집안이 대단원의 화합을 이루었다.

명대소설과 희곡 가운데에는 정치적 투쟁이나 당시의 시사를 반영한 작품들이 많은데 이 작품은 그런 종류의 백화단편소설 가운데 대표적인 작품이다. 본 작품은 명대 가정 연간의 실제 사건으로 『명사·심련전』과 강영과(江盈科)의 『명십육종소전(明十六種小傳)』 권3 「심소하첩(沈小霞妾)」에 실린 내용이다. 본 작품 속에 묘사된 심련의 사적은 『명사』와 대체로 부합하는데, 소설은 몇 백자에 불과한 자료 속의 이야기를 1만 오천자가 넘게 부연하여 감동적인 소설로 탄생시켰다. 그 가운데 문숙녀의 이야기는 「심소하첩」에 기초하여 확대 재생산한 것이다. 따라서 본 작품은 역사 속 사료에다 민간의 전설과 강창의 내용까지 첨가해 소설적으로 예술적 가공을 더한 것이다.

『명사』에 의하면 심련은 성품이 강직하고 정의감이 강해 당시의 권신 엄숭의 열 가지 죄목을 탄핵하는 '십죄소(十罪疏)' 상소를 올렸다가 도리어 변방으로 좌천당했지만 여전히 엄숭 부자를 비방하는 일에 열을 올리다가 가경 36년 1557년에 엄숭의 아들 엄세번이 파견한 순안어사 노해와 선대총독 양순의 모함으로 죽게 되는데, 마침 당시 백련교도 염호(閻浩) 등이 붙잡히면서 심련도 이에 연루되어 두 아들과 함께 모두 억울하게 살해당한다. 그러나 10년 후 융경(隆慶) 초에 조정의 명으로 그의 용기를 가상히 여겨 광록사(光祿寺) 소경(少卿)을 추증(追贈)받고 하나 남은 아들도 관직을 부여받았다. 그리고 천계 초에는 조정에서 그에게 충민(忠愍)이라는 시호도 내리면서 천하의 선비들이 모두 그의 덕을 추숭하였다. 그의 작품은 『청하집(青霞集)』으로 출간되었다.

14) 제14권 「낡은 삿갓을 쓴 송금이 다시 부인과 만나다(宋金郎團圓破氈笠)」

이 이야기는 작품 내용상으로는 **'인간의 도리에 대한 칭송과 훈계'** 가운데 **'부부관계에 대한 처신'**을 다루고 있다. 이 작품은 한 부부의 이별과 만남을 다루고 있는데, 현처(賢妻)인 뱃사공의 딸 의춘으로 인해 풍지

박살이 난 가정이 다시 화목하게 되는 과정을 다루고 있다. 원작인 「송소관단원파전립(宋小官團圓破氈笠)」(낡은 삿갓의 송금이 다시 부인과 만나다.)(『경세통언』제22권)의 내용은 조실부모한 불쌍한 청년 송금이 갖은 고생 끝에 부인인 뱃사공의 딸 의춘과 다시 결합하게 되는 이야기를 적고 있는데, 『금고기관』의 내용도 대동소이하지만 약간의 수정을 가하였다. 줄거리는 다음과 같다.

명 정덕 연간 몰락한 벼슬아치 집안의 후손 송금(宋金)은 조실부모하여 의탁할 곳이 없을 때, 뱃일을 하던 부친의 친구 유유재(劉有才)의 도움으로 그의 일을 도우며 지내다가 그의 딸 의춘(宜春)과 결혼도 한다. 그런데 결혼으로 얻은 딸이 돌을 지나 병으로 죽자 지나치게 슬퍼한 송금은 폐병을 얻게 된다. 장인 유유재와 장모는 만신창이가 되어 일도 잘 하지 못하는 사위를 탐탁찮게 여기다가 어느 날, 배를 타고 나갔다가 그를 속여 혼자 황량한 뭍에 두고 배를 저어 떠나버렸다. 통곡을 하며 부모를 원망하는 딸에 못 이겨 부부는 몇 번이나 배를 다시 몰아 사위를 찾아보았지만 그의 자취는 온데간데없었다. 남편이 죽었다고 생각한 의춘은 대성통곡하며 상복을 입고 남편의 죽음을 애통해 하였지만, 사실 당시 송금은 장인에게 버림을 받고 헤매다가 한 신선의 도움으로 주림을 해결하고 금강경 경전을 얻고 또 병도 깨끗이 낫게 된다. 그리고 주변에서 도적이 남기고 간 보물 상자를 획득하여 남경에 정착해 큰 부자가 되었다.

고향으로 돌아온 부자 송금은 상복을 입고 재혼을 거부하는 부인 의춘을 몰래 발견하고는 일부러 중매를 시켜 그녀와의 혼인을 타진하지만 영문을 모르는 의춘은 이를 완강히 거부하였다. 하는 수 없이 송금은 유유재의 배를 빌리는 구실로 그들에게 다가갔지만 비단옷에 털모자를 쓴 송금을 처음엔 그들이 알아보지 못했지만 송금이 자신의 신분을 밝히면서 부부는 눈물을 흘리며 상봉한다. 송금은 장인 장모를 용서하고 부부는 다시 백년해로를 하게 된다.

이 작품은 부모를 잃은 송금이 남의 비방을 받아 일하던 주인집에서도 쫓겨나는 곤궁한 지경에 이르자 평소 그의 부친과 친분이 있던 유유재가 그를 사위로 거두어 주었지만 나중에는 그가 병에 걸려 쓸모가 없어지자 몰래 내쫓아버렸는데, 남을 도와주되 끝까지 돕지 못하는 야박한 인심을 풍자하고 있다. 이에 반해 유유재의 딸 의춘은 비록 천한 뱃사공의 딸이지만 교양 있는 사대부 가문의 규수 이상의 부덕과 정절을 가진 점을 강조하고 있다. 작가는 유유재 부부의 행동을 통해 정이나 의리보다도 이해타산에 민첩한 야박한 세인들을 풍자하고 있다.

본 작품의 배경은 명대 정덕 연간으로 성화, 홍치, 정덕 이후로 급격하게 변화한 명대의 사회상을 잘 반영한 작품이라 할 수 있다. 다시 말해 명대 중엽 이후로 상업 발달로 인한 물질만능 풍조와 함께 인정보다 이익을 추구하는 각박한 세태를 반영하고 있다고 볼 수 있다. 『금고기관』은 도덕적 교화성을 더 높이기 위해 이 작품도 원전 『경세통언』의 내용을 많이 수정 보완하였다.

이를테면 여주인공 이름도 "의남(宜男)"에서 "의춘(宜春)"으로 바꿨으며[22], 원문인 『경세통언』과는 달리 송금랑이 아내와의 의리를 생각해 장인장모를 용서해서 재혼하지 않았다는 부분도 보완해서 첨가하였다. 또 남편을 학대한 부모에게 대드는 듯한 의춘의 거친 태도를 유순하고 정숙한 딸의 모습으로 순화시켜 표현한 점도 그러하다. 그럼에도 불구하고 이 작품에 대한 우리나라에서의 인기도는 높지 않아 번역본도 많지 않다. 고대본(高大本)을 제외하면 아직까지 다른 번역 상황은 발견되지 않았으며, 이를 활용한 신소설 작품도 없다.

---

22 이는 '남자를 이롭게 한다.'는 '宜男'에서 비교적 독립적이고 여성적인 이름인 '의춘'으로 바꾼 것이라 할 수 있다.

15) 第15권 「재사(才士) 노남이 술과 시로 현령에게 오만을 부리다(盧太學詩酒傲公侯)」

이 이야기는 작품 내용상으로는 **'봉건관료에 대한 풍자'**와 **'풍류재자에 대한 찬미'**를 다루고 있다. 이 작품은 『성세항언』 권29 광방한 성품의 재사 노남이 소인배 현령의 미움을 받아 무고죄를 덮어 써 오래 동안 옥살이로 고생하다가 결국에는 현명한 후임 현령의 도움으로 석방되어 다시금 자유분방한 여생을 살다 갔다는 이야기이다. 노남(盧柟, ? ~1559)은 실존인물로 명대의 유명 시인이었다. 당시 그가 지역 현령의 눈에 벗어나 오랜 기간 억울한 옥살이를 하다 풀려난 사실은 명대 당시 중대 사건 중의 하나였는데, 풍몽룡이 『성세항언』에 실은 것을 명대 당시 사회상을 반영한 『금고기관』도 이 작품을 놓치지 않고 다시 수록한 것이다. 작품의 줄거리는 다음과 같다.

명 가정 연간 대명부(大名府) 준현(浚縣)에 노남이라는 부유한 가문의 풍류재자가 있었는데, 술을 좋아하는 호탕한 성품에 협객의 기질이 있었으며, 당시 많은 명사들과의 교류도 깊었다. 그는 몇 번 과거에 응시한 적도 있지만 고시관의 마음을 얻지 못해 낙방하자 아예 과거를 포기한 체 오직 시인검객들이나 도사승려들과 더불어 선(禪)과 검(劍)을 논하며 소일하였다. 그가 살던 준현의 현령 왕잠(汪岑)은 매우 탐욕스럽고 시기심이 강한 자였지만 나름 풍류를 안답시고 그와의 교류를 원하고 있었다. 그리하여 몇 번이나 그를 초대하였지만 노남은 그에 응하지 않아 아예 스스로 노남의 거처로 찾아가기로 하였다. 그런데 일곱 번이나 노남의 저택으로 찾아가 꽃을 감상하고 술을 마실 약속을 하였지만 매번 그의 일이 발목을 잡아 약속을 어기게 된다.

그리고 또다시 약속을 잡은 9월의 어느 날, 하루 종일 현령을 기다리던 노남은 그가 속된 잡무로 중요한 약속을 어겼다는 사실을 알고는 크게 분노한다. 노남은 그를 소인배로 여기며 그와의 연회를 위해 준비한 혼자 술을 급히 마시면서 화난 마음을 달래던 중 문득 취해 드러누워 버렸다. 약속 시간이 훨씬 지나 나타난 왕잠은 그 모습을 보고 노남이 일부러 자신을 무시해 홀대하는 것으로 여기고 그에게 복수할 마음을 품는다.

마침 당시 노남의 집 하인 노재(盧才)가 일꾼 뉴성(鈕成)을 때려 숨지게 하는 일이 발생했는데 왕잠은 이를 빌미로 노남을 사지로 내몰았다. 노남의 친우들이 그 소식을 듣고 분분히 나타나 그가 풀려날 방도를 모색하였다. 다행히 현승(縣丞) 동신(董紳)의 도움으로 왕잠의 사주를 받은 옥졸들에게 모살당할 위기에서 벗어나 죽음은 면할 수 있었다. 그러나 왕잠은 거기서 끝내질 않고 곳곳에 방을 붙여 노남이 평민을 때려 죽였다고 모함하는 등 갖은 방법을 동원해 그의 석방을 방해하였다. 부중(府中)에서는 판결을 재심하기는커녕 오히려 노남의 죄를 확정하였다. 왕잠은 지방의 부호를 타도한 것으로 명성이 알려져 그 공으로 오히려 서울로 승직(昇職)되기도 하였다. 노남은 억울하게 10여년을 감옥에서 지내다가 새로 부임한 현령 육광조(陸光祖)에 의해 공정하게 재심에 부쳐져 당장 석방되었고, 왕잠은 그로 인해 파직 당하였다. 출옥 후에 노남은 여전히 마음껏 시주(詩酒)를 즐기다가 어느 날 홀연히 한 도사와 더불어 산수를 찾아 떠났는데 이후 종적이 묘연하였다.

이 작품은 지방의 호족 노남과 지방의 수령 왕잠간의 반목으로 인한 투쟁을 생생히 그려냄으로써 당시 사회의 어두운 면과 관리들의 잔악한 횡포와 음모 등을 폭로하였다. 동시에 유속(流俗)에 따르지 않는 노남의 고오(孤傲)한 태도와 권력에 고개 숙이지 않는 그의 기개를 찬양하고 있다.

노남에 대해서는 『명사』에도 그의 전이 있으며, 왕세정(王世貞, 1526~1590)의 「노남전(盧楠傳)」, 풍몽룡의 『고금담개(古今談概)』, 그리고 전겸익의 『열조시집소전(列朝詩集小傳)』에도 그의 전이 있다. 소설은 그 기초 하에서 부연한 것이기에 대부분이 진실이고 허무맹랑한 이야기를 피하였다. 다만 실록이 아닌 소설이기에 작가의 예술적 가공이 다소 첨가되어 노남에 대한 심리묘사나 개성이 잘 드러난 그의 언어를 통해 노남이라는 인물의 성격을 잘 부각시켰다.

풍몽룡은 이 작품에서 노남을 비교적 긍정적인 인물로 과찬하고 있음을 알 수 있다. 왜냐하면 노남과 친교가 깊었던 후칠자의 영수 왕세정이 지은 「노남전」은 노남에 대한 비교적 객관적인 기록으로 평가되는데, 이에 의하면 노남은 성품이 방탕하여 술에 취하면 주변 사람들을 호통치는[23] 등의 다소 부정적인 기록이 있다. 그런데 풍몽룡은 노남이 평소 술에 취해 소란을 피우는 행위 등은 도외시한 체 그의 진솔한 성정과 호탕한 면에만 주목하고 있다. 그 뿐만 아니라 그가 어버이격인 수령을 집에 초청하고도 먼저 혼자 대취하여 그를 영접하지 못한 것도 그의 오만함이나 태만보다는 앞서 일곱 번이나 약속을 어긴 수령의 탓으로 돌리고 있음도 사실이다. 이처럼 풍몽룡은 사료에 비춰진 비교적 부정적인 노남의 모습은 도외시한 체 풍류재자 노남을 두둔하며 심지어 그를 신선시하며 칭송하였는데, 이는 풍류재자 풍몽룡의 주정주의적 성향을 잘 말해준다.

『금고기관』 편찬자 역시 이 작품을 수록하면서 대체적으로 삼언의 내용을 그대로 수록하여 기본적으로는 비열한 왕잠의 잔악함과 호방한 노남의 무고함을 따르고 있다. 다만 노남의 폭력성과 조급한 성격[24], 그리고 만명 토호인 그의 사치와 향락[25] 등에 대한 묘사를 다소 추가하는 등 노남의 실체를 보다 객관적으로 묘사하고자 노력하였다. 다만 악을 질시하는

---

23 「盧楠傳」.. 「為人跅弛, 不問治生產, 時時從娼家遊;大飲, 飲醉則弄酒罵其座客, 無敢以唇舌抗者」

24 叫管門的, 打了三十板.

25 盧柟飲過數杯, 叫小廝:「與我按摩一番, 今日伺候那俗物, 覺道身子困倦.」吩咐閉了園門. 於是脫巾卸服, 跣足蓬頭, 按摩的按摩, 歌唱的歌唱. 叫取犀觥斟酒, 連飲數觥, 胸襟頓豁, 開懷暢飲, 不覺大醉.

풍류재자의 특성은 오히려 더욱 생동적으로 묘사하였다.

16) 第16권 「이견공이 궁지에서 협객을 만나다(李汧公窮邸遇俠客)」

이 이야기는 작품 내용상으로는 **'인간의 도리에 대한 칭송과 훈계'**가운데 **'부부관계에 대한 처신'**을 주 내용으로 다루고 있다. 줄거리는 당나라 때의 유명한 재상 이면(李勉, 717~788)의 일화 가운데 하나로 풍몽룡의 『성세항언』 제30권 「이견공궁저우협객(李汧公窮邸遇俠客)」의 내용을 실은 것이다. 이야기 속의 주인공은 당대의 실존 인물 이면(즉 이연공)의 고사를 다루고 있다. 그리고 또 방덕(房德, 596~664)이라는 이름의 당대 실존 인물도 출현하지만, 역사상의 실존 인물 방덕과 이면은 동시대의 인물이 아니기 때문에 방덕의 이야기는 신빙성이 떨어진다.

그러나 여하튼 이 작품은 역사상 명재상으로 잘 알려진 이면의 선량한 인품이 잘 드러난 반면 또 다른 인물 방덕은 망은부의(忘恩負義)를 넘어 도적에다 살인자로서 비참하게 살해당하는 운명의 인물로 그려내었다.

그 대체적인 줄거리는 서생 방덕이 한때 몰락하여 부득이한 사정으로 도적패거리에 가입하여 강도짓을 일삼다 관아에 붙잡혀 죄수가 되었을 때 당시 현령이었던 이면의 도움으로 풀려났지만 나중에 그가 출세한 후 우연히 파직당한 이면과 조우하자 그를 집으로 초대하여 한동안 극진히 대접하였지만 악처 패씨(貝氏)의 말에 현혹되어 협객을 시켜 그를 모살하려고 하였다가 결국 자신이 그 협객의 손에 죽게 되는 내용이다. 여러 『금고기관』 작품들과 같이 이 작품도 신의의 중요함과 배신자의 비참한 말로와 같은 교훈적인 내용을 담고 있다. 작품의 줄거리는 다음과 같다.

당나라 때의 방덕이란 인물은 출중한 외모의 서생이었지만 관직을 얻지 못해 매우 궁핍하게 지내며 살았는데, 그의 부인 패씨는 악처로 언제나 그를 멸시하였

다. 어느 날 방덕은 제법 싸늘한 날씨 속에 낡고 얇은 적삼을 입고 집을 나섰다가 어느 절가에 들렀는데, 벽에 새 그림이 그려져 있었는데 공교롭게도 새의 머리가 그려져 있지 않았다. 방덕은 절의 스님에게 붓을 빌려 머리 부분을 그려 넣어 그림을 완성시켰다. 그러자 이내 한 사내가 나와 그에게 인사를 하면서 그를 자신들의 소굴로 데려갔다. 방덕은 곧 그들이 도적패거리임을 알게 되어 거기서 빠져나오려고 하였지만 그에게 융숭한 대접을 하면서 그를 자신들의 우두머리로 추대하려는 그들을 벗어나지 못하고 결국 그들의 일당이 되어 바로 도적질을 하게 된다. 그러나 불행히도 그들은 방덕과 함께 거사를 치르자마자 모두 관군에게 붙잡히고 만다.

그런데 당시 현령 이면은 도적떼 가운데 인물이 비범하고 걸출한 방덕을 알아보고는 연민의 정이 생겨 부하 왕태(王太)와 모의하여 몰래 그를 석방시켜 주었다. 그 후 방덕은 안록산 휘하로 들어가 관직도 얻으면서 현달하게 되지만 이면은 중범을 놓친 여파로 파직 당하게 된다. 그러던 중 몰락한 이면이 친구에게 몸을 의탁하려고 왕태와 함께 길을 떠났다가 도중에 현령이 된 방덕과 우연히 조우하게 된다. 방덕은 은인인 그들을 즉시 알아보고는 집으로 초대해 며칠간이나 융숭한 대접을 하였다. 그때 방덕의 아내 패씨는 남편이 그들을 극진히 접대하는 것이 못마땅해 그들이 일부러 남편을 이용하려고 찾아온 것이고, 앞으로도 한때 도적떼였던 그의 약점을 이용해 계속 그를 협박할 것이라고 하면서 차라리 먼저 그들을 죽여 버리는 것이 상책이라고 부추겼다.

귀가 여린 방덕은 그 말에 귀가 솔깃해져 정말로 그들을 불태워 죽이자고 합의하였다. 그런데 공교롭게도 그들이 나누던 음모를 몰래 들은 방덕의 하인 노신(路信)은 배은망덕하고 잔인한 주인을 떠나야겠다는 결심을 하고 이면에게도 그 사실을 알려주었다. 크게 놀란 이면은 노신에게 감사하면서 그와 함께 부하 식솔들을 거느리고 즉시 말을 빌려 도주하였다.

한편 방덕은 하인 노신이 비밀을 누설한 것을 알고 부하 진안(陳顔)을 통해 한 의협(義俠)을 소개받아 사실을 날조하여 이면이 자신을 죽이려한다면서 원통한 한을 풀어달라며 부탁하였다. 의협은 처음엔 거절하였지만 방덕의 간곡한 부탁에 넘어가 결국 그의 청을 들어주기로 하였다. 한편 계속 도주하던 이면 일행은 밤이 깊어 한 여관에 투숙하였는데, 영문도 모르고 이면을 따라 말을 타고 온 왕태가 주인에게 그 연유를 물었다. 이면은 한숨을 쉬며 죄수 방덕의 재모(才貌)를 아껴 몰래 그를 석방하여 그 대가로 파직당하고 친우에게 의탁하고자 길을 나섰다가 우연히 방덕을 만나 그의 접대를 받은 사실, 그리고 갑자기 그가 변심하여 자신들을 모살하려는 사실을 노신을 통해 알게 된 연유를 자초지종 설명하였다.

그때 갑자기 침상 아래에서 비수를 든 의협이 나타나 하마터면 악인의 꾐에 빠져 선한 사람을 죽일 뻔 하였다며 놀란 이면을 위로하면서 다시 방덕을 찾아가 일을 끝낸 후에 찾아오겠다며 쏜살같이 사라졌다. 의협은 당일 밤 즉시 방덕에게 가서 그들을 죽여 패씨의 오장육부를 끄집어내고 두 수급은 혁낭에 넣어 다시 이면이 묵는 여관으로 찾아갔다. 훗날 이면은 감찰어사로 승진하였는데, 어느 날 장안 시내에서 그를 우연히 만나 그의 거처로 초대되어 융숭한 대접을 받았지만 이튿날 선물을 준비해 그의 처소를 다시 찾았지만 그의 자취는 온데간데없었다.

특이한 점은 이 작품은 현실성을 높이기 위해 당나라 때의 실존 인물의 고사를 통해 교훈적인 내용을 얘기하였지만, 협객의 묘사에 있어서는 다분히 초현실적인 신묘하고 기이한 묘사도 마다하지 않고 있다는 것이다. 협객이 먼 거리를 하룻밤에 몇 번씩이나 왕래한 점이나 알약 몇 개로 두 시신의 수급을 한 줌의 물로 만들어 버리는 등의 묘사는 현실감이 다소 떨어진다. 이는 독자의 재미를 이끌어내기 위해 협객의 기이한 행동 등을 환상적으로 묘사하는 중국 협객류 소설묘사의 전통적인 특징[26]이라 할 수 있다.

---

26 이를테면 위진의 지괴소설 「수신기」에서 간장막야의 아들이 자신의 머리를 직접 베어 협객에게 두 손으로 바치는 내용이라든지 당 전기소설 「규염객전」에서 규염객이 먹다 남은 고기를 썰어 자신의 나귀에게 먹이는 등의 묘사가 그러하다.

또 다른 특이한 점은 이 소설은 제목상으로는 이면이 이 작품의 주인공이지만 내용을 보면 방덕의 비중이 더 크므로 방덕이 주인공이라고 볼 수도 있다. 따라서 제목상의 주인공과 실제 작품 속의 주인공이 일치하지 않는다. 그리고 또 유의할 점은 이 소설은 인물은 출중하지만 품행이 바르지 않은 주인공 방덕의 인물 묘사에 있다.

흔히 고전소설 속 긍정적 주인공의 인물묘사는 인물의 형상에 대해 긍정적인 평을 하고, 부정적 인물의 인물묘사는 인물 모습에 대한 부정적인 묘사와 평을 늘어놓는 것이 일반적이다. 그러나 방덕은 악행을 저질러 살해당하는 부정적인 인물임에도 불구하고 그의 외모에 대한 묘사는 '재기가 넘치는 호걸스러운 모습'으로 기술하면서 외형에 대한 그 어떤 부정적인 묘사를 하지 않았다. 이는 마치 『홍루몽』 속에 등장하는 인물 가우촌(賈雨村)의 형상묘사와도 흡사하다. 『홍루몽』 속의 가우촌은 다소 교활하고 독단적인 인물로 작가 조설근이 결코 긍정적으로 내세우는 인물이 아니다. 그러나 작가는 그의 외형을 남자다운 외모의 호방한 선비의 모습으로 묘사하고 있다.

17) 제17권 「소소매가 신랑을 세 번 난처하게 하다(蘇小妹三難新郞)」

이 이야기는 작품 내용상으로는 **'여성에 대한 존중의식'**과 **'재녀에 대한 찬미'**를 다루고 있는데, 원전은 『성세항언』 권11의 소동파 누이의 시재(詩才)를 찬미하는 내용이다. 본 이야기는 소소매가 남장을 하여 문주회(文酒會)에 참석했다가 진소유(秦少遊)를 만나게 되고, 그 후 진소유가 소식 집안을 방문하여 소소매에게 몇 번 놀림을 당하다가 그가 장원에 급제하면 그에게 시집가겠다는 허락을 받는데, 마침내 신혼 밤이 되자 소소매는 또 3가지 어려운 문제를 풀어야만 신방에 응하겠다고 하여 난감해하던 중에 다행히 소동파의 도움으로 난관을 통과하게 되었다는 이야기이다. 줄거리는 다음과 같다.

천하의 영기(靈氣)는 남성에게만 주어진 것이 아니라 때로는 여성에게도 나타난다. 소순(蘇洵)에게는 소식, 소철 외에도 소소매라는 딸이 있었는데 재주가 대단하기로 소문이 났다. 재상 왕안석이 그 소식을 알고 며느리로 맞이하려 하였지만 소매가 인물이 없다는 얘기를 듣고 포기하였다. 그러나 소매의 재주는 이미 널리 퍼져 많은 재상부의 자제들이 그녀와의 혼사를 동경하였다. 그들 가운데 부친을 통해 진관의 문장을 본 소매는 그의 재주를 감탄하게 되었고, 진관도 소매의 명성에 호감이 있었지만 미모가 빠진다는 소문을 듣고 몰래 도사로 변장하여 오경에 사묘로 나온 소매를 훔쳐보았는데, 소문과는 달리 그녀는 속된 기질이 없는 그런대로 괜찮은 처자의 모습이었다. 그는 소씨가에 청혼을 하였지만 먼저 조건으로 과거에 급제해야만 가능하다 하였다.

이윽고 과거에 급제한 그는 혼사를 맺고 신방을 준비하였지만 소매는 또 3가지 문제를 풀어야만 신방이 허락된다는 조건을 달았다. 첫 번째 문제는 그가 도사로 변장해 자신의 모습을 염탐한 것을 비유해 지은 시에 화답을 요구하는 것이었는데, 진관은 쉽게 답시를 지었다. 두 번째 문제는 시에 나타난 4명의 고인(古人) 이름을 알아맞히는 것이었는데, 이 또한 쉽게 해결하였다. 그런데 마지막 문제는 "閉門推出窗前月(문을 여니 창 앞에 달이 보이고)" 구절에 대한 화답이라 쉬워보였지만 아무리 생각해도 묘안이 없었다. 그때 소식이 그에게 힌트를 주기 위해 마당의 항아리에 벽돌 조각을 던지자 그는 "投石沖開水底天(돌을 던지니 물 속의 하늘이 흐트러지네)"라는 대구를 지어 관문을 통과할 수 있었다. 그리고 소매는 신방에 들기 전에 세 잔의 술을 연거푸 마실 것을 권하니 진관은 그것을 단숨에 마시고 두 사람은 신방을 무사히 치렀다. 어느 날, 소식은 친구 불인선사(佛印禪師)로부터 2자로 130구를 이룬 괴이한 시가를 보고 그 뜻을 몰라 난감해하는데 소소매가 그것을 풀이해주니 소식과 진관은 모두 감탄하였다. 나중에 진관은 뛰어난 재주로 한림학사가 되어 이소(二蘇)와 함께 문명을 떨쳤고, 소소매의 재주도 궁중에 알려져

크게 칭송을 받았다. 나중에 소소매는 진관보다 빨리 죽었고, 진관은 그녀를 그리워하며 다시는 결혼하지 않았다.

만명시기는 인성해방운동과 더불어 여성의식이 크게 대두된 시기이다. 그리하여 당시 많은 재자가인 소설들과 여성을 예찬한 만명 소품문에는 여성의 재기를 찬양하거나 여성의 고아한 정신적 기질을 많이 찬미하였다. 『금고기관』도 이런 시대적 분위기에 호응해 재녀를 찬미하는 내용의 작품이 2편이나 있다. 이 작품 외에 제34권 「여수재이화접목(女秀才移花接木)」도 이런 부류의 작품이다.

그런데 우리나라 개화기에 개화사상을 창도한 신소설 작가들이 『금고기관』 속 많은 작품들을 번역하며 국민들에게 소개하였지만 여성의 재기를 찬양하는 이런 작품들은 전혀 번역하지 않았다. 아마도 당시 조선에서는 여성의 인권에 대한 생각이 여기까진 이르지 못한 때문으로 생각된다. 이런 작품들 뿐 아니라 여성의 혼외정사를 너그러운 태도로 용서하는 제23권 「장흥가중회진주삼」도 당시 한 번도 번역된 적이 없다. 중국에서는 이런 작품이 『금고기관』의 대표적 걸작으로 평가되는 것과는 매우 대조적이다. 아마도 당시 우리나라는 중국에 비해 여성들에 대한 윤리적 책무가 더 무거울 뿐 아니라 남성중심의 가부장적 문화가 더 강성한 까닭일 것이다.

18) 제18권 「유원보가 두 아들을 얻다(劉元普雙生貴子)」

이 이야기는 작품 내용상으로는 **'봉건예교에 대한 가송'**과 **'어진 위정자 관리에 대한 예찬'**을 다루고 있다. 이 작품은 『박안경기』 권20에 수록된 것으로 유원보란 사대부가 불행한 처지의 사람들을 도와 그 자식들을 거두어 결혼을 주선해주어 자신도 음덕을 받아 대대로 부귀공명을 누리게 된 사연을 이야기하고 있는데, 그 줄거리는 다음과 같다.

송 진종 때 낙양인 유원보는 청주자사(青州刺史)를 지내다 환갑이 되어 관직을 그만 두고 고향으로 돌아갔는데, 재혼한 부인 왕씨(王氏)는 그때 아직 마흔도 되지 않았다. 유원보는 슬하에 자녀가 없어 논밭과 전당포는 모두 조카가 관리하였으며, 부부는 고향에서 선한 일을 베푸는 것으로 명성이 자자하였다.

한편 불혹의 나이를 바라보는 전당 현감 이극양(李克讓)은 처자식을 거느리고 부임한지 한 달도 안 돼 병을 얻어 목숨이 위태로웠다. 청빈한 그는 죽은 후 의지할 곳 없을 과부와 고아가 매우 걱정스러웠다. 그는 유원보가 의로운 일에 재산을 쓰며 필요한 자들에게 반드시 도움을 준다는 말을 듣고 아들을 부탁할 생각이었다. 그러나 유원보와 일면식도 없던 그라 빈 편지지를 봉해 일부러 처자식에게 주며 자신이 유원보와 오래 전부터 아주 잘 아는 사이라고 위로하면서 그에게 의탁할 것을 당부하였다.

유원보는 빈 종이의 편지를 열어보고 처음에는 이상하게 생각했지만 이극양이 그의 명성을 알고 아들을 부탁하고 싶었지만 입을 열기 어려운 사정을 알게 되었다. 그는 조카에게 이현감의 아들 언청(彥青)을 잘 대접하고 모자가 편하게 잘 지내도록 하였다. 한편 양양자사(襄陽刺史) 배안경(裴安卿)은 화로 인해 옥살이를 하다가 옥중에서 처참하게 죽었는데, 딸 난손(蘭孫)은 고아가 되어 유원보가 양딸로 받아들여 이언청의 처로 결혼시켜주었다. 이극양과 배안경은 저승에서 유원보의 큰 은혜에 감격하여 그가 만년에 아들을 둘이나 얻게 해주었고, 100세까지 무병으로 살다 죽게 하였으며, 자손들도 부귀공명을 누리게 되었다.

남의 결혼을 성공적으로 주선해주는 일은 옛사람들에게는 큰 음덕을 쌓는 일이었다. 이 작품도 한 사대부 출신의 양반이 불행한 일을 겪은 관리들의 자식들을 거두어 결혼을 주선해 큰 음덕을 쌓게 되었다는 교화적 이야기로 고대사회에서는 결코 간과할 수 없는 선한 주제인 까닭에 『금고기관』에 수록된 것으로 보인다.

이 작품의 탄생에 영향을 준 작품으로 『태평광기』117권에 실린 「음덕전유홍경(陰德傳劉弘敬)」이 있고, 명대의 전기인 「통선침(通仙枕)」(일명 「쌍은의(雙恩義)」)에 영향을 끼치기도 하였다. 이 작품은 우리나라에서도 일찍이 『금고기관』 '고대본'으로 번역본이 나왔고, 또 1918년 신고서림본인 '언한문금고기관'으로도 번역본이 나왔다. 그리고 근대 계몽기 신작 고소설로 1905년에 대한매일신보에 소개된 작품 '적션여경록(積善餘慶錄)'도 이 작품의 영향으로 탄생한 것으로 평가된다.[27]

19) 제19권 「유백아가 거문고를 버리고 지음에게 감사하다(俞伯牙摔琴謝知音)」

이 이야기는 작품 내용상으로는 **'인간의 도리에 대한 칭송과 훈계'**가운데 **'형제와 친구간의 우애와 신의'**를 다루고 있다. 원전은 『경세통언』 제1권의 작품으로 춘추시대 유백아와 종자기(鍾子期)라는 두 친구간의 우정에 관한 이야기인데, 그 구체적인 내용은 다음과 같다.

춘추전국시대 유백아는 초나라 사람으로 진나라에서 큰 벼슬을 하였다. 진왕의 명으로 초나라의 사신으로 온 그는 오래 동안 밟아보지 못한 고향땅을 마음껏 둘러본 후에 배를 타고 천천히 입조하기로 하였다. 때는 바야흐로 중추절을 맞아 배는 한양 강 입구에 도착하였는데, 배 위에서 밝은 달을 보다가 유백아는 흥이 나 거문고를 탔다. 그런데 갑자기 거문고 줄 하나가 끊어지지자 크게 놀란 유백아는 혹시 주변에 나쁜 무리가 있나 의심스러워 동자를 시켜 주위를 살펴보니 누군가가

27 '「적선여경록」의 「유원보쌍생귀자」 수용 양상'과 '「적선여경록」과 유사작품의 대비, '「유원보쌍생귀자」의 번역에 의한 의미변환' 등에 관해서는 曾天富, 「한국소설의 明代話本小說 수용 연구」, 부산대 박사학위논문, 1995, 77~88쪽 참고 바람.

몰래 거문고 소리를 듣고 있었음을 알게 된다. 그는 다름이 아니라 초부(樵夫) 종자기이었다. 유백아는 거문고에 대한 종자기의 해박한 지식과 고매한 인품에 놀라 그를 존경하게 되었고 의기투합한 두 사람은 곧 형제의 예를 올리게 되었다. 서로 늦게 만난 것을 한스러워한 유백아는 동생 종자기와 함께 떠나고자 하였지만 그는 연로한 부모를 모시느라 집을 비울 수도 없었다. 그는 하는 수 없이 내년 같은 날에 그를 다시 찾을 것을 약속하고 두 사람은 헤어졌다.

1년이 지나 유백아는 배를 타고 그와 만나기로 한 곳에서 기다렸지만 그는 나타나지 않았다. 혹시 거문고 소리를 듣고 나타날까 싶어 금을 탔는데 갑자기 상현(商絃)의 소리가 구슬펐다. 동생의 집에 우환이 생겼음을 안 그는 이튿날 자신이 직접 그의 집을 방문하기로 하였다. 길을 찾기가 어려워 길가를 지나는 한 노인에게 물어보니 그 노인은 다름 아닌 종자기의 부친이었다. 아들을 찾는 것을 안 노인은 대성통곡하며 말하길, 그가 친구를 만난 후 얻은 돈으로 책을 사서 주경야독 하다가 과로로 죽었다고 하였다. 유백아는 그 말을 듣고 쓰러져 대성통곡하니 울음소리가 산천초목을 뒤흔들었다. 노인은 종자기가 죽기 전에 자신의 무덤을 유백아와 만나기로 한 강 입구에 묻어 그와의 약속을 지키게 해달라고 했다고 하였다. 노인과 함께 무덤을 찾은 유백아는 또 다시 통곡한 후에 제례품(祭禮品)으로 반석 위에 올린 거문고를 켜니 유백아의 사연을 모르는 촌사람들은 거문고 소리에 신이 나서 손뼉을 치며 웃으며 지나갔다. 유백아는 칼을 꺼내 거문고 줄을 끊고 그것을 무덤 앞에 내동댕이쳐버렸다. 노인이 크게 놀라니 유백아는 이제 지음이 없는데 거문고는 누구를 위해 켜겠느냐고 하였다. 유백아는 몸에 지닌 돈을 노인에게 주고 관직을 사퇴하고 돌아와 노인을 부모로 모시며 함께 사리라 말하면서 노인을 떠났다.

'인망금망(人亡琴亡)'이란 말이 있다. 사람이 죽으니 거문고도 죽었다는 말이다. 『세설신어』에는 왕희지의 아들 중 왕헌지(王獻之)가 일찍 죽자 형인 왕휘지(王徽之)가 동생의 영전 옆에 놓여있던 금(琴)으로 평소 헌지가 좋아하던 곡을 타니 소리가 제대로 나오지 않자 '인망금망(人亡琴

亡)'이라고 하면서 거문고를 던지며 울다가 한 달 여 후에 그도 따라 죽었다는 이야기가 있다. 유백아가 종자기의 무덤 앞에서 거문고를 내동이친 것도 이와 유사하다.

이 작품은 「오보안」과 「양각애」 이야기와 함께 『금고기관』에 실린 친구간의 신의를 강조한 세 편의 작품 중 하나이자 『금고기관』의 교화주의적 특성을 잘 반영한 대표적인 작품이라 할 수 있다. 이 이야기는 일찍이 한국학중앙연구원본과 신구서림본으로 번역본이 나와 우리나라에도 널리 잘 알려진 작품이다.

20) 제20권 「장자휴가 장군 동이를 두드리고 큰 도를 이루다(莊子休鼓盆成大道)」

이 이야기는 작품 내용상으로는 **'인간의 도리에 대한 칭송과 훈계'** 가운데 **'부부관계에 대한 처신'** 을 다루고 있다고 볼 수가 있다. 원전은 『경세통언』 제2권 장자와 그의 처에 대한 통속적인 일화이다. 그 주요 내용은 다음과 같다.

장자휴(장자)는 노자를 스승으로 모셔 둔갑술을 익혔는데, 그것은 몸을 보이지 않게 감추고 분화(分化)시키는 신출귀몰한 법술이었다. 후에 그는 우연히 한 과부가 재가를 위해 남편 무덤의 흙이 마르도록 부채질을 하는 것을 보고 부인에게 얘기하니 부인은 발끈 화를 내고 여자를 욕하며 서약하길, 충신은 불사이군(不事二君)이고 열녀는 두 남편을 섬기지 않음을 맹서했다. 처의 맹세에 장자휴는 믿음 반 의심 반 하면서 나중에 일부러 죽은 척하여 초나라의 왕손(王孫)으로 둔갑하여 부인의 정절을 시험해보기로 하였다. 결과는 부인이 그 남자를 좋아해 그의 병을 고치기 위해 장자휴의 관을 부수고 그의 뇌를 끄집어내려고 하였다. 그러나 나중에 부인은 초왕손이 장자휴가 둔갑한 환영임을 알고는 부끄러워 스스로 목을 매었다.

장자휴는 부인을 화장한 후에 장군 동이를 두드리며 노래하였다. 노래를 마친 후 크게 한바탕 웃고는 와분(瓦盆) 동이를 깨트리고 집이며 관목(棺木)을 모두 태워버렸다. 그 후 그는 곳곳을 유랑하다가 노자를 따라 나선 후에 큰 도를 깨닫고 신선이 되었다.

이 작품은 악처에 대한 이야기를 다루었지만 궁극적으론 사랑의 무상함, 그리고 나아가 인생의 무상함도 일깨워주고 있다. 그러나 또 한편으로는 입으로는 '불사이군'이라고 떠드는 정숙한 아내가 실제로는 얼마나 이기적이고 위선적인가를 보여줌은 바로 봉건예교의 허위를 조소하는 것이기도 하다. 이는 유가를 비웃는 장자 철학의 반영일 것이다. 따라서『금고기관』의 근본적 편찬이념과 다소 거리가 있는 이 작품이 왜 굳이 채택된 가에는 다소 의문이 들게 한다.

이 이야기는 일찍이 우리나라에서『금고기관』고대본과 신구서림본 등 여러 번역본이 나와 한국인들에게 잘 알려졌을 뿐 아니라 18세기 전반 프랑스에서 불어로 출판된『금고기관』최초의 서양어 번역본에서도 이 작품이 소개된 바가 있다. 중국의 대표적 철학자로서 공자와 쌍벽을 이루는 장자의 유명세가 큰 작용을 한 것으로 보인다.

장자가 아내의 죽음에도 울지 않고 와분을 두드리며 노래를 불렀다는 이야기는『장자』「지락(至樂)」편에 나오는데, 바로 이 작품의 모태라고 할 수 있다. 전기 가운데 명대 희곡 작가 사국(謝國, 1577~1649)의「호접몽(胡蝶夢)」도 이 작품의 모태가 되었고, 명청대 진극(秦劇)과 경극(京劇) 가운데「대벽관(大劈棺)」도 바로 이 작품의 영향으로 탄생한 작품이다.

21) 제21권「늙은 선비가 삼대에 걸쳐 은혜에 보답하다(老門生三世報恩)」

이 이야기는 작품 내용상으로는 제22권「둔수재일조교태(鈍秀才一朝

交泰)」와 함께 **'봉건예교에 대한 풍자'** 가운데 **'가난한 선비에 대한 동정과 과거제도 풍자'**를 다루고 있다. 원전은 『경세통언』 제28권으로 표면상으로는 회재불우의 수재가 노력 끝에 결국 예순 살에 진사에 합격하여 자신을 도운 자의 은혜에 보답하는 내용이지만 사실은 과거제도의 문제점을 풍자하고 있다. 그 대체적인 내용은 이러하다.

명 정통 연간 광서 흥안현(興安縣)의 수재 선우동(鮮於同)은 뛰어난 재주를 지녔음에도 과거에는 매번 낙방하였는데, 예순 한 살이 되어서야 지현 괴우시(蒯遇時)로 인해 향시, 성시(省試), 회시를 연이어 합격하는 이른바 삼원(三元)이 되어 대주지부(台州知府)로 부임하게 된다. 원래 괴우시는 늙은 선비는 질색이어서 과거시험엔 젊은 선비들만 뽑으려고 하였지만 공교롭게도 역으로 선우동이 득을 3번이나 본 것이다.

첫 번째 향시에서는 괴우시가 생원들의 답안지 가운데 훌륭한 것들을 모아 공평하게 한답시고 무작위로 하나를 뽑아 1등으로 극찬했는데, 그 일등이 의외로 선우동이었던 것이다. 두 번째 시험 성시에서는 공교롭게 괴우시가 예기(禮記) 시험의 고시관으로 들어갔는데, 선우동은 원래 예기를 준비하였기에 속으로 이번에도 문제가 없을 것으로 여겼다. 하지만 괴우시는 일부러 그를 뽑지 않고 젊은 생원들을 뽑으려는 심사로 고의로 답안이 허술하고 문법도 혼란스러운 답안을 채택하였는데, 그게 또 선우동이었다. 왜냐하면 선우동은 전날 마신 술로 인해 설사를 하며 답안을 작성하느라 정신을 집중하지 못한 까닭이었다. 세 번째 시험 회시에서는 시험 전날 그가 예기가 아닌 시경으로 급제하는 꿈을 꾸어 시험과목을 시경으로 바꿨는데, 하필 예과급사중(禮科給事中)으로 승진한 괴우시가 고시관이 되면서 선우동이 시험과목을 바꾼 것도 모르고 그를 탈락시키기 위해 그의 장점인 예기가 아닌 시경 답안만 급제시켰는데, 거기에 61살의 선우동도 끼었던 것이다.

세월이 흘러 괴우시의 아들이 묘지 경계 문제로 남과 다투다가 하인을 죽였다는 무고죄로 관아에 잡혀갔는데, 선우동이 그 내력을 잘 조사한 후에 항주에서 그

하인을 붙잡아 이 사안을 공정하게 처리해 그 이름이 자자하였다. 또 3년 후에는 절강의 무대(撫台)로 승천(陞遷)하여 괴우시의 손자를 늠생(廩生)으로 보내 3년 만에 공부를 마치게 도와주었다. 또 괴우시가 죽은 후에는 친히 제를 지내며 그 은혜에 보답하였다.

과거제도와 이로 인한 문인들의 애환에 관한 이야기는 『요재지이』를 비롯한 중국고전소설의 흔한 소재이다. 특히 명 중엽 이후 위로부터 부패했던 명대 사회는 과거를 관장하던 관료들 또한 예외가 아니었다. 그런데 이 작품은 명대 초기에 해당하는 정통 연간을 배경으로 하고 있기에 과거의 폐단은 명 전기부터 이미 만연하였음을 보여준다. 작품의 원작자 풍몽룡 역시 일찍이 정통 유학교육을 받아 청년시기에 청운의 꿈을 키웠지만 누차 과거에 실패하여 57세에 이르러서야 부득이 공인(貢人)이 되어 수령(壽寧) 지현(知縣)이라는 미관말직의 기구한 관직생활을 하였기에 작품 속 선우동의 모습은 바로 풍몽룡 자신을 반영한 것이다.

그래서인지 본 작품은 삼언 가운데 유일하게도 풍몽룡이 직접 창작한 작품으로도 유명하다.[28] 작품은 어처구니없는 해프닝으로 과거의 당락이 결정되는 과거 이야기를 통해 당시 과거제도의 비합리성에 대한 강한 풍자와 이런 터무니없는 과거제도의 희생양인 젊은이들에 대한 동정이 잘 묻어나 있다. 특히 심술궂은 사대부 시험관 괴우시를 대하는 선우동의 선한 마음과 의리 있는 행동은 공정하지 못한 사심과 횡포를 일삼는 사대부 관리의 만행과 강한 대비(對比)를 이뤄 가난한 선비에 대한 작가의 동정과 찬양을 잘 드러내었다. 그러나 이 작품은 조정이 주관하는 과거제도를 부정적으로 보는 까닭으로 우리나라에서는 조선시대와 일제시기에 단 한

28 풍몽룡이 畢魏의 희곡인 「三報恩」 傳奇 서문에서 “내가 옛날에 「老門生」 소설을 지었다”라고 한 점이 그 증거이다.

번도 번역이나 번안된 적이 없는 작품이다.

22) 제22권 「둔한 수재가 하루아침에 만사형통하다(鈍秀才一朝交泰)」

이 이야기는 작품 내용상으로는 제21권 「노문생삼세보은(老門生三世報恩)」과 함께 **'봉건예교에 대한 풍자'** 가운데 **'가난한 선비에 대한 동정과 과거제도 풍자'**를 다루고 있지만, 또 한편으로는 부녀자의 정조를 찬양하는 **'부부관계에 대한 처신'**도 내포하고 있다. 작품은 『경세통언』제17권의 이야기로 한 선비가 오랜 기간의 고난 끝에 결국 성공하는 이야기로 인생을 살면서 누차 실패를 겪으면서도 실패에 굴복하지 않는 사람들에게 정신적인 위로를 주고 있다. 비록 숙명론적인 색채가 작품 전체를 감돌지만 사람의 노력이 운명을 좌우함을 더 강력히 주장하고 있다.

명대 천순 연간에 귀공자 마임(馬任)은 학문에 뛰어난 자로 많은 사람들이 그가 일찌감치 출세가도를 달릴 것이라 생각해 다투어 그에게 잘 보이려 하였다. 그 가운데 황승(黃勝)과 고상(顧祥)이 유독 그에게 아부를 하였다. 황승은 친누이 육영(六媖)을 그에게 짝지어 주려하였는데, 마임은 그가 재색을 겸비하다는 소문을 들은지라 매우 기뻐하였다. 그러나 어릴 때부터 맹세하였듯이 혼인은 반드시 과거에 급제한 후에야 하리라 마음먹었다. 향시 해에 마임은 쉽게 공명을 얻으리라 여겼지만 방상(榜上)에는 이름이 없었다. 15세부터 21세까지 과거를 봤지만 합격을 못하고, 부친 마만군(馬萬群)은 원수 왕진(王振)에 의해 해코지를 당해 조만간 죽을 몸이 되었다. 황승과 고상 두 사람은 우물에 빠진 사람에게 돌을 던지기까지 하였다.

이로부터 마임은 남루한 행색으로 음식도 제대로 못 먹고 사람들도 그를 멀리했다. 그는 경성에서 전전하며 글씨를 팔아 생계를 이었다. 한 야박한 소인은 그를 화를 부르는 신이라 칭하면서 그가 이른 곳엔 반드시 재앙이 온다며 그를 "둔수재

(鈍秀才)"로 부르기까지 했다. 황승은 마임이 떠난 후 날마다 누이 육영을 겁박해 개가하도록 했지만 육영은 죽어도 재가는 없다고 맹세했다. 육영은 사람을 보내 남편의 행방을 알아보다가 북경에 이르러서야 소식을 접할 수 있어 두 사람은 서신을 통해 서로의 마음을 전할 수 있었다. 마침 그 해 천순 황제가 토목보(土木堡)에서 몽고군에게 패하는 '토목지변(土木之變)'을 당하자 왕진에게 화를 당한 자들에게 벼슬을 줌으로써 마만군은 다시 관직을 되찾았으며, 이후 더욱 승진하였다. 그리하여 마임은 다시 과거공부를 할 수 있었고, 몰수된 전답도 환급받았다. 이듬해 봄에 그는 회시와 전시에서도 합격해 서길사(庶吉士)로 임명되었고 부부는 금의환향하였다.

이 작품은 명대 천순 연간을 배경으로 하고 있지만 당시 민풍(民風)은 이미 야박할 대로 야박해 지극히 실리적인 세인들의 모습을 담고 있다. 명대 정통 연간 선비의 이야기를 담은 앞의 작품인 제21권 「노문생삼세보은」과 함께 이 작품 역시 불합리한 과거제도의 폐단으로 고생한 한 선비의 출세담을 얘기하였다.

다만 이 작품은 과거제도를 직접 풍자한 「노문생삼세보은」과는 달리 그래도 봉건예교를 칭송하는 긍정적인 요소가 있기에 조선시대에 출현한 번역본인 낙선재본을 통해서도 우리들에게 일찍 소개된 바가 있다.

그러나 「노문생삼세보은」이 중국에서는 「삼보은(三報恩)」이란 제목의 희곡 전기 작품으로도 많이 활용된 것과는 달리 이 작품은 그것의 원조로 알려진 작품이나 후대에 영향을 끼친 작품도 없는 것으로 보아 영향력은 그리 크지 않다. 그리고 우리나라에서도 이 작품이 신소설 작가들의 작품 소재로 활용된 바가 없는 것으로 보면 우리나라에 끼친 영향력도 별로 크지 않아 보인다.

23) 第23권 「장흥가가 진주 적삼을 다시 만나다(蔣興哥重會珍珠衫)」

이 이야기는 대체적으로 말하면 작품 내용상으로는 **'인간의 도리에 대한 칭송과 훈계'** 가운데 **'부부관계에 대한 처신'**을 다루고 있다. 그러나 이 작품의 진정한 의의는 이런 예교적인 면보다는 예교보다 인간의 정을 중시하는 작가의 진보적 사상에 있다고 하겠다. 사실 이 작품은 삼언 가운데 가장 유명한 작품 중의 하나로 『유세명언』(즉 『고금소설』) 제1권에 실린 내용지만 『금고기관』에서는 후반부인 제23권에 비로소 수록되었다. 작품의 주요 내용은 한 쌍의 부부가 부인의 외도로 인해 서로 이혼하였다가 파란만장한 기이한 운명을 겪은 후에 다시 결합하는 내용을 담고 있다. 작품의 줄거리는 다음과 같다.

상인 장흥가가 사업차 집을 떠난 후에 홀로 남겨진 미모의 젊은 처 왕삼교(王三巧)는 독수공방을 지키다가 남편을 꼭 빼닮은 상인 진대랑(陳大郎, 즉 진상(陳商))을 우연히 집 앞에서 발견하여 그를 잊지 못한다. 진상 역시 왕삼교와 눈이 마주친 후에 그녀를 잊지 못해 매파 설씨(薛氏)를 통해 왕삼교와 사귈 기회를 얻게 된다. 결국 왕삼교는 매파와 진상의 계략에 빠져 그와 육체적 관계를 맺게 된다. 두 사람은 마치 부부와 같이 깊은 정을 나누다가 진상이 고향 집으로 돌아갈 시기가 되자 두 남녀는 눈물을 흘리며 이별을 고하면서 왕삼교는 진상에게 장씨 집안의 가보인 진주삼(珍珠衫) 저고리를 정표로 준다.

한편 장흥가는 집으로 돌아오는 길에 여관에서 공교롭게도 진상을 만나 친해졌고, 그와의 술자리에서 그의 연애담을 들었는데 그 대상이 다름 아닌 자신의 부인임을 진상이 보여준 진주삼을 보고 알게 된다. 그는 부인의 외도에 분해하면서도 한편으론 자신이 돈벌이를 위해 젊은 아내를 외로이 내팽개친 사실에 대해 후회하였다. 그는 장인장모가 아프다고 속여 아내를 얼른 친정으로 돌려보내고 한편으론 이혼장을 적어 장인에게 보내는 동시에 결혼 당시 처에게 준 예물 열여섯 상자도 그대로 그녀에게 돌려주는 평화로운 방식으로 부인과 이혼한다. 친정으로 돌아온 삼교아는 간통이 발각돼 이혼당한 사실을 알고 처음엔 자살하고자 하였지만 얼마 후 마음이 안정되고 곧 현령 오걸(吳傑)의 첩으로 재가(再嫁)한다.

그러던 어느 날 장흥가가 물건을 팔다가 흥정 중에 고객이 넘어져 죽는 사고가 생겨 관아로 끌려왔는데, 공교롭게도 삼교아가 우연히 지현인 남편 오걸의 책상 위에 놓인 고소장에서 장흥가의 이름을 발견해 전남편이 곤궁에 처한 사실을 알고 남편에게 극력 부탁해 장흥가를 선처하게 한다. 장흥가와 삼교아는 관아에서 상봉하자 마치 지옥에서 형제를 만난 것처럼 주위의 시선에도 아랑곳 않고 얼싸안고 운다. 오걸은 두 사람이 아직 정의 끈을 끊지 못한 것을 알고 왕삼교를 다시 옛 남편인 장흥가에게 돌려보내주었고, 그녀는 장흥가의 둘째 부인이 된다. 왜냐하면 장흥가는 왕삼교와 이혼한 후에 매파를 통해 평씨(平氏)를 소개받아 다시 결혼하였는데, 그녀는 다름 아닌 병으로 죽은 진상의 미망인이었던 것이다. 평씨는 장흥가에게 시집오면서 진상이 죽은 후에 남긴 진주삼을 챙겨 왔기 때문에 장흥가는 진주삼을 다시 얻게 된 것이다.

이 작품 속 매파 설씨를 제외한 주요인물 장흥가, 왕삼교, 진상, 평씨, 오걸 등은 모두 지극히 평범하면서도 선량한 사람들이다. 장흥가는 부인의 외도에 대해 이해심이 많았고, 왕삼교는 비록 바람을 피운 부정(不貞)한 여성이지만 순수한 여성이다. 진상 역시 외도한 남성이지만 정이 많고 마음이 여린 남자였다. 지현 오걸 역시 고리타분한 관리가 아니라 인정이 많고 이해심이 풍부한 사람이었다. 그런 까닭에 이 작품은 인간세상의 온정을 느끼게 하는 삼언 중의 걸작으로 평가되기에 손색이 없으며 따라서 『금고기관』에도 수록된 것이라 본다.

이 작품이 무엇보다도 신선한 점은 혼외정사를 범한 두 남녀 특히 여성 삼교아를 당시 예교적, 도덕적 잣대에 의거해 부정한 나쁜 여자로만 묘사하지 않고, 남편 역시 외도한 부인을 아량을 가지고 대한 점일 것이다. 명대 도시상품경제의 성행과 더불어 시민계층에 싹트기 시작한 이런 민주평등의식의 반영은 삼언의 걸출한 점이자 명대 당시의 현실상을 반영하고자 한 『금고기관』의 성과라고 볼 수 있다.

따라서 『금고기관』의 편찬자는 이 작품을 수록하면서 원본의 내용을 거의 손대지 않았다. 비교적 의미 있는 몇 가지 수정사항을 지적하면 원본 "人心或可昧(사람의 마음은 혹시 속일 수 있어도)" 부분을 "人心不可昧(사람의 마음은 속일 수 없으며)"로 고친 부분인데 『금고기관』의 편찬 전략이 그러하듯 교화적 의미를 더 강화하기 위한 편찬자의 의도일 것으로 생각된다. 또 오걸에 대해서도 "連生三子(연이어 아들 셋을 낳았다)"를 "連生二子(연이어 아들 둘을 낳았다)"라고 수정하였는데, 이는 과장적 표현을 절제하는 편찬자의 의도로 파악된다.

특히 이 작품은 중국에서는 삼언·이박과 『금고기관』 중 손꼽히는 걸작으로 유명하지만 한국에서는 유부남 유부녀의 혼외정사가 주 내용이라 그런지 조선시대와 일제시기에 한 번도 번역이나 번안된 적이 없는 작품이다. 다만 조선 삼대 야담집의 하나인 이원명(李源命, 1807~1887)의 『동야회집(東野彙輯)』 권2 「환호구신구합연(還狐裘新舊合緣)」의 이야기는 본 작품과 다소 유사한 면이 있다는 평이다.

24) 제24권 「진어사가 금비녀 사건을 절묘하게 조사하다(陳御史巧勘金釵鈿)」

이 이야기는 작품 내용상으로는 **'봉건예교에 대한 가송'** 가운데 **'어진 위정자 관리에 대한 예찬'**을 다루고 있다고 할 수 있지만 아울러 **'인간의 도리에 대한 칭송과 훈계'** 중 **'욕망에 대한 경계'**도 내포하고 있다.

이 작품은 『고금소설』 제2권에 실린 이야기로 구성이 매우 뛰어난 작품이다. 내용은 양상빈이라는 한 탐욕스러운 사내가 속임수를 써 자신을 사촌 동생 노학증으로 사칭하여 신부집을 찾아가 신부의 몸과 재물을 앗아가고, 약혼자가 아닌 다른 남자에게 정조를 잃은 사실을 안 처녀는 목을 매 자살하지만, 결국은 지혜로운 어사 진렴이 사건의 진상을 밝혀내 양상빈을 처형하고 노학증은 양상빈의 전처를 아내로 맞이한다는 내용이다. 우여곡절이 있는 구성을 담은 줄거리는 다음과 같다.

강서성의 청관(淸官) 노렴헌(魯廉憲)은 같은 현의 고첨사(顧僉事)와 대대로 교분이 있었다. 노현령의 아들 노학증(魯學曾)은 고씨의 딸 아수(阿秀)와 정혼한 사이로 사돈간에는 서로 왕래도 하였다. 그러나 노씨의 노모가 병사하고 노씨도 얼마 되지 않아 세상을 떠나자 노학증은 부친의 영구를 메고 귀향하여 3년간 상을 치르자 가정형편은 더 어려웠다. 고첨사는 사위의 형편을 알고 그가 결혼예물을 기일 내에 마련하지 못하면 혼사를 취소하려고 하였지만 아수는 약혼을 파기하면 죽어버리겠다고 고집을 부리자 부인 맹씨는 묘책을 생각해내었다. 그것은 남편 몰래 사위를 따로 집으로 불러 혼수비용을 대주는 것이었다.

마침 고첨사가 며칠간 출타하자 맹부인은 딸과 상의해 하인을 노공자에게 보내 그와 후원에서 만나려 하였다. 장모의 마음을 안 노공자는 무척 기뻤지만 남루한 행색으로 장모를 뵐 수가 없어 고민하던 차에 자신에게 양씨가에 시집간 고모가 있다는 것을 알고 도움을 청하러 10 리나 떨어진 고모를 찾았다. 당시 고모는 남편은 이미 죽고 양상빈(梁尙賓)이란 아들과 참한 며느리를 두고 함께 살았다. 노공자는 결혼을 위해 장모 집을 찾아가는데 마땅한 옷이 없어 옷 한 벌을 빌리려 왔다고 하니 고모는 아들이 집에 들어오면 그에게 말해 빌려주겠다고 했다. 그런데 이 양상빈이란 자는 본시 건달이라 노공자의 사연을 듣고는 나쁜 생각을 품어 옷은 빌려주겠지만 지금은 날이 어두워졌으니 하룻밤을 자기 집에서 자고 이튿날에 출발하라고 하였다. 그리고 그는 노공자 몰래 새 옷으로 갈아입고는 고첨사의 집으로 향했다.

맹부인은 사위가 온다는 말에 황급히 저녁을 준비하고 아수도 불러 대면하게 하였다. 아수는 처음엔 거절했지만 모친의 거듭된 요청에 마지못해 쑥스러워 하며 나왔고, 양상빈은 아수의 수려한 미모에 흑심을 품는다. 날이 어두워지자 맹부인은 사위를 손님방에 묵게 하고 딸을 방으로 불러 자신이 몰래 모은 은 80냥과 은잔 한 쌍, 금붙이 십여 개 등 100금 가량의 패물을 딸에게 건네면서 직접 그에게 전달해 얼른 결혼 준비를 하라고 했다. 그런데 양상빈은 자신의 방에 들어온 아수와 정담을 나누다 급기야 그녀와 육체적 관계까지 요구하여 성사된다. 다음날 맹부인은 노공자가 다시 방문했다는 말을 듣고 크게 놀라며 그제 온 자는 가짜고 오늘 온 자가 진짜 사위인 것을 알게 된다. 그 사실을 안 아수는 자신의 방에서 자결했다. 귀가한 고첨사는 하인을 통해 그간의 사정을 알아내고는 노학증을 살인범으로 지목해 직접 그를 관아에 고소하였다. 노공자는 혐의를 극구 부인하였지만 고문에 못 이겨 자신이 범인임을 인정했다.

이때 마침 그 지역에 어사(御史) 진렴(陳濂)이 순찰을 나와 노학증의 사건을 조사하다가 판결에 의심을 품고 사건을 재조사하였다. 한편 양상빈은 노공자가 사형을 선고받은 것을 알고 안심하다가 어느 날 급한 사정으로 옷감을 싼값에 처리하고 고향으로 돌아가려고 하는 외지 상인을 만났다. 양상빈은 이에 현혹되어 강탈한 재물을 모두 지불해 옷감을 구입하였는데, 그 상인은 바로 위장한 진어사였다. 이튿날, 진어사는 노학증과 양상빈을 대질시켜 문책하니 양상빈은 진어사의 얼굴을 알아보고는 모든 사실을 실토하였다. 결국 양상빈은 참수당하고, 노학증은 양상빈의 어진 전처를 아내로 맞이하였다.

이 이야기는 중국의 객가인(客家人) 문화의 요람이자 대본영이라고 할 수 있는 강서성(江西省) 감주부(贛州府) 석성현(石城縣)을 배경으로 하고 있어 객가(客家) 문화와 민속을 잘 반영하고 있는 작품으로도 유명하다.

다만 이 작품에서 엉뚱한 자에게 정조를 바친 아수가 수치심으로 자결한 후에 양상빈의 이혼한 처에 혼이 깃들어져 맹부인은 그녀를 딸로 생각하면서 결국 노학증이 양상빈의 처를 아수인냥 아내로 맞이하는 부분은 다소 허환적이고 현실적인 면이 떨어진다. 여기서도 내가 남의 아내와 간음하면 내 아내도 남의 여자가 된다는 중국인의 심리가 작용한 듯하다.

명대 당시 사회를 배경으로 한 이 작품에서도 비교적 개방적인 남녀관계의 단면을 느낄 수 있는데, 양상빈이 아수의 집을 찾아간 당일에 바로 아수의 정조를 쉽게 뺏을 수 있었던 점이 그러하다. 작품에서는 아수가 밖에서 기다리는 하녀들에게 발각될까 두려워 소리를 내지 않고 양상빈의 수작을 받아들였다고 하는데, 이는 혼전관계를 크게 문제 삼지 않았던 당시 서민 문화의 단면을 추측해 볼 수 있는 부분이다. 특히 이 작품은 우리나라 개화기 신소설에도 영향을 미쳐 이해조의 「소양정(昭陽亭)」(신구서림 매일신보), 이광하의 「금옥연(金玉緣)」(동미서시) 등의 탄생에 활용이 되었다.

25) 제25권 「한 노복이 주인의 가업을 다시 일으키다(徐老僕義憤成家)」

이 이야기는 작품 내용상으로는 **'인간의 도리에 대한 칭송과 훈계'** 중 **'노복의 충성심과 경계를 훈시'**한 작품이다. 원전은 『성세항언』 권35의 한 충직한 노복이 주인을 도와 다시 가업을 일으키게 하는 내용으로 예교사회 주복(主僕)간의 끈끈한 정과 의리와 모범적인 하인의 형상을 찬양하고 있는데, 그 주요 내용은 다음과 같다.

명대 가정 연간 절강 순안현(淳安縣)에 서씨(徐氏) 삼형제가 살았는데, 부친은 죽기 전에 유언으로 삼형제가 분가하지 말고 함께 살라는 유언을 남기고 아들들에게 약간의 전답과 소와 말을 1 마리씩 남기고 떠났다. 또 그들에겐 같은 마을 사람으로 부모가 일찍 죽자 장례를 치르기 위해 몸을 팔아 노비가 된 50대의 충직한 아기(阿寄)라는 하인 부부가 있었는데, 그들에게도 아들이 하나 있었다. 그런데 삼형제 가운데 막내아들 서철(徐哲)이 병으로 일찍 죽자 서언(徐言), 서소(徐召) 두 형제는 서철의 가솔이 부인 안씨(顏氏)를 포함해 어린 아들 둘과 딸이 셋이나 딸려

일손도 없는데 함께 사는 것이 자신들의 양식만 축내는 일이라 생각해 아예 따로 살기로 작당을 하였다. 그리고 안씨에게는 쓸모없는 약간의 전답과 아들이 딸린 하인부부를 주며 서철의 처자식을 분가시켰다.

서언과 서소는 공평하게 분배한다는 명목으로 자신들은 생활에 유용한 말과 소를 하나씩 가지기로 하고 늙어 밥이나 축내는 하인 일가를 소철 가족에게 떠맡긴 것이었다. 안씨는 많은 식솔에 앞날이 걱정되어 울고 있는데 아기는 자신이 소나 말보다 더 유용한 일을 해 보답하겠다고 그녀를 위로한 후, 안씨가 장신구 몇 점을 팔아 얻은 12냥 은자를 밑천으로 장사를 시작하였다. 그는 처음에는 옻칠과 쌀을 사다 다른 지역으로 팔아 이문을 남기는 장사를 하다가 다음에는 무슨 장사든지 하면서 밑천을 크게 불렸다. 그리고 그는 그 돈으로 마을의 한 망나니 불효자가 급전이 필요해 부친이 남긴 천묘의 전답을 시세의 반도 되지 않는 1500냥에 판다는 소식을 듣고 서언, 서소 두 형제를 증인으로 앞세워 그 불효자와 계약을 맺고 정식으로 그 전답을 사들였다. 그리고 안씨의 두 아들들을 위해 훈장도 청해 공부도 시켰다. 결국 그는 큰 부자가 되어 안씨의 다섯 자녀들을 모두 출가시키고, 서언, 서소가 그들을 질투하는 것을 알고 안씨를 설득해 그들에게도 100냥씩 보태주기도 하였다.

아기는 여든까지 살다가 병을 얻었는데, 안씨는 의원을 청해 약을 쓰려고 하였지만 그는 이미 팔십을 넘겼으니 그럴 필요 없다며 한사코 거절하였다. 며칠 지나 임종을 맞이하자 그는 안씨의 두 아들에게 재산분배로 형제의 우애를 상하게 하지 않도록 재산을 균등하게 나눌 것을 유언으로 남기고 서언, 서소 형제들에게도 인사를 하고자 사람을 보냈지만 그들은 거절하다가 조카가 직접 그들을 찾자 그를 보러 왔지만 아기는 곧 죽고 말았다. 서언, 서소 형제는 아기가 비록 부를 안겨주었지만 그가 분명히 몰래 챙긴 돈이 많을 것이라며 조카로 하여금 억지로 그의 방을 수색하도록 하였지만 그는 아들의 결혼식에 안씨가 준 약간의 부조금 외에는 한 푼도 감추지 않았다. 안씨는 아기의 충의에 감탄해 결혼한 그의 아들에게 재산을 한몫 주어 가업을 이루게 해주었으며, 두 아들이 그를 삼촌으로 부르도록 하였

다. 또 마을 사람들은 아기의 충직함을 글로 적어 부현(府縣)에 올리니 그의 장하고 의로운 행동에 조정에서도 그 마을을 표창하였다.

이 작품은 주인에게 충직한 노비를 찬양하고 있다는 점에서는 봉건예교의 질서를 선양하는 구태의연한 사상을 드러내고 있다는 평을 받기도 한 작품이다. 그러나 한편으로는 당시 노비의 피를 빨아먹는 봉건사회 주인계층의 각박한 착취 행태를 풍자하였고, 신분제도를 초월해 하인을 인간적으로 평등하게 대해야 함을 드러낸 점은 참신한 부분이라고 해석될 수 있다.

그 뿐만 아니라 영리한 하인이 성실함과 근면함을 바탕으로 거기다 장사 수완까지 더해 부를 축적하는 내용은 당시 근면함과 상업적 수완을 발휘해 부를 축적하는 인간상을 은근히 장려하고 있는 것으로 볼 수 있다. 또 명대 가정 연간을 배경으로 한 이 작품은 명 중엽 이후 급격한 사회적 변화와 함께 상업의 발달로 인한 부의 축적 형태를 보여주고 있기도 하다. 1910년 동양서원 제국신문에 연재된 이해조의 신소설 「만월대」는 바로 이 작품의 영향으로 지어진 작품이다.

26) 제26권 「채소저가 치욕을 참고 복수하다(蔡小姐忍辱報仇)」

이 이야기는 작품 내용상으로는 **'봉건예교에 대한 가송'** 가운데 **'인간의 도리에 대한 칭송과 훈계'** 중 **'부덕에 대한 칭송'**을 말하고 있다. 이 작품은 『성세항언』 권36에 실린 것으로 한 어린 여성이 가족을 죽인 도적들에게 원수를 갚기 위해 갖은 능욕과 수모를 감수한 후에 결국 복수를 하고 자신은 자결하여 절개를 지키는 **예교사회 열부의 모습**을 잘 보여주는 내용이다. 그 구체적인 줄거리는 다음과 같다.

명대 선덕 연간 무관 채무(蔡武)는 식솔들을 거느리고 회안(淮安)에서 배를 빌려 부임지로 가던 중에 평소 세심하지 못한 성격으로 인해 사전 조사를 거치지 않아 악당들의 배를 이용하게 되었다. 그는 또 술을 탐해 배를 타서 줄곧 부인과 더불어 취하도록 술을 마셨는데, 도적떼들은 그들이 취해 쓰러져 있을 때 채무의 딸 채서홍(蔡瑞虹)만 남겨두고 채무 부부와 두 아들, 그리고 하인들을 모두 죽여 버렸다.

채서홍은 겨우 15살로 아름답고 총명하였는데, 부모와 하인들이 모두 죽은 것을 알고 자신도 자결하려 했지만 두목 진소사(陳小四)는 그녀의 미색에 반해 살려두었다. 진소사는 그녀를 이리 저리 달랜 후에 욕을 보였고, 채서홍은 자결할 생각이었지만 복수를 결심한지라 죽지 않고 버텼다. 그러나 진소사와는 달리 다른 도적들은 채서홍의 존재가 두려워 자기들의 몫을 챙긴 후에 몰래 달아나버렸다. 일당들이 달아난 이유를 안 진소사도 후환이 두려워 채서홍을 새끼줄에 목을 묶어 죽여 버리고 즉시 배를 버리고 달아났다.

그러나 다행히 그녀는 명이 길어 살아나 인근을 지나는 배에 도움을 청해 구조된다. 그녀는 선주에게 절을 하고 악당 뱃사람들에게 화를 입은 억울한 사연을 하소연하며 도움을 구하니, 선주 변복(卞福)은 일단 자신의 배에서 대책을 논의하자며 그녀를 데려갔다. 변복은 상인으로 채서홍의 미색을 탐해 다른 음모를 품고 있었다. 그는 관아를 찾아가 가족의 원수를 갚아주겠지만 급히 화물을 옮겨야 하고 그 동안 남의 이목을 생각해 총각인 자신과 부부 관계로 지낼 것을 요구하였다. 채서홍은 그가 자신을 도와줄 마음이 없단 것을 알았지만 어쩔 수 없는 자신의 처지를 생각해 동의할 수밖에 없었다. 그런데 뜻밖에 변복은 처자가 있어 남편이 몰래 미첩을 들인 것을 안 아내는 화를 내며 그를 술에 취해 떨어지게 한 후 채서홍을 집으로 데려다 준다는 핑계로 기원에 팔아버렸다.

두 번씩이나 능욕과 사기를 당해 절망에 빠진 채서홍은 매춘을 거부하고 자결하려고 하니 주인은 손님도 받지 않고 죽으려하는 그녀를 다른 곳으로 팔아버렸다. 채서홍은 호열(胡悅)이란 사람에게 팔렸는데, 그녀는 다시금 자신의 사연을 이야기하며 복수 해 줄 것을 부탁하였지만 호열은 도와주는 척하면서 계속 일을 미루었다. 결국 그는 그녀를 서울로 데려가 기회를 얻었지만 연이어 실수를 하다가 돈이 바닥이 나자 그녀를 자기 누이라고 속여 서울에서 과거 준비를 하는 주원(朱源)에게 팔아넘겼다.

채서홍은 주원이 점잖고 자신을 존중하자 지금까지 만난 남자들과는 다름을 알고 그에게 솔직하게 자신의 사연을 털어놓고 자신의 복수를 갚아달란 부탁을 한다. 주원은 진심으로 그를 대하였고, 둘 사이엔 아들도 하나 생겼다. 1년 후 주원은 진사에 합격해 마침 무창현(武昌縣)의 관리가 되어 당초 채씨 집안을 모살한 선원 일당들을 모조리 잡아들이고 채씨가의 영전에 절을 올렸다. 천신만고와 무수한 능욕을 겪은 후에 원수를 갚게 되자 채서홍은 천지에 절을 하고 남편에게 감사했다. 그러나 그녀는 절명서를 남기고 스스로 목을 찔러 자결하였다. 나중에 그의 아들은 진사가 되어 황제에게 상소해 생모의 기구한 일생을 조정에 알려 표창을 청구하였다. 채서홍은 정조를 잃어 당시 열녀의 기준에는 부합하지 않았지만 그녀는 복수를 위해 산 것이었고, 복수를 이룬 후 자결하였기에 조정에서도 그녀를 위해 절효패방(節孝牌坊)을 세우고 성대하게 표창하였다.

채서홍이 남긴 절명서 "여자로서 절개가 없으면, 짐승과 무엇이 다르리(女而不節, 與禽何別)"의 내용은 당시 "살고 죽는 것은 작은 일이지만, 절개를 잃음은 큰일이다.(生死事小, 失節事大)"라는 유교적 예교를 대변한다. 그녀가 만약 죽지 않고 계속 살았다면 예교를 위배한 것이었다. 예교가 생명보다 중함을 얘기하는 이 작품은 명대 당시의 씁쓸한 사회상을 잘 보여준다.

당시 여성에게는 정조가 전부였으며, 생명은 중요한 것이 아니었다. 더구나 남편과의 애정이나 자식에 대한 사랑은 그저 사치에 불과하였다. 그런 까닭에 채서홍은 사랑하는 남편 주원과 모친의 손길이 필요한 6살의 아들을 남겨두고 미련 없이 죽음의 길을 선택한 것이다.

이와 유사한 이야기가 실제 사서의 기록에도 보이는 것을 보면 당시 이 이야기의 영향력이 대단히 컸음을 짐작할 수 있다. 『청사고(淸史稿)』의 「열녀전」에는 도광 연간 대만진총독(臺灣鎭總兵) 유정빈(劉廷斌)이 죽자 가족들이 대만해협을 건너 고향으로 돌아가던 중에 해적을 만나 가족 17명이 모두 살해되고 묘령의 딸만 살아남아 해적의 첩이 되어 아들을 넷이나 낳고 살다가 기회를 틈타 해적을 관아에 고발하고 자신이 낳은 4명의 자식을 죽이고 자결한 내용이 있다.

이 작품은 한국의 신소설 창작에도 영향을 끼쳐 이해조의 「모란병」, 박이양의 「명월정」, 대창서원에서 나온 무명씨의 「월세계」 등 많은 작품에 제재로 활용되었다.

27) 第27권 「전수재가 남의 배필을 차지하다(錢秀才錯占鳳凰儔)」

이 이야기는 작품 내용상으로는 **'봉건예교에 대한 가송'** 가운데 **'인간의 도리에 대한 칭송과 훈계'** 중 **'욕망에 대한 경계'**를 얘기하고 있다. 이 작품은 『성세항언』 권7에 실린 내용으로 한 착한 선비가 탐욕스러운 사촌 형을 대신해 그의 배필을 얻게 되는 행운을 얘기하고 있다. 그 내용은 안준이라는 못생기고 탐욕스러운 자가 아름답고 정숙한 처녀인 고찬의 딸 고추방과 결혼하기 위해 중매쟁이 우진(尤辰)과 작당하여 학식과 인물이 출중한 사촌 동생 전청을 꾀어 그를 자신으로 사칭해 신부 집으로 찾아가 청혼하게 하고, 또 결혼식이 다가오자 신부를 데리러 전청을 보냈다가 부득이한 사정으로 인해 그가 신방까지 대신 치르게 되자 스스로 분을 이기지 못해 전청을 욕하고 때리며 소동을 피우다 그 사실을 고찬과 고을 현감도 알게 되어 결국 전청이 그 집의 정식 사위가 되고, 그 혼사를 주선한 우진은 벌을 받게 되는 이야기이다. 구체적인 내용은 다음과 같다.

소주 태호(太湖)에 사는 부상 고찬(高贊)의 재색을 갖춘 딸 고추방(高秋芳)은 남편감으로 반드시 재모를 겸비한 선비 가운데 자신이 직접 고르지 않으면 결혼을 하지 않으려 했다. 돈은 있으나 인물이 없는 둔한 청년 안준(顔俊)은 추방에게 눈독을 들여 매파를 보냈지만 고씨가는 반드시 신랑이 신부집을 방문해야 한다고 주장했다. 인물이 좋지 못한 안준은 중매쟁이 우진과 작당하여 학식과 인물이 출중한 사촌 동생 전청(錢靑)을 꾀어 그를 자신의 대역으로 보내려 하였다. 전청은 가난하여 생활을 전적으로 안준에게 의지하는 형편이었던지라 승낙할 수 없는 일이었지만 그 요구를 거절할 수 없었다.

그런데 고찬은 전청을 보자마자 그 재기에 감탄해 바로 혼인을 약속해버렸다. 결혼식이 다가오자 고씨가는 신랑이 반드시 신부를 데리러 와야 한다고 했지만 안준은 어쩔 수 없이 또 전청을 대리로 보내게 된다. 호수를 사이에 두고 있지만 여하튼 소주로 와서 같이 살 것이니 신부가 자신의 집으로 오기만하면 결국 자신의 아내가 될 것이라고 안준은 생각한 것이다. 전청은 어쩔 수 없이 이번에도 형의 요구를 들어주었다. 그런데 날씨가 급변해 풍설이 심한 까닭에 호수를 건널 수 없어 당일 소주 성으로 돌아갈 수 없었다. 그런데 결혼 날은 이미 정해져 바꿀 수도 없었다. 그리하여 전청은 주위 사람들의 뜻에 따라 진짜 신랑이 아니었지만 신방에 들어가지 않을 수가 없었다. 그러나 전청은 사흘 밤을 신부와 보냈지만 신부의 몸에 전혀 손을 대지 않았다. 나흘 째 되는 날, 전청과 신부가 소주성으로 들어오자 안준은 다짜고짜 전청을 구타하기 시작했다. 그리하여 여러 사람들이 함께 소란을 피우자 현감이 이를 알고 그들을 심문한 후 전청과 고추방이 합법적인 부부가 될 것을 판결하였다.

사실 이 이야기의 압권은 여성을 대하는 전청의 절제된 태도에 있다. 그는 비록 사촌 형을 대신해 부득이하게 신방까지 치렀지만 실제 신부와 동침하지 않았기에 현감은 군자의 마음을 지닌 그를 높이 평가하였다. 반면 안준은 탐욕으로 인해 자신의 돈만 낭비하고 남만 좋은 일을 시킨 결과가 되어 금전적인 손실은 물론 창피해 고개를 들지 못하게 된다.

따라서 이 작품은 미인에 대한 욕심에 눈이 어두워 추행을 일삼는 안준의 탐욕스러운 태도와, 욕정을 참으며 의리를 지키는 전청의 태도를 대조적으로 잘 보여주고 있다. 단지 욕망의 대상이 아니라 정과 의리로써 여성을 대하는 전청의 태도는 마치 「매유랑독점화괴」 속 진중의 모습을 보는 듯하다. 이처럼 삼언은 인간의 자연스런 욕정을 무조건 금기시하는 도학자적 태도를 지양하면서도 순정과 의리를 잘 지키며 욕정을 제어해야 함을 칭송하고 있다.

우리나라에서도 이 작품을 적극적으로 수용하여 1922년 대창서원의 「전슈ᄌᆡ젼」을 비롯해 1933년 덕흥서림의 「쌍신랑(雙新郎)」등의 신소설 작품들에 활용된 바가 있다.

28) 제28권 「교태수가 남녀 세 쌍을 짝지어주다(喬太守亂點鴛鴦譜)」

이 이야기는 표면적으로는 **'봉건예교에 대한 가송'으로 '어진 위정자에 대한 칭송'**을 얘기하고 있지만 또 한편으로는 봉건예교에 얽매이지 않는 태수의 풍류재자로서의 활달한 면을 칭송하고 있다. 원전은 『성세항언』 권8으로 현명하고 활달한 교태수가 고리타분한 예교관념을 벗어나 세 쌍의 청춘남녀들의 혼사를 멋대로 성사시켜준다는 기상천외한 결혼기담으로 위 제27권의 내용과 함께 두 작품이 모두 영명한 현령의 명판결로 남녀 간의 혼인을 성사시켜주는 내용이다. 보다 자세한 줄거리는 다음과 같다.

북송시대 의원(醫員) 유공(劉公)에게 유박(劉璞)이라는 아들과 혜낭(慧娘)이란 딸이 있었는데, 오누이가 모두 용모가 출중해 어릴 때부터 정혼을 한 상태였다. 유박은 손(孫) 과부의 딸 주이(珠姨)와 정혼을 했고, 혜낭은 약방을 경영하는 배구가

(裴九家)에 시집가기로 했다. 오누이가 장성하자 배구가에서는 혜낭이 어서 시댁으로 들어오길 재촉했지만 유씨가는 아들을 먼저 결혼시킨 연후에 딸을 보내리라 생각해 계속 딸의 혼사를 미루었다. 그런데 아들의 결혼 날짜가 임박했는데 유박이 갑자기 큰 병을 얻어 인사불성이 되었다.

유공은 아들의 상황이 매우 안 좋아 주이와의 혼약을 취소하려고 하였지만 부인은 달랐다. 혼사가 이미 결정되고 예물도 이미 준 상태이기에 결혼을 물리면 큰 손해를 보는 터라 조금만 더 기다리면 결혼으로 인해 아들 몸이 호전될 수도 있다고 보았다. 한편 손과부는 그런 사정을 전혀 모르고 있었지만 나중에 이웃을 통해 사위가 큰 병을 얻었다는 소식을 듣고는 크게 놀랐다. 딸을 이렇게 어이없이 시집보낼 수가 없었다. 그렇지만 두 사람은 이미 정혼을 한 사이고 유씨 집에서는 유박의 병이 대수롭지 않다면서 얼른 혼인을 올릴 것을 재촉했다. 손 과부는 다급한 나머지 엉뚱한 생각을 갖게 되었다. 손 과부에게는 옥랑(玉郎)이란 잘 생긴 아들이 있었는데 그를 딸로 위장시켜 시집보내고자 하였다. 만약 유박이 정말 몸에 큰 이상이 있으면 옥랑을 돌아오게 하면 될 테고 여하튼 아들을 잡아 두진 않을 거라 여겼다. 옥랑은 처음엔 난색을 표했지만 모친의 끈질긴 요구에 승낙해버렸다.

결혼날짜가 되어 옥랑이 신랑 집에 당도하자 유공은 며느리의 미모를 보고 흡족하였지만 유박은 여전히 아무 것도 모르고 누워만 있었다. 유씨 부인은 며느리가 적적할까 염려해 생각한 것이 유박의 몸이 좀 불편해 당분간 딸 혜낭을 며칠간 신부와 함께 보내도록 하는 게 어떠냐고 물었다. 옥랑은 남자인 자신의 정체가 들어날까 두려워 거절했지만 계속된 요구에 마지못해 승낙해버렸다. 옥랑은 유씨 부인의 분부대로 다가온 혜낭을 보자 넋을 잃었다. 그렇게 예쁜 처자를 본 적이 없었다. 옥랑은 혜낭의 미모에 반해 자신이 남자임을 드러내버렸고, 혜낭은 크게 놀랐지만 옥랑의 사정을 듣고 두 사람은 서로 이해하고 사랑하는 사이가 되어 버렸다.

그러나 유씨 부인은 혜낭이 평소와 좀 다른 것을 알고 추궁한 끝에 딸이 손 과부의 아들에게 능욕당한 것을 알고 화가 머리끝까지 났다. 이를 안 옥랑은 몰래 자기 집으로 도망가 버렸다. 유씨 부인은 한사코 손 과부를 찾아와 소란을 피우고 손

과부도 지지 않고 유씨 집이 나쁜 생각을 품어 아들의 병이 위독한데도 자기 딸과 결혼하려고 했다고 따졌다. 이런 소란 통에 유박은 식은땀을 흘리며 몸이 점점 회복되었다. 그러나 더 큰 문제는 그 다음이었다. 혜낭과 정혼한 배씨가는 이 소문을 듣고 노기충천하여 유씨가를 찾았다. 이미 정혼한 혜낭이 부도를 어기고 못된 짓을 했다는 것이다. 유공과 배구는 심하게 다투다 결국 관아에 고소하게 되었다. 이 당안은 평소 '교청천(喬青天)'으로 불리는 교태수(喬太守)가 맡았는데, 그는 옥랑과 혜낭의 비범한 풍모를 보곤 두 남녀의 결혼을 성사시켜주고 싶었다. 교태수는 옥랑이 그 모친의 요구에 마지못해 응한 것이라 용서하였고, 혜낭도 옥랑 외 그 어떤 사내도 싫다고 하자 예물을 배씨가에 돌려주고 결혼을 취소하게 하였다. 하지만 혜낭과 옥랑은 각각 배씨(裴氏)와 서씨(徐氏) 집안의 아들딸들과 이미 정혼을 한 사이였기에 교태수는 배씨 집안의 아들로 하여금 서씨 집안의 딸과 결혼하게 함으로써 결국 세 쌍의 남녀를 짝지어주게 되었다.

전술한 바와 같이 이 작품은 제목으로 보면 교태수가 남녀 간의 인연을 '마음대로(亂)' 점재한다는 다소 부정적인 의미를 담고 있지만 사실 그는 봉건예교와 전통적인 도덕관에서 벗어나 남녀 간의 자유로운 연애를 찬미하고 있는 진보적인 존재로서 봉건예교를 조롱하고 있다고 해석할 수 있다.

그러나 『금고기관』의 편찬자는 겉으로는 교화주의적 입장에서 그의 이런 행동을 '비꼬는(亂)' 식으로 표현하였다. 이 이야기는 기발한 소재로 봉건예교와 전통적인 도덕관에서 벗어나 남녀 간의 자유로운 연애를 찬미하고 있는 탁월한 구성의 작품이라 할 수 있다.

중국에서는 이 이야기가 훗날 무수한 희극과 영화로도 개편된 것을 보면 인기가 많고 그 영향력도 매우 컸음을 알 수 있다. 그러나 이 작품은 한때 청대의 금서로 지정되기도 하여 우리나라에서도 조선시대에는 번역된 바가 없는 것을 보면 국내에서의 인기도는 높지 않다. 하지만 근대에 들어와 신소설 작가 이해조가 제국신문을 통해 발표한 「빈상설」이란 작품을 통해 비로소 국내인들에게 소개된 바가 있다.

29) 제29권 「원한을 품은 독한 노복이 주인을 고발하다(懷私怨狠僕告主)」

이 이야기는 작품 내용상으로는 **'인간의 도리에 대한 칭송과 훈계'**가운데 **'노복의 충성심과 경계를 훈시한 작품'**으로 원작품은 『박안경기』 권11 「악한 사공이 거짓 시체로 돈을 챙기고, 독한 하인이 주인을 고발하다.(惡船家計賺假屍銀 狠仆人誤投真命狀)」이다. 이 작품도 제25권 「한 노복이 주인의 가업을 다시 일으키다(徐老僕義憤成家)」과 같이 노복의 이야기를 다루고 있지만 앞의 작품과 달리 이 작품은 악한 하인의 이야기로 하인을 대하는 태도에 대한 경계를 말하고 있다. 그 줄거리는 다음과 같다.

명조 성화 연간 온주 영가(永嘉)에 왕걸(王傑)이라는 젊은이와 부인 유씨(劉氏)가 살았다. 어느 날, 왕걸이 교외에 놀러갔다 술에 취해 돌아오다가 가동(家僮)과 생강을 파는 노인 여대(呂大)가 서로 다투는 것을 보고 말리다가 술김에 실수로 여씨를 쳐 기절시켜버렸다. 놀란 왕걸은 당황해하며 노복을 시켜 그에게 차를 먹여 깨우고 누차 사과하면서 백견(白絹) 한 필(匹)을 요양비로 주었다. 여씨는 고마워하며 떠났다.

왕걸이 마음을 놓고 있는데 사공 주사(周四)가 백견과 대바구니를 가지고 찾아와 여씨가 배안에서 죽었는데 죽기 전에 억울한 사연을 관아에 고발해달라고 했다고 하였다. 사실 주사는 여씨가 흰 비단이 담긴 광주리를 갖고 있는 것을 보고 사연을 묻다가 나쁜 마음을 품고 백견과 바구니를 사고, 또 강가에 떠오른 시체 하나를 주워 여씨로 삼은 후에 밤 세워 왕씨 집을 찾아와 그를 공갈협박한 것이었다. 다급한 왕걸은 하는 수 없이 집에 있던 돈과 귀금속, 옷 등을 주사에게 주면서 일을 덮어줄 것을 부탁하였다. 그리고 하인 호아호(胡阿虎)를 시켜 시신을 데려와 왕씨가의 선영에 묻게 하였다.

일 년이 지나 왕걸의 어린 딸이 병이 위독해 호아호를 시켜 의원을 청해오게 하였지만 호아호가 술에 취해 일을 그르쳐 의원을 불러 오지 못한 나머지 딸은 죽어버렸다. 왕걸은 딸의 죽음을 슬퍼하며 그의 책임을 물어 한바탕 매질을 하였다. 호아호는 이에 원한을 품고 관아에다 왕걸이 사람을 죽인 사실을 고발하였다. 지현은 시신을 확인한 다음 왕걸의 자백에 따라 그를 하옥시켰다. 그런데 오래지 않아 여씨가 다시 영가에 들렀다가 인사차 왕걸의 집을 찾았는데, 그가 무고로 옥살이를 하고 있다는 사실을 알고 왕걸의 부인 유씨와 함께 지현을 찾아 사실을 얘기해 주었다. 지현은 당장 주사와 호아호를 불러 곤장을 치니 둘은 기절하였다가 모두 죽어버렸다. 그 후 왕걸은 여씨와 왕래하며 친하게 지냈고, 왕걸은 나쁜 습관을 버리고 나중에는 과거에도 급제하였다.

이 작품은 주인이 노복을 대하는 태도에 대한 경계 뿐 아니라 항상 신중하게 처신해야 한다는 세상을 살아가는 도리를 말하고 있다.

이야기 속의 핵심인물 하인과 뱃사공은 『금고기관』에 종종 등장하는 인물로 『금고기관』 작가는 하인들에 대한 경계와 함께 당시 뱃사공들의 패악에 대한 내용을 특히 많이 실었다. 이 작품 속의 사공 주사도 교활하기 짝이 없다. 따라서 이 작품은 제26권 「채소저인욕보구」, 제37권 「최준신교회부용병」에서도 그러하듯이 당시 뱃사공들의 범행이 빈번하여 사회적으로 문제가 되었음을 시사하고 있다.

이 작품은 구성이 매우 기발해 읽는 재미를 주지만 해방 전후까지도 우리나라에서는 전혀 번역된 바가 없다. 다만 2003년 김용식이 편역한 『금고기관』(미래출판사) 15편 가운데 포함되어 소개된 바가 있다. 이 작품은 『금고기관』40편 가운데 비교적 잘 알려진 바가 없는 작품이지만 서양에서는 18세기 전반에 불어로 번역되어 최초로 서양인들에게 소개된 세 편의『금고기관』작품 중의 한 편이기도 하다.

30) 제30권「어버이의 은혜를 생각한 효녀가 아이를 감추다(念親恩孝女藏兒)」

이 이야기는 내용상으로는 **'봉건예교에 대한 가송'** 가운데 **'인간의 도리에 대한 칭송과 훈계'** 중 제26권「채소저가 치욕을 참고 복수하다(蔡小姐忍辱報仇)」와 같이 **'부덕에 대한 칭송'**을 그린 것이다. 원전은『박안경기』권38「가산을 노린 독한 사위가 조카를 질투하고, 가문의 대를 생각한 효녀가 아이를 감추다(占家財狠婿妒侄, 延親脈孝女藏兒)」라는 착한 효녀에 관한 선행을 그리고 있는데 줄거리는 다음과 같다.

원대 동평부(東平府)에 부옹(富翁) 유종선(劉從善)이 아내 이씨(李氏)와 딸 인저(引姐)와 함께 살았다. 유부자는 장랑(張郎)이라는 데릴사위를 얻었는데, 그는 매우 이끗에 밝았다. 유 부자의 조카 인손(引孫)은 어릴 때 부모를 잃어 유 부자와 함께 지냈다. 당시 유 부자는 하녀 소매(小梅)를 첩으로 두었는데 곧 임신을 하였다. 욕심이 많은 장랑은 장인의 유산을 독차지하기 위해 먼저 장모를 꼬드겨 인손을 내쫓게 하고 다음에는 소매가 아들을 낳아 그의 유산을 뺏을까 두려워 소매를 노리고 있었다.

효성이 지극한 인저는 남편이 불량한 마음을 품고 있었지만 모친이 어리석어 사리판단을 못하는 것을 알고 유씨가의 대를 잇게 할 것을 생각해 계책을 강구하였다. 그녀는 소매를 동장(東莊)의 친척집에 머물게 하고 아이가 크면 다시 집에 오도록 하였다. 유 부자 부부는 연로하여 사위 장랑에게 재산을 관리하게 하였는데, 3년이 지나자 그는 오만방자하게 주인 행세를 하며 불만도 많았다. 어느 날, 청명절이 되어 성묘를 갔는데 장랑은 예년과 달리 먼저 자기 조상의 무덤에 먼저 제를 올리고 그 다음에 유씨 조상에게 제를 올렸다. 유 부자 부부는 조카 인손이

선조에게 제를 지내는데 사위가 보이질 않자 화가 크게 났다.

유 부자는 부인 이씨를 타일러 조카를 다시 집에 데려오게 하고, 사위로부터 열쇠와 장부를 되돌려 받아 인손이 관리하게 하였다. 또 인저는 소매 모자를 집으로 데려왔는데 유씨 부부는 그들을 보고 대단히 기뻐하면서 딸의 효심을 알게 되었다. 그리하여 유씨의 재산을 딸, 조카, 아들이 모두 고르게 분배받게 되었으며 일가가 편안하게 살게 되었다.

이 이야기는 데릴사위로 자신의 집에 들어온 남편의 부당한 욕심에 동조하지 않고 친정 집안의 재산을 조카와 부친의 첩이 낳은 어린 남동생 등과 공평하게 분배하고자 노력한 어느 착한 딸의 선행과 지혜를 그리고 있다. 친정아버지의 재산을 독차지하려는 데릴사위 남편의 음모를 제어하고, 자기 집안의 대를 잇기 위해 곧 태어날 남동생과 그 생모를 보호하며 공평하게 재산을 분배하고자 노력한 인저는 당시로서는 대단한 효녀라고 할 수 있다.

앞 작품과 마찬가지로 이 작품 역시 해방 전후까지도 우리나라에서는 번역된 적이 없다가 1968년 조영암이 번역한 『금고기관』에서 소개된 바가 있다. 이 작품은 앞의 작품과 같이 『박안경기』의 작품으로 『금고기관』 40편 가운데 비교적 잘 알려진 바가 없고, 후대 문학에 끼친 영향력도 별로 크지 않은 작품에 속한다.

그러나 『금고기관』이 삼언·이박 가운데 굳이 이런 작품을 수록한 것은 명대 당시 사회의 실제 사람들의 삶의 모습을 반영한 작품들을 적극적으로 싣고자 함에서 비롯되었을 것이다. 전술한 바와 같이 명대 사회는 상업의 발달로 인한 급격한 사회적 변동으로 인해 재화에 대한 사람들의 욕망이 팽배한 시기였기에 『금고기관』은 가정 내의 재산이나 유산분배 등에서 야기된 분쟁에 관한 이야기들을 많이 싣고 있다.

31) 제31권 「여대랑이 주은 돈을 돌려주고 가족을 되찾다(呂大郎還金完骨肉)」

이 이야기는 내용상으로는 **'봉건예교에 대한 가송'** 가운데 **'인간의 도리에 대한 칭송과 훈계'** 중 '형제와 친구간의 우애와 신의를 강조'한 작품으로 원 작품은 풍몽룡의 『경세통언』 제2권에 실린 작품이다. 그 내용은 형제간의 인과응보에 관한 이야기로 여대(呂大, 즉 呂玉)의 착한 심성이 액운도 행운으로 전환시키고, 여보(呂寶)의 악한 행동은 결국 벌을 받게 됨으로써 선은 선을 낳고 악은 악을 낳는다는 이야기인데, 그 줄거리는 다음과 같다.

강남의 상주부(常州府) 무석현(無錫縣)에 여옥(呂玉), 여보(呂寶), 여진(呂珍) 삼형제가 살았는데, 여옥과 여보는 예쁜 처를 얻었으나 여진은 아직 나이가 어려 장가를 들지 않았다. 그리고 삼형제 가운데 오직 여보가 도박과 음주에 젖은 방탕한 삶을 살고 있었다. 여옥에게는 여섯 살 난 아들 희아(喜兒)가 있었는데, 이웃 아이들과 놀러 나갔다가 유괴되어 아무리 찾아도 행방을 알 수 없었다.

5년 후에 여옥이 산서성에 장사를 떠났다가 돌아오는 길에 보자기 하나를 주었는데, 그 속에는 은자 200전이 들어있었다. 하루를 기다렸지만 아무도 찾는 사람이 없자 그는 갈 길을 떠났다. 그런데 객잔에서 휘주의 진조봉(陳朝奉)을 만나 서로 얘기를 나누던 중 그가 바로 그 돈의 주인임을 알게 되어 돌려주었는데, 진조봉은 너무도 감사하며 그를 집으로 초대하였다. 그리고 12세 된 아이를 그에게 보여주었는데 바로 여옥이 5년 전에 잃어버린 아들이었다. 여옥은 매우 기뻐하며 아이를 데리고 집으로 돌아갔다. 그런데 도중에 작은 배가 침몰하였는데 여옥은 20전을 포상금으로 내놓아 배 안의 사람들을 구조하였다. 마침 구조된 사람 중에 동생 여진이 있었다.

둘째 아들 여보는 재물을 탐내어 형수 왕씨(王氏)를 강서성의 사내에게 팔려고

했는데, 상투를 한 여인을 낚아챌 것을 약속하였지만 왕씨의 동서가 무심코 그것을 쓴 바람에 강서객들이 여보의 처 양씨(楊氏)를 데려가 버렸다. 그리하여 여옥과 여진은 집으로 돌아왔지만 여보는 창피해 집을 떠나고 말았다.

본 작품은 『금고기관』 가운데 꽤 유명한 작품[29]으로 『금고기관』이 『경세통언』의 내용을 수록하면서 내용상의 수정을 비교적 많이 거친 작품이다. 『금고기관』에서 수정한 내용은 사소한 부분은 차치하고 비교적 의미 있는 부분은 도덕적 인과응보성에 대해 강조한 것인데, 행실이 악한 자의 악행을 구체적으로 묘사함으로써 교화적 경계의 의미를 심화시켰다. 이를테면 이야기를 시작하면서 여보의 악행을 보다 구체적으로 강조하였고[30], 여보 부인의 나쁜 행실에 대한 묘사도 더하였다.[31]

본 작품의 의의는 명대 중엽 이후로 자본주의 사상이 무르익음에 따라 재물과 이익 추구에 대한 시민들의 욕망이 거세어지면서 수단과 방법을 가리지 않고 이를 획득하고자 하는 무리들에게 윤리도덕적 가치의 중요성을 일깨우고자 함에 있다.

『금고기관』은 대체로 삼언·이박 속 이런 작품들을 많이 수록하였는데, 앞에서도 언급하였듯이 당시 급변한 명대사회의 현실적인 모습을 사실적으로 반영하고자 한 편찬자의 의도라고 볼 수 있다. 이 작품에서 여옥 형제들에 관한 본 이야기에 앞서 서문에 해당하는 '입화(入話)' 부분의 금종(金鍾)이란 구두쇠 이야기를 통해서도 작가는 극단적으로 재물을 추구하고자 하는 당시인들의 비뚤어진 가치관을 풍자하면서 독자들에게 이 점을 잘 환기시키고자 하였다.

---

29 이 작품은 일찍이 18세기 전반에 불어로 번역되어 서양인들에게 소개되기도 하였다.

30 "凡損人利己的事, 無所不爲, 眞是一善不作, 重惡奉行, 因此鄕里起他一個異名."

31 "兄弟中, 只有呂寶一味賭錢喫酒, 不肯學好, 老婆也不什賢曉, 因此妯娌間有些面和意不和."

거기다 본 작품은 재물을 대하는 여옥과 여보의 대조적인 태도를 통해 작가의 주제의식을 선명하게 잘 드러내었다. 또 금종이 조상이 남긴 논밭에다 나라에서 세금을 수탈한다는 이유로 황제를 증오한다는 말을 하였는데, 이로 인해 이 작품은 한때 금서로 지정되기도 하였다. 1909년 대한매일신보에 게재된 신소설 「보응」은 바로 이 작품의 내용을 활용한 작품이다.[32]

32) 제32권 「금옥노가 박정한 남편을 몽둥이로 때리다(金玉奴棒打薄情郎)」

이 이야기는 내용상으로는 **'인간의 도리에 대한 칭송과 훈계'** 가운데 **'부부관계에 대한 처신'**을 주로 다루고 있지만 **'욕망에 대한 경계'**도 아울러 드러내고 있다. 원전은 『고금소설』 제27권에 수록된 작품으로 자신의 욕망을 위해 아내를 헌신짝처럼 버리는 배은망덕하고 박정한 남자와 이런 남편을 꾸짖은 다음 용서하여 받아주는 훌륭한 열녀의 이야기를 동시에 다루고 있다. 줄거리는 다음과 같다.

송조 항주 금노대(金老大)에게 옥노(玉奴)라는 재색을 겸비한 딸이 하나 있었는데, 금씨 노인은 딸을 장래가 있는 선비에게 시집보낼 생각을 하고 있었다. 그런데 문제는 금노인이 걸인장(乞人長, 즉 거지 두목)이라 비록 생활은 풍족했지만 남의 존경을 받는 직업은 아닌지라 좋은 사위를 구하기가 쉽지 않았던 것이다. 그러던 중 이웃집 노인을 통해 조실부모한 20살 태학생(太學生) 청년 막계(莫稽)가 데릴사위 조건으로 결혼을 원한다는 말을 듣고 금노인은 크게 기뻐하며 그를 사위로 맞이하려 하였다.

---

32 '「보응」의 「呂大郎還金完骨肉」 수용', '「보응」과 「呂大郎還金完骨肉」의 대비', '「呂大郎還金完骨肉」의 번안에 의한 의미변환' 등에 관해서는 曾天富, 「한국소설의 明代話本小說 수용 연구」, 부산대 박사학위논문, 1995, 98~108쪽 참고 바람.

그 노인은 막계를 찾아가 혼사를 얘기하니 그는 장인의 신분은 좀 탐탁지 않았지만 의식주를 해결해주고 신부를 구할 능력이 없는 그로서는 승낙하지 않을 수 없었다. 그리하여 잔치를 베풀어 두 사람의 혼인을 거창하게 하니, 막계는 한 푼도 들지 않고 재색을 겸비한 처를 얻게 되자 크게 기뻐하였다. 금옥노는 돈을 아끼지 않고 남편에게 좋은 책을 사서 공부하게 해주니 두 사람은 더없이 만족스러웠다. 금옥노는 자신의 가문이 안 좋은 것을 알고 남편이 열심히 공부하여 과거에 급제하도록 밀어주었다.

좋은 환경 아래 막계는 스물세 살에 서울에서 열리는 진사과에 합격하였다. 황제가 신진 진사들을 위해 마련한 연회에도 참가한 후에 그는 관복을 입고 장인 집으로 돌아오니 길거리의 애들이 그를 가리키며 금 걸인장의 사위가 과거에 급제했다며 모여들자 속으로 자신이 걸인장의 사위가 된 것이 후회스러웠고, 조강지처의 공을 깡그리 잊어버렸다. 집에 와서도 금옥노가 묻는 말에 대답도 하지 않았다.

이윽고 그는 금옥노를 데리고 배를 타고 부임지로 가게 되어 금노인은 기뻐하며 그를 위해 잔치를 열어 전송하였고, 금옥노 또한 희색이 만연하였다. 막계는 달 밝은 밤에 잠을 이루지 못해 뱃머리에서 달구경을 하다가 장인이 걸인장인 것이 또 마음에 걸려 기분이 울적해졌다가 문득 못된 생각을 품게 되었다. 그는 금옥노를 죽이고 다시 결혼할 생각을 품었다. 그리하여 달구경을 미끼로 그녀를 불러내 강물 아래로 밀어버렸다. 그는 사공에게 돈을 주며 어서 배를 빨리 몰게 해서 10여 리가 지나 배를 멈추게 하였다. 또 사공에게 처가 강물에 빠져 어쩔 수 없었다면서 그에게 돈도 몇 냥 주면서 입을 열지 못하게 하였다.

그런데 공교롭게도 막계가 떠나온 그 곳에 마침 회서전운사(淮西轉運使) 허덕후(許德厚)가 탄 관선(官船)이 정박해 있다가 살려달라는 금옥노의 고함소리에 얼른 그녀를 구해주었다. 그녀는 남편이 자신을 죽이려 한 사연을 자초지종 그에게 얘기하니 허덕후 부부는 그녀의 딱한 사연을 듣고 그를 양딸로 받아들이고 부하들에게는 비밀로 하게 하였다. 허덕후는 금옥노에게 자신이 이 일을 공정하게 처리하겠다면서 부임지로 갔는데, 그는 바로 막계의 상사가 되었다. 그는 일부러 부하에

게 좋은 사위를 찾아달라는 부탁을 하였고, 부하는 막계가 상처(喪妻)한 것을 알고 즉시 그를 추천하였다. 허덕후는 막계가 혼인에 흔쾌히 승낙한 것을 알고 혼인식을 올릴 준비를 하였다.

결혼 당일 요란한 나팔과 북소리와 함께 막계가 장인장모에게 절을 올린 다음 신방에 들어서려는데 갑자기 사방에서 대나무 막대를 든 하인들이 그를 때리기 시작했다. 막계가 살려달라고 소리치자 방안에서 박정한 사내를 데리고 들어오라는 신부의 목소리가 들렸다. 불만을 토로하던 막계는 신부가 바로 자신이 강물에 빠트린 처인 것을 알고 대경실색한다. 금옥노는 괘심한 막계를 삼경이 되도록 꾸짖었지만, 허덕후의 만류로 참고 다시 부부의 관계로 돌아갔다. 허덕후는 두 사람을 진짜 딸과 사위로 대하였고, 금옥노도 그들을 친부모로 대하였다. 그리고 금노인도 관아로 모셔와 죽을 때가지 봉양하였다. 나중에 허덕후 부부가 죽자 금옥노는 부모처럼 상례를 치렀다. 막씨와 허씨 집안은 누대에 걸쳐 서로 친하게 지냈다.

이 작품은 삼언 가운데 매우 유명한 작품에 속한다. 명대 희곡 작가 범문약(范文若, 1587~1634)의 희곡 「원앙봉(鴛鴦棒)」 전기(傳奇)는 바로 이 작품을 모태로 하였다. 박정한 선비 문인들의 이야기는 중국 문학에 비일비재하다. 이 작품의 묘미는 걸인장의 딸 금옥노가 부덕으로 배신한 선비 막계를 꾸짖은 다음 그를 다시 남편으로 받아준 점에 있다. 비록 걸인의 딸이지만 양반가 규수 이상의 부덕을 갖춘 금옥노와 경전을 암송해 과거까지 합격했지만 욕망에 빠져 아내를 버리고 심지어 죽일 생각까지 한 막계를 대비적으로 보여줌으로써 예교를 풍자하기도 하였다. 그러나 한편으로는 죽어 마땅한 남편을 받아주는 옥노를 통해 부덕을 찬양한 점은 봉건예교를 선전한 것이다.

이 작품도 인과응보 등의 도덕성을 높이기 위해 『금고기관』 편찬자에 의해 원작인 『유세명언』의 내용을 많이 수정 보완한 것으로 유명하다. 이를테면 배은망덕한 막계가 처를 모살하려고 하여 천벌을 받아 수명이 단축되었다는 점을 보완하였으며, 또 부인(금옥노)이 죽지 않고 되살아난 것은 신명이 보우한 것임을 끝부분에 추가적으로 보충한 내용 등이 그러하다. 이 작품은 우리나라에서도 일찍 번역본이 나왔는데, 조선 말기의 고대본과 1931년 양건식의 『신역금고기관』을 통해 번역된 바가 있다.

33) 제33권 「당해원의 기상천외한 기행(奇行)(唐解元玩世出奇)」

이 이야기는 내용상으로는 **'봉건예교에 대한 풍자'** 가운데 **'풍류재자에 대한 찬미'**를 그리고 있다. 봉건예교를 무시하고 호탕하게 살아가던 선비를 찬미하는 중국인의 문화는 '위진풍도' 정신을 기반으로 하는데, 이런 작품으로는 앞에서 다룬 제6권 「이적선이 취해서 오랑캐를 겁주는 글을 짓다(李謫仙醉草嚇蠻書)」, 제15권 「재사 노남이 술과 시로 현령에게 오만을 부리다(盧太學詩酒傲公侯)」등이 모두 이런 유형에 속한다. 그 외 제28권 「교태수가 남녀 세 쌍을 짝지어주다(喬太守亂點鴛鴦譜)」에서도 예교 관념을 초월한 태수의 자유분방한 풍류재자의 면모를 비꼬는듯하면서도 결국은 찬미하였다.

이 작품의 원전은 『경세통언』 제26권 「당해원일소인연(唐解元一笑姻緣)」인데, 제목에서 보듯 민간전설로 잘 알려진 명대의 풍류재자 당인(즉 당백호)의 '당백호가 추향을 점찍다(唐白虎點秋香)' 라는 기상천외한 결혼 기담을 다루고 있다. 작품의 줄거리는 다음과 같다.

오중의 선비 해원(解元) 당백호는 뛰어난 재주를 지녔건만 마지막 과거 관문인 회시에서 뜻밖의 액운을 겪어 화를 당하자 과거를 완전히 포기하고 고향으로 돌아가 시주(詩酒)에 의지하며 방랑 세월을 보냈다.

어느 날, 창문(閶門)의 유람선에 앉아있는데 옆을 스쳐지나가는 배 안에 푸른 옷을 입은 젊은 하녀가 그를 보며 미소 짓는 것을 보았다. 순간 그는 정신이 나간

듯해 그 여자가 탄 배를 뒤쫓았는데 그 소녀는 바로 화학사(華學士) 부중(府中)의 여자임을 알게 되었다. 그리하여 그는 가난한 사내로 변장해 화학사 집 앞에서 일자리를 구하는 척하여 결국 화씨 집안 도령의 서동(書童)이 되어 화안(華安)이란 이름도 얻었다. 화안은 그 집 도령을 위해 문장을 고쳐주니 화학사의 신임을 얻게 되어 그를 내서방(內書房)의 서기(書記) 직을 맡게 하며 총애하기 시작했다. 그 사이 화안은 전에 본 하녀의 이름이 추향(秋香)으로 그 댁 부인 곁을 지키는 시녀임도 알게 되었다.

한편 화씨가의 전중주관(典中主管)이 병으로 죽자 화학사는 화안을 주관으로 삼고자 했지만 다만 그가 독신이라 중책을 맡기기가 부담스러웠다. 그리하여 부인과 의논해 그에게 신부감을 하나 얻어주려고 하였는데, 화안은 시녀 가운데 한 명을 아내로 선택하고자 하니 화부인은 이에 동의를 하였다. 그날 밤, 화부인은 20 여명의 계집종을 불러 모아 그 중 하나를 선택하라고 하자 화안은 고개를 숙이며 답이 없었다. 그 가운데 자신이 점찍은 추향이 없었던 까닭이었다. 화안은 이에 "부인의 몸종 하녀들이 모두 당도하지 않았으니 기왕 은덕을 입었으니 모두를 보길 원하옵니다."라고 하였다. 부인은 인색하다는 말을 듣기 싫어 추향을 포함한 4 명의 시녀들도 모두 불러 모았다. 그리하여 화안은 추향을 지명하고 그녀와 혼인을 맺었다. 신혼 첫날밤, 추향은 화안이 바로 소주의 당해원임을 알았고, 두 집안은 친지가 되어 서로 왕래를 이어 갔다.

명대의 풍류재자 당백호에 관한 일화는 중국 민간에서는 대단히 유명하지만 우리나라에서는 반응이 시큰둥한 편이다. 조선시대는 물론 그 이후에도 이 작품의 번역본이 없다가 2000년도에 들어 비로소 번역 소개되었기 때문이다. 당백호가 추향과 결혼했다는 것은 사실이 아닌 낭설일 가능성이 크지만 예법을 무시하던 당시 만명 문인들의 자유분방한 사풍(士風)을 당백호를 구실로 삼아 소개하였다고 이해해야 할 것이다.

예교를 중시한 『금고기관』 작가가 이런 작품들을 수록한 것은 편찬자

포옹노인도 풍류재자를 찬미한 풍몽룡의 주정주의적 문학관을 근본적으로 추종하고 있음을 단적으로 보여준다.

중국에서는 당백호의 인기와 함께 이 작품의 영향력도 대단해 많은 희곡과 소설, 그리고 영화 등의 소재로도 활용되었다. 이 작품의 탄생에 영향을 끼친 작품으로 잡극 「화전일소(花前一笑)」와 「화방연(花舫緣)」 등이 있고, 「삼소인연(三笑姻緣)」, 「삼소(三笑)」 등의 탄사(彈詞)와 보권(寶卷)은 이 작품의 영향으로 탄생한 것들이다.

34) 제34권 「여수재의 대담무쌍한 지용(智勇)(女秀才移花接木)」

이 이야기는 내용상으로는 **'여성에 대한 존중의식'**과 **'재녀에 대한 찬미'**를 다루고 있지만, 바로 앞의 작품 제33편과 같이 **'봉건예교에 대한 풍자'** 가운데 풍류재자에 해당하는 여성 '재녀에 대한 찬미'를 그리고 있다. 즉 문무를 겸비한 문비아(聞蜚娥)라는 재녀를 통해 '여자는 재기가 없는 것이 바로 덕이다.(女子無才便是德)'라고 하는 봉건예교를 풍자하고 있다. 이는 제17권 「소소매삼난신랑(蘇小妹三難新郎)」에서 풍류재자 진관(秦觀)을 능가하는 그의 부인 소소매의 문재를 찬미한 것과도 일맥상통한다. 원작은 『이각박안경기』 권17 「동창이 가짜를 진짜로 여기고, 여수재가 감쪽같이 변장하다(同窗友認假作真 女秀才移花接木)」인데, 이 작품의 내용은 자유분방하고 대담한 결혼 기담으로 여수재 문비아의 비범한 재기와 활달한 기상을 칭송하고 있다. 그 내용은 다음과 같다.

문비아는 장수 문확(聞確)의 딸로서 활 실력이 출중한 문무를 겸비한 처녀였다. 부친이 무사 출신으로 인해 남의 멸시를 받는 것이 싫어 준경(俊卿)이란 남자 이름으로 바꾸고 남장도 하여 학당에서 공부하면서 수재로 합격했다. 그녀에게는 위찬지(魏撰之)와 두자중(杜子中)이라는 두 친한 동창이 있었는데, 향후 결혼할 상대도 그 중의 하나로 정했다. 그 중 동갑인 두자중은 일찍이 자신이 만일 여자라면 반드시 그에게 시집갈 것이고, 그가 여자라면 반드시 신부로 맞이할 것이라고 하였기에 그녀는 두자중에 더 마음이 갔다.

그녀는 서재 나무 위의 까마귀에게 활을 쏘아 그 활을 줍는 사람이 하늘이 정한 인연일 것이라 여겼는데, 까마귀를 명중한 화살은 두자중이 먼저 주웠지만 이내 급한 일로 활을 옆에 있던 친구 위찬지에게 건네주고 떠났다. 활을 주우려고 나온 그녀는 아쉽게도 위찬지가 그녀의 인연이라고 여기면서도 활을 쏜 자는 자신의 누나라고 속이고 위찬지로부터 누나에게 줄 옥패를 받았다.

한편 문비아의 부친이 무고를 당해 그녀는 부친을 돕기 위해 서울로 올라왔다가 반점에서 남장을 한 자신에게 반한 경소저(景小姐)라는 절세가인을 만난다. 그녀는 문비아에게 추파를 보내며 선물을 주고 또 사람을 보내 청혼도 하였다. 문비아는 거절하였지만 막무가내인 그녀를 위해 위찬지의 옥패를 주면서 그와의 혼사를 주선하였다. 서울에서 문비아는 두자중을 만나게 되어 같은 방에 묵게 되면서 여자인 것이 탄로가 난다. 두자중은 전의 맹서를 얘기하고 또 활을 먼저 주운 자도 자기라고 하면서 함께 동침을 하며 깊은 인연을 맺는다. 두자중의 도움으로 부친은 석방이 되고, 위찬지는 문비아의 누나를 찾다가 문비아가 모든 것을 실토하면서 경소저를 소개받아 두 사람도 인연을 맺는다. 두 쌍의 남녀는 마치 형제자매처럼 친하게 지내다가 그 자식들도 서로 결혼해 세교(世交)를 맺었다.

이 작품은 만명시대 시대상이라 할 수 있는 시민계층의 진보된 관점을 잘 반영라고 있다. 우선 혼인관으로 '부모의 명과 매파의 말'에 전적으로 의지하던 봉건예교적 관행을 벗어나 자신의 독립적 의지로 스스로 배우자를 결정하고자 한 점이다.

다음으로는 남녀평등의 사상인데, 여주인공 문비아는 남성들의 전유물이었던 과거제도에서 남자만 수재가 가능했던 구태의연한 관습을 벗어나고자 한 인물이다. 이는 모두 능몽초의 진보된 사상을 반영하고 있다.

이런 진보된 여성관은 훗날 『홍루몽』 등의 여성예찬 소설이 등장하는 데 큰 밑거름이 되었다. 그러나 『금고기관』은 원전인 『이각박안경기』에다 약간의 수정을 가해 다소 거칠고 야만적인 남성적 이미지의 문비아를 보다 정숙한 여성의 모습으로 순화시키기도 하였다.

그리고 이 작품은 명 중엽 이후로 문을 중시하고 무를 경시하던 '중문경무(重文輕武)'의 사회상도 잘 반영하고 있다. 문확은 무거인(武擧人)에서 무진사(武進士)를 거친 무거양방(武擧兩榜) 출신으로 관은 참장(參將)에 이르렀지만 무인이란 이유로 멸시를 받아 자신의 사회적 지위를 높이기 위해 반드시 아들을 학당에 보내야만 비로소 문사들과 교류가 가능하였다. 그런 사회적 배경 하에 그는 3살인 아들을 대신해 큰딸 문비아를 남장시켜 학당에 보낸 것이다.

소설 속에서는 이런 현상이 문확 가정에만 국한된 것이 아니라 당시 촉(蜀) 지역에 보편적으로 흔한 일이었음도 지적하였다.

이 작품 역시 앞의 당백호 작품과 같이 우리나라에서는 크게 인기가 없어 조선시대와 일제강점기에는 번역본이 보이지 않다가 최근에서야 번역된 바가 있다.

35) 제35권 「왕교란이 큰 한을 품고 죽다(王嬌鸞百年長恨)」

이 이야기는 내용상으로는 **'인간의 도리에 대한 칭송과 훈계'** 가운데 **욕망에 대한 경계**를 다루고 있다. 원전은 『경세통언』 제34권으로 재물과 색을 탐해 연인을 배신한 남성이 자신과 상대방에게 초래한 엄청난 비극을 다루고 있는데, 주 내용은 왕교란이 자신을 버린 박정한 남편 주정장(周廷章)을 징벌하고 스스로 자결하는 것이다. 그 줄거리는 다음과 같다.

명 천순(天順) 초년 왕교란(王嬌鸞)은 하남 남양현(南陽衛) 천호(千戶)의 딸로 어

려서 사서(史書)에 통달하고 붓을 들면 바로 문장을 지었다. 연로한 부친의 문서와 서찰은 모두 그녀가 읽고 정리하였다. 어느 날, 왕교란은 소주 오강현(吳江縣)의 서생 주정장을 만나자 재자가인은 바로 마음이 기운다. 주정장은 왕부로 찾아와 구혼을 하지만 거절당하자 두 사람은 몰래 혼인서약을 하여 양연(良緣)을 맺었다.

그런데 오래지 않아 주정장이 집으로 돌아가 부친의 주재로 혼인을 하였는데, 상대는 위씨(魏氏) 집안의 미인에다 부자인 것을 알고는 앞의 맹서를 팽개쳐버린 것이다. 주정장은 위씨가 그의 집으로 들어온 이후로 왕교란의 존재를 아예 잊어버렸다. 왕교란은 그와 이별한 후 상사병에 걸려 그에게 서신을 보냈지만 주정장은 편지를 보고도 무정하게 거들떠보지도 않았으며, 정표와 혼인증서도 되돌려 주었다.

왕교란은 그 상황을 보고 비분이 교차하여 32수의 절명시(絕命詩)와 〈장한가(長恨歌)〉 한 편을 지어 주정장과의 연애와 그로부터 버려진 과정을 자세히 기록하고 그것을 봉해 오강현 공문 속에 끼어 넣어 관아에 보낸 후에 스스로 목을 매어 죽었다. 오강현의 현감은 공문을 보다가 그녀의 시문을 발견하고는 그 사연을 동정하고 주정장의 배신행위를 문책하여 그를 태형으로 죽음에 이르게 하였다.

무정하고 의리 없는 남성의 이야기는 삼언은 물론 중국고전소설의 단골 소재이다. 명 천순 연간을 배경으로 한 이 작품도 명 만력 연간 박정한 선비 이갑의 배신행위를 묘사한 「두십낭노침백보상」과 같이 진실하게 여성을 대하지 않고 그들을 이용하는 선비 문인들의 무책임한 배신행각을 담고 있다. 여기서 주정장은 양가집 규수를 기편한 반면 이갑은 기녀를 배신한 점이 구별된다.

그런데 오강현의 현감은 반드시 '부모의 명과 매파의 말'에 따라 혼인을 해야 하는 당시의 예법을 무시하고 사사로이 정을 맺어 혼인맹서를 한 규수 왕교란의 부정함을 탓하지 않고, 주정장의 배신행위에 분개해 그를 죽도록 매질을 하였다. 이는 공인인 현감이 공개적으로 봉건예법을 위반한 것으로 해석할 수가 있다.

이처럼 『금고기관』 속의 관리들은 「교태수란점원앙보」에서의 교태수도 그러하듯 봉건예교의 파수꾼이 아니라 이미 시민계층의 사상과 감정을 많이 반영한 시민화의 관리라고 할 수 있다. 그리하여 이른바 '존천리(存天理), 멸인욕(滅人欲)'이라는 이학(理學)적 교조에서 벗어나 '예는 인정을 반영해야 함(禮順人情)' 내지는 '리 속에 정이 있음(情在理中)'을 자연스레 인정한 것이다.[33]

이 작품은 우리나라에 미친 영향도 매우 크다. 신소설인 이해조의 「화의 혈」과 이규용의 「백년한」 등은 모두 이 작품을 모티브로 한 것으로 알려져 있다.

36) 第36권 「십삼랑이 다섯 살에 황제를 알현하다(十三郎五歲朝天)」

이 이야기는 내용상으로는 **'인간의 도리에 대한 칭송과 훈계'** 가운데 **욕망에 대한 경계**를 다루고 있다. 원전은 『이각박안경기』 권5 「양민공이 원소절에 아들을 잃고, 십삼랑이 다섯 살에 천자를 만나다(襄敏公元宵失子, 十三郎五歲朝天)」이다.

이 이야기는 송대 한 부유한 집안의 어린 아이가 원소절에 등롱 구경을 하러 나갔다가 군중들 틈 속에서 강도에게 납치당했지만 뛰어난 기지로 탈출하고 황제의 근시를 통해 결국 황제까지 뵙게 되어 '신동'으로 칭송되는 이야기가 주 내용이지만 또 연이어 귀족 가문의 처녀가 원소절에 납치되어 갖은 수모를 겪은 후에 가까스로 집으로 되돌아오는 비참한 사연도 동시에 이야기하고 있다. 이야기의 줄거리는 다음과 같다.

33 毆陽代發, 『解讀 宋元話本』, 臺北: 雲龍出版社, 1999, 158쪽 참고.

송대의 대신 왕소(王韶)의 5살 난 아들 남해(南陔)는 원소절 날에 하인의 등에 업혀 등롱 구경에 나갔다가 혼란한 틈에 유괴범에게 납치당하였다. 부주의로 아이를 잃은 하인은 어쩔 줄 몰라 하다가 주인어른에게 죽을죄를 고하니 아이의 부친 왕소는 전혀 걱정하지 않고 남해가 극히 총명하여 며칠 지나면 자연히 귀가할 것이라며 오히려 집안사람들을 안심시켰다.

한편 남해는 자신을 빼어 업고 가는 사람이 강도인 것을 알고 무서웠지만 소리치지 않고 침착하게 기다렸다가 다가오는 몇 대의 가마가 근접하자 '도적이야!' '사람 살려!'라고 고함치며 도움을 청하였고, 놀란 강도는 아이를 버리고 달아났다. 남해를 구출한 가마 탄 사람은 조정의 환관으로 당시 태자가 없던 신종(神宗)에게 후사가 생겨날 경사의 징조라고 여겨 그를 황제에게 보여주었다.

황제는 남해에게 이름과 납치된 사연을 물으니 총명한 남해는 자신의 출신과 전후 사건의 경위를 똑똑히 설명하고 범인을 잡기 위해 자신의 모자에 달려있던 실이 달린 바늘을 범인의 옷깃에 꽂아 증거로 남겼다고 하였다. 결국 범인은 황제의 특명으로 곧 붙잡혔고, 황제와 궁중 사람들의 사랑과 칭송을 받은 남해는 결국 부모에게로 되돌아갔는데, 이 아이는 커서 병부시랑 왕채(王寀)가 되었다.

그런데 본 작품은 이 이야기가 끝나기 전에 중간에 진주희 사건을 삽입하였는데 그 줄거리는 다음과 같다.

한편 황실 종친가의 처녀 진주희(眞珠姬)도 가족들과 함께 원소절에 가마를 타고 등불 구경을 나갔다가 여승(女僧)을 낀 악당들의 농간과 함정에 빠져 가마는 불타고 혼란한 틈에 여승은 진주희를 집으로 데려 준다고 속여 가마에 실어 악당들에게 넘겨버렸다. 악당들에게 유린을 당해 몸을 잃은 진주희는 인신매매업자를 거쳐 어느 부자의 첩으로 팔려갔다. 부자는 미모의 진주희를 매우 좋아했지만 어느 날 첩들로부터 갖은 비방을 받던 진주희를 통해 그녀의 신분과 납치되어 팔려온 사연을 들은 후 놀라 그녀를 석방하지만 자신의 신분을 비밀로 하라는 조건을 제

시한다. 진주희는 석방을 기뻐하였지만 그녀를 실은 가마는 집이 아닌 황량한 낯선 들판에 그녀를 두고 떠났다. 진주희는 울부짖으며 다시 절망에 빠졌지만 당시 현상금이 걸려있던 그녀의 사연을 안 행인에 의해 가족과 만날 수 있었다. 진주희의 부친은 딸이 그 부자와의 신분 비밀의 약속을 지키려하고 또 가문의 수치라 여겨 사건을 덮어버렸다. 그런데 왕소의 아들 납치사건으로 인해 범인들이 잡히면서 그들의 자백으로 진주희 사건의 범인들도 일망타진 할 수 있었다.

악가(嶽珂)의 『정사(桯史)』와 홍매(洪邁)의 『이견지보(夷堅志補)』에도 실린 이 이야기들은 신동 아이의 총명함을 칭송하는 제목의 표면적인 내용과는 달리 원소절 날 납치당한 두 남녀의 기이한 사연을 이야기하고 있다. 남해의 사건은 불행 중 다행이라 해피엔딩인 반면 진주희 사건은 비록 목숨은 구하고 강도는 잡혔지만 매우 무겁고 꺼림칙한 불행한 사건이다. 이 작품은 송대 이후로 원소절날 도적들의 창궐 상태와 당시 부녀자 인신매매 상황, 그리고 여성의 취약한 인권 상태 등을 복합적으로 반영하고 있다. 그러나 본 작품의 주제는 어른들의 부주의로 남해가 실종된 사건과 진주희가 놀기 좋아해 벌어진 사고를 통해 원소절과 같은 명절날 처신과 욕망에 대한 경계를 주 내용으로 하고 있다.

『금고기관』은 이 작품에서도 도덕적 교화 등을 위해 원전인 『이각박안경기』의 내용을 다소 많이 수정 보완하였다. 이를테면 "재물을 소홀히 감추면 도적을 부르고, 예쁜 미모는 음심을 야기한다(慢藏誨盜, 冶容誨淫)"는 내용을 첨가하여 진주희의 부주의와 경박함이 결국 화를 초래하였다고 명시하였다. 또 구성의 묘와 묘사의 세련미를 보완하기 위해 원전에서는 진주희가 가마를 잘못 타서 납치되는 밋밋한 내용의 줄거리지만 『금고기관』은 여승에 의해 기편되는 내용으로 개조하였다. 그 외에도 『금고

기관』은 원전 속의 불필요한 노골적인 묘사를 순화시키기도 하였다.[34]

37) 第37권 「최준신이 부용 병풍을 만나다(崔俊臣巧會芙蓉屛)」

이 이야기는 내용상으로는 **'인간의 도리에 대한 칭송과 훈계'** 가운데 **욕망에 대한 경계**를 다루고 있다. 원전은 『박안경기』 권27 「고아수가 희사한 물건으로 최준신이 부용 병풍을 만나네(顧阿秀喜舍檀那物 崔俊臣巧會芙蓉屛)」으로 부부의 이별과 결합에 관한 이야기로 재앙으로 부부가 생이별하였다가 우여곡절 끝에 결국 부부가 다시 만나 행복하게 살게 되는 이야기이다.

파경을 맞는 부부가 다시 화합하는 이야기는 삼언·이박 속 다소 흔한 주제의 고사이지만 『금고기관』이 이런 이야기들을 놓치기 않고 많이 수록한 것은 그 속에 교화적인 내용을 많이 품고 있기 때문이다. 따라서 이 작품 속에서도 지적하였듯이 본 이야기는 부인과 남편의 절개를 온전히 드러내고, 악한 자를 찾아내어 징벌함으로써 부부의 원수도 갚으며, 부부가 다시 화합하게 된다는[35] 교화적인 도덕적 의의가 크다. 본 이야기의 내용은 다음과 같다.

원대에 강소성 진주(眞州)의 선비 최준신(崔俊臣)은 부친의 음덕(陰德)으로 절강성 온주(溫州) 영가현(永嘉縣)의 현령으로 제수 받아 부인 왕씨(王氏)와 노복들을 거느리고 항주로 가는 배를 타게 되었는데, 선상에서 최준신은 술이 그나하게 취한 나머지 가지고 있던 금은보화를 하나둘 끄집어내어 보다가 사공 고아수(顧

---

34 『금고기관』은 원전의 노골적인 묘사 "真珠姬自覺陰戶疼痛, 把手摸時, 周圍虛腫"를 "真珠姬自覺下體疼痛"라고 수정 보완하였다. 이에 대해서는 앞 장을 참고.

35 "總不如'崔俊臣芙蓉屛'故事, 又全了節操, 又報了寃仇, 又重會了夫妻." - 『금고기관』, 813쪽.

阿秀)의 눈에 띠게 되었다. 부랑아 고아수는 일행들과 일찌감치 최준신의 짐에 눈독을 들였고, 그가 지닌 많은 재물들을 직접 눈으로 보자 곧바로 약탈할 마음을 굳혔다.

고아수 일행은 날이 더워 잠시 배를 시원한 강가로 정박한다는 핑계로 날이 어두워지자 흉기를 들고 최씨 일가가 있는 선실로 습격하였다. 그들은 최씨를 강에 빠트려버리고 부인을 제외한 노복들을 모두 죽였다. 그들이 부인을 살려둔 것은 그의 둘째 아들의 처로 삼기 위해서였다. 당시 왕씨는 도적떼와 죽기를 결심하고 대들 생각이었지만 훗날 복수를 생각해 당분간 그를 시아버님이라 부르며 뜻에 따랐다.

그러던 중 배에서 중추절을 만나 고아수 일행이 친척들과 연회를 베풀며 만취해 골아 떨어졌을 때, 그녀는 몰래 배를 강가에 정박시킨 후 도주하였다. 밤을 새워 달아난 왕씨는 다행히 한 비구니 암자를 발견해 주지의 도움으로 삭발하고 승려가 된다. 그 후 1년이 지난 어느 날, 암자에 시주 두 사람이 찾아와 하룻밤 묵고 가면서 보답으로 지주에게 부용꽃이 그려진 족자 하나를 주고 갔는데, 그들은 바로 고아수 형제였고 주고 간 그림은 다름 아닌 최준신이 그린 그림으로 당시 그들에 의해 약탈당한 것이었다. 그림을 알아보고 크게 놀란 왕씨는 지주를 통해 그들이 근처에 사는 고아수 형제로 한때 사공이었지만 근년에 갑자기 부유해졌으며, 소문에 의하면 그들이 고객을 약탈해 부자가 되었다고 하지만 사실 여부는 알지 못한다는 말을 듣는다. 만감이 교차한 왕씨는 그림에다 자신의 아픈 심정을 표현한 사(詞)를 한 수 적어 넣었다.

한편 소주의 곽경춘(郭慶春)은 그림을 좋아하고 관리들과 사귀는 것을 좋아했는데 우연히 암자에 들렀다가 부용 족자를 보고 반해 지주에게 고가로 구입한 후에 평소 서화를 사랑하는 어사 고납린(高納麟)에게 선물하였다. 고어사는 어느 날 문 앞에서 외모가 속되지 않은 한 사람이 비범해 보이는 글씨를 팔고 있어 그에게 이름과 사연을 묻게 되는데, 그는 다름 아닌 최준신이었다. 최씨는 자신의 기구한 사연과 호구지책으로 글씨를 팔고 있는 신세를 털어놓았고, 그를 불쌍히 여긴 고공은 그를 자신의 집에 머물게 하면서 손자들에게 글씨를 가르치게 하였다. 고공의 집에 들어온 최씨는 우연히 자신이 그린 부용화와 거기에 적힌 부인 왕씨의 필적을 보고 크게 놀랐으며, 부인이 현재 도적떼의 거처에 있으며 그림을 얻게 된 내력을 알면 사건의 전말을 캐낼 수 있음을 알게 되었다. 고공은 그 그림이 고아수가 시주한 것이고, 그림의 제사(題詞)는 비구니 혜원(慧圓)의 필적임을 알게 되어 이튿날 하인을 암자로 보내 자신의 부인이 불경을 함께 공부하길 원한다는 핑계로 혜원 즉 왕씨를 집으로 초대하고자 하였다. 복수할 생각을 포기하지 않은 왕씨는 그 부름에 응해 고공의 집에 갔는데, 고공은 직접 그녀를 만나지 않고 그녀를 부인의 거처에 함께 머물게 하였다.

부인은 왕씨에게 불경을 공부하면서 또 한편으로는 그녀의 사연을 은근히 물어보았는데, 왕씨는 울면서 자신의 기구한 사연을 모두 털어놓았으며, 동시에 부인에게 고아수란 작자가 근처에 있으니 고공에게 말해 철천지한을 풀어주길 간곡히 빌었다. 이에 부인이 고공에게 왕씨의 간절한 의지와 절개를 모두 전하니 고공은 다시금 최준신의 말이 거짓을 아님을 확인하였다. 그러나 고공은 바로 이들의 상봉을 주선하지 않고, 우선 고아수의 정체를 탐문해 그가 지역의 유력인사라 섣불리 건드릴 수 없는 자임을 알게 된다. 그리고 한편으론 부인을 시켜 왕씨에게 머리를 기르고 단장하여 자신의 과부 딸로 함께 지낼 것을 권유하였지만 왕씨는 남편이 죽은 마당에 몸단장은 의미가 없으며 니구암(尼丘庵) 지주의 은혜를 하루아침에 저버릴 수도 없다며 거절하였다.

고공은 왕씨의 지조를 확인한 후에 다시 부인을 통해 왕씨에게 남편이 생존해 있을 가능성이 있다며 향후 부부간 상봉을 위해 머리를 기를 것을 권유하자 왕씨는 그 말에 응해 남편의 생존을 기대하면서 승복은 벗지 않고 머리만 삭발하지 않았다. 그로부터 반년이 지나 감찰어사 설부화(薛溥化)가 지역으로 내려왔는데, 그는 다름 아닌 고공의 옛 부하로 고공으로부터 고아수의 사건을 자세히 보고받았다. 설부화는 과거 최준신이 올린 고소장을 토대로 도적 고아수 일당들을 일망타진하고, 그들의 장물과 당초 황제의 임명장도 모두 최준신에게 반환하였다.

당초 고공은 최준신에게 왕씨가 현재 그의 집에 머무르고 있음을 알리지 않아 최씨는 부인의 종적을 알 수 없어 눈물을 머금고 부임지로 떠날 준비를 하였다. 고공은 일부러 그에게 한 여인을 소개할 테니 부인으로 삼아 함께 떠날 것을 권유하였지만 준신은 눈물을 흘리며 부인이 어딘가에 살아있을 수도 있어 재혼의 의사가 없음을 밝혔다. 고공은 부인에 대한 준신의 의리를 확인하고는 이튿날 그를 전송하는 연회를 열어 왕씨를 불러 두 사람이 상봉하게 하였다. 부부는 그 자리에서 만나게 될 지 꿈에도 생각하지 못한 체 마주 잡고 통곡하였다.

고공은 부용병풍을 가져오게 하여 연회에 참석한 사람들에게 그 사연을 소개하면서 반 년간 부부를 자신의 집에 머물게 하면서도 차마 그들을 바로 상봉하게 하지 않음은 고아수를 확실히 검거하기 위함일 뿐 아니라 의부절부(義夫節婦) 두 사람의 뜻을 확인하고자 함이었음을 밝혔다. 최준신 부부와 사람들이 모두 고공의 깊은 덕에 눈물을 흘리며 감복하였으며, 최준신은 영가 현령을 무사히 맡은 후에 소주로 돌아와 다시는 관직에 나아가지 않고 부인과 함께 백년해로 하였다.

이 작품은 원래 『박안경기』에 수록된 작품으로 『금고기관』에 수록되면서 비교적 많은 부분이 수정된 점으로 미루어 편찬자가 이 작품에 대해 적지 않은 관심과 가치를 부여하였음을 추측할 수 있다.

수정된 부분 가운데 여러 문장상의 소소한 개정 외에 특히 언급할만한 부분이라면 『박안경기』 원본과는 달리 최준신이 술을 지나치게 마셔서 화를 초래하였음을 강조함으로써 지나친 술을 삼가야 함을 지적하였음을 들 수 있다. 그 외에도 맨 마지막 부분에서 최준신이 영가 현위를 지낸 후에 다시는 관직에 대한 욕심을 끊고 아내와 더불어 행복하게 살면서 백년해로하였다고 하였는데, 이는 『박안경기』 원본에서 최준신이 영가 현위를 마친 후에 또 다른 관직을 맡았다고 한 점과 차이가 있다.

그리고 원본의 결미에서는 고공의 '덕'과 최준신의 '의', 그리고 왕씨의 '절'을 내세우면서 선한 마음을 가지면 반드시 하늘의 도움을 얻어 원수를 갚게 된다는 교화적 설교를 다시금 강조하였지만『금고기관』에서는 다만 고공의 '덕'만을 다시 강조하였다. 이는『금고기관』의 편찬자가 주도면밀하게 교화적인 면을 강조하면서도 식상한 노골적인 교화적 훈시는 피하고자 한 그의 탁월한 편찬기교를 드러낸 것으로 볼 수 있다.

또 이 작품은 관직에 대한 지나친 욕망을 삼가하고 출세보다는 부부간의 사랑이 우선되어야 함도 역설하면서 부부간의 사랑의 가치와 도리를 강조하였다. 다만 작가가 고공이 일을 완벽하게 해결하고 또 최준신, 왕씨 두 사람의 의리를 확인하기 위해 하루라도 어서 보고 싶어 하는 부부의 상봉을 고의로 6개월도 넘게 지체시킨 점은 아무리 고공의 침착함과 현명함 때문이라 하더라도 다소 정리에 부합되지 않는 감이 없지 않다.

38) 제38권「조현령의 처가 귤을 일부러 보내다(趙縣君喬送黃柑子)」

이 이야기는 내용상으로는 **'인간의 도리에 대한 칭송과 훈계'** 가운데 **'욕망에 대한 경계'**를 다루고 있다. 원전은『이각박안경기』권14「조현령의 처가 귤을 일부러 보내고, 오선교가 헛되이 은자로 배상하다.(趙縣君喬送黃柑 吳宣教幹償白鏹)」인데, 그 내용은 한 귀족 자제가 꽃뱀에게 당해 큰 재물을 잃고 일찍 죽게 되는 내용으로 색욕을 경계하고 있다. 줄거리는 다음과 같다.

부자였던 선교랑(宣敎郎) 오약(吳約)은 좋은 관직을 찾기 위해 몸에 돈을 좀 지니고 임안(臨安)의 한 여관에 묵고 있었는데, 여관 맞은편 발이 쳐진 집에 한 젊은 여인이 전족을 한 예쁜 발을 드러내고 있는 것을 종종 목격하고는 그 여인에 마음이 쏠리게 된다.

그 여인은 이를 알아차리고 하인을 시켜 그에게 귤을 한 광주리 선물하였고, 그리하여 두 사람은 하인을 통해 예를 갖춰 여러 차례 서로 예물을 주고받았는데, 그

여인은 남편이 관직일로 출장을 떠나 오래 전부터 홀로 집을 외롭게 지키는 젊은 부인 조현군(趙縣君)이었다.

조현군은 생일날에 오선교를 집에 초대해 음식을 제공하기도 하였고, 오선교는 그녀의 미모에 혹해 한번 잠자리를 갖길 원했지만 조현군은 시종 예의를 지키면서 좀처럼 그가 다가갈 틈을 주지 않았다. 두 사람은 서로 선물도 주고 사모하는 정을 담은 시문도 교환하다가 어느 날 조현군은 오선교를 자신의 집 침실로 초대를 하였다. 조현군이 보낸 하인을 따라 그녀의 침실로 안내된 오선교는 오매불망 기다리던 일이 성사되리라 믿고 여인과 술자리를 막 벌이려는데 밖에서 남편이 출장에서 돌아왔다는 하인의 고함소리를 듣고 대경실색한다.

부인은 그를 침대 아래에 숨게 하였고, 돌아온 남편은 침대 아래에 있는 그를 발견해 간통한 오선교를 관아에 고소하겠다며 겁박하였고 부인에게도 호되게 매를 들었다. 그러나 결국 오선교와 부인, 그리고 하인들이 간곡히 용서를 빌어 3천 냥의 합의금으로 오선교는 풀려날 수 있었다.

이튿날 오선교는 조현군과 그 일행들이 이사한 것을 알았고, 자신이 꽃뱀 일당에게 기편당한 사실을 다른 기생을 통해 알게 된다. 빈털터리가 되어 고향으로 돌아온 그는 친지들로부터 망신을 크게 당하고, 또 조현군에 대한 상사병까지 얻어 관직도 얻지 못하고 일찍 죽었다.

이 작품은 남성의 욕망 가운데 색욕을 경계하고 있다. 명대 당시 사회상의 생생한 단면을 잘 보여주는 작품으로 당시 '화돈(火囤)'이라고 하는 여색을 이용해 재물을 편취하는 '꽃뱀'들의 폐해가 적지 않았음을 말해준다. 우리나라의 수용 양상을 보면 1939년에 신소설 작가 박태원의 『지나소설집』에서도 「황감자」란 제목으로 이 작품을 번안한 바가 있다.

또 이 작품에서는 '박매(撲賣)'라는 도박 형태로 물건을 파는 당시의 모습을 잘 묘사하고 있는데, 송대 이후 중국에서 유행한 상인들의 영악한 판매 전략이다. 이 놀이는 손님이 2 문(文)의 동전을 내고 동전 3개를 던져 모두 뒷면이 나오면 '혼성(渾成)'이라고 해서 손님이 이기는 것인데, 그러면 귤 한 광주리를 그냥 갖게 되는 것이다. 그러나 경우의 수를 따지면 이길 확률은 8분의 1이기에 손님이 귤을 싸게 살 확률은 매우 희박하다. 그러므로 이 작품에서도 주인공 오약이 하루 종일 동전을 던졌지만 혼성을 만들기 어려웠다고 하였다.

39) 제39권 「연금사의 꼬임에 빠져 가산을 탕진하다(誇妙術丹客提金)」

이 이야기 역시 내용상으로는 **'인간의 도리에 대한 칭송과 훈계'** 가운데 **'욕망에 대한 경계'**를 다루고 있다. 원전은 『박안경기』 권18 「연금술사의 꼬임에 빠져 부옹이 가산을 탕진하다(丹客半黍九還 富翁千金一笑)」로 연금술에 푹 빠진 한 부자가 은자를 순금으로 제련한다는 연금술사의 꼬임에 빠져 수많은 은자와 집을 날리는 내용인데 줄거리는 다음과 같다.

송강(松江)의 부옹(富翁) 반씨(潘氏)는 연단술(煉丹術)을 신봉해 여러 번 속았지만 여전히 거기서 벗어나지 못했다. 어느 날 그는 서호(西湖)를 걷다가 미첩(美妾)을 많이 거느린 화려한 복장의 나그네 부자를 만났다. 그 부자는 자신에게 끌린 반씨에게 납으로 금을 만드는 연단술을 얘기하였고, 반씨는 거기에 빠져있던 터라 한사코 그를 자신의 거처로 모셔와 연단(煉丹)을 부탁했다. 그는 반씨에게 2천냥의 재료비를 요구하며 반씨의 마당에다 화로를 설치해 연단을 했는데, 81일이 지나면 봉한 화로를 열어 단을 완성할 수 있다고 하였다.

20여일이 지나자 그 연단술사는 집에 있는 모친이 병으로 사망해 분상(奔喪)해야 한다며 첩들만 연단을 지키게 하고 떠났다. 반씨는 단이 완성될 거라 기뻐하면서 예쁜 색시들을 보자 단방(丹房)에서 희희낙락하며 십여 일을 그들과 음란한 짓을 하며 보냈다.

마침내 그가 돌아와 솥을 열어보고는 단방의 기운이 변했다고 하면서 진단(眞

丹)이 유실되고 은모(銀母)도 망쳐버렸다고 하면서 이는 필히 남녀가 단방에서 음탕한 짓을 한 까닭이라고 하였다. 그는 첩들을 질책하여 반씨와의 통정 사실을 알아내고는 용서할 수 없다고 했다. 반씨는 놀라 사정을 빌며 다시 300냥을 주고 일을 무마했다.

그 후에도 반씨는 더욱 단술에 미혹되어 또 연단술사 무리에게 속아 자산을 탕진하여 길거리를 헤매는 거지가 되었다. 어느 날, 길에서 기녀 하나를 만났는데, 바로 옛날 그 연단술사의 첩이었다. 그는 비로소 단객(丹客)들이 기녀를 첩으로 위장해 사기를 벌이고 분상을 핑계로 2천냥을 집으로 가져간 것을 알게 되었고, 다시는 연단술사들을 믿지 않게 되었다.

연단술은 옛날 도가 혹은 도교도들이 금석의 광물질 재료를 원료로 하여 화학적 방법을 사용해 장생불로와 같은 알약을 제련해 내겠다는 허황되고 터무니없는 기술을 말하지만 사실 그것은 독성이 강한 약일 따름이다. 연단술은 일찍이 진시황이 천하의 방사(方士)들에게 장생불사의 묘약을 제련하도록 시킨 것을 보면 그 이전부터 중국인들은 이런 기술이 있었다고 믿었다.

연금술은 일찍이 고대 이집트에서 시작되어 아라비아를 거쳐 중세 유럽에 전해진 원시적 화학 기술로 납과 같은 비금속(卑金屬)으로 금은과 같은 귀금속을 만들어내고, 또 그것을 녹인 물로 늙지 않는 영약도 만들려고 하였으니 사실 그것은 연단술과도 유사한 기술이다. 따라서 연단술이 주로 장생불사를 추구한다면 연금술은 주로 금과 같은 재물을 추구하였다. 그러나 연단술과 연금술이 모두 인간의 영원한 욕망인 부유(富有)와 불로(不老)를 추구함은 동일하다.

이 작품은 제40권과 같이 욕망의 경계를 재차 강조하는 『금고기관』 마지막을 장식하는 두 편의 『박안경기』 중 한 작품이지만 『금고기관』 가운데 비교적 영향력이 없는 작품에 속한다. 우리나라에서도 조선시대부터 지금까지 한 번도 번역되어 소개된 적이 없다.

40) 제40권 「재산을 뽐내며 흥청망청 쓰다(逞多財白丁橫帶)」

이 이야기 역시 내용상으로는 **'인간의 도리에 대한 칭송과 훈계'** 가운데 **'욕망에 대한 경계'**를 다루고 있다. 원전은 『박안경기』 권22 「돈이 많으니 평민이 돈을 물 쓰듯 하고, 운이 다하니 자사도 뱃사공이 되네.(錢多處白丁橫帶 運退時刺史當稍)」로 한 부잣집 자제가 거액으로 관직을 사고 절제된 삶을 살지 않다가 결국 곤경에 빠져 관직과 재산을 모두 잃게 된다는 내용이다.

이 작품 역시 『금고기관』 말미에 채택되어져 색욕이나 금전 등과 같은 인간의 욕정을 경계하고자 하는 원작 삼언·이박의 정신과 포옹노인의 의도가 잘 깔려있다. 그 줄거리는 다음과 같다.

당 희종(僖宗) 때의 강릉인(江陵人) 곽칠랑(郭七郎)은 큰 부자였는데, 어느 날 빚을 받으러 하인을 데리고 수도 장안에 갔다가 이리 저리 여행을 하게 되었다. 원금과 이자까지 모두 십여 만 냥의 돈을 거둔 후 그는 장안에서 술을 마시며 흥청망청 마음껏 돈을 뿌리며 즐겼다. 이런 생활을 하니 3년이 지나자 재산 반 이상을 써버렸다. 그가 집으로 돌아갈 생각을 하던 중에 관직도 돈으로 살 수 있단 말을 듣고 돈 몇 천 냥을 들여 횡주자사(橫州刺史) 자리를 얻고 이름도 곽한(郭翰)으로 개명하였다.

곽씨는 기고만장하여 신구(新舊) 노복들을 거느리고 금의환향하였다. 고향 강릉에 도착하자 왕선지(王仙芝) 병사들이 이곳을 지나면서 노략질을 벌여 집은 황폐되어 노모와 하녀 한둘만 남아있었으며, 남동생은 죽고 여동생은 행방불명되었다. 그는 노모를 이끌고 배를 타고 부임지로 향했는데, 배가 영주(永州)를 지나자 거센 폭풍과 파도를 만나 배는 망가지고 재물도 모두 잃어버렸으며, 자사 임명장

도 유실되었다.

그는 하는 수 없이 모친을 데리고 한 사찰에 투숙하였는데, 모친은 너무 놀라 병으로 이내 사망하였다. 비록 그의 사고를 참작하여 임명장은 다시 발령될 수 있었지만 모친상으로 인해 3년이 지나야 부임할 수 있었다. 수중에 땡전 한 푼 없던 그는 만나는 사람마다 냉대를 받았고, 하인들도 흩어져 생계를 잇기 어려웠다. 부득이 그는 배를 전전하며 사공을 도우며 생활하였는데, 사람들은 그를 '사공 곽사군(郭使君)'이라 불렀다.

이 작품은 원래 『태평광기』에 실린 「남초신문곽사군(南楚新聞郭使君)」의 내용을 바탕으로 지어진 작품인데, 제39권과 같이 욕망의 경계와 같은 도덕적 무장을 재차 강조하는 의미에서 포옹노인이 『박안경기』에서 채택한 작품이다.

사실 이 작품도 『금고기관』 마지막을 장식하는 작품이지만 앞 작품들과 같이 『금고기관』가운데 비교적 영향력이 없는 작품이다. 그래서인지 우리나라에서도 조선시대부터 지금까지 단 한 번도 번역되어 소개된 적이 없다.

전술한 바와 같이 『금고기관』 편찬모식에서 제38, 39, 40권 3편은 대우형식의 작품이 아니라 연이어 소개한 유사작품으로 모두 욕망으로 인해 패가망신하는 남성들의 모습을 보여주고 있다. 따라서 이 작품의 의의는 작가가 마지막으로 다시 한 번 남성 독자들에게 욕망의 경계를 환기시키려고 하는 포옹노인의 집요할 만큼 투철한 도덕적 의도가 반영되었다는 점에 있다.

『금고기관』의 가치

1. 삼언•이박의 편찬 이념과 핵심 사상을 계승발전

『금고기관』의 가치는 그 무엇보다도 삼언·이박의 편찬이념과 핵심사상을 잘 계승하였을 뿐 아니라 그것을 잘 보완하고 발전시킨 점에 있다. 앞 "『금고기관』의 편찬 이념"과 "『금고기관』의 미학관" 장에서 고찰한 바와 같이 『금고기관』 작가는 이론적으로 삼언·이박의 서문에 나타난 작가의 편찬 이념과 핵심 사상 등을 잘 반영하였을 뿐 아니라 실제적으로 작품의 선집과 편집에 있어서도 삼언·이박의 종지를 잘 발양하고 원작에 드러난 옥의 티와 같은 미흡한 부분들은 수정 보완하여 삼언·이박 본연의 편찬 이념과 주요 핵심 사상들을 완벽하게 계승 발전시켰다. 본 장에서는 앞 장에 이어 보다 구체적으로 이를 쉽게 설명하고자 한다[1].

---

1 본 장의 내용에 대해서는 최병규, 「『금고기관』의 삼언•이박 정신의 계승발전에 나타

1) 『금고기관』 서문에 반영된 삼언•이박의 편찬 이념

『금고기관』이 서문에서 어떻게 삼언·이박의 정신을 계승발전한지를 알아보기 위해 다시 한 번 삼언·이박의 서문을 하나하나 상기할 필요가 있다.

앞 장에서 고찰한 바와 같이 『유세명언』의 서문은 한마디로 말해 통속문학의 가치를 역설한 것이었고, 『경세통언』의 서문은 『유세명언』의 서문을 이어받아 통속문학의 가치와 기능을 역설하면서도 동시에 문학 속 허구성의 가치를 강조하였다. 즉 비록 문학의 내용이 허무맹랑하여 진실성이 없어보여도 그 속의 도리는 진짜라 풍속교화의 효능은 경전과 다름이 없다고 하였다. 마지막으로 『성세항언』의 서문은 통속적인 쉬운 언어로 육경과 사서를 보완하는 『유세명언』, 『경세통언』, 『성세항언』의 공통된 교화적 기능을 천명하면서 동시에 사람을 일깨워 한결같은 항심(恒心) 즉 진리를 깨닫게 하고자하는 도덕성을 특히 강조하였다. 그러므로 『성세항언』의 서문은 음담패설을 능사로 삼던 당시 소설들의 색정성을 비판하기도 하였다.

다음으로 『박안경기』의 서문을 요약해보면 크게 두 가지인데, 하나는 능몽초가 풍몽룡의 삼언을 이어받아 교화적 기능을 매우 중시하였음이고 또 하나는 기이함의 추구이다. 그런데 그가 말하는 기이함은 일상적인 현실을 기반으로 한 기이함이지 귀신이나 도깨비와 같은 허황된 기이함이 아님도 강조하였다. 이는 능몽초가 풍몽룡이 『경세통언』에서 이야기가 허구(가짜)일지라도 그것이 말하는 도리는 진짜일 수 있다는 문학(예술)적 진실성을 말하는 허구의 개념에서 한 단계 발전하여 문학의 허구는 일

난 걸출한 점과 그 한계 - 서문과 작품선택을 중심으로」, 『중국지식네트워크』 제21호, 2023 참고.

상의 허구 속에서 소재를 찾아야 한다는 진보적 문학관을 반영한 것이다.

그럼 이제 『금고기관』이 그 서문에서 어떻게 삼언·이박의 정신을 수용하고 발전시켰는지를 알아보자. 앞에서 고찰한 바와 같이 『금고기관』 서문의 내용은 다음의 열 가지로 요약됨을 알 수 있었다.

1. 소설은 정사의 일부이다.
2. 소설은 내용이 비속하고 금기해야 할 것들이 많아서는 안 된다.
3. 소설은 기이함과 아정함을 (동시에) 지녀야 한다.
4. 소설은 호색적이고 억측이 많거나 근거가 없으면 안 된다.
5. 소설은 풍속교화와 무관하면 안 된다.
6. 소설은 인정세태(人情世態)를 잘 반영해야 한다.
7. 소설은 기이하고 참신하여 사람의 마음과 눈을 놀래게 해야 한다.
8. 소설 작품의 결말은 아정하여 풍속을 후덕하게 할 수 있어야 한다.
9. 소설 속의 진기함은 일상적이고 평범함에서 나와야 한다.
10. 소설은 풍속교화의 미(美)를 이루게 해야 한다.

위 내용 가운데 풍속교화와 관계되는 1, 5, 8, 10 항목은 삼언·이박이 공통적으로 추구하는 가장 근본적인 내용이다. 그리고 소설은 그 구성과 내용이 기이함을 담아야한다는 3, 7, 9 항목은 주로 이박의 서문을 따른 것이라 할 수 있다. 그리고 소설의 내용에 관한 2, 4, 6 항목에서 2, 4 부분은 『성세항언』이 강조한 호색성을 배제하고 도덕성을 중시하는 부분과 일치한다. 또 나머지 6 항목 역시 삼언·이박이 추구하는 바이다. 왜냐하면 삼언 가운데 『유세명언』은 그 제목의 뜻부터 바로 세상의 인정세태를 명쾌하게 비유한 작품이기 때문이다.

이처럼 『금고기관』은 그 서문에서부터 이미 삼언·이박의 핵심정신을 잘 이어가고 있다. 그 중에서도 6가지 항목 이상에서 나타나듯 무엇보다도『금고기관』은 삼언·이박이 중시한 풍속교화의 도덕성에 가장 큰 신경을 쓰고 있음을 알 수가 있다. 그리하여 소설은 호색적이어도 안되고, 비속해서도 아니 되며, 결말도 아정하여 풍속교화에 큰 도움이 되어야 한다고 주장하였다. 다음으로는 3, 7, 9 항목에서 보듯『금고기관』은 이박에서 강조한 소설이 지닌 기이함과 참신함 등 구성의 묘미를 중시하였던 것이다.

그러나『금고기관』이 무조건적으로 삼언·이박을 쫓아간 것은 아니다.『금고기관』은 삼언이 주장한 통속성을 중시하면서도 비속하거나 금기가 많아서는 안 된다고 주장하였으며, 이박이 주장한 기이함을 쫓았지만 기이함만 있어서는 안 되고 아정함이 동시에 만족되어야 함을 주장하였다. 이는 무엇보다도 도덕성을 가장 중요한 전제로 내세운『금고기관』의 편찬원칙을 잘 반영한 것이다.

삼언·이박에 비해 도덕성에 더 큰 비중을 두고자 한『금고기관』의 편찬이념은『금고기관』이 추구하는 기이함이 이박의 기이함과 서로 사뭇 다른 점에서도 잘 드러난다. 즉『금고기관』소화주인의 '기(奇)'가 일상생활을 근거로 한다는 점은 능몽초의 기와 같지만, 기의 본질과 방법론에 있어서는 서로 달랐다.

이를테면 능몽초의 기가 '일상생활에서 찾은 상리로써 이해할 수 없는 놀랍고 기이한 것'으로 이를 통해 사람들에게 경계와 모범을 심어주는 것이 그의 목적이었다면, 소화주인의 기는 '원래 우리 주변의 것이지만 사람들에게 홀시된' 인의예지, 충효절의, 인과응보, 성현호걸 등의 도덕성에 바탕을 두고 이를 되찾고자 함이 그의 목적이었다.

다시 말해 능몽초의 기가 일상생활에서 상리로써 이해할 수 없는 '기이함' 그 자체라면 소화주인의 기는 오래 동안 사람들에게 잊힌 상심, 상행, 상리, 상인 등의 '도덕성'에 바탕을 두어야 함을 역설하였다. 따라서 소화주인의 서문에 나타난『금고기관』의 편찬 이념은 이론적으로 볼 때 능몽초보다는 도덕적 교화성을 더욱 강조한 풍몽룡의 이념에 더 근접해 있음을 알 수 있다.

요컨대 『금고기관』은 그 서문을 통해 삼언·이박의 핵심사상을 잘 추종하면서도 삼언의 통속소설관과 이박의 '진기'의 이론에 나름대로 약간의 살을 붙여 이를 잘 계승발전하고 있음을 볼 수 있다.

2) 『금고기관』 작품 선택에 반영된 삼언•이박 정신의 계승과 발전

『금고기관』은 작품 선택에 있어서도 삼언·이박의 편찬이념과 핵심정신을 잘 이어가고 있다. 본 장에서는 포옹노인이 삼언·이박 200편 작품 가운데에서 40편만을 추려 『금고기관』을 편찬한 점을 통해 그가 어떻게 삼언·이박의 정신을 계승하였는지를 살펴보자.

앞 장에서 고찰한 바와 같이 『금고기관』 40편 작품들의 대체적인 내용을 분류해 그 수록한 작품 수에 따라 순위를 매겨보면 "1. 욕망(색욕, 물욕, 관직욕 등)의 경계와 처신에 대한 훈계(9편) 2. 부부관계에 대한 계시(7편) 3. 선량한 위정자에 대한 예찬(7편) 4. 부덕을 칭송(6편) 5. 박정한 남성에 대한 훈계(4편) 6. 여성(기생)에 대한 존중(4편) 7. 탐관오리에 대한 (간접적) 풍자(4편) 8. 친구간의 우정과 의리(3편) 9. 형제간의 우애와 의리(3편) 10. 풍류재자에 대한 칭송(3편) 11. 재녀에 대한 찬미(2편) 12. 정치현실에 대한 풍자(2편) 13. 가난한 선비에 대한 동정(과거제도에 대한 비판)(2편) 14. 노복에 대한 칭송과 훈계(2편) 15. 악처에 대한 훈계(2편) 16. 금전적 욕망추구의 정당성"(1편)과 같은 16가지 순으로 나눌 수 있음을 알 수 있다.[2]

---

2 앞 "제4장. 『금고기관』의 편찬 방식과 미학관" 중 "2. 금고기관의 편찬이념" 장절을 참고.

그런데 이 16가지 유형을 다시 자세히 살펴보면 대부분이 풍속교화의 도덕성에 관한 내용이 대부분을 차지함을 알 수 있다. 다시 말해 1. 욕망(색욕, 물욕, 관직욕 등)의 경계와 처신에 대한 훈계(9편) 2. 부부관계에 대한 계시(7편) 3. 선량한 위정자에 대한 예찬(7편) 4. 부덕을 칭송(6편) 5. 박정한 남성에 대한 훈계(4편) 8. 친구간의 우정과 의리(3편) 9. 형제간의 우애와 의리(3편) 14. 노복에 대한 칭송과 훈계(2편) 15. 악처에 대한 훈계(2편) 항목이 모두 도덕교화에 관한 내용인데, 중복을 제외한 순수 작품수를 세어보면 모두 32편으로 『금고기관』의 거의 대부분을 차지한다고 해도 과언이 아니다.

이는 『금고기관』이 작품 선택에 있어 삼언·이박이 가장 중시한 풍속교화의 도덕성을 가장 우선시하였음을 단적으로 보여준다. 그런 까닭으로 인해 『금고기관』은 삼언 가운데 풍몽룡이 중시한 남녀 간의 순수한 정인치정을 찬미한 작품이라 할지라도 욕정이 지나치거나 부덕을 벗어나거나 혹은 미풍양속을 벗어난 묘사가 있는 작품들은 모두 수록하지 않고 배제시켰던 것이다.

그 대표적인 예가 앞에서도 언급한 바가 있는 삼언 중의 걸작으로 유명한 『성세항언』 제14권 「요번루다정주승선」과 『경세통언』 제16권 「소부인금전증년소」, 『유세명언』 제23권 「장순미등소득려녀」 등의 작품이다. 그 외에도 삼언 가운데 명작이지만 색정적 묘사와 욕정의 본능을 찬미하는 내용이 있는 작품들도 일률적으로 삭제되었다.

다음으로는 위 항목을 제외한 나머지 작품들의 내용도 주목할 필요가 있는데, 이에 해당하는 작품들은 6. 여성(기생)에 대한 존중(4편) 7. 탐관오리에 대한 (간접적) 풍자(4편) 10. 풍류재자에 대한 칭송(3편) 11. 재녀에 대한 찬미(2편) 12. 정치현실에 대한 풍자(2편) 13. 가난한 선비에 대한 동정(과거제도에 대한 비판)(2편) 16. 금전적 욕망추구의 정당성"(1편) 등이다.

그 내용을 살펴보면 여성(기녀)과 재녀에 대한 존중과 찬미에 해당하는 작품이 6편으로 가장 많고, 다음으로는 탐관오리나 정치현실에 대한 풍자가 4편이며, 그 다음으로는 풍류재자에 대한 칭송이 3편을 차지한다. 그리고 마지막으로 가난한 선비에 대한 동정이 2편을 차지하고, 금전적 욕망추구의 정당성을 얘기한 작품도 1편을 차지한다. 따라서 『금고기관』은 도덕성 외에도 여성들에 대한 중시, 정치현실에 대한 풍자, 풍류재자에 대한 칭송, 가난한 선비에 대한 동정, 금전적 욕망의 정당성 등도 얘기하고 있다.

먼저 여성에 대한 존중을 반영한 점은 주지하다시피 풍몽룡은 통속문학 연구를 통해 민간과 여성문학을 중시하였으며, 앞의 제2장에서도 논의한 바와 같이 그가 전겸익과 더불어 「신가역제벽시」를 통해 여성에 대한 관심과 여성의식을 고양한 점은 잘 알려진 사실이다. 따라서 『금고기관』은 풍몽룡과 삼언의 이런 성향을 놓치지 않고 잘 계승한 것이다.

다음으로 탐관오리에 대한 풍자와 같은 정치현실에 대한 반영을 살펴보자. 『금고기관』은 그 서문에서 삼언이 "인정세태를 지극히 잘 반영하였다(極摹人情世態之歧)."라고 하였듯이 삼언은 현실사회의 실제모습을 잘 반영한 작품이다. 『금고기관』도 이런 정신을 이어받아 탐관오리나 암울한 정치와 사회현실을 풍자한 작품으로 제3권 「등대윤귀단가사」, 제4권 「배진공의환원배」, 제13권 「심소하상회출사표」, 제15권 「노태학시주오공후」 네 작품을 꼽을 수 있으며, 그 외에도 제8권 「관원수만봉선녀」, 제26권 「채소저인욕보구」, 제29권 「회사원한복고주」 등도 추가될 수 있다.

그러나 「등대윤귀단가사」와 「배진공의환원배」는 탐관오리를 직접적으로 풍자한 것이라기보다는 형제간의 유산문제와 어진 위정자를 칭송하는 것에 중점을 두었고, 「노태학시주오공후」도 제목에서 보듯 겉으로는 위정자에 대한 비판보다 토호 노남의 오만함을 얘기하듯 하였다. 그리고 「채소저인욕보구」와 「회사원한복고주」도 비정하고 참담한 사회현실을 반영하였지만 부녀자의 정절과 노복에 대한 경계에 초점을 두어 어두운 사회현실에 대한 비판의식을 다소 희석시켰다.

따라서 『금고기관』 40편 가운데에는 통치계층에 대한 직접적인 비판이나 어두운 사회현실을 전적으로 풍자한 작품은 사실 그리 많지가 않다. 그 대표적인 작품이라면 「심소하상회출사표」와 「관원수만봉선녀」를 꼽을 수 있을 따름이다. 「심소하상회출사표」는 정권을 농락하는 권신의 횡포와 이에 맞서 싸우는 의로운 관리의 실제 사건을 서술하였고, 「관원수만봉선녀」 역시 당시 통치계층의 잔혹함과 이를 징벌하는 내용을 묘사하였다. 이런 이유는 『금고기관』은 그 서문에서도 밝혔듯이 그 구성과 결말이 아정하여 풍속을 후덕하게 해야 함을 종지로 내세운 까닭에 통치계층의 부패상을 적극적으로 고발하기보다는 선한 관리들에 대한 칭송을 더 많이 수록하였으며, 간혹 탐관오리의 폐단을 얘기하더라도 직접적으로 그들을 묘사하기보다는 충직한 관리들을 칭송하면서 부수적으로 악한 관리들의 모습을 보여주는 방식을 택했다.

그런 까닭에 『금고기관』은 사회풍자의 작품을 취해도 풍속교화의 목적을 위해 지나치게 사회의 암울한 면을 노골적으로 드러내거나 미풍양속에 반하는 지나친 선정적이거나 비인륜적 작품들은 걸작이라 하더라도 모두 배제하였다.[3] 이는 삼언·이박에 나타난 옥의 티를 제거하고 그 핵심

---

3 그 대표적인 경우가 권력에 굴복하지 않는 남녀간의 생사를 넘은 사랑을 통해 시민계층과 봉건권력층간의 모순과 투쟁을 반영한 작품 「崔待詔生死冤家」(『경세통언』 第八卷)이 수록되지 않았으며, 탐욕스러운 중이 양가집 부인을 유혹하는 명편 「簡帖僧巧騙皇甫妻」(『유세명언』 卷35)도 배제되었다. 그 외에도 삼언 속에서 욕정 묘사가 많은 대표적인 작품이라 할 수 있는 「汪大尹火焚寶蓮寺」(『성세항언』 卷39), 「吳衙內臨舟赴約」(『성세항언』 卷28), 「閒雲菴阮三償冤債」(『유세명언』 卷4), 「陸五漢硬留合色鞋」(『성세항언』 卷16), 「新橋市韓五賣春情」(『유세명언』 卷3), 「金海陵縱欲亡身」(『성세항언』 卷23), 「勘皮靴單證二郎神」(『성세항언』 卷13), 「赫大卿遺恨鴛鴦條」(『성세항언』 第15) 등도 모두 배제되었다.

사상만을 잘 계승 발전시키고자 노력한 『금고기관』 작품선택의 성과라고 해도 과언이 아니다.

이처럼 『금고기관』은 풍속교화의 목적과 도덕성을 최우선시하면서 그 서문에서도 밝힌 바와 같이 아정하면서도 그 구성이 기이하고 참신해야 함도 강조하였다. 이는 기이함을 추구한 이박의 정신을 계승한 것으로 『금고기관』이 한낱 도덕 교과서가 아니라 독자들을 끄는 재미와 예술성을 모두 갖고 있음을 증명하고자 한 것이다. 그러므로 삼언·이박 중 예술성은 물론 멋진 구성으로 유명한 대표적인 작품이라 할 수 있는 제7권 「매유랑독점화괴」, 제14권 「송금랑단원파전립」, 제23권 「장흥가중회진주삼」, 제24권 「진어사교감금채전」, 제28권 「교태수란점원앙보」, 제37권 「최준신교회부용병」등이 모두 수록된 것이다.

다음은 풍류재자에 대한 칭송으로 『금고기관』이 제6권 「이적선취초혁만서」, 제15권 「노태학시주오공후」, 제33권 「당해원완세출기」등 풍류재자를 칭송한 작품을 3편이나 수록한 점을 살펴보자. 중국문학사에서 풍몽룡은 걸출한 풍류재자로 잘 알려져 있으며, 그는 진정(眞情)으로 명교(名教)의 위선을 고발한 점으로 유명하다. 그러므로 풍몽룡은 삼언에서 풍류재자 이태백과 당백호의 탈유가적 신선의 풍도를 찬양하였으며, 부모관(父母官)으로 섬겨야 하는 수령에게 반항한 선비 노남을 비판하기보다 그를 신선시하며 긍정적으로 묘사하였다.[4]

『금고기관』이 삼언 속의 이런 작품들을 여과 없이 수록한 점은 바로 편찬자가 풍몽룡과 삼언의 정신을 잘 추종하고 있음을 말한다. 풍류재자에 대한 삼언의 칭송은 자연히 재녀에 대한 칭송으로도 이어졌는데, 『금고기관』 역시 삼언·이박 가운데 이런 작품을 각각 1편씩 선택하였다.

---

4 이 작품은 관리들의 잔악한 횡포와 음모 등 당시 사회의 어두운 면을 폭로하면서 권력에 고개 숙이지 않고 이에 맞서는 노남의 孤傲한 태도와 풍류재자로서의 호방함과 기개를 찬양하고 있다.

그 외에도 『금고기관』은 과거제도의 희생양이라고 할 수 있는 가난한 선비를 동정하는 작품을 2편이나 실은 것은 풍몽룡의 삶도 그러하듯 늘그막에 공생으로 겨우 미관말직을 얻기까지 오래 동안 과거에 급제하지 못한 불우한 선비들의 삶을 반영한 삼언의 작품을 놓치지 않고 수록한 것이다. 또 이박 가운데 금전적 욕망추구의 정당성을 반영한 작품을 1편 실은 것은 명말 상공업의 발달과 함께 금전에 대한 인식의 변화를 실은 것으로 이 역시 현실사회의 실태를 반영한 삼언·이박의 정신을 계승한 것이다. 이처럼 『금고기관』은 40편 작품선택에 있어 삼언·이박의 정신을 완벽하게 계승하고 있다고 해도 과언이 아니다.

3) 『금고기관』 편찬방식에 반영된 삼언•이박의 정신

본 장에서는 『금고기관』이 작품선택에 이어 편찬방식에 있어서도 구체적으로 어떻게 삼언·이박의 정신을 계승발전하고 있는가를 알아보자.

앞장에서 『금고기관』 40편의 편찬모식을 고찰한 바와 같이 『금고기관』은 삼언·이박 가운데 『유세명언』에서 8편, 『경세통언』에서 10편, 『성세항언』에서 11편을 선정하였으며, 그리고 이박에서는 『박안경기초각』에서 8편, 『이각박안경기』에서 3편을 수록하였다. 따라서 『금고기관』 편찬자는 삼언·이박 약 200편 5부의 책 가운데 어느 한 편의 책에만 치우침이 없이 5부의 책 내용을 비교적 골고루 실었다고 볼 수가 있다.

그러나 삼언에서 29편을 수록하고, 이박에서 11편을 채택하였음은 삼언·이박 가운데 도덕성에 더 비중을 실은 삼언의 중요성을 비교적 더 인정한 것이고, 그것은 『금고기관』 서문에서도 밝힌 바와 같이 이 책이 풍속교화의 도덕성을 가장 우선시하였음을 다시 한 번 입증한 것이다.

거기다 『금고기관』은 삼언 가운데서도 특히 도덕성의 각성을 역설한 『성세항언』을 가장 많이 수록하였을 뿐 아니라 『성세항언』 가운데서도 가장 중요하다고 볼 수 있는 책의 맨 첫머리를 장식한 4편의 작품 "제1권 「세 효렴이 재산을 양보하여 높은 이름을 얻다(三孝廉讓產立高名)」(『성세항언』 권2), 제2권 「두 현령이 고녀에게 의리를 베풀어 결혼을 주선하다(兩縣令競義婚孤女)」(『성세항언』 권1), 제7권 「기름장수가 제일의 명기를 독차지하다(賣油郎獨占花魁)」(『성세항언』 권3), 제8권 「꽃을 좋아하는 노인이 화신을 만나다(灌園叟晩逢仙女)」(『성세항언』 권4)"를 전반부에 모두 실었는데, 이는 바로 사람들의 도덕성을 일깨워주고자 하는 『금고기관』의 의도를 잘 반영한 것이다.

더구나 『금고기관』의 서두를 장식한 4편의 작품인 제1권 「세 효렴이 재산을 양보하여 높은 이름을 얻다」, 제2권 「두 현령이 고녀에게 의리를 베풀어 결혼을 주선하다」, 제3권 「등대윤이 귀신과 얘기하여 가산을 판결짓다」, 제4권 「배진공이 약혼녀를 돌려보내주다」의 내용을 들여다보면 어진 위정자의 선정을 찬미하거나 형제간의 우애를 강조한 작품으로 모두 해피엔딩으로 봉건예교를 선양하는 내용이다. 이는 『금고기관』이 책의 성격을 좌우하는 서두에다 통치계층의 선정을 찬미하거나 형제간의 화목을 장려하는 내용을 실음으로써 조정에 대한 찬양과 함께 책의 종지라고 할 수 있는 풍속교화의 도덕성을 처음부터 강조하고자 함을 노골적으로 드러낸 것이다.

『금고기관』 편찬방식에 나타난 도덕성의 강조는 책의 서두 뿐 만이 아니라 마지막에서도 잘 나타난다. 앞에서도 언급하였듯이 『금고기관』 40편 작품들의 내용 가운데 편찬자가 무엇보다도 먼저 욕망에 대한 경계와 그에 대한 훈시를 가장 중시하여 앞장의 표에서도 드러났듯이 9편의 작품이 그런 내용이었지만 그 가운데서도 특히 이런 작품들을 대미를 장식하는 소설 말미에 집중적으로 연이어 포진하였음은 편찬자가 도덕성을 마지막으로 독자들에게 다시 한 번 환기시키고자 한 의도를 반영한 것이다.

이를테면 제38권 「조현령의 처가 귤을 일부러 보내다(趙縣君喬送黃柑子)」, 제39권 「연금사의 꼬임에 빠져 가산을 탕진하다(誇妙術丹客提金)」, 제40권 「재산을 뽐내며 흥청망청 쓰다(逞多財白丁横帶)」 세 편의 작품은 『금고기관』 편찬방식에서 전편을 통해 보편적으로 드러난 여러 형태의 '대우'의 형식을 벗어나 '유사 작품'의 형식으로 세 작품을 연이어 수록한 형태이다. 그것은 이들 세 작품이 대우의 형식을 이루지는 않지만 '욕망의 경계'라는 유사한 내용으로 파격적으로 묶어 대우 이상의 강한 효과를 주기 위함이었다. 이처럼 『금고기관』은 그 편찬방식에 있어서도 삼언·이박 사상의 핵심인 풍속교화의 도덕성을 대단히 염두에 두었음을 말해준다.

『금고기관』 편찬방식에 나타난 삼언·이박 정신의 계승과 발전은 편찬자가 삼언·이박 원전의 제목과 내용을 다소 수정하고 보완한 그 구체적인 서술방식에 있어서도 잘 드러난다. 우선 『금고기관』 40편의 제목은 삼언·이박의 원제목을 그대로 옮긴 것이 아니라 40편 전부가 상하 두 편씩 정확한 대구를 이루도록 정교하게 편집하였음은 앞장에서 이미 지적한 바다. 『금고기관』이 삼언·이박 원전 제목을 다소 변경한 것은 비단 대구만을 위해서가 아니라 때론 제목의 변경을 통해 작품의 성격을 편찬자가 원하는 방향으로 고치기 위함이었다.

이를테면 제33권 「당해원의 기상천외한 기행(唐解元玩世出奇)」에서 원작 「당해원일소인연(唐解元一笑姻緣)」(『경세통언』 제26권)의 "일소인연(一笑姻緣)"을 "완세출기(玩世出奇)"로 바꾼 것은 앞장에서도 지적한 바와 같이 결혼에 중점을 둔 것이 아니라 제34권 「여수재의 대담무쌍한 지용(女秀才移花接木)」과 함께 두 작품이 모두 재기 있는 남녀의 기행을 담고자 한 내용상의 완벽한 대우를 취하고자 한 때문이다. 그러나 또 다른 이유는 『금고기관』 편찬자는 삼언과는 달리 당백호의 결혼 기행을 도덕적 관점에서 비판적 시각으로 본 까닭이기도 하다. 즉 삼언이 당백호의 결혼 기행을 '우스운 결혼 인연'으로 보았지만 『금고기관』 편찬자는 풍속 교화의 도덕성 원칙에 의거해 이를 '세상을 업신여기는 기이한 행동'으로 규정하였다. 물론 이는 『금고기관』이 언제나 도덕적 교화주의를 추구한다는 메시지를 겉으로 보여주고자 함이다.

『금고기관』은 삼언·이박 원전의 제목 뿐 아니라 작품 내용에 있어서도 약간의 수정작업을 거쳐 삼언·이박의 정신을 고취하고자 노력하였다. 앞 장에서 『금고기관』 40편의 원문 내용과 삼언·이박 원작과의 상호비교를 통해 『금고기관』 편찬자의 편찬의도를 살펴보는 작업을 하였지만 『금고기관』은 삼언·이박 원문에 대한 수정을 통해 도덕성의 고취를 더욱 진작시켰다. 예를 들면 『금고기관』 제4권 「배진공의환원배」에서 배진공의 도덕성을 강조하기 위해 『유세명언』의 "私行耍子(몰래 장난을 치다)" 부분을 "私行體訪民情(몰래 민정을 몸소 체험하다)"라고 고쳤는데, 이는 배진공이 민정을 살피기 위해 종종 신분을 감추는 것인 '장난치다'라고 표현한 것을 도덕성을 잘 드러내기 위한 언어로 순화시킨 것이다.[5]

또 『금고기관』 제14권 「송금랑단원파전립」에서도 송금랑이 장인장모의 불의를 알면서도 아내의 은정을 생각해 재혼하지 않았다는 부분을 첨가하였을 뿐 아니라[6] 남편을 학대하는 부모를 대하는 의춘의 거친 태도를

5 원문의 "原來裹令公閒時常在外面私行耍子.(원래 배공은 한가할 때 늘상 바깥에서 몰래 장난을 하였다.)" 부분을 "原來裹令公閒時常在外面私行, 體訪民情.(원래 배공은 한가할 때 늘상 바깥에서 몰래 민정을 몸소 체험하였다.)"로 수정하였다.

6 『경세통언』의 "宋金住在南京二年有餘, 把家業掙得十全了.(송금은 남경에서 2년여를 살면서 재산을 많이 모아두었다.)" 부분을 『금고기관』에서는 "宋金住在南京二年有餘, 把家業掙得十全了, 思想丈人丈母雖是很毒, 妻子恩情卻是割捨不下, 並不起別娶之念.(송금은 남경에서 2년여를 살면서 재산을 많이 모아두었다. 장인장모를 생각하면은 비록 그들이 모질고 독하지만 아내와의 은정은 차마 져버릴 수가 없었기에 다른 여자를 불러들일 생각은 품지 않았다.)"라고 수정 보완하였다.

부드럽게 순화한 점[7]도 송금과 의춘의 도덕성을 부각시키기 위해서였다.

또 『금고기관』 제23권 「장흥가중회진주삼」에서 『유세명언』의 "人心或可昧(사람의 마음은 속일 수 있을지라도)" 부분을 "人心不可昧(사람의 마음은 속일 수 없고)"라고 하였는데, 이는 『유세명언』의 "사람의 마음은 속일 수 있을지라도 천도는 어그러짐이 없다.(人心或可昧, 天道不差移)"라는 부분을 "사람의 마음은 속일 수 없고 천도는 어그러짐이 없다.(人心不可昧, 天道不差移)"라고 수정한 것이다. 이는 『금고기관』이 사람의 도덕적 책임과 주체성을 강조하기 위해 일부러 고친 것이다.

그 외에도 『금고기관』 제31권 「여대랑환금완골육」은 비교적 많은 부분을 수정 보완한 것으로 유명한데, 악인 여보(呂寶)에 대한 묘사에서 "凡損人利己的事, 無所不爲, 眞是一善不作, 重惡奉行(무릇 남을 해치고 자신을 이롭게 하는 일은 하지 않은 바가 없으니 실로 선한 일은 한 것이 없고, 나쁜 악행은 받들어 행하였다)"라든지 "只有呂寶一味賭錢喫酒, 不肯學好, 老婆也不什賢曉, 因此妯娌間有些面和意不和(오직 여보만 도박과 술에 빠져 좋은 일은 하려 들지 않았으며, 아내도 그리 어질지 못해 동서간에도 겉으론 표를 내지 않았지만 사이가 좋지 않았다.)" 등의 구체적인 악행 묘사를 많이 첨가하였다. 이 역시 인과응보의 도덕성을 강조하기 위해 악한 여보와 그 부인의 나쁜 행실을 더욱 부각시켰다.

---

7 『경세통언』에서는 "宜春一把扯住母親, 哭天哭地叫道..「還我宋郎來!」(의춘은 모친을 꼭 붙잡고 펑펑 울며 외쳤다. "송서방을 제게 돌려주세요!")"라고 묘사했지만 『금고기관』에서는 "欲要叫丈夫莫去, 又恐違拗了父命, 正在放心不下. ...... 宜春氣塞咽喉, 淚如泉湧, 急跑出艙, 連忙扯解掛帆繩索, 欲下帆轉船, 被母親抵死抱住, 拖到後艄. 宜春跌腳搥胸叫天叫地哭道.. 還我宋郎來!(남편을 보내지 말라고 말하고 싶었지만 또 한편으론 부모의 명을 거역할까 두려워 마음을 놓지 못하고 있었다. ...... 의춘은 기가 막히고 목이 메여 눈물을 샘솟듯 흘리면서 급히 갑판 밖으로 뛰어나와 급히 돛대 밧줄을 풀며 돛을 내려 배를 돌리려고 하였지만 그녀를 한사코 안고 놓아주지 않는 모친에 의해 배 뒤편으로 밀려났다. 의춘은 발을 구르며 가슴을 치면서 통곡을 하며 말했다.. 송서방을 내게 돌려줘요!)"라고 수정하였다.

그리고 『금고기관』 제32권 「금옥노봉타박정랑」에서도 금옥노가 죽지 않고 되살아난 것은 신명이 보우한 것임과 배은망덕한 막계가 처를 모살하려고 하여 천벌을 받아 수명이 단축되었음을 끝부분에 추가한 것 역시 천도와 도덕성을 강조하기 위해 따로 첨가한 것이다. 또 『금고기관』 제36권 「십삼랑오세조천」에서도 "재물을 소홀히 감추면 도적을 부르고, 예쁜 미모는 음심을 야기한다(慢藏誨盜, 冶容誨淫)"라는 내용을 첨가하여 놀기 좋아하는 진주희의 부주의와 경박함이 화를 초래하였음을 강조함으로써 도덕성의 진작을 역설하였다. 이처럼 『금고기관』은 작품 내용에 있어서도 삼언·이박의 핵심사상이라고 할 수 있는 도덕성을 강조하여 군데군데 원문을 수정하였음을 알 수 있다.

4) 『금고기관』 작품 선택과 편찬 방식의 미학에 나타난 삼언•이박의 정신

앞에서 고찰한 바와 같이 삼언의 편찬에는 명대 후기 대두된 주정주의적 사상과 풍몽룡의 풍속교화의 도덕성을 기반으로 한 유교적 교화사상이 융합된 '중화의 미'가 잘 드러난다. 따라서 풍몽룡의 삼언은 대체적으로 보면 유아함과 통속성을 아우르는 중화적 미학관을 나타내고 있음은 이미 많은 학자들이 수긍하는 바이다.[8] 『금고기관』 역시 삼언의 이런 중화적 미학관을 계승하여 이를 잘 견지하고 있다.

앞에서 살펴본 바와 같이 『금고기관』 40편 전체의 내용을 들여다보면 풍속교화를 위한 도덕성의 선양에 주력하여 인간의 욕망에 대한 경계와 인륜도덕의 칭송 등을 우선시하였음을 잘 알 수 있었다. 그러나 또 한편으로 『금고기관』은 당시 주정주의의 조류에 따라 봉건예교의 속박을 벗

---

8 이에 대한 논문으로는 黃善文, 「馮夢龍三言的中和之美」(『安慶師範院學報(社會科學版)』, 2003), 또 李雪梅, 「論三言的中和之美」(『河北師範大學』, 2010) 등 참고.

어나 심지어 그에 대항해 인간의 정을 강하게 찬양하기도 하였다. 이는 『금고기관』이 삼언 속 이런 방면의 명작들을 빠짐없이 잘 수록하고 있는 점에서 알 수 있는데, 그것은 바로 이성적 교화주의의 가치관과 감성적 주정주의적 가치관이 상호 잘 어우러진 중화의 미의 반영이다.

『금고기관』은 먼저 소화주인 서문을 통해 정사와 어깨를 겨루는 소설의 가치와 삼언의 풍속교화 역할을 강조하였는데, 그것은 바로 포옹노인이 풍몽룡의 교화주의를 적극적으로 채택하고 있음을 말한다. 따라서 『금고기관』의 미학관은 교화주의적 심미관을 기본정신으로 삼고 있다고 할 수 있다. 적어도 『금고기관』은 겉으로 표방하기로는 모든 작품들이 풍속교화의 교화주의적 심미관을 추구하는 것처럼 보인다.

그러나 사실 『금고기관』 편찬자는 겉으로는 일방적으로 교화주의를 추구하는 듯 하지만 안으로는 그와 대응하는 주정주의적 가치와 시민계층의 자유분방한 사상도 적극적으로 수용하고 있다. 그리하여 시종일관 풍속교화의 도덕성을 운운하면서도 군데군데 이런 진보적인 자유분방한 작품들을 포진시키고 있으며 심지어 두 가치관이 충돌할 때에는 교묘하게 주정주의적 심미관을 적극 옹호하기도 하였는데, 이는 바로 『금고기관』이 삼언의 중용적 미학관을 잘 계승하고 있음을 말해준다.

앞에서 우리는 『금고기관』 40편 작품들의 내용을 유형별로 분류하면 16가지 유형으로 분류되며, 교화주의 심미관을 반영한 유형이 8가지이고, 주정주의적 심미관이 반영된 유형도 8가지임을 알 수 있었다. 그러나 사실 이 두 심미관은 표면적으로는 공평하게 반반씩 절충하여 반영되었지만, 깊이 살펴보면 작품 편수에 있어서는 많은 차이가 있었다. 즉 교화주의적 심미관을 반영한 작품들은 『금고기관』 40편 가운데 대부분인 32편의 작품들이 이에 속한 반면 주정주의적 심미관을 반영한 작품은 다 합쳐도 17편에 그쳐 그 수에 있어 현저한 차이가 있음을 알 수 있었다. 따라서 『금고기관』은 표면상으로는 대부분의 작품들이 풍속교화의 교화주의적 심미관만을 따르고 있는 것처럼 보이지만 실상은 그렇지 않다.

이를테면 『금고기관』은 삼언·이박 작품 선택에 있어 예교에 반하는 주정주의 정신의 반영이라 할 수 있는 풍류재자에 대한 찬미와 '여자는 재기가 없는 것이 바로 덕이다.(女子無才便是德)'라는 유교의 예교주의 관념을 정면으로 도전한 것이라 할 수 있는 재녀에 대한 칭송을 모두 늘어놓고 있는데, 그것은 바로 삼언의 정신을 직접적으로 계승하고자 한 것이다. 예를 들면 제6권 「이적선취초혁만서」, 제15권 「노태학시주오공후」, 제17권 「소소매삼난신랑」, 제33권 「당해원완세출기」, 제34권 「여수재이화접목」이 그러하다.

특히 제15권 「노태학시주오공후」에서는 대체적으로 삼언 원본의 내용을 그대로 수록하면서 특히 소인배 현감에 대한 노남의 증오와 반감을 강화시킴으로써 악을 질시하는 풍류재자의 특성을 더욱 강조하였다.[9] 풍몽룡은 이 작품에서 현민들에겐 어버이와도 같은 수령 현령에게 정면으로 대들은 선비 노남을 비판하기보다는 그의 호방함과 풍류재자로서의 기질을 찬양하였는데, 『금고기관』의 작가 역시 이에 동조하고 심지어 예법

---

9 여기서 『금고기관』은 풍속 교화에 위배되는 부분들은 다소 수정, 보완하였을 뿐 아니라 무엇보다 노남의 묘사에 있어 악을 증오하는 그의 특성을 강조하였다. 이를테면 삼언 원본에서 "속으로 크게 노해 '알고 보니 이 속물이 하나도 올바른 구석이 없군.'(心中大怒道: 原來這俗物一無可取, 卻只管來纏帳.)"라는 부분을 "알고 보니 이 탐욕스럽고 멍청한 자가 하나도 올바른 구석이 없군. 내가 잘못 봤어. 다행히 지금 알았으니 다행이야. 이어 하인들에게 아래의 술상을 거두게 하고 스스로 위로 올라가 떡하니 중당을 차지하고 앉아 밖을 보고 호령하길, 얼른 큰 잔에 술을 따르라. 내 더러워진 속을 좀 씻어야겠다. 이에 하인이 '현감 마님이 곧 오실 것 같사옵니다.' 라고 아뢰자, 노남은 '현감 마님이 어딨어! 내 이 술을 그런 속된 탐관오리와 마실 수 있겠어?'라고 소리쳤다.(原來這個貪殘蠢才, 一無可取, 幾乎錯認了! 如今幸爾還好! 即令家人撤開下面這桌酒席, 走上前, 居中向外而坐, 叫道: 快把大杯灑熱酒來, 洗滌俗腸! 家人都稟道: 恐太爺一時來到. 盧柟喝道: 啶! 還說甚太爺! 我這酒可是與那貪殘俗物吃的麼?)"로 수정, 보완하였다.

을 무시한 노남의 풍류재자의 특성을 더욱 강조하였던 것이다. 이 정도면 『금고기관』의 편찬자는 예교주의의 옹호자가 아니라 주정주의의 대변인인 셈인데, 이는 『금고기관』이 이성적 교화주의의 가치관과 감성적 주정주의적 가치관을 중용적으로 잘 조화시킨 결과이다.

『금고기관』에 나타난 중화의 미학은 대단원의 서술구조를 갖춘 작품들을 수록한 것에서도 잘 드러난다. 다시 말해 『금고기관』은 작품 속 상호 대립적이고 갈등적인 요소들을 의도적으로 무난하게 화합시킴으로써 낙천적인 해피엔딩으로 마무리하고자 한 삼언의 작품들을 잘 활용하고 있다.

예를 들면 제23권 「장흥가중회진주삼」에서는 장흥가가 외도한 부인 왕삼교를 처벌하며 끝나는 것이 아니라 결국 다시 받아주면서 부부간의 화합을 얘기하였으며, 또 제32권 「금옥노봉타박정랑」에서도 배은망덕한 남편에 대한 징벌에서 끝나지 않고 금옥노가 다시 남편을 받아주면서 부덕과 부부간 화합을 강조하였으며, 제14권 「송금랑단원파전립」에서도 물욕에 빠진 의리 없는 장인을 송금이 용서하면서 가족이 화합하는 내용으로 결말을 지었다. 『금고기관』은 삼언 속 이런 중화적 미학관을 각춘 작품들을 대거 수록하면서 삼언이 표방하는 중화의 미학을 적극적으로 수용하였다.

그 외에도 『금고기관』의 중화의 미학은 남녀 간의 애정묘사에 있어서도 욕정을 긍정하는 주정주의적 자세와 그것을 금기시하는 교화주의적 태도를 적절히 절충하는 고도의 중화적 미를 구현하였다.

앞장에서 우리는 『금고기관』이 삼언 가운데 「장흥가중회진주삼」, 「교태수란점원앙보」처럼 정상적인 작품에서 내용의 전개상 부득이한 남녀간의 성애묘사는 삼언의 묘사를 그대로 수용하였지만, 「육오한경류합색혜」, 「왕대윤화분보련사」, 「장순미등소득려여」, 「감피화단증이랑신」, 「금해릉종욕망신」 등처럼 작품이 미풍양속에 반하거나 지나치게 선정적인 작품들은 아예 수록하지를 않았음을 지적한 바가 있다. 사실 삼언은 풍속교화의 도덕성을 우선시하고 심지어 『성세항언』에서는 색정적인 묘사를 직접 비판하기도 하였지만 실제 작품에서는 그것이 십분 받아들여지지가 않아 이론과 실제가 겉돈 것이 사실이다. 그에 비해 『금고기관』은 삼언·이박의 이런 색정적 요소를 정화시켜 삼언·이박 본연의 정신인 풍속교화의 도덕성을 재천명하였다. 그리하여 『금고기관』은 삼언·이박 속 엽색적 묘사가 만연한 작품들을 일소하고 명실공이 명작들만을 채택함으로써 욕정과 이성의 조화를 이루었다 할 수 있다.

2. 명대 시민계층의 문화를 반영한 사회 풍속도

앞장에서 『금고기관』은 여성의식의 신장과 상업의 중시 등과 같은 명대 시민계층의 참신한 가치관을 반영하였음을 논의한 바가 있다. 본 장에서는 이런 긍정적인 가치관 뿐 아니라 명대 시민계층의 실제의 삶을 사실적으로 가감 없이 구체적으로 반영한 사회풍속도로서의 『금고기관』의 가치에 대해 논의하고자 한다.

앞 장의 조사를 통해 우리는 삼언 120편 가운데 명대의 내용을 담은 작품은 절반가량인 57편 정도로 『유세명언』에는 7편, 『경세통언』에서는 16편, 『성세항언』에서 34편이 실렸으며, 『금고기관』 40편 중 삼언 29편 가운데에는 명대의 작품으로 『유세명언』의 4편, 『경세통언』의 7편, 『성세항언』에서는 11편이 실려 모두 22편이 명대의 신작임을 알 수 있었다. 따라서 이 22편의 작품은 모두 명대의 사회풍속도로서의 높은 가치를 지닌다. 『금고기관』에 실린 이들 22편 작품들과 출처를 일목요연하게 표로 나타내면 다음과 같다.

표 34 『금고기관』 속 명대 고사를 담은 삼언 22편 작품들의 목록

* 이하 4편은 『유세명언』

卷次	卷目
第一卷	「蔣興哥重會珍珠衫」
第二卷	「陳御史巧勘金釵鈿」
第十卷	「滕大尹鬼斷家私」
第四十卷	「沈小霞相會出師表」

* 이하 7편은 『경세통언』

卷次	卷目
第五卷	「呂大郎還金完骨肉」
第十七卷	「鈍秀才一朝交泰」
第十八卷	「老門生三世報恩」
第二十二卷	「宋小官團圓破氈笠」
第二十六卷	「唐解元一笑姻緣」
第三十二卷	「杜十娘怒沉百寶箱」
第三十四卷	「王嬌鸞百年長恨」

* 이하 11편은 『성세항언』

卷次	卷目
第一卷	「兩縣令競義婚孤女」
第二卷	「三孝廉讓產立高名」
第三卷	「賣油郎獨占花魁」
第四卷	「灌園叟晚逢仙女」

第七卷	「錢秀才錯占鳳凰儔」
第八卷	「喬太守亂點鴛鴦譜」
第十一卷	「蘇小妹三難新郎」
第二十九卷	「盧太學詩酒傲公侯」
第三十卷	「李汧公窮邸遇俠客」
第三十五卷	「徐老僕義憤成家」
第三十六卷	「蔡瑞虹忍辱報仇」

이들 삼언 고사들이 반영한 명대 사회현실의 구체적 이슈들을 내용상으로 분류하면 1. 결혼과 연애의 풍속도(시민계층 젊은이들의 애정관), 2. 형제간 유산분배의 문제, 3. 과거제도 풍속도, 4. 암울한 현실과 냉혹한 세인들의 실태, 5. 배신자 문인들의 추태, 6. 관리 자제들의 만행 등이다.

이 가운데 가장 흔한 주제가 결혼과 연애를 비롯한 당시 시민계층 젊은이들의 애정 행각에 관한 풍속도인데, 관련된 주요 작품으로는 「장흥가중회진주삼」, 「매유랑독점화괴」, 「전수재착점봉황주」, 「교태수란점원앙보」, 「왕교란백년장한」 등을 꼽을 수 있다. 이들 작품에는 당시 젊은 남녀의 연애와 결혼, 그리고 외도와 이혼, 배신 등 생생한 당시의 이야기들이 많다. 앞장에서 『금고기관』이 반영한 명대 시민 계층의 참신한 가치관으로 여성의식과 여권신장의 고취에 대해 논의한 바도 있지만 이들 작품들은 당시 시민계층 젊은이들의 연애와 여성에 대한 의식구조가 많이 드러나 당시 사회상을 이해하는 바로미터와도 같다.

특히 「장흥가중회진주삼」에서는 앞에서도 얘기한 바와 같이 남편이 외도한 부인을 도덕적 잣대로 죄인 다루듯 문책한 것이 아니라 자신의 잘못을 먼저 돌아보면서 탈선한 부인의 입장과 처지를 이해하려고 노력한 점은 사대부 계층과는 달리 당시 시민계층에서는 엄격한 유교적 예교관념

보다는 인지상정과 남녀평등의 개념이 더 보편화되었음을 말해준다. 또 이 작품은 남녀 간의 불륜에 대해서도 비교적 관용적이고 자연스러운 각도에서 바라보고 있다.

유부녀인 왕삼교가 비록 매파의 꼬임에 속아 진상과 육체적 관계를 맺었지만 그 이후 그녀는 매파에 대한 배신감이나 수치심 혹은 그 어떤 죄의식이나 죄책감을 느끼지 않고 진상과 깊은 연애에 빠지고 심지어 이별할 때에는 울며 가문의 가보인 '진주삼'까지 선물하면서 진심을 보였고, 이는 진상의 경우도 마찬가지였다.

즉 두 유부남유부녀는 혼외정사인 외도에 대해 그 어떤 도덕적인 죄의식을 느끼지 않았고, 이 작품의 작가도 이들의 외도를 비판적 시각으로 보지 않았다. 왕삼교의 가족들도 그녀의 외도를 질책하기보다는 비호해주고 또 이런 과거를 지닌 여성이 곧이어 다른 곳으로 재가도 하게 되는 것을 보면 당시 예교에만 얽매이지 않는 개방적인 남녀관계와 결혼풍속도를 엿볼 수 있다.

거기다 장흥가는 자신을 배신한 이런 부인과 나중에 다시 재결합하게 되는 것도 남녀의 결합에서 예교적 요소를 그리 크게 보지 않았던 당시 세태를 보여준다. 여기서 또 왕삼교의 재혼한 남편 오걸이 그녀가 과거의 남자와 부둥켜안는 모습을 보고도 기분 나빠하지 않고 두 사람이 다시 결합하게 해준 것도 당시 개방적인 남녀양성관계의 단면을 잘 보여준다.

따라서 이들 작품들은 남성이 일방적으로 여성을 이용하고 부리는 것이 아니라 남녀가 평등한 진보적 양성관계의 단면을 잘 보여주고 있는데, 특히 「매유랑독점화괴」와 「전수재착점봉황주」에서는 남녀평등을 넘어 여성을 성적 대상화로 삼는 것이 아니라 여성의 성을 존중하고 정신적으로 대하는 여성존중의 사상도 잘 드러난다. 「매유랑독점화괴」에서 기름장수 진중은 기생 왕미낭에게 첫눈에 반한 나머지 일 년 동안 화대를 저축해 마침내 그녀와의 하룻밤 만남을 가졌지만 만취한 그녀는 인사불성이 되어 그 앞에서 잠만 잤지만 진중은 그녀를 극진히 간호하며 그 가운데 정신적 쾌락을 느끼며 만족하였다. 즉 왕미낭에 대한 진중의 사랑은 성적 욕망을 넘어 정신적 차원의 사랑으로 승화한 것이다.

그리고 「전수재착점봉황주」에서 선비 전청은 사촌형 안준의 부탁으로 어쩔 수 없이 고추방과 가짜로 혼인을 올리고 신방까지 치르게 되어 부득이하게 신부와 같은 침대 위에 누워 사흘 밤을 함께 보냈지만 그녀에게 손끝 하나 대지 않았다. 나중에 결혼 문제로 소란을 피운 전청과 안준을 현령이 심문하면서 전청의 결백함이 드러나는데, 당시 현령은 전청의 말을 믿지 않았지만 산파를 통해 고추방이 처녀임이 확인되면서 그 말을 믿게 된다. 이 작품 역시 여성에 대한 성적 욕망을 자제한 전청의 태도를 칭송하였는데, 이는 과거에 여성을 성적 대상화로만 보던 보편적인 관념을 벗어나 여성의 성을 존중함으로써 여성을 인격적으로 보고 있는 것이다.

「매유랑독점화괴」에서는 진중의 신분이 배운 것이 없는 상인임에 반해 여기서 전청의 신분이 청빈한 선비인 것도 주목할 만하다. 진중은 유교 경전을 전혀 접할 기회가 없었던 상인 신분이라 시서를 암송하던 선비들도 못한 행동을 그가 한 점은 선비 지식인에 대한 강한 풍자가 담겨있지만 「전수재착점봉황주」를 통해서는 선비들에게도 기회를 주려고 하지 않았을까 생각된다.

그러나 선비문인들이 여성을 농락하던 것은 어느 시대를 막론하고 중국사회의 통폐였으며 명대도 예외는 아니었던 모양이다. 명대 결혼과 연애의 풍속도 가운데에는 선비문인의 배신행각을 다룬 작품들도 포함되는데, 대표적인 작품이 「두십낭노침백보상」과 「왕교란백년장한」이다.

그 가운데 전자는 선비가 기녀를 배신한 반면에 후자는 재자가인의 이야기로 재자인 선비가 귀족 가문 규수인 가인을 배신한 내용이다. 전자는 피해자 여성인 기녀가 자결하고 그 원혼이 나타나 배신자 남성을 꾸짖는 내용이고, 후자는 피해자인 귀족 가문의 규수가 현령에게 자신의 원통함을 고소해 현령이 선비의 죄를 묻고 고문해 죽게 만드는 내용이다. 귀족 가문의 규수는 그래도 자신의 편에 서서 죄인을 처벌하는 현령의 도움을 얻을 수 있었지만 미천한 가문의 기녀는 오직 자결만을 통해 원한을 풀 수 있었으니 그 풍자성은 전자가 훨씬 강하다.

명대의 결혼과 연애에 관한 풍속도 다음으로는 유산에 관한 이야기도 주요 주제인데, 관련 작품으로는 「등대윤귀단가사」, 「서노복의분성가」등을 꼽을 수 있다.

「등대윤귀단가사」의 주제는 형제간의 우애와 탐관들에 대한 경계지만 주 내용은 유산문제로 『금고기관』제3권에 출현하는 점으로 미루어 보면 그 중요성을 알 수 있다. 그 내용은 이미 전술하였듯이 한 퇴직한 태수가 79세에 17살의 민녀(民女)를 소첩으로 들여 아들 선술을 하나 얻었지만 이미 장성한 아들 선계가 선술이 자신의 유산을 떼 갈까 두려워할 것을 알고 죽기 전에 선계에게 재산을 전부 물려주고 다만 첩에게는 유산의 행방이 비밀리에 적힌 그림 하나를 몰래 주어 그들에게 따로 유산을 남겼다는 이야기다.

태수는 죽기 전에 정실 아들과 소첩 아들이 자신의 유산을 가지고 크게 소란을 피울 것을 미리 알고 이런 비밀스럽고 엄밀한 방식으로 소첩 자식에게 유산을 몰래 주려 한 것이다. 이는 명대 당시에도 부모의 유산 문제로 형제들이 다투는 것이 매우 보편화된 현실임을 말해준다. 더욱이 적자와 서자 형제간의 유산분배에서는 더욱 그러하였으니, 이 작품에서 예태수가 죽은 후 선계가 재산을 독차지하고 소첩 모자는 어렵게 생활하던 중 14살이 된 선술이 형을 찾아가 비단 옷 한 벌을 요구했다가 선계에게 얻어맞고 모자는 누추한 곳으로 내몰렸다는 내용이 바로 그 증거이다.

그런데 적자들 간에도 이런 유산문제가 불거졌는데 그 이야기를 담은 작품이 바로 「서노복의분성가」이다. 이 작품은 명대 절강 지역 백성들의 이야기로 부친이 죽기 전에 삼형제가 분가하지 말고 함께 살라는 유언을 남기고 아들들에게 약간의 전답과 가축들을 남기고 떠났지만 삼형제 가운데 막내아들 서철(徐哲)이 병으로 일찍 죽자 서언(徐言), 서소(徐召) 두 형제가 서철의 처와 어린 자식들에게 쓸모없는 전답과 하인 부부를 주며 분가시키려 하였다. 거기다 서언과 서소는 불공평하게 자신들은 생활에 유용한 말과 소를 하나씩 가지고 늙어 밥이나 축내는 하인 일가를 소철 가족에게 떠맡겼다. 그 부친이 죽기 전에 자식들에게 분가하지 말고 함께 살라는 유언을 남긴 것도 유산분쟁을 염려한 까닭으로 보이는데, 아니나 다를까 자식들은 부친이 죽은 후 동생의 가족들을 홀대하여 유산을 불공평하게 분배하였다. 이런 작품들은 당시 유산 분쟁의 구체적 사건들을 매우 소상하게 묘사하고 있다.

유산분쟁에 이어 명대 과거제도에 대한 풍속도를 반영한 작품으로 명 천순 연간을 배경으로 한 「둔수재일조교태」와 명 정통 연간을 배경으로 한 「노문생삼세보은」이 있다. 그 가운데 명대 당시 과거제도가 얼마나 불합리적이고 폐단이 많았는지에 대해서는 「노문생삼세보은」에 자세히 묘사되어 있다.

주인공인 수재(秀才) 선우동(鮮于同)은 뛰어난 재주를 지녔지만 과거에는 매번 낙방하다가 예순 한 살이 되어서야 비로소 최종 합격을 하게 되어 부사로 임명되었다. 그런데 그가 이번에 합격을 한 것은 고시관 괴우시(蒯遇時)가 공정하게 답안지 실력을 보고 선비들을 평가한 것이 아니라 그가 늙은 선비들을 싫어한 나머지 편법을 사용해 고의로 그를 떨어트리려 하였지만 공교롭게도 오히려 그가 합격하게 된 것이다.

즉 첫 번째 향시에서는 괴우시가 생원들의 답안지 가운데 훌륭한 것들을 모아 공평하게 한답시고 무작위로 하나를 뽑아 1등으로 극찬했는데 그 일등이 의외로 선우동이었다. 두 번째 시험 성시에서도 마침 괴우시가 예기(禮記) 시험의 고시관으로 들어갔는데, 선우동은 원래 예기를 준비하였기에 속으로 이번에도 문제가 없을 것으로 여겼다. 하지만 괴우시는 일부러 그를 뽑지 않고 젊은 생원들을 뽑으려는 심사로 고의로 허술한 답안을 채택하였는데, 그게 또 선우동이었다. 왜냐하면 그는 전날 마신 술로 인해 설사를 하며 답안을 작성하느라 정신을 집중하지 못한 때문이었다.

그리고 마지막 시험인 세 번째 회시에서는 시험 전날 그가 예기가 아닌 시경으로 급제하는 꿈을 꾸어 시험과목을 시경으로 바꿨는데, 하필 예과급사중(禮科給事中)으로 승진한 괴우시가 또 고시관이 되면서 선우동이 시험과목을 바꾼 것도 모르고 그를 탈락시키기 위해 그의 장점인 예기가 아닌 시경 답안만을 급제시켰고 거기에 61살의 선우동도 끼었던 것이다.

이처럼 이 작품은 당시의 과거제도가 고시관들의 편견과 사심이 많이 반영되어 공평하다고 할 수 없는 비합리적인 제도였으며, 얼마나 많은 선비들이 늙어 죽을 때까지 그로 인한 좌절과 고뇌 속에 살아갔는지를 잘 말해주고 있다. 동시에 자신을 급제시켜준 대가로 그에게 끝까지 은혜로 보답하고자 했던 착한 선비 선우동과 이런 파렴치하고 부패한 관료 괴우시를 대비적으로 보여줌으로써 당시 부패한 관료들의 모습도 생생히 보여주고 있다.

당시 과거제도의 풍속도는 과거제도 자체의 문제점 뿐 아니라 과거시험에 얽힌 냉정한 세태와 박정한 인심도 잘 반영하였으니 「둔수재일조교태」가 바로 그런 작품이다.

명대 천순 연간 귀공자 마임(馬任)은 학문에 뛰어난 자로 많은 사람들이 그가 일찌감치 출세가도를 달릴 것이라 생각해 다투어 그에게 잘 보이려 하였다. 한편 황승(黃勝)이란 자는 유독 그에게 많이 아부해 재색을 겸비한 누이 육영(六媖)을 그에게 짝지어 주려하여 마임은 과거에 급제하면 바로 그녀와 혼인하리라 마음먹었다.

그러나 예상과는 달리 그는 향시에도 붙지 못했고, 15세부터 21세까지 계속 과거를 봤지만 합격을 못했다. 거기다 부친 마만군(馬萬群)은 정적

왕진(王振)에 의해 해코지를 당해 조만간 죽을 몸이 되었다. 주위 사람들은 우물에 빠진 사람에게 돌을 던지듯 그를 대하였고, 황승은 누이를 다른 곳으로 개가하도록 겁박하기도 했다.

이로부터 마임은 남루한 행색으로 음식도 제대로 못 먹고 사람들로부터 버림을 당해 홀로 경성을 전전하며 글씨를 팔아 생계를 이었다. 당시 한 야박한 사람은 그가 화를 부르는 신이며 그가 이른 곳엔 반드시 재앙이 온다며 그를 "둔수재(鈍秀才)"로까지 부르기도 했다. 이처럼 이 작품은 당시 과거제도가 얼마나 사람의 운명을 좌지우지하는 가부터 과거의 합격여부에 따라 주위 사람들의 태도가 얼마나 돌변하는지를 통해 당시 이끗에만 밝은 얄팍한 인심과 세태를 생생히 잘 보여주고 있다.[10]

그 외에도 명대의 풍속도를 말해주는 이런 작품들에는 대체적으로 당시 암울한 현실과 관리 및 그 자제들의 만행을 비롯한 냉혹한 세인들의 실태를 잘 보여주고 있는데, 「매유랑독점화괴」, 「관원수만봉선녀」, 「심소하상회출사표」, 「노태학시주오공후」, 「송금랑단원파전립」, 「채소저인욕보구」등이 모두 그러하다. 「매유랑독점화괴」와 「관원수만봉선녀」에서는 기녀들을 인간 이하로 대하며 농락하거나 관부를 매수해 선량한 사람을 죄목을 지어 감옥에 집어넣는 벼슬아치 자제들의 난폭함과 횡포가 잘 드러나고 있다.

명 가정 연간의 시인 노남(盧柟)의 실제 이야기를 그린 소설 「노태학시주오공후」에서는 현민에게 사적인 불만으로 원한을 품고는 마침내 그에게 죄를 덮어 씌워 복수하는 파렴치하고 잔혹한 현관의 모습도 묘사하였다.

또 실제 사건을 기술한 「심소하상회출사표」에서도 명 가정 연간 엄숭

---

10 이런 현상은 청대 오경재의 소설 『유림외사』에도 보이는 것으로 보면 이런 풍조는 청대에도 만연한 것이라 할 수 있다.

(嚴嵩), 엄세번(嚴世蕃) 부자가 정권을 농단해 강직한 관리 심련(沈鍊)이 엄씨 부자의 부당한 짓에 대항해 상소를 올렸다가 도리어 곤장 100대를 맞고 관직을 박탈당해 외지로 압송당한 사건을 담기도 하였다. 엄숭의 만행은 여기서 끝나지 않고 자신의 부하를 보내 심련과 그의 어린 두 아들까지 없는 죄를 날조해 숙청하였고, 심련의 큰아들 심소하는 다행히 부인의 기지로 몸을 은닉해 죽음은 면할 수 있었다. 따라서 이들 작품들은 명대 당시 사대부 관리 계층의 횡포와 잔혹함을 잘 반영하였다.

명대 당시 암울한 사회상은 이런 관료 계층의 만행 외에도 일반 백성들의 냉혹한 행태를 통해서도 잘 드러나고 있는데, 「송금랑단원파전립」과 「채소저인욕보구」 등의 작품에서 잘 나타난다. 명대 정덕 연간을 시대적 배경으로 한 「송금랑단원파전립」에서는 장인장모가 병이 생겨 일을 못하는 사위를 더 이상 쓸모없다고 여겨 몰래 무인도에 버리고 달아나는 짓을 벌이기도 한다. 결국 사위는 천신만고 끝에 천우신조로 몸이 완쾌되고 상업을 통해 돈도 벌어 집으로 돌아와 수절하며 기다리던 부인과 결합하고 못된 장인장모도 용서하면서 작품은 끝나지만 인정과 의리보다도 물질과 돈에 눈이 먼 명대 중엽 이후 당시 어두운 세태의 단면을 그려내었다.

특히 명대 전기라고 할 수 있는 선덕 연간을 배경으로 한 「채소저인욕보구」는 당시 각박한 현실사회의 모습과 세인들의 비정함을 가장 노골적으로 잘 드러낸 작품이다. 이 작품은 명대의 한 무관이 부임지로 가던 중 악당들의 배를 탄 바람에 술에 취해 잠이 들었다가 그들에 의해 모두 살해당하고 오직 어린 딸만 살아남아 도적들과 세인들에게 이리저리 착취 이용당하며 모진 삶을 살다가 결국 자결하는 참담한 내용을 소개하고 있다. 경악스러운 것은 도적이 아닌 일반 백성들까지도 모두 도적과 다름없이 하나같이 모두 그녀를 이용만 하고자 했던 당시 냉혹한 사회현실이다.

채서홍은 도적 뱃사공들에게 목숨을 연명한 채 능욕을 당하며 살다가 후환을 두려워한 그들이 새끼줄에 그녀의 목을 묶어 죽여 버리고 달아났지만 인근을 지나던 배의 도움으로 그녀는 구조된다. 그런데 그 배의 선주는 채서홍의 딱한 사연을 알고도 적극적으로 도와주지 않고 자신이 총각이라고 속인 후에 동거를 요구하였고, 그녀는 어쩔 수 없이 그 요구를 들어주었다. 그런데 아니나 다를까 선주의 처가 남편이 몰래 예쁜 첩을 들인 것을 알고는 화가 나 그를 술에 취해 떨어지게 한 후 채서홍을 집으로 데려다 준다는 핑계로 기원에 팔아버렸다.

두 번씩이나 능욕과 사기를 당해 절망에 빠진 채서홍은 매춘을 거부하고 자살하려고 하자 주인은 그녀를 다시 다른 곳으로 팔아넘겼다. 이어 채서홍은 호열(胡悅)이란 사람에게 팔려졌는데, 그녀는 또 다시 자신의 운명을 하소연하며 복수해 줄 것을 간청하였지만 호열은 도와주는 척하며 계속 미루다가 경성에서 돈이 바닥나자 그녀를 자기 누이라고 속여 과거 준비를 하던 주원(朱源)이란 자에게 팔아버렸다. 천만다행으로 주원은 선한 사람이라 채서홍의 한을 풀어주지만 그 동안 그녀는 수많은 사람들로부터 이용되고 외면당하였는데 그들은 악인이라기보다는 당시의 평범한 백성들이었다.

그런데 더욱 안타까운 것은 갖은 고초를 겪고 마침내 좋은 남편을 만나 자신과 가족들의 원한을 갚고 아들까지 낳은 채서홍이 그때부터 행복한 삶을 얻게 된 것이 아니라 자신의 절개를 지키기 위해 절명서를 남기고 자결할 수밖에 없었던 사회현실이다. 당시 여성들은 "죽는 일은 쉬운 것이고, 정조를 지키는 일은 어렵다."라는 유교의 강령에서 쉽게 벗어날 수 없어 그녀는 자살을 선택한 것이다.

나중에 그녀의 아들이 진사가 되어 황제에게 생모의 기구한 일생을 상소해 표창을 청구하였다. 그 결과 조정의 판단은 채서홍이 정조를 잃어 당시 열녀의 기준에는 부합하지 않지만, 당시 자결하지 않고 구차히 목숨을 연명한 것은 복수를 위한 것이었고, 복수를 이룬 후 자결하였기에 그녀를 위해 절효패방(節孝牌坊)을 세우고 성대하게 표창한다고 했다. 이쯤이면 당시 명대 사회가 채서홍을 두 번 죽인 셈이다. 당시 현실은 갖은 수모와 고초를 겪은 후 구사일생으로 살아남은 여성의 삶을 따뜻하게 보호해준 것이 아니라 유교라는 냉혹하고 비인간적인 올가미로 그녀의 삶을 다시 뺏은 것이다. 따라서 이 작품은 명대 당시의 암울한 사회 속에서 살아가던 민초들의 팍팍한 삶과 여성이기에 겪어야 했던 불평등한 기구한 운명을 잘 보여주고 있다.

그 외에도 이들 작품에는 당시 명대 사회의 여러 구체적인 소소한 정황들을 반영하고 있어 일일이 거론하기 힘들 정도이다. 이를테면 가정 연간의 「노태학시주오공후」에서는 당시 지방 수령과 토호 간의 알력과 갈등의 양상을 알려주고, 역시 가정 연간을 배경으로 한 「서노복의분성가」에서는 당시 상업적인 수완으로 돈을 버는 양태를 예시해 주기도 하였다. 또 「진어사교감금채전」에서도 비교적 개방적인 명대 남녀관계의 단면을 읽을 수가 있다. 이를테면 양상빈이 사촌 동생을 사칭해 그의 약혼녀 아수의 집을 찾아간 당일에 바로 아수의 정조를 뺏을 수 있었던 것은 비록 아수가 밖에서 기다리는 하녀들에게 발각될까 두려워 소리를 치지 않고 양상빈을 받아들였다고 하지만, 이는 당시 시민 계층에서 혼전 순결을 별로 중시하지 않았음을 간접적으로 보여준다.

그리고 「매유랑독점화괴」나 「두십낭노침백보상」 등에서는 당시 기녀들이 기적(妓籍)을 떠나 양민으로 돌아가는 종량(從良)의 양태와 관례 등을 자세히 알려주고 있으며, 「채소저인욕보구」에서는 제29권 「회사원한복고주」, 제37권 「최준신교회부용병」에서도 그러하듯이 당시 뱃사공들의 범행이 빈번하였음도 시사하고 있다.

특히 『금고기관』 작품 가운데 가장 최근을 배경으로 한 명대 만력 연간의 중국 국내외 사건들을 기술하면서 이야기를 펼쳐나가는 「두십낭노침백보상」에서는 당시 임진왜란 등 중국 국내외 주요 사건들이 발생한 연도를 구체적으로 제시하였을 뿐 아니라 당시 국자감을 설치해 국가의 곡간을 채우는 방식으로 선비들에게 과거의 특혜를 주었던 중요한 역사 자료도 제공하고 있다.[11] 국자감 학생 즉 감생이 되면 수재를 대체할 수 있는 자격을 얻어 곧바로 성시나 경시를 볼 수 있었기 때문이다.

『금고기관』 속 삼언의 고사 외에 명말의 작가 능몽초가 직접 창작한 이박을 통해서도 명대의 사회 풍속도가 여실히 드러나는데, 『금고기관』 40편 가운데 이박의 11편 이야기를 표로 나타내면 다음과 같다.

표 35 『금고기관』 속 명대 고사를 담은 이박 작품 목록과 그 주요 내용

원전 출처	『금고기관』 작품 제목 및 주요 내용
『박안경기』	제9권 轉運漢巧遇洞庭紅(금전적 욕망 추구)
『박안경기』	제10권 看財奴刁買冤家主(금전적 욕망 경계)
『박안경기』	제18권 劉元普雙生貴子(결혼을 주선해준 관리)
『박안경기』	제29권 懷私怨狠僕告主(독한 노비 이야기)
『박안경기』	제30권 念親恩孝女藏兒(착한 딸 이야기)
『이각박안경기』	제34권 女秀才移花接木(재녀의 기행)
『이각박안경기』	제36권 十三郎五歲朝天(처신에 대한 경계)
『박안경기』	제37권 崔俊臣巧會芙蓉屏(처신에 대한 경계)
『이각박안경기』	제38권 趙縣君喬送黃柑子(꽃뱀에 패가망신한 남자)
『박안경기』	제39권 誇妙術丹客提金(연금술사에 패가망신한 남자)
『박안경기』	제40권 逞多財白丁橫帶(부잣집 자제의 패륜 행각)

11 사실 국자감은 이보다 일찍 景泰 元年인 1450년에 설립되었다.

이상 『금고기관』에 실린 이박 11편의 내용을 보면 삼언과 같이 주로 욕망에 대한 경계가 대부분인데, 그 가운데서도 특히 명대의 사회상을 잘 반영한 작품이라면 전술한 바도 있듯이 제9권 「전운한교우동정홍」과 제25권 「서노복의분성가」에 반영된 당시 시민들의 부의 축적과 해외 무역에 대한 갈망 및 상업에 대한 중시 등을 들 수 있다. 또 제34권 「여수재이화접목」은 삼언 속의 작품인 「소소매삼난신랑」과 같이 고양된 여권의식을 반영한 작품으로 명대의 사회상을 잘 반영하고 있음도 앞에서 이미 언급한 바 있다. 특히 「여수재이화접목」에서는 여권신장을 얘기함은 물론 명 중엽 이후 문관을 중시하고 무관을 경시하던 명대의 사회상도 잘 반영하였음은 앞에서도 이미 지적한 바가 있다. 따라서 문비아가 성별을 속이고 남장하여 학당에서 남성들과 같이 공부를 한 것은 그 부친이 자신의 사회적 지위를 회복하기 위한 출세의 수단이기도 하였는데, 이는 명 중엽 이후 보편화된 문무(文武)를 차별하는 '숭문억무'의 비정상적인 사회상을 보여주는 거울이기도 한 것이다.

그리고 제38권 「조현군교송황감자」에서는 '꽃뱀'이 남자를 유혹해 재물을 갈취하는 내용으로 이 역시 당시의 사회상을 잘 보여주는 작품이다. 여기서의 꽃뱀은 남편(?)과 한통속이 되어 대상물을 유인해 남편이 현장을 덮치는 방식인데, 현대의 수법과 거의 유사하지만 꽃뱀도 남편에게 호되게 매를 맞는 점은 좀 다르다. 그리고 밀감장수가 송원대 이후 크게 유행한 놀이인 '박매'라는 도박놀이를 통해 밀감을 파는 방식에 대한 묘사도 주목할 만하다. 이 놀이는 주사위 던지기 놀이와 유사한 방식으로 손님이 동전을 던져 동전의 앞면과 뒷면이 나온 차수로 승부를 짓는 도박놀이인데 손님이 이기면 매우 저렴한 가격으로 물건을 사게 되고, 지면 돈만 잃게 되는 당시 상당히 발전된 상업문화의 면모를 보여주고 있다.

물론 이런 꽃뱀 이야기는 능몽초가 송대를 그 시대적 배경으로 하고 있다고 서술하였지만 이런 사건이 그가 살던 만명 시대에는 없었다는 보장이 없다. 그도 그럴 것이 본 이야기가 시작되기 전에 그가 당시 자신이 기억하고 있는 경성의 한 부부가 남편은 놀고먹으며 마누라가 꽃뱀으로 돈 많은 어리숙한 부자들의 돈을 등쳐먹고 사는 이야기를 하면서 남편은 평소 하는 일도 없이 놀다가 부인이 낯선 남자와 침대에 있을 때 몽둥이를 들고 들어가 구타만하면 된다고 기술하였다.

그리고 또 어떤 건달은 꽃뱀에게 일부러 접근해 침대에서 재미를 보다가 남편이 칼 들고 나타나면 당황하기는커녕 계속 여인을 끌어안고 죽여달라고 능청을 부리면서 자신도 같은 업종에 종사하는 사람이라고 하니 그 남편이 멋쩍어하며 부인을 데리고 그냥 사라졌다는 이야기도 하고 있다. 이는 능몽초가 살던 명말에도 이런 사건이 매우 흔하게 발생하고 있었음을 보여준다.

제39권 「과묘술단객제금」의 내용도 이와 유사한데, 단객(丹客) 즉 연단술사(鍊丹術士 혹은 연금술사(鍊金術士))들이 첩으로 위장된 기녀들과 무리를 지어 사기를 벌이며 부자들의 돈을 갈취하던 당시 시대상을 잘 보여준다.

소위 연단술사는 납이나 철을 재련해 금으로 만들고 수은은 은으로 만드는 비법을 아는 도사들을 일컫는 말인데, 당시 이런 비법을 맹신하는 사람들이 꽤 많았던 모양이다. 이런 자칭 연금술사들은 돈 많은 사람들에게 접근해 은자를 금으로 만들어준다는 거짓말로 사기를 치고 돈만 갈취하는 행각을 벌였다. 사실 '연단묘약'은 중국의 오랜 문화로 진시황 시대부터 이런 연단을 믿었고, 위진남북조 시대 혜강을 비롯한 위진명사들 조차도 양생불로를 위해 단약을 수시로 복용하였다는 기록이 있다.

이 작품의 시대적 배경은 밝히지 않아 단정할 수가 없지만 본 이야기가 본격적으로 시작되기 전에 명대의 풍류재자 당백호가 이런 연금술사들을 비웃기 위해 지은 시[12] 한 수를 소개하고 있는데, 이는 이런 사기꾼들이 명대 당시에도 매우 많았음을 시사해주고 있다. 따라서 이 작품의 시대적 배경도 명대 당시의 상황을 그린 이야기라고 봐도 무방할 것이다.

더욱이 이 작품의 주인공 반씨(潘氏)는 국자감 출신의 지식인임에도 불구하고 미신인 이런 연단술에 심취해 헤어 나오지 못하는 것을 풍자하고 있어 당시 돈 많은 지식층들에 대한 풍자를 담고 있다.

그 외에도 명대 당시 각박한 사회상을 잘 반영한 작품으로 제29권 「회사원한복고주」에는 독한 노비와 음흉한 사공의 이야기가 잘 묘사되었다. 특히 독한 사공 이야기는 제26권 「채소저인욕보구」과 제37권 「최준신교회부용병」에서도 잘 드러나듯이 뱃사공들의 범행에 대한 이야기는 중국 고전소설에서 흔히 보인다. 일찍이 당 전기 「사소아전」에도 악한 뱃사공들에 의해 온 가족이 멸문지화를 당하는 이야기가 나온다. 본 작품의 시대적 배경은 명 성화연간으로 명대사회가 급속한 퇴폐의 길로 접어드는 홍치, 정덕 연간 이전이지만 이미 타락의 길로 접어든 명대의 사회상을 추측할 수가 있다.[13]

작품 속에서 부유한 선비 왕걸(王傑)은 자신의 하인에게 생강을 팔면서 흥정하던 상인 여대(呂大)에게 한 마디 기분 나쁜 소리를 듣고 술김에 그를 몇 대 때리고 밀쳤는데 평소 지병이 있던 그가 혼절하였고, 얼마 후에 깨어나자 왕걸은 사죄하며 요양비로 비단 한 필을 주며 보냈다. 그런

---

12 "破布衫巾破布裙, 逢人慣說會燒銀. 自家何不燒些用? 擔水河頭賣與人."

13 "明代社會風俗的變化, 大致可以正德時期作爲分水嶺. 自正德以後, 社會風俗出現了一個歷史轉向, 諸如從儉樸轉向奢侈, 從淳樸轉向薄惡, 最後出現了風靡全國的流行時尚. 明代風俗的演變, 既是一個漸進的過程, 又從某種程度上印證了明代社會變遷的基本特征." - 陳寶良, 「明代社會風俗的歷史轉向」, 『中州學刊』, 2005(2):150-153. 또 "明朝中後期社會轉型, 即從弘治, 正德年間(即16世紀初)開始, 明代整體歷史社會中的哲學, 文化, 經濟, 物質等方面, 發生了極大的轉向與改變." - 牛建強, 「15, 16世紀之交市民文學新的萌動和明代社會的初始變化」, 『河南大學學報(哲學社會科學版)』, 2005, 45(1):30-37.

데 그날 저녁 사기꾼 사공 주사(周四)는 강에서 우연히 발견한 가짜 시신을 가지고 그에게 맞아 죽은 여대라고 하면서 왕걸을 찾아와 그날의 일을 무마해주는 조건으로 돈을 요구하며 사례비가 적다고 흥정까지 하여 결국 큰돈을 챙겨 사공 짓을 그만 두고 그 돈으로 새 가게까지 차렸다. 그리고 하인 호아호(胡阿虎)는 자신의 잘못으로 주인집 딸이 죽어 왕걸로부터 모진 매를 맞은 후에 과거 주인의 비행을 관아에 고발한 나쁜 하인이다.

이 작품은 부자 선비인 왕걸과 가난한 사공 주사, 그리고 주인 왕걸과 노비 호아호 간의 사회적 계층 사이의 불거진 대립양상을 말해주고 있다. 어떻게 해서든 부자의 약점을 이용해 한몫 챙기려는 가난한 계층과 주인의 조그마한 권위적 행위에도 순종하지 않고 반항하려고 하는 노비의 모습도 당시 사회적 갈등의 단면을 담고 있다고 볼 수 있다. 이는 명대 기층사회의 변천이 성화 연간부터 이미 시작되었음을 보여주는 사례라고 할 수도 있다.[14] 이는 앞에서 소시민들의 상업에 대한 중시를 얘기한 소설 제9권 「전운한교우동정홍」에서의 시대적 배경도 명 성화 연간임을 밝히고 있는 점에서도 알 수가 있다.

3. 명대 통속문학과 작가들의 가치관을 반영

본 장에서는 명대 당시 통속문학과 작가들의 가치관을 반영한 『금고기관』의 가치를 논의하기에 앞서 앞에서 논의한 내용을 바탕으로 『금고기관』을 비롯해 그 원전인 삼언·이박의 탄생 배경과 편찬 이론 등을 다시

14 吳啟琳은 『明代成化弘治時期的基層社會與變遷』(江西人民出版社, 2021)에서 명대의 성화 홍치 연간에 이미 유민문제 및 공상업의 발전, 사치 풍조의 만연 등 사회변환이 일어나기 시작했다고 주장하였다.

살펴보면서 당시 통속문학과 작가들의 가치관에 대한 상호 비교를 통해 주제를 보다 심도 있게 논의하고자 한다.

우리는 우선 『금고기관』을 비롯해 삼언·이박이 탄생한 배경인 화본의 발생 배경과 발전 과정에 주목해야 할 필요가 있다. 전술한 바대로 화본은 송대 시민계층을 상대로 설화인들이 강창(講唱)의 형식으로 재미있는 이야기들을 들려주던 민간예술이었다. 그런데 화본 가운데 가장 인기가 있었던 것은 삼언·이박과 같은 백화단편소설류로 발전한 '소설'과 사대기서와 같은 장편장회소설로 발전한 '강사'였고, 그 중에도 소설이 가장 인기가 높았는데, 그 이유는 소설이 가장 현실적으로 당시 평민들의 생각과 감정을 잘 담아내었기 때문이었다.

당시 비평가의 말에 의하면 소설을 강창하던 소설인들이 강사에 비해 짧은 시간에 매우 효과적으로 일조일대(一朝一代)의 이야기를 펼쳐내 강사인들이 그들을 가장 두려워했다[15]고 했음은 앞에서도 지적한 바가 있다. 그렇다면 여기서 소설인들이 가장 중시한 가치관이 무엇인지를 유추해 볼 수가 있는데, 그것은 바로 소설이 당시 특정 시대의 이야기를 평민들의 눈높이에서 그들의 생각과 감정을 담아 군더더기 없이 효과적으로 이야기를 잘 펼쳐낸 점에 주목할 필요가 있다.

또 앞에서도 인용하였듯이 제유곤(齊裕焜)은 『중국고대소설연변사(中國古代小說演變史)』에서 송원대 소설화본의 예술적 가치에 대해 문학사적 관점으로는 정통문학의 작가 자아의 표현에서 세속인정의 표현으로 변화하였으며, 소설사적 시각으로는 시민의 심미관이 반영되었으며, 또 예술상으로는 언어가 백화화되면서 통속화, 투박화, 명쾌화, 활달화, 박력

15 남송 사람으로 추정되는 耐得翁(生卒年不詳)의 필기인 『都城紀勝』에는 "最畏小說人, 蓋小說者, 能以一朝一代故事, 頃刻間提破"라는 기록이 있다.

화 등의 풍격적 특성을 지니게 되었음을 지적한 바가 있다. 그리하여 소설화본은 자연스럽고 평범하며 사실적인 필치로 평민들의 오욕칠정과 평범한 일상의 진실한 사회적 내용을 그려내어 중국소설사에서도 시대를 긋는 역사적 의미와 가치를 지닌다고 역설하였다.[16]

그렇다면 당시 화본소설 가치관의 핵심은 한마디로 말해 세속의 눈높이에 맞춘 이런 '통속성'에 있었음을 알 수가 있다. 이런 송원대 화본소설은 『경본통속소설(京本通俗小說)』과 『청평산당화본(清平山堂話本)』, 그리고 "삼언" 등에 수록되어 있다. 그런데 『경본통속소설』과 『청평산당화본』은 많은 내용이 실전되어 현재 각각 7편과 29편이 전해지고, 삼언은 현재 대체적으로 말해 120편 가운데 3분의 1이 송원화본이고 나머지 3분의 2가 명대 의화본으로 알려져 있다. 따라서 삼언은 명대 의화본집이지만 그중 많은 작품이 옛날 송원대 화본소설로서의 면모도 지니고 있어 송원대 소설화본과 명대의화본의 가치관을 모두 반영하고 있다고 하겠다.

이상의 내용을 상기하면서 이제 다시 본론으로 돌아가 삼언의 가치관에 대해 구체적으로 알아보자. 삼언 가운데 가장 일찍 탄생한 『유세명언』의 서문 내용을 먼저 간추려보면 한 마디로 통속성의 강조에 있다. 서문은 통속소설은 그 어떤 경전보다도 사람의 마음을 깊고 빠르게 감동시키는 가치와 기능이 있음을 강조하였다. 이 점은 풍몽룡의 또 다른 역저인 「산가」서에서 언급한 바와 같이 산가와 같은 통속문학의 가치가 오히려 경전보다 낫다는 점과도 같은 맥락이다.

다음으로 두 번째 출현한 『경세통언』 서문의 핵심은 문학 작품의 '허구성'에 있다. 즉 소설은 이야기가 가짜일지라도 그것이 말하는 도리는 진짜일 수 있어서 경전의 가치와도 같다고 하였다. 여기서 풍몽룡이 주장한 문학의 허구성은 바로 예술적 진실성을 말하는데, 그것은 소설이 꼭 실제

16 齊裕焜, 『中國古代小說演變史』, 蘭州: 敦煌文藝出版社, 1994, 88쪽 참고.

발생한 현실적인 내용이나 논리적으로 설명할 수 있는 것이 아닐 수도 있다는 것으로 소설의 소재와 배경 등이 비현실적이고 허환적일 수도 있음을 인정한 것이다.

그리고 마지막으로 『성세항언』의 서문은 사람을 일깨워 항심(恒心)을 갖도록 하는 『성세항언』의 목적과 음담패설을 능사로 삼는 당시 소설들에 대한 비판과 함께 육경과 사서를 보완하는 삼언의 도덕적 가치를 재천명하였다.

따라서 서문을 통해 나타난 삼언의 가치관을 종합적으로 요약하면 그것은 풍속교화의 대전제 하에 '통속성과 허구성, 그리고 도덕성의 일깨워 줌'에 있다고 할 수 있다. 그런데 삼언의 개시 작품집인 『유세명언』에서 강조한 통속성은 바로 앞에서 논의한 화본소설의 핵심적 가치관이다. 그 어떤 유교 경전보다도 이 『유세명언』 소설이 사람의 마음을 깊고 빠르게 감동시킴은 그것이 지닌 통속성 때문임을 역설하였다. 이는 삼언이 이런 화본소설의 가치관을 잘 계승하였음을 말해준다.

그 뿐 만 아니라 삼언은 전술한대로 의화본소설로서의 특성도 지니고 있다. 의화본은 중국백화단편소설의 발전단계에서 소설화본에 이어 두 번째 단계에 해당하는데, 삼언과 이박이 바로 이 단계임은 '『금고기관』의 탄생 배경' 장에서 이미 언급한 바가 있다. 즉 중국백화단편소설의 첫 번째 단계인 소설화본의 시대가 지나 명대로 들어서면 중국의 백화단편소설이 잠시 쇠퇴하였다가 명 중엽 이후가 되면서 도시 경제의 발달로 인한 소시민 계층의 형성과 함께 자본주의와 인성해방과 같은 개인주의적 사상과 문화가 성행하면서 통속문학이 다시 부흥되었고 의화본소설도 출현하게 된 것이다.

따라서 전술한 송원대의 화본소설의 특성과 달리 의화본소설은 화본의 체재를 여전히 유지하고 있지만 청각적 예술인 화본이 시각적 문학으로 바뀜에 따라 예술상으로 변화가 생겨나 묘사가 더욱 세밀하고 언어가 더욱 정교해졌으며, 사상면에서도 명대 당시의 분위기를 담은 더욱 참신하고 다양한 면모를 드러내게 된다. 『경세통언』과 『성세항언』 서문에서 강조한 허구성과 도덕성에 대한 역설은 송원대 화본소설에서 더욱 진화한 명대문학의 조류임을 강조한 동시에 풍몽룡 개인의 문학관을 반영한 것이라 할 수 있다. 그러므로 삼언의 가치관은 화본소설의 통속성을 바탕으로 허구성이라는 소설의 진보된 창작이론을 제시하였으며, 또 이런 소설들의 궁극적인 목표는 풍속교화의 도덕성에 귀결함을 역설한 것이라 하겠다.

그 외에도 명대 의화본을 대표하는 삼언의 가치관은 사상적으로 당시 풍조인 왕양명 좌파의 영향으로 인성해방사상과 통속문학의 가치를 주장한 이지의 사상을 계승하였다. 여기에는 젊어서부터 '풍류재자'로 유명했던 풍몽룡 개인의 성향과도 연관이 깊다. 그리하여 풍몽룡의 문학사상은 『산가』 서문에서 밝힌 대로 "남녀 간의 진정(眞情)을 빌려 예교의 위선을 고발한다.[17]"는 기치 아래 예교의 잔혹함과 허위를 풍자하고 진정을 찬미함으로써 민중을 교화하고자 하는 그의 독특한 유교적 교화의식이 반영되기도 하였다.

그리고 풍격상으로는 『금고기관』의 서문에서도 밝힌 바처럼 "인정세태의 갈래를 지극히 잘 묘사하였고, 비환이합의 정취를 모두 그려내었다.(極摹人情世態之岐, 備寫悲歡離合之致[18])"라는 평을 얻기도 하였는데, 그것은 바로 삼언이 현실사회의 실재 모습을 잘 반영하였을 뿐 아니라 남녀 간의 사랑과 이별의 묘사에도 능했음을 의미한다.

그런데 이상 논의한 삼언의 가치관은 풍몽룡이 삼언 작품들의 서문을 통해 제기한 이론일 따름이며, 실제 작품을 통해 드러난 가치관과는 약

---

17 "借男女之眞情, 發名教之僞藥"- 馮夢龍의 『山歌』 序.

18 『금고기관』 笑花主人의 서문.

간의 거리가 있다. 이제 삼언의 이론과 실제작품에 나타난 차이점에 대해 한번 짚어보자.

먼저 삼언이 서문을 통해 역설한 가치관인 통속성에 대해 먼저 논의해 보자. 사실 삼언은 실제 작품들을 통해서도 통속성을 중시하였다. 삼언은 단순히 민간의 통속문학인 화본을 수집 정리하고 개편하였을 뿐 아니라 편찬에 있어서도 작품 내용과 언어상에 있어 통속화를 중시하였다.

삼언 120편의 작품 내용을 보면 등장인물들이 왕후장상이나 재자가인과 같은 기존의 귀족계층이 아니라 상인과 같은 소시민이 상당부분 등장한다. 삼언 가운데 상인이 주인공으로 등장한 작품만도 상당수이며, 그 가운데에는 상인이 돈을 벌어 성공하는 이야기가 많다. 작품 소재상의 통속성 외에도 삼언은 내용적으로도 통속성을 중시하여 고리타분한 예교주의적인 관방과 귀족의 잣대가 아닌 명대 시민계층의 참신한 생각과 사상을 담은 작품들을 많이 실었는데 이는 삼언이 지닌 진보적 가치이다. 이를테면 상업과 부의 축적에 관한 관점이나 혼인과 양성관계에 나타난 개방적인 태도 등이 그러하다.

언어상으로도 삼언은 의화본이기에 통속적인 구두화(口頭話) 위주인 송원화본에 비해 서면화 언어의 특성을 많이 드러낸 것도 사실이지만 송원화본의 특성인 통속적인 구어체의 속담과 속어, 방언 등을 많이 활용하고 있다.[19] 또 서술 언어에 있어서도 자연스러운 통속적인 문체를 많이 사

19 삼언은 역대 소설 가운데 속담을 매우 광범위하게 많이 사용한 것으로 손꼽히는데, 거의 모든 작품마다 속담들을 활용하였다. 이를테면 「蔣興哥重會珍珠衫」에서 설씨 매파의 음흉함을 묘사하면서 "畫虎畫皮難畫骨, 知人知面不知心", "晴幹不肯走, 直待雨淋頭" 등을 사용했고, 蔣興哥 부부의 결별을 "夫妻本是同林鳥, 大限來時各自飛" 등으로 묘사하였다. 또 「白娘子永鎮雷峰塔」에서의 "一夜夫妻百夜恩", "一客不煩二主", 「兩縣令競義婚孤女」에서는 "人無千日好, 花無百日紅", "人有百算, 天只有一算" 등을 사용하였다. 또 방언으로는 「鬧樊樓多情周勝仙」에서의 "做甚打死他", "容我請他爺來看屍則個", "你是兀誰" 등을 예로 들 수 있다.

용하고 있는데, 특히 인물 묘사에 있어 풍몽룡은 유창한 구어체를 사용해 인물의 심리묘사에 생동감을 더하였다.[20]

다음으로 삼언이 중시한 가치관으로 허구성에 대해 알아보자. 삼언 120편을 유심히 살펴보면 그 가운데에는 비현실적이고 허환적인 작품도 적지 않음을 알 수 있다. 예를 들면 삼언 가운데 적지 않은 비중을 차지하는 신선고사와 미신에 기인한 환생고사들, 그리고 요괴와 이를 진압한 도사 이야기 등이 그러하며, 그 외에도 삼언은 현실적인 이야기를 늘어놓다가도 중간에 비현실적인 묘사가 삽입되는 경우가 허다하다.

이를테면 「관원수만봉선녀」를 예로 들면 이 작품은 난폭한 벼슬아치가 권세를 믿고 화원을 꾸려 살아가는 가난한 노인을 무참히 짓밟는 내용의 현실을 풍자한 이야기이지만 중간에 화신이 감동한 나머지 노인을 도와 악인을 처벌하는 내용이 있으며, 또 노인이 나중에 신선이 되어 승천하는 것으로 결말을 지었다. 이는 삼언이 소설 작품의 감동과 효과를 높이기 위해 문학의 허구성을 적극적으로 활용한 까닭이다.

마지막으로 삼언이 서문에서 중시한 가치관인 도덕성의 일깨움에 대해 논의해보자. 삼언은 세 부의 작품을 통해 통속소설의 가치와 기능을 유가의 경전에 비교할 정도로 교화작용을 중시하였으며, 특히 『성세항언』에서는 도덕성을 더욱 강조하였다. 그렇다면 실제 작품에서도 삼언은 도덕성의 훈시에 많은 노력을 기울였는지가 관건이다. 많은 비평가들이 이를 대체로 수긍하면서도 삼언에 나타난 지나친 색정 묘사에 대해서는 부정적 평가를 하고 있다. 입으로는 색욕에 대한 경계를 말하지만 사실은 작가가 이를 은근히 즐기는 듯한 태도를 지니고 있다는 평가가 많음도 사

---

20 이를테면 「張舜美燈宵得麗女」에서 "開了房門, 風兒又吹, 燈兒又暗, 枕兒又寒, 被兒又冷, 怎生睡得"라는 구어체 표현을 통해 미인을 사모하는 장순미의 심리를 매우 생동적으로 묘사하였으며, 마찬가지로 「蔣興哥重會珍珠衫」에서는 "害得那婦人一副嫩臉, 紅了又白, 白了又紅"라는 표현으로 왕삼교의 수줍어하는 심리를 백묘적으로 표현하였다.

실이다. 남녀 간의 사랑이나 치정을 얘기하면서도 욕정적 묘사를 피하지 않고 있다.

이는 통속소설 삼언이 일반인들의 눈높이에서 보통사람들의 욕망과 욕정을 여과 없이 사실적으로 표현하고자하는 가치관에서 비롯된 것일 뿐 아니라 명 중엽 이후 대두된 사람의 욕망을 긍정적으로 간주하는 시대적 분위기에도 편승한 때문이다. 그럼에도 불구하고 삼언은 서문에서 주장하는 바와는 달리 실제 작품에서는 남녀 간의 욕정에 대한 태도와 색정적인 묘사에 지나치게 관대한 편인데, 이는 삼언의 이론과 실제 간의 격차를 의미한다. 그러나 이 역시 독자층을 확보하기 위한 통속소설로서의 판로전략과도 무관하지 않을 것으로 생각된다.

그 외에도 『금고기관』 서문에서 삼언이 인정세태의 갈래를 잘 반영하였다고 칭송하였음은 삼언이 현실사회의 실제 모습을 잘 반영하였음을 의미하며 이는 삼언이 지닌 현실 비판의 풍자성을 말한다. 실제로 삼언 속 많은 작품들은 당시 비참한 정치사회적 실상을 잘 그려내고 있는데, 이를테면 『유세명언』에서는 새로 인해 7명이 죽은 참혹한 살인 사건을 다룬 제26권 「심소관일조해칠명(沈小官一鳥害七命)」과 명대의 간신 엄숭에게 악랄하게 박해당한 심소하의 고사를 기술한 제40권 「심소하상회출사표」 등이 그러하다.

특히 『경세통언』에서는 이런 작품들이 유독 많은데, 이를테면 권력에 굴복하지 않은 남녀 간의 생사를 넘는 사랑을 다룬 작품으로 시민계층과 봉건권력층간의 모순과 투쟁을 반영한 제8권 「최대조생사원가(崔待詔生死冤家)」, 무고한 하인을 죽도록 고문한 후 미봉책으로 무마한 봉건관리의 악행을 고발한 제15권 「금령사미비수수동(金令史美婢酬秀童)」 등이 그러하다. 또 선비를 도와 과거에 급제시킨 기녀 옥당춘을 부호 심홍이 가로채 집으로 돌아갔지만 심홍이 외간 남자와 간통한 처에게 살해당하고, 처는 관부와 내통해 화를 옥당춘에게 덮어씌우는 부패한 사회상을 적나라하게 반영한 제24권 「옥당춘락난봉부(玉堂春落難逢夫)」, 현명한 태수가 억울한 능욕 살인 사건을 해결하는 이야기로 암울한 사회현실을 적나라하게 묘사한 제35권 「황태수단사해아(況太守斷死孩兒)」 등도 그런 작품이다.

그리고 『성세항언』에서는 당시 정치투쟁 이야기로 선비 노남이 소인배 현령의 원한을 사서 10년간 억울한 옥살이를 하다가 신임 지현의 도움으로 간신히 풀려나는 제29권 「노태학시주오공후」, 부친이 부임 도중 사악한 사공들에게 해를 당해 혼자 남은 처녀가 온갖 능욕을 견디고 부친의 원수를 갚은 후 자결하는 이야기인 제36권 「채서홍인욕보구」 등도 그 대표적인 작품이다. 이런 참담한 사회상을 반영한 작품들은 봉건예교와 통치계층을 풍자한 작품들과 함께 예교의 위선과 허위를 풍자한 풍류재자 풍몽룡의 진면모를 반영한 것이라 할 수 있다.

그 밖에도 전술한 바와 같이 삼언 작품세계에 잘 드러난 중화적 정신도 삼언이 추구하는 주요 가치관 중의 하나이다. 풍몽룡의 중화관은 삼언의 서문에서는 드러나지 않았지만 풍류재자로서의 인간 풍몽룡의 본모습과 교화의식에서 자유로울 수 없었던 중국전통문인들의 책무감에서 비롯된 불가피한 선택이라 하겠다.

따라서 삼언의 편찬에는 풍몽룡의 풍류재자적 관점과 이와 유사한 당시 대두된 주정주의적 사상, 그리고 유교적 교화사상이 서로 혼재하고 융합한 대단히 복잡하고 모순적이라고도 할 수 있는 중화적 성향도 드러남은 앞에서도 이미 논의한 바다.

그리하여 삼언은 많은 작품들에서 유도(儒道)와 아속(雅俗[21]) 등을 오

---

21 삼언의 언어는 화본소설의 장점인 통속성을 중시하면서도 작품 중간 중간에 시사를 삽입하여 아속을 아우르는 전아한 분위기를 표현해내기도 하였다. 이를테면 「杜十娘怒沉百寶箱」에서는 "掃蕩殘胡立帝畿, 龍翔鳳舞勢崔嵬. 左環滄海天一帶, 右擁太行山萬圍. 戈戟九邊雄絕塞, 衣冠萬國仰垂衣. 太平人樂華胥世, 永保金甌共日輝." 시를 통해 당시 燕

가는 중화적 성향을 보였음도 많은 이들이 수긍하는 바다.

이를테면 삼언 속에는 부모의 명과 매파의 말에 따르지 않고 대담하게 사랑을 쟁취하는 작품들이나 유교의 규범에 도전하는 사상을 담은 작품들도 많지만[22] 또 한편으로는 봉건예교를 선양하는 작품들도 부지기수이며[23], 또 한 작품에 두 관점이 중화적으로 혼재되어 나타나기도 하였다.[24]

그리하여 종종 치정을 칭송하면서도 도덕적 절제와 경계를 중시하는 이중적인 태도를 보이기도 하였다. 이를테면 민간의 '백사전' 설화를 개편한 작품인 『경세통언』 제28권 「백낭자영진뇌봉탑(白娘子永鎮雷峰塔)」은 허선(許宣)이 법해(法海) 법사의 도움으로 자신을 열정적으로 사랑하는 착한 뱀 요정 부인을 진압하는 이야기로 작가는 한편으론 가련한 백낭자의 치정을 동정하고 찬미하면서도 법해와 허선이 요괴를 물리치고 색

京의 번화함을 묘사하였으며, "臉如蓮萼, 分明卓氏文君. ; 脣似櫻桃, 何減白家樊素. 可憐一片無瑕玉, 誤落風塵花柳中." 이라는 운문적 표현을 통해 두십낭의 신세를 시적으로 그려내기도 하였다. 또 「賣油郎獨占花魁」에서도 "春花處處百花新, 蜂蝶紛紛競采春. 堪愛富家多弟子, 風流不及賣油人." 시를 통해 통속소설에 격조를 더해주기도 하였다. 아속이 공존하면서 조화를 이루는 이런 현상 역시 삼언이 이룩한 중화의 경지라고 할 수 있다.

22 이런 작품의 예로는 「閑雲庵阮三償冤債」 속의 陳玉蘭, 「宿香亭張浩遇鶯鶯」 속의 李鶯鶯, 「張舜美燈宵得麗女」 중의 劉素香 등이 있는데, 그들은 모두 자신이 좋아하는 사람을 용감하게 좇아가고 있다. 이 밖에도 재색과 담력이 출중한 여성을 찬미한 작품으로는 「蘇小妹三難新郎」 중의 蘇小妹, 「李秀卿義結黃貞女」 중의 黃善聰, 「劉小官雌雄兄弟」 중의 劉方 등이 있다. 그러나 아쉽게도 이런 작품들은 모두 『금고기관』에 수록되지 못했다.

23 이런 부류 작품들은 예로 들면 「裴晉公義還原配」, 「兩縣令競義婚孤女」, 「三孝廉讓產立高名」, 「趙太祖千裏送京娘」, 「李玉英獄中訟冤」, 「陳禦史巧勘金釵鈿」, 「錢秀才錯占鳳凰儔」, 「況太守斷死孩兒」등 매우 많다. 특히 이런 봉건예교를 칭송하는 작품들은 겉으로는 다른 주제를 널어놓으면서 간접적으로 봉건예교나 태수의 현명함을 칭송하는 경우가 많아 겉으로는 잘 드러나지 않는 것이 특색이다.

24 이런 경향은 「金玉奴棒打薄情郎」, 「宋小官團圓破氈笠」 등의 작품에서 두드러진다.

욕을 경계한 점을 찬양하고 있다.

이런 경향은 『경세통언』 제16권 「소부인금전증년소(小夫人金錢贈年少)」와 『성세항언』 제14권 「요번루다정주승선(鬧樊樓多情周勝仙)」에서도 마찬가지다. 「소부인금전증년소」에서는 소부인의 열정적인 치정을 동정하면서도 이를 거절한 우유부단하고 매정한 남성 장승(張勝)의 절제를 찬미하였으며, 「요번루다정주승선」에서도 사랑하는 남자에 대한 주승선의 열정과 치정을 동정하면서도 그녀를 죽음에 이르게 한 나약하고 무정한 남성 범이랑(范二郞)을 질책하기보다는 옹호하는 것이 그러하다.[25]

이상 삼언의 가치관에 이어 의화본소설의 양대 산맥인 이박의 가치관에 대해 알아보자. 이박의 작가 능몽초는 풍류재자로서의 삶, 늦은 나이에 미관말직을 한 점 등 생평에 있어서도 풍몽룡과 매우 흡사한데, 즉공관주인(卽空觀主人, 능몽초의 별호)의 서문에서 밝힌 바와 같이 이박은 삼언의 문학관을 그대로 추숭하여 이를 보완하고자 한 목적으로 편찬되었음을 알 수 있다. 이박의 가치관은 전반적으로 삼언을 따랐지만 특별히 내세운 것이라면 내용이 참신하고 재미있는 고사들을 모았으며 허구의 이야기라도 그 속에는 깊은 뜻이 있다는 것이다.

그리고 또 소설이 추구하는 기이함은 평상적인 현실을 기반으로 해야 한다는 소설이론을 펼쳤는데, 이는 풍몽룡이 삼언에서 강조한 허구성을 계승 발전시킨 이론이다. 이박은 작품을 통해서도 일상적인 현실을 기반으로 한 기이함을 담아야 함을 반영하였다. 그리하여 이박 78편의 작품 내용을 살펴보면 대체로 현실적인 내용을 많이 싣고자 노력하였다. 작품 내용은 삼언과 거의 같은 주제들의 다양한 내용들이 있으며, 특히 명대 현실사회의 상인들 이야기를 담은 우수한 작품들과 우여곡절이 많은 기이한 구성의 작품들도 적지 않다. 다만 인과응보의 숙명론과 봉건시대 미

25 이런 모순성이 강한 작품들은 모두 『금고기관』에 수록되지 못했다.

신적 이야기도 간혹 보이며, 특히 색정적인 묘사가 삼언 보다도 더 많음은 서문의 주장에 미치지 못하는 작품상의 결점으로 평가될 수 있다. 이 역시 출판상의 요구에 부합하기 위한 판매전략의 소치라고도 볼 수 있을 것이다.

이상 삼언·이박 작가들의 서문과 작품을 통해 나타난 가치관을 검토하였다. 그렇다면 『금고기관』의 가치관을 논의하기 위해 이 작품이 서문과 작품을 통해 구체적으로 어떻게 삼언·이박을 계승 발전한 지를 살펴보자. 앞 절에서 우리는 『금고기관』 서문의 주요 내용을 10가지로 요약하였는데, 그것을 다시 요약하면 『금고기관』은 삼언·이박이 중시한 풍속교화의 도덕성을 가장 중요한 편찬이념으로 삼으면서 소설이 지닌 기이함과 참신함 등 구성의 묘미를 중시하였음이다. 거기다 『금고기관』은 삼언이 주장한 통속성을 중시하면서도 비속하거나 금기가 많아서는 안 되며, 이박이 주장한 기이함을 쫓았지만 그 기이함은 일상적인 평범함과 도덕성을 근거로 해야 하고 또 아정함이 동시에 만족되어야 함을 주장하였다. 그 외에도 소설은 인정세태를 잘 반영해야 함도 제시되었는데, 이는 바로 『금고기관』이 서문을 통해 제시한 가치관이라 할 수 있다.

그렇다면 『금고기관』의 이런 가치관이 40편 실제 작품을 통해서도 얼마나 잘 구현되고 있는지를 따져보자. 앞 장에서도 충분히 살펴본 바와 같이 『금고기관』 40편의 작품내용을 분석하면 도덕성과 풍속교화의 교화주의적 가치관을 제1순위로 철저히 준수하고 있음이 역력히 드러나고 있기에 이에 대해서는 부연이 전혀 필요 없을 것이다. 그리고 『금고기관』은 삼언·이박 가운데서도 나름대로 작품구성이 뛰어난 것들을 선택해 재미와 기이함을 추구했음에도 이견의 여지가 없을 것이다. 또 기이함을 추구하면서도 그 기이함이 일상생활을 바탕으로 하고 또 도덕적인 아정함도 동시에 갖춰야 함에도 큰 문제가 없어 보인다. 왜냐하면 『금고기관』은 삼언 속의 많은 허환적인 내용들을 그렇게 많이 수록하지도 않았으며, 수록된 대부분의 작품들이 도덕적으로 아정함을 전제 조건으로 편찬되었음은 앞의 고찰에서도 누차 확인되었다.

마지막으로 살펴볼 것은 인정세태의 반영인데, 이는 『금고기관』이 소설작품으로서 얼마나 현실사회의 실제 모습을 잘 반영하고 있는가이다. 여기에는 현실 묘사의 구체적이고 정확함도 있지만 실제 사회 백태를 얼마나 있는 그대로 잘 반영하고 있느냐의 문제도 포함된다. 그렇다면 이 문제는 이견의 여지가 크다. 왜냐하면 『금고기관』은 도덕교화와 풍속의 아정함을 추구하기에 현실 사회의 모습을 있는 그대로 반영한 것이 아니라 교육적 차원에서 선택적으로 짜깁기해서 독자들에게 보여주고자 하는 경향이 있기 때문이다. 따라서 삼언·이박 원전 작품 선택에서 『금고기관』은 풍속교화와 아정한 결말을 위해 현실 사회의 참혹하고 어두운 모습들이나 통치이념에 위배되는 내용들은 가능한 회피하고자 한 경향이 있다.

이를테면 삼언 가운데 꽤 많은 비중을 차지하는 절망적일만큼 참담한 사회상을 진실하게 반영한 작품들이라든지 예교의 위선과 허위를 풍자하면서 봉건예교와 통치계층을 신랄하게 비판한 작품들을 『금고기관』이 얼마나 많이 수록하였는지는 의문의 여지가 있다. 이런 부류의 작품들은 많이 있는데, 몇몇 예를 들어보자.

삼언 가운데 명작으로 권력에 굴복하지 않은 남녀 간의 생사를 넘는 사랑을 다룬 작품으로 시민계층과 봉건권력층간의 모순과 투쟁을 반영한 「최대조생사원가」라든지, 부패한 사회상을 적나라하게 반영한 작품으로 선비를 도와 과거에 급제시킨 기녀 옥당춘을 부호 심홍이 가로 채 집으로 돌아갔지만 외간 남자와 간통한 처에게 그가 살해당하고 처는 관부와 내통해 그 화를 옥당춘에게 덮어씌우는 내용의 「옥당춘락난봉부」, 그리고 무고한 하인을 죽도록 고문한 후 미봉책으로 무마한 봉건관리의 악행을 고발한 「금령사미비수수동」 등은 『금고기관』에 실리지 않았다.

그리고 역시 암울한 사회현실을 적나라하게 묘사한 「심소관일조해칠명」과 「황태수단사해아」라든지 첫눈에 반한 청춘남녀 장순미와 유소향간의 이별과 결합의 극적인 절묘한 구성의 작품 「장순미등소득려녀(張舜美燈宵得麗女)」와 유사한 걸작 「한운암완삼상원채(閑雲庵阮三償冤債)」 등도 당연히 배제되었다. 또 전술한 바가 있는 삼언 가운데 치정과 봉건예교가 서로 충돌하는 명작 가운데 「소부인금전증년소」, 「요번루다정주승선」, 「백낭자영진뇌봉탑」 등도 모두 배제되었다. 이런 작품들은 모두 삼언의 걸작으로 꼽히지만 『금고기관』의 도덕적 기준과 통치계층의 이념에 부합되지 않기 때문에 선택을 받지 못한 것이다.[26]

따라서 『금고기관』의 가치관은 앞에서 언급한 삼언·이박의 정신을 대체로 거의 모두 계승하였다고 할 수 있지만 삼언의 정화라고도 할 수 있는 '정(情)으로써 이(理)에 대항하는' 주정주의적 정신과 예교의 위선과 허위를 풍자하면서 통치계층을 신랄하게 비판하는 내용이 많이 희석된 아쉬움이 있다. 도덕적 교화 차원에서 보면 이런 작품들은 당시 사회가 수용하기에는 너무 진보적이거나 혹은 너무 염세적이며 또 반체제적 성향도 띠고 있다.

그러므로 『금고기관』은 이런 작품들은 되도록 회피하면서 교육적이고 희망적이며 통치계층과도 충돌하지 않는 무난한 작품들을 위주로 싣고자 노력한 것이라 할 수 있다.[27] 그런 까닭으로 『금고기관』은 명대는 물론 청

26 물론 그렇다고 『금고기관』에서 암담한 사회현실을 사실적으로 반영한 이런 부류의 작품이 전혀 없다는 것은 아니다. 예를 들어 「沈小霞相會出師表」, 「盧太學詩酒傲公侯」, 「蔡瑞虹忍辱報仇」 등이 이런 류의 대표적인 작품들이다. 그 외에도 『금고기관』에서 명대의 암울한 사회상을 반영한 작품으로 이박의 「懷私怨狠僕告主」, 「崔俊臣巧會芙蓉屏」 등도 그러한 작품에 속한다.

27 이런 점에서 『금고기관』은 삼언보다도 더욱 '중화의 정신'을 잘 활용하고 있다 할 수 있다.

대에도 조정의 검열에서 몇 작품을 제외하고는[28] 큰 문제없이 오히려 원전 삼언·이박을 도태시킬 정도로 오래 동안 베스트셀러로 군림할 수 있었던 것이다. 결과적으로 보면 『금고기관』의 이러한 전략적 가치관이 실리적인 탁월한 효과를 거둔 것이라 할 수 있을 지도 모른다.

그러나 한편으로는 이런 효과의 이면에는 『금고기관』이 이성적, 중화적, 교화적 측면에 대한 지나친 중시로 인해 삼언 가운데 응당 수록해야 할 작품성 높은 작품들을 선택하지 못하고 도덕성만을 강조하는 유사한 작품들을 반복해서 싣는 아쉬움을 드러내기도 하였다.

예를 들면 친구간의 신의를 지키는 것이 사람의 기본적인 덕목임을 강조하느라 이런 작품을 세 편이나 연거푸 실었고, 소설 시작부터 봉건제도와 사대부 관리의 선정(善政)을 칭송하는 작품들도 연이어 싣기도 하였으며, 마지막 작품들을 통해 도덕적 훈계를 재차 강조하느라 작품성이 그리 높지 않은 작품들을 연이어 실은 듯한 아쉬움도 남겼다.

삼언·이박 원전 작품들의 채택에 나타난 『금고기관』의 도덕성에 대한 지나친 고려와 안배는 삼언·이박 가운데 적지 않은 명작들을 놓치게 만들었으며, 그리하여 이 책이 삼언·이박의 완벽한 정화집임에도 불구하고 또 한편으로 오늘날 우리들의 시각에서 보면 이 책이 충실한 도덕 교과서로 변한 느낌도 완전히 배제할 수 없는 아쉬움을 남겼다고 할 수 있다.

물론 그럼에도 불구하고 사상적으로 어수선하게 뒤죽박죽된 삼언·이박의 가치관[29]을 나름대로 일관성 있게 유기적으로 잘 통일시켜 압축된

28 이에 대해서는 제1장의 주를 참고 바람.

29 삼언은 소설이 경전을 보완한다는 도덕적 교화성과 이성을 중시하면서도 예교에 반하는 인간의 진정을 칭송하는 작품들을 많이 실었다. 따라서 삼언은 중화적 정신으로 이성과 감정을 모두 추구하면서도 두 가치관이 대립할 때는 사실 理보다 정을 중시하는 주정주의적 방향으로 흘러가는 경향이 강했다. 그러나 『금고기관』은 삼언의 이런 약점을 보완하기 위해 보다 이성적이고 중화적인 성향을 지향하고자 노력하였다.

한 권의 책으로 엮은 것은 부정할 수 없는 『금고기관』의 가치일 것이다.

4. 한중(韓中) 고전문학 및 신문학 창작에 영향

본 장에서는 『금고기관』이 한국과 중국 두 나라의 문학에 끼친 영향을 살펴보기로 하자. 전술한 바대로 『금고기관』은 중국백화단편소설의 발전 단계에서 제1단계인 화본소설에 이어 제2단계에 해당하는 명말의 의화본소설인 삼언·이박을 편집한 것으로 이박이 출현한 이후 곧바로 등장한 당시 많은 소설선집들 가운데 가장 영향력이 큰 작품이다. 명 중엽 이래로 상업의 발달과 함께 소시민 계층이 형성되면서 중국의 통속문학계에는 그들을 대상으로 한 소설이나 산문 작품들을 모은 책들이 매우 유행하였는데, 삼언·이박은 바로 이런 상황에서 출판된 것이다.

또 당시에는 삼언·이박 외에도 수많은 의화본 단편소설집과 소설선집들도 많이 발간되었는데, 당시 유명한 소설선집으로는 『금고기관』을 비롯해 『금고기문(今古奇聞)』, 『속금고기관(續今古奇觀)』 등도 있었다. 그러나 그 가운데 삼언·이박의 정선집인 『금고기관』이 가장 인기 있고 영향력도 컸다. 그리하여 『금고기관』은 당시 사회에서 크게 유행하여 『속금고기관』, 『삼속(三續)금고기관』, 『금고기관속편(續編)(일명 『십이루(十二樓)』) 등 『금고기관』후속타들도 연이어 출현하게 되었으나 그 인기는 『금고기관』에 비할 바가 아니었다.

그러나 『금고기관』의 유행은 이후 중국백화소설의 발전에 큰 영향을 미쳤는데, 앞에서 논의한 바와 같이 중국백화단편소설 발전의 두 번째 단계인 의화본 소설 삼언·이박과 그 선집인 『금고기관』의 유행으로 인해 명말청초에서 청대 중엽까지 이를 모방한 무수한 의화본 작품들이 출현하게 되면서 중국백화단편소설 발전의 세 번째 단계를 맞이하게 된 것이다.

그 대표적인 작품은 『석점두(石點頭)』, 『서호이집(西湖二集)』, 『취성석(醉醒石)』, 『고장절진(鼓掌絶塵)』, 『원앙침(鴛鴦針)』, 『삼각박안경기(三刻拍案驚奇), 별칭 환영(幻影)』, 『환희원가(歡喜冤家)』, 『환희기관(歡喜奇觀)』, 『무성희(無聲戲)』, 『십이루(十二樓)』 등 그 수가 부지기수다. 그러나 아쉽게도 이 가운데 우수한 작품은 청초에 이어(李漁)가 지은 『무성희[30]』, 『십이루』 등을 제외하면 없다는 것이 일반적인 평가이다. 왜냐하면 삼언·이박과 『금고기관』의 영향으로 태어난 이런 의화본 말류 작품들은 앞에서도 언급한 바와 같이 형식만 겨우 존재할 뿐 정신은 송대 화본과 판이하게 달라 송원화본의 신선함도 삼언·이박과 같은 현실적 생활감도 현저하게 떨어졌기 때문이다.

따라서 『금고기관』이 중국문학에 끼친 영향은 비단 『금고기관』 자체만이 아니라 삼언·이박과 같은 화본류 작품으로 확장하여 그것이 중국문학에 끼친 영향을 살펴봐야 할 것이다. 그렇다면 보통 사람들을 소재로 아속을 겸비한 통속적인 언어와 뛰어난 묘사예술로 당시 사회의 인정세태를 잘 반영한 이런 삼언·이박류 작품들은 그 후 청대 중국백화장편소설의 발전에 큰 영향을 미쳤을 것으로 짐작된다. 실제로 청대 인정사회류 소설 가운데 대표작이라 할 수 있는 『홍루몽』과 『유림외사』의 내용을 보면 삼언·이박 속 작품들과 매우 연관이 깊음을 알 수 있다.

이를테면 우선 『홍루몽』에는 삼언의 그림자를 쉽게 찾을 수가 있는데, 『홍루몽』 속 '정종(정이 깊은 사람)'으로 유명한 남주인공 가보옥이 여성을 대하는 태도는 마치 「매유랑독점화괴」에서 왕미를 극진하게 대하는 진중과도 흡사하다. 그리고 『홍루몽』 속 가보옥의 동성애 친구이자 또 한 명의 '정종'이라 할 수 있는 '진종(秦鍾)'은 '진중(秦重)'과 같은 중국어 발

---

30 『금고기관』 제25권 「徐老僕義憤成家」는 李漁의 단편 소설 「무성희」 제11회에 직접적인 영향을 미쳤다.

음을 지닌 이름이다. 즉 정이 깊은 사람인 정종을 의미하기 위해 지어진 이름인 것이다. 이런 등장인물들의 이름에 나타난 두 작품의 일치성 외에도 '치정'을 중시하고 여성에 대한 정신적 사랑의 가치를 이야기하는 조설근의 『홍루몽』이 풍류재자로서 삼언을 통해 예교의 허위를 풍자하고 치정을 중시한 풍몽룡과 「매유랑독점화괴」의 영향을 받지 않았다고 말할 수 없다. 더구나 풍몽룡과 조설근은 모두 명대 왕양명 좌파의 일원으로 정의 가치를 주장하던 이지(李贄)를 존경하던 인물이었다. 거기다 당시 많은 장서를 보유한 귀족 출신으로 독서량이 풍부했던 풍류재자 조설근이 『금고기관』은 물론 풍몽룡의 삼언 가운데 명편인 이 작품을 읽지 않았을 가능성은 극히 낮다.

그 밖에도 삼언 가운데 대표적인 애욕소설[31]로 방탕한 사내 혁대경과 음탕한 두 비구니 간의 치정살인 사건에 관한 이야기인 『성세항언』 제15권 「혁대경유한원앙조(赫大卿遺恨鴛鴦條)」에 나타난 작가의 욕정에 관한 관점과 정과 욕에 관한 기발한 견해는 『홍루몽』에 나오는 욕정관과 매우 흡사하다.

즉 「혁대경유한원앙조」에서 '호색(好色)'과 '호음(好淫)'을 구분하고 또 호색을 네 가지 경지로 분류한 점은 『홍루몽』에서 조설근이 가보옥이 꿈에서 만난 천계의 선녀 경환선고(警幻仙姑)의 입을 통해 가보옥의 치정인 '의음(意淫, 즉 정신적인 음탕함)'과 범인들의 욕정인 '피부람음(皮膚濫淫, 육체적인 음란함)'의 차이를 논한 것과 매우 흡사하다.[32] 이밖에도 삼언에서는 양성관계에서의 정신적 사랑의 가치에 대해 잠시 언급한 작품인 『성세항언』 제7권 「전수재착점봉황주(錢秀才錯占鳳凰儔)」에서 지현이 어쩔 수 없이 사촌형의 신부와 신방을 치루면서도 욕정의 선을 넘지

31 이에 대해서는 최병규, 『삼언애욕소설선』, 학고방, 2016, 397~445쪽 참조 바람.

32 이에 대해서는 최병규, 「'혁대경이 원앙 띠를 남기고 죽다(赫大卿遺恨鴛鴦條)'를 통해서 본 삼언 애욕소설의 욕정관」, 『중국소설논총』제47집, 2015, 53~58쪽 참고.

않은 선비 전청(錢靑)의 절제를 찬미하는 내용도 정과 욕을 분리하며 남녀 간의 정신적 사랑의 가치를 논한 『홍루몽』의 양성관계에 적지 않은 계시를 주었을 것으로 생각된다.

요컨대 중국백화소설집의 총아이자 명청 인정소설의 대표작으로 명말부터 청대까지 세상을 풍미한 『금고기관』과 그 배경이 된 삼언·이박을 청대 인정소설 『홍루몽』의 작가 조설근이 관심을 갖지 않았을 리가 만무하며, 따라서 『금고기관』과 삼언·이박이 『홍루몽』에 끼친 영향은 결코 홀시될 수 없을 것이다.

다음으로 『금고기관』과 『유림외사』와의 관계이다. 주지하다시피 『홍루몽』과 비슷한 시기인 청초에 탄생한 오경재의 『유림외사』는 당시의 과거제도와 유림의 유생들에 대한 풍자를 담고 있는데, 전술한 바와 같이 『금고기관』에는 당시 불합리한 과거제도에 대한 풍자와 그에 얽힌 유생들의 이야기를 싣고 있다.

그 가운데에는 서로 유사한 내용도 있는데, 이를테면 『유림외사』에 있는 유명한 주진(周進)과 범진(范進)의 이야기이다. 60살이 되어서도 과거에 급제하지 못한 주진은 어느 날 과거장을 지나다 자신의 과거인생을 회상하며 슬퍼하다가 실신하게 된다. 그 후 깨어나 또 슬프게 통곡하자 사람들이 그의 처지를 불쌍히 여겨 돈을 모아 그에게 감생의 자리를 얻어주고 결국 그는 과거에도 합격해 고시관까지 된다. 그런데 그 때 같은 처지의 불쌍한 늙은 선비 범진을 보고 덜컥 동정심이 일어 그를 수재로 그냥 합격시켜준다. 이는 『금고기관』 제21권 「노문생삼세보은」(『경세통언』제18권)에서 60이 되도록 과거에 급제하지 못한 선우동과 그를 탈락시키려는 심술궂은 고시관 괴우시의 이야기와 비록 내용은 달라도 고시관의 사심으로 당락이 결정되는 과거제도의 불합리성을 풍자하는 근본적인 기조는 같다.

또 『금고기관』 제22권 「둔수재일조교태(鈍秀才一朝交泰)」(『경세통언』

제17권)에서는 과거당락 여부에 따라 사람을 달리 대하는 세인들의 얄팍하고 실리적인 인심과 태도에 대한 풍자가 적나라하게 묘사되었는데, 이는 『유림외사』에서도 비슷한 내용이 그대로 보인다.

『유림외사』외에도 청대 문언소설의 대표작이자 중국문언소설의 결정체인 포송령의 『요재지이』에서도 과거제도에 대한 비판과 과거제도의 희생양인 선비들에 대한 동정이 많이 드러나고 있다.

이를테면 『요재지이』 명편으로 뽑히는 「육판(陸判)」에서 인성은 착하지만 머리가 명석하지 못해 과거에 누차 실패한 주인공 주이단을 육판이 도와주는 내용이나 「아보(阿寶)」에서 순수한 치정을 지닌 손자초가 친구들의 짓궂은 방해에도 오히려 과거에 합격하게 되는 것들이 그러하다. 이 외에도 「사문랑(司文郎)」과 「왕자안(王子安)」등은 팔고문으로 선비를 뽑는 과거제도의 폐단을 신랄하게 비판한 작품으로 유명하다. 이로 인해 포송령은 중국 작가 가운데 작품을 통해 과거제도의 폐단을 가장 많이 지적한 최초의 작가라는 평도 있다.[33]

그러나 포송령에 앞서 삼언·이박과 『금고기관』에서도 이미 과거제도의 폐단과 선비들에 대한 동정이 잘 묘사되어 있다. 따라서 『금고기관』은 청대 문언소설인 『요재지이』의 창작에도 영향을 끼치지 않았다고 말할 수가 없을 것이다,

삼언·이박과 『금고기관』이 중국문학예술에 끼친 영향은 비단 소설에만 국한된 것이 아니라 당시 명청시대 희곡의 소재로도 널리 활용되었다. 이를테면 『금고기관』 40편 가운데 「등대윤귀단가사」, 「매유랑독점화괴」, 「소소매삼난신랑」 등은 명말청초의 희곡작가 이옥(李玉, 1651?~1671?)의 전기 걸작인 「장생상(長生像)」, 「점화괴(占花魁)」, 「미산수(眉山秀)」 등에 각각 영향을 끼쳤고, 그 외에도 『금고기관』 중 대다수에 해당하는

33 中國社會科學院 文學研究所 編, 『中國文學史(三)』, 北京: 人民文學出版社, 1962.

절반 이상의 작품들이 명대의 전기 내지는 청대의 경극이나 기타 지방희 내지는 탄사, 보권(寶卷) 등의 소재로도 활용되었으니[34], 그 영향력을 가히 짐작할 수 있다.

다음으로 『금고기관』이 중국문학에 끼친 영향은 소화주인의 서문을 통해 중국고대소설이론의 발전에 끼친 공로일 것이다. 『금고기관』은 작품 본래의 내용은 물론이고 작품이 시작되기 전 수록한 서문은 그 자체가 바로 중국고대소설이론과 비평의 귀중한 자료이다. 이를테면 중국고전소설 발전사에 대한 개괄에서부터 통속소설의 가치에 대한 인식, 그리고 소설문학 속 '진(眞)'과 '기(奇)'에 대한 이론 등은 삼언·이박의 서문에 나타난 소설이론을 계승해 포옹노인이 진일보 발전시킨 중국고전소설이론과 비평연구에 필요한 매우 중요한 관점이라 할 수 있다.[35]

이 밖에도 『금고기관』이 중국문학에 끼친 영향 가운데에는 삼언·이박의 가치를 세상에 널리 알린 공로도 무시할 수 없다. 만약 『금고기관』이 출현하지 않았다면 삼언·이박은 아마도 사람들에게 일찌감치 잊혀 그 가치를 인정받지 못하고 사장되었을 지도 모른다.

앞 장에서도 언급하였듯이 삼언·이박은 그 내용이 너무 방대하여 읽기도 힘들었을 뿐 아니라 그 가운데에는 옥석이 혼재하여 사람들이 쉽게 접근하기 어려운 단점이 있었고, 그로 인해 세상에 나온 지 얼마 되지 않아 절판되었다. 그런데 마침 포옹노인이 그 단점을 알고 삼언·이박 가운데 주옥같은 작품들만 선별하고 또 조정의 검열을 피할 수 있도록 교묘히 편집해 『금고기관』이란 작은 책으로 다시 출판하였기에 세인들의 사랑은 물론 조정의 검열도 통과할 수 있었던 것이다. 따라서 『금고기관』으로 인해 삼언·이박의 정화가 세인들에게 오래 동안 전해질 수 있었던 것이다.

---

34 이에 대해서는 李平 校注, 『금고기관』, 臺北: 三民書局, 2016, 3~9쪽 참고.

35 이에 대해서는 吳波, 「論 『今古奇觀』 序對中國古代小說理論發展的貢獻」, 『懷化學院學報』, 1998年 第4期, 64~68쪽 참고.

실로 『금고기관』은 삼언·이박의 충실한 전달자로 그 속의 알짜배기들만을 모아 실었다고 해도 과언이 아니며, 그로 인해 삼언·이박의 진가가 세상에 널리 드러난 것이다. 그리고 포옹노인이 분량상의 한계와 검열상의 안전을 위해 『금고기관』에 싣지 못한 작품들은 삼언·이박 원전을 통해 다시 찾아 확인할 수도 있는 것이다. 따라서 『금고기관』의 출현은 한편으로 보면 삼언·이박이 사라지는 계기가 될 수도 있었겠지만 그로 인해 삼언·이박의 진가가 세상에 널리 알려지게 된 공헌이 더 크다고 볼 수 있으며, 이는 바로 『금고기관』이 중국문학에 끼친 영향이자 가치라고 할 수 있다.

그 외에도 『금고기관』의 가치와 영향력을 논할 때 홀시할 수 없는 점은 중국고전소설 가운데 서양에 전파되어 서양인들에게 최초로 번역 소개된 작품이 바로 『금고기관』이라는 점이다. 18세기 전반에 해당하는 1735년에 프랑스인 선교사 두알데(DuHalde, 1674~1743)는 『금고기관』 가운데 3편[36]을 선택해 불어로 번역해 출판하였고, 이를 시작으로 『금고기관』은 이후 세계 여러 나라에서 많은 작품들이 번역, 소개되기 시작한 것이다. 따라서 『금고기관』은 중국소설을 세계만방에 널리 알리는 중국소설의 세계화에 큰 기여를 하였으니[37], 이는 바로 『금고기관』이 중국소설에 끼친 긍정적인 영향이라 할 수 있다.

삼언·이박과 『금고기관』의 영향력을 논함에 있어 이 작품들이 일본이나 한국 등 외국문학에 끼친 영향도 매우 크다. 이제부터는 앞장에서 대략 살펴본 내용을 기반으로 우리나라의 『금고기관』 수용양상과 이 소설

36 당시 번역된 작품은 「莊子休鼓盆成大道」, 「呂大郎還金完骨肉」, 「懷私怨狠僕告主」 3편이다.

37 이에 대해서는 陳婷婷, 「『今古奇觀』: 中國文學走向世界最早的典範與啟示」, 『安徽大學學報』 2013年 第04期 참조.

이 우리나라 고전문학과 신문학 창작에 끼친 영향 등에 대해 보다 구체적으로 살펴보기로 하자.

전술한 바대로 『금고기관』은 18세기 중엽 이전에 여러 종류의 판본이 조선에 유입되었고, 조선말기부터는 부분적으로나마 번역 번안본도 출현하였는데, 특히 신소설 작가들에 의한 부분적인 차용이 대단히 활발하여 만약 이들까지 번역본에 포함시키면 그 활용 작품은 더욱 늘어난다.[38] 우리나라의 『금고기관』 수용양상에 있어 많은 『금고기관』 작품들이 이해조(1869~1927)를 비롯한 신소설 작가들이 발표한 작품의 소재로 직간접적으로 활용되었는데, 그 형태는 대략 1905년에서 1930년까지 발행된 신문의 삽화 형태였다. 대표적인 신소설 작가와 작품명, 그리고 활용된 『금고기관』의 작품명을 표로 보면 다음과 같다.[39]

표 36 대표적인 신소설 작가들에 의해 활용된 『금고기관』 작품명

신소설 명	저자, 역자	간행 연도	츌판 신문사	원전 제목
적션여경록(積善餘慶錄)		1905	대한매일신보	**제18권 「劉元普雙生貴子」**

38 김영화, 「韓國·日本의 明代 白話短篇小說 飜譯·飜案 樣相 : 三言·二拍과 『今古奇觀』을 중심으로」(고려대학교 석사학위논문, 2011년)에서는 『금고기관』의 번역에 있어 번역본의 형성 시기에 있어 일본은 대부분의 번역 작품이 18세기 중반에 간행되었음에 반해 한국은 20세기 초 활자본 시대에 집중적으로 이루어졌으며, 번역 양상에 있어서는 한국에는 번역자가 한국의 정서에 부합되게 축약이나 의역, 개역(창안) 등을 한 것이 비교적 많고, 일본에는 거의 逐字 역에 가까운 원전에 충실한 번역들이 많음을 지적하였다. 또 번안번역자와 독자층에 있어서도 일본은 번역자가 명시되고 독자층도 지식층임에 반해 한국은 번역자를 알 수 없고 독자층은 대체로 사대부 여성층임을 밝혔다.

39 표는 이경림, 「근대초기 금고기관의 수용양상에 관한 연구」, 『한국근대문학연구』, 2013, 233쪽 참고.

신소설 명	저자, 역자	간행 연도	출판 신문사	원전 제목
청루의녀전(靑樓義女傳)		1906	대한매일신보	**제5권**「杜十娘怒沉百寶箱」
고목화(枯木花)	이해조	1908	박문서관 제국신문	**제16권**「李汧公窮邸遇俠客」
빈상설(鬢上雪)	이해조	1908	광학서포 제국신문	**제28권**「喬太守亂點鴛鴦譜」
보응(報應)		1909	대한매일신보	**제31권**「呂大郎還金完骨肉」
원앙도(鴛鴦圖)	이해조	1909	중앙서관 제국신문	**제2권**「兩縣令競義婚孤女」
만월ㄷ·ㅣ	이해조	1910	동양서원 제국신문	**제25권**「徐老僕義憤成家」
모란병(牧丹屛)	이해조	1911	박문서관 제국신문	**제26권**「蔡小姐忍辱報仇」
월하가인(月下佳人)	이해조	1911	보급서관 매일신보	**제9권**「轉運漢巧遇洞庭紅」
花의 血	이해조	1912	보급서관 매일신보	**제35권**「王嬌鸞百年長恨」
소양정(昭陽亭)	이해조	1912	신구서림 매일신보	**제24권**「陳御史巧勘金釵鈿」
행락도(行樂圖)		1912	동양서원	**제3권**「滕大尹鬼斷家私」
명월정(明月亭)	박이양	1912	유일서관	**제26권**「蔡小姐忍辱報仇」
		1922	조선도서	
추풍감별곡		1913	신구서림	**제35권**「王嬌鸞百年長恨」

신소설 명	저자, 역자	간행 연도	출판 신문사	원전 제목
백년한(王嬌鸞記)	이규용(紹雲)	1913	회동서관	제35권 「王嬌鸞百年長恨」
		1926	경성서적조합	
채봉감별곡		1913	신구서림	제35권 「王嬌鸞百年長恨」
청텬ㅂ·ㅣㄱ일	박이양	1913	박문서관	제13권 「沈小霞相會出師表」
牀下俠客傳	윤용구	1913(?)	국립한글박물관본	제16권 「李汧公窮邸遇俠客」
금옥연(金玉緣)	이광하	1914	동미서시	제24권 「陳御史巧勘金釵鈿」
월세계		1922	대창서원	제26권 「蔡小姐忍辱報仇」
젼슈ㅈ·ㅣ젼		1922	대창서원	27권 「錢秀才錯占鳳凰儔」
어ㅅ·박문수전(2화)	현병주	1926	경성서적조합	제2권 「兩縣令競義婚孤女」
어ㅅ·박문수전(3화)	현병주	1926	경성서적조합	제4권 「裴晉公義還原配」
의인의 무덤(제1화)		1926	문창사	제12권 「羊角哀舍命全交」
쥬즁긔션리 ㅌ·ㅣㅂ·ㅣ실긔		1928	회동서관	제6권 「李謫仙醉草嚇蠻書」
(弄假成眞) 雙新郎		1930	덕흥서림	27권 「錢秀才錯占鳳凰儔」

이 외에도 30년대 이후의 작품으로 박태원(1910~1986)이 『지나소설집(支那小說集)』(인문사, 1939)에서 부분 번역한 작품 목록(당시의 제목)은 「두십낭(杜十娘)」, 「매유랑(賣油郎)」, 「동정홍(洞庭紅)」, 「양각애(羊角哀)」, 「상하사(床下士)」, 「부용병(芙蓉屛)」, 「황감자(黃柑子)」 등 7편이다. 여기서 「상하사」는 「이견공궁저우협객」이고, 「부용병」과 「황감자」는 각각 「최준신교회부용병」과 「조현군교송황감자」이다. 그리고 이에 앞서 중국고전소설 번역가로 유명한 양건식은 1931년에 매일신보에 '신역금고기관(新譯今古奇觀)'이란 이름으로 제1, 6, 32, 35권 4편을 번역한 바가 있음도 앞 장의 표에서 기술한 바가 있다. 따라서 위 표와 앞장에서 살펴본 『금고기관』 번역본을 종합해서 조선 말기부터 해방되기 전까지인 일제강점기까지 번역되거나 소설 작품 소재로 활용된 작품들 목록을 총정리하면 다음과 같다.

표 37 해방 전까지 우리나라에 번역(번안 내지 활용 포함)된 『금고기관』작품 목록과 출처

卷目	『금고기관』 작품명	해방 전 번역(번안, 삽화 등 포함)본 출처
제1권	「三孝廉讓產立高名」	신구서림, 양건식
제2권	「兩縣令競義婚孤女」	원앙도(제국신문), 현병주(경성서적)
제3권	「滕大尹鬼斷家私」	낙선재, 한국학, 행락도(동양서원)
제4권	「裴晉公義還原配」	신구서림, 현병주(경성서적)
제5권	「杜十娘怒沉百寶箱」	청루의녀전(대한매일신보), 박태원
제6권	「李謫仙醉草嚇蠻書」	신구서림, 회동서국, 양건식, 주중기선이태백실기(회동서관)
제7권	「賣油郎獨占花魁」	금고긔관, 박태원
제9권	「轉運漢巧遇洞庭紅」	월하가인(보급서관 매일신보), 박태원
제11권	「吳保安棄家贖友」	신구서림

卷目	『금고기관』 작품명	해방 전 번역(번안, 삽화 등 포함)본 출처
제12권	「羊角哀舍命全交」	신구서림, 의인의 무덤(문창사), 박태원
제13권	「沈小霞相會出師表」	청천백일(박문서관)
제14권	「宋金郎團圓破氈笠」	고대본
제16권	「李汧公窮邸遇俠客」	고목화(박문서관), 牀下俠客傳(한글박물관), 박태원
제17권	「蘇小妹三難新郎」	신구서림
제18권	「劉元普雙生貴子」	고대본, 신구서림, 積善餘慶錄(대한매일신보)
제19권	「俞伯牙摔琴謝知音」	한국학, 신구서림
제20권	「莊子休鼓盆成大道」	고대본, 신구서림
제22권	「鈍秀才一朝交泰」	낙선재
제24권	「陳御史巧勘金釵鈿」	昭陽亭(신구서림 매일신보), 金玉緣(동미서시)
제25권	「徐老僕義憤成家」	만월대(동양서원)
제26권	「蔡小姐忍辱報仇」	모란병(박문서관 제국신문), 월세계(대창서원), 明月亭(유일서관, 조선도서)
제27권	「錢秀才錯占鳳凰儔」	금고긔관, 젼슈ㅈ·ㅣ젼(대창서원), 雙新郎(덕흥서림)
제28권	「喬太守亂點鴛鴦譜」	빈상설(광학서포 제국신문)
제31권	「呂大郎還金完骨肉」	보응(대한매일신보)
제32권	「金玉奴棒打薄情郎」	고대본, 양건식
제35권	「王嬌鸞百年長恨」	花의 血(보급서관 매일신보), 백년한王嬌鸞記(경성서적), 추풍감별곡(신구서림), 채봉감별곡(신구서림), 백년한王嬌鸞記(회동서국), 양건식
제37권	「崔俊臣巧會芙蓉屛」	박태원
제38권	「趙縣君喬送黃柑子」	박태원

이상의 작품들 가운데 해방 전까지 3번 이상 비교적 많이 번역(활용)된 작품으로는 제3권 「등대윤귀단가사」, 제6권 「이적선취초혁만서」, 제12권 「양각애사명전교」, 제16권 「이견공궁저우협객」, 제18권 「유원보쌍생귀자」, 제26권 「채소저인욕보구」, 제27권 「전수재착점봉황주」, 제35권 「왕교란백년장한」 등이다[40]. 이 가운데 「등대윤귀단가사」, 「유원보쌍생귀자」, 「전수재착점봉황주」 등은 조선시대부터 번역이 이루어졌고, 나머지 작품들인 「이적선취초혁만서」, 「양각애사명전교」, 「이견공궁저우협객」, 「채소저인욕보구」, 「왕교란백년장한」 등은 그 후 주로 신소설을 통해 많이 알려진 작품들이다.

「이견공궁저우협객」은 여러 제목의 신소설 재료로 비교적 많이 활용되었는데, 이해조의 「고목화」, 윤용구의 「상하협객전(牀下俠客傳)」에 이어 1939년에는 박태원이 『지나소설집』에서도 「상하사」로 다시 번역하기도 하였다. 물론 해방 이후의 정음사본에도 번역이 나왔으니 번역본이 비교적 많은 편이다.[41]

그리고 여성의 절개를 찬양한 소설인 「채소저인욕보구」도 이해조의 「모란병」, 박이양의 「명월정」, 대창서원에서 나온 무명씨의 「월세계」 등 많은 신소설의 작품으로 활용되었다. 그런데 이해조의 「모란병」은 여주

40 그 외에도 연세대 도서관에 「俞伯牙摔琴謝知音」의 순한글 번역본으로 '유백아 파금'이란 제목의 한글본과 또 다른 번안본 하나가 있다고 하니, 이 작품도 조선에서 많이 번역된 작품에 속한다고 할 수 있다. 이에 대해서는 김영화, 「한국·일본의 명대 백화단편소설 번역·번안 양상 - 삼언·이박과 『금고기관』을 중심으로」, 고려대 석사학위논문, 2011, 62쪽 참고.

41 「牀下俠客傳」 번역본은 서유경에 의하면 최근에 발견한 자료로 이 번역본은 조선 왕가의 유산으로 순조의 넷째 딸 덕온공주의 영손녀 윤백영(1888~1986)의 집에서 국립한글박물관으로 이전된 것이라 한다. 작가는 궁할아버지라고 불린 윤용구가 윤백영이 25세쯤에 번역하여 준 것이라 하며 시기는 1913경으로 보고 있다. 서유경, 「고전소설 신자료 「牀下俠客傳」 연구」, 『한국문화』80, 2017, 50쪽 참고.

인공 금선이 「채소저인욕보구」 속의 채서홍과도 같이 온갖 고난을 겪지만 결국에는 수복이란 남자를 만나 미국으로 떠나는 것으로 결말이 나지만 박이양의 「명월정」은 「채소저인욕보구」과 내용이 거의 동일한 번안소설에 속한다. 주인공의 이름도 채서홍을 차채홍으로 바꾸었으며, 결말에서도 차채홍이 절개를 강조하며 유서를 남기고 한강에 투신하는 내용으로 여성의 절개를 지나치게 강조하여 구소설의 한계에서 벗어나지 못했다는 평이 있다.

특히 사랑에 속은 여성이 배신자 선비를 징벌하는 내용의 『금고기관』 제35권 「왕교란백년장한」은 신소설 작가들이 매우 많이 활용한 작품으로 여러 제목의 신소설 작품들이 많이 출현한 것으로 유명하다. 먼저 이해조의 「화의 혈」이 1912년 등장하였는데, 이 작품은 단순히 재자가인간의 흔한 배신 이야기가 아니라 여주인공 기생 선초의 절개와 이에 대한 벼슬아치의 횡포를 비롯해 동학농민운동을 배경으로 민초들의 고통과 관리들의 부정부패를 폭로한 사회성 짙은 신소설로 평가받는다. 다음으로 1913년에 신구서림본 「추풍감별곡」이 등장하는데 이 작품은 「왕교란백년장한」의 도입부를 번안 수용하였고, 그리고 불과 한 달 여 뒤에 「왕교란백년장한」 전체를 번안한 이규용의 「백년한(왕교란기)」이 회동서관에서 나왔다. 그 후 약 6개월 뒤에는 신구서림본 「추풍감별곡」을 개작하여 「채봉감별곡」도 등장한다.[42]

오래 전에 신동일 교수는 「왕교란백년장한」에 대한 논문에서 조선시대 국문으로 된 장회소설이자 작자·연대 미상의 고전소설인 「채봉감별곡(彩鳳感別曲)」과 「금향정기(錦香亭記)」도 이 작품과 유사성이 깊어 이를 개작한 작품으로 평가된다고 하였고, 더불어 숙종 무렵의 고전소설 「창선

42 박상석, 「번안소설 『백년한(百年恨)』연구」, 『연민학지』12권, 2009, 80쪽 참고.

감의록(彰善感義錄)」은 「교태수란점원앙보」와 서로 비교된다고 하였다.[43] 그러나 대단원으로 끝을 맺는 「채봉감별곡」과 「금향정기」는 중국의 무수한 재자가인 소설에서 흔히 보이는 상투적인 구성으로 그 어느 플롯상의 일치를 근거로 유사하다고 보거나 이들을 번안 작품 내지는 개작의 관계로 봄은 온당하지 않다.[44] 따라서 이들 작품들은 서로 사랑한 선비의 배신을 관아에 고발하고 자결하는 비극 작품 「왕교란백년장한」과는 관련성이 크지 않은 별개의 작품으로 보는 것이 타당하다. 또 남분여장의 이야기만으로 『창선감의록』과 「교태수란점원앙보」를 유사작으로 비교하는 것도 다소 비약된 논리이다.

그리고 작가를 알 수 없는 신소설 「보응」은 청대에 금서로 지정된 『금고기관』 제31권 「여대랑환금완골육」을 반영한 작품이라 이채롭다. 하지만 「보응」이라는 작품 제목을 보면 알 수 있듯이 이 작품은 「여대랑환금완골육」에 나타난 권선징악과 인과응보의 상투적인 교화성을 얘기한 것이다. 청대 금서로 지정된 작품을 소개한 자체만으로도 주목을 끌만하지만 「여대랑환금완골육」 첫머리에 나오는 조상이 남긴 논밭에 세금을 매기는 황제를 증오한다는 이 작품의 금서 내용과는 무관하게 보인다.

그리고 제24권 「진어사교감금채전(陳御史巧勘金釵鈿)」을 반영한 작품으로는 이해조의 「소양정」과 이광하의 「금옥연」이 있다. 「진어사교감금채전」은 지략이 뛰어난 진어사가 사촌 동생 노학증의 신부 아수에게 접

---

43 이에 대해서는 신동일, 「「喬太守亂點鴛鴦譜」에 관하여」, 『한국고전산문연구』, 동인문화사, 1981, 193~196, 210~212쪽 참고,

44 삼언 내 『경세통언』만 하더라도 제34권 「王嬌鸞百年長恨」과 제29권 「宿香亭張浩遇鶯鶯」의 이야기는 대단히 흡사하다. 두 작품이 모두 남녀가 사사로이 사랑의 맹서를 맺었다가 남자가 배신하자 여자가 관아에다 남자를 고발하는 내용이다. 다만 전자는 비극적인 반면 후자는 대단원으로 끝나는 점이 다를 뿐이다. 『금고기관』은 이 두 편 가운데 신의가 없는 선비에 대한 징벌의식이 훨씬 강한 「王嬌鸞百年長恨」만 수록하였다.

근해 그를 사칭해 재물과 정조를 유린한 양상빈을 체포해서 벌을 주고, 수치심으로 자결한 신부의 혼이 깃든 양상빈의 현숙한 처를 노학증이 자신의 아내로 맞이하는 이야기이다. 그러나 이런 원전의 내용과는 달리 「금옥연」의 내용은 많이 다르다. 「금옥연」은 여주인공이 적극적인 행동을 통해 결혼을 성사시키고, 억울하게 도적으로 몰려 옥에 갇힌 남편을 구해내는 적극적인 여인상을 그려내었다. 비록 사건 전개에 있어 윤리소설로의 변개가 이루어지고 있지만 원전과 비교하면 주된 구성이 일치하고 등장인물의 변개가 일어나지 않은 번안작으로 우리의 전형적인 윤리소설의 틀을 유지한 작품이라는 평가를 받고 있다.[45] 「소양정」의 내용도 원전과는 판이한데, 두 남녀가 결합하고 악인이 벌을 받게 되는 전형적인 재자가인 통속소설의 내용이다.

이 밖에도 「전수재착점봉황주」도 무명씨의 「젼슈ㅈㆍㅣ젼」, 「(농가성진(弄假成眞)) 쌍신랑(雙新郞)」 등으로 활용되었다. 그런데 이해조의 「소양정」은 그 내용이 『금고기관』의 「진어사교감금채전」과 거의 연관성이 없지만, 무명씨의 「(농가성진) 쌍신랑」은 「전수재착점봉황주」라는 중국 이야기의 조선적 변용이라 볼 수 있는데, 많은 부분이 원작과 일치하면서도 내용상 약간의 수정보완이 있다. 우선 「(농가성진) 쌍신랑」은 「전수재착점봉황주」와는 달리 고전소설이 대개 추구하는 해피엔딩의 결말이다. 용렬한 손길성이 원하는 처녀를 동생 최응환에게 뺏겼지만 여전히 전에 부모가 약혼한 여성과 결혼하게 되고, 나중에는 예전의 모습을 탈피해 지각있는 사람으로 변한다. 따라서 도덕성의 고양과 욕망의 경계를 훈계하던 원작의 의미를 다소 퇴색시킨 대신에 대단원의 원만한 결말로 원작의 아쉬움을 보완하였다. 그리고 원작에서는 최응환에 해당하는 전청이 신부와 한 방에 자면서도 손끝하나 건드리지 않았다는 색욕에 대한 절제를 찬

45 손병국, 「『金玉緣』연구」, 『동방학』 제22집, 2012, 63쪽.

미하는 부분이 있지만 신소설에서는 최응환이 신부와 몸을 섞지 않았지만 이에 대한 특별한 논평을 하지 않은 점도 원작의 묘미를 잘 살리지 못한 부분이라 할 수 있다.

그리고 「전운한교우동정홍」을 반영한 이해조의 「월하가인」은 멕시코 이민이라는 특수한 역사적 사건을 다루고 있긴 하지만 서사적 뼈대로 삼고 있는 것은 「전운한교우동정홍」이라고 평가된다. 이해조는 여러 작품에서 『금고기관』의 서사를 활용하고 있는 것으로 유명한데, 초창기에 활용한 「고목화」나 「원앙도」에는 번안에 가깝게 전폭적으로 수용하였다는 평을 받지만 이후에는 점점 「월하가인」과 같이 특정한 상황이나 사건의 설정을 차용하는 방식으로 변모하게 되었다는 평도 있다.[46] 「전운한교우동정홍」은 나중에 또 박태원이 『지나소설집』에서 「동정홍」이란 제목으로 번안하기도 하였다.

앞 장에서 살펴본 바와 같이 해방 후부터 현재까지 많이 번역된 『금고기관』 작품들을 보면 그 전에 많이 번역되지 못한 작품들을 위주로 제1권 「삼효렴양산입고명」, 제2권 「양현령경의혼고녀」, 제3권 「등대윤귀단가사」, 제5권 「두십낭노침백보상」, 제6권 「이적선취초혁만서」, 제7권 「매유랑독점화괴」, 제8권 「관원수만봉선녀」, 제9권 「전운한교우동정홍」, 제32권 「금옥노봉타박정랑」, 제33권 「당해원완세출기」 등이 많이 번역되었다.

요컨대 우리나라 『금고기관』 번역 양상을 개관해보면 대체적으로 조선시대에는 『금고기관』 가운데 「등대윤귀단가사」의 이야기와 역사적 인물 이태백의 일화인 「이적선취초혁만서」 등에 관심이 많았고, 그 외에도 친

46 이에 대해서는 김종욱, 「이해조 소설과 금고기관의 관련 양상- 월하가인을 중심으로」, 『인문논총』 제74권, 2017, 17쪽 참고. 사실 김종욱의 이 말은 송민호의 「이경림 발표 '근대초기에 미친 금고기관의 영향에 대하여'에 관한 토론문」(한국근대학회 제26회 학술대회, 2012, 48쪽)에서 참고한 것이다. 또 강현조도 관련논문을 통해 유사한 논리를 제시하였다.

구간의 신의와 어진 사대부가 결혼을 주선해 준 이야기인 「유원보쌍생귀자」, 그리고 사랑의 배신자 선비에 대한 징벌을 담은 「왕교란백년장한」 등과 「전수재착점봉황주」와 같은 도덕교화적 내용과 결혼기담 이야기들을 주로 많이 번역하였음을 알 수 있다.

그러나 사실 중국에서는 제1권 「삼효렴양산입고명」, 제4권 「배진공의환원배」, 제35권 「왕교란백년장한」 등은 명청시대 이렇다 할 소설이나 희곡 작품에 직접적인 영향을 준 바가 없는[47] 비교적 인기가 없는 편에 속한다 할 수 있지만 우리나라에서는 이런 작품들이 여러 번 번역되었다. 이런 작품들은 봉건예교를 찬양하는 고리타분한 도학자적 내용이거나 배신자 선비를 비판하는 등 중국문학에서는 비교적 흔한 주제라고 할 수 있어 중국인들의 특별한 관심을 얻지 못해 희곡화되지 않았을 가능성도 있다. 그런데 우리나라에서는 이런 작품들이 누차 번역된 것을 보면 우리나라 번역가들이 원작의 작품성보다는 소설이 지닌 도덕적 교화성을 더욱 중시한 것이 아니었나 생각된다.

이 점은 우리나라 『금고기관』 번역양상에서 중국 원작에서는 전혀 고려하지 않은 세부적인 도덕적 요소에 예민하게 반응한 측면에서도 잘 드러난다. 이를테면 낙선재본 『금고기관』에 번역된 3편 가운데 하나인 「등대윤귀단가사」의 번역본을 보면 역자가 원전의 내용을 우리의 윤리의식에 따라 의도적으로 변개하였는데, 원전에서는 예태수의 큰아들 선계가 적자(嫡子)지만 번역본에서는 양자라고 고친 점이 그러하다. 이는 조선의 뿌리 깊은 윤리의식에서는 대개 적자가 선하고 서자는 악하며, 처는 선하고 첩은 악한 것으로 간주하여 그 반대의 경우는 수용하기를 꺼려하는 관념을 반영한 것이다. 따라서 적자인 선계가 어린 서자 선술을 학대함은 불가하다고 여겨 선계가 친 혈육이 아닌 양자인 까닭에 동생을 학대한 것

---

47 이에 대해서는 李平 校注, 『금고기관』, 臺北: 三民書局, 2016, 3~9쪽 참고.

으로 바꾼 것이며, 또 말끝마다 예태수로 하여금 선계의 잘못을 혈육이 아닌 탓에 돌리며 적자의식을 강조하기도 하였다.[48]

다음으로는 위 작품들과 달리 해방 전까지 거의 번역되지 못한 작품들과 이들 작품들을 번역한 해방 후 번역본의 목록을 살펴보면 다음과 같다.

표 38 해방 전 내지 해방 후까지 번역되지 못한 『금고기관』 작품 목록

卷目	『금고기관』 작품명	해방 전 번역본	해방 후 현재까지의 번역본
제8권	「灌園叟晩逢仙女」	무	조영암, 송문, 김용식
제10권	「看財奴刁買冤家主」	무	김용식
제15권	「盧太學詩酒傲公侯」	무	조영암
제21권	「老門生三世報恩」	무	최형섭
제23권	「蔣興哥重會珍珠衫」	무	무
제28권	「喬太守亂點鴛鴦譜」	무(*빈상설)	무
제29권	「懷私怨狠僕告主」	무	김용식
제30권	「念親恩孝女藏兒」	무	조영암
제33권	「唐解元玩世出奇」	무	김용식, 최형섭
제34권	「女秀才移花接木」	무	조영암
제36권	「十三郎五歲朝天」	무	김용식
제39권	「誇妙術丹客提金」	무	무
제40권	「逞多財白丁橫帶」	무	무

48 이에 대해 이미 정병욱이 「낙선재문고본금고기관해제」에서 지적한 바가 있다. 그 세부 상황에 대해서는 이혜순, 「한국고대번역소설연구서설」, 『한국고전산문연구』, 동화문화사, 1981, 225~227쪽 참고 바람.

이 가운데 제23권 「장흥가중회진주삼」, 제28권 「교태수란점원앙보」, 제39권 「과묘출단객제금」, 제40권 「영다재백정횡대」 등은 해방 전에는 물론 최근까지도 거의 번역된 적이 없는 작품들이다.[49] 해방 전까지도 거의 번역되지 못한 작품들을 보면 도덕성의 문제로 인해 청대 중국에서 금서로 지정된 작품인 제8권 「관원수만봉선녀」, 제23권 「장흥가중회진주삼」, 제28권 「교태수란점원앙보」, 제34권 「여수재이화접목」 등 4편이 포함된 것을 알 수 있다.

그러나 이 4편 외에도 제21권 「노문생삼세보은」은 조정이 시행하는 과거제도의 폐단을 지적하였고, 제29권 「회사원한복고주」는 악한 하인이 주인을 고발하는 하극상을 담았다. 그리고 제33권 「당해원완세출기」는 귀족 선비가 하인으로 변장하여 신분제도 혼란의 소지가 있고, 제36권 「십삼랑오세조천」은 황친인 젊은 여성이 납치되어 강간되는 내용이라 황제의 권위를 실추시켰다. 이런 여러 이유 때문에 번역하여 세인들에게 널리 알리기를 꺼려한 때문으로 추측된다.

그 외에도 제15권 「노태학시주오공후」, 제39권 「과묘출단객제금」, 제40권 「영다재백정횡대」 등이 거의 한 번도 번역이 되지 않았는데, 「노태학시주오공후」에서의 주인공 노남이 조선인들에게는 널리 알려진 시인도 아니고 내용 또한 지방의 한 선비가 그 지역 수령에게 공개적으로 대드는 내용이라 위계질서를 흔드는 내용이라고 볼 수 있다.

또 「과묘출단객제금」은 연금술사의 기편 이야기로 중국과는 달리 조선에서는 연금술사란 이름으로 부자들을 이용하던 자들이 흔하지 않아 큰 흥미가 없었을 수도 있다. 그리고 「영다재백정횡대」에서도 매관매직의 내용이라 권력층의 부패를 얘기하고 있다. 그리하여 이런 작품들은 비

---

49 물론 이런 작품 가운데에는 최근 필자를 비롯한 몇몇 학자들에 의해 삼언의 번역 작품으로 출판된 바는 있다. 그리고 이 중에서 이해조의 「빈상설」이 「喬太守亂點鴛鴦譜」의 삽화를 차용했다고 알려져 있으나 직접적인 연관성은 크지 않다.

록 그 내용이 참신하고 재미난 이야기라고 할 수 있지만 여러 가지 불온적(?) 내용으로 인해 번역에서 제외되었을 가능성이 있을 것으로 보인다. 아마도 당시 번역가들은 국가사회의 질서를 흔들거나 도덕적으로 문제가 야기될 소지가 있는 작품들은 대체로 번역 대상에 포함시키지 않았던 것이 아닌가 생각된다.

그러나 금서로 지적받은 작품들이 중국에서는 전술한 대로 청말에 이미 해금되어 출판이 되었지만 우리나라에서는 안타깝게도 조선 말기에는 물론 개화사상을 고취하는 신소설 작가들을 비롯해 해방 전후까지도 거의 번역이 되지 않았다. 그런데 사실 이런 금서류 작품들이 대부분 진보적 사상을 담은 걸작으로 평가된다. 우리나라에서 그런 진보적 사상을 담은 작품들이 번역되지 않았음은 당시 신소설 작가들을 비롯한 번역가들이 진보적이고 새로운 사상을 소개하는데 있어 한계점이 있었고, 도덕적 교화를 고려하며 기존 체제를 유지하려는 마음도 강했음을 알 수 있다. 아울러 당시 조선이 중국보다도 더 가부장적이고 보수적인 사회였음도 알 수가 있다.

이 가운데 이해조가 제국신문을 통해 『금고기관』 가운데 제28권 「교태수란점원앙보」를 신소설 「빈상설」로 활용한 것이 눈에 띤다. 왜냐하면 이 작품은 『금고기관』 가운데 청대에 금서로 지정된 작품이기 때문이다. 그러나 축첩제도의 악폐를 비판한 「빈상설」은 다만 남성이 여성으로 변복하여 신부를 속이는 부분이 「교태수란점원앙보」의 구성을 차용했을 따름이며, 교태수가 예법을 무시하고 청춘남녀의 자유연애에 기반을 둔 결혼을 옹호한 이 작품의 근본적인 취지를 적극적으로 반영한 것은 아니다.

요컨대 『금고기관』을 비롯해 삼언이박 등은 비록 우리가 우리의 입맛에 따라 선택적으로 수용하였지만 여러 형태로 한국의 고전소설 내지는 신소설 작가들에게 직간접적으로 영감을 주면서 그들의 작품 세계에 많이 활용되었음은 사실이다. 이에 대한 국문학자들의 연구도 너무도 많아 일일이 거론하기 힘들 정도이다. 그러나 『금고기관』 속의 작품들 가운데에도 중국의 수많은 고전소설들과 유사한 작품들이 많아 우리나라의 어느 작품이 『금고기관』 속의 어느 특정 작품의 번안이라거나 개작이라고 쉽게 단정함은 대단히 위험한 발상이다. 특히 재자가인류 계통의 소설들은 줄거리와 구성에 있어 천편일률적인 유사한 면이 매우 많기 때문이다. 따라서 우리나라 조선말기와 근대기 신소설에 영향을 미친 『금고기관』 속의 작품을 파악하는 작업에서도 이런 주의가 필요하다.

나오는 말 - 결론

『금고기관』에 대한 중국인의 연구는 2006년 연준빈(連俊彬)의 석사학위논문 「『금고기관』연구」 이래로 다른 통속소설작품에 비해 매우 저조한 상황이다. 『금고기관』에 대한 그간 중국인의 연구는 연준빈의 지적대로 표면적인 수준을 벗어나지 못했다고 할 수 있다. 가장 최근작이라고 할 수 있는 상해사범대학의 백미(白薇)의 논문 「『금고기관』의 선편가치 연구(『今古奇觀』 的選編價值分析)」에서 지적한대로 현재 『금고기관』 연구는 아직까지도 2020년 그녀가 주장한 바와 같이 여전히 편자에 대한 고증, 이론적 가치, 그리고 외국어 번역 등의 문제에만 집중되어 있을 따름이다. 그런데 『금고기관』 편자에 대한 고증도 1980년대와 2000년대에 제기된 고증에서 한발자국도 더 나아가지 못하고 있는 실정이며, 『금고기관』의 미학과 같은 이론적 가치에 대한 약간의 논의들도 피상적인 수준을 벗어나지 못하고 있다.

이런 상황은 국내에서도 마찬가지다. 앞에서 지적한 바와 같이 국내

『금고기관』 연구의 특징은 1980년대 이후 신동일, 이혜순 등을 비롯한 국문학자들을 중심으로 『금고기관』의 번역·번안과 같은 수용 양상과 우리나라 고소설들과의 비교분석에 대한 논문들이 주류를 이루었으며, 이런 유사한 부류의 논문들은 2010년대 후반까지도 지속적으로 양산되다가 지금은 거의 보기 힘든 상황이다. 그리고 국내 중문학자들의 『금고기관』 연구는 주로 석사학위논문을 통해 우리나라의 수용 양상이나 기본적인 내용분석의 수준에서 크게 벗어나지 못하였다. 비록 일부 학위논문에서 『금고기관』의 서사구조의 미학적 접근을 시도하기도 하였고, 또 『금고기관』의 편찬모식에 관한 논문도 있지만 전반적으로 보면 아직 갈 길이 멀다. 따라서 『금고기관』 편찬자에 대한 고증, 『금고기관』의 편찬방식과 미학사상에 대한 깊이 있는 연구는 물론 이 작품과 삼언·이박과의 관계를 아우르는 총체적인 연구가 매우 부족한 실정이다.

이런 연구 배경 아래 본 저서는 우선 『금고기관』 탄생의 배경에 대해 당시 명대의 정치·경제·사회적 배경과 문화적 환경, 중국소설의 발전단계, 그리고 삼언·이박의 창작배경과 『금고기관』의 탄생 등을 고찰하면서 『금고기관』이 탄생하게 된 직간접적인 제반 환경적 요인들을 분석하였다.

정치·경제·사회적 배경으로는 삼언·이박의 작가 풍몽룡(1574~1646)과 능몽초(1580~1644)의 삶은 1572년부터 1620년까지 48년간 재위한 만력제의 즉위와 함께 시작되었다가 1644년에 명대의 마지막 황제 숭정제가 사망할 때까지였으니, 삼언·이박과 『금고기관』이 탄생한 사회적 배경은 한마디로 정치사회적으로 당쟁과 민란, 그리고 망국의 전야와 같은 극심한 내우외환을 겪던 대단히 불안정한 시기였다. 그리고 경제적 배경으로는 명대 16~17세기 특히 명 중엽 당시는 세계에서 수공업과 경제가 가장 발달한 나라 중의 하나라고 할 만큼 중국경제발전사에서 상품경제의 발전과 공상업의 번영이 괄목했던 시기였다. 그리하여 명 중엽이후에는 재상 장거정(張居正)의 상업 장려로 인해 상인의 지위도 높아져 일부 사대부들도 상업에서 성공하는 것을 중시하여 장사와 글공부를 병행하거나 붓을 던지고 상인의 길로 전환하는 현상도 나타났다.

문화적 환경으로는 명나라는 초기에는 정주이학(程朱理學)을 크게 중시하였으나 명대 중후기로 접어들면 정치적 부패와 경제발전이 서로 충돌하였고 아울러 상인의 지위가 올라감에 따라 사상문화적으로 반전통의 분위기가 팽배하였다. 그리하여 민간에서도 사상해방운동이 일어나 주관적인 수양을 중시하는 왕양명의 심학(心學)이 크게 유행하여 왕인(王艮), 이지(李贄) 등의 '좌파왕학'이 시대흐름을 석권하면서 관방의 사상과 대항하였다. 그리하여 정으로써 이에 대항한다는 이른바 '이정반리(以情反理)'의 반전통 물결로 그간 경시되던 통속문학이 크게 유행하였고, 종래의 예법이 무시되고 개인의 성정이 중시되었다. 이런 서민문화의 성행에 따라 연극 외에 소설이 크게 대두되어 『삼국연의』, 『수호전』, 『서유기』, 『금병매』 등이 널리 알려졌다. 따라서 사회적 분위기도 소박하고 검소했던 초기와는 달리 명대 중후기에는 사회 형태가 크게 바뀌었는데, 특히 홍치(弘治), 정덕(正德) 연간 16세기 초부터 시작해 명대사회는 철학과 문화적으로도 큰 변화를 겪었다. 특히 명대 후기로 접어들면 상품경제와 자본주의의 발달로 인한 배금주의의 팽배와 정부 영향력의 약화가 가속되어 사회문화적 분위기는 백성들의 생활문화 전반에 걸쳐 과거 유교적 소박하고 간결한 분위기를 숭상하던 것과는 달리 화려하고 사치스러움을 추구하는 방향으로 흘러갔다.

그 외 문화적 환경으로 당시 명대의 '출판문화'의 발달과 '여성문학'의 발전 등과 같은 문화적 요인도 『금고기관』의 탄생과 무관하지 않다. 명대는 도시경제의 발전으로 인한 시민계층의 대두와 그들을 위한 독서물의 필요성, 그리고 전통적 유교관에 반하는 학설들의 난무 등 여러 가지 요인에 의해 출판업이 크게 발전하였다. 특히 만명시기 출판업은 대단히 번창해 오(吳), 월(越), 민(閩), 촉(蜀) 등지는 중국의 출판 중심지가 되었으며, 당시 출판된 서적 종류의 다양함과 유통지역의 광범함도 역사상 전례가 없었다. 그리하여 경제적으로 여유가 있는 서상들은 문인들과 교류하면서 자신들이 출간한 서적들의 서문을 부탁하기도 하였으며, 또 일부 문인들은 직접 출판업에 뛰어들어 출판상이 되어 소설의 편찬과 평점 작업에 종사하기도 하였다. 만명의 이런 출판문화는 삼언·이박과 『금고기관』의 편찬자를 비롯한 많은 걸출한 편집가들의 탄생에 힘을 실어주었을 것으로 생각된다.

그리고 『금고기관』 탄생의 문화적 배경에는 명말에 크게 대두된 여성의식 및 여성문학과의 관계도 홀시될 수 없다. 명말은 이지 등을 비롯한 인성해방운동과 계몽주의 사상의 영향으로 통속문학이 크게 발전하고 여성에 대한 인식도 높아지면서 여성예찬론이 크게 대두된 시대이다. 물론 그 전의 중국전통문학에서도 시가를 통해 고통 받는 여성에 대한 연민의 정을 노래하거나 때론 여성의 외모나 기질에 대해 추상적으로 노래하기도 하였지만 명말이 되면 이런 전통이 극대화되어 여성 자체를 심미적 대상으로 삼아 구체적으로 예찬하거나 심지어는 여존남비의 입장에서 여성을 찬미하는 작품들이 대거 출현하였다. 이런 여성예찬 문학은 유가적 가치관에서 벗어나 자유로운 성령을 노래한 만명소품에서 특히 잘 드러났는데, 위영(衛泳)의 『열용편(悅容編)』과 이어(李漁)의 『한정우기(閑情偶記)』 등이 대표적이다. 그리고 여성의 자질을 찬양하는 이런 현상은 명말청초에 유행한 『옥교리(玉嬌梨)』, 『평산냉연(平山冷燕)』 등의 재자가인 소설로도 이어졌으며, 청대 초기에도 장조(張潮)의 『유몽영(幽夢影)』과 조설근의 『홍루몽』으로 이어지기도 하였다.

만명문학에 크게 대두된 여성에 대한 관심과 존중의식의 배경에는 이지와 같은 사상가의 영향도 컸는데, 그는 부녀자를 존중하며 남존여비의 사상을 타파하고자 노력했다. 그리하여 명말에는 종성(鍾惺), 정원훈(鄭

元勳), 전겸익(錢謙益), 주청원(周清原) 등도 여성의 재기를 매우 높이 칭송하였으니, 이런 경향은 자연히 풍몽룡, 능몽초 등에게도 영향을 미쳤을 것이다.

주지하는 바와 같이 『금고기관』은 삼언·이박 가운데 여성의식을 고취하는 명작들을 빼놓지 않고 거의 모두 수록하였다. 이를테면 두십낭의 사랑에 대한 열정과 용기를 담은 「두십낭노침백보상」, 기름장수의 여성에 대한 연민과 존중의식을 담은 「매유랑독점화괴」, 소소매의 재기와 당차고 발랄함을 실은 「소소매삼난신랑」, 여성의 혼외정사에 대한 관용적 태도를 얘기한 「장흥가중회진주삼」, 채소저의 용기와 의협심을 칭송한 「채소저인욕보구」, 한 청년의 여성에 대한 존중을 다룬 「전수재착점봉황주」, 여장부의 지용(智勇)을 묘사한 「여수재이화접목」 등이 그러하다. 또 「왕교란백년장한」과 「금옥노봉타박정랑」에서도 왕교란과 금옥노와 같은 의로운 부인들이 박정한 남성들을 징벌하거나 용서함으로써 기존의 남존여비 사상의 틀을 흔들었다고 할 수 있다.

이 밖에도 본서는 『금고기관』 탄생 배경에서 의화본소설과 『금고기관』이 탄생하기까지의 중국소설의 발전단계에 대해 일목요연하게 정리하였으며, 그 다음으로는 『금고기관』의 탄생에 직접적인 영향을 미친 삼언·이박의 창작배경에 대해 고찰하면서 『금고기관』과의 연관성에 대해 논의하였다. 여기에서는 우선 삼언·이박 5부 작품의 서문의 내용을 하나하나 자세히 분석하면서 풍몽룡과 능몽초의 문학관은 물론 그들이 삼언·이박을 출간하게 된 구체적인 취지와 목적 등에 대해 고찰하고, 그 다음에는 『금고기관』이 자체의 서문을 통해 어떻게 삼언·이박의 주요 정신을 계승하고 발전시켰는가에 대한 전반적인 분석 작업을 진행하였다.

즉 삼언은 서문을 통해 경전과도 비교되는 통속소설의 교화성, 각 시대별 문학 장르의 특성에 대한 인정, 문학작품의 허구성 문제 등을 주로 논의하였고, 이박은 삼언의 정신을 모두 계승하면서 그 연장선에서 소설이 추구하는 진기함은 평상적인 현실을 기반으로 해야 한다는 진기(眞奇)의 소설이론을 제시하였다.

그리고 『금고기관』의 서문은 삼언·이박의 정신을 기본적으로는 모두 계승하면서도 능몽초의 진기의 이론을 더욱 발전시켰다. 능몽초의 기(奇)가 일상생활에서 찾은 상리(常理)로써 이해할 수 없는 놀랍고 기이한 것들을 통해 사람들에게 경계와 모범을 심어주는 것이었다면, 소화주인의 기는 원래 우리 주변의 것이지만 사람들에게 홀시된 인의예지와 같은 도덕성을 되찾는 일이었다. 즉 양자가 궁극적으로는 모두 도덕성을 중시하였지만 능몽초의 기가 일상생활에서 상리로써 이해할 수 없는 '기이함' 그 자체에 무게를 두었다면, 소화주인의 기는 오래 동안 사람들에게 잊힌 상심, 상행, 상리, 상인 등의 '도덕성'을 되찾는 것에 중점을 두고자 하였다.

『금고기관』의 탄생배경에 이어 본서는 『금고기관』의 작가에 대한 논의를 시도하였다. 『금고기관』의 작가 즉 편찬자에 대한 논의는 『금고기관』 연구에 있어 가장 우선적으로 해결되어야 할 문제임에도 불구하고 자료의 한계로 인해 그간 진지하게 논의된 바가 없던 분야였다. 따라서 우리나라 학계에서는 전혀 논의된 바가 없고 중국에서도 1988년과 2009년에서야 풍보선(馮保善)과 이정(李程) 등에 의해 각각 고유효(顧有孝)와 진계유(陳繼儒)가 유력인물로 제기되었다. 그러나 고유효와 진계유는 『금고기관』의 작가인 포옹노인이 되기 위한 필요조건인 연령 문제를 비롯한 여러 면에서 신빙성이 떨어진다.

그 외 일본 학자 오츠카 히데카타(大塚秀高)는 최근 2016년에 포옹노인은 바로 능몽초이고, 『금고기관』은 풍몽룡과 능몽초가 함께 합작하여 만든 선집이라고 추측하였다. 사실 용조조(容肇祖)를 비롯한 중국 원로 학자들 가운데에도 『금고기관』은 풍몽룡 본인이 직접 편집하고 포옹노인이란 가명을 붙인 것으로 보는 견해도 있다.

그러나 본서는 풍몽룡과 전겸익의 유관 자료, 그리고 『금고기관』의 편찬이념과 편집방식 등을 바탕으로 전겸익이 포옹노인이 아닐까 조심스레 주장하고 있다. 사실 전겸익은 여러 면에서 『금고기관』의 편찬자일 가능성이 농후하지만 실절(失節)한 이신(貳臣)이라는 이유로 그에 대한 평가와 연구는 상당히 부정적이고 제한적이었다. 따라서 필자는 지금까지 『금고기관』의 작가로 아무도 제기하지 않은 새로운 인물인 전겸익을 가장 유력한 작가로 추정하였다.

그 이유로는 첫째, 전겸익은 오랜 기간 풍몽룡과 교분을 맺어 온 풍몽룡 측근의 친우 중의 한 명으로 소주 출신일 뿐 아니라 연령대도 서로 근접하여 『금고기관』의 작가가 되기 위한 필요조건을 충족시키고 있다. 둘째, 전겸익은 작품을 통해 '포옹'이라는 단어도 즐겨 사용하였을 뿐 아니라 지금까지 알려진 전겸익의 호에는 '○翁' '○叟'내지는 '○○老人'이 많으며, 특히 그의 호 가운데 장자(莊子)를 뜻하는 '몽수(蒙叟)'는 바로 포옹노인(抱甕老人)의 별칭으로 볼 수 있다. 따라서 호를 통해서도 전겸익이 포옹노인일 가능성이 크다. 셋째, 전겸익은 풍몽룡의 일흔 살 생일에 축시를 선사했는데, 이는 『금고기관』이 탄생한 시기인 1632~1644에 해당하는 1643년으로 당시 두 사람 간 모종의 교류 가능성이 있었음을 말해준다. 넷째, 전겸익은 풍몽룡과 같이 자유분방한 풍류적 기질을 갖고 있어 이를 바탕으로 두 사람은 문학적 동질성을 지녔으며, 이는 자연적으로 삼언·이박의 선집인 『금고기관』의 편찬으로 이어졌을 것이다. 다섯째, 『금고기관』의 편찬이념과 편집방식에는 전겸익의 개성이 잘 드러나고 있다. 즉 이 작품은 자유분방하고 방탄한 성격을 지니면서도 또 한편으로는 전통도덕을 지키려는 엄숙함을 지닌 전겸익의 이중적인 개성이 잘 드러나고 있으며, 봉건예교의 선전과 시민계층의 주정주의적 주장을 교묘하게 잘 활용한 그의 주도면밀한 성격을 잘 드러내었다.

『금고기관』의 작가에 이어 본서는 『금고기관』의 판본에 대한 연구로 이어진다. 『금고기관』의 판본은 오랜 세월 여러 판본으로 간행되었는데, 문제는 후인들이 도덕적 교화의식을 근거로 책의 내용을 임의적으로 수정해 원작과 다른 여러 판본들이 생겨나게 된 점이다. 그리하여 청말에 이르면 『금고기관』은 원작인 삼언·이박과는 물론 『금고기관』 초기 판본과도 많이 다르게 변했다. 그 결과로 근래까지 유통되는 중국, 대만 유명 출판사의 『금고기관』에서도 초기 판본이 아닌 후대 판본을 사용한 까닭으로 그 내용에 있어 『금고기관』 원본과 꽤 많은 차이가 난다. 문제는 원본과 다른 이런 판본의 『금고기관』으로 인해 포옹노인의 편찬 미학관을 곡해한 논문들이 집필되고 있다는 점에서 『금고기관』 초기 판본에 대한 이해는 『금고기관』 연구에 있어 매우 중요한 부분이다.

현존하는 『금고기관』 최고(最古)의 판본은 포옹노인의 미비(眉批)까지 수록된 프랑스 파리 국가도서관 소장 오군(吳郡) '보한루(寶翰樓)' 판본이다. 이와 버금가는 것으로 역시 명말에 간행된 것으로 확인된 『고본소설집성(古本小說集成)』이 영인한 상해도서관 소장본 『금고기관』이 있으며, 그 외에도 조기 판본으로 검증된 일본 동성서점(東城書店) '본아장판(本衙藏板)' 12책 『금고기관』과 구주대(九州大) 도서관의 '금곡원본(金穀園本)' 『금고기관』 등이 있다. 그리고 또 청초 간행본으로 추정되는 개자원(芥子園) 간본 역시 중국 국가도서관에 소장되어 있다. 그 외 비교적 후기의 판본인 청말의 동문당각본(同文堂刻本), 문영당(文英堂) 간본 등이 있고, 또 동치 6년(1867)각본, 상해광아서국석인전도족본(上海廣雅書局石印全圖足本), 상해아동도서관(上海亞東圖書館) 민국 38년 연인본(鉛印本), 상해상고산방(上海尚古山房) 연인본, 상해육달도서공응사(上海六達圖書供應社) 연인본, 고학힐(顧學詰) 교주 연인본 등이 비교적 유명하다.

그러나 현재 『금고기관』의 원각본으로 알려진 판본이 파리에 있고, 『금고기관』의 원본인 삼언·이박의 주요 고판본도 중국이 아닌 일본에 소장되어 있는 까닭으로 『금고기관』과 삼언·이박의 판본 연구는 중국인이 아니라 오츠카 히데카타 등 몇몇 일본인들이 주도하는 형국이다. 반면 중국 학자들에 의해 진행된 『금고기관』 판본연구는 대개 해외 번역본 판본들에 대한 연구에만 치중되어 있어 대단히 아쉽다.

본서는 『금고기관』의 원각본인 오군 보한루본과 그 외 유명판본이라 할 수 있는 대만 세계서국(양가락편(楊家駱編))본과 중국의 고학힐 교주본 등의 비교를 통해 도덕적 교화주의 이념에 의거해 색정적인 부분은 물론 원본의 시사(詩詞)까지도 제거하여 『금고기관』 원본의 맛을 많이 상실한 점들을 논의하면서 오군 보한루본의 의의를 조명하였다. 그 뿐만 아니라 본서는 일본인 오츠카 히데카타의 '「抱甕老人と三言二拍の原刻本について(포옹노인과 삼언·이박의 원각본에 대해)」(『日本アジア研究(일본아시아연구)』13)' 논문을 바탕으로 많은 편폭을 할애하여 『금고기관』 원각본 보한루본과 삼언·이박 현존 최고 판본들 간의 내용상의 주요 차이점을 조명하였는데, 이는 『금고기관』 편찬자의 편찬의도와 사상, 그리고 의의 등을 고찰하는데 매우 중요한 단서이기 때문이다.

『금고기관』의 국내 판본에 대해 논하면 이 책이 적어도 18세기 중엽인 1744년 이전에 국내에 유입된 것으로 추정되지만 정작 조선시대에 출판된 기록은 없고, 다만 조선 후기와 일제강점기에 걸쳐 약 20여 편만이 임의적이고 부분적으로 번역된 것이 전부이다. 따라서 국내 소장 『금고기관』 고판본들은 모두 중국에서 유입된 것이다.

국내에서 소장하고 있는 『금고기관』 중국 고판본들은 10행(行) 20자(字)로 이루어진 명대 보한루본 계통의 고본은 전혀 보이질 않고, 거의가 청말에 해당하는 12행 27자의 동문당 계열 이후의 판본임을 알 수 있다. 그 가운데 청대 후기 간본인 문영당(文英堂) 판본이 성균관대학교에 소장되어 있는데, 이 판본은 동문당 판본과는 달리 매 판면이 11행 24자로, 11행 23자로 이루어진 청초로 추정되는 상해도서관 소장 고본소설집성 영인본, 일본 금곡원본 등과 비교적 유사한 계열의 판본으로 추정된다.

청대 중후기에 해당하는 이런 11행 24자 내지는 11행 25자 판본은 우리나라 성균관대학교 외에도 간송문고, 강릉 선교장, 그리고 서울대학교, 원광대학교 등지에 산재되어 있다. 따라서 이런 자료들은 『금고기관』이 늦어도 1744년인 18세기 중엽 이전에 우리나라에 유입되었음을 시사한다.

그러나 국내 소장 『금고기관』 청대 고판본들은 대개가 청말 동치 이후의 동문당 계열인 12행 27자 계통과 그 이후의 석판본이며, 중국에서는 비교적 드문 문연당(文淵堂), 경문당(經文堂), 태산당(泰山堂), 성문신(成文信) 등의 청말 판본들도 국내에 보이는 것으로 보아 『금고기관』의 중국 판본들은 원래 대단히 많아 중국에서는 사라진 판본들이 한국에서 발견되고 있음을 말해준다.

『금고기관』의 중국 판본에 이어 본서는 조선시대 말기와 일제 강점기 때부터 시작하여 현재까지 국내에서 번역 출판된 대표적인 주요 판본(필사본 포함)들과 연이어 이들 서적들이 번역(번안)한 『금고기관』 작품 목록들을 모두 표를 통해 소개하였는데, 이는 우리나라의 『금고기관』 수용 양상에 있어 매우 중요한 부분이다.

『금고기관』 판본에 대한 연구에 이어 본서는 『금고기관』 편찬방식과 미학관에 대한 연구를 진행하였다. 우선 『금고기관』의 편찬모식에서 필자가 40편 전 작품의 원전 출처와 주요 내용, 그리고 대우(對偶) 상황 등을 일목요연하게 표로 정리한 바와 같이 『금고기관』 40편의 작품들은 서로 유사한 내용으로 대개 2편씩 묶어져 대우를 이루고 있는데, 이러한 대우는 상하편으로 대우를 이루든지 아니면 격편 또는 격양편으로 대우를 짓기도 하였다. 그리고 대우 뿐 만이 아니라 유사한 내용의 작품들이 때로는 3편에서 심지어 8편 정도까지 묶어지기도 하였다.

다시 말해 『금고기관』의 작품 내용에 따른 대우의 모식은 일률적인 한 형태의 대우를 취한 것이 아니라 '상하편 대우'와 '격편 대우', '격양편' 대우 등의 형태를 취하면서 또 중간에 몇 편들은 대우 형태를 취하지 않았지만 독립된 내용의 작품들이 아니라 앞뒤의 작품들과 서로 연관성을 맺고 있다. 따라서 『금고기관』 편찬자는 유기적인 복잡한 대우 형태를 통해 유사한 내용의 작품들을 독자들에게 효과적이고 집중적으로 전달하면서도 동시에 반복적이고 일률적인 대우 방식으로 인한 단조로움을 피하기 위해 여러 형식의 대우방식을 취하였다. 그리하여 유사한 내용의 작품을 연이어 소개하는 것이 아니라 한 편 건너서 소개하거나 심지어 십여 편 이상 건너서 소개하기도 하면서 부단히 독자들의 기억과 상기를 유도하였다. 또 마지막 서너 작품들은 직접적인 대우를 취하지 않고 유사한 내용으로 책의 대미를 장식함으로써 편찬자가 전달하고자 하는 바를 집중적으로 강조하였다.

다음으로 『금고기관』의 편찬이념과 사상을 고찰하기 위해 본서는 각 작품에 나타난 주된 내용을 토대로 『금고기관』 40편 작품들의 대체적인 내용을 유사성으로 묶어 16가지 유형으로 분류한 표를 만들었다. 이를 통해 『금고기관』 40편 작품 내용에 의거해 편찬자의 편찬의도를 대략적으로 살펴보면, 우선 편찬자는 봉건예교의 찬양과 도덕적 교화의식을 선양한 작품들을 대거 수록함으로써 권선징악과 인과응보 등의 유교적 교화의식을 가장 중시하였음을 알 수 있다. 그러므로 삼언·이박 속 꽤 많은 비중을 차지하는 욕정을 선동하는 음란한 색정적인 작품들이나 봉건예교의 부덕(婦德)을 해치는 작품들을 상당수 배제시켰다.

『금고기관』 편찬자의 이런 유교관은 삼강오륜적인 관점을 기반으로 선량한 위정자를 찬양하는 작품들을 많이 수록하였고, 부덕을 칭송하는 작품들도 많이 택했으며, 무엇보다도 선량한 남편과 현숙한 아내를 바탕으로 한 건실한 부부관계의 중요성을 일깨우는 작품들을 많이 채택하였다.

그 뿐만이 아니라 붕우간의 신의를 강조하였고, 형제간의 우애도 장려하였으며, 당시 예교사회의 모범적 하인상도 제시하였다. 예교사회를 미화하고 선전하는 『금고기관』 편찬자의 이런 편찬의도는 당시 위정자들의 부패상을 적극적으로 고발하기보다는 선한 관리들에 대한 칭송을 더 많이 수록하였으며, 설령 작품을 통해 탐관오리나 위정자의 부패상을 얘기하더라도 직접적으로 그들의 악행을 묘사하기보다는 충직하고 강직한 관리들을 칭송하면서 부수적으로 악한 관리들의 모습을 간접적으로 보여주는 방식을 택했다. 그런 까닭으로 인해 『금고기관』은 이후 문자옥의 칼날도 피해갈 수 있었던 것이다.

이상 『금고기관』 40편 내용에 의거해 편찬자의 기본적인 편찬의도를 파악한 다음에 본서는 『금고기관』 40편의 원문 내용과 삼언·이박 원작의 내용을 상호 비교함으로써 『금고기관』이 삼언·이박 원작품의 내용을 어떻게 개정하고 수정보완 했는지를 통해 『금고기관』 편찬자의 편찬의도를 좀 더 구체적으로 고찰하였다. 이를 통해 본서는 『금고기관』의 편찬의도와 편찬이념을 일목요연하게 9가지로 정리하였는데, 그것은 도덕적 교화성을 강조, 인물의 전형성 강조, 중복을 피하기 위한 줄거리 수정, 비현실적 묘사를 자제, 묘사의 생동감 강조, 노골적인 표현의 자제, 객관적이고 정확한 기술, 부부간의 사랑과 화합을 강조, 여성의식의 고양 등이었다.

그 외에도 본서는 『금고기관』 편찬자의 편찬이념을 파악하기 위해 가장 중요한 것이라고 할 수 있는 이 책 첫머리에 있는 소화주인 서문에 나타난 편찬이념을 10가지로 정리하였다. 그것은 "첫째, 소설은 정사의 일부이다. 둘째, 소설은 내용이 비속하고 금기해야 할 것들이 많아서는 안 된다. 셋째, 소설은 기이함과 아정함을 (동시에) 지녀야 한다. 넷째, 소설은 호색적이고 억측이 많고 근거가 없으면 안 된다. 다섯째, 소설은 풍속교화와 무관하면 안 된다. 여섯째, 소설은 인정세태를 잘 반영해야 한다.

일곱째, 소설은 기이하고 참신하여 사람의 마음과 눈을 놀래게 해야 한다. 여덟째, 소설 작품의 결말은 아정하여 풍속을 후덕하게 할 수 있어야 한다. 아홉째, 소설 속의 진기함은 일상적이고 평범함에서 나와야 한다. 열째, 소설은 풍속교화의 미(美)를 이루게 해야 한다." 등이었다.

이어 『금고기관』의 미학관에 대해 논의하면 『금고기관』의 가장 핵심적인 미학은 원작 삼언·이박 200편 작품들을 취사선택하여 40편으로 정선하고, 또 그것을 대우를 통해 유기적으로 조합하여 일목요연하게 정리한 탁월한 편집미학에 있다.

다음으로 『금고기관』의 미학관으로 중용의 미학을 들 수 있다. 『금고기관』은 '진정(眞情)'을 중시한 삼언의 정신을 계승하여 인간이 지닌 본연의 '정'을 중시하면서도 예교를 중시해 인간의 불량한 욕망들을 경계하고자 하는 중용 즉 '중화(中和)'의 정신을 고수하였다. 『금고기관』이 수록한 40편 작품들의 내용을 살펴보면 봉건예교의 속박을 벗어나 인간의 정을 찬양하는 삼언 속 명작들을 가능한 많이 수용하고자 하였지만, 동시에 인간의 욕망에 대한 경계와 처신에 대한 훈계, 권선징악이나 인과응보 등의 도덕적 교화에 관한 작품들을 서두와 서미는 물론 작품 전체에 대거 포진시켰다. 이는 포옹노인의 절묘한 편찬미학의 소치이자 공리적 교화주의의 심미관과 인성과 진정의 미를 추구하는 주정주의적 심미관이 상호 어우러진 중화의 미의 반영이다.

그리고 마지막으로 『금고기관』 서문에서 제시한 '진기(眞奇)의 미학'도 『금고기관』 편찬 미학에서 간과될 수 없는 부분이다. 『금고기관』 서문의 마지막 단락에서는 소설비평이론과 연관된 소화주인의 예술관에 대해 집중적으로 피력하였는데, 즉 소설의 중요성에 대한 소화주인의 인식과 함께 『금고기관』의 편찬 원칙이라고 할 수 있는 예술적 진실성의 문제와 연관된 '진(眞)'과 '기(奇)'의 편찬미학을 제시하였다.

『금고기관』의 진은 삼언 속의 진과 차이가 있는데, 풍몽룡이 생각하는 문학작품 속의 진은 반드시 실제 생활 속의 진짜 이야기만을 지칭하는 것이 아니고 허황된 이야기도 포함하고 있다. 그러므로 풍몽룡의 '진'은『금고기관』이 주장하는, 허황된 이야기가 아니라 반드시 일상생활 속의 현실적 이야기를 담아야한다는 소화주인의 '진'과는 다소 거리가 있다. 그리고 능몽초의 문학 속 진에 대한 관점도 풍몽룡의 생각에 이어 문학 속의 진의 소재는 실제 이야기가 아니라 허황된 이야기일 수도 있음을 밝혔다. 그러나 능몽초는 소설이 추구하는 진기함은 평상적인 현실을 기반으로 해야 함을 주장한 것으로 이는『금고기관』의 진기관과도 흡사하였다.

그러나 능몽초와 소화주인이 말하는 '기'의 차이점은 소화주인이 말하는 '기'가 일상생활에서 찾아야한다는 점은 능몽초가 말하는 기와 같지만, 기의 본질과 방법론에 있어서는 서로 차이가 있었다. 즉 능몽초의 기가 '일상생활에서 찾은 상리로써 이해할 수 없는 놀랍고 기이한 것'이었다면, 소화주인의 기는 지극히 일상적이고 평범한 우리 주변의 것이지만 사람들에게 홀시된 인의예지, 충효절의, 인과응보, 성현호걸 등과 같은 보편적 삶의 준칙이어야 함을 강조하였다.

다시 말해 능몽초의 기가 일상생활에서 상리로써 이해할 수 없는 '기이함' 그 자체라면 소화주인의 기는 오래 동안 사람들에게 잊힌 보편적인 진리를 바탕으로 한 지극히 일상적이고 현실적인 이야기 가운데 추출된 기이한 내용이다. 그리고 그 기이한 이야기는 반드시 상심, 상행, 상리, 상인 등의 '도덕성'과 연관된 것이어야 함을 주장하였다. 즉 소화주인의 기는 사람들에게 잊혀져버린 도덕규범을 다시 환기하고자 한 점에서 보다 강한 도덕적 색채를 띠고 있다.

다음으로『금고기관』의 작품 의의와 내용분석에 관한 장에서는 우선

『금고기관』의 진보적 의의에 대해서는 첫째, 봉건예교에 대한 가송과 풍자를 반영한 작품들을 적절히 배분하고 있다는 점과 둘째, 허무맹랑하고 퇴폐적인 내용을 줄이면서 당시 명대 시민 계층의 참신한 가치관을 반영하였다는 점, 그리고 셋째로는 천리와 인과응보를 선양하며 과도한 욕정에 대한 경계를 통해 사회 교화적 의미를 부여한 점, 그리고 넷째로는 탁월한 묘사력이다.

『금고기관』 40편은 겉으로는 봉건예교를 일방적으로 선양하는 작품들로만 구성된 듯하지만 사실은 편찬자 포옹노인이 절묘한 편집을 통해 봉건예교에 대한 가송과 풍자를 적절히 조절하였다. 그는 삼언·이박의 진보적 장점들을 계승하면서도 당시 통치이념을 수호하고자함으로써 향후 전개될 조정과의 불필요한 마찰을 최소화하려고 노력하였다. 특히 물질적 욕망을 갈구하던 명 중엽 이후 대두된 시민계층의 문화심리를 반영한 점과, 봉건예교의 중심에 있던 귀족층의 가식적이고 비인간적인 면과 상반되는 당시 시민계층의 진정(眞情)과 민주의식에서 비롯된 진보적인 양성관계의 반영 등은 매우 이채로운 부분이다.

그리고 다음으로 『금고기관』의 내용분석에 있어서는 40편 작품 하나하나에 대한 줄거리와 사상, 해당 작품과 삼언·이박과의 연관성 및 판본상의 차이, 작품 배경과 의의, 그리고 중국 및 우리나라에 끼친 영향 및 번안 양상 등에 대해 전방위적으로 논의하고자 노력하였다.

본서의 마지막 장은 『금고기관』의 가치를 다시 한 번 돌아보며 정리하면서 끝을 맺었다. 『금고기관』의 가치는 첫째, 그 무엇보다도 삼언·이박의 편찬이념과 핵심사상을 잘 계승하였을 뿐 아니라 그것을 잘 보완하고 발전시킨 점에 있다. 『금고기관』 작가는 이론적으로 삼언·이박의 서문에 나타난 작가의 편찬 이념과 핵심 사상 등을 잘 반영하였을 뿐 아니라 실제로 작품의 선집과 편찬에 있어서도 탁월한 편찬 미학으로 삼언·이박의 종지를 잘 발양하고 원작에 드러난 옥의 티와 같은 미흡한 부분들을 수정 보완하여 삼언·이박 본연의 편찬 이념과 주요 핵심 사상들을 완벽하게 계승 발전시켰다. 본 장에서는 앞 장에 이어 이를 보다 구체적이고 쉽게 설명하였다.

둘째, 『금고기관』의 가치는 명대 시민계층의 문화를 반영한 사회 풍속도로서의 가치이다. 본서는 앞장에서 이미 논의한 『금고기관』의 여성의식과 상업 중시 등과 같은 명대 시민계층의 참신한 가치관 등을 바탕으로 이런 긍정적인 가치관 뿐 아니라 명대 시민계층의 실제 삶을 사실적으로 가감 없이 구체적으로 반영한 사회풍속도로서의 『금고기관』의 가치를 진일보적으로 논의하였다. 그리하여 삼언 120편 중 명대의 내용을 담은 절반가량의 57편 가운데 『금고기관』에 실린 명대의 작품으로 간주되는 삼언 22편과 이박 11편 작품들에 나타난 명대 사회풍속도로서의 가치에 대해 집중적으로 논의하였다.

셋째, 『금고기관』의 가치는 명대 통속문학과 작가들의 가치관을 구체적으로 반영함에 있다. 본 장에서는 명대 당시 통속문학과 작가들의 가치관을 반영한 『금고기관』의 가치를 논의하기에 앞서 앞에서 논의한 내용을 바탕으로 『금고기관』을 비롯한 삼언·이박의 탄생 배경과 편찬 이론 등을 통해 당시 통속문학과 작가들의 가치관을 상호 비교함으로써 『금고기관』 가치관의 탁월한 점과 그 한계점 등을 보다 심도 있게 논의하였다.

넷째, 『금고기관』의 가치는 한중 고전문학 및 신문학 창작에 영향을 끼친 점이다. 본서는 『금고기관』이 중국문학에 끼친 영향으로 『홍루몽』과 『유림외사』와 같은 백화소설은 물론 『요재지이』와 같은 문언소설, 그리고 희곡 등에도 영향을 끼쳤을 뿐 아니라 중국고대소설이론의 발전에 끼친 영향, 삼언·이박의 가치를 세상에 알린 공로, 중국소설의 세계화에 기여한 점 등을 제시하였다. 그리고 한국문학에 끼친 영향에 대해서는 조선말기부터 해방되기 전까지인 일제 강점기와 최근까지 번역되거나 소설 작품 소재로 활용된 작품들을 중심으로 우리나라의 『금고기관』 수용양상을 자세히 고찰함으로써 이 소설이 우리나라 고전문학과 신문학 창작에 끼친 영향 등을 구체적으로 논의하였다.

다만 본서는 『금고기관』 개별 작품들의 수용양상들에 대해 대략적인 고찰을 진행했지만 우리말 번역과정에 나타난 보다 구체적인 특색과 경향, 그리고 문제점 등은 향후 국문학자들의 새로운 관련 논문들을 바탕으로 보다 구체적으로 고찰해야할 과제일 것이다.

참고문헌

서적류

김용식, 『금고기관』, 미래출판사, 2003

김진곤, 『강물에 버린 사랑』, 예문서원, 2002

오오키 야스시 지음, 노경희 옮김, 『명말 강남의 출판문화』, 소명출판, 2007

민관동, 『중국고전소설의 국내유입과 번역』, 아세아문화사, 2007

_____, 『조선시대 중국고전소설의 출판본과 번역본 연구』, 학고방, 2013

閔寬東, 『韓國所藏 中國通俗小說 版本目錄』, 武漢大學出版社, 2015

박재연, 『금고기관』, 선문대학교 중한번역문헌연구소, 2004

박계화, 장미경 지음, 『명청대 출판문화』, 한국학술정보, 2009

박태원, 『지나소설집』, 인문사, 1939

송문, 『금고기관』, 형설출판사, 1992

윤덕회, 『小說經覽者』

胡雲翼 著. 장기근 옮김, 『중국문학사』, 문교부, 1961
정래동, 정범진 공역, 『중국소설사』, 금문사, 1964
조령암, 『금고기관』, 정음사, 1963
차주환, 『중국문학의 향연』, 서울대 출판부, 1996
최봉원 외, 『중국역대소설서발역주』, 을유문화사, 1998
최병규, 『삼언애욕소설선』, 학고방, 2016
______, 『삼언』, 창해, 2002
최형섭, 『금고기관』, 지식을 만드는 지식, 2014
『書經』
蕭統, 『昭明文選』
李昉 等, 『太平廣記』
沈約, 『宋書』
張廷玉 等, 『明史』
李拔, 『福寧府志』
方嶽貢 等, 『松江府志』
馮桂芬 等, 『蘇州府志』
蘇軾, 『東坡誌林』.
孟元老, 『東京夢華錄』
耐得翁, 『都城紀勝』
郭湜, 『高力士傳』
胡應麟, 『少室山房筆叢』
李贄, 『焚書』
馮夢龍, 『山歌』
______, 『情史』
______, 『古今談概』
錢謙益, 『牧齋初學集』

______,『列朝詩集』
王世貞,「盧柟傳」
______,『弇州山人四部稿』
許自昌,『樗齋漫錄』
魏耕,『雪翁詩集』
焦竑,『國朝獻徵錄』
衛泳,『悅容編』
李漁,『閑情偶記』
張潮,『幽夢影』
周清原,『西湖二集』
周密,『武林舊事』
陳繼儒,『小窗幽記』
_____,『妮古錄』
_____,『寶顏堂秘笈』,
_____,『邵康節外紀』
_____,『國朝名公詩選』
_____,『古文品外錄』
祁彪佳,『祁彪佳集』, 北京: 中華書局, 1960
李平 校注,『今古奇觀』, 臺北: 三民書局, 2016
抱甕老人,『今古奇觀』, 臺北: 世界書局, 1976
顧學頡 校注,『今古奇觀』, 北京: 中國人民大學出版社, 2017
阿英,「小說搜奇錄」,『小說三談』, 上海: 上海古籍出版社, 1979
沈志佳,『餘英時文集』, 桂林: 廣西師範大學出版社, 2004
吳吉祜,『中國地方志集成·鄉鎮志專輯』第17冊, 南京: 江蘇古籍出版社, 1992
傅樂成 主編, 薑公韜 著,『中國通史·明清史』, 臺北: 長橋出版社, 1979
王健,『中國古代文化史論』, 濟南: 齊魯書社, 2010

大木康,『明末江南的出版文化』上海: 上海古籍出版社 2014

合山究 著, 蕭燕婉 譯,『明淸時代的女性與文學』, 臺北: 聯京出版社, 2018

魯迅,『墳』, 北京: 人民文學出版社, 1973

____,『魯迅全集』8, 北京: 人民文學出版社, 1957

北京大學中文系,『中國小說史』, 北京: 人民大學出版社, 1978

孟瑤,『中國小說史』, 臺北: 文星書店出版社, 1969

許政揚 校注,『古今小說(上)』, 臺北: 裏仁書局, 1991

徐文助 校訂,『警世通言』, 臺北: 三民書局, 1983

廖吉郎 校訂,『醒世恒言』, 臺北: 三民書局, 1988

張根樹 編,『初刻拍案驚奇』, 石家莊: 花山文藝出版社, 1992

_______,『二刻拍案驚奇』, 石家莊: 花山文藝出版社, 1992

毆陽代發,『解讀 宋元話本』, 臺北: 雲龍出版社, 1999

吳啟琳,『明代成化弘治時期的基層社會與變遷』, 南昌: 江西人民出版社, 2021

齊裕焜,『中國古代小說演變史』, 蘭州: 敦煌文藝出版社, 1994

毛子水,『中國文學發展史』, 臺北: 華正書局, 1977

齊裕焜,『中國古代小說演變史』, 蘭州: 敦煌文藝出版社, 1994

中國社會科學院 文學研究所 編,『中國文學史(三)』, 北京: 人民文學出版社, 1962

遊國恩 等,『中國文學史(四)』 北京: 人民文學出版社, 1964

葉慶炳,『中國文學史』, 臺北: 弘道文化, 1980

容肇祖,『中國文學史大綱』, 臺北: 文海出版社, 1971

陸樹侖,『馮夢龍 研究』, 上海: 復旦大學出版社, 1987

陳永正,『三言二拍的世界』, 臺北: 遠流出版社, 1989

陳萬益,『晩明小品與明季文人生活』, 臺北: 大安出版社, 1997

陳平原,『從文人之文到學者之文』, 北京: 新華書店, 2005

黃宗羲『明儒學案』, 北京: 中華書局, 1981

黃錦鋐 註譯,『新譯莊子讀本』, 臺北: 三民書局, 1988

瞿冕良, 『中國古籍版刻辭典 增訂本』, 蘇州: 蘇州大學出版社, 2009
劉葉秋, 朱一玄, 『中國古典小說大辭典』, 石家莊: 河北人民出版社, 1998

논문류

김기향, 「『금고기관』 연구-내용분석과 국내에 미친 영향을 中心으로」, 경희대학교 석사학위논문, 2011
김소정, 「해외로 전파된 『금고기관』 - 19세기 영역본 고찰」, 『중국어문학』 제38집, 2020
김연호, 「『금고기관』 의 번역양상 - 고대본을 중심으로」, 고려대학교 『어문논집』 27집, 1987
김영화, 「한국·일본의 명대 백화단편소설 번역 번안 양상 – 삼언이박과 금고기관을 중심으로」, 고려대학교 석사학위논문, 2011
김종욱, 「이해조 소설과 『금고기관』 의 관련양상」, 『인문논총』 74권, 2017
김진수, 「『금고기관』 독자의 서사 시간 경험에 관한 연구」, 서울대학교 석사학위논문, 2012
노해위, 「『금고기관』 남성인물 형상 연구」, 동국대학교 석사학위논문, 2016
박진영, 「중국문학 번역의 분기와 이분화」, 『동방학지』 166집, 2014
박상석, 「번안소설 『백년한(百年恨)』 연구」, 『연민학지』 12권, 2009
서유경, 「고전소설 신자료 牀下俠客傳 연구」, 『한국문화』 80, 2017
손병국, 「『金玉緣』 연구」, 『동방학』 제22집, 2012
송민호, 「이경림 발표 '근대초기에 미친 금고기관의 영향에 대하여'에 관한 토론문」, 한국근대학회 제26회 학술대회, 2012
신동일, 「한국 고전소설에 미친 명대백화소설의 영향」, 서울대 박사학위 논문, 1985

______, 「「喬太守亂點鴛鴦譜」에 관하여」, 『한국고전산문연구』, 동인문화사, 1981
유연환, 「한국 고전번안소설의 연구 - 『삼국연의』, 『서유기』, 『금고기관』 과의 관련양상을 중심으로」, 고려대학교 국어국문학과 박사학위논문, 1990
이경림, 「근대 초기 『금고기관』 의 수용양상에 관한 연구」, 『한국근대문학연구』 27, 2013
이혜순, 「한국고대번역소설연구서설-낙선재본 금고긔관을 중심으로」, 『장덕순선생 화갑기념-한국고전산문연구』, 동화문화사, 1981
______, 「한국고대번역소설연구서설」, 『한국고전산문연구』, 동화문화사, 1981
정영호, 민관동, 「중국 백화통속소설의 국내 유입과 수용」, 『중국인문과학』 54, 2013
정명기, 「한국 야담류 문학과 중국 측 문헌 자료의 관련양상- 『양은천미』 와 『금고기관』 의 관계를 중심으로」, 『어문학연구』 31, 2005
최병규, 「풍몽룡과 삼언」, 『인문학논총(1)』, 2001
______, 「'혁대경이 원앙 띠를 남기고 죽다(赫大卿遺恨鴛鴦絛)'를 통해서 본 삼언 애욕소설의 욕정관」, 『중국소설논총』 제47집, 2015
______, 「『금고기관』 편찬자에 대한 연구」, 『중국어문논역총간』 제49집, 2021
______, 「『금고기관』 편찬에 나타난 삼언·이박 정신의 계승과 발전 - 삼언·이박의 편찬이념 '도덕성'과 '중화(中和)의 미'를 중심으로」, 『인문논총』 제61집, 2023
______, 「『금고기관』 의 삼언·이박 정신의 계승발전에 나타난 걸출한 점과 그 한계 - 서문과 작품선택을 중심으로」, 『중국지식네트워크』 제21호, 2023
______, 「삼언·이박과의 원문 차이를 통해 본 『금고기관』 묘사의 장점」, 『인문학연구』 제66집, 2024
曾天富, 「한국소설의 明代話本小說 수용 연구」, 부산대 박사학위논문, 1995
趙殷尙, 吳學忠, 「今古奇觀的編纂模式與編纂特色」, 『中國語文論叢』 52集, 2012

李程,「今古奇觀選輯者抱甕老人續考」,『明清小說硏究』, 2009年 第3期
馮保善,「今古奇觀輯者抱甕老人考」,『文學遺産』, 1988年 第5期
連俊彬,「國內今古奇觀硏究綜述」,『零陵學院學報』 第26卷 제3期 2005
______,「『今古奇觀』 硏究」, 華南師範大學, 碩士學位論文 2006
王華玲, 屠國元,「三言翻譯硏究史論」,『湖南科技大學學報(社會科學版)』, 2017 高玉海,「三言二拍俄文翻譯的歷程」,『明清小說硏究』, 2103
莎日娜,「淸代漢文小說蒙譯槪況硏究—以烏蘭巴托版蒙古文譯本『今古奇觀』爲例」,『民族翻譯』, 2010
______,「烏蘭巴托版蒙古文譯本『今古奇觀』硏究」,『民族翻譯』, 2010
詹春花,「『今古奇觀』德譯版本情況」,『古籍整理硏究學刊』, 2012
宋麗娟,「『今古奇觀』: 最早譯成西文的中國古典小說」,『明清小說硏究』, 2009
韓燕,「金國璞所編北京官話漢語敎科書硏究」,『現代語文』, 2020
郭卿,「『今古奇觀』強調類語氣副詞硏究」, 河北大學 碩士學位論文, 2013
宋莉華,「『漢語人門』的小說改編及其白話語體硏究」,『社會科學』, 2010
張媛,「『今古奇觀』與『喩世明言』版畫插圖比較硏究」,『書畫世界』, 2019
鄭秀琴,「論成兆才評劇對明淸小說的改編 -『今古奇觀』和『聊齋志異』爲主」,『明淸小說硏究』, 2018
白薇,「『今古奇觀』的選編價値分析」,『出版廣角』, 2020年 第8期
練麗敏,『今古奇觀』編輯意義硏究, 淡江大學 碩士學位論文, 2008
代智敏,「論"三言二拍"及選本『今古奇觀』的理論價値」,『湖北民族學院學報』, 2014年 第4期
周晴,「從『今古奇觀』看抱甕老人的美學思想」,『濱州學院學報』, 2008年 第4期
陳志平,「話本集『今古奇觀』的美學思想探究」,『綏化學院學報』, 2016年 第11期
張獻忠,「晩明商業出版與思想文化及社會變遷硏究」,《光明日報》(2017年12月18日 14版)
張弦生,「傑出編輯家馮夢龍和造就他的時代」,『殷都學刊』 1997年 第1期

馬泰來,「明季抱甕老人小識」,『嶺南學報』, 2000年 新第二期
黃善文,「馮夢龍三言的中和之美」,『安慶師範院學報(社會科學版)』, 2003
朱則傑,「從王國維散文說到錢謙益化名」, 2019-10-14 光明日報 [引用日期 2020-05-22 人民網]
何宗美,「明代文人結社綜論」,『中國古代, 近代文學研究』, 2002年 第9期
王勇,「新嘉驛會稽女子題壁詩新論」,『牡丹江大學學報』27卷, 2018
吳波,「論『今古奇觀』序對中國古代小說理論發展的貢獻」,『懷化學院學報』, 1998年 第4期
顏佳麗,「錢謙益戲曲批評理論研究」, 淮北師範大學 碩士學位論文, 2020
張婧,「錢謙益的文獻學成就」, 北京師範大學 碩士學位論文 2012
笠井直美,「吳郡寶翰樓初探」,『古今論衡』2015年 第27期
廣澤裕介,「尊經閣文庫所藏『古今小說』的成立問題」,『中國古典小說研究』1998年 第4號
大塚秀高,「抱甕老人と三言二拍の原刻本について」,『日本アジア研究』13, 2016
_______,「關於『古今小說』的版本問題」,『保定師範專科學校學報』, 2007年 第20卷 第3期
_______,「警世通言版本新考」,『文學遺產』2014年 第1期
福滿正博,「『古今小說』的編纂方法 - 關於它的對偶結構」, 馬正方譯,『文藝論叢』第22期, 上海: 上海文藝出版社, 1985
李雪梅,「論三言的中和之美」,『河北師範大學』, 2010
許建崑,「盧事件的真相, 渲染與文化意涵 -〈盧太學詩酒傲王侯〉相關文本的探析」,『東海中文學報』2012年 第24期
陳寶良,「明代社會風俗的曆史轉向」,『中州學刊』, 2005年 第2期
陳婷婷,「『今古奇觀』: 中國文學走向世界最早的典範與啟示」,『安徽大學學報』2013年 第4期
牛建強,「15, 16世紀之交市民文學新的萌動和明代社會的初始變化」,『河南大學學

報(哲學社會科學版)』, 第45集, 2005
鍾守雲, 沈永昌, 「陳繼儒: 閑人不是等閑人」 http: //www.zgshscjxh.com/nd.jsp?id=338
中國古代文學要籍簡介(五): 通俗小說集 國學網[引用日期2013-08-29]
吉川幸次郎, 「錢謙益與清朝的經學」 - baike.baidu.com(2020.11.15.)
楊敬民, 「錢謙益『列朝詩集小傳』中的文言小說芻議」 www.ulunwen.com/archives/1143...百度快照.
羅淩馮, 「寶翰樓刻本『今古奇觀』影印後記」, 百度 騰訊網, 『古代小說研究』企鵝號, 發布時間: 2021-11-14 07: 39
古籍網: bookinlife.net

| 지은이 소개 |

최병규 崔炳圭

한국외국어대 중어과를 졸업하고, 대만국립사범대 중문연구소에서 석박사 학위를 취득하였다. 1995년 이래로 국립안동대학교(경국대학교) 중어중문학과 교수로 재직 중이다. 주요 저서로는 『홍루몽 情文化 연구』(2019), 『다시 쓰는 중국풍류문학사』(2018), 『중국고전문학 속의 情과 欲』(2015), 『벼루 - 벼루의 인문가치와 한국벼루의 수집과 연구』(2022) 외 다수가 있으며, 역서로는 『夢溪筆談』(2002), 『三言애욕소설선』(2016), 『三言』(2002), 『삼국연의와 欺瞞』(2013) 등이 있다.

E-mail: bgchoi@andong.ac.kr

금고기관今古奇觀 연구

초판 인쇄 2024년 11월 28일
초판 발행 2024년 12월 5일

지 은 이 | 최 병 규
펴 낸 이 | 하 운 근
펴 낸 곳 | 學古房

주 소 | 경기도 고양시 덕양구 통일로 140 삼송테크노밸리 A동 B224
전 화 | (02)353-9908 편집부(02)356-9903
팩 스 | (02)6959-8234
홈페이지 | www.hakgobang.co.kr
전자우편 | www.hakgobang@naver.com
등록번호 | 제311-1994-000001호

ISBN 979-11-6995-532-4 93820

값 40,000원